FANTASY

Buch

Auf Syrapis herrscht König Rhodes, der einen unerbittlichen Kampf gegen Safar Timura führt. Dabei unterstützt ihn seine Mutter, Königin Clayre. Sie verfügt über große magische Kräfte und verfolgt bei diesem Kampf nicht zuletzt eigene Interessen. Safar Timura nimmt den Kampf gegen Rhodes zusammen mit seinem Sohn Palimak und seiner Geliebten Leiria auf. Unterstützt werden sie von den Artisten von Methydias fliegendem Zirkus. Jooli, König Rhodes' Tochter und Timuras Geisel, kämpft ebenfalls auf ihrer Seite. Iraj Protarus – mächtiger Zauberer aus dem Bund der Vier – ist für Safar Timura Konkurrenz und Hilfe. Gemeinsam treten sie gegen die Mächte der Finsternis an und nehmen den Kampf gegen das Böse auf. Auf ihrer Reise zur Vulkaninsel haben sie viele Gefahren zu bestehen. Dort wollen sie die Götter wecken, um die Welt zu erretten.

Autor

Allan Cole ist in Europa und in Fernost aufgewachsen. Nachdem er in über dreißig Ländern gelebt hat, ließ er sich mit seiner Frau Kathryn auf einer Ranch in New Mexico nieder. Die meisten seiner bisherigen Romane hat er zusammen mit seinem langjährigen Freund Chris Bunch verfaßt.

Bereits erschienen:

DIE TIMURA-SAGA: **1. Zauberer der Lüfte** (24720), **2. Die Wölfe der Götter** (24721) **3. Die Götter erwachen** (24722)

Allan Cole zusammen mit Chris Bunch: DIE SAGA VON DEN FERNEN KÖNIGREICHEN: **1. Die Fernen Königreiche** (24754), **2. Das Reich der Kriegerinnen** (24755), **3. Das Reich der Finsternis** (24756)
Allan Cole: DIE SAGA VON DEN FERNEN KÖNIGREICHEN: **4. Die Rückkehr der Kriegerin** (24757)

Allan Cole zusammen mit Chris Bunch: DIE STEN-CHRONIKEN: **1. Stern der Rebellen** (25000), **2. Kreuzfeuer** (25001), **3. Das Tahn-Kommando** (25002), **4. Division der Verlorenen** (25003), **5. Feindgebiet** (25004), **6. Morituri – Die Todgeweihten** (25005), **7. Vortex – Zone der Verräter** (25006), **8. Tod eines Unsterblichen** (25007)

Weitere Bände sind in Vorbereitung.

DIE TIMURA-SAGA

Allan Cole

Die Götter erwachen

Aus dem Amerikanischen
von Andreas Helweg

BLANVALET

Die amerikanische Originalausgabe erschien 1999
unter dem Titel »The Gods Awaken«
bei Ballantine Books, New York

Umwelthinweis:
Alle bedruckten Materialien dieses Taschenbuches
sind chlorfrei und umweltschonend.
Das Papier enthält Recycling-Anteile.

Blanvalet Taschenbücher erscheinen im Goldmann Verlag,
einem Unternehmen der Verlagsgruppe Bertelsmann.

Deutsche Erstveröffentlichung 2/2000

Der Autor ist via Internet zu erreichen unter
http://www.acole.com
Umschlaggestaltung: Design Team München
Umschlagillustration: Agt. Schlück/Kelly
Satz: deutsch-türkischer fotosatz, Berlin
Druck: Elsnerdruck, Berlin
Verlagsnummer: 24722
Redaktion: Cornelia Köhler
V. B. · Herstellung: Peter Papenbrok
Printed in Germany
ISBN 3-442-24722-5

1 3 5 7 9 10 8 6 4 2

Für Cassie und Thomas Grubb,
die stets für mich da waren …
und
für meine Freunde in Washington State,
besonders
Judy, Jon, Stormy und Brian …
und
für all meine treuen Freunde in New Mexico,
speziell
Sal, durch die ich an Höhe gewann.

Oh, das Paradies lockt, und die Hölle droht;
Eins ist gewiß: Das Leben ist ein Kleinod.
Eins ist gewiß: Wer andres sagte, log.
Die Blume, einst blühte sie, ist für immer tot.

So schickte ich ins Unsichtbare meine Seele,
Damit vom Leben danach sie mir erzähle.
Und gemächlich kehrte sie zurück und riet:
Himmel und Hölle dir selbst erwähle.

Der Himmel: Vision erfüllten Verlangens.
Die Hölle: die Seele in Feuerzangen,
In jener Dunkelheit gefangen, in der wir – so spät
Erwacht – schon bald sind vergangen.

Die Rubaiyat des Omar Chajjam,
nach der Übersetzung von Edward Fitzgerald

Erster Teil

Syrapis

Prolog

Flucht nach Syrapis

… Und so segelten sie dahin auf den kräftigen Winden, die vom fernen Kyrania herannahten …

Es war vielleicht die eigentümlichste, trübseligste Reise der gesamten Geschichte. Das Volk der Wolken betrauerte den Verlust seines Anführers Safar Timura, der ihre Schritte über Tausende Meilen durch Gebirge und Wüsten und von Magie verheerte Ödnisse zum Großen Meer von Esmir gelenkt hatte.

Jenseits des Meeres erwartete sie ein Paradies: die magische Insel Syrapis, wo sie fern jener bösen Wesen, welche sie aus ihrem Dorf in Kyrania vertrieben hatten, eine neue Heimat finden sollten.

Safar Timura – der Sohn eines Töpfers, der ein mächtiger Zauberer geworden und zum Großwesir eines Königs aufgestiegen war – hatte sein Leben geopfert, damit seinem Volke die Flucht gelänge.

So drängten sich nun tausend Dorfbewohner an Bord der Schiffe einer zusammengewürfelten Piratenflotte und segelten auf Syrapis und die Sicherheit zu. Hoch über ihnen flog ein prächtiges Luftschiff über die silbrig funkelnde See dahin und wies ihnen den Weg.

Viele Tage und Wochen lang war der Himmel heiter und der Wind beständig, was zu anderer Zeit der Grund für eine große Feier gewesen wäre. Ein Fest, wie man es noch nicht gesehen hatte, mit gebratenem Lamm und edlem Wein, wo die Kinder ausgelassen spielten und die Liebenden einander schmachtende Blicke zuwarfen.

Die Welt hätte eigentlich ein freundlicher Ort sein sollen, voller Versprechen und Vergnügen. Nach langen Monaten des Schreckens waren die Kyranier Iraj Protarus und seine mordlustigen Gestaltwandler los.

Doch am Himmel hing der Dämonenmond wie eine blutig schimmernde allgegenwärtige Präsenz. Er erinnerte alle an das Schicksal, welches Safar Timura der Welt vorhergesagt hatte. Und noch unheimlicher waren vielleicht sogar die Erinnerungen an Safar, den hübschen jungen Mann mit den leuchtenden Augen und dem bekümmerten Lächeln.

Ein jeder weinte, nachdem bekanntgeworden war, daß man ihn für tot erklärt hatte. Die Klageweiber zerkratzten ihre Gesichter und rauften sich die Haare. Die Männer betranken sich, trösteten sich mit den Erzählungen, die sich um Safars tapfere Taten rankten, und vergossen so manche Träne, während die Nacht langsam zum Morgen wurde.

Lord Coralean, der große Karawanenmeister, welcher die Piratenschiffe angeheuert hatte, damit sie alle gemeinsam fliehen konnten, hielt eine lange und unvergeßliche Rede zu Ehren seines teuersten Freundes.

An Bord des Luftschiffes ging die Besatzung – darunter Biner, der kräftige Zwerg, und Arlain, die Drachenfrau – lustlos ihren Pflichten nach. Sie taten nur, was unbedingt notwendig war: feuerten die magischen Brenner, prüften den Druck in den beiden Ballons, die das Schiff in die Luft hoben, und überwachten das Steuer, damit man nicht vom Kurs abwich.

Inzwischen wurde das Deck schäbig, der Stoff der Ballons verschmutzte, und der Herd in der Kombüse blieb kalt. Allen erschien es undenkbar, daß Safar ihren Zirkusvorstellungen nicht mehr beiwohnen und niemals wieder seine wundervollen magischen Kunststücke vorführen würde.

Noch trauriger waren Safars Eltern, Khadji und Myrna, die sich selbst in ihren ärgsten Alpträumen nicht hatten vorstellen können, ihren einzigen Sohn zu überleben. Seine Schwestern vermochten vor Trauer nicht mehr zu essen und zu schlafen, und sie wären sicherlich vor Kummer gestorben, hätten ihre Ehemänner sie nicht angefleht, um der Kinder willen ihrem Kummer Herr zu werden.

Nur vier Außenseitern – einer Kriegerin, einem Jungen und seinen beiden magischen Gefährten – war es zu verdanken, daß die Reise nicht in einer Katastrophe endete.

Denn die Piraten, denen die gesunkene Moral der Kyranier auffiel, taten sich zusammen und wollten ihre Passagiere gefangen – und deren Eigentum in Besitz nehmen. Doch die tapfere Frau überwältigte den Kapitän und tötete ihn. Währenddessen vereinte der Junge – Safars Adoptivsohn – seine Kräfte mit denen der magischen Wesen und sprach einen fürchterlichen Zauber, der die Piraten in Angst und Schrecken versetzte. Und sie zum Gehorchen brachte.

Der Name der Frau lautete Leiria. Der Junge, halb Mensch, halb Dämon, hieß Palimak. Und die magischen Wesen, die Zwillinge waren und seit tausend Jahren in einer Steinschildkröte lebten, wurden Gundara und Gundaree genannt.

Leiria und Palimak hatten Safar Timura ein Versprechen gegeben, das sie um jeden Preis halten wollten. Und sie würden niemandem gestatten, sich ihnen in den Weg zu stellen.

Eines Tages dann verkündete der Ausguck des Luftschiffes die freudige Nachricht, Land sei in Sicht. Daraufhin fuhr die kleine Flotte auf die Küste des wunderschönen Syrapis, des gelobten Landes, zu.

Nur erwartete sie dort statt Milch und Honig eine Armee.

Aber Palimak und Leiria erinnerten sich sehr wohl an ihr Versprechen. Sie machten ihrem Volk Mut und griffen die feindseligen Soldaten an.

Drei Jahre lang bekämpften sie die grimmigen Einwohner von Syrapis.

Drei Jahre lang suchten sie den Gral, den zu finden Safar sie gedrängt hatte.

Sie erlebten viele Abenteuer, viele Rückschläge und viele Siege.

Während dieser Zeit strebte Palimak beständig danach, sein Wissen zu vergrößern. Er stöberte in alten, dicken Wälzern herum, fragte Hexen und Zauberer aus. In jedem Augenblick, den er erübrigen konnte, studierte er das Buch von Asper, welches sein Vater ihm hinterlassen hatte.

Denn auf dessen Seiten, so hatte Safar ihm gesagt, würde er die Antwort darauf finden, wie man die fürchterliche Katastrophe beenden konnte, die, vom weit entfernten Hadinland ausgehend, nach und nach ihr Gift auf alle Länder und alle Meere zu versprühen begann.

Es war ein Wettlauf gegen die Zeit, in dem es galt, das Verderben für Menschen und Dämonen gleichermaßen abzuwenden.

In diesem Wettlauf verlor Palimak seine Kindheit.

1
Der Tanz von Hadin

Oh, wie er tanzte.

Und tanzte, tanzte, tanzte.

Zum Takt der Erntetrommeln tanzte.

Um ihn herum sangen tausend andere in fröhlicher Unbekümmertheit. Es waren schöne Menschen, prächtige Menschen; ihre nackte Haut war phantasievoll mit bunten Farben bemalt.

Sie tanzten und tanzten, tanzten und tanzten, und lobten in ihren Liedern die Götter, während die Hörner erschollen, Trommeln geschlagen wurden und ihre wunderschöne Königin in Ekstase aufschrie. Sie führte den Reigen an, ihre goldbraunen Brüste wippten, ihre geschmeidigen Hüften wiegten sich im uralten Hochzeitsritual des Erntefestes.

Safar tanzte mit ihr, stampfte mit den bloßen Füßen in den Sand, klatschte rhythmisch mit den Handflächen auf den Brustkorb, während eine salzige Brise vom funkelnden Meer her durch die mit Früchten beladenen Bäume über ihn strich.

Die Bewegungen seiner Mittänzer wirkten so anmutig und erhaben, seine eigenen dagegen gezwungen und ruckartig, als wäre er eine Marionette, deren Fäden ein kosmischer Puppenspieler zieht.

Wahnsinn! hallte ein Schrei durch seinen Verstand. Ich muß aufhören, doch ich kann nicht, bitte, bittebittebitte, beende diesen Wahnsinn! Ganz gleich, wie sehr er sich auch wehrte, der Zauber warf seinen Körper weiter hin und her zum Tanz von Hadin.

Denn Safar Timura war im Vorspiel zum Ende der Welt gefangen.

Jenseits des Wäldchens, vor dessen Hintergrund die hübsche Königin stand, ragte die große kegelförmige Spitze eines Vulkans in die Höhe. Eine dichte schwarze Rauchsäule stieg aus dem Krater empor. Es handelte sich um den gleichen Vulkan, den Safar vor vielen Jahren in einer Vision gesehen hatte. Und aus dieser Vision wußte Safar, daß der Berg jeden Moment explodieren und er selbst zusammen mit den fröhlichen Tänzern sterben würde.

War dies die Wirklichkeit? Befand er sich tatsächlich an der Küste von Hadinland und war dazu verdammt, von einem Strom geschmolzenen Steins verschlungen zu werden? Oder war es nur ein nächtlicher Alp, der endete, sobald er nur die Augen aufschlug?

Solche Visionen hatte er auch früher schon gehabt. Einmal hatte er von Wölfen geträumt, und Iraj Protarus hatte sich von den Toten erhoben und war mit Mordgelüsten im Herzen und einer Horde Gestaltwandler im Schlepptau über Safar hergefallen.

Und plötzlich schoß es ihm durch den Kopf: Iraj! Wo ist Iraj?

Er versuchte, den Kopf zu drehen, damit er Protarus unter den Tänzern suchen konnte. Aber dieser Körper war nicht der seine, und so blieb ihm nichts übrig, als sich mit den anderen auf die Brust zu klatschen und wie ein Wilder herumzuhüpfen.

Er hatte keine Ahnung, wie lange das schon andauerte. Ihm erschien es, als nehme er an diesem Tanz bereits seit Ewigkeiten teil und sei dabei kaum bei Bewußtsein. Dennoch waren da diese Augenblicke erschreckender Klarheit, zum Beispiel gerade jetzt, in denen er seines Verstandes ausreichend habhaft wurde und sich gegen diese geheimnisvolle Kraft zur Wehr setzen konnte, die ihn in ihren Klauen hielt.

Diese Klarheit war grausam, denn der Kampf, so wußte er, war vergeblich. Er würde erfolglos ringen und schließlich aufs neue in einer Halbbewußtlosigkeit versinken.

Safar glaubte, er habe Irajs Stimme im Gelächter der anderen gehört, und versuchte abermals, sich umzusehen. Wieder gelang es ihm nicht.

Nun spürte er, wie sich seine Sinne umnebelten, als würde ihm eine Droge zu Kopfe steigen. Er biß sich auf die Lippen und versuchte, den Schmerz zu bewahren, damit er bei Verstande bliebe.

Mit dem Schmerz erschien plötzlich das Bild von Iraj Protarus vor ihm. Halb riesiger Wolf, halb menschlicher König. Neben ihm standen Safars tödlichste Feinde: die beiden Dämonen Prinz Luka und Lord Fari, dazu der Meister der Spione, Lord Kalasariz. Alle waren mit Iraj im Spruch der Vier verbunden.

Ja, ja! dachte er. Iraj! Denk an Iraj!

Und woran noch?

Da gab es noch etwas. Etwas, das ihn hierhergebracht hatte. Wenn er sich nur daran erinnern könnte, würde ihm vielleicht die Flucht gelingen.

Die Maschine! Das war es!

Er sah das Bild klar vor sich: Iraj und die anderen, die auf ihn zustürmten; in Safars Rücken die große Maschine von Caluz. Eine kauernde Schildkröte, auf deren Panzer das feurige Zeichen von Hadin zu sehen war. Die Magie dieser Maschine war außer Kontrolle geraten, und falls Safar sie nicht anhielte, würde sein geliebtes Esmir den Weg alles Irdischen gehen.

Er strengte sich an, sich den Zauber ins Gedächtnis zu rufen, mit dem er den magischen Spalt zwischen Esmir und dem Totenland Hadin hatte auffüllen wollen.

Die Worte entglitten ihm beständig. Denke nach! befahl er sich. Denke nach!

Sie bildeten ein Gedicht, fiel ihm ein. Ein Gedicht aus dem Buch Asper.

Asper, ja, Asper. Der alte Dämonenzauberer, dessen eigentümliches Versbuch vor tausend Jahren das Ende der Welt vorhergesagt hatte. Und in dem sich Vermutungen befanden, wie die Vernichtung aufzuhalten wäre.

Freude ergriff ihn plötzlich, da sich die Worte des Zaubers aus dem Nichts einstellten.

»Das Höllenfeuer brennt am hellsten
In des Himmels heiligem Schatten.
Was nahe ist,
Ist schon bald vergessen;
Was fern ist,
Wie ein Bruder umarmt …«

Er stöhnte, denn der Rest des Gedichts entzog sich ihm. So hart biß er sich nun auf die Lippe, daß das Blut über sein Kinn rann. Erinnere dich, verdammt! Erinnere dich!

Aber es war hoffnungslos. Der fehlende Teil des Zaubers verbarg sich in einem dichten Nebel.

Also gut. Vergessen wir die Verse. Denke an das, was geschehen ist, als du Iraj gegenübergetreten bist. Vielleicht fallen dir die Worte dann wieder ein.

Seine Gedanken flogen zum Tal von Caluz zurück. Die Feinde standen vor ihm, die Maschine befand sich in seinem Rücken. Er war allein: Palimak und Leiria waren auf seinen Befehl hin geflohen und führten das Volk von Kyrania nach Syrapis, in die Sicherheit. Safar verweilte nur noch, um die Maschine zu zerstören und Iraj zu vernichten, damit dieser die Dorfbewohner nicht verfolgen konnte.

Und was dann?

Sein Leben, so erkannte er instinktiv, hing davon ab, daß ihm einfiel, was daraufhin geschehen war. Nein. Es ging nicht um *sein Leben* – es ging um die ganze Welt.

Sehr gut. Er *hatte* diesen Zauber beschworen. Das wußte er. Nur, Augenblick mal! Da hatte sich etwas eingemischt! Was – oder wer – war das gewesen? Iraj? Hatte Iraj selbst einen Zauber beschworen?

Das war's! Iraj hatte sich aus dem Bund der Vier befreien wollen, welcher ihn an Kalasariz und die anderen fesselte.

Iraj hatte Safar mit einer überraschend starken Magie überrascht.

Einer Kollision von Zaubersprüchen.

Einer Explosion.

Einem blendendweißen Licht.

Und was dann?

Safar durchwühlte die Tiefen seines Gedächtnisses. Er erinnerte sich an große Hitze. Gesegnete Kühle. Danach war er lange Zeit wie auf weichen Wolken dahingeschwebt – als wäre er an Bord von Methydias magischem Luftschiff.

Die Zeit verstrich.

Wieviel, wußte er nicht zu beurteilen.

Dann hörte er – von weit unter sich – Flöten und Hörner und wirbelnde Trommeln. Dazu Stimmen – viele – die ein gespenstisches Lied sangen. Er brauchte sich nicht anzustrengen, um sich diese Worte ins Gedächtnis zu rufen, denn die gleiche Weise hatte die wunderschöne Königin mit ihren Untertanen gesungen:

»Ihr Haar ist Nacht,
Die Lippen der Mond.
Beuge dich, oh, beuge dich.
Die Augen sind Sterne,
Das Herz ist die Sonne
Beuge dich, oh, beuge dich.
Die Brüste sind Honig;
Ihr Geschlecht eine Rose
Beuge dich, oh, beuge dich.
Nacht und Mond. Sterne und Sonne.
Honig und Rose
O gute Dame, beuge dich,
Beuge dich, beuge dich.«

Safar erinnerte sich daran, daß er sich gedreht hatte und dann über einer grünen Insel schwebte, die aus einem tiefblauen Meer ragte.

Aus dieser Insel erhob sich ein Vulkan. Er wußte sofort, daß es sich bei diesem Eiland um eines derjenigen handelte, aus denen sich Hadin zusammensetzte. Doch wie konnte das sein? Der Kontinent Hadin befand sich auf der anderen Seite der Welt – von seiner Heimat aus gesehen.

Hatte die Wucht des Zaubers ihn so weit fortgeschleudert?

Oder träumte er nur von der Vision seiner Kindheit, in der er das Ende der Welt vorhergesehen hatte?

»Beuge dich, oh, beuge dich …« Das Lied wurde lauter und zog sich um ihn zusammen wie ein Netz um einen Fisch. *»Beuge dich, oh, beuge dich …«* Furcht durchbohrte sein Herz, als er die tanzenden Menschen seiner Vision und ihre üppig gewachsene junge Königin sah. *»Beuge dich, oh, beuge dich …«*

Voller Panik strebte er danach, sich zu befreien, doch das Lied hüllte ihn ein, bis er zu einem Teil davon wurde. *»Beuge dich, oh, beuge dich …«*

Und ihm blieb keine andere Wahl, er mußte sich mitreißen lassen. Er erstarrte und trieb nach unten.

Dann befand er sich mitten unter den Tänzern, und er gehörte jetzt zu ihnen. Starr glotzte er die anziehende Königin an. Die Sonne wärmte seinen nackten Rücken. Seine bloßen Füße stampften in den Sand. *»… Nacht und Mond/ Sterne und Sonne/ Honig und Rose/ Beuge dich, oh, beuge dich …«*

Ja, auf diese Weise war er hierhergelangt. Plötzlich war Safar wieder ganz ruhig – er spürte, wie sein Verstand in ihn zurückkehrte. Nur ein kleiner Schritt fehlte noch. Wenn er sich erst einmal an die fehlenden Worte des Zaubers erinnerte, den er in Caluz beschworen hatte, würde er sich befreien können.

Aufregung stellte sich ein, da ihm jetzt ein weiterer Fetzen einfiel: *»… Durchbohrt unsere Brust mit Gift,/ Flüstert die Nachricht von unserem Tod …«*

Ja! Das war's! Jetzt brauchte er nur mehr zwei Zeilen. Zwei, und der Bann konnte gebrochen werden.

Er hörte die Königin schreien und blickte zu ihr hin – Bestürzung zersetzte seine Entschlossenheit – und seine Konzentration war dahin.

Die Königin schrie und zeigte auf den Vulkan. Die Rauchsäule war dichter geworden, schwärzer, und wallte heftiger hervor. Große Funken wirbelten in dem Rauch und sprühten auf wie Blüten der Hölle.

Jeden Augenblick würde die Explosion erfolgen. Genauso hatte es sich auch in Safars Vision zugetragen. Genauso …

Der Schock durchfuhr Safar bis ins Innerste. Nicht wegen des Vulkans – das stand ihm ja noch bevor. Es war der Schock der Erkenntnis, daß er in derselben Szene bereits Hunderte von Malen gelebt hatte und gestorben war.

Bestimmt würde der Vulkan ausbrechen. Ein tödlicher Hagel von Schutt würde auf Sturmwinden herangetragen werden, dem ein Lavastrom folgen und jedem Überlebenden den Garaus machen würde.

Selbst jene, die ins Meer flohen, würden sich nicht durch Schwimmen oder in einem Boot retten können. Sie würden wie Schellfisch in einem brodelnden Topf zerkocht werden.

In der Vision, die er vor langer Zeit gehabt hatte, war Safar nur Beobachter dieser Ereignisse gewesen. Jetzt gehörte er zu den Tänzern, die dazu verdammt waren, nicht nur einen, sondern eine endlose Anzahl von Toden zu sterben, bis die Welt selbst dahingegangen wäre.

Erst dann würde seine Seele erlöst werden.

In diesem Augenblick fielen ihm die beiden Zeilen ein:

»*… Denn er ist die Viper der Rose,/ Die verweilt im fernen Hadinland!*«

Während er verzweifelt versuchte, den Zauberspruch zu Ende zu bringen, wußte er, daß die Zeit so gut wie um war.

Dennoch beeilte er sich – zum Hoffen blieb keine Zeit, viel weniger zum Beten. Er sagte den Zauber auf: *»Das Höllenfeuer brennt am hellsten/ In des Himmels heiligem Schatten …«*

Dann war es zu spät.

Der Vulkan brach aus.

In diesem Moment glaubte er zu hören, daß ihn jemand rief: »Vater! Vater!«

Verzweifelt antwortete er: »Palimak! Hilf mir! Palimak!«

Und dann war alles verschwunden – alles, bis auf den Schmerz.

2
Von Söhnen und Geliebten

Palimak schaute über die Reling und zog der feuchten Kälte wegen den Mantel zusammen, da das Luftschiff gerade langsam durch die Wolken sank.

Hinter sich hörte er Biner, der die Mannschaft mit brummiger Baßstimme warnte: »Kurs halten... Jungs, haltet den Kurs ...«

Die Wolkendecke dünnte aus, und nun konnte Palimak die unwirtliche Nordküste von Syrapis erkennen: Zerklüftete Riffe ragten aus der bleigrauen See; ein schmaler Kiesstrand endete an schwarzen Klippen, die an bewaldete Berge grenzten.

Er hörte das Rasseln eines Kettenhemdes und roch einen Hauch Parfüm, als die Kriegerin zu ihm trat. »Dort drüben«, sagte sie und begleitete die Worte mit einer entsprechenden Geste, »auf dem östlichsten Gipfel. Siehst du sie?«

In dem Augenblick, in dem sie sprach, entdeckte er die Burg. Sie stand wie eine schwarze Steinkrone auf dem niedrigsten Berg und wies acht Türme auf, welche an den strategisch wichtigsten Punkte der Mauer erbaut waren.

Palimak grinste. »Ich sehe sie, Tante Leiria«, antwortete er. »Aber ich habe sie ganz anders in Erinnerung.«

»Das war vor drei Jahren«, beschwichtigte Leiria ihn. »Und du hast hinter deinem Vater im Sattel gesessen.«

»Hoffentlich hast du recht.« Palimak zuckte mit den Schultern und drehte sich zur Brücke um, wo Biner die Mannschaft kommandierte.

»Kannst du um die Burg herum manövrieren, Onkel Biner?« fragte er.

»Na, sicherlich«, rief der zurück und erteilte weitere Befehle. Die Mitglieder der Mannschaft rannten über das Deck des Luftschiffs. Manche kümmerten sich um die magischen Brenner, die heiße Luft in die riesigen Zwillingsballons bliesen. Andere überprüften die Leinen, an denen das Schiff hing. Und einige warfen Ballast ab, um eine stabile Lage zu gewährleisten, während Biner die Wende einleitete.

Derweil sie den Berg umsegelten, betrachtete Leiria die Festung mit erfahrenem Blick. Auf zwei Seiten wurde die Burg von steilen, felsigen Hängen geschützt. Offensichtlich hatten die Erbauer diese Felsen aufgeschüttet.

Ein Stein, den man an die richtige Stelle schleuderte, genügte, um eine Geröllawine in Gang zu setzen, die alle Soldaten unter sich begraben würde, die so töricht waren und hier hinaufkletterten.

Die Rückseite der Burg grenzte an eine Klippe, an deren Fuß die Brandung gegen einen schmalen Strand toste.

Inmitten dieser Felswand – etwa zwanzig Meter unterhalb der Mauern – ergoß sich ein Wasserfall aus einer Höhle. Hundert Meter tief donnerte das Wasser hinab, bevor es sich mit den tobenden Wellen vermischte.

»Ehrlich gesagt«, meinte Leiria schließlich, »würde ich sie lieber verteidigen als angreifen.«

Palimak legte die Hand auf das Heft seines Schwertes, und seine Augen leuchteten dämonengelb. »Ich möchte auch nicht kämpfen«, erwiderte er. »Wir haben Wichtigeres zu tun. Nur, falls König Rhodes Krieg möchte …« – er grinste und entblößte überraschend spitze Zähne – »… soll er Krieg bekommen.«

Leiria nickte zustimmend. »Ich habe die Nase voll von diesen syrapischen Despoten und ihren Spielchen«, sagte sie. »Die glauben, ein Waffenstillstand sei nur dazu da, dir anschließend in den Rücken zu fallen.«

Palimak zuckte die Achseln – es kommt, wie es kommt – und wandte seine Aufmerksamkeit wieder der Festung zu.

Das Luftschiff sank nach unten, und jetzt konnte er die versammelten Menschen erkennen, die im großen Hofe warteten. Aller Augen waren nach oben gerichtet.

Er konnte sich das Erstaunen auf den Gesichtern vorstellen. Das Luftschiff bot einen seltsamen Anblick, denn auf den vorderen Ballon war das wunderschöne Gesicht einer Frau aufgemalt. Und die Worte »Methydias Fliegender Zirkus« standen auf dem zweiten geschrieben.

Die Geliebte und Lehrerin seines Vater, Methydia, war bereits vor vielen Jahren gestorben. Sie hatte Safar in der Wüste vor dem Verdursten gerettet und ihn in ihre Zirkustruppe aufgenommen, während er vor dem Oberspion von Walaria, Lord Kalasariz, floh.

Biner, der Zwerg mit den übernatürlichen Kräften; Arlain, halb feuerspuckender Drache, halb wundersame Frau; Elgy und Rabix, die kluge Schlange und der geistlose Flötenspieler; und natürlich Kairo, der eigenartige Akrobat, der seinen Kopf an seinem seilähnlichen Hals im Kreis schleudern konnte. Sie alle hatten Methydias Werk fortgesetzt.

Für gewöhnlich, dachte Palimak, würden sie sich jetzt auf eine Vorstellung in der Burg vorbereiten. Biner würde die Vorfreude der Menge steigern, indem er seinen alten Ruf ertönen ließe: »Hereinspaziert, hereinspaziert! Sehr verehrte Damen und Herren, Jungs und Mädels, ich darf euch vorstellen: Methydias Fliegenden Wunderzirkus! Die beste Schau von Syrapis!«

Palimak verzog das Gesicht. Viel zu häufig war die Zirkustruppe mit ihrem Luftschiff inzwischen als Streitmacht zum Einsatz gekommen und nicht zur Unterhaltung. Biner und die anderen taten ihm leid. Aber was konnte man daran schon ändern?

Seit dem Augenblick, an dem er und die übrigen Kyranier auf Syrapis an Land gegangen waren, hatte es ständige Auseinandersetzungen mit den zur Gewalt neigenden Einwohnern der Insel gegeben. Wie sich so viele kriegführende Parteien auf einer Insel zu drängeln vermochten, die in der längsten Ausdehnung hundertzwanzig Meilen maß und dreißig Meilen in der Breite, löste noch immer ein verbittertes Staunen bei ihm aus, wenn er in seinen niedergeschlagensten Momenten darüber nachdachte.

Leiria schien seine Gedanken zu lesen. »Ehrlich, manchmal glaube ich, die Syrapier leiden an einer Art angeborener Kriegskrankheit.« Sie schüttelte den Kopf. »Kannst du dich noch daran erinnern, auf welche Weise sie uns damals auf dem Strand begrüßt haben? In der einen Hand einen Olivenzweig, in der anderen, hinterm Rücken verborgen, einen Dolch!«

Palimak seufzte. »Vater hat gehofft, in Syrapis würden wir das Paradies finden«, erwiderte er. »Nicht nur eine neue Heimat, sondern sogar eine bessere.«

Die gelben Dämonenflecken in seinen Augen erloschen. Nun spiegelte sich allzu menschlicher Kummer in ihnen. »Statt dessen sind wir inmitten von zwanzig Kriegen zur gleichen Zeit gelandet. Auf Syrapis hassen sich offenbar alle gegenseitig. Seitdem wir hier sind, haben sie jedoch eine Gemeinsamkeit: den Haß auf uns.«

Sein Blick verschleierte sich kaum merklich. »Tja, es läuft eben nicht immer so, wie es einem recht ist«, fügte er hinzu. »Selbst für Vater nicht, der so wunderbar war.«

Am liebsten hätte Leiria Palimak tröstend in die Arme geschlossen. Das wäre dem Jungen allerdings wahrscheinlich ziemlich peinlich gewesen. Denn eigentlich war er nur mehr nach menschlicher Rechnung ein »Junge«.

Palimak war aus der Romanze zwischen einer Dämonenprinzessin und einem menschlichen Soldaten hervorgegangen, und aufgrund des Dämonenblutes, welches in seinen Adern floß, wurde er wesentlich schneller erwachsen als ein gewöhnlicher Mensch. Mit dreizehn war er bereits fast einen Meter achtzig groß, dabei allerdings sehr zierlich. Dennoch waren seine Schultern breit, und seine starken Hände wiesen lange, geschmeidige Finger auf. Wenn er wütend wurde, schoben sich aus den Fingerspitzen scharfe Krallen, ähnlich wie bei einer Katze; an diese irritierende Eigenschaft hatte sich selbst Leiria nie gewöhnen können, obwohl sie ihn schon seit seiner Säuglingszeit kannte.

Er benahm sich auch nicht wie ein Junge – abgesehen von jenen seltenen Gelegenheiten, zu denen er es sich gestattete, sich ein wenig verspielt zu geben. Oder wenn er sich in Gegenwart eines koketten Mädchens aufhielt. Den Göttern sei Dank, dachte Leiria, dieser Teil seiner Persönlichkeit war noch nicht herangereift. Er hatte schon genug Probleme, da brauchte er sich nicht auch bereits mit der Liebe zu beschäftigen.

Trotz seiner Jugend war Palimak das unbestrittene Haupt der über tausend Kyranier, die er über das Große Meer nach Syrapis geführt hatte. Er besaß die Willensstärke und das Charisma seines Adoptivvaters. Seine Dämonenseite verlieh ihm magische Kräfte, die nahezu an die Fähigkeiten Safars heranreichten, und dieser war der mächtigste Zauberer unter allen Menschen und Dämonen gewesen, von dem man in Esmir je gehört hatte.

In den drei Jahren seit Safars Tod und ihrer Flucht hatte Palimak seine Fähigkeiten, unter anderem auch seine rasche Auffassungsgabe, eingesetzt, damit die Kyranier nicht von den feindseligen Eingeborenen der Insel Syrapis besiegt wurden.

Plötzlich rührte sich Palimak. »Da ist der König«, sagte er. Und grinste. »Vielleicht wird sich Rhodes ja doch an unsere Abmachung halten.«

Leiria betrachtete den Burghof. Obwohl sich das Luftschiff in zu großer Höhe befand, als daß man einzelne Gesichter hätte ausmachen können, war Rhodes, der Herrscher von Hanadu, des nördlichsten Königreichs von Syrapis, nicht zu übersehen.

Er war ein Riese von einem Mann und saß auf einem großen protzigen Thron, den man auf einem Podest in der Mitte des Hofes errichtet hatte. Bei den beiden Männern, die neben ihm standen, handelte es sich offenbar um Lakaien in Livree. Leiria entdeckte außerdem etwa ein Dutzend uniformierte Soldaten, doch die verteilten sich in der Versammlung und bildeten keinerlei militärische Formation.

»Das sieht alles so friedlich aus«, meinte sie trocken. »Ich frage mich nur, weshalb ich weiterhin so mißtrauisch bin?«

Palimak kräuselte die Lippen. »Vielleicht, weil Rhodes der letzte Herrscher auf dieser Insel ist, der gegen uns kämpft, und dazu der verschlagenste. Und wir dürfen wohl kaum hoffen, daß er sich auf Befehl plötzlich wie ein Hund auf den Rücken rollt.«

In die Menge kam Bewegung, da nun eine kriegerische Musik einsetzte und gen Himmel brandete. Banner wurden geschwenkt, Flaggen wurden gehißt, und hundert oder mehr bunte Drachen stiegen auf.

»Das ist vermutlich die offizielle Begrüßung«, sagte Leiria. »Entweder das oder eine Kriegserklärung.« Letzteres meinte sie nur halb im Scherz, denn sie hatte selbst die bittere Erfahrung machen müssen, wie rasch sich die Syrapier auf den Unachtsamen stürzten.

Palimak tätschelte den dicken Beutel, der an seinem Gürtel hing. »Mit dem Gold, das ich bei mir trage, werde ich wohl selbst König Rhodes' finstere Miene aufhellen können. Vor allem, wenn ich ihm weiteres Geld verspreche, falls er sich mit uns zusammentut.«

Er lachte. Diesmal klang es nicht gezwungen. »Mein Vater sagte immer, zu Friedensverhandlungen solle man stets Schwert und Geld mitbringen. Damals habe ich nicht begriffen, was er damit meinte, aber inzwischen schon.«

Rhodes war für seine Gier bekannt, und bei seiner Bitte um Frieden verließ sich Palimak auf diese Eigenschaft des Tyrannen und auf die Wirkung der blutigen Niederlage, welche die Kyranier den Truppen des Königs vor einem Monat beigebracht hatten.

»Ich würde allerdings wetten«, wandte Leiria ein, »daß Rhodes einen Waffenstillstand spätestens im Frühjahr brechen wird.«

Palimak lachte. »Dann erst?« Ernsthafter fügte er hinzu: »Sollte dies der richtige Ort sein – die Burg, die ich damals mit meinem Vater gesehen habe –, so brauchen wir nur ein paar Wochen. Anschließend kann Rhodes tun, was er will – und von mir aus am liebsten zur Hölle fahren.«

Das Luftschiff hatte seinen Kreis beendet. Es schwebte über der Hinterseite der Burg, und man konnte den Wasserfall und die Höhle deutlich erkennen. Palimak beugte sich weit über die Reling und betrachtete das Land unter sich. Es war gerade Ebbe, und das Wasser lief mit erstaunlicher Geschwindigkeit von den Klippen ab.

Er erkundete die Umgebung mit seinen magischen Sinnen. Augenblicklich spürte er eine starke Kraft, die an ihm zerrte, als würde sein Geist-Selbst wie Treibgut in den Fluten des Meeres hin und her gespült.

Doch anstatt sich abzuwenden, focht er gegen diese Kraft an. Eine magische Woge nach der anderen brach über ihm zusammen.

Bestürzt bemerkte Leiria seinen plötzlichen inneren Kampf. Das Blut wich aus seinem bereits bleichen Gesicht. Die Krallen schoben sich aus seinen Fingerspitzen hervor und drückten sich in die Reling. Unvermittelt überkam sie der Drang, ihn zu packen und von dem loszureißen, was auch immer über ihn herfiel.

Aber sie wußte, daß sie ihm nicht helfen konnte, und so beschränkte sie sich auf die Rolle der Zuschauerin.

Schließlich schnappte Palimak nach Luft. »Dort«, stieß er mit vor Anstrengung zitternder Stimme hervor. »Die Insel! Und auch die Statue! Genauso habe ich sie in Erinnerung!«

Nur mit Mühe gelang es Leiria, ihre Aufmerksamkeit von Palimak abzuwenden. Unter ihr, mehrere hundert Meter vom Fuß der Klippen entfernt, ragte eine winzige Felsinsel aus der Gischt.

Auf diesem Eiland stand das riesige steinerne Standbild eines Dämonen, der ein schmales Gesicht hatte und dessen tiefliegende Augen von vorstehenden Augenbrauenwülsten fast verborgen waren. Der Bildhauer hatte dem Antlitz ein trauriges Lächeln verliehen, wodurch der Eindruck, bei diesem Dämon müsse es sich um ein Wesen von höchster Weisheit handeln, noch verstärkt wurde.

»Das ist Lord Asper«, flüsterte Palimak.

Magische Tentakel reckten sich nach ihm, und plötzlich war er wieder der kleine Junge, der Safar die Arme um die Hüfte schlang, während das große weiße Kriegsroß Khysmet sie durch einen Schneesturm trug, in dem man nicht die Hand vor Augen sehen konnte. Hinter ihnen holte die riesige Eiskreatur auf, doch gerade schrie Safar die Worte eines Schutzzaubers.

»Laß mich dir helfen, Vater!« rief Palimak und fügte seine Magie der seines Vaters hinzu.

Safar warf dem Ungeheuer seinen letzten Beutel in den Weg, und Palimak hörte eine Explosion, nach der ein gequälter Schrei ertönte. Danach spürte er erleichtert, daß die Bestie hinter ihnen zurückblieb. Instinktiv wußte er jedoch, daß das nicht genügen und die Eiskreatur ihnen bald wieder auf den Fersen sein würde.

Er spähte an seinem Vater vorbei nach vorn und sah die wunderschöne Geisterreiterin, die ihnen auf einer schwarzen Stute vorausprechte. Sie hielt eine helle magische Fackel in die Höhe, um sie durch den Sturm zu leiten. Im Augenblick strebten sie auf das Ende einer schmalen Landzunge zu, und auf beiden Seiten rauschte die Brandung gegen die Ufer.

Zu Palimaks Überraschung brachte die Geisterreiterin ihr Pferd nicht zum Stehen, als sie das Ende der Halbinsel erreichte. Statt dessen trieb sie die Stute hinaus aufs Wasser und galoppierte über dessen Oberfläche, als handele es sich um eine breite Königsstraße.

Er spürte die Anspannung seines Vaters, der offensichtlich überlegte, ob er der Reiterin folgen sollte. Aber Safar wurde ruhiger, nachdem er eine Entscheidung getroffen hatte, und ließ einfach Khysmet laufen, wohin er wollte. Sofort sprang der Hengst aufs Wasser hinaus und folgte der Stute ohne Schwierigkeiten.

Eine ganze Weile jagten sie dahin, und die Hufe donnerten spritzend durch anscheinend seichtes Wasser dahin, derweil sich zu beiden Seiten des Weges riesige Wellengebirge auftürmten. Bald verging die Aufregung des Neuen, und Palimak begann zu dösen. Er schlief unruhig, wachte immer wieder auf und vergewisserte sich, daß die Fackel sich noch vor ihnen befand.

Dann schrien ihm plötzlich Gundaree und Gundara ins Ohr. Die beiden magischen Gehilfen, seine stets aufmerksamen Wächter, riefen zugleich: »Hüte dich, Kleiner Meister! Hüte dich!«

Er spürte ein Grollen unter sich und brüllte Safar eine Warnung zu. Doch auch sein Vater war sich der Gefahr bereits bewußt geworden, er hielt sich und seinen Sohn im Sattel, während Khysmet laut wieherte und zum Sprung ansetzte. Der Hengst flog weit durch die Luft, und beim Aufsetzen glitten seine Hufe auf dem rutschigen Felsen aus, doch fand das Pferd rasch wieder festen Halt und preschte über steinigen Grund dahin.

In diesem Moment fegte ein kalter Wind den Schnee beiseite. Bei dem Anblick, der sich Palimak nun bot, blieb ihm der Mund offenstehen. Mitten auf der kleinen Insel, auf der sie sich jetzt befanden, ragte die riesige Statue eines Dämonen in den Himmel.

Palimak spürte, wie sein Vater vor Schreck zusammenzuckte.

»Asper!« keuchte er heiser. »Das ist Asper!«

Während sie auf die Statue zuritten, hob Palimak den Kopf und bemerkte noch etwas anderes. Vielleicht hundert Meter vor ihnen erhob sich eine hohe, nackte Felswand, deren einzige Besonderheit ein großer Höhleneingang in der Mitte war. Oben auf den Felsen stand eine Art Gebäude aus schwarzem Stein. Benommen fragte sich Palimak, worum es sich dabei handeln mochte. Da er nun einige Zinnen bemerkte, war es vermutlich eine Burg.

Die Geisterreiterin rief ihnen etwas zu, und er blickte wieder nach vorn. Sie saß aufrecht auf ihrer Stute und wartete am Fuß einer breiten Treppe, die hinauf in den geöffneten Mund der Statue führte.

»Hier entlang!« rief sie. Und trieb das Pferd die beschädigte Treppe hinauf in den Mund hinein.

Safar brauchte Khysmet nicht weiter anzuspornen. Das große Tier sprang der Stute mit so gewaltigen Sätzen hinterher, daß Palimak sich beinahe nicht mehr hätte festhalten können. Einen Herzschlag später hatten sie das Innere der Figur erreicht, und Dunkelheit hüllte sie ein.

Weißes Licht blitzte auf, und Palimak begann vor Schreck mit den Zähnen zu klappern. Im Dämmer vermißte er plötzlich seinen Vater. Der war verschwunden. Ja, jetzt hielt er Khysmets Zügel. Und was ihn noch mehr verwirrte: Seine Hände waren nicht mehr die eines kleinen Jungen, sondern groß und kräftig.

Khysmet wieherte, und instinktiv beugte sich Palimak vor und duckte sich unter einem schemenhaft erkennbaren Felsvorsprung hindurch. Von weit vor sich hörte er die rhythmischen Schläge von Trommeln. Ein großer Chor sang Wörter, die er nicht verstehen konnte.

Aber durch das Lied hindurch glaubte er eine vertraute Stimme zu vernehmen. Sofort erkannte er sie und schrie: »Vater! Vater!«

Die Stimme, der Todesfurcht anzumerken war, antwortete: »Palimak! Hilf mir! Palimak!«

Im nächsten Augenblick gab es eine schwere Explosion, die Palimak auf einem heißen Wind hochhob und fortschleuderte.

Er wurde aus der Vision gerissen und schnappte nach Luft wie jemand, der gerade vom Grund des Meeres emporgetaucht ist.

Leirias Hand lag auf seiner Schulter, und die Kriegerin sah ihn besorgt an. Er war wieder auf dem Luftschiff.

Palimak wischte sich über das Gesicht, als wollte er eine Fliege vertreiben. »Bei den Göttern«, flüsterte er heiser. »Ich schwöre, ich habe seine Stimme gehört!«

»Wessen Stimme, Palimak?« fragte Leiria.

In den Augen des jungen Mannes spiegelte sich Furcht. »Die von Vater«, erklärte er seiner Tante. Er schüttelte den Kopf. »Das ist doch unmöglich«, fügte er hinzu. »Aber ich glaube … irgendwie … und irgendwo … muß er noch am Leben sein.«

Leiria war zumute, als sei die Sonne plötzlich nach langer, kalter Dunkelheit aufgegangen. Das Eis schmolz und zerbrach, und die Gefühle, die sie für lange Zeit zurückgedrängt hatte, überfluteten sie.

Safar! dachte sie.

Lebt er?

Sie umschloß Palimak mit den Armen und begann zu weinen.

3

Das Meer des Elends

Es gab nur Schmerz.

Iraj besaß keinen Körper, keine Sehnen, keine Muskeln, keine Knochen – und schon gar keine Haut, die das alles hätte umschließen können.

Und dennoch fühlte er diese Schmerzen.

In seiner Pein stellte der Schmerz sein ganzes Sein dar. Er war der wimmernde Schatten einer Seele, die über einem Feuer schmort. Ein rauchender Stein in den Eingeweiden eines heulenden Teufels, der in der Glut des Höllenfeuers tanzte.

Hätte er Tränen gehabt, so hätte er nun geweint. Hätte er eine Zunge gehabt, so hätte er die Tränen aufgeleckt, um seinen fürchterlichen Durst zu stillen. Hätte er eine Stimme gehabt, so hätte er laut um Gnade geschrien. Ja, Iraj Protarus, der Gnade niemals etwas hatte abgewinnen können, hätte seine Krone – und alles andere dazu – für eine Winzigkeit Mitleid hingegeben.

Aber war überhaupt jemand hier, der ihn bedauern könnte?

Die Götter vielleicht?

Safar hatte ihm einmal erzählt, die Götter würden schlafen und könnten nicht antworten. Mochten auch Gebete aus Millionen Kehlen zum Himmel aufsteigen, sie würden schweigen. Safar hatte viele solche Dinge gesagt, und wenn Iraj ein Herz gehabt hätte, das Liebe empfinden konnte, ein Herz, das sich von Haß erfüllen ließe, so hätte er Safar für seine weisen Worte jetzt geliebt und gehaßt.

Safar Timura – Feind und Freund. Freund und Feind. Derjenige, der ihn gerettet hatte. Derjenige, der ihn zu diesem Leben in ewiger Qual verdammt hatte.

Hätte Iraj die Fähigkeit besessen, Heiterkeit zu empfinden, so hätte er jetzt die wahre Bedeutung des Wortes Ironie begriffen.

In seinem früheren Seinszustand war Iraj ein Gestaltwandler gewesen. War vom wilden Wolf zum maliziösen Menschen hinübergewechselt. Und wieder zurück.

Was war davor gewesen?

Bilder zeichneten sich auf der Oberfläche seiner Pein ab.

Er war ein Junge, der in Alisarrians geheimer Höhle seinem Freund Safar ewige Treue geschworen hatte. Er war ein junger Prinz, der seine Armeen gegen den Dämonenkönig Manacia führte, welcher die Menschen mit Versklavung bedrohte. Er war der König der Könige, der Safar verriet, weil er fürchtete, sonst von Safar verraten zu werden. Er war eine Bestie, die sich an Safar für niemals begangene Freveltaten rächen wollte.

Während jedes dieser Bilder Gestalt annahm und sich schließlich wieder in Schaum auflöste, wurde Iraj plötzlich bewußt, daß diese Erinnerungen seinen Schmerz ein wenig linderten. Ihm war, als fände er in einem tosenden Meer einen Augenblick der Ruhe in einer gleichzeitig vertrauten und fremden Welt.

Er war ein bescheidenes Wesen, dem der Sinn einzig danach stand, in den Tod zu fliehen. Aber in seiner Verzweiflung stellten sich nun andere Gedanken ein.

Zuerst: Wo ist Safar?

Und jetzt spürte er es: Safar hielt sich in der Nähe auf! Und auch er litt Qualen. Die folgende Befriedigung hatte jedoch einen bitteren Beigeschmack: Safars Pein war nicht so schlimm wie Irajs.

Er versuchte, aus dem Meer des Elends aufzutauchen und Safar zu erreichen. Währenddessen nahm er andere Wesen wahr, die hinter ihm umherhuschten. Stöhnend. Jammernd. Böse.

Eine Art Fühler streckte sich nach ihm aus. Ein zweiter. Und ein dritter.

Natürlich wußte er, wer das war. Als sie noch Namen besessen hatten, hatten sie Kalasariz, Fari und Luka geheißen. Iraj war ihnen einmal entkommen, doch auf irgendeine Weise waren sie ihm gefolgt.

Nicht Stimmen, sondern Bilder von Stimmen fielen einer raschelnden Schar Insekten gleich über ihn her. »Der König! Wo ist der König?« Und: »Hier, Brüder!« Und: »Folgt ihm! Folgt ihm!«

Iraj sammelte seine gesamte Kraft, stürzte sich vorwärts und schlängelte sich wie ein gejagter Wurm voran.

Er mußte fliehen. Er mußte Safar erreichen.

So rief er: Safar! Safar! Warte auf mich, Safar!

4
Die Barbarenkönigin

König Rhodes wog den Beutel Gold in seiner großen Hand. »Wenn Ihr mir noch einen weiteren schenkt«, grollte er, »könnt Ihr meinetwegen König von ganz Syrapis werden.«

Sein bärtiges Kinn verzog sich nach unten, als er lächelte, und seine gelben, zerborstenen Zähne wurden enthüllt. »König aller Könige, den Titel habe ich in letzter Zeit ziemlich häufig gehört. Falls Ihr darauf aus seid, so werde ich Euch nicht im Weg stehen, ihn anzunehmen.«

Rhodes machte für seine Untertanen eine große Schau, und diese lachten lauthals über den Scherz des Königs und drängten sich näher heran, damit ihnen kein Wort der Auseinandersetzung entging.

Palimak schnaubte. »Das wollte in Esmir auch schon einer werden. Hat aber nicht so richtig geklappt.«

Aus der Versammlung erklang zorniges Gemurmel. Palimaks rüde Erwiderung stieß nicht gerade auf Beifall.

Rhodes vergrub die dicken Finger in seinem Bart und kratzte sich. »Kluge Antwort«, sagte er. Er deutete mit dem edelsteingeschmückten Daumen auf einen hageren Adligen an seiner Seite. »Erst kürzlich habe ich meinem Minister erzählt – Muundy, hier neben mir –, was für ein kluger junger Prinz Ihr seid. Ihr bietet mir und meinen Bruderkönigen ein gutes Beispiel.«

Der Dreck unter seinen Fingernägeln bildete einen nicht zu übersehenden Gegensatz zu dem großen Juwel, das an dem Daumenring prangte. Palimak war gewarnt. Diesen Mann durfte man nicht unterschätzen. Von den Königen auf Syrapis war Rhodes der mächtigste, der gemeinste, der barbarischste.

Aus diesen feuchten Augen leuchtete ihm nicht nur Verschlagenheit entgegen. Dieser Mann war auch durch seine Spione gut im Bilde. Seine Andeutung hinsichtlich der Schwierigkeiten, die Palimak in der Vergangenheit mit Iraj Protarus gehabt hatte, bewiesen das. Eines hatte Palimak jedoch begriffen: Mit Leuten wie Rhodes mußte man von einer Position der Stärke aus verhandeln.

Wie hatte es Coralean, der alte, listige Karawanenmeister ausgedrückt: »Rhodes geht entweder auf die Knie oder dir an die Kehle.«

»Das ist sehr freundlich von Euch, Majestät«, antwortete Palimak und gab sich keine Mühe, seinen Sarkasmus zu verhehlen.

Er wandte sich an Leiria, die neben ihm stand und die Daumen in den Gürtel geschoben hatte. »Wenn wir wieder zu Hause sind, erinnere mich daran, daß wir eine Schule für die Könige von Syrapis gründen. In der ersten Unterrichtsstunde sollten sie lernen, sich zu baden und zu waschen.«

Leiria lächelte dünn. Sie achtete kaum auf den Wortwechsel, sondern suchte ständig die Versammlung auf drohende Gefahren hin ab.

Äußerlich ließ sich Rhodes nicht anmerken, ob er sich beleidigt fühlte. Er lachte brüllend und schlug sich mit der fleischigen Hand auf das baumstarke Bein.

»Was ist bloß mit Euch Kyraniern los?« wollte er wissen. »Gefällt Euch dieser gute Geruch nicht? Der Duft eines Mannes?« Er runzelte die Stirn und gab sich bekümmert. »Ich mache mir durchaus Sorgen um Euch, junger Prinz. Ihr badet mehr, als Euch guttut. Wenn Ihr nicht aufpaßt, holt Ihr Euch noch eine Erkältung und sterbt uns. Was für eine Schande wäre das, wenn Ihr so jung den Löffel abgeben müßtet. Und gerade in dem Augenblick, da wir uns näherkommen und ich Euch zu mögen beginne.«

Palimak grinste ironisch. »Vor allem mein Gold. Das scheint Ihr am meisten zu mögen.«

Rhodes' vorstehende Augenbrauen zogen sich zu einem Stirnrunzeln zusammen. Erneut brummte die Menge mißbilligend. Leiria trat von einem Fuß auf den anderen und ließ dabei warnend ihr Kettenhemd rasseln.

Jemand, der mit den Sitten an König Rhodes' Hof nicht vertraut war, hätte Palimaks Frechheit vermutlich für Dummheit gehalten, dachte Leiria. Schließlich waren sie die beiden einzigen Kyranier, die auf dem Podest standen. Und um dieses Podest – eben jenes, welches sie aus der Luft gesehen hatten – standen Hunderte der Untertanen von Rhodes und füllten den Hof von einer Mauer bis zur gegenüberliegenden.

Diese Menschenmenge vermochte einen schon einzuschüchtern. Wie der König waren seine Untertanen ziemlich dreckig. Ihre zum Teil durchaus teuere Kleidung war von Essensflecken übersät. Und die Leute waren großgewachsen, ja selbst einige Frauen erreichten leicht einen Meter achtzig. Die Männer trugen wilde Tätowierungen im Gesicht, und viele der Frauen hatten sich die Zähne spitz zurechtgeschliffen. Leiria unterdrückte einen Schauder.

Den Gerüchten zufolge waren Rhodes und seine Untertanen Kannibalen, obwohl dafür kein Beweis vorlag. Ohne Zweifel jedoch sammelten sie die Schädel ihrer Feinde. Manche Gürtel waren mit Schrumpfköpfen geschmückt, denen man bunte Bänder in die Haare geflochten hatte.

Zu jeder anderen Zeit hätte die Versammlung das Podest gestürmt und Palimak und Leiria in Stücke gerissen.

Leiria blickte nach oben. Über ihnen kreiste das große Luftschiff. An der Reling warteten schußbereit Bogenschützen. Sie hatte magische Pfeile aufgelegt, die Palimak eigens mit Hilfe von Gundaree und Gundara angefertigt hatte und die jedes Ziel, das sie trafen, auf fürchterliche Weise verbrannten.

Diese und andere Zauberwaffen, mit denen Biner und seine

Mannschaft gerüstet waren, beschützten Palimak und Leiria. Rhodes wußte, noch die kleinste bedrohliche Geste seinerseits würde sofort einen massiven Gegenschlag von oben hervorrufen.

Der König bemerkte Leirias Blick, und instinktiv folgte er ihm – bevor er ihn wieder auf die Kriegerin richtete. Ihr entging das kurze ängstliche Zucken seiner Augen nicht.

Aber im nächsten Moment hatte der König die Fassung wiedererlangt und legte sich spöttisch die haarige Pranke auf die breite Brust. »Höre die Wahrheit, junger Prinz, wie sie Euch ein altes Herz kundtut. Mögen wir auch in der Vergangenheit gewisse ... ähem ... Meinungsverschiedenheiten gehabt haben, so betrachte ich Euch nun als den Sohn, den ich leider niemals haben durfte.«

Leiria bemerkte das gefährliche Glühen in Palimaks Augen und wußte, daß er an Safar dachte. Rhodes' Worte beleidigten ihn. Manchmal vergaß sie einfach, wie jung Palimak eigentlich war. Und das Temperament der Jugend brauste schnell und oftmals tödlich auf.

Sie mischte sich ein, bevor sich die Dinge zum Schlechten wenden konnten. »Verzeiht, Majestät, aber eine Sache fehlt noch.« Sie blickte sich vielsagend auf dem Podest um. »Nämlich die Geisel, auf die wir uns geeinigt hatten.«

Verdrossenheit schlich sich auf Rhodes' Züge. »Was ist bloß aus dieser Welt geworden«, knurrte er. »Keiner vertraut mehr dem Wort eines Königs von Syrapis! Ich sehe keinen Sinn in einer solchen Geisel. Ihr besitzt mein persönliches Versprechen, daß ich mich an diesen Waffenstillstand und seine Bedingungen halten werde.«

»Und eine unserer wichtigsten Bedingungen«, fuhr Leiria fort, »war eine Geisel.«

Sie drehte sich zu Palimak um. »Offensichtlich glaubt König Rhodes, wir würden es nicht ernst meinen, mein Lord. Ich möchte Euch raten, ihn jetzt zu verlassen, damit er noch einige Zeit zum Nachdenken bekommt.«

Palimak musterte den König. »Wollt Ihr das wirklich?« fragte er. »Falls Ihr weitere Bedenkzeit braucht, werde ich sie Euch gewiß gewähren. Inzwischen wird die Blockade aufrechterhalten.«

Die Blockade, von der er sprach, hatte Rhodes an den Verhandlungstisch gezwungen. Coralean stand mit einer kleinen, doch gut bewaffneten Flotte vor Rhodes' Haupthafen. Die Schiffe des Königs saßen dort fest, der Handel mit der Außenwelt war abgeschnitten.

Rhodes seufzte. »Sehr wohl«, erwiderte er, »wenn Ihr darauf besteht.« Er wandte sich um und zischte einem seiner Berater Befehle zu.

Ein paar Augenblicke später hörte man ein lautes Heulen, als wäre jemand dumm genug gewesen, den Schwanz eines Tigers zu packen. Daraufhin folgte ein Schwall schriller Flüche und Drohungen.

Palimak hörte jemanden schimpfen: »Nehmt eure dreckigen Hände von mir, ihr Söhne räudiger Hündinnen! Ich kratze euch die Augen aus und reiße euch die verlogenen Zungen aus dem Mund!«

Dann fiel ihm die Kinnlade herunter, denn zwei rotgesichtige Soldaten zerrten eine um sich tretende, beißende, kratzende Furie auf das Podest. Die Männer bluteten im Gesicht und auf den Armen aus Wunden, die sie bei der Rangelei erlitten hatten.

Es war eine Frau, kein heulendes wildes Tier, und Palimak brauchte einen Augenblick lang, bis er dies begriffen hatte.

Und was für eine Frau sie war! An Größe glich sie Leiria, war so geschmeidig und muskulös wie eine große Katze, trug eine hellbraune Mähne wie ein Löwe, und ihre Augen funkelten wie Diamanten. Dazu war sie halbnackt – offenbar hatte man sie gezwungen, sich anzuziehen, obwohl sie nichts davon hielt.

Durch ihre Widerspenstigkeit war die prächtige, mit Edelsteinen und Goldfäden verzierte Kleidung zerrissen und enthüllte nun einen Großteil ihres wohlgeformten Leibes. Nur ein um die

Brust geschlungenes Tuch und ein spärlicher Lendenschurz verhüllten Scham und Busen vor den Blicken der Umstehenden.

Was ihr allerdings nichts auszumachen schien. Sie war so wütend, so versessen darauf, die Soldaten mit ihren dolchartigen Fingernägeln zu zerkratzen, daß selbst die Reste ihre Kleidung noch von ihr abzufallen drohten. Nach einer halben Unendlichkeit hatten die beiden sie endlich vor den Thron gezogen.

König Rhodes erhob sich schwerfällig wie ein gereizter Bär. Palimak schluckte. Natürlich, Rhodes war groß, das hatte er gewußt, aber, bei der Göttern, so groß? Mindestens zwei Meter und zehn. Die Schultern besaßen die Breite eines Lastkarrens.

»Hörst du wohl auf, Tochter!« donnerte er. »Du wagst es, mich in Anwesenheit unserer Freunde zu demütigen!«

Sofort gab die Frau ihre Gegenwehr auf. Aber während sie sich aufrichtete, war ihr keine Angst anzumerken. Finster starrte sie die beiden Soldaten an, die kurz zusammenzuckten, sie vorsichtig losließen und zurückwichen.

Sie hob den Kopf, sah Rhodes in die Augen und schnaubte herrisch. »Scheiß auf deine Demütigung, liebster Vater! Ich scheiße drauf!«

Rasch und irgendwie majestätisch zog sie ihre Kleidung zurecht. Ihre Haltung ließ die Fetzen wie ein königliches Gewand wirken.

»Man hat mich wie einen Sklaven behandelt, der auf dem Markt verhökert werden soll.« Mit kräftigen, schlanken Fingern strich sie sich durchs Haar. »Sogar schlimmer noch als einen Sklaven. Sklaven besitzen wenigstens einen Wert. In diesem Königreich hat eine Königin jedoch weder Rechte noch Würde.«

Rhodes' Gesicht wurde purpurrot und nahm dann wieder seine vom Alkohol hervorgerufene, normale Röte an. Er wandte sich an Palimak und Leiria, die er breit angrinste.

»Gestattet mir, Euch meiner Tochter, Königin Jooli, vorzustellen«, sagte er so höflich, als befänden sie sich bei einer Abendgesellschaft bei Hofe. »Eure Geisel!«

Leiria hüstelte. Nachdem sie sich gefaßt hatte, nickte sie. »Angenehm, äh, glaube ich.«

Palimak glotzte die Frau an. Alle Wörter, die er kannte, saßen in einem riesigen Kloß in seinem Hals fest. Leiria stieß ihm den Ellbogen in die Rippen.

»Äh, ja«, krächzte er. »Wie ... äh ... schön ... äh.« Der Rest ging unter.

Zu Palimaks Unbehagen fuhr Jooli zu ihm herum. Sie betrachtete ihn, ja, musterte ihn mit stechendem Blick von Kopf bis Fuß. Plötzlich fühlte sich Palimak sehr klein und sehr jung. Ungefähr wie eine Elritze, die gerade von einem großen, vermutlich weiblichen Raubfisch geschluckt wird.

Zur gleichen Zeit flüsterte ihm eine Stimme ins Ohr: »Hüte dich, Kleiner Meister! Sie ist eine Hexe!« Das war Gundaree, der zu Flohgröße verkleinert auf seiner Schulter saß. In dem Moment, in dem der Gehilfe ihn warnte, fühlte Palimak, daß es zwischen ihm und Jooli auf magische Weise funkte.

»So, du bist also derjenige, dem ich ausgeliefert werde«, sagte Jooli höhnisch.

Ehe er darauf reagieren konnte, wandte sie sich erneut an Rhodes. »Was geht hier eigentlich vor sich, Vater?« fragte sie ebenso spöttisch. »Hast du dich von der Armee dieses Kindes besiegen lassen? Oder ist das nur einer deiner üblen Scherze?«

Verblüfft zuckte Rhodes mit den Schultern. »Tu nur einfach zur Abwechslung das, was dir aufgetragen wird, Tochter«, erwiderte er. »Es wurden gewisse Bedingungen gestellt. Ich habe sie erfüllt. Bei dieser Sache steht meine Ehre auf dem Spiel.«

Den Blick weiterhin auf den Vater gerichtet, zeigte Jooli auf Palimak. »Scheiß auf deine Ehre, Vater«, fuhr sie fort. »Oder erwartest du im Ernst, daß ich mit dem da gehe?«

Rhodes schnaubte. »Das haben wir doch bereits besprochen, Jooli. Du bist mein ältestes Kind und dementsprechend die Thronfolgerin. Auf der anderen Seite will ich verdammt sein, wenn ich einer Frau gestatte, sich jemals auf diesen meinen Thron zu setzen.«

Er sah sie flehentlich an. »Warum hast du auch keinen der guten und ehrlichen Prinzen geheiratet, die ich in dein Kämmerchen geführt habe und die um deine Gunst ersuchten? Damit wäre alles soviel einfacher geworden.«

»Die waren entweder Rüpel oder Feiglinge, Vater. Und schlimmer, sie waren dumm. Hätte ich mich tatsächlich einem dummen Mann hingeben sollen? Und ihm Dutzende schwachsinniger Kinder schenken sollen, als wäre ich eine Zuchtsau?«

Leiria rang um Selbstbeherrschung. Sie fühlte sich wie eine ungebetene Zeugin bei einem Familienstreit – was das Ganze ja tatsächlich war –, und sie wollte sich auf keinen Fall einmischen. Wäre doch nur Coralean da! Der weise alte Karawanenmeister hätte diese beiden mit ein paar gut gewählten Worten zum Schweigen gebracht.

Palimak war, wenn auch für sein Alter sehr klug, einer solchen Situation nicht gewachsen. Zum Teufel, sogar sie selbst kam damit nicht zurecht, obwohl sie bereits auf die Dreißig zuging und zudem die Geliebte eines großen Königs und in einen mächtigen Zauberer verliebt gewesen war. Und sie hatte außerdem ganze Armeen in zahllosen Gefechten angeführt.

Rhodes rieb sich die Hände, wusch sie sozusagen – was selten genug vorkam – mit Luft. »Ich bin fertig mit dir, Tochter«, antwortete er. »Endlich habe ich eine Aufgabe für dich gefunden, der du dich nicht entziehen kannst. Dein Königreich braucht dieses Opfer. Du darfst dich nicht weigern!«

Jooli richtete sich auf, kniff die Augen zusammen, und Leiria hätte wetten mögen, sie würde ihrem Vater gleich verbal bei lebendigem Leib die Haut abziehen. Es war an der Zeit, diesem Unfug ein Ende zu bereiten. Schließlich gab es wichtigeres als diesen verfluchten Familienstreit.

Sie zog das Schwert, und das Klirren des Stahls lenkte die Aufmerksamkeit der Anwesenden auf sie. Ihre mit Eisennägeln beschlagenen Sohlen hämmerten auf das Podest, während sie vortrat und die Klinge auf Jooli richtete.

»Was soll das?« fragte Rhodes und machte ebenfalls einen Schritt nach vorne. Im selben Moment sah er nach oben zu den gespannten Bogen auf dem Luftschiff und zögerte.

Jooli starrte Leiria finster an. »Soll ich jetzt auch noch vor meinem Vater gemeuchelt werden?« knurrte sie. Wenn sie auch tapfer klang, wich sie doch sichtlich vor Leiria zurück.

Die holte mit dem Schwert aus, als wolle sie zuschlagen, dann schob sie es vorsichtig auf Joolis Herz zu.

»Königin Jooli«, fragte sie so feierlich, wie es ihr möglich war, »schwört Ihr uns Euren königlichen Eid, daß Ihr Euch in unsere Gefangenschaft begebt? Daß Ihr keinen Fluchtversuch unternehmt, während Ihr Euch in unserem Gewahrsam befindet?«

»Das ist doch lächerlich«, protestierte Jooli.

»Schwöre schon, Tochter«, donnerte Rhodes.

Königin Jooli seufzte theatralisch. »Also gut.« Sie legte die Hand auf das dargereichte Schwert. »Ich schwöre.« Daraufhin schenkte sie Leiria einen haßerfüllten Blick. »So, jetzt habt Ihr mein Wort. Zufrieden?«

Einen Moment lang glaubte Leiria, sie habe in Joolis Augen ein belustigtes Funkeln bemerkt. Und sie fragte sich, ob das alles nur ein Schauspiel war. Aber wenn ja, zu welchem Zweck?

Palimak fand schließlich seine Stimme wieder. »Am besten sollten wir Euch nun an Bord bringen, Eure Hoheit«, wandte er sich an Jooli. »Ich habe noch einige andere Dinge mit Eurem Vater zu besprechen.«

Er winkte Biner zu, und sofort wurde ein großer Korb an einem starken Seil heruntergelassen.

»Was ist mit meinem Gepäck?« fragte Jooli. »Ich habe bisher nichts eingepackt.«

»Wir werden Euch mit Kleidung versorgen«, erwiderte Palimak.

»Aber meine Armbrust und mein Schwert«, protestierte Jooli. »Die kann ich doch nicht hierlassen.«

Aus irgendeinem Grund überraschte es Palimak nicht, welchen Wert Königin Jooli auf ihre Waffen legte. Beinahe hätte er nachgegeben, dann jedoch fiel ihm Gundarees Warnung ein. Wenn es sich bei Jooli tatsächlich um eine Hexe handelte, wollte er ihr keine Möglichkeit geben, ihre magischen Hilfsmittel in ihrem Gepäck zu verstecken.

»Die werdet Ihr nicht brauchen«, beschwichtigte er sie.

Ehe sie erneut Widerspruch erheben konnte, erreichte der Korb das Podest.

»Steigt ein, Euer Hoheit«, bat Leiria sie ohne große Förmlichkeit.

Jooli schnaubte und trat an den Korb. Bevor sie jedoch hineinkletterte, drehte sie sich zu ihrem Vater um. »Das wird dir irgendwann sehr leid tun, Vater«, sagte sie.

Und damit stieg sie hinein und wurde schnell nach oben gezogen. Die Menge gab lautstark ihrer Verblüffung Ausdruck, als sie sah, wie die Tochter ihres Königs in dem Luftschiff verschwand.

Palimak, der die Lage nun wieder im Griff hatte, wandte sich an Rhodes. Er holte einen weiteren Beutel mit Gold aus seinem Gewand und hielt ihn dem König vor die Nase.

»Ehe wir aufbrechen, gibt es noch etwas, das ich tun möchte. Und ich bin bereit, stattlich dafür zu bezahlen.«

Angesichts des goldenen Klimperns glitzerten Rhodes' Augen gierig. »Nur heraus damit. Ich bin mir sicher, daß wir uns irgendwie einigen werden.«

5

Der magische Hengst

Die schwarze Stute tänzelte knapp außerhalb von Khysmets Reichweite, der Saft schoß ihm in die Lenden, und er donnerte ihr hinterher.

Über ihnen ballten sich graue Wolken am Himmel zu einer riesigen Faust voller Blitze. Ein stürmischer Wind, so heiß, daß sich blaue Funken vom schneeweißen Rücken des Hengstes lösten, trieb ihn voran. Unter seinen Hufen rollten die Schatten der Wolken dahin wie Wellen des Meeres.

Hinter ihm her strömte eine große Herde wundersamer Pferde, unter denen sich auch die fünfzig Stuten befanden, die er zu seinen Gemahlinnen zählte. Auf dieser magischen Ebene war er der König der Hengste, und niemand wagte es, sich ihm in den Weg zu stellen. Er hatte angreifende Löwen mit seinen mächtigen Hufen getötet, hatte Rudel von Schakalen vertrieben und andere Hengste, die ihm seinen Harem abjagen wollten, gedemütigt.

Auf dieser wunderbaren Ebene, die sich zwischen zwei riesigen Gebirgen über tausend Meilen ausbreitete, blieb ihm nichts verwehrt. Außer der fabelhaften Stute, die sich ihm nicht unterwerfen wollte.

Wie ein Traum war sie erschienen in der Zeit der Dämmerung, wenn sich die Insekten in riesigen Schwaden vom süßen Gras erhoben. Vögel und Fledermäuse kreisten in diesen Schwärmen und hielten ihr Festmahl ab.

Khysmet hatte der Herde gerade das Signal geben wollen, zu dem Schlafplatz zu ziehen, den er tagsüber ausgekundschaftet hatte: ein kleines Tal zwischen vier niedrigen Hügeln, wo man sich leicht gegen die nächtlichen Räuber verteidigen konnte.

Dann teilte sich der Vorhang der bunten Insekten, und die Stute tänzelte hindurch.

Sobald sie ihn sah, blieb sie stehen.

Dampf quoll aus ihren Nüstern hervor, während sie zum Gruße schnaubte. Daraufhin machte sie kehrt und sah ihn verlockend über die grazilen Schultern an.

Khysmet wieherte erstaunt und verharrte angesichts der Dreistigkeit der fremden Stute. Schließlich erinnerte er sich dunkel an sie. Er kannte sie aus der Anderen Welt, in der er mit seinem Herrn zusammengelebt hatte.

Aber damals war die Stute von einer großen Frau geritten worden, deren Schönheit jener des Pferdes in nichts nachstand. Er hatte den Liebreiz der Frau begriffen, da sein Herr plötzlich zusammengezuckt war und einen starken, verlangenden Duft ausströmte. Er empfand genau die gleiche Hitze wie Khysmet.

Reiter und Pferd hatten die Stute und ihre Herrin verfolgt, die jedoch nach langer Jagd plötzlich verschwunden waren. Später waren sie abermals aufgetaucht, und diesmal hatten sie Khysmet und seinen Herrn durch einen eisigen, gefährlichen, auf magische Weise hervorgerufenen Wintersturm geführt. Der wilde Ritt hatte sein Ende gefunden, als die Stute und ihre Herrin abermals auf geheimnisvolle Weise verschwunden waren.

Und jetzt sah er die Stute erneut – ohne Reiterin.

Khysmet wieherte, ein Befehl, sie möge warten, dann trabte er zu ihr und wollte ihr seinen Anspruch auf sie verdeutlichen.

Die Stute hingegen reagierte mit einem vergnügten Wiehern und preschte über die Ebene davon, auf die sich die Nacht senkte. Khysmet verfolgte sie eine Weile lang, schließlich mußte er jedoch zurückkehren, da er auf seine Herde aufzupassen hatte. Die ganze Nacht über lief er hin und her und bebte, wenn er sich an ihren Duft erinnerte.

In der Morgendämmerung erschien die Stute aufs neue und lockte ihn, bäumte sich auf, wieherte verführerisch und tänzelte von dannen, während Khysmet ihr nachjagte. Doch wie schnell er auch rannte, stets hielt sie den Vorsprung, bis er wieder aufgeben und zurückkehren mußte.

Beim nächsten Mal war er jedoch vorbereitet. Die Leithengste seiner Herde warteten nur auf sein Zeichen, und während er die Stute verfolgte, trieben sie seinen Harem hinter ihm her.

Die Jagd dauerte den ganzen Tag bis in den späten Nachmittag.

Während sich die ersten Schatten der Nacht über die fernen Gebirge ergossen, beschlich Khysmet das aufregende Gefühl, die Stute würde ermüden.

Ihre Schritte erlahmten, sie atmete schwer, und weißer Schaum löste sich von ihren Nüstern.

Dann blieb sie stehen, und er verkündete mit schrillem Wiehern der Welt seinen Sieg, sprang auf sie zu und wollte sie erobern.

Plötzlich zuckte ein Blitz, und die Menschenfrau fiel vom Himmel und saß unbeschwert auf dem Rücken der Stute.

Überrascht kam er rutschend aus vollem Lauf zum Stehen.

Dann wurden er und die Stute und die Frau zu einer lebenden Insel, wie ein gewaltiger Strom aus Tieren umfloß die Herde sie, galoppierte voller Furcht davon und hatte den König vergessen.

Unvermittelt herrschte Stille, und das Grollen der flüchtenden Hufe verebbte in der Ferne.

Die Frau hob anmutig die Hand und zeigte auf Khysmet.

Er schnaubte und wußte nicht, was zu tun war.

Dann spürte er das Kribbeln von Magie – und diese Magie kannte er. Sie hatte ihn einst durch die eisige Hölle geführt.

Die Frau rief: »Dein Herr erwartet dich!«

Damit zerrte sie die Stute herum, die in die Luft galoppierte.

Khysmet sprang ihr hinterher.

Höher und höher und höher ging es hinauf, bis ihr Weg zu den aufgehenden Sternen führte.

In der Ferne leuchtete still der Dämonenmond wie eine blutige Herausforderung.

Khysmets großes Herz klopfte erwartungsvoll.

So lange hatte er auf diesen Ruf gewartet.

Endlich hatte er ihn vernommen.

6

Wo Dunkelheit wartet

Palimak duckte sich im Dunkeln, und er fühlte sich, als sei er in eine feuchte Decke eingewickelt. Außer seinem eigenen Atem und dem steten Tropfen des Wassers von der unsichtbaren Decke über sich hörte er kein Geräusch.

Es war schrecklich kalt – wo seine Haut sein wollenes Gewand berührte, schien es ihm, als würden ihn Zangen kneifen. Eisiges Meerwasser bildete eine dünne Salzschicht auf dem Boden des Ganges und sickerte durch die Sohlen seiner Stiefel. Der Stahlhelm, den er auf dem Kopf trug, sollte eigentlich Schutz vor Schwerthieben bieten, doch er schmerzte wie ein frostiger Heiligenschein.

Seine ganze Kraft wurde ihm durch den Helm ausgesaugt, so empfand er es jedenfalls. Schließlich fiel der Helm mit herzerschütterndem Klirren zu Boden.

In diesem Augenblick löste sich ein Tropfen eisigen Wassers von der Decke, und er zuckte zusammen, als hätte ihn ein unsichtbares Ungeheuer im Nacken gepackt.

»Kein Grund, sich zu fürchten, Kleiner Meister«, sagte Gundara. »Es ist niemand hier.«

»Allerdings«, fügte Gundaree hinzu, »hast du vergessen, die Ratten zu erwähnen.«

»Ich habe überhaupt nichts vergessen«, fauchte Gundara. »Ich wollte unseren Meister nur nicht nervös machen.«

»Vielleicht sollte er aber besser ein wenig nervös sein«, erwiderte Gundaree. »Denn das sind ganz schön große Ratten.«

Die beiden Gehilfen hockten jeder auf einer Schulter, und obwohl sie in der Dunkelheit unsichtbar waren, schloß Palimak aus ihrem Gewicht, daß sie ihre volle Größe eingenommen hatten – sie waren also ungefähr drei Hände groß.

»Mich interessiert gar nicht, wie groß sie sind«, sagte Gundara. »Denn unser Meister ist sehr tapfer.«

»Vielleicht«, erwiderte Gundaree, »aber auf jeden Fall sind es sehr viele. Und sie kommen immer näher!«

»Hört jetzt mit den Ratten auf«, befahl Palimak, »und macht endlich Licht.«

»Ich wollte dich nur warnen«, knurrte Gundaree. »Deshalb brauchst du mich nicht gleich anzufauchen, Kleiner Meister.«

»Ehrlich«, meinte Gundara zu seinem Bruder, »du bist wirklich ungeheuer streitsüchtig. Ich wünschte, Mutter hätte dich gefressen, wie ich es ihr empfohlen habe.«

»Halt den Mund! Sprich nicht über Mutter!« brüllte Gundara.

»Ich werde nicht den Mund halten!« schrie Gundaree zurück. »Du bist doch nur ein –«

»Bitte, Licht!« unterbrach Palimak sie.

»Also schön! Also schön!« erbarmte sich Gundara.

Zunächst vernahm man nur das leise Gemurmel der beiden Gehilfen, dann das Klicken ihrer kleinen Krallen, während sie den Zauber beschworen.

Mit einem Knall erschien plötzlich eine leuchtende Kugel, die etwa zwei Meter über dem Boden des Tunnels schwebte.

»Da ist dein Licht, Kleiner Meister«, meinte Gundara.

Palimak fuhr zusammen, als er die vielen kleinen pelzigen Geschöpfe davonhuschen sah – sie suchten den Schutz der Dunkelheit, die jenseits des dämmerigen Lichtscheins herrschte.

»Und da sind auch deine Ratten«, merkte Gundaree befriedigt an. »Ich habe dir doch gesagt, es wären viele.«

Palimak unterdrückte einen Schauder. »Verscheucht sie«, befahl er.

»Wie heißt das Zauberwort? Heißt es vielleicht ›bitte‹?« schnaubte Gundara und gab sich verletzt.

»Heilige Güte«, wandte Gundaree ein. »Man möchte meinen, wir hätten ihm keine Manieren beigebracht.«

Palimak seufzte. Sein Vater hatte ihm die beiden Gehilfen hinterlassen, die seit seiner Kindheit über ihn gewacht hatten – was trotz ihrer mächtigen Magie nicht immer unbedingt ein Segen gewesen war.

Obwohl sie eigentlich Zwillinge waren, stellten sie genau das jeweilige Gegenteil voneinander dar. Gundara besaß den eleganten Körper eines Mannes, doch den Kopf und die Krallen eines Dämonen. Gundaree hatte das Gesicht eines dunkelhäutigen stattlichen Mannes, aber den Torso eines Dämonen. Beide waren höchst modisch in lange Gewänder, enge Hosen, Umhang und auf Hochglanz polierte Stiefel gekleidet.

Sie waren gierig, lästig, streitsüchtig und für jeden anderen außer Palimak von wenig Nutzen. Obwohl ihnen befohlen worden war, ihm zu gehorchen, war es nicht zu empfehlen, ihnen zu widersprechen, wenn sie sich etwas in den Kopf gesetzt hatten.

»Bitte!« sagte Palimak.

»Ich habe Hunger«, beschwerte sich Gundaree.

»Ein ›bitte‹ wirkt viel besser, wenn es mit ein paar Süßigkeiten daherkommt«, fügte Gundara hinzu.

Palimak unterdrückte ein Stöhnen, griff tief in seine Tasche und zog eine Handvoll Süßes hervor. Die beiden Gehilfen schlangen es rasch hinunter.

Gundara rülpste. »War das alles?« fragte er.

»Wir haben immer noch Hunger«, meinte Gundaree.

»Ein weiteres Wort« – Palimak knirschte mit den Zähnen – »und ich schwöre, ich verwandle euch in zwei große, fette schleimige Schnecken!«

Die Gehilfen schluckten, dann schritten sie ohne weiteres Zögern zur Tat.

Sie sprangen auf den Boden des Tunnels. Es gab einen purpurroten Blitz, und plötzlich hatten sie sich in zwei sehr große, sehr tödliche Katzen verwandelt.

Die Katzen/Gehilfen liefen in die Dunkelheit.

Daraufhin erfolgte wütendes Fauchen und verängstigtes Pfeifen.

Einen Augenblick später duckte sich Palimak, denn aus der Finsternis raste ein Strom grauer Leiber auf ihn zu.

»Zum Teufel!« rief er, während eine riesige Ratte sein Bein heraufkrabbelte.

Er stieß sie fort. Und die nächste und wieder die nächste. Er fluchte und trat um sich, doch auf der Flucht vor den beiden Gehilfen war er für die Nagetiere offensichtlich das kleinere Übel.

Schließlich ebbte die Flut ab und versiegte, und verärgert stand er keuchend da und wartete auf Gundara und Gundaree, die in ihrer eigentlichen Gestalt wieder ins Licht traten.

»Sie sind weg, Kleiner Meister«, flötete Gundara.

Finsteren Blicks öffnete Palimak den Mund, um ihnen ordentlich die Meinung zu sagen. Dann zuckte er jedoch nur mit den Schultern. Welchen Sinn ergab das? Er selbst hatte sich eben nicht klar genug ausgedrückt. Wenn er den Zwillingen die Möglichkeit ließ, sich zwischen zwei Arten zu entscheiden, eine Aufgabe zu erledigen, wählten sie gewöhnlich diejenige, die ihrem Meister das größte Ungemach bereitete.

Um des lieben Friedens willen sagte er nur: »Danke, Jungs«, und machte sich an die Arbeit.

Auf sein Zeichen hin sprangen sie auf seine Schulter. Er schlich vorwärts, wobei die leuchtende Kugel vor ihm den Weg erhellte.

Doch schon bald mußte er abermals stehenbleiben, und nun erkannte er auch den Grund, weshalb die aufgescheuchten Ratten in seine Richtung geflohen waren.

Der Gang endete abrupt vor einer Wand.

»Oh, das wollten wir dir gerade mitteilen, Kleiner Meister«, beeilte sich Gundara zu betonen, »der Tunnel ist hier zu Ende.«

Palimak war verwundert. »Was ist denn passiert?« krächzte er. »In keiner der Visionen hat es so ausgesehen! Da war doch eine Öffnung! Ich habe sie so deutlich wie im hellsten Tageslicht bemerkt! Beide Male!«

»Da stimmt wohl eine Sache nicht, Kleiner Meister«, erklärte Gundaree.

»Nun, eigentlich stimmen zwei nicht«, ergänzte Gundara.

»Ach, halt den Mund«, verlangte Gundaree.

Palimak forderte knurrend Ruhe, die sofort einkehrte. Er wußte sehr wohl, worin seine Schwierigkeiten bestanden. Zumindest hatte er da so seine Vermutung.

Von Anfang an hätte er sich nicht einbilden sollen, daß es hier im Tunnel leicht werden würde. Von dem Augenblick an, in dem er die Statue von Asper durch den Mund betreten hatte, hatte ihn das Gefühl nicht verlassen, daß hier etwas nicht stimmte. An diesem Ort war vor langer, langer Zeit die schwärzeste aller Magien praktiziert worden. Das hatte er gleich gespürt.

Obwohl nichts zu erkennen war, fühlte er die Überbleibsel alter Zaubersprüche. Die Bedrohung hatte er so stark empfunden, daß er Leiria und die anderen vor dem Tunnel zurückgelassen hatte, während er sich mit einer Reihe der mächtigsten Schutzzauber aus seinem Arsenal umgab.

Diese Gefahr hatte anscheinend abgenommen, doch sobald er mit seinen beiden kleinen Wächtern in den Gang eingedrungen war, hatte ihn wieder dieses mulmige Gefühl beschlichen.

Trotz Leirias Widerspruch hatte er sie und ihre Begleiter zurückgelassen, während er weitere Nachforschungen anstellte und den Gang von Magie säuberte, damit ihn bei einem Rückzug nichts überraschen konnte.

Nach fünfstündiger Suche in der Dunkelheit, wobei er eine magische Leuchtkugel nach der anderen verbraucht hatte, wurde ihm klar, warum König Rhodes ihn angesichts seiner Bitte so seltsam angeschaut hatte.

»Die Statue?« hatte er sich überrascht vergewissert. »Niemand geht in die Statue!«

»Dennoch möchte ich es tun«, hatte Palimak erwidert.

Eigentümlicherweise hatte König Rhodes keine weiteren Fragen gestellt. Und in seinen Augen hatte eine unerklärliche Belustigung gefunkelt, als er seine Erlaubnis erteilt hatte.

Erneut betrachtete Palimak die kahle Wand und wunderte sich über die Reaktion des Königs. Nachdem er den Tunnel betreten und die Reste alter Magie erspürt hatte, dachte er zunächst, Rhodes hoffe, ein böses Wesen, welches hier lauerte, würde dem König die Aufgabe abnehmen, an der er seit der Landung der Kyranier auf Syrapis zu knacken hatte.

Nämlich Palimak zu töten.

Doch hier am Ende des Ganges nahm er keine Bedrohung mehr wahr.

Plötzlich zuckte Gundara zusammen. »Hüte dich, Kleiner Meister!«

Palimak erschrak. »Was ist denn los?«

»Dort!« sagte Gundaree und zeigte auf die Wand. »Es wartet.«

»Und es ist wirklich, wirklich, wirklich hungrig, Kleiner Meister«, fügte Gundara hinzu.

»Vielleicht sollten wir besser wieder hinausgehen«, schlug Gundaree vor.

Palimak ignorierte sie, zog den Dolch, drehte ihn um und klopfte die Wand ab.

Es klang wie eine Trommel. Hinter dieser Mauer befand sich ein Hohlraum!

Und aus heiterem Himmel begann Dampf von der Wand aufzusteigen.

Palimak achtete nicht darauf und klopfte weiter.

7
Königin Charize

Auf der anderen Seite der Wand hallte Palimaks Klopfen durch eine riesige Kammer.

Klopf, klopf. Klopf, klopf.

Man hörte ein Rascheln, als würden die trockenen Flügel von Insekten knistern.

Klopf, klopf, klopf.

»Hört nur, Schwestern«, knirschte eine Stimme. »Da kommt jemand.«

Klopf, klopf.

»Still, Schwestern«, sagte eine andere. Ihr Ton klang so tödlich, daß sie einem Menschen, wäre denn einer zugegen gewesen, Mark und Bein hätte erstarren lassen.

Und wieder Stille.

Außer: Klopf, klopf. Klopf, klopf, klopf.

Königin Charize rührte sich auf ihrem Thron und untersuchte die Quelle des Geräusches. Sie war so gut wie blind, aber das war nicht von Bedeutung, da ihr das Sehen in ihrem unterirdischen Königreich der Dunkelheit nichts genützt hätte. Ihr Geruchs- und Gehörsinn dagegen waren so geschärft, daß sie Palimak und die Gehilfen durch den massiven Stein erkennen konnte.

Klopf, klopf.

Klopf, klopf, klopf.

Das Hämmern weckte ein Bild von einem großen Wesen mit zwei Armen und zwei Beinen, jedoch ohne Flügel.

Klopf, klopf.

Und auch Gundara und Gundaree zeichneten sich in ihrem gierigen Verstand ab. Sie hockten auf den Schultern der flügellosen Kreatur.

Durch die weit geöffneten Nasenflügel sog sie die heiße Luft der Kammer ein. Der Geruch des Wesens drang durch die Poren des Steins von der Anderen Seite herein.

»Ich rieche einen Menschen«, flüsterte sie.

Ein leises, hungriges Murmeln erhob sich: »Menschen! Menschen! Menschen!«

Königin Charize schnüffelte abermals. »Und auch einen Dämon!«

Wieder leise Stimmen, diesmal verwirrt statt hungrig: »Mensch *und* Dämon?«

Daß beide Arten gemeinsam dort draußen sein sollten, war überraschend. Handelte es sich dabei vielleicht um die beiden kleinen Wesen auf der Schulter?

Die Antwort lieferte erneut der Geruch, der durch die Poren eindrang. Die geschärften Sinne der Königin verrieten ihr den magischen Ursprung der beiden kleinen Kreaturen. Sie besaßen keine wirkliche Gestalt. Eigentlich lebten sie nicht einmal richtig. Seltsame Geister waren sie, allerdings sehr, sehr alt. Charize lächelte in sich hinein. Sie konnte die Gegenwart der Schwester, der Hexe, förmlich spüren, welche die beiden vor ewigen Zeiten erschaffen hatte.

Nochmals schnupperte sie. Nun konnte sie menschlichen und dämonischen Geruch trennen.

Klopf, klopf, klopf.

Der Geruch erzeugte ein Bild in ihrem Kopf, das von dem flügellosen Wesen.

»Ein Festmahl erwartet uns, Schwestern«, verkündete sie fröhlich.

»Lassen wir ihn ein!«

Hungriges Gemurmel wurde von einer Stimme unterbrochen: »Verzeiht, Majestät. Aber wenn es nun Safar Timura ist?«

Die Frage bohrte sich Charize wie ein glühender Dolch in das riesige Organ, welches gleichzeitig ihr Herz und ihre Lunge bildete. So lange war es her, daß sie sich am Geist eines Menschen hatte gütlich tun können, und in ihrem Hunger hatte sie diese Erinnerung schlicht verdrängt.

»Wie kannst du es wagen, den Namen Safar Timura auszusprechen«, schnarrte sie. »Das ist an diesem Ort verboten!«

»Gewiß, gewiß, Schwester«, antwortete die andere. Sie gehörte Tarla, ihrer Rivalin um den Thron. »Dennoch muß ich zum Wohle von uns allen offen sprechen. Safar Timura hätte uns beinahe vernichtet, wenn du dich erinnerst.«

Oh, und ob sich Königin Charize erinnerte.

Und wieder das Geräusch von der Anderen Seite:

Klopf, klopf.

Klopf, klopf, klopf.

Dann sprang sie plötzlich durch Zeit und Raum und befand sich wieder in dem Augenblick vor etlichen Häutungen, als ihr fürchterlichster Feind, der mächtige Zauberer Lord Timura, sie herausgefordert hatte.

Nur – in dieser Vision war sie in Timuras Gedanken. Von Dunkelheit umschlossen. Gefahr ringsum. Sie erlebte gleichermaßen seine und ihre eigenen Gefühle.

Vor Ekel mußte sie würgen, während ihr Verstand sich in den schmutzigen Körper des anderen drängte:

Sie *war* Safar Timura! Und sie war von Dunkelheit und grauenhaften Wesen umgeben – sich selbst und ihren Schwestern!

Scharfe Krallen kratzten über Stein, und es war ein Schnüffeln zu vernehmen, als würde ein großes Untier einer starken Witterung folgen. Safar mußte bald etwas unternehmen, sonst würden sie ihn entdecken.

Und sofort kam ihm eine Idee, doch er durfte sie nicht ein zweites Mal überprüfen, denn mit den kritischen Gedanken würde die Angst kommen, und mit der Angst das Zögern, welches sein Ende bedeuten würde. Er beschwor den Zauber und klatschte in die Hände, wobei er rief:

»LICHT!«

Und von allen Seiten erstrahlte Licht. Hatte er zuvor in der Dunkelheit nicht sehen können, so war er nun von ihrem grellweißen Gegenstück geblendet. Ein elendes Geschrei erhob sich, und das erste, was er erkannte, ließ ihm den Atem stocken.

Ein Untier ragte über ihm auf, die riesigen, leichenblassen Flügel wie die einer Fledermaus ausgebreitet. An dem langen, weiblichen Torso hingen dünne Arme und Beine, die in krallenbewehrten Klauen endeten. Auf dem schädelähnlichen Kopf wuchs kein einziges Haar, und statt einer Nase waren in dem flachen Gesicht nur Löcher zu sehen.

Safar wäre fast zur Seite gesprungen, doch er bemerkte rechtzeitig, daß diese Kreatur viel zu sehr damit beschäftigt war, vor Schmerz zu schreien und sich die Augen zu bedecken, um eine Gefahr für ihn darzustellen.

Er befand sich in einem riesigen Gewölbe voller leuchtender Farben. Große Säulen, rote, blaue, grüne, reckten sich zu einem hellen Licht empor, in dem sie sich verloren. Hunderte totenbleiche Kreaturen füllten den Raum, manche kauerten vor Schmerz schreiend auf dem Boden, andere hingen wie Fledermäuse von Stangen herab, die aus den Säulen ragten. Sie kreischten und krümmten sich scheußlichen Flaggen gleich, die sich in einem teuflischen Wind durch Zauber heraufbeschworenen Lichtes verdrehten.

Jetzt erblickte Safar die Kreatur, auf die er es abgesehen hatte. Mit magisch verstärkter Stimme rief er über das Heulen hinweg:

»RUHE!«

Die Schreie verstummten auf seinen Befehl augenblicklich, und nun war nur noch Stöhnen und harsches Flehen um Gnade zu vernehmen.

Safar schritt voran durch die sich windenden Körper, bis er den Thron erreichte. Dieser sah aus wie ein Berg von Gebeinen – Arme, Beine, Leiber und Schädel, die zu einem riesigen Lehnstuhl angeordnet waren. Während er sich näherte, bemerkte er, daß die Knochen aus weißem Stein geschnitzt waren. Die Kreatur, die auf dem grausigen Thron saß, sah wie die anderen aus, nur viel größer. Auf dem kahlen Schädel trug sie ein rotes Metallband wie eine Krone. Anders als die übrigen schwieg dieses Wesen jedoch, wenn es auch zusammengekrümmt dakauerte und die Augen bedeckte. Doch ließ es sich keinerlei Schmerz anmerken.

Safar blieb vor dem Thron stehen und sagte laut: »Seid Ihr die Königin dieses wimmernden Haufens?«

»Ja, ich bin die Königin. Königin Charize.« Indem sie antwortete, hob sie stolz den Kopf, schützte jedoch weiterhin die Augen. »Ich befehle hier.«

»Ihr befehlt gar nichts«, erwiderte Safar. Seine Worte hallten durch den Saal, »außer das, was ich, Lord Timura von Kyrania, erlaube.«

Königin Charize antwortete nicht.

»Habt Ihr mich verstanden?« verlangte Safar zu wissen.

Er machte eine Geste, und das Licht wurde noch greller. Die Kreaturen heulten auf, als der Schmerz sich verstärkte. Selbst die Königin konnte nun ein Stöhnen nicht zurückhalten, das sich durch die zusammengepreßten Lippen stahl.

»Ja«, keuchte sie. »Ich habe verstanden.«

»Ja, Meister«, berichtigte Safar sie. »Ihr werdet mich mit Meister anreden.«

Die Königin knirschte vor Protest mit den Zähnen, brachte es aber schließlich heraus: »Ja … Meister!«

Klopf, klopf. Klopf, klopf, klopf.

Das Geräusch rief Charize ins Hier und Jetzt zurück.

Der Augenblick war gerade recht, denn plötzlich spürte sie große Gefahr.

Nicht von draußen, sondern nur wenige Schritte von ihr entfernt. Tarla schlich sich an sie heran. Charize roch den Haß im Atem ihrer Rivalin. Hörte das schwache Klacken der Krallen, die nach ihrer Kehle griffen.

Die Königin schlug mit ihren riesigen Klauen zu. Ein Schrei wurde laut, ein Körper plumpste auf den Boden; dann erfüllte der schwere Geruch des Todes die Kammer.

Tarla war nicht mehr.

Aufgeregtes Tuscheln breitete sich unter ihren Untertanen aus, während diese die Nachricht des Geschehenen weitergaben.

»Finden sich unter euch noch andere, meine Schwestern«, sagte Charize bedrohlich, »die mich herausfordern möchten?«

Das Tuscheln erstarb.

Stille.

Außer dem klopf, klopf, klopf von der Anderen Seite.

Nun zwangen die Demütigung durch Safar Timura und der versuchte Königsmord von Tarla Charize zu einer Entscheidung.

Sie mußte zeigen, wer hier herrschte. Ein gnadenloser Beweis der Macht war notwendig, um die Anhänger von Tarla verstummen zu lassen.

»Lassen wir ihn herein, Schwestern«, verkündete sie. »Gönnen wir uns das Festmahl.«

Palimak legte das Ohr an die Wand und lauschte, während er weiter mit dem Heft seines Dolches dagegenschlug.

Klopf, klopf, klopf.

Seine Sinne waren ganz auf das hohle Echo gerichtet, welches zu ihm zurückkam. Der Raum hinter der Wand mußte ziemlich groß sein, schätzte er. Eher eine Kammer und nicht nur ein Spalt im Fels.

Offensichtlich war es dort auch sehr warm, wie der Dampf bezeugte, der durch den Stein nach außen drang.

Er wollte gerade weiterklopfen, da spürte er ein Kratzen an seiner Wange. Er wich zurück und bemerkte einen Vorsprung in der ansonsten glatten Mauer.

»Was ist denn das?« fragte er.

Auf einer Schulter fühlte er Gundara zittern. »Mir gefällt es nicht besonders an diesem Ort, Kleiner Meister.«

»Vielleicht sollten wir hier verschwinden«, fügte Gundaree hinzu.

»Lauert denn Gefahr?« erkundigte sich Palimak.

Seiner Angst zum Trotz konnte sich Gundara einen Seitenhieb nicht verkneifen. »Haben wir nicht gesagt, es sei hungrig, Meister?«

Gundaree klapperte mit den Zähnen. Dennoch gelang es ihm zu ergänzen: »Und es will uns fressen!«

Palimak ignorierte ihre Furcht. »Macht das Licht heller.«

»Bist du taub, Kleiner Meister?« fragte Gundara. »Hast du nicht gehört? Du solltest so schnell wie möglich hier verschwinden!«

»Tut, was ich sage«, erwiderte Palimak nur. Und fügte hinzu: »Bitte.«

»Also gut, wenn du es wünschst, Kleiner Meister«, sagte Gundaree. »Aber gib uns hinterher nicht die Schuld, wenn du im Bauch von diesem häßlichen Ding gelandet bist.«

»Werde ich schon nicht«, versicherte Palimak.

Die beiden Gehilfen murmelten einen kleinen Zauberspruch, und die Lichtkugel wurde größer, so daß Palimak die betreffende Partie des Felsens besser betrachten konnte.

In den Stein war eine geflügelte Schlange mit zwei Köpfen gemeißelt, die Zungen witternd herausgestreckt.

»Das Zeichen von Asper«, flüsterte er.

In diesem Moment riefen die Gehilfen wie aus einem Mund: »Paß auf, Kleiner Meister!«

Ein leises Grollen ertönte, daraufhin ein Knirschen, und während Palimak von der Wand zurücktrat, bewegte sich diese plötzlich.

Er zog das Schwert – und sicherte sich zusätzlich durch einen Verteidigungszauber. Dann stand die Wand wieder still. Ein nach Verwesung stinkender Dampf zischte durch den zollbreiten Spalt der Öffnung, die sich aufgetan hatte.

Er wartete und flüsterte einen weiteren Zauberspruch, der den entsetzlichen Gestank etwas erträglicher machte. Die Gehilfen schwiegen endlich – was für ein Segen! Dennoch beunruhigte ihn das Fehlen ihres ununterbrochenen Schwatzens.

So verängstigt hatte er sie noch nie erlebt. Wenn ihm selbst Todesgefahr drohte, so ergingen sie sich für gewöhnlich in freudiger Niedergeschlagenheit darüber, daß sie endlich einen neuen Meister bekommen würden, sollte Palimak der Bedrohung zum Opfer fallen. Gewiß würden sie ihn vermissen. Ja, vielleicht würden sie sogar ein wenig um ihn trauern. Tatsache war jedoch, nach tausend oder noch mehr Jahren betrachteten sie die kurzlebigen Wesen, die ihre Meister waren, mit einem gewissen Fatalismus. Es kam, wie es eben kam. In diesem Fall konnte man ihnen allerdings keine Gleichgültigkeit vorwerfen.

Palimak erkundete die Dunkelheit nach einem Anzeichen für das, was sie so sehr erschütterte. Denn gewißlich gab es dort etwas höchst Beunruhigendes. Gundara und Gundaree lagen in dieser Hinsicht immer richtig. Aber aus welchem Grund auch immer konnte er lediglich die Reste jener uralten Magie spüren, denen er bereits beim Betreten des Ganges begegnet war.

Erneut betrachtete er die zweiköpfige Schlange, das Zeichen von Asper. Unbewußt streckte er die Hand in ihre Richtung aus. Während er das tat, fühlte er unvermittelt, wie sich etwas – und zwar ein grauenerregendes Ding von einem Etwas – erwartungsvoll zu ihm vorbeugte. Riesige Fangzähne entblößten sich zu einem bösartigen Grinsen.

In diesem Augenblick zischte die Lichtkugel, verlosch, und rings um ihn her herrschte Dunkelheit.

Die Erde grollte, dann knirschte wieder Stein, und anscheinend öffnete sich die Tür weiter, dachte Palimak.

Er holte tief Luft und trat ein.

Mit einem lauten, hallenden Krachen schlug die Tür hinter ihm zu.

8

Flucht aus Hadin

Oh, wie er tanzte. Und tanzte, tanzte, tanzte. Zum Takt der Erntetrommeln tanzte …

Safar wehrte sich gegen den Zauber, der ihn mit festem Griff gefangenhielt. Er stöhnte vor Anstrengung, während der kosmische Puppenspieler die Fäden zog und ihn zum nächsten Auftritt auf der verdammten Bühne von Hadin zwang.

Um ihn herum hüpften seine unsterblichen Gefährten und gaben sich freudig dem Lied der Erntekönigin hin: »*Dame, o Dame, beuge dich/Beuge dich …*«

Abermals stieg Rauch gleich einer Säule aus dem Vulkan auf, der den Hintergrund für die tanzende Königin bildete. Ein Funkenschauer zog durch den schwarzen Qualm, fast im Takt der Musik.

Erneut schien die Geschichte ihren fürchterlichen Zyklus zu wiederholen, und Safar würde einmal mehr die Vernichtung von Fleisch, Knochen und Seelen miterleben.

Diesmal jedoch gab es einen Unterschied. Und der ließ Hoffnung keimen. Offenbar hatte er nun das Bewußtsein schneller erlangt als all die Male, die er in der ewigen Hölle, die Hadin darstellte, zu Verstand gekommen war.

Und er war nicht nur mit den Worten von Aspers Zauber bewaffnet, sondern zudem mit der Erinnerung an Palimak, der auf dem kräftigen Rücken von Khysmet aus dem Nebel einer Zauberwelt galoppierte.

Natürlich mochte dies alles nur eine weitere schreckliche Manifestation der ewigen Verdammnis sein, in die er gestoßen worden war, als er den Zauber in Esmir beschworen hatte. Tatsächlich wußte er nicht einmal sicher, ob seine Magie wirklich funktioniert hatte. Allerdings beschlich ihn das leise Gefühl, er habe Erfolg gehabt. Dennoch konnten die Gifte noch immer durch das magische Portal austreten, welches Hadin mit Esmir verband.

Und noch etwas machte ihm Sorgen – was war mit Iraj geschehen? Wie war es ihm ergangen? Safar konnte sich nicht des Verdachtes erwehren, daß sein alter Feind irgendwo ganz in der Nähe lauerte. Vielleicht nicht gerade in der Zauberwelt des verdammten Hadin. Aber nicht weit davon entfernt.

Er versuchte, sich zu konzentrieren. Schickte seine magischen Sinne zu Orten, von denen er vermutete, Iraj könnte sich dort verbergen. Aber er war so von dem Zaubertanz gefangen, daß er weiterhin herumhüpfte wie ein nackter Clown.

»Dame, o Dame, beuge dich …«

Er klatschte sich mit den Händen auf die Brust. Stampfte mit den bloßen Füßen in den heißen Sand.

Einen beängstigend langen Moment verlor er beinahe die Beherrschung – und damit den Willen, jenen Zauber zu beschwören, von dem er sich die Freiheit versprach.

Dann hörte er das ferne Grollen des Vulkans, der kurz vor dem Ausbruch stand. Die Königin wandte sich um, betrachtete die Eruption und rief ihrer verdammten Schar viel zu spät eine Warnung zu. So hatte sie es bereits Hunderte Male zuvor getan.

Safar sammelte seine ganze Kraft und sprach die Worte von Aspers Zauber:

»Das Höllenfeuer brennt am hellsten
In des Himmels heiligem Schatten.
Was nahe ist,
Ist schon bald vergessen;
Was fern ist …«

Iraj kletterte höher auf den Felsen.

Zumindest stellte er es sich wie einen Felsen vor. Und genauso dachte er sich das seelenverzehrende Meer, das hinter ihm lag, als etwas, das man nur als »Meer« beschreiben konnte. Iraj war nie ein nachdenklicher Mensch gewesen, und so besaß er auch keinen Sinn für das Metaphysische, geschweige denn die Fähigkeit, es in Worte zu fassen.

Er wußte nur eins: Safars Stimme konnte er hören. Obwohl diese Stimme von einem Ort zu ihm vordrang, den er nicht sehen konnte, war er sicher, sie kam ganz aus der Nähe.

Und wieder:

»... Wie ein Bruder umarmt;
Durchbohrt unsere Brust mit Gift
Flüstert die Nachricht von unserem Tod ...«

Instinktiv wurde Iraj klar, daß sich sein Feind auf die Flucht vorbereitete.

Und er war entschlossen, mit ihm zu entkommen.

Iraj warf sich höher und ignorierte den Schmerz, der ihn durchfuhr, als er auf die rauhe Oberfläche plumpste. Am Ende des Felsens erkannte er einen blaugoldenen Lichtschimmer. In diesem hellen Schein glaubte er eine Bewegung auszumachen. Riesige Schatten, die zu einem Rhythmus tanzten, den er nicht hören konnte.

Safar war einer dieser Schemen.

Dessen war er sich sicher.

Iraj streckte die Hand aus, streckte sie weiter ... und weiter ... und weiter aus ...

Das primitive Wesen, welches Kalasariz darstellte, sah Irajs Bewegung und rief den anderen zu: »Den König. Folgt dem König.«

Von Schmerz gepeinigt, drängte er sich näher an Iraj heran.

Hinter ihm vernahmen die beiden wurmähnlichen Dinge – Fari und Luka – seinen Ruf.

Verzweifelt krochen sie hinterher.

Inzwischen wälzte sich bereits Lava über die Ränder des Vulkans, während Safar die letzten Zeilen des Zaubers sprach:

»… Denn er ist die Viper der Rose,
Die verweilt im fernen Hadinland!«

Eine riesige schwarze Rauchwolke stob aus dem Schlund des Vulkans empor. Die Königin und ihre Tänzer schrien vor Entsetzen laut auf.

Safar wappnete sich für den mächtigen heißen Atemstoß, von dem er wußte, daß er nun erfolgen würde.

In diesem Augenblick hörte er den schrillen Ruf eines Tieres. Und mit diesem Ruf erfüllte neue Kraft seine Glieder, und er sackte – ja, er fiel fast – in den Sand. Es war, als wären die Fäden der Marionette, die der Puppenspieler in der Hand hielt, plötzlich durchtrennt worden.

Ein zweiter Ruf folgte, und er erhob sich taumelnd auf die Beine. Nur unter Schwierigkeiten drehte er sich um, und sein Blut sang, da er nun ein verblüffendes Wesen über den Strand preschen sah.

Khysmet! Sein weißes Fell glänzte silbern in der Sonne.

Safar dachte nicht erst lange darüber nach, woher der Hengst kam und auf welche Weise er hierhergefunden hatte. Irgendwie fand er die Kraft, sich vorwärts zu bewegen. Dann begann er zu laufen, wobei seine Beine sich wie tote Stümpfe anfühlten.

Schließlich erreichte er den Hengst, nahm noch einmal all seine Kraft zusammen und warf sich auf den Rücken des Tieres.

Das Pferd wendete und rannte auf das Wasser zu, wo die Wellen über ein Wirrwarr schwarzer Felsen spülten.

Dann explodierte der Vulkan.

Ein gigantischer brennend heißer Sturmwind erfaßte sie.

Dennoch starben sie nicht, sondern wurden hoch in die Luft gewirbelt.

Safar fühlte, daß sie schwebten. Und Khysmet galoppierte voran. Der Hengst schien plötzlich Flügel zu haben.

Hinter sich hörte er jemanden rufen: »Safar!«

Das war Irajs Stimme.

Safar blickte sich über die Schulter um, konnte jedoch außer den rauchenden Ruinen der Insel nichts erkennen.

Im nächsten Moment spürte er ein Brennen in seiner Brust und schrie vor Überraschung und Schmerz auf. Seine Rippen wurden von einem Feuerpfeil durchbohrt, der genau ins Herz traf.

Danach war der Schmerz so rasch vergangen, wie er aufgetreten war.

Khysmet wieherte vergnügt und preschte mit noch größerer Geschwindigkeit in den Himmel hinein.

Safar war zu erschöpft, um etwas zu fühlen. Er sank auf dem Rücken des Pferdes zusammen und ließ sich von seinem Freund tragen, wohin immer der auch wollte.

Leise murmelte er vor sich hin: »Frei, frei.« Und glaubte, ein leises Echo zu vernehmen: *»Frei, frei.«*

Zu geschwächt von den Anstrengungen, nahm sein Bewußtsein diesen Widerhall kaum wahr.

Schließlich umfing ihn Dunkelheit, und er vergaß alles um sich herum.

9

Todeslied

Palimak war von riesigen roten Augen umzingelt, die ihm aus der Dunkelheit hungrig entgegenleuchteten. Er konnte sich nicht bewegen; seine Glieder fühlten sich wie Stein an, und zu atmen vermochte er nur unter größten Schwierigkeiten.

In seinem Kopf vermengten sich Gedankenfetzen. Wo war er? Wer waren diese Wesen? Warum hatte er nicht auf den Rat seiner Gehilfen gehört? Und was zum Teufel war in ihn gefahren, überhaupt durch diese Tür zu gehen?

Trotz der Hitze in dieser rabenschwarzen Kammer rann ihm ein Schauer über den Rücken, als ihm bewußt wurde, daß »Teufel« vielleicht gar nicht so weit von der Wahrheit entfernt war.

Schließlich war er eingetreten, weil ihn etwas gerufen hatte. Eine starke Kraft hatte durch den Fels gelangt, ihn gepackt und ihrem Willen unterworfen. So hatte er den schrillen Alarm seines Überlebensinstinkts schlicht nicht mitbekommen.

Gundara und Gundaree waren verstummt. Da er ihr Gewicht nicht mehr auf seinen Schultern spürte, hatten sie sich vermutlich auf ihre geringste Größe verkleinert, um so hoffentlich der Entdeckung zu entgehen.

Er hörte einen schweren Körper, der sich auf ihn zubewegte, und als er den Blick hob, sah er glühende Kreise, die sich näherten. Bei den Göttern, er wünschte nur, er könne etwas mehr erkennen.

Obwohl es vielleicht gar nicht so schlecht war, nichts zu sehen. Dem Geräusch zufolge, das dieser Körper verursachte, und der

Tatsache nach, daß diese Augen sich weit über ihm befanden, mußte das Ungeheuer riesig sein.

Aber inmitten dieser ängstlichen Gedanken ereilte ihn plötzlich ein Geistesblitz: Bestimmt fürchteten diese Wesen Licht!

Falls ihn jemand gefragt hätte, wieso er sich dessen so sicher war, hätte er keine Antwort darauf gewußt. Er ahnte einfach, daß er nur erneut eine Lichtkugel zu zaubern brauchte, um entfliehen zu können.

Verzweifelt versuchte Palimak, den Gehilfen ein Zeichen zu geben – für gewöhnlich konnten sie seine Gedanken durchaus gut verstehen.

Doch die ernüchternde Wahrheit war: Diese Fluchtmöglichkeit hatte ihm die gleiche Magie abgeschnitten, die ihn auch in die Kammer gelockt hatte. Der Zauber hatte Palimaks schwache Stellen ausgekundschaftet und verhindert, daß der Junge in den Wänden dieser Kammer Licht erzeugen konnte.

Die riesigen Augen kamen immer näher.

Palimak grub tief in seinem Innern und wollte Kraft schöpfen. Doch mit Entsetzen stellte er fest, daß er seine Energie allein damit verbraucht hatte, in dieser Gruft seinen vom Zauber erstarrten Körper am Leben zu erhalten.

Er konnte nicht einmal den Mund öffnen, geschweige denn schreien.

Das Ungeheuer hielt vor ihm inne, sein Atem strich wie ein verfaulter Wind aus einem offenen Grab über ihn hinweg. Dann bewegte es sich langsam um ihn herum, als wolle es genau dieses Grab für Palimak abmessen. Schließlich stellte es sich wieder vor ihn, und die riesigen Augen wurden sogar noch größer – zwei rote Kreise, die ihn verschlingen wollten.

Das Ungeheuer sprach. »Dieses Wesen ist mir ein Rätsel, Schwester«, sagte es. Trotz der schneidenden Stimme erkannte Palimak, daß es sich um ein weibliches Wesen handeln mußte. »Dem äußeren Anschein nach ist es ein Mensch«, fuhr die Stimme fort, »aber er riecht gleichzeitig nach Dämon. Dämon und Mensch im selben Körper. Wie kann das sein?«

Leises Murmeln erhob sich in der Kammer – viele flüsternde Stimmen wiederholten: »Wie kann das sein? Wie kann das sein? Wie kann das sein?«

Nun gab das Ungeheuer ein Grollen von sich, das vermutlich ein Lachen darstellen sollte. »Aber gleichgültig, Schwestern. Mensch oder Dämon, ein Festschmaus wird es ohnehin.«

»Festschmaus ... Festschmaus ... Festschmaus«, hallte es zurück.

Der Hunger, der aus all diesen Stimmen sprach, hätte Palimaks Widerstand beinahe besiegt. Er war einfach ein Opfer, welches im nächsten Moment seinem Jäger zur Beute fallen würde. Zunächst bäumt sich die Beute noch auf. Langsam jedoch wird der Verstand betäubt, und das Opfer gibt sein Leben, für das es kurz zuvor noch erbittert gekämpft hat, fast mit Freuden auf.

Er unternahm einen letzten verzweifelten Versuch, und diesmal schien sich ein Tor zu öffnen, durch das seine Kraft zurückströmte. Sein ganzer Körper kribbelte bei seinem Erwachen. Seine Augen brannten wie in grellem Sonnenlicht. Er schloß sie, der Schmerz verschwand, und nachdem er sie wieder aufgeschlagen hatte, verwandelte sich die undurchdringliche Dunkelheit in eine düstere Dämmerung.

Von der gerade noch rechtzeitigen Rückkehr seiner Kraft überrascht, regte er sich nicht.

Die alptraumhafte Gestalt ragte weiterhin über ihm auf – sie hatte die knochenweißen Flügel ausgebreitet, die so groß waren, daß sie ein ganzes Dutzend Palimaks hätte umfassen können. Hinter der großen Bestie erkannte er andere, die ein wenig kleiner waren, jedoch kaum weniger grauenhaft.

Das Ungeheuer beugte sich vor, bis seine Augen sich mit denen von Palimak auf einer Höhe befanden.

»Bevor ich dich fresse – Mensch oder Dämon, oder was immer

du bist – werde ich dir meinen Namen verraten. Ich bin die Königin Charize, der du ehrenvoll dein Fleisch überlassen darfst. Königin Charize wird dir das Mark aus den Knochen saugen. Königin Charize wird sich an deiner Seele gütlich tun. Also, sei bereit, Kleiner.«

Während sie sprach, wandte Palimak den Blick nach links und entdeckte einen hohen Altar, zu dem ein halbes Dutzend Stufen hinaufführten. Auf diesem Altar stand ein großer Sarg, dessen Deckel in der Form eines Dämonen gestaltet war. An den Seiten waren goldene zweiköpfige Schlangen mit ausgebreiteten Flügeln dargestellt.

Sofort wußte er, wo er war: in der seit langem verschollenen Gruft des Lords Asper!

Diesen Ort hatte er gesucht, seit er zum ersten Mal den Fuß auf Syrapis gesetzt hatte. Vor einer Ewigkeit hatte ihm sein Vater erzählt, wie er diese Kammer des Schreckens in einer Vision aufgesucht hatte. Hier herrschte die Königin Charize. Und auch von dem Sarkophag hatte er berichtet, der, dessen war sich Safar sicher, die Gebeine des Lord Asper und zudem viele andere Geheimnisse barg.

Palimak ahnte, daß er in Sicherheit wäre, wenn er diesen Sarkophag nur erreichte. Diese Gewißheit ging mit dem seltsamen Gefühl einher, daß er noch immer nicht ganz Herr seines Verstandes war. Ihm schien es, als habe ein älteres, weiseres Wesen den Weg in seinen Körper gefunden. Ein kaltes, berechnendes und verschlagenes Wesen. Er fühlte sich stark und überlegen. In seinen Adern pulsierte magische Macht.

Er sprach, wobei ein Hauch von Sarkasmus in seiner Stimme nicht zu leugnen war. »Verzeiht, o Königliche, weil ich Eure Ohren mit meinen Worten beleidige, aber bevor ich sterbe, erbitte ich eine Gunst von Euch.«

Überrascht trat Charize zurück, und ihr Schwanz bewegte sich dem Stachel eines riesigen Skorpions gleich.

»Was ist denn das?« knurrte sie. »Du kannst sprechen.«

Ein Rauschen, wie es ein Mistralwind erzeugen mag, der durch die vergifteten Dornen eines Teufelsbaums weht, erfüllte die Höhle. »Er spricht, Schwestern, er spricht.«

Palimak zuckte mit den Schultern, was die Bestie sogar noch mehr verwunderte. Durch ihren Zauber hätte er nicht nur stumm, sondern auch unbeweglich sein sollen.

»Das ist doch nicht schwer«, erwiderte er, »ich öffne einfach den Mund, und die Wörter kommen wie von selbst heraus.«

Er blickte die schauderhaften Untertanen der Königin an, die miteinander tuschelten und seine Fähigkeit, sich über Charizes Bann hinwegzusetzen, mit Unbehagen aufnahmen. Ein anderer Teil seines Verstandes – das jugendliche Ich, sein eher eigentliches Ich – beobachtete das Schauspiel. Bemerkte die Reaktionen. Plante kalt den nächsten Zug.

»Wichtig ist nicht, ob ich sprechen kann oder nicht«, fuhr er fort, »sondern ob Ihr mir die Gunst gewährt, um die ich gebeten habe.«

Königin Charize gewann die Fassung zurück. »Gunst?« fragte sie höhnisch. »Warum sollte ich dir eine Gunst gewähren?«

Palimak runzelte die Stirn. »Seid Ihr nicht die Königin Charize«, fragte er, »die behauptet, die Herrscherin der Schwestern von Asper zu sein?«

Die Frage überraschte ihn genauso sehr wie Charize. Wo kam sie nur her? Und warum klang seine Stimme soviel tiefer, warum formulierte er etwas, das er gar nicht wissen konnte?

»Behauptet!? Behauptet!?« tobte Charize. »Wie kannst du es wagen, solche Wörter des Zweifels auszusprechen?« Sie näherte sich ihm und klickte wütend mit den Krallen. »Dummer Narr, jetzt wird dein Tod bestimmt nicht mehr angenehm werden. Du wirst die erlesensten Qualen erleiden dürfen, ehe ich dich verspeise.«

Palimaks Instinkte drängten ihn dazu, um Gnade zu winseln.

Statt dessen staunte er über seinen eigenen Mut, mit dem er jetzt lächelte.

»Wenn die Götter meinen Tod beschlossen haben, dann mag es so sein«, erwiderte er. »Soll er auch meinetwegen schmerzvoll werden.«

Er brachte noch mehr Mut auf und wedelte mit dem Zeigefinger unter den bebenden Nüstern der Königin. »Aber wenigstens sterbe ich mit dem Wissen, daß Ihr eine große Lügnerin seid«, sagte er. »Denn Ihr beansprucht einen Thron, der Euch nicht zusteht.«

Der Schwanz der Königin schoß vor, die vergiftete Spitze zielte genau auf Palimaks Herz. Der wollte zur Seite springen, hielt aber mit eisernem Willen still. Einen Herzschlag später wurde er dafür belohnt, denn die Spitze hielt wenige Zoll vor seiner Brust an.

Charize starrte ihn an und war offensichtlich durch seine Kühnheit verwirrt. Um sie herum gaben die anderen Wesen zischelnd ihrer Verwunderung über das Zögern der Königin Ausdruck.

Sie tuschelten: »Stimmt es? Es stimmt. Lügt Charize?«

In diesem Moment entdeckte Palimak die blutigen Überreste einer ihren Untertanen, die neben dem Thron lagen. Mehrere der Bestien in der Nähe der Leiche schienen den Chor der Zweifler anzuführen. Hatte er bei allem Unglück das Glück gehabt, mitten in eine Palastrevolte zu platzen?

»Wer bist du, daß du es wagst, Charize eine Lügnerin zu nennen?« brüllte die Königin. »Sag mir deinen Namen, bevor ich dich töte.«

»Gerne doch. Ich bin Prinz Timura«, antwortete Palimak. »Vielleicht kommt Euch dieser Name bekannt vor, ja?«

Entsetzte Rufe hallten durch die Kammer. »Timura! Timura! Timura!«

Charize riß das große Maul auf, aber nicht zum Angriff. Sondern vor Erschütterung. Dann klappte der Mund zu, während sie um ihre Würde rang.

»Nun, du bist also der Lügner«, entgegnete sie. »Safar Timura habe ich kennengelernt. Aber der bist du nicht. Er war durch und durch ein Mensch. In seinen Adern floß kein Dämonenblut.«

»Tatsächlich bin ich sein Sohn«, gab Palimak zurück. »Glaubt mir oder glaubt mir nicht. Auf eigene Gefahr.«

Charize stieß einen Laut hervor, den Palimak für gezwungenes Lachen hielt. »Du bist ein Narr, wenn du denkst, du würdest für mich eine Gefahr darstellen.«

»Möglicherweise bin ich ein Narr«, antwortete Palimak. »Stellt mich auf die Probe, und wir werden ja sehen. Eins verspreche ich Euch immerhin: Einer von uns wird tot sein, bevor diese Probe vorüber sein wird. Und daß ich derjenige sein werde, bezweifele ich sehr stark.«

Er kicherte. »Mein Vater hat mir erzählt, wie feige Ihr seid. Wie er Euch mit dem einfachsten Zauber überrumpelt hat.«

Verärgert klickte Charize mit den Krallen. »Das war nur ein billiger Trick, mehr nicht. Auf diesen Trick werde ich kein zweites Mal hereinfallen, das dürftest du ja schon bemerkt haben. Mein Zauber verwehrt dir die Fähigkeit, in diese Kammer Licht zu bringen!«

Palimak schnaubte verächtlich. »Ihr seid doch dumm«, höhnte er. »Ich brauche kein Licht. Denn ich bin zur Hälfte Dämon ... das habt Ihr ja selbst gesagt. Und mit meinen Dämonenaugen kann ich Euch und Eure Schwestern sehr gut erkennen.«

Diese Worte überraschten ihn selbst. Bis zu dem Augenblick, da er den Mund geöffnet hatte, war ihm selbst nicht recht klar gewesen, was hier eigentlich vor sich ging. Da er unter Menschen aufgewachsen war, hatte er die meiste Zeit seines jungen Lebens die Dämonenseite verdrängt. Ja, er fürchtete sie sogar. Denn er glaubte, dieser Teil seines Wesens sei schandhafter Grausamkeit fähig.

Nun indes begriff er, daß ihn ausgerechnet sein Dämonentum gerettet hatte. Bei dem Versuch, seine Kräfte zurückzuerlangen, war er irgendwie zu seinem Dämonen-Ich durchgebrochen. Und dieses stellte sich nun trotzig Charize entgegen.

Und das war längst nicht alles, wurde ihm neben dieser Erkenntnis bewußt. Da gab es etwas, das seine Dämonenkräfte bei weitem übertraf. Plötzlich spürte er seinen Vater in der Nähe. Unwillkürlich drehte er den Kopf und suchte nach ihm.

In der Kammer kehrte jedoch unvermittelt Stille ein, und rasch lenkte er seine Aufmerksamkeit wieder auf Charize. Im richtigen Augenblick, denn noch schwankte sie, ob sie mehr über ihren neuen Feind herausfinden oder ihn auf der Stelle umbringen sollte.

Als er aufsah, bemerkte er das Ende dieser Unentschlossenheit, da sie mit der mächtigen Klaue zum Schlag ausholte.

Unglücklicherweise konnte Palimak nichts dagegen tun. Dies war Charizes Unterschlupf. Und er kannte keine Magie, die mächtig genug war, um sie zu töten.

Instinktiv setzte er auf eine Täuschung. Schnell beschwor er einen Zauber, der große Schmerzen hervorrufen würde, wenn er auch nur wenig wirklichen Schaden anrichtete.

Charize schnappte getroffen nach Luft und fuhr zurück. Ehe sie Zeit hatte, nachzudenken, lachte Palimak sie aus. »Das war nur ein kleines Beispiel dessen, was ich Euch antun kann. Bedroht mich abermals, und ich werde Euch in Asche verwandeln.«

Er deutete auf die anderen. »Sicherlich sind Eure Schwestern Eurer Herrschaft überdrüssig und werden sich bei mir dafür bedanken. Also begeht nicht den Fehler, mich für verletzlich zu halten, nur weil Ihr mir an Zahl überlegen seid.«

Erneut tuschelten die anderen miteinander. Aus dem Klang ihrer Stimmen schloß Palimak, daß er mitten ins Schwarze getroffen hatte. Keine von ihnen würde trauern, falls Charize vom Thron gestürzt wurde.

Verunsichert entschied die Königin, sich fürs erste auf das Spiel einzulassen. »Du hast mich um eine Gunst gebeten, Kleiner. Worin soll sie bestehen?«

Palimak nickte und gab sich zufrieden, weil die Gefahr fürs erste gebannt war. »Ich habe diese Kammer betreten«, erklärte er,

»da ich die Gruft von Lord Asper suche. Mein Vater erzählte mir, sie befinde sich hier, und er bat mich, ihm Ehrerbietung zu zollen.«

Charize fauchte. »Du hast diese Kammer betreten, weil mein Zauber deinen Gehorsam forderte. Diese Entscheidung hast du gewiß nicht aus freiem Willen getroffen.«

Palimak zuckte mit den Schultern. »Je mehr Ihr redet, desto mehr überzeugt Ihr mich davon, daß Ihr eine Lügnerin seid.«

Er drehte sich um und tat, als wolle er durch eine offene Tür gehen und nicht durch ein steinernes Tor. Er hob sogar die Hand zu einem Zauberspruch, der diese Felswand öffnen sollte. Mit milder Überraschung betrachtete er seine Hand: Sie sah kaum mehr menschlich aus. Die scharfen Krallen waren lang ausgefahren, und seine Finger wirkten verunstaltet. Seine Zunge strich unwillkürlich über die Schneidezähne, fand statt ihrer jedoch lange, scharfe Reißzähne vor.

Am liebsten hätte er in einen Spiegel geschaut und sich betrachtet. Wie er wohl aussah? War er ganz zum Dämonen geworden?

»Du hast meine Frage noch nicht beantwortet«, rief ihn Charize zurück. »Um welche Gunst bittest du?«

Palimak drehte sich um. »Ich wollte lediglich an Lord Aspers Sarkophag beten.«

Charize deutete mit einer Bewegung ihres mächtigen Kopfes auf das Podest. »Geh und bete. Aber das wird dein letztes Gebet sein, Kleiner. Denn diese Kammer wirst du nicht lebendig verlassen.«

In Palimak wallte Furcht auf. Sie hatte sein Täuschungsmanöver durchschaut. Er hatte nicht die leiseste Ahnung, was er als nächstes tun sollte. Anscheinend hielten sich in dieser Kammer zwei Lügner auf. Palimak war der eine – Safar hatte ihm nämlich niemals aufgetragen, vor Aspers Sarg zu beten. Dennoch hegte er immer noch die Zuversicht, an dem Sarkophag böte sich ihm eine Fluchtmöglichkeit.

Der zweite Lügner war Charize – genau, wie er es behauptet hatte. Palimak hatte das alte Buch von Asper studiert, welches Safar ihm hinterlassen hatte, bis er es in- und auswendig kannte. Daher bezweifelte er sehr, ob der alte Meisterzauberer solche Geschöpfe wie Charize und ihre Schwestern tatsächlich gerufen hatte, um seinen letzten Ruheplatz zu bewachen.

Falls Asper das beabsichtigt hätte, wären in seinem Buch Hinweise darauf zu finden gewesen; die letzten Seiten waren schließlich voller Gedanken des Dämonen über seinen bevorstehenden Tod.

Er hatte gewußt, daß seine Krankheit tödlich verlaufen würde, und er hatte sich mit der Sorge getragen, niemand würde trotz aller seiner Mühen seine Gruft und die darin enthaltenen Geheimnisse entdecken. Geheimnisse, welche die Welt vor dem von ihm vorhergesagten Untergang zu retten vermochten.

Als Safar diesen Ort hier in seiner Vision besucht hatte, hatte Aspers Geist ihm befohlen, nach Syrapis zu gehen. Da Safars Tod dies verhindert hatte, war Palimak entschlossen, an die Stelle seines Vaters zu treten.

Während er vor dem Sarkophag kniete, schien sich die Welt leicht zu bewegen, und Palimak erinnerte sich an den wilden Traumritt auf Khysmet und an seinen Vater, der um Hilfe gerufen hatte. Er dachte: Ist er tatsächlich tot? Und wenn nicht, auf welche Weise kann ich ihn retten? Und wovor soll ich ihn beschützen?

Charize grollte: »Worauf wartest du noch? Bete!«

Ihre Stimme riß Palimak in die Wirklichkeit zurück. Fiel ihm nicht schnell etwas Schlaues ein, war sein Leben bald zu Ende.

Er beugte den Kopf über die zweiköpfige Schlange, das Zeichen Aspers.

Er hörte, wie Charize hinter ihm mit ihrer Ungeheuerstimme zu singen begann:

»Wir sind die Schwestern von Asper,
O süße Dame, gute Dame.

Wir bewachen sein Grab, Wir bewachen sein Grab,
O Heilige ...«

Obwohl ihre Stimme knirschte wie Glassplitter, die über Steinboden schleifen, war ihm das Lied eigentümlich vertraut. Und dieses Gefühl wurde noch stärker, während die Untertanen der Königin in den Refrain mit einfielen, daß einem das Blut in den Adern gerann:

»Wir nehmen die Sünde, wir nehmen die Sünde,
O süße Dame, gute Dame.
Auf unsere Seelen, Auf unsere Seelen,
O Heilige.«

Plötzlich erinnerte er sich an eine Begegnung vor langer Zeit im fernen Caluz, wo Königin Hantilia und ihre Untertanen ein ähnliches Lied gesungen hatten. In Hantilias Fall hatte dieses ein Opfer beschworen, einen Massenselbstmord, der dem Besten von Esmir und der ganzen Welt dienen sollte. Jetzt, wo Charize und ihre Horde von Teufelinnen das Lied sangen, klang es schrill und bösartig.

»Auf unsere Seelen, Auf unsere Seelen,
O Heilige.«

Diese Melodie der Verzweiflung hätte Palimak beinahe um den Verstand gebracht. Seine Zuversicht schmolz dahin, sein Leben erschien ihm nun wie der dünnste Faden im heiligen Webstuhl des Schicksals.

Er dachte: Hilf mir, Vater! Was soll ich nur tun?

In diesem Augenblick ertönte ein lautes Dröhnen, als würde ganz in der Nähe eine Trommel geschlagen.

Und Aspers goldene Schlange erwachte zum Leben.

Zweiter Teil

Die Rückkehr von Safar Timura

10
Zwischen den Welten

Safar wurde schlagartig wach, als das Donnern einer riesigen Trommel in seinen Ohren dröhnte. Zuerst glaubte er, wieder in Hadin zu sein, wo ihn die Erntetrommeln zu einem neuen Reigen aufforderten.

Erleichterung überkam ihn, denn jetzt bemerkte er, daß er noch immer auf Khysmets Rücken saß, der weiterhin durch den sternklaren Himmel galoppierte. Nie wieder würde er dazu gezwungen sein, unter dem ausbrechenden Vulkan zu tanzen.

Er war frei!

Ja, aber frei wofür? Die Frage tauchte aus dem Nichts auf. Und aus irgendeinem Grund ängstigte sie ihn. Wohin ging er, und warum? Welches Schicksal erwartete ihn?

Andere Erkenntnisse gesellten sich zu dieser. Er trug inzwischen Kleidung, stellte er fest. Er bewegte seine Glieder; sie fühlten sich vertraut an, besaßen wieder ihr natürliches Gewicht. Dann schaute er an sich herab. Er trug die gleiche Rüstung, in der er damals Iraj und seinen Lakaien in Caluz gegenübergetreten war. Zu seinem Entzücken schlug sogar sein Schwert auf seinen Oberschenkel, während Khysmet mit großen Sätzen voranpreschte.

Unwillkürlich suchte er seinen Gürtel ab und fand den kleinen Silberdolch – das magische Hexenmesser, welches ihm Coralean vor langer, langer Zeit geschenkt hatte.

Erneut hörte er die Trommel und hob den Kopf. In der Ferne

bewegte sich vor ihm mit gleicher Geschwindigkeit wie Khysmet eine Fackel. Er flüsterte einen Zauber des Sehens, und das Bild wurde deutlicher. Freude erfüllte ihn – es waren die prachtvolle schwarze Stute und die wunderschöne Geisterreiterin.

Safar grinste und war überrascht, wie gut sich das Lächeln anfühlte. Seit langem hatte er diese Muskeln nicht mehr bewegt, das war sicher. Und jetzt, da er begriff, wer ihn gerettet hatte, interessierte ihn das »Warum« nicht mehr so dringlich. Khysmet schnaubte und schien ihm zustimmen zu wollen.

Safar blickte sich um und versuchte abzuschätzen, wo er sich befand. Zuerst fiel ihm die Abwesenheit des blutroten Dämonenmondes auf. Offensichtlich hielten sich Khysmet und er in einer magischen Zwischenwelt auf. Asper hatte von solchen Orten in seinem Buch gesprochen. Er hatte sogar sehr vielversprechende Experimente durchgeführt, die allerdings stets den letzten Beweis schuldig geblieben waren.

Abwesend ging Safar im Geiste einige magische Berechnungen durch. Obwohl sie ihn zwar zu keiner brauchbaren Erkenntnis – geschweige denn einer Entdeckung – führten, war er höchst zufrieden, weil er seinen Verstand wieder zu einem solchen Zweck einsetzen konnte.

Lange Zeit hatte er sich wie ein versklavtes Tier gefühlt. Wie ein armer dummer Ochse, der vor ein Mühlrad gespannt ist und im Kreis und immer weiter im Kreis läuft, ohne den Willen zu besitzen, sich von der Knute seines Herrn zu befreien.

Er blickte zu der Geisterreiterin nach vorn, die ihre Fackel in die Höhe hielt und deren elfenbeinfarbene Haut im Licht der Sterne glänzte. Ach, zu gern hätte er sie eingeholt und in die Arme geschlossen.

Bei den Göttern, es waren Äonen vergangen, seit er das letzte Mal solch lebensfrohe Gefühle verspürt hatte!

Abermals hörte er das Dröhnen der großen Trommel. Diesmal folgte ihm ein langes Zischen, das von einer verärgerten Schlange stammen mochte. So klang es fort: Bumm! Zisch … Bumm! Zisch … Der Rhythmus war ihm irgendwie vertraut. Und dann wußte er es. Da er aus den hohen Bergen stammte, war er nicht oft am Meer gewesen. Doch genau so klang es: wie eine Welle, die gegen die Küste brandet, sich langsam zurückzieht und Kraft sammelt, um erneut aufzubegehren.

Er blickte nach unten und entdeckte einen funkelnden nächtlichen Ozean unter sich, der ein Ufer überspülte. Mit einem weiteren Zauber des Sehens holte er die Küste näher heran. Eine riesige Statue ragte aus der tosenden Brandung.

Sofort erkannte er die Figur. Es war Asper.

Syrapis befand sich genau unter ihm.

Die Geisterreiterin und ihre Stute begannen mit dem Abstieg. Das Pferd wieherte ihnen zu, sie sollten folgen, und Khysmet antwortete zustimmend.

Abwärts und abwärts.

Abwärts und abwärts.

Abwärts.

»Da stimmt doch was nicht«, sagte Leiria. »Palimak ist schon zu lange dort drinnen.«

»Ja, Mädchen«, antwortete Biner. »Ich habe gerade das gleiche gedacht.«

Er zog seine schwere Keule hinter seinem mächtigen Leib hervor. Das war seine Lieblingswaffe – eine dicke Keule, aus der ein Wald von spitzen Dornen ragte.

Seine Bewegung brachte Leiria zu einer Entscheidung. »Gehen wir!« Damit betrat sie den Gang.

Biner folgte ihr zusammen mit dem Dutzend kyranischer Soldaten, die sich als Freiwillige für diese Unternehmung gemeldet hatten.

Nur widerwillig hatte sich Leiria darauf eingelassen, eine Stunde zu warten. Palimak hatte dies befohlen – allerdings war

Leiria – eine Frau der Tat – nie besonders gut im Warten gewesen. Außer, wenn man dabei im Hinterhalt auf jemanden lauert, versteht sich.

Solange sie eine Falle für einen Feind aufstellte, konnte sie sich in unendlicher Geduld üben. In solchen Fällen genoß sie das Warten so sehr, wie ein normaler Mensch nur Gefallen an kriegerischen Handlungen finden kann. Liegt man im Hinterhalt, kann man den Anmarsch des Feindes in aller Ruhe beobachten. Du betrachtest den verschlagenen Unteroffizier, der deine Geduld auf die Probe stellt, indem er das vor ihnen liegende Gelände begutachtet. Aber du warst so schlau, all deine Spuren geisterhaft zu verwischen. In deiner Brust lodert eine Flamme des Entzückens auf, da der Unteroffizier entscheidet, die Gänsehaut auf seinen Armen zu ignorieren, und wacker auf sein Verhängnis zuschreitet.

Aber untätig herumzustehen, während ein anderer sich möglicherweise in Todesgefahr begab, beinhaltete dieses Vergnügen natürlich nicht. Vor allem nicht, da Palimak – Leirias berufsmäßiger Einschätzung nach – diesen Befehl ein wenig zu vorschnell erteilt hatte. Er hatte einfach gesagt, sie und die anderen müßten warten, und er würde den Tunnel erkunden. Für Notfälle hatten sie keinerlei Absprachen getroffen. Und in Leirias Augen deutete Palimaks ausgebliebene Rückkehr auf einen Notfall hin.

Das war das Ärgernis, wenn man einen so jungen Kommandanten hatte. Für gewöhnlich hörte er auf ihren soldatischen Rat. Und auch auf Coraleans. Und Biners, wenn es um eine Unternehmung aus der Luft ging.

Allerdings schlug der Junge stets jeden gutgemeinten Ratschlag in den Wind, wenn er einer Bedrohung gegenüberstand, die seine magischen Fähigkeiten erforderte – und auf diesem Gebiet war sicherlich er der Experte. Dann überwältigte die Arroganz der Jugend ein ums andere Mal alle angeborene Vorsicht, und oftmals warf er sich einfach ohne nachzudenken in die nächste magische Bresche.

Leiria eilte durch den Gang und suchte im flackernden Licht der Fackel nach Spuren von Palimak: Abdrücke seiner Stiefel in dem vom Meerwasser durchnäßten Boden oder das Glitzern feuchter Stellen an den Wänden, wo er sich angelehnt hatte.

Außer gelegentlich einer Ratte, die erschrocken die Flucht antrat und ihr zwischen den Beinen hindurchhuschte, sah sie nichts. Vor etwa einer halben Stunde war ein ganzer Schwarm Ratten aus dem Gang gelaufen – aufgescheucht, schätzte Leiria, da Palimak sie vermutlich in die Enge getrieben hatte.

Gewiß war Leiria nicht hysterisch, aber diese schmutzigen, pfeifenden Nager hatten sie erschreckt. Auch die fast verzweifelten Flüche von Biner und den Soldaten, die sich gegen die Angriffswelle der kleinen Biester wehrten, boten ihr keine Befriedigung. Nachdem es vorbei war, fühlte sie sich wegen ihrer instinktiven Reaktion gedemütigt. Vielleicht war dies der Hauptgrund, weshalb sie nicht länger warten, sondern erforschen wollten, was Palimak zugestoßen war.

Sie drangen viele Minuten lang weiter in den feuchten, kalten Gang vor und hielten nur an, um die Fackeln wieder mit dem Pech einzustreichen, welches sie zu diesem Zweck in großen Gefäßen mitgebracht hatten.

Schließlich erreichten sie eine Biegung und standen vor einer Felswand, die ihnen den Weg versperrte.

»Was ist denn das?« grunzte Biner.

Er blickte zurück in den Gang und suchte nach anderen Abzweigungen, obwohl er genau wußte, daß es keine gab.

»Wohin zum Teufel ist er verschwunden?« fragte er.

Leiria ignorierte die Frage, betrachtete die Wand und hielt nach Spalten Ausschau.

Nichts.

Dann entdeckte sie das zweiköpfige Schlangenzeichen, das in die Wand gemeißelt war. Es glühte im Licht auf, als sie die Fackel davorhielt. Leiria legte das Ohr an die Wand und lauschte.

Und sofort hörte sie jemanden ängstlich rufen. »Das ist Palimak!« schrie sie. »Er ist dort drin!«

Sie warf sich gegen die Mauer, prallte ab und fluchte niedergeschlagen. Dennoch machte sie sich zu einem zweiten Stoß bereit.

Biner stellte sich vor sie. Mit aller Kraft schwang er die Keule. Ein lautes Krachen ertönte, und ein Stück Fels brach ab.

Er holte erneut aus.

Und erneut ...

Die Schlange von Asper erwachte zum Leben und sprang von der Wand des Sarkophags. Ihre beiden Köpfe zischten, die langen Zähne schoben sich stoßbereit vor.

Palimak fuhr zurück, schrie auf und griff nach seinem Schwert. Doch mit der Hacke seines Stiefels blieb er an der Kante einer Stufe hängen, stolperte und ging zu Boden.

Er wälzte sich zur Seite und zog endlich das Schwert.

»Tu das nicht, Kleiner Meister, tu das nicht!« rief Gundara.

Die Warnung erfolgte gerade noch rechtzeitig, um den Arm zu bremsen. Aspers Schlange ragte über ihm auf, wurde größer und heller. Ihre Köpfe stießen in diese und jene Richtung. Die langen, flammenden Zungen schossen hervor.

»Sie ist auf unserer Seite, Meister!« kreischte Gundaree in sein Ohr. »Auf unserer Seite!«

Palimak vernahm ein tiefes, schmerzvolles Stöhnen und drehte sich um. Charize hielt eine ihrer riesigen Klauen vor die Augen, um sich vor dem hellen Licht zu schützen.

Die Schlange von Asper kroch durch die große Höhle, wobei sich unterwegs ein Funkenschauer von ihrem Schwanz löste, der ihr wie der Schweif eines Kometen folgte.

Charizes Untertanen heulten vor Angst und stießen gegen die Säulen, während sie wild durcheinanderliefen, oder gegen die Decke des Gewölbes, da sie blind mit ihren riesigen Flügeln durch die Luft flatterten, um dem grellen Schein zu entkommen.

Jetzt hörte Palimak Charize schreien, voller Wut und Schmerz, und nachdem er sich wieder auf die Beine erhoben hatte, sah er, daß sie auf ihren Thron zurannte. Ein riesiges knochenweißes Zepter lag auf einer der Armlehnen. Sofort ahnte Palimak, daß es sich dabei um eine Waffe handeln mußte.

Und dann war er sich dessen gewiß, denn Gundara brüllte ihm ins Ohr: »Lauf, Kleiner Meister, lauf!«

Doch zum Laufen war kein Platz, es sei denn, er rannte Charize genau hinterher, und so streckte er das Schwert vor sich aus und griff die Königin der Unterwelt an.

Es war ein ungleiches Wettrennen. Trotz ihres großen Körpers bewegte sich die Königin mit überraschender Geschwindigkeit und schlug mit den ausgebreiteten Flügeln, wodurch sie in weiten Sätzen vorankam.

Dennoch blieb Palimak ihr auf den Fersen, bis sie den Thron erreichte und nach dem Zepter griff.

Er schlug zu, aber sein Schwert prallte von dem hornigen Panzer ihres Rückens ab. Sie stieß mit dem Schwanz zu und schleuderte Palimak zu Boden.

Hätte sich Charize ihm nun zugewandt, wäre es vorbei gewesen. Offensichtlich betrachtete sie ihn allerdings als die kleinere Gefahr, da sie ihren Zorn ganz auf Aspers Schlange konzentrierte.

Palimak hörte sie Wörter in einer Sprache brüllen, die er nicht kannte, und eine blaue Flamme löste sich von der Spitze ihres Zepters. Sie traf die Schlange mit voller Wucht. Das arme Reptil hing lange Sekunden in der Luft und zischte in Todesangst aus beiden Mäulern.

Ein zweiter blauer Blitz aus dem Zepter zermalmte das Tier. Daraufhin erfolgte eine enorme Explosion reinster magischer Energie.

Charizes Schwestern schrien vor Schmerz, als das blendende Licht sie einschloß.

Palimak erhob sich und rieb sich die brennenden Augen.

Schließlich konnte er wieder sehen. Die Schlange von Asper war verschwunden, und in der Kammer herrschte wieder Dämmerlicht.

Charize erholte sich als nächste. Sie rief ihren Untertanen zu: »Tötet Timura! Tötet ihn!«

Langsam versammelten sie sich um ihre Königin. Dann schritten sie vor, Charize vorneweg.

Palimak wich zurück und kam sich wie ein Narr vor, während er mit dem Schwert vor ihnen herumfuchtelte.

»Es war eine schöne Zeit mit dir, Kleiner Meister«, kreischte Gundara.

»Oh, halt den Mund!« fauchte Gundaree. »Wir werden ebenfalls gefressen, du Dummkopf!«

Zur Abwechslung entgegnete Gundara einmal nichts. Aus irgendeinem Grund verängstigte es Palimak noch mehr, daß die beiden Gehilfen ihren ewigen Streit beendet hatten.

Er stieß mit den Hacken an die Stufen, die zu Aspers Sarkophag führten. Charize riß das Maul zu einem grauenhaften Grinsen auf. Ihre Schwestern kicherten gräßlich vergnügt.

»Und nun, Kleiner«, zischte Charize, »und nun ...«

11

Blut und Dunkelheit

Königin Charize beugte sich vor und streckte die große Klaue aus, um Palimak das Leben aus dem Leib zu quetschen.

Er schlug mit dem Schwert zu, doch sie lachte nur und stieß die Waffe zur Seite.

In diesem Moment ertönte ein gewaltiger Trommelschlag hinter Charize und ihrer Armee. Gemeinsam fuhren sie herum und wollten sehen, welche neue Bedrohung sich ihnen dort enthüllte. Auf den Trommelschlag erfolgte sofort ein schriller Schrei, von dem Palimak hätte schwören mögen, daß er von einem Pferd stammte.

Dann hörte er donnernden Hufschlag und einen Schlachtruf.

Palimak fiel die Kinnlade herunter, und er beobachtete, wie eine unsichtbare Streitmacht durch die Reihen der Bestien preschte und diese zur Seite warf.

Wieder Hufschlag, wieder ein Schlachtruf, und zwei weitere der Kreaturen gingen mit durchschnittener Kehle zu Boden.

Darauf rief ihm jemand etwas zu: »Palimak! Zum Sarkophag, Palimak!«

Das war die Stimme Safars.

Die Stimme seines Vaters.

Ohne Zeit zu verschwenden, drehte er sich um und lief die wenigen Stufen zu Aspers letzter Ruhestatt hinauf. Er war wie betäubt, und so reagierte er nicht einmal überrascht darauf, daß der riesige Deckel des Sarges aufgebrochen worden war.

Die mumifizierte Leiche eines riesigen Dämonen starrte ihn an. Ihm blieb Zeit genug, die schwarze, mit edelsteinverzierten Symbolen geschmückte Robe des Zauberers zu betrachten. Dann zischte Charize Befehle, und Palimak wandte sich aufs neue dem Kampf zu.

Das Ungeheuer, welches Königin Charize darstellte, brüllte ihren Schwestern zu, die unsichtbare Streitmacht zu umzingeln. Zugleich schlug sie blind mit dem Zepter zu. Ein blauer Blitz löste sich von diesem, doch sie hatte ihr Ziel wohl verfehlt, denn das magische Licht traf ins Nichts.

Dennoch glaubte Palimak, einen Augenblick lang habe er die schemenhafte Gestalt eines Kriegers in Rüstung auf einem großen Hengst ausmachen können.

Schon war diese Vision verschwunden, und nun begann ein seltsames, gewalttätiges Schattenspiel, da Charize und ihre Schwestern den unsichtbaren Krieger angriffen.

Eine Reihe der Bestien trat vor Charize und schob sich halbkreisförmig nach vorn. Dann machten sie Platz, und Charize stieß mit ihrem Zepter in die Luft.

Palimak hörte einen dumpfen Schlag und ein Stöhnen, obwohl ihr Zepter offenbar ins Leere traf.

Nun schloß sich eine lange Pause an, in der sich der Angreifer zu erholen schien, bis Charize schließlich trotzig aufschrie und erneut angriff.

Ein fleischiges Klatschen wurde laut, als Charize mitten in ihrer Bewegung gebremst wurde. Über ihren Hals zog sich plötzlich ein roter Strich.

Die Königin schwankte, ihr riesiger Kopf kippte zur Seite und wurde nur mehr von einem Knorpel gehalten – dann ging sie zu Boden.

Schockiertes Schweigen breitete sich unter ihren Schwestern aus, die den leblosen Körper ihrer Königin anstarrten. Und diese Stille dauerte weiter an, als Palimak und die Ungeheuer erkannten, daß der Reiter und sein Roß nicht mehr in der Höhle anwesend waren.

Zunächst wurde nur leises Schlurfen laut – und viele Klauen und Krallen, die auf Stein klickten.

Jemand flüsterte: »Wer wird Königin?«

Auch dem Wispern wurde ein Chor: »Königin? Königin? Königin?«

Und die erste Stimme begann zu singen:

»Wir sind die Schwestern von Asper,
O süße Dame, gute Dame …«

Die anderen fielen ein und wandten sich nacheinander Palimak zu.

»Wir bewachen sein Grab, Wir bewachen sein Grab,
O Heilige …«

Und Palimak beschlich das ungute Gefühl, der Kampf um die Nachfolge würde sich über seiner Leiche entscheiden.

Wumms! Biner schlug abermals auf die Wand ein. Inzwischen richtete seine Keule einigen Schaden an, und Leiria mußte die Augen gegen die Steinsplitter abschirmen. Ein scharfes Stück traf sie an der Hand, und Blut trat hervor.

Sie ignorierte die Wunde. Was bedeutet schon ein bißchen Blut, selbst wenn es dein eigenes ist? Sie betrachtete die Erfolge von Biners Arbeit. Obwohl er stark war und mit mächtigen Hieben zuschlug, hatte er lediglich eine kleine Delle in den Fels getrieben. Bei dieser Geschwindigkeit würden noch Stunden vergehen, bis er durchgebrochen war – wenn er nicht vorher vor Erschöpfung zusammenbrach.

Allerdings hatte er mit seinen Anstrengungen einen kleinen, wenn auch zweifelhaften Sieg errungen. Durch die trichterförmige

Delle wurden die Geräusche von der anderen Seite verstärkt. Jetzt konnten sie genau hören, daß dort drüben ein Kampf stattfand.

»Verdammt, Biner!« knurrte Leiria. »So geht das nicht.«

Der Angesprochene verschwendete seine Kraft nicht für eine Antwort. Statt dessen holte er abermals mit der Keule aus, stemmte die stämmigen Beine gegrätscht in den Boden und spannte die Schultern an.

»Vielleicht kann ich Euch helfen?« fragte eine weibliche Stimme aus dem Hintergrund.

Erschrocken fuhr Leiria herum und entdeckte Jooli. Die kyranischen Soldaten neben ihr gafften die Tochter von König Rhodes offen an. Aus Überraschung über ihr plötzliches Erscheinen hatten sie die Frau einfach durchgelassen.

Biner hielt mitten im Schlag inne und starrte sie an. »Was macht Ihr denn hier?« wollte er wissen.

Jooli lachte nur kehlig. »Jedenfalls mache ich mich nicht zum Narren, soviel ist sicher.«

Leiria wurde langsam zornig. »Ich habe keine Ahnung, wie zum Teufel Ihr Euren Wachen entkommen seid, aber ich habe im Augenblick keine Zeit für Euch. Bringt Euer königliches Hinterteil hier raus, bevor ich es in dünne Scheiben schneide.«

»Ich bin eine Hexe«, erwiderte Jooli und beantwortete so Leirias unausgesprochene Frage. »Die Wachen oben auf Eurem Luftschiff glauben, ich würde nett und süß in dieser winzigen Kabine hocken, die Ihr mir überlassen habt.«

Biner schäumte vor Wut. »Ist mir egal, und wenn Ihr die größte Hexe aller Hexen seid!« brüllte er. »Geht mir aus den Augen, Frau!«

Jooli schnaubte gelassen. »Was Ihr am Körper an Masse zu viel habt«, spottete sie, »fehlt Euch offensichtlich im Kopf.«

Sie trat einen Schritt vor. Leiria wollte ihr den Weg versperren, doch irgend etwas hinderte sie daran. Leiria mochte Biner sehr. Aber manchmal neigte er tatsächlich dazu, sich durch seine Muskeln von klarem Denken abbringen zu lassen.

So, wie er gelegentlich einfach nur seine Stimme einsetzte – die um so erschreckender wirkte, da sie aus dem Körper eines Zwergs kam – um Leute niederzuschmettern, war es eben nicht immer weise, jemanden niederringen zu wollen.

Jooli nahm ihm die Keule aus der Hand, als handele es sich um eine Feder. Vor Verblüffung war er zu keiner Reaktion fähig. Sie vollzog eine Geste mit der freien Hand und sprach dazu:

»Du bist Stein.
Du warst Sand.
Du bist stark.
Du warst schwach.
Stark wird schwach.
Schwach wird Sand.
Sand wird Staub.«

Bei der letzten Zeile beugte sie sich vor und tippte sanft mit der Keule gegen den Fels.

Fast geräuschlos brach die Wand in sich zusammen und bildete einen zwei Fuß hohen Sandhaufen auf dem Boden.

Leiria schenkte Joolis erstaunlicher magischer Begabung keine überflüssige Beachtung, und schon gar nicht den Beweggründen, die sie angetrieben haben mochten.

Sie hatte nur einen Gedanken: Die Mauer, die ihr den Weg versperrt hatte, war verschwunden. Und jetzt starrte sie in tiefe, schwarze Leere.

Obschon sie nichts sehen konnte, vermochte sie sehr wohl zu hören. Viele Stimmen flüsterten. Scharfe Stimmen. Fremdartige Stimmen. Sie wurden lauter und lauter, bis Leiria ihre Worte verstehen konnte:

»Wir sind die Schwestern von Asper,
O süße Dame, gute Dame …«

Und Palimak rief: »Weicht zurück!«

Leiria schleuderte ihre Fackel in die dunkle Höhle. Ein Funkenregen breitete sich in alle Richtungen aus.

Sie sah kurz alptraumhafte Geschöpfe – riesige Dinger mit langen Reißzähnen und Vampirflügeln – dann verlosch die Fackel flackernd.

»Mehr Licht!« rief sie den anderen zu.

Sie sprang durch die Öffnung und rannte auf die Stelle zu, an der sie Palimaks bleiches Gesicht gesehen zu haben glaubte.

Hinter ihr bellte Biner Befehle. Weitere Fackeln wurden in die Höhle geworfen. Nach und nach sah es dort so aus wie an einem Nachthimmel, der von einem Meteoritenschwarm erhellt wird.

Gottloses Geschrei erhob sich allerorten, und Leiria meinte, sie wäre in einem Nest von Todeshexen gelandet.

Sie stieß mit einem riesigen Körper zusammen und schlug blindlings mit dem Schwert zu. Eine Fackel enthüllte ein grauenhaftes Wesen, das über ihr aufragte. Während die Klinge in das Fleisch schnitt, blieb ihr Zeit zu beobachten, daß sich die Kreatur in Todesangst geduckt hatte.

Eine warme Flüssigkeit spritzte auf ihren Arm, dann trat sie um das Wesen herum und rannte weiter – wobei sie nach jedem Schatten schlug, der sich ihr in den Weg stellen wollte. Die Bilder, welche die Fackeln hervorriefen, wirkten ruckhaft, unwirklich, da die Flammen aufloderten, erstarben, wieder aufflackerten.

Vor sich entdeckte sie einen kleineren Schemen, und gerade noch rechtzeitig wurde es einen Augenblick lang heller, so daß sie Palimak erkennen und ihr Schwert im Zaume halten konnte – der junge Mann hatte die Augen weit aufgerissen, und seine Klinge war voller Blut.

»Leiria!« rief er erleichtert.

Sie sprang zu ihm, wirbelte herum und sah die schattenhafte Armee kreischender Ungeheuer, die auf sie zumarschierte. Von der anderen Seite der Höhle hörte sie Biners Schlachtruf und daraufhin Kampflärm. Ihre Gefährten hatten sich ebenfalls ins Gefecht geworfen.

»Sie fürchten sich vor Licht!« schrie Palimak und duckte sich gleichzeitig vor dem Hieb einer Klaue, die aus der Dunkelheit nach ihm schlug.

Leiria trennte mit einem Hieb die Krallenhand vom Arm, worauf ein befriedigendes Heulen erfolgte.

»Ich brauche nur ein kleines bißchen Zeit«, rief Palimak, »dann kann ich sie aufhalten!«

Natürlich wußte Leiria, daß er die Zeit für einen Zauberspruch brauchte, daher gab sie ihr Bestes und hieb und stach in alle Richtungen. Aber sie waren von zu vielen dieser Bestien umzingelt, und daher mußte Palimak seine Bemühungen sofort wieder abbrechen und weiterkämpfen.

Das bisherige Glück verließ die Kyranier. Zwar versuchten Biner und seine Männer tapfer, sich zu ihnen durchzuschlagen. Leirias Arme dagegen wurden bereits müde, und jeder Hieb hatte weniger Wirkung. Die Fackeln verloschen eine nach der anderen, und die Dunkelheit in der Höhle nahm von Minute zu Minute in ihrer Tödlichkeit zu.

Dann hörte sie einen wilden Schrei, und eine große, schlanke Gestalt warf sich auf die Bestien.

Es gab einen grellen Blitz, und die Ungeheuer heulten auf und wichen zurück. Leiria bemerkte nun das zerbrochene Gefäß mit Pech auf dem Boden.

Auch sie wurde kurz vom Licht des Feuers geblendet, aber während die Flammen erstarben, sah sie, daß es Jooli gewesen war, die sich an ihre Seite gesellt hatte.

Irgendwo hatte die Frau einen Spieß aufgetrieben, mit dem sie jetzt auf die Bestien einstach. Diese hatten sich von dem Lichtblitz erholt und drängten zornig vor Schmerz und Haß auf ihre Opfer zu.

Jooli drehte sich um, und ihr schriller Schlachtruf vertrieb Leirias Erschöpfung.

Die beiden griffen die Ungeheuer mit vereinten Kräften an, und sie kämpften Seite an Seite, als hätten sie das schon seit Jahren getan und nicht erst seit einigen Minuten.

Joolis Spieß durchbohrte die Bestien bis ins Rückgrat. Dann schlug Leiria mit dem Schwert in die Bresche und gab Joolis nächstem Angriff auf diese Weise Deckung.

Einen Moment später tänzelte Leiria dann vorwärts und richtete üblen Schaden mit der Klinge an, wobei Jooli ihren Rücken schützte und der Kriegerin mit dem langen Spieß den Raum verschaffte, den sie brauchte.

Größere Verluste brachten sie dem Feind bei, wenn sie zusammen zurückwichen und die Ungeheuer zum Gegenangriff übergingen. Allein ihre Anzahl machte sie zu leichten Zielen für das Schwert und den Spieß.

Allerdings waren sie zahlenmäßig so sehr unterlegen, daß Leiria wußte, daß sie nicht lange durchhalten würden. Und Biners Rufen zufolge war die Attacke der Kyranier am Eingang ebenfalls zum Stillstand gekommen.

Plötzlich hörte sie ein trockenes Knacken und einen Alarmschrei von Jooli.

Sie blickte zur Seite, doch im Zwielicht der Kammer konnte sie nicht erkennen, was dort vor sich ging. Nur eins begriff sie: Auf einmal war sie von fauchenden Monstern umringt, die ihre Krallen nach ihr ausstreckten.

Leiria schlug auf die schemenhaften Klauen ein und spürte, wie die Klinge traf, dann wurde sie nach hinten gestoßen und verlor das Schwert.

Steinerne Stufen bohrten sich ihr schmerzhaft in den Rücken und ließen ihr den Atem stocken.

Hilflos lag sie da, konnte nicht einmal mehr treten und beißen und kratzen.

Zwei riesige rote Augen lauerten über ihr. Sie sah die langen Reißzähne glitzern, die auf ihre Kehle zufuhren.

In der Rage des Kampfes drehte sich ihr der Kopf. Aber sie hatte nicht genug Luft, ihren Feind zu verfluchen, bevor sie starb.

In diesem Augenblick rief Palimak: »Licht!«

Und grelles weißes Licht leuchtete die Kammer aus.

So hell, so blendend, daß Leiria nicht sicher war, ob sie gerettet worden war oder den Tod gefunden hatte und nun am infernalischen Portal zur Hölle stand.

12
Safar kehrt zurück

Das Licht brachte den Sieg mit sich, doch zu einem hohen Preis.

Die Kreaturen mit ihrer bleichen, toten Haut kauerten auf dem Boden der riesigen Kammer. Ihr Schmerzgeheul war so eindringlich, daß selbst Leiria, die kampferprobteste der Soldaten, von Mitleid ergriffen wurde.

Sie sahen aus wie Fliegen in der Insektensammlung eines grausamen Jungen – von Nadeln aus Licht durchbohrt. Auf den Boden gepinnt, wo ihre riesigen Flügel schwach schlugen, während sie auf allen vieren um diese Nadeln herumkrochen und um Gnade winselten.

Nachdem Leiria ihre Kraft gesammelt hatte, erhob sie sich. Das gleiche tat Jooli gerade, die ihren zerbrochenen Spieß zur Seite warf. Blut tropfte aus einer kleinen Wunde an ihrem Arm, wo eine Kralle sie gekratzt hatte.

Etwa sechs, sieben Meter entfernt stand Biner inmitten der Schar Kyranier. Der Anblick der jammernden Ungeheuer hatte ihn hypnotisiert. Die Kyranier waren blutbesudelt, doch nachdem sie erst den Schock überwunden hatten und sich wieder rührten, überkam Leiria große Erleichterung, da das Blut nicht von ihnen selbst zu stammen schien.

Kopfschüttelnd trat Biner zu ihr. »Was machen wir jetzt mit ihnen, Mädchen?« fragte er. »Sollen wir sie gefangennehmen?«

Ehe sie antworten konnte, stieg Palimak von dem Podest herunter.

Hinter ihm bemerkte Leiria einen großen Sarkophag, der gleichzeitig die Quelle des Lichts darstellte. Der Lichtstrom, der sich daraus ergoß, drang bis in die letzte Nische vor und ließ nicht den kleinsten Schatten zu.

Das Licht des Sarges umrahmte Palimak und ließ ihn größer wirken. Trotz der blendenden Helligkeit entging ihr nicht das magische Leuchten in seinen Augen. Die langen Krallen ragten aus seinen Fingern. Und als er den Mund zum Sprechen öffnete, erschauerte sie angesichts der scharfen Zähne, welche die Lippen entblößten – sie erinnerten fast an Reißzähne.

Seine Ohren wirkten spitzer als sonst. Und seine Haut war durchscheinend und besaß einen grünlichen Schimmer unter der Oberfläche. Ihr schien es, als würde im nächsten Moment ein anderer Palimak unter dieser Oberfläche hervorbrechen. Seine Dämonenseite. Und diesen Palimak wollte sie nicht unbedingt kennenlernen.

Und dann dachte sie: Ach, das ist doch nur eine Täuschung des magischen Lichts. Er ist noch immer mein kleiner Palimak. Mein lieber kleiner Palimak. Das seltsame Kind, das ich im Sattel aus Zanzair herausgeholt habe. Das seine ersten Worte von Gundara und Gundaree gelernt hat: »Halt den Mund, halt den Mund, halt den Mund!«

Das Kind hatte nicht geahnt, daß seine Mutter Nerisa gerade von Iraj Protarus getötet worden war. Oder daß Iraj und seine Soldaten es nun jagten und Safar, Leiria und den kleinen Palimak ermorden wollten.

Er wandte sich ihr zu und blitzte sie befehlshaberisch an. Seine Stimme dagegen klang im Gegensatz dazu fast sanft und trauernd.

»Wir müssen sie alle umbringen, Tante Leiria. Tut mir wirklich leid, aber ich glaube, uns bleibt keine andere Wahl. Sie sind schlimmer als ein Vipernnest.«

Er holte tief Luft. »Vipern haben wenigstens einen Daseinszweck, der sich von unserem gar nicht so sehr unterscheidet. Sie sind auch nicht grausamer als wir. Sie müssen fressen, sie müssen ihre Brut großziehen und ihre Jungen beschützen. Sie greifen uns nur an, wenn wir sie bedrohen.«

Er deutete auf die Leiche eines der Ungeheuer. Sie war mit Abstand die größte. Der Kopf war vom Rumpf getrennt und lag neben dem Körper. Selbst im Tode funkelte der Haß noch in den Augen.

»Das war ihre Königin, Charize. Und sie war bösartig und haßerfüllt. Ihren Sinn habe ich bislang nicht begriffen.«

Er zeigte auf den offenen Sarkophag. »Das ist Aspers letzte Ruhestatt«, erklärte er. »Ich glaube, mit ihr ist eine Verheißung verbunden. Eine Hoffnung. Vater hat es jedenfalls gesagt. Und Charize hat versucht, sie für sich auszunutzen und zum Bösen zu verwandeln.«

Das Schwert hatte er fallen gelassen, während er den Lichtzauber beschworen hatte, und nun hob er die Waffe auf. Er trat zu einer der Kreaturen, die am Boden kauerten. Die Krallen zogen sich in seine Finger zurück. Aus Reißzähnen wurden wieder Eckzähne. Seine Augen wirkten mit jedem seiner Schritte menschlicher.

Er sieht so traurig aus, dachte Leiria. Und sie fragte sich, wie schwer es wohl für ihn sein mußte, in die menschliche Haut zu schlüpfen, nachdem ihn gerade noch die stahlharte eines Dämonen beschützt hatte.

Weit holte er mit dem Schwert aus. »Gnade, Herr!« wimmerte das Ungeheuer. »Gnade!«

Leiria glaubte, von Palimak einen traurigen Seufzer zu hören. Vielleicht war es auch nur ein Geräusch, das durch seine Bewegung entstand, als er die Klinge senkte und das Flehen des Geschöpfes beendete. Und ohne zu zögern ging er zum nächsten und tötete es. Und zum nächsten und zum nächsten …

Widerstrebend hob auch Leiria ihr Schwert auf und beteiligte sich an dem Gemetzel.

Nachdem sie das erste Ungeheuer getötet hatte, legten auch Biner, Jooli und die Kyranier Hand an. Ebenso zögerlich. Hatten sie zuvor mit Willensstärke gekämpft und getötet, so versuchten sie jetzt, ihren jammernden armen Opfern nicht in die Augen zu schauen.

Gelegentlich hielten sie inne und ekelten sich vor sich selbst und den Göttern, die solches Tun notwendig machten. Aber Palimak drängte sie zur Eile, da sein Lichtzauber nicht mehr lange wirken würde.

Am Ende war Königin Charizes unterirdisches Königreich in einem Meer von Blut untergegangen. Jetzt war es ein Ort, wo der König der Schlächter seinen Stand eröffnet hatte, an dem er genug Fleisch anbot, um noch die größte Stadt zu ernähren. Doch dieses Fleisch würde niemals jemand essen, und so blieb Charizes Untertanen im Tod selbst diese kleine Ehre verwehrt. Sie würden hier verfaulen. Niemand wollte sie, niemand brauchte sie, und niemand trauerte um sie, ja, und auch Leiria und die anderen würden niemals mit dem Sieg in diesem Gewölbe prahlen. Denn es handelte sich um schlichten Massenmord, nichts anderes.

So nahm es ein Ende mit den falschen Schwestern von Asper. Und als Leiria die letzte von ihnen niedermetzelte, erinnerte sie sich an den Refrain des Liedes: »*Wir nehmen die Sünde,/ Wir nehmen die Sünde,/ O süße Dame, gute Dame/ Auf unsere Seelen.*«

Diese Worte würde sie ihr Lebtag nicht vergessen.

Palimak konnte die Verwandlung spüren. Seine Haut kribbelte, als habe ihn ein Gewitter hoch oben in den Bergen von Kyrania überrascht. Seine Nackenhaare sträubten sich. Seine Augen waren so trocken, daß er nur unter Schmerzen blinzeln konnte. Die Luft war drückend und knisterte von magischer Energie.

Er fühlte sich wie zwei Tiere, die man in das gleiche Fell gesteckt hatte. Das eine folgte kühler Logik: Was zu tun war, mußte getan werden. Das andere hätte vor Mitleid für seine Feinde am liebsten geweint. Während er den nächsten schuppigen Kopf vom Rumpf schlug, dachte er: Und wenn ich das wäre?

Langsam, aber sicher, trug die zartere Seite – die menschliche, begriff er – den Sieg über die kalte davon. Und jeder Hieb wurde schwieriger. Nein, das stimmte nicht ganz. Es war nicht schwieriger, es erforderte nur mehr Leidenschaft. Er mußte in sich Haß erzeugen, der einem Zauber glich, mit dem er seine Muskeln stärkte. Er mußte diese Ungeheuer hassen, damit er sie töten konnte.

Nachdem er diese Aufgabe erledigt hatte und alle Bestien tot waren, stand er keuchend vor der letzten Leiche. Sein Blut schrie nach mehr. Sein Verstand erschrak vor dem, was er angerichtet hatte.

In diesem Augenblick stellte er fest, daß er wieder vollständig zum Menschen geworden war. Daß er zuvor vollständig ein Dämon gewesen war.

Im Ganzen betrachtet gefiel ihm der Zustand des Dämonen viel besser.

Innerlich schüttelte er sich. Erschrak über den Gedanken. Er war doch ein Mensch, verdammt! Jedenfalls mehr Mensch als Dämon!

Oder nicht?

Palimak verscheuchte diese Zweifel. Er legte sich eine Reihe verschiedener Entschuldigungen zurecht und drängte alle anderen Gedanken beiseite.

Er blickte Leiria an und sah ... nun, was denn? ... Erleichterung? ... in ihren Augen. Er betrachtete seine Hände, die wieder ... normale? ... menschliche Finger aufwiesen. Und auch der Rest seines Körpers fühlte sich menschlich an. Leib und Seele. Seele und Leib.

Überall, wohin er schaute, war Blut. Das Blut seiner eigenen Tat.

Ihm wurde übel, und am liebsten wäre er von diesem Ort geflohen.

Nun warf er sein Schwert zu Boden. Bei den Göttern, diese Klinge wollte er nicht mehr in den Händen halten! Sie fühlte sich schmutzig an. Verderbt. Er war froh, sie los zu sein.

Vor allem wollte er aus dieser Kammer hinaus. Wollte ihre

Schrecken vor dem Rest der Welt mit dem größten Felsen, den er finden konnte, versperren.

Eine leise Stimme drang an sein Ohr. »Der Sarkophag, Kleiner Meister«, sagte Gundara. »Vergiß nicht Aspers Sarg.«

»Deshalb sind wir doch hierhergekommen, nicht?« fügte Gundaree hinzu.

Zwar schwirrte Palimak vor Erschöpfung der Kopf, dennoch wandte er sich zur letzten Ruhestatt des Dämonen um. Das Licht, welches aus dem offenen Sarg leuchtete, war blendend grell, und er mußte die Augen abschirmen. Vage bemerkte er, daß Leiria und die anderen ihn beobachteten; wahrscheinlich fragten sie sich, ob er besessen war, so eckig mußten seine Bewegungen wirken. Aber er besaß nicht die Kraft, ihre Bedenken auszuräumen.

Er vollführte eine schwache Geste, doch das Licht ließ kaum nach. Es war zu heiß, um näher heranzugehen, und ihm fehlte die Energie für einen besseren Zauberspruch.

»Ich habe Hunger«, verkündete Gundara. In Palimaks Ohren klang die Stimme laut, wie er aber aus Erfahrung wußte, konnten die anderen sie nicht hören.

»Ich auch«, beeilte sich Gundaree zu versichern. »Ich möchte etwas Süßes. Einen Honigkuchen.«

»Und zwar mit Sirup darüber«, warf Gundara ein. »Lecker!«

»Im Augenblick kann ich nicht mit Honigkuchen dienen«, erwiderte Palimak, und in seiner Erschöpfung kümmerte es ihn nicht, was seine menschlichen Freunde denken mochten. Er klopfte auf seine Tasche mit ihren Süßigkeiten. »Vielleicht ein paar Korinthen. Mehr habe ich nicht.«

»Bestimmt kleben wieder Fussel von der Tasche daran«, beschwerte sich Gundaree. »Ich hasse Fussel.«

»Außerdem«, wandte Gundara ein, »bekomme ich von Korinthen Blähungen. Kannst du dir nicht vorstellen, wie es ist, wenn man in einer Steinschildkröte lebt und die ganze Zeit Blähungen hat?«

Palimak mußte unwillkürlich grinsen. Inmitten dieses blutigen Gemetzels blieben die beiden Zwillinge sich treu.

Jetzt befanden sie sich in Sicherheit, und das war alles, was zählte. Zuerst die wichtigen Angelegenheiten – gesegnet mochten ihre gefräßigen kleinen Seelen sein.

»Ich werde euch Honigkuchen besorgen, wenn wir wieder auf dem Luftschiff sind«, versprach er.

Gundara seufzte. »Also gut. Da es anscheinend nicht anders geht. Ich glaube, wir können nichts dagegen machen.«

»Aber ich möchte zwei«, beharrte Gundaree. »Du mußt mir zwei versprechen. Und richtig alten Käse dazu. Schön stinkig.«

»Na gut, dann eben zwei«, versprach Palimak. »Und soviel stinkenden Käse, wie du essen kannst.«

Erneut vollführte er eine magische Geste, doch diesmal spürte er die zusätzliche Kraft der Gehilfen. Das Licht wurde schwächer, und nun konnte er sich den Sarkophag anschauen.

Mit schweren Beinen stapfte er die Stufen hinauf und fühlte sich, als würde er durch einen Sumpf waten. Während er hinaufstieg, kicherten die beiden Gehilfen vor sich hin. Sie schienen ein großes Geheimnis zu teilen. Vermutlich wollten sie dies jedoch nur gegen das Versprechen weiterer Süßigkeiten eintauschen.

Dann hatte er den Sarkophag erreicht.

Er spähte hinein und erwartete, die mumifizierte Leiche des alten Dämonenzauberers Lord Asper zu sehen.

Statt dessen lag da ein Mann, der die gleiche Robe wie Asper trug.

Und die Zwillinge riefen im Chor: »Überraschung, Kleiner Meister.«

Es war sein Vater …

Safar Timura!

Palimak blinzelte verblüfft.

Safar schlug die Augen auf. Er bewegte die Lippen und formte Wörter.

In eine Aura der Unwirklichkeit gehüllt, beugte sich Palimak vor und lauschte.

»Khysmet«, flüsterte Safar.

Der Zauberer streckte die Hand aus, packte Palimak am Hemd und zog ihn mit unerwarteter Kraft zu sich hinab.

Und beharrlich wiederholte er seine Frage. »Wo ist Khysmet?«

13

Die Hexenkönigin

Der Tag neigte sich seinem Ende zu, als die Spione des Königs die Nachrichten überbrachten. Rhodes eilte auf die seeseitige Mauer seiner Burg und kletterte auf das große Katapult, das zur Abwehr von Schiffen gedacht war, die diesen Teil der Festung angriffen.

Seinen Spionen zufolge hatten Palimak und sein Gefolge die Höhle in der Statue von Asper verlassen und schleppten nun ein seltsames Ding hinauf zum Luftschiff.

Das Katapult – welches man aus den Stämmen der größten Bäume gefertigt hatte – war für einen Mann mit Rhodes' Körperumfang schwierig zu besteigen, und er verfluchte seine Untergebenen, mehr jedoch noch seine eigene Faulheit, wegen der sich sein einst muskelbepackter Körper in einen Fettklumpen verwandelt hatte.

Das ist der Grund, dachte er, weshalb Palimak und diese Kyranier ihn zum Besten halten konnten. Hätte er seinen Körper nur nicht so vernachlässigt – und auch seinen Verstand nicht! Er war träge geworden – und seine Untertanen hatten sich an ihm ein Beispiel genommen. Seine Mutter hatte ihn schon als jungen Prinzen für seinen Müßiggang gescholten.

Mochte Rhodes auch noch so ein Barbar sein, trotzdem war er eigentlich mit einem regen Verstand gesegnet, dazu gutem Instinkt für Taktik und einer besonderen Gabe dafür, die Schwächen seiner Feinde auszuspähen.

Zudem besaß er Kraft und Schnelligkeit, insbesondere für jemanden von seinen Ausmaßen. Als er das Licht der Welt erblickte, hatte er schon fünfzehn Pfund gewogen, was die Geburt für jede normale Frau unmöglich gemacht hätte, nicht jedoch für seine Mutter. Sie entstammte einer Rasse übergroßer Menschen – nicht gerade Riesen, jedoch immerhin – und so hatte sie mit ihren breiten Hüften bei der Geburt kaum Schwierigkeiten gehabt.

Durch die Kombination seiner körperlichen und geistigen Größe hatte Rhodes die armseligen anderen Könige und Königinnen auf Syrapis leicht unterworfen. Deshalb war er träge geworden, dachte er. Er hatte *zu* leicht gesiegt. Und als Palimak und die Kyranier eintrafen, war er auf ihre neue Art der Kriegsführung nicht vorbereitet gewesen.

Rhodes erreichte schließlich die Spitze des Katapults und spähte über die Mauer, um zu beobachten, was der Feind trieb. Gegenüber, hoch über der kleinen Insel, auf der die Statue von Asper stand, schwebte das Luftschiff. Nicht zum ersten Mal packte ihn der Neid angesichts dieser bemerkenswerten Maschine.

Dieses magische Gerät, dachte er, stellte den Schlüssel zum Sieg der Kyranier über ihn und seine syrapischen Cousins dar. Wenn er nur selbst mit einem solchen Ding gesegnet gewesen wäre, hätte die Geschichte ganz anders ausgesehen. Die Demütigung vor dem ganzen Hof wäre ihm erspart geblieben. Statt dessen hätten Palimak und diese Kriegerhure erlebt, wie man unter einer Niederlage leiden kann.

Kurz gab er sich einem Tagtraum hin, in dem die beiden vor seinen Thron geschleppt wurden und er sie zu den schlimmsten Qualen verurteilte, die zu bereiten seine Folterknechte fähig waren.

Er riß sich zusammen. Für solche vergnüglichen Phantasien war nun keine Zeit. Er mußte mehr Stärke zeigen als jemals zuvor. Jetzt mußte er seine Feinde ausspionieren und ihre Schwächen zutage fördern.

Unter sich sah er den Wechsel der Gezeiten. Die Wellen überspülten die Insel bereits. In einer Stunde etwa würde es dort keine trockene Stelle mehr geben. Eine weitere Stunde später verschwände die Statue unter der schaumigen Gischt des Meeres.

Rhodes ließ sich von einem Lakaien sein Perspektiv geben. Er blickte hindurch und erkannte Palimak, der vier Soldaten, die ein großes, geheimnisvolles Objekt trugen, Anweisungen erteilte. Was zum Teufel mochte das sein?

Er stellte die Schärfe ein und folgte dem Gegenstand, während das Ding in einem Frachtnetz zum Luftschiff hochgezogen wurde. Handelte es sich um eine Art Kiste? Und was war da in den Deckel gemeißelt? Ihm fiel auf, daß das Ganze die Form eines Sarges hatte. Falls das stimmte, war es allerdings ein sehr großer Sarg. Da paßte gewiß ein Mann hinein, der doppelt so groß wie Rhodes war.

Erneut betrachtete er die Steinmetzarbeit auf dem Deckel. Kurz bevor der Sarg auf Augenhöhe kam, erkannte er sie. Es war ein Dämon! Nicht nur das, sondern das Gesicht des Dämonen glich dem der Statue.

Demnach konnte es nur Asper sein! Dessen war er sicher. Nun verschwand der Sarg außer Sicht, und einen Augenblick später wuchtete ihn die Mannschaft mit vereinten Kräften an Bord des Luftschiffes.

Mit klopfendem Herzen und dem Kopf voller Fragen richtete er das Fernglas zurück auf die Insel. Zwei Männer trugen eine Bahre die Treppe hinunter, die vom Haupt der Statue nach unten führte. Darauf lag ein großer Mann, der in eine schwarze Robe gekleidet war. Rhodes konnte nicht genau beurteilen, ob er bei Bewußtsein war, aber ihm entging nicht, wie vorsichtig die Träger ihn behandelten. Dies war ein bedeutender Mann, ohne Zweifel. Ein Mann, der verehrt wurde.

Dieser Eindruck wurde durch Palimak und die Generalin unterstützt, die zu der Bahre eilten. Palimak ergriff eine der Hände des Mannes. Leiria beugte sie vor und küßte ihn. Daraufhin wurde auch die Trage in ein Netz gehängt und nach oben gehievt.

Rhodes verfolgte ihre Bewegung und nickte zufrieden, als er

den Zwerg sah, der auf dem Luftschiff das Kommando hatte, und dazu seinen Ersten Maat, diese exotische Drachenfrau. Beide halfen persönlich dabei, die Bahre an Bord zu bringen. Wer auch immer dieser fremde Mann war, offensichtlich besaß er große Bedeutung für die Kyranier.

Rhodes hatte ihn nie zuvor gesehen, was an sich noch nichts zu heißen hatte. Es gab viel Kyranier, die er nicht kannte. Die Tatsache, daß ihm seine Spione nie von einer so wichtigen Person berichtet hatten, wurmte ihn jedoch. Hatten sie vielleicht einen geheimen Anführer? Jemand, der noch wichtiger war als Palimak, einer, der der wahre Befehlshaber der Kyranier war und dem alle folgten?

Wer war dieser Kerl, der mit solchem Respekt behandelt wurde? War er die geheime Macht hinter Palimak? Der Grund, weshalb der Junge die Kriegskunst und die Magie so ausgezeichnet beherrschte? Und falls ja, was war diesem geheimnisvollen Mann widerfahren? Warum lag er offensichtlich krank oder verletzt auf einer Bahre?

Hoffnung keimte in Rhodes' Brust. Wenn sein Verdacht stimmte – und dieser Kerl tatsächlich der Anführer war –, so schwächte sein Zustand auch die Kyranier.

Er nahm das Perspektiv vom Auge und kletterte vom Katapult hinunter. Weil er so aufgeregt war, fiel ihm das Absteigen sehr viel leichter. Rhodes brauchte einen Rat, wie er diese Schwäche ausnutzen konnte, insoweit es sich um eine solche handelte.

Und am besten konnte er diesen bei seiner Mutter Clayre bekommen, der wunderschönen Hexenkönigin von Hanadu.

Später würde Rhodes sich verfluchen, weil er nicht noch ein wenig auf dem Katapult verweilt hatte. Dann hätte er seine Tochter Jooli gesehen, die ungefesselt und bewaffnet aus dem Eingang der Statue kam und die Treppe hinunterstieg. Und er hätte sich gefragt, aus welchem Grund die Kyranier ihrer Geisel solche Freiheiten gewährten.

Die Freudentränen, die an Bord der Luftschiffes über Safars mysteriöse Rückkehr vergossen wurden, hätten einen ganzen Ozean füllen mögen.

»Er ift am Leben!« schluchzte Arlain, und Rauchringe stiegen aus ihrem Drachenmund auf. »Fafar ift zu unf furückgekommen!«

Biner trompetete seine Gefühle in ein Taschentuch, dann rieb er sich die Augen trocken. »Methydia würde vor Glück platzen«, sagte er, »wenn sie wüßte, daß dieser liebe Kerl wieder unter uns weilt.«

Renor und Sinch, die zu Zeiten des Aufbruchs aus Kyrania Jünglinge gewesen, inzwischen jedoch erwachsen geworden waren, knieten neben der Bahre und heulten ungehemmt wie Schloßhunde.

»Ach, könnte Dario nur bei uns sein«, sagte Renor, »er hat immer behauptet, Lord Timura würde noch leben.« Dario, der ergraute Krieger, der die jungen Männer von Kyrania zu Soldaten ausgebildet hatte, war vor zwei Jahren gestorben.

Bald umringten auch die anderen Mitglieder der Mannschaft und die Soldaten die Trage und schickten Dankgebete an Felakia, die Göttin, die als Patronin von Kyrania verehrt wurde.

Im Hintergrund spielten Elgy und Rabix fröhliche Musik, während Kairo einen Freudentanz aufführte und seinen Kopf von einer Hand in die andere warf.

Leiria und Palimak fielen sich in die Arme und schluchzten unaufhörlich.

Währenddessen blieb Safar sehr still. Er hielt die Augen geschlossen und atmete in flachen Zügen. Von den Vorgängen um ihn herum schien er nichts zu bemerken.

Dann erhob sich der Wind und ließ die Leinen des Luftschiffes singen. Leiria erschauerte, und die plötzliche Kühle riß sie aus dem Kokon der Glückseligkeit.

»Bringen wir ihn in die Kabine«, schlug sie vor, »ehe wir ihn mit unserer Zuneigung ersticken.«

Sie und Palimak packten jeder ein Ende der Bahre und trugen ihn in die luxuriöse Hauptkabine, die früher das Quartier von Methydia gewesen war, jener Hexe, die den Zirkus gegründet und das Luftschiff erschaffen hatte, Safars längst dahingegangene Geliebte.

Jooli, die sich in den Angelegenheiten der Kyranier nicht auskannte, beobachtete die Versammlung vom Rand aus und fragte sich, wer dieser Mann wohl war, daß er so viel Liebe und unverhohlene Gefühle hervorrief.

Nur einer Sache war sie sich gewiß: Wer auch immer er sein mochte, er war ein ausgesprochen mächtiger Zauberer. Selbst während er bewußtlos dalag, sonderte er eine solch starke magische Strahlung ab, daß ihre eigenen Fähigkeiten beinahe überlagert wurden.

Er muß ein guter Mann sein, dachte sie, sonst würden sich diese Menschen nicht so freuen. Wäre er ein Tyrann wie ihr Vater, hätten sie sich vielleicht zu Boden geworfen, aber aus Furcht, nicht aus Verehrung. Und schwach, wie er im Augenblick war, hätte man ihm vermutlich schlicht die Kehle durchgeschnitten, bevor sein grausames Gemüt wieder zu Bewußtsein käme.

Eine derartige Tat hatte Jooli einmal ernsthaft in Betracht gezogen, als sie ihrem volltrunkenen Vater begegnet war.

Genau in dem Moment, in dem die Trage in der Kabine verschwand, verspürte sie einen seltsamen Strudel in den magischen Wellen, die er ausströmte. Dieser war nicht so gut und freundlich und bestimmt nicht der Vergötterung würdig. Sie versuchte die Quelle zu orten. Scheinbar kam dieser Wirbel von dem geheimnisvollen Zauberer. Aber aus irgendeinem Grund, den sie nicht erahnen konnte, gehörte er eigentlich nicht zu ihm.

Etwas ... nun, nicht wirklich etwas Böses ... jedoch voller feurigem Ehrgeiz und hungriger Gier.

Dann verlor sie die Witterung, und nachdem sich die Tür geschlossen hatte, hielt Jooli das Ganze bereits für eine Ausgeburt ihrer Phantasie, für eine möglicherweise zynische Reaktion auf diese überschwengliche Liebe.

Sie schnüffelte erneut, stellte nichts mehr fest und zuckte mit den Achseln. Ja, das war es. Reine Einbildung.

Kurz darauf erteilte Biner mit dröhnender Stimme seine Befehle, und die Mannschaft lief zu den Leinen und den Brennern.

»Nun bewegt euch nicht wie Schnecken, Jungs! Die Leute zu Hause wollen die frohe Nachricht auch hören! Safar Timura weilt wieder unter uns! Bei den Göttern, von jetzt an heißt es wieder: Verdammt sei alles außer dem Zirkus!«

Das Luftschiff flog, von eisigen Winden getragen, auf das neue Königreich von Kyrania zu.

Jenen Ort, den sich Safar einst für sein Volk erträumt hatte.

Rhodes stapfte die vielen Stufen zu den Gemächern seiner Mutter hinunter.

Sie hatte sich in den tiefsten Gewölben der Burg niedergelassen. Unter den Getreide- und Weinlagern, die nach den vielen verlorenen Schlachten gegen Palimak Timura nun geleert waren. Unter den Kerkern, in denen Rhodes Männer und Frauen gefangenhielt, die sich seiner Herrschaft entgegenstellten, die jedoch zu bedeutende Persönlichkeiten waren, um sie gleich umzubringen. Unter dem Reich der königlichen Foltermeister, die im Dienste ihrer Majestät und voller Freude Streckbänke und glühende Zangen zum Einsatz brachten.

Unter der Schatzkammer, die Rhodes sogar noch lieber aufsuchte als seinen Harem. Die Schatzkammer wurde von seinen besten und treusten Soldaten bewacht, die zudem den dreifachen Sold bezogen, damit ihre Loyalität nicht nachließ.

Hier hatte er seine größten Freuden und seine ärgste Verzweiflung erlebt. Hatte vor Vergnügen gezittert, wenn er reiche Lösegelder und Truhen voller Tribut in seine übervollen Kammern brachte. Hatte geweint wie ein Klageweib, nachdem sein Krieg gegen Palimak die Schatzkammer bis auf wenige Edelsteine und Goldkisten geleert hatte.

Erst gestern hatte er die beiden Goldbeutel, mit denen Palimak ihm den Waffenstillstand versüßt und seine Zustimmung für die kyranische Expedition in die Statue von Asper erlangt hatte, hier abgelegt. Die goldenen Münzen hatten die Demütigung ein wenig gelindert. Zudem hatten sie die Hoffnung genährt, daß sich das Blatt eines Tages wenden würde; wenn Palimak besiegt wäre, würden wieder Schätze und Juwelen in die Kammer fließen.

Während Rhodes vorbeiging, nahmen die Wachen Habt-Acht-Stellung ein und salutierten, und einen Augenblick lang hätte er am liebsten hier verweilt und Palimaks Gold durch seine Finger rieseln lassen. Und sich dabei vorgestellt, jede Münze sei ein Stück Fleisch, das dem Prinzen Timura vom Leib gerissen worden war.

Dutzende Fackeln erhellten den marmornen Eingangsbereich zu den Gemächern seiner Mutter. Die Wände waren mit riesigen Malereien bedeckt – ländliche Szenen stellten die vielen Schönheiten von Syrapis dar.

Oberflächlich betrachtet strahlten die Gemälde Frieden und Harmonie mit der Natur aus. Auf den zweiten Blick enthüllten die kleinen Schrecken darauf ihre wahre Bedeutung. Eine Meerlandschaft, in deren Vordergrund sich die wunderschöne Küste von Syrapis befand. Ein brennendes Schiff weit im Hintergrund, ein geflügeltes Ungeheuer fängt die schwimmenden Seeleute und verschlingt sie. Ein Weinberg, in dem sich einige stattliche Jungen und hübsche Mädchen zwischen den reifen Trauben, vom Erntewein betrunken, dem Spiel hingeben. In einer fernen Ecke setzt ein Dämonenkönig mit seinen Gefolgsleuten die gleichen Jungen und Mädchen einer unaussprechlichen Orgie der Qualen und Foltern aus.

Rhodes gefielen die Bilder nicht schlecht, aber er war klug genug, sich die Wände seiner Gemächer nicht mit ähnlichen Gemälden bemalen zu lassen. In den Augen des unbeteiligten Betrachters stellten sie offensichtlich Kunst dar. Und was Rhodes darin entdeckte und liebte, würde vermutlich noch seinem grausamsten Soldaten Alpträume bereiten.

Der Hauptmann der Eunuchenwache seiner Mutter begrüßte ihn, neigte flüchtig den Kopf und bat ihn zu warten, während er ihn anmeldete. Die Eunuchen waren riesige Männer – der Hauptmann war fast so groß wie Rhodes – starke Muskeln zeichneten sich unter noch stärkerem Fettgewebe ab. Nur wurden diese Muskeln fleißig trainiert, wohingegen Rhodes seit langem nicht anderes mehr tat, als zu essen, zu trinken und seinen versiegenden Reichtümern nachzutrauern.

Nachdem Rhodes Einlaß gewährt worden war, betrat er beklommen das Empfangszimmer seiner Mutter. War er auch der mächtige Herrscher von Hanadu, so besaß sie großen Einfluß auf ihn. Zwar war sie nicht unbedingt das, was man die wahre Macht hinter dem Thron nennen würde, aber in der Regel setzte sie in allen Angelegenheiten ihren Kopf durch. Ihr Sohn fürchtete stets, ihre Gunst zu verlieren. Was allerdings längst geschehen war, spätestens, seit er die erste Schlacht gegen Palimak verloren hatte.

Königin Clayre war die dritte Gemahlin seines Vaters gewesen, und die Heirat hatte dazu gedient, ein Bündnis zwischen zwei Reichen zu besiegeln. Sie war sehr groß, dabei besaß ihr Körper perfekte Proportionen: lange wohlgeformte Arme und Beine, einen bewundernswerten Busen und eine kurvenreiche Gestalt. Bei der Hochzeit war Prinzessin Clayre in all ihrer Schönheit eine exotische Braut gewesen, und sein Vater hatte zunächst nicht genug von ihr bekommen können. Jedenfalls erzählte seine Mutter ihm dies wieder und wieder, während sich ihre Leibsklaven um sie versammelten und sie in ihre Robe kleideten, die eine trotz ihres Alters noch immer fast vollkommene Figur umhüllte.

Der Hauptmann der Eunuchen führte Rhodes zu ihr. Er kündigte den König nicht an, sondern legte statt dessen einen Finger auf die Lippen, um den Sohn der Königin um Stille zu bitten.

Rhodes blickte sich in dem prachtvoll ausgestatteten Zimmer um. Seine Mutter hatte sich über ihren Zaubertisch gebeugt, der mit alten Schriftrollen und kleinen Gefäßen mit magischen Tränken und Pulvern bedeckt war.

Allein die Mitte des Tisches war frei. Obwohl Rhodes sie nicht einsehen konnte, wußte er sehr wohl, was sich dort befand. In die Oberfläche des Tisches war ein Pentagramm eingelassen, das aus Edelsteinen und Kacheln von reinstem Gold gestaltet war.

Seine Mutter studierte offensichtlich eines der Pergamente, betrachtete gelegentlich das Pentagramm und nickte, als würde es ihre Vermutungen bestätigen.

Sie war in ihre feinste Robe gekleidet, deren magische Symbole ihren Rang als Hohepriesterin der Charize kundtaten. Um den Hals hatte sie mehrmals eine lange Kette aus schwarzen Perlen geschlungen. Vor einigen Jahren hatten sechs Männer auf der Suche nach diesen Perlen tagein, tagaus für seine Mutter tauchen müssen, was das Leben dieser Kerle vermutlich nicht unbeträchtlich verkürzt hatte.

Während Rhodes artig wartete, bis seine Mutter ihm ihre Aufmerksamkeit schenkte, bemerkte er die roten Funken, die von einer Perle zu anderen übersprangen, als würde diesen eine eigene Kraft innewohnen. Was wahrscheinlich sogar stimmte, da Königin Clayre eine mächtige Hexe war.

Rhodes dachte über seine Mutter nach. Sie war die Tochter eines unwichtigen Königs, und am Hofe seines Vaters hatte sie vermutlich zunächst nur wenig Einfluß besessen. Dafür verstand sie sich auf die Intrigen innerhalb des Harems. Innerhalb weniger Jahre nach seiner, ihres einzigen Sohnes Geburt, hatte sie ihre beiden Rivalinnen beseitigt.

Für die eine hatte sie einen Meuchelmörder angeheuert, zumindest behaupteten das die Gerüchte im Palast. Tatsächlich, und das wußte Rhodes sicher, hatte sie ihre Magie und ihren weiblichen Charme eingesetzt und ihren Willen vom Sohn der Nebenbuhlerin ausführen lassen. Dieser hatte unter Clayres Einfluß seine eigene Mutter ermordet und schließlich, nachdem er aus der Trance erwacht war, Selbstmord begangen.

Die andere hatte Clayre schlicht selbst umgebracht, sie einfach mit einem Kissen erstickt, derweil der Rest des Harems dabei zusah. Sogar die großen Eunuchen hatten es nicht gewagt einzugreifen, denn zu diesem Zeitpunkt war sie bereits eine gefürchtete Frau.

Durch die beiden Morde war Rhodes zum Kronprinzen aufgestiegen, obwohl sein Anspruch von seinen Halbbrüdern und Halbschwestern bestritten wurde, den Kindern der zwei anderen Frauen seines Vaters. Aber Rhodes' Mutter hatte hart daran gearbeitet, ihn zum Nachfolger zu machen.

In ihrem Salon hatte sie die besten Athleten willkommen geheißen. Und sie hatte viel Geld ausgegeben, um die weisesten und gelehrtesten Sklaven in Syrapis zu kaufen. Alle zusammen hatten ihn in seiner Jugend körperlich und geistig ausgebildet. Ergänzt wurden ihre Lektionen durch seine Mutter, die ihm über Politik beibrachte, was sie wußte.

Mit sechs Jahren konnte Rhodes bereits jene fünfzig Pfund schweren Steine heben, mit denen die beweglichen Katapulte geladen wurden. Mit elf schlich er seinem zwanzigjährigen Halbbruder – seinem Hauptrivalen um den Thron – von einem Stelldichein zum nächsten nach. Sein Bruder hatte eine Schwäche – eine tödliche, wie es sich erweisen sollte – für die Frauen anderer Männer. Und so hatte Rhodes seinen Bruder schließlich auf der Seemauer erwischt, von der aus er vorhin Palimak beobachtet hatte.

Unten rechts neben dem großen Katapult gab es einen kleinen Alkoven, einen Altar für einen unwichtigen Gott, an dessen Namen sich niemand mehr erinnerte. Außerdem wurde diese Stelle gern von Liebespaaren aufgesucht.

Während Rhodes nun nervös wartete, dachte er an jenen schicksalhaften Tag zurück. Aus dieser Erinnerung zog er Kraft. Er rief sich das Bild dieses Schwächlings mit seiner zuckersüßen Zunge, der sich ihm so lange in den Weg gestellt hatte, vor Augen und mußte grinsen. Die Mutter von Rhodes' prinzlichem Rivalen war die ehrgeizige zweite Frau seines Vater gewesen. Sie hatte ihren Sohn nach dem legendären Prinzen Stokalo benannt, der von seinem grausamen Vater verbannt worden war, aber schließlich vom Meer zurückkehrte und den ihm rechtmäßig zustehenden Thron eroberte.

Stokalo war stark, aber nicht so kräftig wie Rhodes. Er hatte einen wachen Verstand, den sein Vater geschult hatte, der Stokalo nach dem Kissenmord bevorzugte. Dennoch war er nicht so klug wie Rhodes, der ihn schon als Junge im Schachspiel demütigte.

Rhodes dachte an jenen Tag zurück, an dem sein Halbbruder, wütend über die Niederlage, ihm selbst die Gelegenheit zu seiner Beseitigung eröffnet hatte. Er hatte eine Botschaft an seine Geliebte geschickt – die junge Frau eines Generals. In der Nachricht hieß es, sie sollten sich auf der Seemauer treffen, um ihren Gelüsten nachzugehen. Natürlich hatte ein Spion, der in Rhodes' Diensten stand, einen Blick auf diesen Brief werfen können und die Neuigkeit weitergeleitet.

So war der dreizehnjährige Rhodes zu dem Alkoven gerannt, bevor die zwei Sünder dort eintrafen. Er lauerte im Schatten, bis Stokalo sich in das Treiben mit seiner Geliebten vertieft hatte – der Halbbruder drückte sie gegen die Mauer und schob ihr den Rock bis zur Hüfte hoch –, dann schlich er hinter die beiden.

Mit der fleischigen Hand packte er seinen Bruder im Nacken, drückte ihm das schwere Knie in den Rücken und brach ihm das Genick wie einen trockenen Ast. Die Frau war zu schockiert, schrie nicht, sondern stöhnte nur leise und kauerte an der Mauer, derweil Rhodes den toten Leib seines Bruders hochhob und hinunter ins Meer warf.

Er hatte auch daran gedacht, die Frau zu töten und so die einzige Zeugin seiner Tat loszuwerden. Statt dessen ließ er ihr die Wahl zwischen Tod und Leben, und sie entschied sich zu ihrem eigenen Besten.

Zuerst, indem sie dem jungen Prinzen Rhodes zu Diensten war. Dann, indem sie behauptete, Stokalos Selbstmord beobachtet zu haben, während sie bei einem abendlichen Spaziergang frische Luft schnappen wollte.

Rhodes fuhr sich mit dem Finger durch den verfilzten Bart. Die Erinnerung daran, wie er Stokalos Geliebte wenige Monate später schließlich dennoch beseitigt hatte, erregte ihn.

Aber ehe er sich in diesen Gedanken vertiefen konnte, hüstelte seine Mutter. Er blickte auf und erschrak, da sie ihn zu sich winkte.

Bei seinem Nähertreten sagte sie: »Ich habe Neuigkeiten, mein Sohn. Sowohl gute als auch schlechte.«

In ihren Augen funkelte ihre Hexenmacht. »Die schlechte zuerst: Königin Charize ist tot. Palimak Timura hat sie getötet.«

Diese Hiobsbotschaft erschütterte ihn, doch Clayre tat sie mit einer Handbewegung ab. Sie kicherte derb.

»Und nun die gute Nachricht: Ich habe jemanden gefunden, der sie ersetzen kann. Sogar besser ist. Eigentlich sind es mehrere.

Vor allem hassen sie aus tiefstem Herzen jeden, der Timura heißt!«

14

Der Rat der Ältesten

Rhodes starrte seine Mutter an. Der Schock über ihre Eröffnung, daß Königin Charize – die wahre Quelle der Macht Hanadus – tot war, ließ langsam nach, während die zweite Nachricht in seinen Verstand vordrang.

Das Ungeheuer Charize war tot. Eigentlich war das gar nicht so übel, wenn die andere Neuigkeit nur stimmte. Aber was bedeutete das mit dem Bündnis? Mit mächtigen Gestalten, die seinen Haß auf Palimak Timura teilten?

Rhodes grinste. »Wirklich gute Nachrichten«, knurrte er und sah sich im Zimmer um. »Wo sind diese weisen Männer? Führe sie zu mir, damit ich sie in allen Ehren begrüßen kann.«

Clayre deutete auf das goldene Pentagramm in der Mitte ihres Zaubertisches. Rhodes betrachtete es, als würde er etwas zu erkennen versuchen. Doch der Tisch war leer.

»So leicht kann man sie nicht beschwören«, antwortete sie. »Sie verlangen gewisse Sicherheiten. Sicherheiten, die du ihnen ohne Frage gewähren wirst.«

»Alles!« Rhodes holte gerührt tief Luft. »Solange sie mir nur Timura in die Hände geben.«

Clayre starrte ihn einen Augenblick lang an und schien abzuschätzen, wie ernst er es meinte. Schließlich erklärte sie: »Ich muß einige recht verzwickte Zauber beschwören. Außerdem müssen wir Charizes Geist mit Opfern besänftigen. Gib mir eine Woche, höchstens einen Monat, und der Handel wird besiegelt sein.«

Obwohl Rhodes vor Neugier platzte, fragte er seine Mutter nicht weiter aus. Magie machte ihn nervös. Dafür besaß er keinerlei Begabung, und aus diesem Grund mißtraute er ihr. Im geheimen bedauerte er sehr, daß er die zauberhaften Fähigkeiten seiner Mutter nicht geerbt hatte. Diese hatten eine Generation übersprungen und waren auf sein ältestes Kind Jooli übergegangen.

Jooli hatte er nie besonders gemocht. Seinetwegen hätte man sie gleich bei ihrer Geburt ertränken können. Schließlich hatte er einen Sohn als Erstgeborenen verdient. Einen männlichen Erben, der ihm auf dem Thron folgen konnte. Zudem verärgerten ihn an seiner Tochter jene Talente, die eigentlich nur ein Mann besitzen sollte: Kraft, Geschmeidigkeit, Geschick mit Waffen.

Was seine Ablehnung abrundete, war die Enthüllung, daß sie eine Hexe war. Eines Tages hatte seine Mutter ihm dies mitgeteilt und eine Zeitlang den Unterricht für das Kind übernommen. Eine Weile ging alles gut, dann berichtete seine Mutter, Jooli habe sich mit großem Abscheu von ihr abgewandt und wolle nichts mehr mit ihrer Großmutter zu tun haben.

Rhodes hatte seine Tochter ausgeschimpft, doch obwohl sie noch recht jung war, hatte sie ihre Meinung sehr deutlich zum Ausdruck gebracht. Und sie hatte es offen abgelehnt, sich durch einen Zauber zur Verbündeten von Königin Charize zu machen und diesem Ungeheuer jene Opfer zu verschaffen, die es seit Menschengedenken von Hanadu einforderte.

Die Gründe, warum sie Jooli nicht gleich beseitigt hatten, waren vielfältig, vor allem hingen sie mit der verdammten Diplomatie zusammen, für die Syrapis berühmt war. Komplizierter wurde alles noch, weil Rhodes die Notwendigkeit sah, seiner Tochter den Segen als Nachfolgerin nicht gänzlich zu entziehen.

Daher hatte er ihr befohlen, die königliche Geisel für Palimak zu werden. Wenn er dann eines Tages den Waffenstillstand mit den Kyraniern brach, würde sich der Zorn des jungen Timuras zuerst gegen seine Tochter richten.

Ungeduldig pochte seine Mutter mit den beringten Fingern auf den Zaubertisch und riß Rhodes aus seinen Betrachtungen.

»Ja, Mutter?« fragte er.

»Ich habe dich nicht hergerufen«, antwortete sie, »daher denke ich doch, du bist aus einem bestimmten Grund gekommen.«

Rhodes nickte und beeilte sich, ihr von dem zu berichten, wobei er die Kyranier beobachtet hatte. Von dem riesigen Sarkophag mit dem Bildnis Aspers und dem geheimnisvollen Mann, den man auf einer Bahre aus der Statue getragen hatte und den die Kyranier offenbar sehr verehrten.

Königin Clayre war beunruhigt. »Das kann nichts Gutes bedeuten. Der Sarg gehörte gewiß Asper.«

Rhodes runzelte die Stirn. »Lächerlich. Wie sollten die Kyranier ihn Charize gestohlen haben?«

»Habe ich dir nicht gesagt, sie sei tot«, erinnerte ihn Clayre. »Und dieser Prinz Timura ist dafür verantwortlich. Wir sollten uns noch mehr vor ihm hüten. Falls er fähig war, Charize zu töten, ist er mächtiger, als wir glaubten.«

Abermals klopfte sie mit den Ringen auf den Tisch. »Möglicherweise hat das etwas mit dem Mann zu tun, den sie aus der Statue geholt haben.«

Rhodes antwortete nicht. Für ihn ergab das alles keinen Sinn.

»Demnach«, fügte seine Mutter hinzu, »halte ich dieses Bündnis mit diesen … äh … Timura-Hassern für überaus sinnvoll. Inzwischen meine ich sogar, daß ihr Angebot etwas mit dem geheimnisvollen Erscheinen dieses Mannes zu tun haben muß.«

Plötzlich wirkte sie erschöpft und seufzte. »Laß mich nun allein. Ich möchte darüber nachdenken.«

Sie hielt ihm die Wange hin, und Rhodes küßte sie pflichtschuldigst, bevor er zur Tür ging.

Kurz bevor er das Zimmer verließ, bemerkte er aus den Augenwinkeln einen Lichtschimmer. Er sah zu dem Wandgemälde über dem Zaubertisch seiner Mutter hinüber, wo es geleuchtet hatte.

Das Bild war eine verklärte Darstellung Hanadus aus jenen Zeiten, in denen der Legende zufolge Lord Asper in Syrapis gelebt haben sollte. Es zeigte die Burg, die damals noch kleiner und nicht so imposant war wie jetzt, nachdem Rhodes die Befestigungen erweitert hatte. Durch den Vordergrund ritt ein Trupp Soldaten in altertümlicher Rüstung die lange, kurvenreiche Straße zum Tor hinaus. Die Spitze bildete der König, ein stattlicher Mann mittleren Alters. An seiner Seite sah man Kriegerinnen – seine Töchter, behaupteten die Gelehrten.

Rhodes hatte die Töchter stets bewundert. Stark, temperamentvoll, bemerkenswert schön. Viele Male hatte er davon geträumt, mit diesen kriegerischen Prinzessinnen das Bett zu teilen. Vor allem mit der ebenholzfarbenen Frau, die neben dem König auf einer prächtigen schwarzen Stute ritt. Die beiden bildeten ein feuriges Paar, so lebendig dargestellt, daß sie gewissermaßen aus dem Gemälde herausfielen.

Im Laufe der Jahre hatte er das Bild oft betrachtet, und daher überraschte ihn nun ein Detail, das er zuvor nie bemerkt hatte.

Vor der Kolonne befand sich ein wundersamer weißer Hengst. Er bäumte sich vor der schwarzen Stute und ihrer Reiterin auf.

Rhodes blickte genauer hin und fragte sich, warum ihm dieses prachtvolle Tier nie zuvor aufgefallen war. Vage überlegte er, ob es wohl Funken von des Hengstes Hufen waren, die sich gerade bewegt und seine Aufmerksamkeit auf das Bild gelenkt hatten.

»Gibt es noch etwas?« wollte seine Mutter wissen.

Er hätte es ihr beinahe gesagt. Aber vielleicht hatte er den Hengst einfach noch nie gesehen, weil er immer nur auf die hübschen Töchter des Königs gestarrt hatte.

Und über so etwas sprach ein Sohn nicht mit seiner Mutter. »Nein. Nichts.«

»Sehr gut«, erwiderte sie. »Ich werde dich rufen lassen, wenn ich mehr über unsere neuen Verbündeten in Erfahrung gebracht habe.«

König Rhodes nickte und ging hinaus.

Es wurde eine seltsame Rückkehr für Safar. Er war kaum bei Bewußtsein, als er in Neukyrania eintraf, dem neuen Heim seiner Familie und Freunde, welches sie in den Bergen von Syrapis für sich erobert hatten.

Er konnte sich nur mehr schleierhaft an die Glocken und Dudelsäcke und Lieder erinnern, welche die Dorfbewohner zu Ehren von jemandem, den sie sehr lieben mußten, gespielt und gesungen hatten. Eine große Feier hatte stattgefunden. Mit sich selbst brachte er diese nicht in Verbindung.

Vage erinnerte er sich an seine Mutter Myrna, seinen Vater Khadji und seine Schwestern, die sich um sein Bett versammelt hatten. Im Hintergrund stand eine große Gestalt, die ihn an Palimak denken ließ, aber der junge Mann war zu alt und zu selbstbewußt, als daß er sein Sohn sein konnte.

In diesem Traum – dafür hielt er das Ganze jedenfalls – war auch Leiria vorgekommen. Wunderschön wie immer. Stark und stolz in ihrer Rüstung. Die Stütze seiner Heimkehr – falls es in diesem Traum tatsächlich darum ging. Und Leiria trat zwischen den anderen hervor und küßte ihn – oh, welch ein Kuß! Er bedauerte, daß er sich früher stets gegen diese Liebe gewehrt hatte.

In der seltsamen Welt von Safars Gegenwart erinnerte er sich an ihr erstes Treffen.

Sie war eine Kriegerin, eine von Irajs persönlichen Leibwachen, welche dieser seinem Freund geschenkt hatte. Er fühlte sich deswegen schuldig, hatte sie jedoch annehmen müssen. Trotzdem verstieß es gegen die Prinzipien und Lehren Kyranias, denen zufolge ein Mensch nicht einem anderen geschenkt werden darf. Er dachte an die Tage zurück, in denen sie sich der Liebe und der Leidenschaft hingegeben hatten, während er um Methydia trauerte. Dabei hatte er Leiria benutzt, um seinen Schmerz zu lindern.

Welche Sünde! Obwohl sie ihm inmitten ihrer Umarmungen zuflüsterte, es störe sie nicht, wenn er an eine andere denke.

Das Bedauern ließ nicht nach. Aber sie war seine Freundin geworden. Sie hatte alles geopfert, um ihn vor Iraj zu retten. Nicht ein einziges Mal hatte sie Eifersucht gezeigt, weder auf Methydia noch auf Nerisa, die kleine Diebin aus Walaria, die zu Safars großer Liebe geworden war.

Was war denn bloß mit ihm los gewesen? Warum hatte er nicht erkannt, daß Leiria ihm wichtiger war als jeder andere Mensch?

Welche Sünde! Welche Sünde. Die Götter würden ihm niemals vergeben.

Dann dachte er: Aber die Götter sind tot!

Und darauf: Jede Frau, die ich jemals geliebt habe, mußte bitter dafür büßen.

Ich bin unwürdig.

Deshalb wurde ich dazu verdammt, bis in alle Ewigkeit den Todesreigen von Hadin zu tanzen.

Er fürchtete, im nächsten Moment könne er plötzlich wieder die Erntetrommeln hören und erneut durch das wilde Zauberlied dazu gezwungen sein zu tanzen, tanzen. Hände würden auf die nackte Brust klatschen. Die bloßen Füße würden auf den Sand stampfen. Weiter und weiter, derweil tausend andere ebenfalls neben ihm tanzten. Die schöne Erntekönigin führte sie an.

Bald würde der Vulkan ausbrechen!

Doch nach einer Weile war noch immer nichts geschehen, und so wagte er es, sich die Frage zu stellen, ob der Bann durchbrochen sei.

Eines Tages dann beugte sich der Fremde, den er mit Palimak verwechselt hatte, über ihn und drückte ihm ein kühles Tuch auf die Stirn. Der Geruch heilenden Weihrauchs kitzelte ihm in der Nase. Der Fremde flüsterte freundliche Worte und fragte, ob Safar irgend etwas wünsche.

Safar versuchte zu antworten, doch seine Lippen waren taub. Er mußte etwas Wichtiges sagen. Aber die Wörter fielen ihm nicht ein.

»Was ist denn, Vater? Was möchtest du?« fragte der Fremde.

Vielleicht war es doch Palimak? Wenngleich es unwahrscheinlich war, da Palimak doch noch so klein war. Das fürchterliche Sehnen in seinem Herzen verdrängte diese Zweifel.

So antwortete er: »Khysmet! Wo ist Khysmet?«

Und fiel wieder in tiefe Bewußtlosigkeit.

Der Rat der Ältesten hatte sich seit mehreren Jahren nicht mehr versammelt. Eigentlich hatte das letzte Treffen stattgefunden, als Safar sie in Esmir davon überzeugt hatte, in die Schwarzen Lande zu ziehen. Lange Zeit hatten die Umstände, zum Beispiel die Flucht vor Iraj Protarus, solche Versammlungen der wichtigsten Männer Kyranias verhindert.

Nach der Landung auf Syrapis hatte man einen weiteren Versuch unternommen, den Palimak abgeschmettert hatte. Da er die endlosen und seiner Meinung nach sinnlosen Debatten kannte, hatte er beschlossen, diese Form der Herrschaft im Dorfe abzuschaffen, als sich die Frage danach zum ersten Mal stellte.

Coralean, der listige alte Karawanenmeister, hatte ihn darin genauso unterstützt wie Leiria und die anderen Mitglieder der Armee von Kyrania, und so hatte er die Ältesten ein wenig unsanft beiseite gedrängt. Er verließ sich auf einen lockeren Kreis von Beratern, dem auch Biner, Arlain und andere aus der Zirkustruppe angehörten.

Der ständige Krieg und nicht zuletzt die fortwährenden Siege hatten ihm recht gegeben. Die Ältesten hatten geschwiegen. Diese Männer – die Safar und Palimak einst hatten vertreiben wollen – standen bei den anderen Dorfbewohnern nicht gerade in hohem Ansehen. Jene, die es gelegentlich gewagt hatten, sich mit Palimak anzulegen, gehörten zu einer kleinen Minderheit.

Einmal in dieser langen Zeit hatte er sogar Magie benutzt, um sich die Kyranier gefügig zu machen. Eigentlich waren sie dadurch nicht unbedingt gehorsam geworden, sondern hatten eher ein tiefes Verlangen gespürt, ihm dorthin zu folgen, wohin er sie führte.

Zuerst hatte er sich deswegen geschämt. Sein Vater hatte ihm den Wert der Demokratie im Dorf eingebleut, wo jede Meinung gehört und Entscheidungen durch Kompromisse zustande kamen. Doch hatte er, nachdem er und Safar in Caluz getrennt worden waren, den Auftrag erhalten, die Kyranier in Sicherheit zu bringen, derweil sein Vater zurückblieb und sich Iraj entgegenstellte.

Und als Palimak ihn flehentlich fragte, was er tun solle, falls sie sich weigerten, hatte Safar gesagt: »Dann hilfst du eben nach!«

Und genau das hatte er getan, in dem Augenblick, da sie an der Küste von Esmir verlangten, auf Safars Rückkehr zu warten. Palimak, der alle Hoffnung für seinen Vater aufgegeben hatte, wirkte den größten Zauber seines jungen Lebens und zwang sie dazu, endlich die Flucht nach Syrapis anzutreten.

Seine Schuldgefühle hatten seitdem nachgelassen. Inzwischen hatte er sich daran gewöhnt, ihr Prinz zu sein. Praktisch ihr König – obwohl es in der Geschichte von Kyrania niemals einen solchen Herrscher gegeben hatte. Jetzt verlangte Foron, der Vorsitzende des Ältestenrates, eine Versammlung, und Palimak reagierte verärgert darauf. Wer brauchte schon diese alten Männer?

Aber was konnte er dagegen unternehmen, wenn auch Khadji, sein Großvater, diese Forderung Forons unterstützte?

Daher berief Palimak drei Tage, nachdem der kranke Safar in Neukyrania angekommen war, den Rat der Ältesten ein, damit sie sagen mochten, was ihnen auf der Seele brannte.

Er erwartete lange verschlungene Reden, in denen Safar, der Sohn ihres Dorfes, gepriesen und am Busen seines Volkes willkommen geheißen wurde. Vielleicht würde gar ein spezieller Festtag zur Feier seiner Rückkehr verkündet werden.

Allerdings entwickelten sich die Dinge ganz anders.

Masura, der Anführer der Opposition, ergriff als erster das Wort. »Ich bin ein Mann, der unverblümt sagt, was er denkt«, begann er, »daher werde ich jetzt nicht um den heißen Brei herumreden. Es geht schließlich um folgendes: Auf wundersame Weise hat die Rückkehr unseres geliebten Safar Timuras – deines *Stiefvaters* – bewiesen, was ich schon seit langer Zeit vermutet habe. Du hast uns immer und immer wieder angelogen!«

Palimak entging nicht, auf welche Weise Masura den zweifelhaften Status als Safars Adoptivsohn unterstrich. Er dachte kurz über Masuras Heuchelei nach; dieser Mann hatte nicht nur ständig gegen Safar gewettert, er war auch der Wortführer jener gewesen, die Palimak damals verbannen wollten.

»Ich glaube, wir sollten die Sache vielleicht nicht ganz so aufwieglerisch ausdrücken«, ermahnte Foron ihn milde. »Der Vorwurf des Lügens ist doch vielleicht ein wenig übertrieben, wenn ihr mich fragt.«

Palimak erwiderte nichts, sondern zog angesichts Forons schwacher Zurechtweisung nur eine Augenbraue hoch. In der Vergangenheit hatte er die Timuras stets unterstützt und war bestimmt kein Freund von Masura gewesen.

Dann wandte er sich Palimak zu. »Zu Masuras Verteidigung muß ich allerdings sagen, daß wegen *bestimmter* Fragen verständliche Sorge aufgekommen ist.«

»Und zwar?« wollte Palimak wissen.

»Du hast uns gesagt, er wäre tot!« klagte Masura mit schriller Stimme an. »Du hast uns dazu überredet, ihn in Esmir zurückzulassen. Lügen! Alles Lügen, wie es sich nun herausgestellt hat!«

Palimak warf Khadji einen Blick zu und erwartete Unterstützung von seinem Großvater. Zu seinem Unbehagen nickte der alte Mann nur traurig zustimmend.

»Das ist wahr, mein Enkel«, sagte er. »Wir haben protestiert. Du hast darauf bestanden.«

»Und da gibt es noch etwas«, unterbrach ihn Masura. »Warum war dieser Junge überhaupt in der Lage, darauf zu bestehen? Warum haben wir lediglich genickt, sind mit hängenden Köpfen an Bord der Schiffe gegangen und haben unseren geliebten Safar im Stich gelassen?«

»Ihr habt ihn nicht im Stich gelassen«, brauste Palimak auf. »Schließlich haben wir ihn hier, in Syrapis, gefunden. Eigentlich habe ich ihn gefunden. Was wollt ihr denn noch?«

»Das war das Werk eines Teufels«, beharrte Masura. »Ich weiß es genau. Wie willst du denn sonst den ... den ungewöhnlichen Einfluß erklären, den du über uns hattest? Du schnippst mit den Fingern, und jeder tut, was du verlangst.«

Er beugte sich vor, und sein Gesicht wurde von dem traditionellen Feuer, um das der Rat abgehalten wurde, dramatisch beleuchtet. »Möglicherweise irre ich mich«, fügte er hinzu und grinste höhnisch, »möglicherweise war es nicht das Werk eines Teufels – sondern das eines *Dämonen*!«

Er blickte in die Runde und lächelte grimmig, da die anderen offensichtlich ebenfalls seiner Meinung über Palimaks Halbblutcharakter waren.

»Ich finde, die Sache gehört untersucht«, fuhr er fort. »Der Rat der Ältesten sollte einen Ausschuß bilden, der ein für alle Mal beweist, daß diese ... diese Brut eines Dämonen uns verzaubert hat, und zwar, damit wir schreckliche Dinge tun. Zum Beispiel, unseren teuren Freund Safar Timura zurückzulassen!«

»Das wäre nicht verkehrt«, stimmte Foron zu. »Allerdings sollten wir diese beleidigenden Begriffe unterlassen – wie Brut eines Dämonen. Palimak ist ungeachtet seiner Herkunft einer von uns. Und so sollte er auch behandelt werden.«

»Er ist ein guter Junge«, wandte Khadji ein. »Er war immer ein guter Junge.« Sein Großvater seufzte. »Trotzdem habe ich mir diese Fragen selbst schon gestellt.«

Er blickte Palimak an. »Ich möchte dich gewiß nicht beleidigen, mein Junge.« Wieder an den Rat gewandt, fuhr er fort: »Ich würde eine solche Untersuchung unterstützen – solange sie unvoreingenommen durchgeführt wird.«

Die anderen murmelten: »Natürlich, natürlich.« Und ehe Palimak sich's versah, hatte Foron schon den weißen Ledersack mit den

Abstimmungssteinchen hervorgeholt und schüttete ihn aus; die Hälfte der Steinchen war schwarz für nein, die andere weiß für ja.

Palimaks Blut begann zu sieden. Er hatte genug davon, verdammt noch mal! Sein eigener Großvater ließ ihn im Stich, bei den Göttern! Wenngleich er sicherlich auch ein wenig recht hatte, wie eine leise Stimme in seinem Kopf befand. Aber zum Teufel damit! Er hatte zu ihrer aller Bestem gehandelt, oder etwa nicht? Hatte er nicht lediglich das getan, was ihm sein Vater aufgetragen hatte?

Auf seiner Schulter flüsterte der kleine Fleck, der Gundara war, in sein Ohr: »Wir sind bereit, Kleiner Meister. Du brauchst nur ein Wort zu sagen!«

Palimak schob verstohlen die Hand in seine Tasche und berührte das kleine Stückchen magischen Pergaments, welches er dort für ebensolche Notfälle bereithielt. Er brauchte es nur herauszuziehen, ins Feuer des Rates zu werfen, woraufhin dicker Rauch aufsteigen und die Männer bewußtlos machen würde. Mit Unterstützung der Gehilfen könnte er dann einen Zauber beschwören, der sie seinem Willen unterwerfen würde.

Durch diesen Zauber würden sie die ganze Auseinandersetzung vergessen. Er würde sich eine Geschichte ausdenken, die er ihrem Gedächtnis einpflanzen würde. Zum Beispiel die Ankündigung eines Festes zu Ehren Safars.

Plötzlich stieg ihm Ekel vor sich selbst in der Kehle auf. Er zog seine Hand aus der Tasche und stand auf.

»So tut nur, was ihr wollt, und führt eure Untersuchung durch. Ich werde mich dem Willen der Mehrheit beugen.«

Den Schreck, der sich auf ihren Mienen abzeichnete, und das überraschte Murmeln, welches sich erhob, ignorierte er und verließ den Raum.

Jetzt hängt alles von Vater ab, dachte er. Und mit diesem Gedanken verspürte er große Erleichterung im Herzen.

15
Der Ruf Hadins

Leiria beobachtete Coralean, der im Raum hin und her schritt und konzentriert den Kopf gesenkt hielt, während er Palimaks Bericht über die Ereignisse im Rat der Ältesten lauschte. Vom Marktplatz draußen drangen streitende Stimmen herein.

Für gewöhnlich drehten sich solche Auseinandersetzungen um Preise und die Qualität von Waren. Aber heute – obwohl sie die genauen Worte nicht verstehen konnte – wußte Leiria, daß eine erhitzte Debatte über die Zukunft der Kyranier in Syrapis entbrannt war.

Seit Safar zurückgekehrt und Palimak von seinen Aufgaben zurückgetreten war, hatte sich die Politik von ihrer häßlichsten Seite gezeigt. Jeder schien seine eigene Meinung zu vertreten, es gab fast keine Gemeinsamkeiten mehr. Minderheit stand gegen Minderheit, und dies hatte das reinste Chaos zur Folge.

Nachdem Palimak seine Geschichte beendet hatte, seufzte der gewiefte Karawanenmeister und schüttelte den zotteligen Kopf. »Coralean ist sicherlich kein Mann, der sein Urteil auf dem eines anderen gründet«, knurrte er, »aber dennoch muß ich gestehen, junger Timura, daß das, was du mir erzählt hast, dieses müde alte Herz aufs äußerste beunruhigt.« Er deutete auf seinen riesigen Brustkorb.

Daraufhin blickte er Palimak leidenschaftlich an. »Allerdings sind, mein eigensinniger Freund, wie ich dir zu meinem größten Bedauern mitteilen muß, große Fehler begangen worden. Ich fürchte, du warst es selbst, der dafür verantwortlich ist, und es schmerzt mich, dich darauf im einzelnen aufmerksam machen zu müssen.

Du hättest diese Ratsversammlung niemals zulassen dürfen, junger Palimak. Und nach diesem Versäumnis hättest du deine Fähigkeiten einsetzen müssen, um einen solchen Ausgang zu verhindern. Ich muß mir selbst Vorwürfe machen, weil ich dich nicht besser beraten habe. Aber leider war ich mit diesen Piraten beschäftigt, welche die Frechheit besitzen, sich Kapitäne zu nennen.«

»Nun, was die Ältesten vermuten, entspricht zufällig der Wahrheit«, erwiderte Palimak erschöpft, da er kaum geschlafen hatte. »Ich habe ihnen meinen Willen tatsächlich aufgezwungen. Ich habe Magie benutzt, damit sie sich meiner Meinung anschließen. Und zwar nicht nur einmal, sondern mehrmals.«

Er sah Leiria mit traurigem Blick an. »Ja, auch dir habe ich das angetan, Tante Leiria«, gestand er. »Du hättest Esmir niemals verlassen, wenn ich dich nicht verzaubert hätte, sondern lieber gewartet, bis sich die Flammen der Hölle in Eis verwandeln, ehe du meinen Vater dem Tode überlassen hättest.«

»Ich weiß«, antwortete Leiria, »und sicherlich läßt mich das, was du getan hast, nicht kalt, wenn ich darüber nachdenke. Dennoch wußten wir im Herzen, daß Safar niemals auftauchen würde. Alles Warten wäre vergeblich gewesen.«

»Trotzdem: Er war nicht tot. Ich habe mich geirrt«, sagte Palimak.

»Aber in Esmir war er auch nicht mehr, oder?« entgegnete Leiria. »Hier, in Syrapis, haben wir ihn gefunden. Daran gibt es keinen Zweifel. Wenn du uns nicht dazu gezwungen hättest, nach Syrapis zu fahren und Rhodes und die anderen zu besiegen und wenn du uns nicht in diese furchtbare Höhle geführt hättest, hätten wir ihn niemals gefunden. Frag mich nicht, wie er hierhergelangt ist. Ich *bin* kein Zauberer, daher habe ich darauf keine Antwort.«

Palimak lächelte verbittert. »Nun, ich *bin* ein Zauberer, und ich kann es dir dennoch nicht erklären.«

Er deutete auf den riesigen Sarkophag, der die eine Seite des Turmzimmers einnahm, welches sein Quartier bildete. »Das erste Mal, als ich hineinsah, erblickte ich die Überreste eines Dämonen. Eindeutig. Nicht nur wegen des Aussehens, sondern allein der Größe nach.«

Kopfschüttelnd fuhr er fort: »Ich habe noch nie einen so großen Dämon gesehen. Außerdem glich sein Gesicht dem der Bilder und der Statue von Lord Asper. Deshalb glaube ich, er hat sich in dem Sarg befunden. Nicht Vater.«

Coralean strich sich durch den Bart. »Dann, hast du berichtet, war Asper auf einmal verschwunden, und statt dessen lag der kränkelnde Leib meines teuersten Freundes Safar Timura darin, richtig?«

»Du sagt es«, erwiderte Palimak.

»Welch Geheimnis!« staunte der Karawanenmeister. »Es verblüfft sogar Coralean, einen Mann, der in seinem Leben mehr Dinge erlebt hat als die meisten anderen.«

Nun wandte er sich an Leiria. »Wie geht es unserem Safar?« fragte er. »Hat sich sein Zustand verbessert?«

Sie rieb sich die plötzlich hervortretende Feuchtigkeit aus den Augen. »Nein.«

Seit drei Wochen half Leiria Safars Mutter und Schwestern bei der Pflege. Sie löffelte Brühe in seinen Mund, die er schluckte, ohne dabei das Bewußtsein wiederzuerlangen. Sie wusch den Körper, den sie so gut kannte, nur daß er von Kopf bis Fuß braungebrannt war, was sie am meisten verwunderte. Es schien, als habe er lange Zeit in der heißen Sonne gelegen. Und lediglich auf seinem Kopf wuchsen noch Haare. Nicht in seinem Gesicht, auf seinen Gliedern, seinen Lenden.

Vor einiger Zeit war ihm plötzlich wieder ein Bart gesprossen. Aber nicht dunkel wie sein Haupthaar, sondern golden. Da Safar dies auch stets getan hatte, rasierte sie ihn, wobei sie sich die gelbblonden Haare allerdings nicht erklären konnte.

Auch die Augenbrauen und die Kopfhaare wirkten heller, was allerdings genausogut eine Folge der Sonne sein konnte, die seinen Körper gebräunt hatte. Seltsamerweise hatte sie heute morgen beim Waschen ein Büschel goldener Haare an seinen Lenden entdeckt.

Sie wollte seine Mutter und seine Schwestern danach fragen, aber da sie nie mit Safar verheiratet und nur einst seine Geliebte gewesen war, brachte sie den Mut nicht auf, die prüden kyranischen Frauen darauf anzusprechen.

»Es gibt keinen Grund zur Trauer, meine wunderschöne Kriegerin«, tröstete Coralean sie. »Safar wird bald mit Geist und Leib wieder bei uns sein.« Er tippte sich mit dem dicken Finger an die Stirn. »Coralean weiß es hier oben.« Nun deutete er mit dem Daumen auf seine linke Brust. »Und auch hier.«

»Er hat einige Male geredet«, berichtete Leiria, »und das macht mir Hoffnung. Leider sagt er nur immer das gleiche: ›Wo ist Khysmet?‹ Ich wünschte, ich wüßte die Antwort auf diese Frage. Ständig denke ich: Wenn ich nur Khysmet finden könnte, würde er wieder zu Bewußtsein kommen. Aber das Pferd zu finden ist hoffnungslos. Das letzte Mal haben wir den Hengst bei Safar in Caluz gesehen. Vermutlich wurde das arme Tier getötet, während Safar die große Schildkröte von Hadin zerstörte.«

Sie hielt inne, dachte an die enorme Explosion zurück, die sie aus der Ferne, von der Küste des Großen Meeres aus miterlebt hatten, und schauderte. »Niemand kann eine solche Katastrophe überstehen.«

Zu ihrer Überraschung widersprach Palimak: »Dessen bin ich mir nicht so sicher. Vater ist es schließlich auch gelungen.« Grüblerisch fuhr er fort: »Ich habe euch erzählt, was in Charizes Höhle geschehen ist. Daß ich glaubte, es sei der Geist von Vater, der die Ungeheuer angriff, als ich schon alles verloren meinte. Aber es war nicht sein Geist. Denn später haben wir Vater lebendig in Aspers Sarg gefunden.«

»Ja, ja, aber jetzt reden wir über das Pferd«, wandte der Karawanenmeister ein und zeigte eine gewisse Ungeduld, was sehr selten vorkam.

Palimak seufzte. »Der ganze Vorfall erscheint mir inzwischen wie ein Alptraum. Daher bin ich mir nicht gewiß. Trotzdem glaube ich, Khysmet gehört zu haben. Ihr wißt doch, auf welche Weise er wiehert, wenn er in den Kampf zieht?«

Leiria und Coralean nickten. Daran konnten sie sich sehr wohl erinnern. Besonders Leiria. Unzählige Male war sie diesem wilden Schrei in die stets siegreiche Schlacht gefolgt.

»Das habe ich jedenfalls gehört«, ergänzte Palimak. »Oder ich wollte es hören. Genau vermag ich das nicht mehr zu sagen.«

»Willst du uns damit erklären, dieses Geheimnis ziehe noch weitere Kreise?« fragte der Karawanenmeister. »Das Hirn von Coralean ist kaum in der Lage, das Rätsel von Safars plötzlicher Rückkehr zu begreifen, geschweige denn all das, was du noch vermutest.«

»Falls du tatsächlich Khysmets Wiehern vernommen hättest, wo würde er sich jetzt befinden? Wohin ist er verschwunden?« wollte Leiria wissen.

Palimak stöhnte niedergeschlagen. »Ich habe keine Ahnung. Doch mit jedem Tag, der verstreicht, halte ich es für einen immer größeren Fehler, daß wir in Hanadu nicht nach ihm gesucht haben und statt dessen so rasch abgezogen sind.«

Leiria, stets eine Frau der Tat, schlug vor: »Fahren wir noch einmal nach Hanadu. Es ist dumm, nur herumzusitzen und sich den Kopf über etwas zu zerbrechen, das man nicht beweisen kann, bevor man es höchstpersönlich überprüft hat. Sollten wir Khysmet finden, wird sich auch Safar vielleicht wieder erholen.«

Verärgerte Rufe hallten vom Marktplatz herauf. Coralean spähte durchs Fenster hinaus und sah den Ältesten Masura, der sich vor den Kyraniern in einer langen Tirade erging. Seine Worte waren nicht zu verstehen, doch lösten sie offenbar eine hitzige Debatte aus. Die Menschen zeigten mit den Fingern aufeinander und verteidigten die Meinung, der sie sich angeschlossen hatten.

Er drehte sich um und hatte die Miene vor Abscheu finster verzogen. »Coralean ist gewöhnlich nicht der Mann, der zum Zaudern rät. Frisch zur Tat schreiten ist sein Motto, wie ihr beide sehr wohl wißt. Allerdings« – er deutete mit dem Daumen aufs Fenster – »glaubt Coralean jetzt, der Zeitpunkt könnte nicht recht gewählt sein, um eine weitere Reise nach Hanadu zu unternehmen. In unserer Gemeinschaft herrscht große Unzufriedenheit. König Rhodes ist kein Narr, und er würde gewiß von unserer Schwäche Wind bekommen. Das würde uns einen weiteren Krieg einbringen.«

Er verzog das Gesicht. »Da eine derartige Uneinigkeit herrscht, fürchtet Coralean, ein solcher Krieg könne einen anderen und weniger glücklichen Ausgang nehmen als die bisherigen.«

»Ich weiß nicht, ob wir überhaupt etwas zu verlieren haben«, hielt Leiria dagegen. »Meiner Schätzung nach haben die Spione Seiner Haarigen Majestät bereits mitgeteilt, daß wir uns gegenseitig an die Kehle gehen.«

»Möglicherweise stimmt das«, erwiderte Coralean, »aber eine Geschichte von einem Spion zu hören ist eine Sache, etwas genau zu wissen eine andere. Spione erzählen gern Unwahrheiten. Sie lügen um des lieben Goldes willen. Oder sie lügen, um ihrem Herrn gefällig zu sein und erzählen, was er ihrer Meinung nach hören will.

Manchmal tun Spione sogar beides. Sie bereichern ihre Geldbeutel und buhlen zur gleichen Zeit um die Gunst ihres Herrn. König Rhodes weiß dies, und daher wird er auf einen Beweis warten, ehe er gegen uns ins Feld zieht. Und aus Coraleans Sicht der Dinge wäre es dumm von uns, ihm mit jenem Beweis zu Diensten zu sein, nach dem er sucht. Mag er sich ruhig ein wenig anstrengen. Und falls die Götter uns freundlich gesonnen sind, werden wir unsere Schwierigkeiten bis dahin gelöst haben.«

Palimak seufzte. Er fühlte sich wie ein Kind. Da stand er Mächten gegenüber, die er nicht begriff und zu denen er auf keinen Fall gehören wollte.

»Wenn Vater nur genesen würde. Er könnte diese Streitereien beenden, weil er wüßte, was zu tun ist.«

Coralean betrachtete ihn. »Obwohl Safar zu uns zurückgekehrt ist, liegt diese Aufgabe noch immer in deinen Händen, mein junger Freund. Du bist es, der handeln muß. Wir können nicht abwarten, bis sich dein Vater erholt hat. Es stimmt Coralean traurig, diese Dinge auszusprechen, doch schließlich besteht auch die Möglichkeit, daß Safar niemals wieder erwachen wird.«

»Aber er muß!« stöhnte Palimak. »Ich kann die Menschen nicht weiter zwingen. Das hat mir nie gefallen. Und erneut werde ich es gewiß nicht tun.«

Leiria starrte Palimak ernst an. »Dies ist ein schlechter Zeitpunkt, Palimak Timura, ein schlechtes Gewissen zu bekommen.«

»Unsere wunderschöne Kriegerin hat den Nagel auf den Kopf getroffen«, pflichtete Coralean ihr bei. »Unsere Schwierigkeiten mit dem Rat sind nichts im Vergleich mit jenen, denen wir sehr bald gegenüberstehen werden.«

Palimak runzelte fragend die Stirn. »Was könnte denn noch schlimmer sein?«

»Wie du weißt, habe ich gerade mit unseren angeheuerten Flotten Verhandlungen geführt«, erinnerte ihn Coralean.

»Wollen sie mehr Geld?« erkundigte sich Palimak. »Das ist nicht schwer. Wir haben in der Schatzkammer genug Gold und Edelsteine.«

Der Karawanenmeister schnaubte wie ein Stier. »Natürlich wollen sie mehr Geld. Söldner wollen immer mehr Geld. Es entspricht ihrem gierigen Charakter, den Schwamm auszuwringen und ihn hernach erneut zusammenzudrücken, weil sich ja doch noch ein Rest Feuchtigkeit darin befinden könnte. Aber es geht leider nicht ums liebe Geld. Coralean hatte während seines langen Lebens viele Male die unangenehme Aufgabe, mit solch finsteren Gestalten zu verhandeln. Seepiraten, Landpiraten – ist alles das gleiche.

Ich habe ihnen gut zugeredet. Habe die Köpfe einiger Kapitäne zusammengestoßen. Habe ihren Zweiten Offizieren ein wenig Geld zugesteckt, damit sie sich ein bißchen aufwieglerisch zeigen. Und schließlich habe ich zu günstigen Bedingungen für uns abgeschlossen.«

Leiria zog die Augenbrauen hoch. »Und welche Schwierigkeiten gibt es demnach?«

»Wasserhosen«, erklärte Coralean.

Palimak und Leiria fiel die Kinnlade herunter. Was zum Teufel ...?

Coralean nickte. »Ja, tatsächlich Wasserhosen, meine Freunde. Die größten verdammten Wasserhosen der ganzen Schöpfung, wie es einer der Kapitäne ausdrückte. Eine von ihnen ist erst kürzlich vor der Küste von Hanadu aufgetaucht. Den Auskünften eines Kapitäns zufolge, und er schwor, er habe seit einer Woche nicht getrunken, – natürlich eine Lüge –, hatte diese Wasserhose einen Durchmesser von einer Meile. Und sie war heftig! Mit ihrer Wucht hätte sie das größte Schiff unter Wasser drücken können. Zumindest hat das der Kapitän behauptet.«

Coralean holte ein in Leder eingehülltes kleines Fläschchen von seinem Gürtel und trank einen tiefen Schluck Wein. Er reichte es an Palimak weiter, der schüttelte jedoch den Kopf. Leiria nickte aber abwesend und nahm einen genauso langen Zug wie der Karawanenmeister.

»Ich habe eine Reihe einfacher Seeleute von anderen Schiffen ausgefragt«, fuhr Coralean fort, »und sie haben die Geschichte bestätigt. Tatsächlich hat die Wasserhose die Flotte dazu gezwungen, eine Woche länger auf See zu bleiben.«

Er seufzte. »Den Göttern sei Dank, daß Rhodes davon nichts erfahren hat, denn eine Zeitlang existierte unsere Seeblockade praktisch nicht.«

»Jetzt ist die Flotte wieder zurück, richtig?« fragte Palimak. »Also brauchen wir uns keine Sorgen mehr zu machen.«

»Oh, junger Timura, du könntest nicht weiter von der Wahrheit entfernt sein. Ja, die Flotte ist zurück. Die Blockade steht. Dennoch fürchte ich – und vor allem fürchten diese Piraten –, es könnte weitere Ereignisse dieser Art geben. Seeleute sind die abergläubischsten Menschen, und das weißt du selbst sehr gut.

Anscheinend haben sie einen Grund für ihre Unruhe. Denn aus dem Meer zwischen Esmir und Syrapis wurde von ähnlichen Wasserhosen berichtet. Es gibt Nachrichten, denen zufolge vor Caspan ein Dutzend Fischerboote verschwunden ist. Von einer Wasserhose verschlungen, so wurde mir berichtet.«

»Nur aus welchem Grund sollte uns das Sorgen bereiten?« wollte Leiria wissen. »Wasserhosen kommen schließlich nicht an Land. Und falls sie über dem Meer vor Syrapis toben, können doch ruhig alle Schiffe in tiefere Gewässer fahren. Zwar können wir dann nicht in Hanadu landen, aber Rhodes kann seine Schiffe auch nicht zu uns schicken. Wer braucht schon Schiffe, wenn sich die Natur selbst um die Blockade kümmert?«

Palimak begriff hingegen sofort, worauf Coralean hinauswollte. Kalt fuhr es ihm über den Rücken.

»Er ist nicht wegen König Rhodes beunruhigt, Tante Leiria«, sagte er mit zitternder Stimme. »Und eigentlich nicht einmal wegen der Wasserhosen.« Er wandte sich an Coralean. »Stimmt doch, oder?«

Abermals seufzte der Karawanenmeister tief. »So ist es, Sohn meines teuersten Freundes. Safar hat vor langer Zeit das Ende der Welt vorhergesagt. Er behauptete, die Götter würden schlafen und sich nicht mehr mit Menschen – oder Dämonen – beschäftigen. Zunächst habe ich ihm nicht geglaubt.

Doch seht euch nur die Geschehnisse in Esmir an! Trotz seiner kühnen Anstrengung, die Maschine in Caluz zu zerstören, breitet sich das Gift weiter aus. Die Seefahrer haben mir erzählt, Esmir sei inzwischen unbewohnbar. Die Menschen fliehen in großer Zahl an die Küsten.«

Er drückte die Hände an die Schläfen, als würde sein Kopf schmerzen. »Ich fürchte, dieses Gift wird auch bald schon Syrapis erreicht haben. Und was sollen wir dann tun? Die Wasserhosen sind möglicherweise nur die Vorboten.«

In diesem Augenblick krähte ein Hahn. Überrascht, da bereits Mittag war, richteten sie die Blicke zum Fenster. Ein zweiter Hahn gesellte sich dazu. Und ein dritter. Irgendwo schrie ein Esel, Pferde wieherten. Daraufhin brachen alle Hunde in Gebell aus.

Sie sahen einander an und fragten sich, was da vor sich ging. Palimak öffnete gerade den Mund und wollte etwas sagen.

Das Erdbeben begann.

Es gab keine Vorwarnung. Der Boden erzitterte unter ihren Füßen. Coralean wurde gegen das Fenster geworfen und wäre beinahe hinausgefallen. Leiria packte ihn und zog ihn zurück.

Die Erde wurde erneut erschüttert. Leiria taumelte, hielt weiterhin Coralean fest. Zusammen stürzten sie. Der massive Stein der Festung schwankte wie ein zerbrechliches Segelboot im Sturm.

Palimak lag plötzlich auf dem Boden und starrte an die Decke, über die sich ein langer Riß von einer Seite des Raums zur anderen erstreckte. Steine zerbröckelten zu Sand, der auf ihn herabrieselte, doch er konnte sich nicht erheben. Er brachte es lediglich zustande, die Augen zu schließen, damit er keinen Staub hineinbekam.

Vom Marktplatz hörte er Schreie. Stein verschob sich knirschend über Stein. Glas- und Tongefäße zerbrachen klirrend. Große Gegenstände wirbelten von der Erde in erstaunliche Höhe auf. Tiere blökten vor Schmerz und Angst.

Und so unvermittelt, wie das Ganze angefangen hatte, war es vorbei.

Die Stille hing wie schwere Samtvorhänge über Neukyrania. Die Luft war von Staub erfüllt, der im Sonnenlicht tanzte, welches durch ein großes Loch hereinfiel, wo zuvor das Fenster gesessen hatte.

Dann wurde die Stille durch Schritte unterbrochen. Palimak, Leiria und Coralean drehten sich um und starrten zur zusammengesunkenen Tür, die in ihren Angeln hing.

Eine Gestalt mit weit aufgerissenen Augen trat ein. Es war Safar.

»Hadin!« rief er. »Es will mich zurück.«

Und er brach auf dem Boden zusammen.

16

Unter dem Dämonenmond

Kalasariz schwebte über einer Ebene, die mit goldenen Kacheln ausgelegt war und die sich in alle Richtungen bis zur Unendlichkeit erstreckte.

Zum ersten Mal seit Äonen, so erschien es ihm jedenfalls, verspürte der Meister der Spione keine Schmerzen mehr. Er fühlte sich stark und zuversichtlich – sein Verstand war so scharf und klar wie ehedem.

Er wußte, daß er eine sehr kleine Gestalt hatte; die Ebene war eigentlich ein Tisch, dessen Mitte gefliest war. Das Gesicht, welches sich über ihn beugte, war das einer Frau von normaler Größe. Genauer gesagt: das einer Hexe. Die in diesem Moment die letzten Worte eines Zauberspruches sang, der das letzte Glied der magischen Ketten brechen würde, die ihn so lange Zeit gefangengehalten hatten.

Neben ihm tuschelten Luka und Fari miteinander. Er konnte nicht verstehen, was sie sprachen, aber ohne Zweifel verschworen sie sich gegen ihn. Prinz Luka und Lord Fari konnten sich gegenseitig nicht ausstehen. Als Dämonen waren sie sich jedoch in ihrem Haß gegen Menschen einig – vor allem, wenn es Kalasariz betraf, der von Anfang an ihr Rivale gewesen war.

In dem Augenblick, in dem die Hexe ihren Zauber vollendet hätte, würden sie über ihn herfallen. Falls Kalasariz ein Gesicht hätte, würde es jenes dünne, kalte Lächeln zeigen, das Zehntausende armer Seelen viele Jahre lang gefürchtet hatten.

Denn der Oberspion hatte bereits eigene Pläne geschmiedet. Pläne, in denen Luka und Fari nur eine kleine Rolle spielten, sozusagen nur als Sahnehäubchen dienten.

Die Dinge sind nun einmal, wie sie sind, dachte Kalasariz. Obwohl er die beiden Dämonen verabscheute, hätte ihn dies nicht davon abgehalten, sich mit ihnen wie ein Gleicher unter Gleichen zusammenzutun. Anders als Luka hatte er Iraj Protarus niemals um seinen Thron beneidet. Oder Fari, der an seiner Eifersucht auf Safar Timuras Großwesirtitel beinahe erstickt wäre.

In seinem ganzen Leben hatte es der Meisterspion stets vorgezogen, sich im Hintergrund zu halten. Er überließ es anderen, sich in den Fallstricken der Macht zu verheddern, während er die Richtung vorgab. Die einzige Person, welche die grünäugige Bestie in seinem Busen je in Rage versetzt hatte, war Safar Timura. Denn der hatte eine ganz und gar andere Ansicht vertreten, auf welche Weise Iraj sein Königreich beherrschen sollte. Und vor allem schlossen diese Pläne Kalasariz aus – da wäre es mit der Macht hinter dem Thron aus gewesen.

Die Haßliebe zwischen Safar und Iraj hatte diese Feindschaft gekrönt. Bevor die zwei sich zerstritten hatten, waren sie seit der Kindheit Freunde gewesen. Blutsbrüder. Ja, und? Was bedeutet ein Treueschwur, wenn ein riesiges Königreich auf dem Spiel steht?

Während der Meister der Spione sich diese Dinge durch den Kopf gehen ließ, fiel ihm auf, daß der wahre Grund, weshalb er im Kampf gegen Timura unterlegen war, vielleicht in seinem mangelnden Ehrgeiz zu suchen war. Vielleicht hätte er sich niemals nur mit der Macht hinter dem Thron zufriedengeben dürfen.

Indem er sich auf Könige verlassen und nicht selbst zu seinem eigenen Besten gehandelt hatte, hatte er da womöglich den Grundstein für sein Versagen gelegt.

Erregung ergriff den Oberspion. Welch neue und interessante Betrachtungsweise!

Über ihm rührte sich die Hexe, und Kalasariz verdrängte diese

Gedanken. Damit würde er sich später beschäftigen. Zunächst mußte er sich auf die nächste Zukunft konzentrieren.

Wegen seiner geringen Größe konnte er nicht genau erkennen, was die Hexe eigentlich vorhatte – alles war so riesig –, doch der Geruch von brennendem Weihrauch verleitete ihn zu der Vermutung, sie würde bald mit dem zweiten Teil ihres Zaubers fortfahren.

Neben ihm schwiegen Luka und Fari jetzt. Sie hatten ihre Verschwörung wohl zu Ende geplant, vermutete er, und warteten nun auf den richtigen Augenblick.

Kalasariz hatte keine Ahnung, wie er und die anderen an diesen Ort gelangt waren. Als Iraj Safar an den magischen Rockzipfeln gepackt hatte, war Kalasariz ihm instinktiv gefolgt. Er sprang in das Kielwasser dieses Zaubers, in dem auch Luka und Fari trieben.

Dann waren Iraj und Safar verschwunden, und Kalasariz hatte sich in einem Zustand zwischen Dunkelheit und Licht wiedergefunden. Luka und Fari schwebten irgendwo in seiner Nähe. Aus irgendeinem Grund waren sie noch kleiner als er und zudem sehr schwach. Daher hatte auch er auf die beschwörende Stimme der Hexe geantwortet und mit ihr verhandelt.

Sie würde ihnen Substanz geben und einen Ort in dieser Welt. Im Austausch dafür würden sie die Hexe in ihrem Kampf gegen ihren verhaßtesten Feind – Palimak Timura – unterstützen. Die drei stimmten begeistert zu. Wer immer dieser Palimak war, sie würden durch ihn Safar finden. Und mit ihm gewiß auch Iraj, ihren abtrünnigen Bruder des Banns der Vier.

Iraj hatte die Verbindung durch den Zauber unterbrochen und sie so zu dieser Existenz in Winzigkeit verdammt, um die sie nicht einmal ein Insekt beneiden würde. Daher bestand ihre einzige Hoffnung darin, Iraj zu finden und ihn in ihre Gewalt zu bringen.

Fari, der in seinem früheren Leben ein Meisterzauberer gewesen war, hatte ihnen erklärt, auf welche Weise man diesen Bund umgestalten konnte. Da Iraj gegen den Zauber der Vier verstoßen hatte, brauchte er nicht länger dessen königliche Mitte zu bilden.

»Wir brauchen lediglich seine Essenz«, hatte Fari weiter erläutert.

»Seine Essenz?« hatte Kalasariz verwirrt gefragt. »Wie können wir denn die bekommen?«

Hätte Fari eine Zunge gehabt, hätte er damit geschnalzt. »Wir essen ihn!«

Diese Antwort hatte in Kalasariz das erste Würzelchen einer Idee keimen lassen, die sich später zum besten Plan seines Leben entwickeln sollte. Davon war er jedenfalls inzwischen überzeugt.

Das unverständliche Gemurmel der Hexe endete. Der riesige Kopf zog sich zurück, das lange Haar bewegte sich wie ein Wald im Sommersturm.

»Macht euch bereit!« befahl sie.

Sie vollführte mit einem Berg von einer Hand eine schneidende Abwärtsbewegung.

Währenddessen drehte sich Kalasariz zu Luka und Fari um. Ihm blieb genug Zeit zu beobachten, wie sie vortraten, dann blendete ihn ein weißglühender Blitz. Trotzdem zögerte er nicht, sondern warf sich auf sie.

Er spürte einen leichten Stich und kurz darauf einen weiteren, als er zunächst Luka und danach Fari verschlang.

Donner grollte, und er fühlte ein enormes Gewicht auf sich zukommen. Das Gewicht wurde leichter ... wurde normal? Er schlug die Augen auf und starrte der Hexe ins Gesicht. Ihre Augen befanden sich auf gleicher Höhe mit seinen.

Der Oberspion blickte an sich hinab. Er kniete auf dem Tisch, dessen goldene Kacheln er in dieser Position vollständig bedeckte.

Ein Entzücken bemächtigte sich seiner, so stark, daß es fast an Hysterie grenzte. Einen Moment lang überlegte er, ob er die Hexe nicht beseitigen sollte, bevor sie ihm Schwierigkeiten machen konnte.

Aber er entschied sich dagegen. In den Verhandlungen hatte sie nicht so gewirkt, als würde sie ihm auch nur das kleinste Hintertürchen offenlassen.

»Ich kann Euch mit einem Fingerschnippen wieder zurückschicken«, warnte ihn Königin Clayre. »Daher würde ich mich an Eurer Stelle nicht rühren.«

»Daran habe ich im Traum nicht gedacht«, antwortete Kalasariz und lächelte.

Die Königin runzelte die Stirn. »Wo sind die anderen?« fragte sie.

Kalasariz bedeckte den Mund, während er rülpste. »Ich habe sie verspeist.«

Der Königin sah ihn kurz finster an, legte den Kopf schief und schien zu lauschen. Der böse Blick wurde von einem Lächeln abgelöst, auf das ein Lachen folgte.

»Oh, sehr gut«, kicherte sie. »Ihr habt Eure Feinde verschlungen, aber sie existieren noch immer in Euch. Jetzt sind sie Eure willenlosen Sklaven.« »Besonders gut sind wir nicht miteinander ausgekommen«, erklärte Kalasariz. Kurz zögerte er, ehe er entschied, am besten die Wahrheit zu sagen. »Die Umstände haben uns zusammengebracht. Aber während Ihr Euren Zauber veranstaltet habt, durchfuhr mich das starke Gefühl, daß sie unsere gemeinsame Zeit beenden wollten.«

»Da habt Ihr zuerst gehandelt«, stellte Clayre fest.

»Es erschien mir angebracht«, erwiderte Kalasariz.

Er blickte sich in dem Raum um und bemerkte überrascht, welche Unordnung hier herrschte. Stühle waren umgefallen. Die wertvollen Teppiche waren mit Scherben übersät, manche auch mit vergossenen Flüssigkeiten befleckt. Ein Buchregal war umgekippt. Und über allem lag eine dicke Schicht feinen Staubs.

»Was ist denn hier passiert?«

Die Königin zuckte mit den Achseln. »Nichts, das dich zu kümmern braucht. Nur ein Erdbeben.« Sie tat es mit einer Handbewegung ab. »Ich wollte den Zauber unbedingt schnell vollenden, daher habe ich die Sklaven noch nicht gerufen, um aufzuräumen.«

Dieses Eingeständnis fand Kalasariz höchst interessant. Offenbar war Zeit für die Hexe von größter Bedeutung. Gut zu wissen. Falls sie einen selbstgesetzten Zeitplan verfolgte, stärkte dies seine Verhandlungsposition.

»Was genau möchtet Ihr jetzt mit mir anfangen?« erkundigte er sich.

»Ihr sollt meinem Sohn helfen, die Krone zurückzuerobern, die er verdient«, erklärte sie.

Der Oberspion lächelte. »Damit habt Ihr Euch genau an den Richtigen gewendet«, sagte er.

Palimak saß die ganze Nacht am Bett seines Vaters. Safar atmete angestrengt. Manchmal zuckte er zusammen und stöhnte. Die meiste Zeit über lag er still, atmete langsam ein und stieß die Luft daraufhin mit einem langen Seufzer aus, als liege ein schweres Gewicht auf seiner Brust.

Zweimal schien er sich plötzlich aufzuregen, dann sah man seine Halsschlagadern pochen. Er flüsterte: »Khysmet!« Im Anschluß entspannte sich sein Körper wieder, und erneut atmete er schwer.

Draußen waren sogar die Nachtvögel und die Insekten verstummt. Nach dem Erdbeben waren alle erschöpft. Glücklicherweise war niemand getötet worden, und obwohl viele Kyranier Verletzungen davongetragen hatten, bestanden diese zumeist aus Schnitten, Kratzern und Schrammen. Der Sachschaden war wesentlich augenfälliger. Einige Teile der Festungsmauer waren eingestürzt, und etliche Häuser waren vollständig zerstört worden.

Immerhin hatte sich das Erdbeben zu einem günstigen Zeitpunkt ereignet. Es war ein schöner Tag, und die meisten Kyranier hatte sich im Freien aufgehalten. Inzwischen schliefen sie alle fest, nachdem sie den Schutt beiseite geräumt und die Verletzten versorgt hatten.

Palimak betrachtete die schlafende Gestalt seines Vaters. Der Dämonenmond schien blutrot durch das Fenster herein auf Safars Brust. Das Licht sah aus wie eine fürchterliche Wunde.

Er hatte über das plötzliche Erscheinen seines Vaters im Turmzimmer nachgedacht. Über seinen jammervollen Ruf, Hadin wolle ihn zurück. Sofort hatte Palimak gewußt, daß es sich hier nicht um den Fieberwahn eines Kranken handelte. Falls ihn jemand gefragt hätte, was Safar damit meinte, so hätte er darauf nichts antworten können. Nichts Genaues jedenfalls. Trotzdem spürte er einen Zusammenhang mit Coraleans Berichten über Wasserhosen im Großen Meer und die Verwüstung Esmirs.

Und mit dem Erdbeben.

Zum achtenmal an diesem Tag holte er das Buch von Asper hervor, welches ihm sein Vater bei ihrem Abschied vor drei Jahren anvertraut hatte. Er nahm den Rücken in die eine Hand und ließ die Seiten dort auffallen, wo sie wollten.

Nun betrachtete er die Seite, die sich ihm enthüllt hatte. Und wie bei den sieben Malen zuvor, präsentierte sich ihm das gleiche Gedicht.

Durch dieses Portal
Kann allein nur ich schauen.
Und dieses Geheimnis
Darf ich keinem anvertrauen.
Unter dem Dämonenmond
Finde ich nur dich und mich.
Und dann niemanden mehr,
Bloß mich und dich.

Niedergeschlagen ließ Palimak das Buch zuschnappen. Das Gedicht hatte sich ihm zum achtenmal offenbart, und damit konnte es sich nicht um Zufall handeln. Aber worauf zum Teufel wollte Asper damit hinaus? Und wie konnte er das wiederholte Erscheinen dieser Worte über einen Zeitraum von tausend und mehr Jahren beschwören?

Wenn nur sein Vater aufwachte und ihm die Bedeutung des Gedichtes erklärte. Selbstmitleid erfüllte ihn. Er dachte: Das ist doch nicht gerecht! Ich bin erst dreizehn Jahre alt. Andere Kinder in meinem Alter verbringen den Tag in der Schule oder beim Spiel. Oder haben ihre einfachen Pflichten, hüten das Vieh. Er rieb sich eine Träne aus den Augenwinkeln, dann richtete er sich auf. So war es eben, und damit Schluß.

Schon vor langer Zeit hatte das Schicksal ihm diese Bestimmung beschieden, als es seine Eltern, die er niemals kennengelernt hatte, zusammenführte und ihnen ihre Liebe schenkte. Der Vater ein Mensch, die Mutter Dämonin. Beide waren nun tot. Vielleicht eine Gnade, dachte er, wenn man alles in Betracht zog. Zumindest würden sie das Ende der Welt nicht miterleben müssen.

Aber damit, überlegte er, haben sie auch keine Gelegenheit, die Welt zu retten.

Er spürte ein Kribbeln, und sein Blick wurde von der bösen Fratze des Dämonenmondes angezogen, der im Fenster stand.

Der Trabant schien ihn zu rufen, zu locken. »Pa-li-mak! Pa-li-mak! Pa-li-mak!« flüsterte eine zischende Stimme.

Und die Anziehungskraft des Mondes verstärkte sich noch. Palimak hatte das Gefühl, ihm würde die Haut vom Kopf gerissen.

Ein rhythmisches Pochen peinigte seine Stirn. Und mit jedem Trommelschlag – denn so klang das Pochen in seinem Kopf – wurde der Schmerz ärger, bis er ihn kaum mehr ertragen konnte.

Abermals hörte er seinen Vater stöhnen: »Khysmet!«

Safar rührte sich. Mit metallischem Klirren fiel das silberne Hexenmesser auf den Steinboden. In Palimaks schmerzgequältem Schädel klang das, als würde ein Schwert auf einen Schild prallen.

Die Glieder taten ihm weh, dennoch bückte er sich und hob den Dolch auf. Nun betrachtete er das Spiegelbild des Dämonenmondes auf der rötlich schimmernden Klinge.

Sie hatten das Messer entdeckt, während sie Safar umgezogen hatten, und es unter sein Kopfkissen gelegt. Der Dolch war sein kostbarster Besitz – Coralean hatte ihn ihm geschenkt, nachdem er dem Karawanenmeister einst das Leben gerettet hatte. Palimak wollte es bereits wieder zurück unter das Kissen schieben, da fiel ihm etwas an der Klinge auf.

Er sah die glänzende Oberfläche erneut an. Aus dem spiegelnden Metall starrten ihn seine Augen an. Doch aus irgendeinem Grund waren sie ihm zwar vertraut, aber dennoch nicht wirklich seine eigenen.

Der Kopfschmerz erschwerte jegliches Nachdenken. Seine Gefühle waren ebenso abgestumpft wie seine Gedanken. Das rhythmische Pochen machte alles so schleierhaft, so irreal. Er drehte die Klinge und sah weitere Teile seines Gesichts. Die breite Stirn. Und ein eckiges, bärtiges Kinn.

Eigentümlich!

Er blinzelte, und die Reflexion veränderte sich und wurde zu seinem Spiegelbild.

Der Schmerz verschwand. Es war, als hätte jemand den Korken aus einem Faß Wasser gezogen, und dieses sei rasch leergelaufen.

Jetzt glänzte das Messer silbern, nicht mehr rot. Palimak sah auf. Der Dämonenmond war am Fenster vorbeigezogen. Die sanften Strahlen der Morgensonne schienen herein.

Er war überrascht, denn er hatte gar nicht mitbekommen, wie rasch die Zeit verstrichen war. Gerade noch war es tiefste Nacht gewesen. Dann hatte er die Klinge des Messers betrachtet, und die Zeit hatte sich verselbständigt.

Daran, geschlafen zu haben, konnte er sich nicht erinnern. Wäre er dazu überhaupt in der Lage gewesen, bei diesen Schmerzen – und nach der plötzlichen, glückseligen Erlösung? Trotzdem war dies die logischste Erklärung, auch für das seltsame Bild, welches er in der Klinge zu sehen geglaubt hatte.

Ja, das war die Antwort. Er war vermutlich eingeschlafen.

Zu Beginn der Dämmerung begann Palimak, seinen Plan in die Tat umzusetzen.

Zuerst holte er das kleine Steinidol hervor und rief die Gehilfen. Die Jungs waren am frühen Morgen für gewöhnlich schlecht gelaunt, aber ein paar Süßigkeiten für Gundara und ein bißchen sehr, sehr alter Käse für Gundaree verschafften dem Abhilfe. Sie mampften ihre Leckerbissen in sich hinein und stritten sich kauend miteinander, aber er holte weitere Köstlichkeiten aus seiner Tasche, bis sie sich endlich beruhigt hatten.

Palimak richtete seine Aufmerksamkeit nun auf die vor ihm liegende Aufgabe und fischte verschiedene magische Gegenstände aus einem Lederbeutel: sechs Töpfchen, die mit speziellen Ölen gefüllt waren; Päckchen mit Zauberpulver, von denen jedes eine besondere Farbe hatte; ein Gefäß mit Alkohol, in dem er zerriebene Frettchenknochen aufgelöst hatte; und schließlich einen kleinen Spiegel.

Er malte magische Symbole auf Pergament und benutzte dafür eine Tinte, die ausgesprochen rasch trocknete. Während er sich mit dieser Arbeit beschäftigte, hüpften Gundara und Gundaree auf Safars Bett.

»Der alte Meister sieht ganz schön krank aus«, stellte Gundara fröhlich fest.

»Vielleicht stirbt er ja«, warf Gundaree ein und unterdrückte mit der Hand ein Gähnen.

»Ihr seid zwei undankbare Kreaturen«, schalt Palimak. »Vor drei Wochen hat er euch noch das wertlose Leben gerettet. Jetzt wollt ihr ihn schon fast beerdigen.«

»Ich habe nur gesagt, er würde krank aussehen«, protestierte Gundara. »Was ist daran falsch?« wollte er wissen. »Menschen sterben nun einmal. Irgendwann kommt man am Ende der Schriftrolle des Lebens an, und damit ist es dann vorbei!«

Er zog sich die Hand über die Kehle. »Ende. Schluß. Aus. So ergeht es allem, das lebt. Fischen. Schafen. Menschen. Und sogar Dämonen. Obwohl ich wetten möchte, daß die Geschichten von Fischen und Schafen in der Schriftrolle des Lebens nicht sonderlich interessant zu lesen sind.«

Gundara lehnte sich entspannt bei Safar an. »Ich kenne mich damit nicht gut aus«, fuhr er fort. »Ich habe allerdings mal einen Fisch kennengelernt, der ein recht interessantes Leben führte. Das war vor etwa sechs- oder siebenhundert Jahren, kurz nachdem wir von dieser Hexe gestohlen wurden.«

Gundaree erschauerte. »Warum mußt du mich an sie erinnern?« schimpfte er. »Die Hexe war ein fürchterlicher Meister. Vielleicht der schlimmste, den wir jemals hatten. Du verdirbst mir den ganzen Tag mit deinem Gerede über sie.«

»Ich habe nur über diesen Fisch erzählt und nichts von der Hexe gesagt«, verteidigte sich Gundara. »Dieser große Fisch, der bei ihrem Geburtstagsfest serviert wurde. Er lebte noch, weißt du nicht mehr? Und sie haben ihn in Streifen geschnitten und gebraten.«

Gundaree grinste. »Das hat hervorragend geschmeckt.« Er leckte sich die Lippen.

»Ich wünschte, du würdest mich nicht ständig unterbrechen«, knurrte Gundara. »Während du nämlich den armen Fisch verspeist hast, habe ich mich mit ihm unterhalten. Er berichtete mir über das Leben am Grunde des Meeres und darüber, daß er mehr Fischinnen als Flossen hatte. Und davon, wie er Haie und Seeschlangen ausgetrickst hat.«

Er schüttelte bewundernd den Kopf. »Das war ein Fisch! Der größte Fisch aller Zeiten.«

»Du hast aber auch von ihm gegessen«, wandte Gundaree ein. »Nachdem du Freundschaft mit ihm geschlossen und ihm versprochen hast, ihn zu befreien. Dabei hast du die Fischstreifen so schnell verschlungen, wie die Köche sie nur braten konnten.«

»Zu jenem Zeitpunkt erschien mir das ein Gebot der Höflichkeit«, verteidigte sich Gundara. »Schließlich wollte ich ihn nicht beleidigen. Er hätte denken können, er würde mir nicht schmekken.«

Gundaree hüpfte zu Gundara aufs Bett. Er betrachtete kurz Safars Gesicht. »Ich finde, er sieht trotzdem so aus, als würde er bald sterben.« Erneut gähnte er. »Wenn ich nicht so verschlafen wäre, würde ich richtig traurig sein.«

Palimak gab sich alle Mühe, die beiden nicht zu beachten. Sie waren eben so, und nichts und niemand würde sie je ändern oder ihre kleinen kalten Herzen erwärmen können. Für gewöhnlich machte ihm das nichts aus. Ja, seine Dämonenseite amüsierte sich sogar gelegentlich über ihren schwarzen Humor.

Er mußte über seine eigene Scheinheiligkeit lächeln. In Wahrheit hätte er wahrscheinlich laut über ihr Gespräch gelacht, wenn es nicht gerade seinen Vater zum Gegenstand gehabt hätte.

Durch das reuige Lächeln entspannte er sich ein wenig. Er ordnete die Töpfchen auf dem Boden an und formte einen sechszackigen Stern mit dem Spiegel in der Mitte. Aus jedem Päckchen streute er ein wenig Pulver in die Öltöpfchen, dann zündete er sie mit einer Kerze an.

Bunter Rauch stieg auf und füllte das Zimmer mit schwerem, süßem Duft.

Gundara und Gundaree äußerten würgend ihren Protest, doch er beachtete sie nicht.

Als nächstes nahm er den Dolch seines Vaters, drehte ihn um und zerschlug mit dem Knauf den Spiegel. Dieser zersprang, und nun zermalmte Palimak ihn in noch kleinere Scherben. Er rührte mit der Spitze des Dolches in dem Glas und vermischte alles.

Dann hockte er sich hin. »Also los, Jungs. Ich bin bereit für euch.«

Murrend sprangen Gundara und Gundaree auf den Boden.

»Das wird so nicht gehen«, zweifelte Gundara. »Er ist zu krank.«

»Es könnte ihn sogar töten«, fügte Gundaree hinzu. »Hast du darüber schon nachgedacht.«

»Außerdem«, wandte Gundara ein und strich sich über den kleinen Bauch, »bin ich viel zu satt, um zu arbeiten.«

»Genug!« brüllte Palimak und ließ sich nun doch von seiner Erschöpfung übermannen. »Ich habe euch gefüttert, verwöhnt und geduldig euer Geschwätz ertragen.«

Seine Augen leuchteten dämonengelb. »Wenn ihr nicht arbeiten wollt, dann schließe ich euch in eurem Steinhaus ein und versenke euch im tiefsten Teil des Meeres. Dort könnt ihr euch dann miteinander und mit den verdammten Fischen tausend Jahre lang streiten!«

Augenblicklich veränderte sich das Benehmen der Gehilfen.

»Wir haben nur gescherzt, Kleiner Meister«, sagte Gundara und entblößte grinsend die weißen Reißzähne.

»Ja, ja, das war nur ein Scherz«, beeilte sich Gundaree zu bestätigen. »Wir helfen dir natürlich so gut wir können.«

»Und, das möchte ich hinzufügen«, erklärte Gundara, »der alte Meister sieht schon viel besser aus.«

Palimak scheuchte die Gehilfen mit einer Geste auf seine Schulter, wo sie sich auf Flohgröße verkleinerten.

Er konzentrierte sich auf die Glasscherben, holte tief Luft und atmete dabei den Weihrauch ein. Der Zauber, den er gewählt hatte, entstammte einem Gedicht von Asper, welches ihm sein Vater vor langer Zeit vorgelesen hatte.

Palimak sprach:

Wo ist das Ziel, zu dem mein Herz mich leitet,
Dies finst're Pferd des Schicksals reitet?
Hufe aus Stahl, Odem aus Feuer –
Der Seele Vergeltung, dem Herzen teuer?

Plötzlich formte sich das zersprungene Spiegelglas wieder zu einem Ganzen. Ein wirbelndes Bild enthüllte sich auf seiner Oberfläche.

Palimak wurde schwindelig, und er hielt sich an seinen Knien fest, als befürchte er, im nächsten Augenblick umzufallen.

Dann hörte er seinen Vater flüstern: »Khysmet! Wo ist Khysmet?«

Hufschlag donnerte.

Und Palimak wurde davongetragen.

17
Tödliche Vereinbarung

Rhodes war schlechter Laune, während er die Treppe zu den Gemächern von Königin Clayre hinunterstapfte. Wer zum Teufel war hier eigentlich der König? Mochte sie tausendmal eine Hexe sein! Und tausendmal seine Mutter! Wie konnte sie es wagen, ihn ständig mit einem Fingerschnippen zu sich zu rufen? Wußte sie denn nicht, daß er zu tun hatte?

Das Erdbeben hatte erheblichen Schaden angerichtet, und er hatte den halben gestrigen, die ganze Nacht und den größten Teil des heutigen Tages damit verbracht, die Aufräum- und Rettungsarbeiten zu beaufsichtigen. Zweiundzwanzig Tote. Dreiundfünfzig lagen noch unter den Trümmern und waren höchstwahrscheinlich ebenfalls tot. Mochte es sich auch nur um Sklaven handeln, so besaßen sie dennoch ihren Preis! Schließlich waren es kräftige Arbeiter und ansehnliche Frauen; zudem war die Hälfte der Frauen schwanger gewesen und somit von doppeltem Wert.

Über die Tatsache, daß keiner seiner Bürger tödlich verunglückt war, konnte sich Rhodes nicht so recht freuen. Sie hatten nur Verletzungen erlitten – zweihundert leichte, sechsundvierzig schwere. Wären bloß einige seiner Höflinge anstelle der Sklaven gestorben. Seiner Ansicht nach waren sie doch sowieso lediglich nutzlose Schmarotzer, die seine königliche Schatzkammer leerten.

Er würde das alles seiner Mutter erzählen und ihr deutlich machen, wie sehr er über die Unterbrechung seiner Arbeit bei den eingestürzten Sklavenquartieren verärgert war.

Vor der verschlossenen Tür zu den Gemächern seiner Mutter zögerte der König jedoch; zunächst packte ihn leichter Zweifel, dann schwand seine Entschlossenheit. Er wurde von Tausenden, nein, Zehntausenden gefürchtet, dennoch unterlag er in Gegenwart von Clayre stets einer eigentümlichen Verwandlung. Bestimmt war er ein tapferer Mann. Ein König, der seine Truppen stets an vorderster Front in die Schlacht führte. Aber sobald seine Mutter sprach, verflüchtigte sich sein Mut wie Küchenschaben in der Dunkelheit, wenn eine Fackel entzündet wird.

Seine Anspannung wurde noch dadurch verstärkt, daß seine Mutter einen Plan ausgearbeitet hatte, der, darüber waren sie sich einig, den Spieß gegen Palimak Timura und die Kyranier wenden würde. Er hielt den Plan für gut. Der Zufall hatte ihnen die Mittel in die Hände gespielt, drei mächtige Teufel, die kurz nach Königin Charizes Tod durch Palimaks Hand erschienen waren. Teufel, die sie versklaven und gegen die Kyranier einsetzen konnten.

Dennoch hatte er so seine Zweifel über die Rolle, die er dabei übernehmen sollte. Verdammt sei die Magie, dachte er bei sich. Warum können wir es nicht einfach auf die alte, ehrliche Weise erledigen? Er würde schlicht einen Spion in Palimaks Lager schleusen, der seinem verhaßten Gegenspieler die Kehle durchschnitt.

Seine Mutter spürte seine Gegenwart durch die Tür und rief: »Komm herein, mein Sohn. Wir warten schon auf dich.« Er fluchte im stillen und trat ein.

Seine Mutter saß im hinteren Teil des Zimmers in königlicher Haltung auf ihrem mit Kissen gepolsterten Thron. Vor ihr stand ein großer Mann, der sich bei seinem Eintreten umdrehte. Sein Gesicht war bleich wie der Tod, und er war so hager, daß sein Kopf an einen Totenschädel erinnerte. Seine Augen waren schwarz und gaben kein einziges Gefühl preis. Er lächelte Rhodes an, und der König dachte, er habe nie zuvor ein so entsetzliches Grinsen gesehen. Die dünnen Lippen hatten sich zu einem schmalen roten Schlitz in dem blassen Antlitz verzogen.

Der Mann neigte den Kopf leicht, was man für eine knappe und ach, so hochnäsige Verbeugung halten mochte.

»Einen schönen Nachmittag wünsche ich Euch«, begrüßte ihn der Kerl mit tiefer Stimme. »Welche Ehre, Euch endlich kennenzulernen.« Er streckte dem König die Hand entgegen.

Diese Geste entfachte Rhodes' Zorn. Wie konnte diese ... diese ... gemeine Kreatur ... es wagen, die Hand des Königs von Hanadu schütteln zu wollen?

»Mach schon, Sohn«, forderte ihn seine Mutter auf. »Schüttel seine Hand.«

Rhodes wollte sich nicht nur weigern, sondern seine Hand suchte sofort den Griff seines Schwertes. Bei den Göttern, er würde diesem Kerl das Herz herausschneiden und es sich zum Abendessen braten lassen! Doch auf eigentümliche Weise bewegte sich die Hand an dem Schwert vorbei und ergriff die des Fremden.

»Mein Name ist Kalasariz, Majestät«, stellte sich der Oberspion vor. »Und wie ich hörte, haben wir einiges gemeinsam.«

Daraufhin lachte er. Rhodes ballte schon die Fäuste, um ihm das Lächeln aus dem Gesicht zu prügeln, da spürte er einen mächtigen Schock, der ihm in die Finger fuhr und den Arm hinauf bis zum Herzen schoß.

Der König griff nach seiner Brust, dann war der Schmerz verschwunden. Er starrte ins Leere.

Kalasariz hatte sich in Luft aufgelöst!

Der verblüffte König suchte das Zimmer ab. »Was zum Teufel!« rief er. »Was ist mit diesem Sohn eines Hexenmeisters passiert?«

Clayre lächelte milde. »Hast du meinen Plan schon vergessen?« fragte sie. »Er befindet sich jetzt in dir. Eine äußerst mächtige Kraft, die dir zu Diensten steht.«

Der Oberspion starrte die Königin durch Rhodes' erschrockene Augen an. Er fühlte, wie sich die Kehle des Königs vor Angst zusammenzog. Das Herz seines neuen Körpers klopfte heftig, das Blut in Adern und Venen schien erstarren zu wollen.

Der Meister der Spione erlebte den Schauder mit, der Rhodes durchfuhr. Er spürte die Zunge, die über trockene Lippen leckte, das verlegene Stottern, das der König hervorstieß: »Ich … ich … du hast mich nicht gewarnt, Mutter!«

»Ich dachte, auf diese Weise wäre der Schock kleiner, mein Lieber.« Kalasariz hörte Clayres Erwiderung durch die Ohren des Königs.

Das ist ein guter Körper, dachte der Oberspion. Und er mochte auch die Seele, die ihm innewohnte. Obwohl der Verstand im Augenblick sehr verwirrt war – und die Angst war unverkennbar, ja, der ursprüngliche Besitzer fühlte sich, als wäre er ein junges Mädchen, an dem man sich brutal vergangen hatte. Daraufhin entdeckte Kalasariz das schlaue Gehirn und die Verschlagenheit, ja, welch eine Verschlagenheit. Da war er inmitten tiefster Wildnis auf eine Honigwabe gestoßen. Vielleicht konnte diese Hinterlist nicht mit der des Meisterspions mithalten, aber sie würde genügen. Bestimmt würde sie genügen.

Er flüsterte Rhodes zu: *Macht Euch keine Sorgen, Majestät. Ich bin ein sehr diskreter Genosse. Eure natürlichen Funktionen werde ich nicht stören. Ich will Euch nur mit Rat und Tat zur Seite stehen. Und ich werde Eure bereits unglaubliche Kraft stärken.*

Zu seiner Überraschung klopfte das Herz, welches er mit Rhodes teilte, noch heftiger. Das erstarrte Blut begann zu sieden. Und Kalasariz wurde bewußt, daß es seine »Stimme« gewesen war, die Rhodes so erschreckt hatte. Sie sprach aus seinem Inneren zu ihm. Lustig, dachte der Meisterspion, wie er sich vorgestellt hatte, daß sich seine Lippen bewegen und die Stimmbänder Laute erzeugten, dabei war das alles nur rein im Geiste vor sich gegangen. Und viel schneller als richtige Sprache.

Und diese Schnelligkeit gab ihm die Möglichkeit, rasch zu reagieren, da er nun bemerkte, wie sich Rhodes' Blase langsam entspannte. Um nichts in der Welt würde er es dem König gestatten, sie in Verlegenheit zu bringen, indem er sich in die Hose machte.

Daher sagte er: *Wenn die Zeit reif ist, Majestät, werde ich Euch helfen, Eure Mutter zu töten.* Etliche Organe beruhigten sich. Kalasariz fuhr fort: *Schon viel zu lange schreibt sie Euch vor, was Ihr zu tun und zu lassen habt. Sie benutzt ihre Magie und hält Euch unter ihrer Fuchtel. Das kann man doch nicht als richtig erachten. Eine Mutter sollte ihrem Kind gestatten, jener Mann zu werden, der darin steckt. Ich habe es ja gerade selbst miterlebt. In dem Augenblick, in dem ich in Euren Körper eingedrungen bin.*

Dieser Körper begann bei dem Wort »eingedrungen« mächtig zu zittern, daher fügte Kalasariz eilig hinzu: *Diese Lösung kann natürlich für uns beide nur eine vorübergehende sein. Eure Mutter hat mich zu diesem Schritt gezwungen. Aber seid versichert, ich habe bereits einen Plan, wie wir uns wieder in zwei normale menschliche Wesen trennen, nachdem wir unsere Ziele erreicht haben.*

Unbewußt öffnete Rhodes den Mund zur Antwort. Kalasariz unterbrach ihn sofort: *Sprecht jetzt nicht laut zu mir. Wartet, bis wir uns zurückgezogen haben, damit wir lernen, auf welche Weise wir uns unterhalten können, ohne daß es jemand hören kann.*

Rhodes nickte. Er hatte verstanden. Sein Herz schlug wieder ruhiger, und er atmete normal.

Königin Clayre starrte ihn an. »Warum nickst du wie ein Narr?« wollte sie wissen. »Hörst du mir denn überhaupt zu? Hast du denn ein Wort von dem verstanden, was ich dir gesagt habe?«

Und zu Kalasariz' größter Zufriedenheit antwortete Rhodes gelassen: »Ja, Mutter, ich höre zu.«

Im nächsten Moment wurde Kalasariz' »innere Sicht« erschüttert, da der König den Blick zur Seite auf das riesige Wandgemälde richtete. Der Oberspion sah eine Armee, die aus einer Burg marschierte, welche auf einem Berg stand. An der Spitze ritt ein Krieger in einer Rüstung, die nur einem König gehören konnte. Neben ihm befanden sich Kriegerinnen – Prinzessinnen, die als Generäle dienten, nahm Kalasariz wegen der Banner an, die sie trugen. Eine der Prinzessinnen war dunkelhäutig und ritt die prachtvollste schwarze Stute, die er je zu Gesicht bekommen hatte.

Das ist doch nur ein Bild, dachte er. Warum interessiert sich der König so sehr dafür? Liebt er die schönen Künste? Oder Pferdefleisch? Oder beides? Rasch langweilte es ihn, daß Rhodes dieser Wandmalerei so viel Beachtung schenkte, und er lenkte seine Gedanken wieder darauf, einen vernünftigen Plan zu schmieden. Vielleicht könnte er ein wenig in diesem seinem neuen Körper herumschnüffeln und feststellen, ob alles anständig funktionierte. Heute abend könnte er den König dazu überreden, den Harem aufzusuchen. Seit langer, langer Zeit hatte Kalasariz nicht mehr die Umarmung einer Frau genießen dürfen.

Aber der König wandte sich nicht von dem Gemälde ab, und aus diesem Grund war es auch Kalasariz unmöglich, in Ruhe nachzudenken.

Er spürte die Bewegung in Rhodes' Stimmbändern, und kurz darauf erlebte er das Grollen der Stimme des Königs.

»Was ist denn mit dem Pferd passiert, Mutter?« fragte der König und zeigte mit dem Finger auf die Wandmalerei.

Königin Clayre drehte den Kopf zu dem Bild, aber da ihr nichts auffiel, war sie auch nicht überrascht. Sie wandte sich wieder ihrem Sohn zu.

»Welches Pferd?«

Kalasariz bemerkte das einsetzende Herzklopfen des Königs. »Ich habe dort einen weißen Hengst gesehen«, erklärte er, während er noch immer auf das Bild zeigte. »Genau vor der schwarzen Stute. Er bäumte sich auf.«

Die Königin schnaubte ungeduldig. »Dieses Wandgemälde kenne ich schon, seit ich in diese Gemächer eingezogen bin. Und ein weißer Hengst war nie darauf.«

»Aber vor ein paar Tagen doch!« protestierte Rhodes.

»Du bildest dir etwas ein«, entgegnete Clayre. »Weil du zuviel trinkst. Und davor habe ich dich bereits oft genug gewarnt. Einem König steht es nicht an, dem Wein zu sehr zuzusprechen.«

Erneut öffnete Rhodes den Mund, aber diesmal schritt Kalasariz ein. *Kümmere dich jetzt nicht um das Pferd. Darüber können wir später reden.*

Unvermittelt entspannte sich der König. »Tut mir leid, Mutter«, hörte Kalasariz ihn sagen. »Offensichtlich habe ich das mit einem anderen Bild verwechselt.«

Vor seinem inneren Auge wiederum sah er jetzt ein ganz anderes Bild: Das seiner Mutter, die an einen Pfahl gebunden war, um den herum Flammen aufloderten.

Sehr gut, Majestät, flüsterte Kalasariz in seine Gedanken. *Eine höchst angemessene Vorstellung. Ich würde mich glücklich schätzen, Euch bei der Erfüllung dieses Traums behilflich zu sein. Aber alles zu seiner Zeit, nicht wahr? Zunächst haben wichtigere Angelegenheiten Vorrang.*

Als hätte Clayre zugehört, fuhr sie fort: »Wir haben da eine Angelegenheit vor uns, um die wir uns kümmern müssen, mein Sohn. Und sie wird dir viel Freude bereiten.«

Schwungvoll stellte sie ein kleines Kästchen auf den Tisch. Es war aus einem seltenen dunklen Holz gefertigt, welches man auf Hochglanz poliert hatte und das einen angenehmen Duft verströmte. Die Scharniere waren aus Weißgold geschmiedet, und ebenso das winzige Schloß.

»Dies habe ich vor ungefähr zwei Jahren bauen lassen«, erklärte die Königinmutter und kniff die Augen zusammen, während sie einen Gegenstand in das Schloß steckte – einen klitzekleinen Schlüssel, nahm Rhodes an. »Zu der Zeit, da du deine erste Niederlage gegen die Kyranier hinnehmen mußtest.« In ihrer Stimme schwang unüberhörbar ein Vorwurf mit.

Der König errötete angesichts der demütigenden Erinnerung. Die Kyranier waren mit einer wesentlich kleineren Streitmacht aufmarschiert. Doch während Rhodes mit seiner Armee in das Tal zog, das sie besetzt hatten, war über ihnen das Luftschiff aufgetaucht.

Damals hatte Rhodes zum erstenmal Bekanntschaft mit einer Bombardierung aus der Luft gemacht, und in manchen Nächten hielt ihn die Erinnerung daran noch immer bis in die Morgendämmerung wach, wenn er sich in lebhaften und beängstigenden Einzelheiten vor Augen rief, wie damals Feuer vom Himmel geregnet war. Seine Männer schrien, es stank nach verbranntem Fleisch. Voller Schock sah er, daß seine Armee die Beine unter die Arme nahm und den Berg hinunter floh. Seine Soldaten warfen einfach Schilde und Waffen zur Seite und stürzten Hals über Kopf davon.

»Das war nicht meine Schuld«, murmelte er.

»Natürlich nicht, mein Sohn«, erwiderte Clayre und schlug sich leicht mit der Hand vor die Stirn, als sei ihr diese Idee nie zuvor in den Sinn gekommen.

Ihre Stimme wurde wieder härter. »Ich verstehe wohl, daß es beim ersten Mal so geschah. Sie hatten die Überraschung und neue, mächtige Waffen auf ihrer Seite. Aber es ging immer so weiter, nicht wahr? Jedesmal, wenn du Palimak Timura in der Schlacht entgegengetreten bist. Immer das gleiche. Er hat dich in eine Falle gelockt. Das Luftschiff tauchte auf.

Und erneut erlebte das Königreich Hanadu eine demütigende Niederlage, weil sein König zu dumm oder zu feige war und nicht mit einer rettenden Idee aufwartete.«

In Rhodes loderten Zorn und Verlegenheit um die Wette. Kalasariz schwieg und tröstete ihn nicht, sondern rollte sich zu einer kleinen Kugel neben dem Herzen des Königs ein. Weise hielt er sich aus diesem Streit heraus.

Clayre öffnete das Kästchen und holte einen eigentümlichen bunten Gegenstand heraus. Den legte sie auf die goldenen Kacheln in der Mitte des Tisches.

Rhodes brauchte einen Augenblick, bis er ihn erkannt hatte. Es handelte sich um ein Diorama der kyranischen Festung. Die Kopie war hervorragend gemacht, selbst der bewaldete Berg, auf dem das alte Steinfort stand, in dem sich Palimak und seine wichtigsten Leute niedergelassen hatten, war exakt nachgebildet. Unter der Festung lag das eigentliche Dorf mit dem Marktplatz in der Mitte und den Wohnhäusern rings umher.

Rhodes betrachtete das Gelände mit dem geübten Auge eines Soldaten und suchte nach Schwachstellen.

Dann runzelte er die Stirn. »Wenn dieses Modell vor zwei Jahren hergestellt wurde«, fragte er, »wie konntest du die Einzelheiten einarbeiten, die meine Spione erst vor einigen Wochen erfahren haben?«

Er zeigte auf die Türmchen des Torhauses, von dem aus der Eingang des Forts bewacht wurde. »Dort hat Palimak seinen Kommandoposten und sein Schlafquartier eingerichtet. Vor zwei Jahren bestand das Gebäude aus Ruinen. Meine Spione haben mir erst kürzlich über den Wiederaufbau berichtet.«

Die Hexenkönigin kicherte herablassend, wie es ihre Art war. »Entweder sind meine Spione besser, mein Sohn, oder deine Spione arbeiten auch für mich.«

Sie sah ihn vergnügt an. »An deiner Stelle würde ich die erste Möglichkeit bevorzugen, denn die zweite würde dir nur unnötige Qualen und Arbeit bescheren. Schließlich wäre im Moment nicht der richtige Zeitpunkt, sämtliche deiner Spione zu entlassen, nicht wahr. Zuerst müßtest du ja neue ausbilden.«

Abermals kicherte sie. »Und trotzdem wüßtest du nicht, ob diese in erster Linie für mich oder für dich spionieren.«

Rhodes verlor die Geduld. »Was willst du eigentlich, Mutter?« brüllte er. »Solange ich ein Junge war, hast du stets gesagt, dein größtes Begehr sei es, mich auf dem Thron zu wissen. Jetzt, da ich König bin, tust du alles, um mich zu stürzen.«

Clayre verhöhnte ihn noch mehr, indem sie vorgab, diese Vorwürfe würden sie schockieren. »Ich?« spottete sie. »Dich stürzen? Meinen einzigen Sohn? Mein ein und alles?«

Hämisch legte sie die Hand auf ihren wohlgeformten Busen. »Ich wollte und will doch nur das Beste für dich. Du solltest König von ganz Syrapis werden, allein danach habe ich stets gestrebt. Ist das nicht das Schicksal unserer Familie? Ein Schicksal, dem ich mich artig füge, seit ich die Geschichte kennengelernt habe, die auf diesem Wandgemälde dargestellt wird.«

Sie deutete auf das Bild mit dem reitenden König und seinen Prinzessinnen. Diese Geste besänftigte Rhodes zumindest ein wenig. Clayre glaubte, dies liege allein daran, daß sie recht hatte. Aber Rhodes erinnerte sich nur einfach aufs neue an den weißen Hengst.

Wohin war er verschwunden? Verdammt, er war bestimmt nicht betrunken gewesen, als er ihn gesehen hatte! Seine Stirn legte sich in Falten, denn mittlerweile vermutete er, seine Mutter habe das Pferd von einem ihrer künstlerischen Sklaven übermalen lassen, nur um ihn zu verwirren.

Kalasariz horchte auf. Hier stimmte etwas nicht. Rhodes dachte schon wieder an das Pferd. Und was war das mit den künstlerischen Sklaven, die Wände übermalten?

»Erinnerst du dich an die Geschichte, mein Sohn?« fragte Clayre.

Rhodes zuckte mit den Schultern. »Ja, Mutter. Sehr gut sogar.«

»Trotzdem sollte ich sie dir vielleicht nochmals erzählen, um dein Gedächtnis aufzufrischen. Und auch, damit dein neuer Freund, der jetzt in deinem Inneren wohnt, sie erfährt.«

Zu Kalasariz' Enttäuschung widersprach Rhodes. »Wenn es dir recht wäre, Mutter, würde ich das auf ein anderes Mal verschieben. Ich habe nach dem Erdbeben viel zu tun. Außerdem interessiert es mich wesentlich dringlicher, was du mit diesem Ding da zu bewerkstelligen hoffst.«

Er zeigte auf das Diorama. »Wie wird es uns bei unserem Kampf gegen Palimak Timura helfen?«

Clayre runzelte die Stirn, da die Ungeduld ihres Sohnes sie offensichtlich verärgerte. Daraufhin zuckte sie mit den Schultern. »Sehr gut. Heben wir uns diese Geschichte auf. Was das Modell betrifft, so beabsichtige ich, es als Brennpunkt für einen Zauber zu benutzen, den ich bereits mit Charize ausgeheckt hatte. Ein bißchen Magie sollte den Kyraniern Schwierigkeiten ohne Ende bereiten, und dabei hätten etliche den Tod gefunden. Mit ein wenig Glück hätten wir uns sogar Palimak Timuras selbst entledigen können.«

Die Hexenkönigin seufzte. »Allerdings hat Charizes Tod uns einen Strich durch die Rechnung gemacht. Wie ich schon sagte, fehlt mir die ausreichende magische Kraft für diesen Zauber.«

Sie lächelte. »Dennoch ist diese Enttäuschung Schnee von gestern. Heute scheint die Sonne wieder hell, und wir dürfen von neuem hoffen. Jetzt haben wir die Unterstützung, die wir benötigen, und zudem einen ganz neuen Plan, wie wir unsere Feinde in Verwirrung stürzen können.«

»Wann willst du damit beginnen?« fragte Rhodes, der richtigerweise davon ausging, daß er in seiner Rolle als Gastgeber für Kalasariz unabkömmlich sein würde.

Sie deutete auf den Tisch. »Ich war nie jemand, der eine teuflische Tat, die erledigt werden muß, aufschiebt«, antwortete sie. »Warum fangen wir nicht gleich damit an?« Sie winkte ihn näher an den Tisch heran.

Rhodes trat gehorsam vor, dann zögerte er. »Nur eine Sache noch.«

»Und die wäre?«

»Hast du denn vergessen, daß deine Enkelin sich als Geisel bei den Kyraniern befindet?« Er zeigte auf das Modell. »Wird der Zauber sie ebenfalls gefährden?«

Die Hexenkönigin zog die Augenbrauen hoch. »Würde dir das etwas ausmachen?«

Rhodes zuckte mit den Achseln. »Nicht besonders viel. Sie war stets eine große Last für mich.«

»So empfinde ich das ebenfalls«, meinte Clayre. »Wie das bei Enkelinnen so ist, mangelt es ihr an dem ... nun ... gebührenden Respekt.« Sie wandte ihre Aufmerksamkeit dem Modell zu. »Fangen wir also an.«

Und damit begann sie, ihren Zauber zu wirken. In Rhodes schüttelte sich Kalasariz vor Vergnügen. Endlich stand er wieder auf der Gewinnerseite.

Nur eine Sache stimmte ihn verdrießlich. Rhodes machte keinen besonders begeisterten Eindruck. War das wegen Jooli? Das mußte doch wahrscheinlich seine Tochter sein?

Falls dem so war, konnte man den Widerwillen verstehen, selbst wenn Rhodes für sein Kind nicht besonders viel übrig hatte. Obwohl Kalasariz für Menschen, die mit elterlicher Liebe geschlagen waren, nie das rechte Mitgefühl hatte aufbringen können, so hatte er durchaus einen berufsmäßigen Begriff von diesen allzu menschlichen Schwächen. Der Oberspion hatte sie sehr, sehr oft als Mittel eingesetzt, um seine Ziele zu erreichen.

Dann fing er einen abschweifenden Gedanken von Rhodes auf. Verdammt, der Mann hat ja noch immer dieses Pferd im Kopf! Das ist der Ärger mit Königen! Nie können sie ihre Aufmerksamkeit auf das richten, was gerade am dringendsten zu tun ist. Auf die wichtigen Aufgaben. Wie zum Beispiel, Menschen umzubringen.

Ein blaues Licht leuchtete über dem Modell der kyranischen Festung auf. Winzige Gestalten erschienen. Männer und Frauen. Kinder und Tiere. Und nun erwachten die Figuren zum Leben!

»Eine Sache, die mir bei Palimak und seinen Freunden aufgefallen ist, als sie Charize in ihrer unterirdischen Kammer aufgesucht haben, war ihre fürchterliche Angst vor Ratten.«

Sie stellte einen Käfig neben die nun zum Leben erwachte Miniatur des Dorfes. In dessen Inneren befand sich eine große graue Ratte. Die Königin piekte dem Tier mit einer langen Nadel in die Seite, welches daraufhin vor Wut und Schmerz laut quiekte.

Clayre lachte, denn nun warf sich der Nager aufgeregt gegen die

Stangen des Käfigs. »Ich werde ihnen Ratten schenken, von denen sie nicht einmal geträumt haben!«

Mit diesen Worten öffnete sie den Käfig, und das zornige Tier sprang auf das Modell der kyranischen Festung.

18
Pferdemagie

Leiria beobachtete die aufgebrachte Menge der Dorfbewohner, die vom Marktplatz den Berg heraufmarschierte. Sie stützte sich auf ihren Speer und lächelte, als würde sie Freunde begrüßen, die sie zum Abendbrot eingeladen hatte, und nicht einen beginnenden Aufruhr.

Dabei pfiff sie ein Liedchen vor sich hin. Hinter ihr hörten Renor und Sinch das Signal und schlüpften ins Innere des Torhauses. Die beiden schlossen und verriegelten das Tor. Wie geplant würden sie wachsam ein Auge darauf haben, ob die Sache wirklich aus dem Ruder liefe und die Menschenmenge sich tatsächlich als hirnlos genug erweisen würde, um einen offenen Aufstand proben zu wollen.

Außer ihr befanden sich nur noch Coralean, der an ihrer Seite stand, und fünf weitere Soldaten, die Palimak treu ergeben waren, vor dem Tor.

»Ich glaube, das bekommen wir schon in den Griff«, sagte sie zu Coralean, »es sind nur ungefähr hundert.«

»Manchmal kann man durch den Einsatz von Gewalt Vorteile erringen«, erwiderte der Karawanenmeister, »doch können alle, die Coralean kennen, bestätigen, daß er es vermeidet, seine Geschäfte auf diese Weise zu regeln. Solange sich natürlich ein anderer Ausweg bietet. Schließlich muß ein gutes Familienoberhaupt stets das Wohlergehen seiner Frauen und Kinder bedenken. Und selbst der größte Lügner der Welt kann kaum Zweifel daran erwecken, wie sehr sich Coralean seiner Familie verpflichtet fühlt.«

Leiria deutete mit dem Kopf auf die näher kommende Menge. »Und, glaubst du, der Einsatz von Gewalt würde sich jetzt lohnen?«

Coralean strich sich durch den Bart und dachte nach. Am Ende schüttelte er den großen Kopf. »Bei ihnen kann man nichts gewinnen. Außer vielleicht dem Stroh in ihren Köpfen.«

Leiria seufzte. »Ich fürchte, dieser Tag wird der schlimmste meines Lebens.« Sie blickte zum leeren Himmel hinauf. »Wenn nur Biner und Arlain mit dem Luftschiff hier wären. Sie würden den Frieden schon bewahren.«

Die Zirkustruppe war mit dem Luftschiff zu einem Kundschafterflug aufgebrochen. Da es keine zuverlässigen Karten von der Insel gab, hatte Leiria beschlossen, diesen Mangel zu beheben. Unglücklicherweise begann dieser Aufstand ausgerechnet während der Abwesenheit der Zirkusleute.

»Vermutlich ist es besser, daß sie nicht hier sind«, wandte Coralean ein. »Unsere kyranischen Freunde hegen großen Respekt vor dem Zirkusvolk. Sollte Biner gezwungen sein, gegen sie vorzugehen, würde er seinen Einfluß verlieren.«

Er zuckte mit den breiten Schultern. »Nur zwei Menschen können uns unter diesen Umständen wirklich helfen. Safar, aber der ist krank. Und Palimak, der leider nicht zur Verfügung steht.«

Am Morgen hatte Leiria eine Nachricht von Palimak gefunden. Demnach hatte er die Arbeit an einem langwierigen und gefährlichen Zauber aufgenommen. Unter keinen Umständen dürfe ihn jemand stören oder Safars Zimmer betreten.

Leiria hatte die Tür des Raums ausprobiert, und sie war verschlossen gewesen. Schwach roch sie magischen Weihrauch und Ozon durch den Spalt unter der Tür. Ignorierte sie Palimaks Wunsch, so würde sie, wie sie es aus früheren Warnungen von Safar wußte, das Leben ihrer beiden Freunde gefährden.

Dann erreichte sie eine noch beunruhigendere Botschaft von Masura – der offensichtlich Foron von seinem Stuhl als Vorsitzender im Rat der Ältesten gestürzt hatte. Das neue Oberhaupt befahl, Palimak solle zum sofortigen Verhör antreten. Da sie es nicht wagte, diesen zu stören, bat sie Masura höflich um ein wenig Aufschub.

Der war jedoch augenscheinlich so sehr auf die Konfrontation erpicht, daß er ihr in einer weiteren Botschaft diese Bitte abgeschlagen hatte. Dabei besaß er des weiteren die Frechheit, sie und Coralean mit der sofortigen Verbannung aus dem Dorf zu bedrohen.

Als Ergebnis dieses erhitzten Briefwechsels bahnte sich jetzt vor Palimaks Hauptquartier ein Aufruhr an.

Leiria hörte ein leises Geräusch und drehte sich um; Jooli kletterte aus einem Fenster des Forts. Die königliche Geisel hing einen Moment lang vom Sims herab und ließ sich zu Boden fallen. Beiläufig bürstete sie sich den Staub von der Kleidung und trat herüber zu Leiria und den anderen.

»Ihr solltet Euch hier nicht aufhalten, Majestät«, sagte Leiria.

»Nenn mich doch Jooli«, bot ihr die junge Königin an. Sie deutete mit dem Kopf auf die Menge, die den Berg heraufstapfte. »In einer solchen Situation sollten wir nicht soviel Wert auf die Förmlichkeiten des Hofes legen.«

Leiria betrachtete sie mit zusammengekniffenen Augen. »Wie auch immer ich dich nenne«, erwiderte sie, »solltest du dennoch lieber in deinen Gemächern bleiben. Wir sind für deine Sicherheit verantwortlich.«

Jooli kicherte. »Werde ich denn auch noch in Sicherheit sein, wenn deine Freunde sich den Weg freigekämpft haben? Ich fürchte, diese Leute werden nicht mehr viel Wert auf die Vereinbarung mit meinem Vater legen.«

»Damit folgt sie leider nur der Logik, Hauptmann«, wandte Coralean ein.

»Außerdem bin ich so gelangweilt, daß ich heulen möchte«, fügte Jooli hinzu.

Sie reckte die langen Arme und ließ die Schultern kreisen, um die Steife aus ihren Muskeln zu vertreiben.

»Ein bißchen Übung könnte mir nicht schaden«, meinte sie. »Und möglicherweise werden mir eure kyranischen Landsleute die verschaffen.«

Sie zeigte auf Leirias Schwert. »Leih mir deine Klinge, und ich werde an deiner Seite kämpfen.«

Leiria zögerte. Königin Jooli hatte sie von ihrer ersten Begegnung an verwirrt. Ganz bestimmt verachtete sie ihren Vater. Und ohne Jooli hätten sie auch Safar und Palimak nicht vor den Ungeheuern in der Höhle retten können. Und seit sie sich als Geisel in der Festung befand, spielte sie eher die Rolle einer von Leirias Mitkriegerinnen denn die der Tochter ihres größten Feindes.

In diesem Augenblick wurde es Leiria bewußt: Sie hatte angefangen, Jooli zu mögen. Sie hatte sogar schon ein wenig Vertrauen zu ihr gefaßt.

Also zog sie das Schwert und reichte es ihr. »Hier hast du es.«

Jooli lächelte, nahm die Waffe und führte ein paar Schwünge aus, um das Schwert auszuprobieren. »Es hat eine gute Balance.« Daraufhin wandte sie sich den Dorfbewohnern zu, welche den höchsten Punkt des Hügels fast erreicht hatten.

Natürlich führte Masura die Menge an. Aber mit großem Interesse bemerkte Leiria auch vier weitere Mitglieder des Ältestenrates. Foron, der abgesetzte Vorsitzende, fehlte. Scheinbar hatte sich Masura keines einstimmigen Sieges erfreuen dürfen.

Nun hörte sie einen Tumult und sah eine zweite, wesentlich kleinere Gruppe, die heranmarschierte, und zwar über den Pfad, auf dem gewöhnlich die Jungen die Ziegen zur Weide brachten. Khadji Timura, Safars Vater, und Foron schritten vorneweg. Mehrere andere einflußreiche Männer des Dorfes hatten sich zu ihnen gesellt.

»Mit ein bißchen Glück werden die weiseren Köpfe die Oberhand gewinnen«, bemerkte Coralean.

Jooli schnaubte. »Wenn nicht, wäre ich froh, einige der dümmeren von ihren Hälsen zu trennen.«

Leiria erwiderte nichts. Der Gedanke, jene Menschen zu töten, an deren Seite sie lange Jahre gelebt und gekämpft hatte, verschlug ihr die Sprache.

Die beiden Gruppen trafen sich. Obwohl sie nicht verstehen konnte, was der eine oder andere sagte, drang Khadjis sanfte Stimme an ihr Ohr. Er war ein berühmter Töpfer und hatte schon großes Ansehen genossen, bevor sein Sohn seinem Namen solch große Ehre gemacht hatte. Foron und weitere standen neben ihm, während die Auseinandersetzung lebhafter wurde – alle fuchtelten wild mit den Händen.

Dann erhob sich laut Masuras Stimme. »Wir haben die Nase voll, uns die Ausflüchte der Timuras anzuhören! Ich schlage vor, wir holen Palimak dort raus und lassen ihn für seine Verbrechen Rede und Antwort stehen.«

Unter Masuras Gefolgsleuten löste diese Forderung großen Beifall aus. Sie schoben Khadji und seine Genossen beiseite und stapften weiter den Berg herauf. Die Menge peitschte sich selbst auf, Flüche wurden gerufen, und es konnte nicht mehr lange dauern, bis der Pöbel seiner Wut Luft machen würde.

»Macht euch bereit«, warnte Leiria.

Lederne Harnische knarzten, Metall rasselte, und ihre kleine Truppe machte sich für den Kampf bereit.

Königin Clayre kicherte angesichts der Szene, die sich vor ihren Augen abspielte – die winzigen Figuren von Forons Gruppe griffen Leirias kleinere an.

»Sehr gut«, sagte sie. »Offensichtlich haben wir unter den Kyraniern Freunde, die uns unterstützen. Wenn sich die Menschen hassen, ist es soviel einfacher, mit Magie weiteren Schaden anzurichten.«

König Rhodes starrte gebannt auf das Drama, welches sich in

dem Modell der kyranischen Festung anbahnte. Diese Spaltung unter seinen Feinden hatte er niemals bemerkt. Bei den Göttern, hätte er doch nur ein paar Soldaten in der Nähe, dann würde er sie alle miteinander niedermetzeln.

Stirnrunzelnd fragte er sich: Aber wo ist Palimak? Er sah genauer hin, konnte aber trotzdem keine Spur von seinem Erzfeind finden. Dann aber entdeckte er seine Tochter Seite an Seite mit Hauptmann Leiria und Lord Coralean.

»Warum will Jooli ihnen helfen?« knurrte er.

»Mach dir darum keine Sorgen, mein Sohn«, riet ihm Clayre. »Ich brauche deine ganze Aufmerksamkeit jetzt für den Zauber.«

»Sie soll verflucht sein!« schnaubte Rhodes. »Es ist doch nicht ihre Angelegenheit, sich dort einzumischen.«

In seinem Inneren sprach Kalasariz besänftigend: *Regt Euch nicht darüber auf, Majestät. Jeder, der Euch verrät, wird seine gerechte Strafe finden. Das schwöre ich Euch.*

Da Kalasariz solche Ruhe ausstrahlte, entspannte sich Rhodes und konzentrierte sich wieder auf den Zauber.

Inzwischen genoß Kalasariz jeden Moment dieses neuen und mächtigen Abenteuers. Er spürte Clayres kribbelnde Magie, die durch die Adern des Königs strömte. In seinem Geist-Selbst fühlte er die Todesangst der beiden anderen Geschöpfe, Fari und Luka, mit denen er ganz nach seinen Wünschen umspringen konnte. Welch eine Wohltat, wenn man seine Feinde derartig zu demütigen vermochte. In der neuen Welt, die er für sich geschaffen hatte, waren sie nur winzige Insekten.

Clayre murmelte die Worte ihres Zauberspruchs und sprenkelte magisches Pulver über das Modell.

Das blaue Licht wurde intensiver, während sie ihren tödlichen Zauber wirkte.

Die Menge drängte heran, und Coralean wollte noch einen letzten Versuch unternehmen, die Angelegenheit friedlich zu regeln. Er trat vor und hob die Hände. Aufgrund seiner eindrucksvollen Erscheinung blieben die Menschen sofort stehen und schwiegen.

»Volk von Kyrania«, hob er mit lauter Stimme an, die noch den letzten in der Gruppe erreichte, »ihr alle wißt im tiefsten Grunde eures Herzens, daß Coralean euer ältester und treuster Freund ist. Und ich appelliere an eure Zuneigung zu mir – an unsere lange Bekanntschaft, die stets für beide Seiten von Vorteil war. Hört mich an!«

Aus der Versammlung wurde zustimmendes Murmeln laut. Masura, den die Wirkung, die die Worte des Karawanenmeisters zeitigten, in Wut versetzte, starrte finster vor sich hin.

»Bitte, meine teuren Freunde«, fuhr Coralean fort, »bereitet euch heute nicht selbst Schande. Besudelt nicht die lange Tradition Kyranias, Streitigkeiten friedlich und durch Kompromisse zu lösen. Diese eure Eigenschaft hat mich über die Jahre hinweg am meisten an euch erfreut. Eine Eigenschaft, die man nicht hoch genug schätzen kann.«

Masura brüllte: »Die Zeit zum Reden ist vorüber! Wir haben von den Listen der Timuras die Nase voll!«

Coralean wirkte verletzt. »Willst du mich, Coralean, beschuldigen, ich würde nicht die ehrlichsten Absichten hegen, mein Freund?«

»Du bist bestimmt nicht mein Freund!« schrie Masura zurück, »sondern nur ein bezahlter Lakai, der Palimak Timura gehorcht!«

Stahl klirrte, als Masura im gleichen Moment das Schwert unter dem Mantel hervorzog und vorsprang, um den Karawanenmeister niederzuschlagen. Dieser Angriff erfolgte unerwartet und überraschte Coralean, der ein erfahrener Fechter und trotz seines Umfangs sehr beweglich war.

Er warf die Arme in die Höhe, und Masura zielte mit der Spitze auf das ungeschützte Herz des Karawanenmeisters.

Aber Leiria war schneller und sprang zwischen die beiden. Sie spürte ein heißes Brennen, denn Masuras Kurzschwert schnitt ihr in den Arm, doch drehte sie sich mit dem Hieb und ließ die Hauptwucht an ihrem Harnisch abprallen. Dann packte sie Masura an der Kehle und stieß ihn zurück.

»Mörder!« kreischte Masura. »Mörder!«

Nur wenige Menschen hatten seinen Angriff bemerkt. Die meisten glaubten, Leiria hätte ihn zuerst attackiert.

Chaos brach aus, und der empörte Pöbel drängte sich vorwärts.

Rhodes beobachtete voller Häme den Angriff der Kyranier auf seine meistgehaßten Feinde. Er brannte gespannt darauf, was nun geschehen würde.

Kalasariz teilte sein Entzücken und nahm die heißen Säfte in sich auf, die durch die Adern des Königs strömten. Zwischendurch quälte er seine beiden kleinen Sklaven Fari und Luka und trieb sie bis zum Wahnsinn. Die mächtige Magie, die ihre Todesfurcht produzierte, verleibte er sich ein.

Königin Clayre rief: »Jetzt!« und stieß mit dem Zeigefinger auf das Modell des kyranischen Forts.

Kalasariz spürte den Sog ihrer Magie und fügte seine eigene hinzu. Wie zwei Hammerschläge schoß die Energie durch die Augen des Königs nach draußen.

Das blaue Licht über dem Modell wurde glühend weiß und explodierte. Feurige Partikel regneten auf das Miniaturgetümmel hinunter.

Jooli bemerkte die Gefahr als erste. Ein Mann stürmte auf sie zu, doch sie wehrte seinen Schwerthieb ab und trat ihm die Beine unter dem Leib weg.

Während sie sich dem nächsten Angreifer zuwandte, stellten sich plötzlich ihre Nackenhaare wie heiße Nadeln auf.

Instinktiv blickte sie nach oben und entdeckte die riesige blaue Wolke über ihnen. Diese Wolke besaß ein Gesicht – ein ihr sehr vertrautes Gesicht mit zwei riesigen Augen.

»Paßt auf!« rief sie. »Das ist meine Großmutter!«

Niemand beachtete ihre Warnung. Ein jeder beschäftigte sich nur mit dem Kampf.

Im nächsten Moment veränderte sich das. Ein Blitz schoß von der Wolke zum Boden.

Es gab einen ohrenbetäubenden Knall, und auf einmal regneten feurige Partikel aus dem Himmel herab.

Jemand schrie, als ein Partikel auf seiner Haut landete. Dann schrie der zweite, dessen Haar in Flammen stand.

Die beiden rannten entsetzt davon und brüllten: »Ich brenne! Ich brenne!«

Die Menge zerstob in dem tödlichen Regen, die Menschen suchten Schutz, wo sie nur konnten.

»Zu mir!« schrie Jooli, fuhr herum und rannte zu dem steinernen Vorsprung, der sich über dem Tor befand.

Leiria, Coralean und die anderen drängten sich mit ihr darunter. Sie pochten an das Tor, damit Renor und Sinch sie einließen. Doch die beiden Soldaten hielten den Lärm für das Hämmern des Pöbels, der das Torhaus stürmen wollte, und ignorierten ihre Bitte.

So unvermittelt der heiße Regen begonnen hatte, endete er wieder. Die Kyranier lugten aus ihren Verstecken – unter Karren, Bäumen, großen umgekippten Fässern – hervor.

»Was zum Teufel –«, setzte Leiria zu einem Fluch an.

»Sie ist noch längst nicht mit uns fertig«, unterbrach Jooli sie.

»Von wem redest du überhaupt?« fragte Leiria verstört.

»Ich habe es doch schon gesagt – meine Großmutter!« fauchte Jooli. »Königin Clayre.« Sie fügte hinzu: »Sie ist eine Hexe.«

»Was machen wir jetzt?« wollte Leiria wissen.

»Abwarten, was als nächstes geschieht«, riet Jooli.

Aber bereits während sie antwortete, ging sie in Gedanken ihr eigenes Zauberbuch durch und suchte nach einer Verteidigungsmöglichkeit. Dann überkam sie große Hoffnungslosigkeit. Die Wucht des Angriffs ihrer Großmutter überraschte und demütigte sie gleichermaßen. Von diesen Fähigkeiten der Königin Clayre hatte sie nichts geahnt.

In diesem Moment wurde der Boden unter ihren Füßen weich. Er schien sich regelrecht aufzulösen, und sie sprang zur Seite und warnte die anderen.

Daraufhin fuhr sie herum, um zu betrachten, welchen neuen Schrecken Clayre ausgeheckt hatte, und sah ein großes Loch in der Erde, gerade dort, wo sie eben noch mit Leiria und Coralean gestanden hatte. Rotglühende Punkte tauchten aus dem Loch auf. Die Luft stank nach den Hinterlassenschaften von Nagetieren. Und pfeifend und kreischend strömten im nächsten Augenblick Hunderte riesiger Ratten hervor.

Coralean trat eine der Ratten mit dem Stiefel tot und schlug auf die zweite mit dem Schwert ein. Überrascht schrie er auf, denn der Nager wich seiner Waffe aus, sprang auf die Klinge und rannte seinen Arm hinauf. Coralean schleuderte das Tier fort und zermalmte es an den Mauern der Festung.

Schon waren weitere über ihn hergefallen, und er verfluchte die quiekende Flut. Leiria und den Soldaten erging es nicht besser. Die Ratten kamen in überwältigender Zahl, und bald wurden die Menschen zurückgetrieben. Überall floß Blut von den vielen, vielen Bissen.

Jooli beschwor den einzigen Zauber, der vielleicht gegen diese Plage etwas auszurichten vermochte, doch dieser zerplatzte in der Luft wie ein übervoller Weinschlauch.

Aus allen Richtungen war Geschrei zu hören, und sie entdeckte weitere Löcher, die den Berg, Pockennarben gleich, übersäten. Tausende und Abertausende Ratten kamen aus diesen Löchern und griffen die Kyranier mit verblüffender Heftigkeit an.

Manche der Fliehenden stolperten und wurden rasch von den Nagetieren überwältigt, welche die empfindlichsten Körperteile angriffen – Augen, Kehle und Lippen. Ohren wurden in blutige Fetzen gerissen.

Jooli sprang auf eine niedrige Mauer und schlug mit der Flachseite der Klinge auf die Tiere ein. Leiria benutzte ihren Speer, um sich auf die Mauer zu schwingen, und so standen die beiden Frauen Rücken an Rücken und gaben sich gegenseitig vor der Welle des Schreckens Deckung.

Aber die Flut der Ratten ließ nicht nach, und Jooli spürte, daß ihre Kräfte beängstigend rasch nachließen.

Lange würde sie nicht mehr durchhalten.

Rhodes tanzte hin und her und juchzte vor Freude, derweil die Ratten die Kyranier überwältigten. Kalasariz vollführte im Innern des Königs ebenfalls einen geisterhaften Freudentanz. Der so leicht errungene Sieg versetzte ihn in höchste Aufregung.

Selbst die unergründliche Königin Clayre ließ sich bei dieser Gelegenheit einmal ehrliche Gefühle anmerken: »Gute Vorstellung!« sagte sie, da eine Ratte über Leirias Kopf hinwegsprang und die Zähne in Joolis Nacken versenkte.

Dann gab es einen Donnerschlag, und das Tor des Forts wurde aufgesprengt.

Jetzt war es an Königin Clayre zu rufen: »Was zum Teufel –?«

Leiria hörte Joolis Schmerzensschrei und fuhr herum, packte die Ratte auf dem Rücken ihrer neuen Freundin, brach dem Tier das Genick und schleuderte es zur Seite. Ein weiterer Nager attackierte mit Krallen und Zähnen Leirias Bein. Sie zermalmte ihn mit der Faust und erwischte einen dritten mitten im Sprung mit dem Speer.

Genau in diesem Augenblick erschütterte sie der Donnerschlag, und das große Tor des Forts wurde aufgestoßen. Verwirrt sah sie auf. Und bekam einen wundersamen Anblick geboten.

Aus der Festung heraus galoppierte Safar auf Khysmet! Palimak saß hinter seinem Vater im Sattel und hatte ihm die Arme um die Hüfte geschlungen. Safar fuchtelte mit einem langen, geschwungenen Schwert, das wie ein goldenes Leuchtfeuer glühte.

Und er rief mit alles übertönender Stimme: »Winde, kommt, Nord und Süd! Ost und West! Kommt! Winde, kommt!«

Ein Grollen ertönte, als würde ein fernes Meer seine Kräfte zu einer riesigen Woge sammeln. Dann wurde das Grollen zum Klagen, zum wimmernden Kreischen einer Todeshexe.

Nun spürte Leiria nur noch, wie sie von allen Seiten ein tosender Wind umwehte. Sie ergriff Jooli am Arm und zog sie mit sich von der Mauer, wo die beiden Frauen hinter dem Stein Schutz suchten.

Leiria hob den Kopf und blickte sich um – die Winde peitschten ihr Staub ins Gesicht.

Zunächst konnte sie nur die glühende Spitze von Safars Schwert erkennen. Schließlich schien die Luft sich wieder zu beruhigen, und jetzt sah sie die dunkle trichterförmige Wolke, welche Mann und Pferd und Jungen einhüllte. Der Todeshexenschrei verwandelte sich plötzlich in schrilles Quicken, und die Ratten wurden vom Boden gesogen und in den Himmel gewirbelt.

Tausende und Abertausende fuhren hinauf in die große blaue Wolke mit dem Gesicht einer Frau.

Die Wolke zersplitterte und verschwand.

Die Winde legten sich. Stille kehrte ein.

Rhodes schrie vor Überraschung auf, als das Modell der Festung explodierte.

Und dann fielen Tausende Ratten von der Decke des Zimmers seiner Mutter. Sie quiekten vor Wut und Pein.

Die Hölle der Nager schien ihre Pforten geöffnet und diese fürchterliche Flut aus Fell, Krallen und Zähnen ausgespuckt zu haben.

Clayre stand in Furcht erstarrt da, während die ersten Ratten sie angriffen. Im nächsten Moment kreischte sie laut auf vor Schreck.

Rasch packte Rhodes seine Mutter und hob sich vom Boden hoch. Er rannte, Clayre unter dem Arm, die Treppe hinauf und zertrat bei jedem Schritt Nagetiere unter seinen schweren Stiefeln.

Schließlich hatte er sie durch die Tür gebracht, die er hinter sich ins Schloß warf und verrammelte, wobei er weitere Ratten zerquetschte, die sich noch hindurchdrängen wollten.

Nun setzte der König seine Mutter wieder auf die Füße. »Welch eine Schweinerei!« schimpfte er, kehrte seiner Mutter den Rücken zu und taumelte zu seinem Zimmer, wo er lang ausgestreckt aufs Bett fiel.

Er schlief drei Tage lang, und nicht einmal Kalasariz vermochte ihn zu wecken.

Als er aufwachte, ließ er sich eine Mahlzeit bringen und futterte wie ein Kriegsroß. Nachdem er gesättigt war, hörte er Kalasariz zu sich sprechen: *Ihr wirkt so ruhig, Majestät, wenn man bedenkt, was geschehen ist.*

Anstatt die Frage zu beantworten, erwiderte Rhodes: »War das Safar Timura? Der große Mann auf dem weißen Pferd?«

Ja, antwortete Kalasariz. *Seht Ihr, weshalb er mir die ganzen Jahre über so viele Schwierigkeiten bereitet hat? Er ist ein äußerst mächtiger Zauberer.*

Rhodes dachte einen Augenblick lang nach, bevor er nickte, da er sich endlich eine Meinung gebildet hatte. »Diese Macht möchte ich besitzen«, sagte er.

Dann sollt Ihr sie bekommen, versprach Kalasariz. *Diese Anstrengungen Eurer Mutter müssen wir wohl als ersten, wenngleich vergeblichen Versuch abtun.*

»Damit habe ich keine Probleme«, antwortete Rhodes. »Ich gebe nicht so leicht auf.«

Er zögerte und fügte hinzu: »Dieses Pferd, das er ritt –«

Ja, was ist damit?

»Dieses Roß habe ich gemeint. Ich habe es auf dem Wandgemälde gesehen, als ich meine Mutter das letzte Mal besuchte. Jetzt war es verschwunden. Wie in Luft aufgelöst.«

Möglicherweise sollten wir diesem Wandbild ein wenig mehr Aufmerksamkeit schenken, schlug Kalasariz vor.

Und so kehrte Rhodes in die Gemächer seiner Mutter zurück. Während er geschlafen hatte, waren die Ratten durch einen Giftzauber vernichtet worden. Noch immer waren Sklaven damit beschäftigt, ihre Kadaver fortzuschaffen. Clayre war nirgends zu sehen. Vermutlich hatte sie sich irgendwo mit geknicktem Stolz verkrochen.

»Da drüben ist das Bild«, sagte Rhodes, entzündete eine Fackel und trug sie zum Thron seiner Mutter.

Aber als er den Blick dorthin wandte, fiel ihm vor Staunen die Kinnlade herunter.

Von der Wandmalerei war keine Spur zu sehen. Die Mauer war leer.

19
Heimkehr

Safars Heimkehr wurde mit einem Fest gefeiert, das eine ganze Woche dauerte. Es wurde viel gesungen, viel gegessen, und immer wieder wurden der Göttin Felakia Opfer dargebracht. Feuerwerke erhellten den Nachthimmel. Glitzernde bunte Drachen schmückten den Himmel am Tage. Überall auf dem Berg hing der schwere Duft von gebratenem Kebab, von Früchten und von gewürztem Reis in der Luft. Wein floß in Strömen, und ein jeder genoß von Dämmerung bis Dämmerung den Rausch.

Seine Eltern und Schwestern umschwärmten ihn, weinten und lachten vor Erleichterung, weil sie ihn zurückhatten. Die Männer des Dorfes klopften ihm auf die Schultern und nannten ihn abwechselnd einen Helden und einen Bruder. Frauen boten sich ihm an und schworen, sie würden alles für ihn tun, wonach ihm der Sinn stehe – ohne daß sie nachher ein Verlöbnis von ihm verlangen würden. Coralean schenkte ihm eine Schatztruhe voller Edelsteine und seltener Münzen, die von Königen ferner Reiche geprägt worden waren.

Seine Zirkusfreunde hielten zu seinen Ehren eine wunderbare Vorstellung ab. Biner legte sein Direktorenkostüm an und leitete die Schau vom Boden aus, während Arlain und Kairo an Seilen, die vom Luftschiff herabhingen, die großartigsten Akrobatikkunststücke vollführten. Arlain trug ihr knappstes Kostüm und spie lange Feuerstöße in die Luft. Kairo jonglierte mit seinem abnehmbaren Kopf und einem brennenden Schwert. Derweil spielten

Elgy und Rabix eine Musik, die sie extra für diese Vorstellung komponiert hatten.

Während all dieser Ereignisse blieb Khysmet stets in der Nähe, und die hübschen kyranischen Mädchen flochten ihm Blumen in Mähne und Schweif. Palimak saß zu Safars Füßen und fühlte sich so leicht wie eine Feder, da ihm nun der schwere Mantel der Führerschaft von den Schultern genommen worden war.

Leiria war vielleicht von allen die glücklichste, und sie hielt ständig Wache an seiner Seite. Ihre auf Hochglanz polierte Rüstung strahlte so hell wie das innere Glühen ihres überfließenden Herzens. Begleitet wurde sie stets von Renor und Sinch, die ebenfalls für Safars Sicherheit sorgten.

Ohne Umschweife machte sich Jooli zum Mitglied dieser Gruppe. Sie tauchte eines Morgens auf und nahm neben Leiria ihren Platz ein. Dieses Verhalten wirkte so natürlich, daß niemand ihr Recht dazu in Zweifel zog.

Safar hielt derweil in der ganzen Zeit nur eine einzige Rede. Am ersten Tag rief er alle Dorfbewohner zusammen, um den Berg von den Hinterlassenschaften der Zauberei Clayres zu reinigen. Danach teilte er ihnen mit, wie froh er sei, endlich wieder zu Hause zu sein. Obwohl er nicht verriet, wo er gewesen war, begriff ein jeder, daß Lord Timura für ihre Sache große Qualen gelitten hatte. Er gratulierte seinen Freunden und seiner Familie zur erfolgreichen Überquerung des Großen Meers und der Landung in Syrapis, für die sie so viele Schwierigkeiten hatten überwinden müssen.

Zum Schluß der Rede bat er darum, man möge Masura und seinen Gefolgsleuten ihre Taten vergeben. Dabei überging er, daß es die Mehrheit gewesen war, die Masura bis zu seinem wundersamen Erscheinen gestützt hatte. Diesen Umstand wollten offensichtlich alle so schnell wie möglich vergessen.

Safar verstand die Sorgen des Ältestenrates und stimmte sogar mit ihm überein. Die gefährlichen Zeiten hatten hingegen nach außerordentlichen Mitteln verlangt, was die Führerschaft anging.

An dieser Stelle zog er Palimak dicht an sich heran und lobte ihn vor der Versammlung für seine Taten, mit denen er das Volk von Kyrania beschützt hatte. Treu hatte er nur Safars Befehle ausgeführt.

Diese einfache und liebevolle Erklärung verbannte jeden möglicherweise noch verbliebenen Zweifel an der Rolle, die Palimak seit dem Aufbruch aus Esmir gespielt hatte. Man verzieh Masura und seinen Anhängern, und jeglicher Groll, ob nun von wirklicher oder eingebildeter Schuld ausgelöst, verstummte.

Dennoch war diese Fröhlichkeit eine Illusion. Safar wußte, daß er seinem Volk schon bald die fürchterliche Wahrheit würde verkünden müssen: Das, was sie bisher hatten erdulden müssen, war nichts im Vergleich zu dem, was ihnen in den düsteren Tagen, die vor ihnen lagen, noch bevorstand.

Aber er wollte ihnen wenigstens diese kurze Gnadenfrist lassen. Mochten sie tanzen, tanzen, tanzen, wie er es in dem endlosen Alptraum von Hadin getan hatte.

Inzwischen würde er seine Kräfte sammeln und sich auf das tödliche Spiel vorbereiten, das sie erwartete.

Tief in der dunklen Nacht schritt Safar in seinem Zimmer auf und ab. Auf der einen Seite stand der große leere Sarkophag von Lord Asper. An der Wand darüber befand sich die große Malerei, die zuvor die Gemächer des Königin Clayre geschmückt hatte.

Da waren die große Burg und der geheimnisvolle König der Geisterreiter, der seine Armee in die Schlacht führte. Bei ihm seine Töchter, ebenfalls Kriegerinnen, eine schöner als die andere. An vorderster Stelle ritt die schönste von allen, die Prinzessin mit der ebenholzfarbenen Haut, auf der Stute, die schwarz wie die Nacht war. Gemeinsam waren sie ihm mehrere Male erschienen, um ihn zu warnen oder in Sicherheit zu führen.

Das Rätsel mochte einen zum Wahnsinn bringen. Ein Labyrinth verborgener Bedeutungen. Safar konnte sich nur an wenig erinnern, was seit seiner Flucht aus der Vergangenheit und Zukunft der Traumwelt Hadin geschehen war. Ihm waren lediglich verschwommene Eindrücke geblieben, die in seinem Kopf wie Sterne an einem trunkenen Himmel kreisten. Ein wilder Ritt auf Khysmet. Der Kampf mit der Königin der Ungeheuer in ihrem unterirdischen Unterschlupf. Eine Zeit der Krankheit, in welcher er an die Pforte des Todes geklopft hatte. Dann war Palimak auf Khysmet erschienen, und sie hämmerten gemeinsam gegen eine harte Oberfläche aus Stein.

Diese hatte schließlich nachgegeben, und dann preschte er plötzlich durch die Wand seines Zimmers in der Festung. Und er galoppierte auf Khysmet hinaus in das Fort, um der Rattenplage ein Ende zu bereiten.

Safar starrte das Wandgemälde an. Er erinnerte sich, kurz ein Teil dieser antiken Malerei gewesen zu sein – er saß mit Palimak auf Khysmet und flüsterte seinem Sohn zu, er möge still sein, während der Zauber, den er beschworen hatte, zu wirken begann.

Er spähte von dem Bild in das Zimmer der Hexenkönigin Clayre. Auch ihr Sohn war anwesend, König Rhodes – Herrscher von Hanadu. Sie hatten sich über einen Tisch gebeugt und konzentrierten sich auf etwas. Auf was, konnte er nicht erkennen. Dennoch spürte er den intensiven Fluß von Magie zwischen den beiden.

Ihm dämmerte langsam, daß nicht Rhodes der zweite magische Teilnehmer war. Er stellte nur das Gefäß dar, in dem die Magie aufbewahrt wurde.

Safar untersuchte diese Merkwürdigkeit. Ein nur allzu bekannter Geruch stieg ihm in die Nase und trug ihn zurück zu seinen Studententagen in Walaria. Bei den Göttern, es war Kalasariz!

Oft zuvor hatte er den hinterlistigen Oberspion bereits besiegt, doch erhob sich dieser wie ein rachedurstiger Geist wieder und wieder und machte ihm das Leben zur Hölle.

Und das war nicht alles. Was noch? Wer? Er spürte die winzigen Präsenzen von Prinz Luka und Lord Fari – Irajs alten Dämonengefährten im Bund der Vier. Kalasariz hatte irgendwie den Spieß umgedreht. Jetzt waren sie seine gepeinigten Sklaven.

Wie auch immer, die wichtigste Frage blieb unbeantwortet. Kalasariz, Luka und Fari. Sie waren nur zu dritt.

Was war mit dem wirklich bedeutenden Vierten passiert – Iraj Protarus?

Safar hatte sich die größte Mühe gegeben, doch von dem Mann, der einst sein bester Freund gewesen und nun sein erbittertster Feind war, fand er keine Spur. Hatte Kalasariz auch Iraj töten können? Dies erschien ihm unmöglich. Mochte Kalasariz noch so gewieft sein, Iraj ließ sich nicht so leicht unterkriegen.

Während Safar über all diese Dinge nachdachte, hatte Palimak den eigentlichen Zauber vollendet, und sie waren durch die Geisterwelt in die kyranische Festung verschlagen worden.

Safar seufzte tief. Das Geheimnis um Iraj ließ ihn nicht los. Er wandte sich von der Wandmalerei ab, die Palimaks Zauberspruch hierher transportiert hatte. Es gab zu viele Fragen, und um sie zu lösen, mußte er jeweils ganz unterschiedlichen Wegen folgen, daher würde er wahrscheinlich nicht eine einzige Antwort auf alle finden.

Eine Zeile aus dem Buch von Asper kam ihm in den Sinn: »*Was außen ist, ist innen … was innen ist, ist außen …*« Safar lächelte. Abermals einer dieser unergründlichen Verse des alten Dämonen, der so überaus bedeutungsvoll klang. Nur leider entzog sich diese Bedeutung Safars Erkenntnis. Hier fand er ebenfalls keine Hilfe.

Er trat hinüber vor den Spiegel, und zum erstenmal seit einer Ewigkeit betrachtete er sein eigenes Gesicht. Die Züge waren vertraut. Die blauen Augen, das lange Kinn, die kräftige Nase. Seine Haut war in der Zeit unter der Sonne von Hadin tiefbraun geworden. Auch hier keine Antworten.

Beim Bad gestern abend hatte er das gleiche auch für das Haar an Brust und Scham festgestellt. Mehrere goldene Strähnen durchsetzten das dunkle Haar seines Hauptes. Offensichtlich waren sie in der sengenden Sonne ausgebleicht – möglicherweise für immer.

Der Rest seines Körpers schien unverändert, nur wies er mehr Muskeln auf als früher. Manche stammten gewiß von seinem Aufenthalt in Hadin. Er war stets kräftig gebaut gewesen, doch nun war die Brust breiter und seine Glieder stämmiger. Zudem hatte er das Gefühl, er besitze eine nie versiegende Kraftquelle in sich. Das war natürlich sehr gut. Denn in den harten Tagen, die vor ihm lagen, konnte er das gut gebrauchen.

Er seifte sich das Gesicht ein und rasierte sich. Kurz zögerte er und starrte in seine eigenen Augen, als gehörten sie einem anderen, klügeren Mann. Und er fragte diesen Mann: *Wo ist Iraj?* Wieder erhielt er keine Antwort.

Kichernd über sein närrisches Benehmen setzte er seine Toilette fort.

In seinem Versteck, seinem Hort, unterdrückte Iraj sein Lachen.

Er war seinem Feind so nahe, daß er ihm in einem unachtsamen Augenblick einen Dolch in den Rücken hätte stoßen können. Allerdings brauchte er dafür Hände, die diesen Dolch hielten – und daran mangelte es ihm im Moment. Eigentlich besaß er sogar überhaupt keinen Körper. Und was ihn am meisten befremdete: Er vermißte ihn auch nicht.

Nun, vielleicht war das gar nicht so überraschend. In seiner früheren Existenz als Gestaltwandler hatte er ständige Schmerzen gelitten. Vor allem, wenn er die Qualen des Übergangs von einer Gestalt in die andere durchmachte. Die Knochen brachen. Die Haut streckte und veränderte sich. Innere Organe brodelten wie der Kessel einer Hexe. Hirn und Nerven brannten, während sie mit übermäßig intensiven Gefühlen konfrontiert wurden.

Nein, auf diese Art war es viel besser. Die Geistgestalt war ein perfekter Behälter für den Haß auf seinen Feind. Und vor allem war ein Geist bis zum äußersten geduldig, eine Eigenschaft, die Iraj bisher nie besessen hatte.

Hier konnte er abwarten – gut vor seinem Feind versteckt. Er würde alles beobachten, was geschah, und zum richtigen Zeitpunkt am richtigen Ort würde er zuschlagen.

Armer Safar.

Das Urteil war bereits gesprochen, nur wußte er noch nichts davon.

20
Sturm über Syrapis

Der Monsun traf Syrapis mit voller Wucht. Selbst die Eingeborenen sagten, es sei der schlimmste seit Menschengedenken.

Zunächst kam die lähmende Luft, die sich wie eine dicke, unbehagliche Decke über die Insel legte. Beim Atmen rasselte es feucht in den Lungen. Alte Menschen und Säuglinge wurden davon am schwersten betroffen, und so waren Safar und Palimak Tag und Nacht damit beschäftigt, ein Heer von Kranken zu behandeln, die unter Atemwegsbeschwerden litten.

Begleitet wurde dies von einer Reihe heftiger Regenstürme, die jeden bis auf die Haut durchnäßten. Die Kleidung schien nie richtig zu trocknen. Selbst die kleinsten Wunden eiterten und wuchsen sich zu Geschwüren aus. Die Tiere wurden räudig und bekamen noch andere Hautkrankheiten. Ziegenmilch und Käse wurden zu Kostbarkeiten, da die Zitzen der Muttertiere austrockneten.

Daraufhin folgte die Ernte. Die Kyranier hatten Samen und Setzlinge aus ihrer Heimat hoch in den Bergen mitgebracht. In den letzten Jahren waren die Pflanzen aus Esmir auf dem Berg gut gediehen. Durch die Feuchtigkeit des Monsuns trat nun Fäulnis ein. Die älteren Pflanzen bekamen geheimnisvolle Pilzerkrankungen. Graue Flecken erschienen auf den Blättern, und innerhalb weniger Tage verwelkten und starben sie.

Gewitter bildeten eine ständige Gefahr. Ohne Vorwarnung krachten Blitze selbst an heiteren Tagen vom leeren Himmel. Die

Eltern ermahnten ihre Kinder, sich möglichst klein zu machen, wenn sie im Freien von einem solchen Gewitter überrascht wurden.

Sie sollten in die Hocke gehen und den Kopf zwischen die Beine beugen, so daß sie nur noch auf den Zehenspitzen standen. So hatte man wenig Berührungsfläche mit dem Boden. Außerdem bleute man ihnen ein, sich während eines Gewitters weit von Zäunen fernzuhalten. In einer baumbewachsenen Gegend sollten sie unter dem niedrigsten Baum Schutz suchen. Aus irgendeinem Grund richteten die Götter des Blitzes nämlich ihren Zorn stets auf die größten Gegenstände.

Das Luftschiff lag die ganze Zeit über am Boden fest, und während der Monsunstürme gab es dementsprechend keine Erkundungsflüge. Safar und Palimak hielten die Gefahr für das Schiff für zu groß und meinten, ihre Feinde seien von dem Wetter genauso geplagt wie die Kyranier und könnten ja auch nichts unternehmen.

Trotzdem sorgte sich Safar um die Söldnerflotte, die sie angeheuert hatten. Neben dem Luftschiff war es vor allem ihre Seemacht, mit der sie König Rhodes bezwungen hatten. Coralean wurde mit einer Wachmannschaft losgeschickt, um die Loyalität der Piratenkapitäne sicherzustellen.

Inzwischen plante Safar in jeder der raren freien Minuten seinen nächsten Zug. Er erzählte Palimak und Leiria von seinem Sklavendasein in der Zauberwelt von Hadin, seiner Flucht und dem anschließenden Verschwinden von Iraj.

»Ich glaube, wir werden dieses Geheimnis bald aufgedeckt haben«, sagte Safar eines Abends. »Aber im Augenblick interessiert mich dieses Wandgemälde am meisten.«

Er zeigte auf das Bild. »Ich frage mich immer wieder, welche Geschichte darauf dargestellt wird. Wer war jener König? Und wer seine Töchter? Besonders die dunkelhäutige Frau auf der schwarzen Stute. Bei unseren Begegnungen erzählte sie mir, sie sei eine Geisterreiterin. Und sie habe den Befehl, mich nach Syrapis zu führen. Aus welchem Grund, weiß ich aber nicht.«

»Vielleicht hat das etwas mit Aspers Sarg zu tun«, vermutete Palimak. »Für mich stellt er ein ebenso großes Geheimnis wie das Gemälde dar. Im einen Moment sah ich noch die mumifizierte Leiche. Dann war Asper verschwunden. Und statt dessen lagst du darin.«

»Ich hätte da schon eine Ahnung, was mit Asper geschehen sein könnte«, antwortete Safar. »Meiner Theorie nach ist dieser Sarg ein Portal zwischen hier und Hadin. Und wenn ich nicht ganz falsch liege, so haben wir einfach die Plätze getauscht.«

Er dachte einen Augenblick nach und fügte hinzu: »Zumindest war es ein Portal. Jetzt ist es geschlossen. Und es gibt keine Möglichkeit, es erneut zu öffnen.«

Draußen nahm der Regensturm an Heftigkeit zu und trommelte wütend gegen die Fensterläden.

Leiria erschauerte. »Gib mir ein Schwert, einen Speer und einen Schild, und ich kämpfe gegen jeden Feind, den du mir nennst«, sagte sie. »Aber dieses Gerede von magischen Portalen, verschwundenen Leichen und Geisterreitern macht mich ganz nervös.«

»Was das Wandgemälde betrifft, Vater …«, warf Palimak ein.

»Ja?«

»Warum fragen wir nicht Königin Jooli? Wahrscheinlich kann sie uns die Geschichte erzählen.«

Safar ließ sich diesen Vorschlag durch den Kopf gehen. Jooli war für ihn genauso ein Rätsel wie die magischen Geheimnisse, denen er auf die Spur zu kommen versuchte. Noch immer erschien es ihm merkwürdig, daß eine Geisel dermaßen rasch die Seiten wechselte.

Dennoch spürte er im Innersten, er dürfe ihr vertrauen. Sie haßte ihren Vater, das war nicht zu übersehen, und ebensowenig zweifelte er an ihren Sympathien für die Kyranier. Vielleicht hatte es etwas mit ihren Hexenkünsten zu tun. Hatte sie durch Magie etwas erfahren, das ihr die Augen geöffnet hatte?

Es gab nur eine Möglichkeit, dies herauszufinden.

»Laß sie holen«, sagte Safar.

Ein paar Minuten später betrat Jooli den Raum. Offenbar kam sie geradewegs aus dem Bett, so verschlafen wirkte sie. Draußen krachten zwei Blitze, und ihr Licht drang durch die Fensterläden herein. Es verschmolz mit dem flackernden Schein der Fackeln, die in ihren Halterungen an den Wänden brannten.

Jooli trug ein langes, weiches Gewand, und in dem plötzlich grellen Licht sah man die Umrisse ihrer schlanken Figur durch den Stoff. Zur gleichen Zeit roch Safar ihr Parfüm – zarter Blütenduft. Ihre Schönheit erschreckte ihn, denn in diesem Moment begegnete er ihr zum erstenmal ohne ihre Rüstung.

Er begann zu sprechen, und ihm entging die Heiserkeit seiner eigenen Stimme nicht. Seit langer, langer Zeit hatte er bei keiner Frau mehr gelegen, und Jooli erwischte ihn in ihrer irdischen Gegenwart ohne Deckung. Er räusperte sich, um seine Verlegenheit zu verbergen, bat sie, sich zu setzen und ein Glas Wein mit ihnen zu trinken.

Sie unterhielten sich eine Weile über nebensächliche Dinge, tranken Wein und stellten fest, daß der Sturm offensichtlich nachließ. Safar bemerkte, daß Jooli ihn forschend anblickte und sich über den Grund wunderte, aus dem sie herbeigerufen worden war. Er spürte einen Hauch Magie, während sie sich vergewisserte, ob ihr Gefahr drohe oder nicht. Nachdem sie nichts Bedrohliches entdeckte, verschwand die Magie sofort.

Schließlich kam sie auf den Kern der Sache zu sprechen. »Ich nehme an, ihr wundert euch ein wenig über mich. Sicherlich wollt ihr wissen, weshalb ich eine so willige Geisel bin. Und warum ich meinem Vater nicht die Treue halte.

Gewiß habt ihr euch sogar schon gefragt, ob es sich dabei um eine Hinterlist handelt. Ob ich vielleicht eines Tages mein wahres Gesicht enthülle und euch in den Rücken falle.«

Der Regen prasselte nur mehr leise im Hintergrund, und Safar lächelte. »Solche Dinge denkt keiner von uns, Jooli. Wir sehen nur, daß wir in dir einen Freund gefunden haben. Trotzdem erstaunt uns dieses Glück ein wenig. Bis zu deiner Ankunft bei uns hast du schließlich nichts über uns gewußt.«

»Das stimmt nicht so ganz«, erwiderte Jooli. »Ich warte schon sehr lange auf deine Ankunft, Safar Timura, schon seit meiner Kindheit.«

Schweigen breitete sich angesichts dieser verblüffenden Mitteilung aus. Der Wind nahm unvermittelt an Stärke zu und rüttelte an den Läden.

Palimak wandte den Blick dem Wandgemälde, dann wieder Jooli zu. Seine Dämonensinne kribbelten. Er murmelte: »Ja, das ergibt Sinn.«

»Offensichtlich ist mein Sohn scharfsinniger als ich, Jooli«, sagte Safar. »Was mich nicht überrascht. In nicht allzu vielen Jahren werden wir die Rollen getauscht haben. Er wird der Lehrer sein, und ich sein wißbegieriger Schüler. Aber bitte, erleuchte du mich jetzt, damit ich ebensoviel weiß wie mein Sohn.«

»Ich habe nur Mutmaßungen angestellt.« Palimak errötete. Safar war für ihn der größte Held, und er wollte in seiner strahlenden Rüstung keine Beulen entdecken oder gar erfahren, daß er ihm in irgendeiner Weise überlegen war.

Erneut ließ der Sturm nach. Das Klappern der Läden beruhigte sich zu einem leisen Pochen.

Safar kicherte. »Wollen wir doch mal schauen, wie gut du geraten hast, mein Sohn. Fahr bitte fort, Jooli. Erkläre es uns.«

Jooli nickte. »Gern. Ich habe schon auf den richtigen Moment gewartet, und jetzt ist er wohl da. Zunächst muß ich euch einiges über mich selbst erzählen. Wenn ihr mir also gestattet, ein wenig abzuschweifen ...«

»Wir haben alle Zeit der Welt, Jooli«, versicherte Safar ihr. Darauf verzog er reuig das Gesicht. »Obwohl die möglicherweise nicht mehr ganz so lange währt, wie wir uns das wünschen würden.«

»Darüber weiß ich auch etwas.« Jooli nickte. »Die Götter schlafen. Der Dämonenmond. Hadin. Das Ende der Welt.«

Wie auf ein Stichwort löste sich einer der Fensterläden und schlug im Wind vor und zurück. Palimak sprang auf und befestigte ihn wieder.

Safar tat, als sei nichts geschehen. »Das wird ja immer interessanter. Bitte, nur weiter.«

Ohne Vorrede begann Jooli: »Ich bin das älteste Kind meines Vaters. Ich bin außerdem der beste Krieger von Hanadu. Damit will ich nicht prahlen, es ist einfach so. Ich bin von Natur aus begabt, und ich habe das Kriegshandwerk lange und hart studiert. Wie euch gewiß bereits aufgefallen ist, muß ein Anführer in Syrapis ein bemerkenswerter Krieger sein, sonst kann er sich nach der Krönung nicht lange an der Macht halten.

Aber gleichgültig, meiner Ansicht nach bin ich die rechtmäßige Thronfolgerin von Hanadu. In unserem Land verbietet es kein Gesetz einer Frau zu herrschen, und daher ist mein Anspruch auf die Krone gewißlich berechtigt.«

Der Wind seufzte und flüsterte traurige Dinge. Leiria murmelte: »Doch dein Vater ist dem abgeneigt.«

Jooli lachte verbittert. »Was meinen Vater betrifft, so ist abgeneigt ein mildes Wort. ›Nur über meine Leiche‹, pflegt er zu sagen. Allerdings in letzter Zeit nicht mehr. Er fürchtet vermutlich, ich könnte das allzu wörtlich nehmen. Jedenfalls versucht er seit Jahren mit aller Macht, mich mit dem einen oder anderen Prinzen zu verheiraten. Dadurch hofft er, mich aus dem Weg zu räumen und zudem einen wichtigen Verbündeten zu finden.

Er hat mir sogar den Titel ›Königin‹ verliehen und dazu ein paar hundert Morgen Land geschenkt, damit ich ein eigenes Einkommen habe und meine Herrschaftsgelüste an Kühen und Landarbeitern auslassen kann.«

Draußen machte der Sturm Pause, und im Raum war es sehr still.

Safar runzelte die Stirn. »Du wirkst gar nicht wie jemand, der von übermäßigem Ehrgeiz getrieben wird. Bist du tatsächlich so versessen auf die Krone von Hanadu, daß du dich mit den Feinden deines Vaters verbündest? Oder gibt es da noch einen anderen Grund?«

Jooli sah ihn lange an. Sie hob ihren Weinbecher, leerte ihn, nahm den Krug und füllte den Becher erneut. Dann seufzte sie tief.

»Ja, Safar Timura, tatsächlich habe ich einen anderen Grund. Offenbar werde ich von demselben Verlangen getrieben wie du. Kurz gesagt: Ich möchte die Götter wecken und die Welt retten.«

Safar nickte. »Gut. Und jetzt erzähle uns, was du über das Wandgemälde weißt.«

Palimak fiel die Kinnlade herunter. Leiria mußte beim Anblick seines Gesichts einen Lachanfall unterdrücken. Der arme Junge hatte tatsächlich geglaubt, er habe etwas schneller als sein Vater begriffen. Sie sagte zwar nichts, doch dachte sie bei sich: Wurde auch Zeit. Du mußt lernen, Kleiner, daß Safar immer Bescheid weiß!

Dann schoß ihr ein trauriger Gedanke durch den Kopf: Außer, wenn es um persönliche Angelegenheiten geht. Was die Liebe betrifft, besitzt Safar die Weisheit eines Fünfjährigen.

»Ja, das Wandgemälde«, fuhr Jooli fort. »Jetzt sind wir also beim Thema angelangt. Aber einen Moment noch, bitte.«

»Nimm dir so viel Zeit, wie du möchtest«, antwortete Safar.

»Ihr werdet das alles nicht richtig verstehen, solange ich euch nicht einiges über meine Großmutter erzählt habe – Königin Clayre. Königinmutter Clayre eigentlich.«

Die Pause des Sturms endete mit einem lauten Donnerkrachen, auf das ein Sturzregen folgte, der die alte Steinfestung bis in die Grundmauern erschütterte.

Jooli blickte zu den bebenden Läden, dann sah sie Safar an.

»Meine Großmutter ist eine Hexe, das habe ich Leiria ja schon erzählt – allerdings nur in aller Eile, da diese verfluchten Ratten über uns herfielen. Ich habe ja auch verhehlt, daß ich ebenfalls eine Hexe bin.«

Sie lächelte zunächst Safar und daraufhin Palimak an. »Wie könnte ich eine solche Tatsache auch vor zwei so mächtigen Zauberern verbergen.«

Palimak errötete. Safars Gesicht blieb auf freundliche Weise leer. Leiria kniff die Augen zusammen. Schmeichelei war ihr unangenehm. Als sie jedoch Joolis Nervosität bemerkte, entspannte sie sich. Dieser weibliche Trick war offenbar ein reiner Reflex. Sie dachte: Du hast dich doch auch schon häufig genauso dumm benommen! Nun sah sie, wie sich Joolis Blick verdüsterte, denn sie hatte ihren Fehler erkannt, und im Geiste schien sie sich in den Allerwertesten zu treten. Das machte die junge Frau nur noch sympathischer.

Im Anschluß daran konzentrierte sich Jooli stärker auf ihre Geschichte. Sie senkte den Kopf, und weil sie sehr leise sprach, konnte man ihre Worte im Sturm kaum mehr verstehen.

»Irgendwann begann meine Großmutter mit meiner Ausbildung, denn ich sollte in der Zukunft ihren Platz als Königinhexe von Hanadu einnehmen. Ich war gerade erst fünf Jahre alt, da holte sie mich zum erstenmal in ihre Gemächer. Das war kurz nach dem Tod meiner Mutter.«

Sie zögerte einen Augenblick. Kopfschüttelnd fuhr sie fort: »Oft habe ich mir Gedanken darüber gemacht, ob sie meine Mutter vergiftet hat. Aber diese Geschichte hat nichts mit dem zu tun, was seither geschehen ist.«

Safar nahm ihren Becher und reichte ihn ihr. Sie nippte an dem Wein, nickte dankbar und setzte ihre Erzählung fort.

»Meine Großmutter führte mich während der folgenden Jahre in alle Geheimnisse ein. Ich war ein liebes kleines Mädchen, das seiner Familie keinen Anlaß zu Kummer gab. Ich tat, was man mir auftrug, und wann man es mir auftrug. Eines Tages entdeckte ich das Wandgemälde.«

Sie deutete auf die Malerei. »Oh, natürlich hatte ich es schon vorher bemerkt. Hatte es bewundert. Die Szene ist so romantisch. Ein edler König. Seine Töchter, Kriegerinnen, an seiner Seite. Sie marschieren in die Schlacht gegen einen, das weiß man auf Anhieb, sehr mächtigen und bösartigen Feind. Mir hatte es vor allem die dunkelhäutige Prinzessin angetan, welche die Prozession anführt. Sie ist so schön, so tapfer, so prachtvoll auf dieser schwarzen Stute!

Ich malte mir kleine Heldengeschichten über sie aus und setzte mich selbst an ihre Stelle. Einmal erkundigte ich mich bei Großmutter über das Bild, aber sie wurde sehr wütend und sagte, ich solle keine dummen Fragen stellen. Es sei nur ein Wandgemälde, und sonst nichts.

Doch an diesem fraglichen Tag war ich allein in ihrem Zimmer. Sie hatte etwas zu erledigen, ich weiß nicht mehr genau, was. Und während ich das Gemälde betrachtete, dachte ich, es könne nicht einfach nur ein *Bild* sein. Es mußte eine besondere Bedeutung besitzen. Ich ging hinaus in den Gang zu den anderen Wandgemälden. Beängstigende Bilder! Häßliche Bilder! Ihr habt sie nie zu Gesicht bekommen, sonst wüßtet ihr, was ich meine, wenn ich sage, daß sie vermutlich ein Teufel aus der Hölle gemalt hat.

Später erfuhr ich, daß ich mit dieser Vermutung gar nicht so falsch lag. Die Originale waren vor langer, langer Zeit von einem großen Künstler, einem Zauberer, angefertigt worden, der in den Diensten jenes Königs auf dem Bild stand.« Sie deutete auf den Herrscher in seiner goldenen Rüstung.

»Großmutter hingegen benutzte die Bilder für ihre eigenen Zwecke«, fuhr Jooli in scharfem Ton fort. »Ursprünglich waren es schöne Landschaftsdarstellungen, die den Geist anregen sollten. Doch sie übermalte Teile davon und fügte alptraumhafte und sündige Szenen ein. Verabscheuungswürdige Dinge. Mir wird übel, wenn ich nur daran denke. Und mit Hilfe dieser veränderten Gemälde wirkte sie Schwarze Magie gegen ihre Feinde. Erst später erfuhr ich von ihrem Bündnis mit Charize, der Königin der Ungeheuer, die all dies ermöglichte.

Aus irgendeinem Grund wagte sie sich jedoch niemals an dieses Bild heran. Ich weiß nicht, weshalb. Doch glaube ich, sie fürchtete sich davor.«

Safar fragte: »Kannst du uns etwas über die Menschen erzählen, die dort dargestellt sind?«

Jooli lächelte. »Ja, gewiß. Die dunkelhäutige Frau habe ich sogar kennengelernt. Sie ist ein Geschöpf des Wandgemäldes. Und sie war es auch, die mir von dir und deiner großen Aufgabe berichtet hat. Sie bat mich, auf dein Erscheinen in Syrapis zu warten. Ich sollte alles in meiner Macht Stehende tun, damit dir am Ende Erfolg beschieden sein wird.«

Safar war verblüfft. »Willst du damit sagen, sie existiert nur in diesem Bild?«

»So in der Art. Sie lebte mit ihrer Familie vor Hunderten von Jahren. Als Lord Asper aus Hadin hier eintraf, herrschten sie auf Syrapis. Sie beschützten ihn, während er seine Bücher studierte und nach einer Antwort suchte, wie man die Katastrophe, die der Welt bevorstand, abwenden könnte. Nach seinem Tod bauten sie die riesige Statue und die Gruft, in der ihr seinen Sarkophag entdeckt habt. Asper hat ihn vor seinem Tod mit eigenen Händen gebaut.«

»Was hat es denn mit Königin Charize auf sich?« fragte Palimak. »Wie ist sie mit ihren Ungeheuern in Aspers Gruft gelangt?«

»Meiner Großmutter zufolge war sie Aspers Gehilfin. Er ist in Hadin auf sie gestoßen, und obwohl sie böse war, brauchte er ihre starke Magie für seine schwierigen Zauber. Vor seinem Tod versklavte er sie, damit sie seine Gruft bewachen würde.

Im Laufe der Zeit konnte sie sich aus dem Bann des Zaubers befreien. Manche behaupten, Charize sei schuld an den vielen Kriegen auf Syrapis. Sie und ihre Untertanen ließen Menschen gegen Menschen kämpfen, um in ihrem Elend zu schwelgen.«

Sie zuckte mit den Schultern. »Ich weiß nicht, ob das der Wahrheit entspricht. So wie ich die Menschen kenne, brauchen sie keine Ungeheuer, um sich gegenseitig umzubringen. Eins steht jedoch fest. Um zu überleben und ihre Schwestern zu erschaffen, brauchte Charize Hilfe aus der Außenwelt. Und in den letzten Jahren erhielt sie diese von meiner Großmutter.«

Palimak grinste, und seine Dämonenaugen funkelten vor Entzücken. »Jetzt, da Charize tot ist, wird es deiner Großmutter das Leben erschweren.«

Safar seufzte. »Vielleicht«, sagte er. In seinem Ton schwang Zweifel mit.

Er dachte an das neue Wesen, auf das Königin Clayre sich nun stützen konnte. Kalasariz, der König Rhodes innewohnte. Davon sagte er jetzt aber nichts, weil er es Jooli ersparen wollte. Obwohl sie Rhodes nicht mochte – womöglich sogar haßte –, wäre es für sie als seine Tochter dennoch schwer zu ertragen.

Er entschied sich, einen passenderen Moment abzuwarten. Ihre jetzige Erzählung schien ihr bereits zuzusetzen. Sie war erbleicht, und ihre Augen waren tief in ihre Höhlen gesunken. Er wechselte das Thema.

»Und die Geisterreiterin?« fragte er. »Könntest du uns von der Begegnung mit ihr berichten?«

Jooli nickte. Sie wurde langsam müde. Nicht so sehr, weil sie so viel reden mußte, sondern weil die düsteren Erinnerungen zu neuem Leben erwachten, während sie ihren Freunden die Geschichte erzählte.

Draußen in der Ferne heulte ein Hund. Endlich hatte der Sturm aufgehört. Stille hielt den Raum im Griff, derweil Jooli ihre Kräfte sammelte.

Dann trank sie ihren Weinbecher leer und begann mit der Geschichte …

21

Joolis Lied

Sie war ein einsames Mädchen von kaum zehn Jahren. Ihre Glieder waren lang und schlaksig wie die eines jungen Füllens, und sie konnte auf Bäume klettern wie eine Ziege auf einen steilen Berghang. Dazu rannte sie wie der Wind und ließ selbst die schnellsten Jungen des Königreichs von Hanadu hinter sich.

Sie steckte voller Feuer und Neugier, doch in ihrer Seele herrschte nach dem Verlust ihrer Mutter Leere. Und sie wurde noch trauriger, weil ihr Vater sie zurückwies. Daher war Jooli, als ihre Großmutter sie unter die Fittiche nahm, zunächst sehr glücklich. Sie sehnte sich eher nach Liebe denn nach dem Wissen der Welt.

Die Gemächer der Königinmutter waren für ein Kind ein furchterregender Ort. Das Licht war dämmerig, und die flackernden Fackeln sonderten rußigen Rauch ab. Aus den Schatten, wo das Licht nicht hingelangte, hörte man Scharren und Quieken.

Die Regale standen voller Bücher mit merkwürdigen Hexensymbolen – rote Skorpione, Schlangen und grausige Gesichter von Ungeheuern. In Glasbehältern waren Teile von Tieren und Menschen konserviert, die den Eindruck, man befände sich in einer Gruft, verstärkten. Der schwere Geruch von Ozon, das bei Zauberei entsteht, hinterließ den Geschmack von Blut auf ihrer Zunge und vermischte sich mit dem Rauch der Fackeln und dem berauschenden Weihrauch.

Dennoch ging sie tapfer hinunter zu ihrer Großmutter, wenn sie gerufen wurde. So gut sie konnte ignorierte sie die fürchterliche

Atmosphäre. Sie paßte immer auf, wenn ihre Großmutter ihr etwas erklärte.

Clayre war ein kalte, gefühllose Frau, doch das Kind dachte, das sei eben die Art ihrer Großmutter, und Jooli liebte sie tief im Herzen trotzdem. Warum sonst würde die Königinmutter ihr so viel Aufmerksamkeit schenken?

Die Erkundungen ihrer magischen Seite begeisterten Jooli. Ihre Großmutter sagte, sie sei so begabt wie sonst niemand in Hanadu – außer Clayre selbst, versteht sich. Sie prahlte damit, daß sich überhaupt nur wenige Menschen in Syrapis auf den Umgang mit Magie verstünden – und die meisten nicht sehr gut.

Allein Clayre und Jooli seien so gesegnet, erklärte ihr die Königinmutter. Diese Gabe werde in ihrer Familie von den Frauen an Frauen weitergereicht, wobei jedoch stets eine Generation übersprungen wurde. Clayres Tochter – die jetzt schon seit vielen Jahren tot war – hatte keinerlei Talent für die Zauberei besessen. Und auch ihre eigene Mutter nicht. Daher hatte Clayre ihre Hexenkünste ebenfalls von ihrer Großmutter gelernt.

Obwohl viele Jahre sie trennten, sagte sie weiter, wären sie und Jooli wie Schwestern. »Schwestern im Schwur«, so drückte sie es aus. Worin dieser Schwur genau bestand, darauf ging sie nicht ein. Eines Tages dann rief Großmutter sie zu sich und wollte sie einer Prüfung unterziehen.

Sie setzte eine kleine Puppe auf den Tisch. Gekleidet war sie wie ein Höfling, und das kleine Gesicht bestand aus einem Apfel, der im Ofen getrocknet und danach mit Farbe bemalt worden war.

Jooli kicherte, denn sie erkannte den griesgrämigen Großwesir ihres Vaters. König Rhodes hielt große Stücke auf den Mann – er besaß den gleichen Geiz und trachtete stets danach, die königliche Schatzkammer weiter zu füllen. In letzter Zeit hatte er häufig über die »ungerechtfertigten Aufwendungen« geklagt, welche er der Königinmutter für die Erziehung von Jooli zahlen mußte.

Clayre liebte den Luxus, und sie erweiterte beständig ihre

Sammlung von Edelsteinen und feinsten Kleidern. Sie badete in Ziegenmilch und teuren Ölen. Zum Schminken benutzte sie lediglich das reinste Henna und die seltensten Puder. Das, zusammen mit den teuren Hexentränken, hatte den Wesir veranlaßt, ihre Ausgaben genauer zu überprüfen. Ihr Sohn unterstützte den alten Mann nur zu gern in seinen Bemühungen.

»Warum soll ich dir jeden Monat einen Betrag zahlen, mit dem ich ein ganzes Bataillon ernähren kann, Mutter«, fragte ihr Sohn.

Jooli hatte bereits gehört, wie sich Großmutter über den Wesir beschwerte, aber dem hatte sie kaum Aufmerksamkeit geschenkt. Sie wußte, daß der alte Höfling keine Kinder mochte, und er klagte ständig, sie sei ihm im Wege. Einmal hatte sie versehentlich eine Fleischpastete fallen lassen und sie anschließend weggeworfen, weil sie schmutzig geworden war. Der Wesir hatte dies beobachtet und sie dafür gescholten, Essen zu verschwenden. Er hatte ihr so lange die Leviten gelesen, bis sie zu weinen anfing.

Jetzt sah sie also die kleine Puppe des Wesirs, und Großmutter sagte ihr, sie wollten ihm einen Streich spielen. Daher kicherte sie und war erpicht darauf, ihr zu helfen.

»Heute probieren wir etwas ganz Besonderes aus, meine Liebe«, erklärte ihr Clayre und zog das Kind zu dem magischen Tisch. »Dafür mußt du dich gut mit mir konzentrieren, ja? Wirst du das für deine Großmutter tun, meine Süße?«

Jooli stimmte sofort zu. Ihre Großmutter war heute so lieb, und das Mädchen fühlte sich so glücklich wie seit dem Tod der Mutter nicht mehr.

Auf dem Tisch stand ein weiteres Spielzeug, die Miniatur eines Richtblocks, dazu eine maskierte Puppe mit Axt und eine kleine Bank, vor der sich der Verurteilte mit entblößtem Hals hinknien mußte.

Das machte Jooli eigentlich nichts aus. Hinrichtungen waren in Hanadu an der Tagesordnung, man machte meist ein richtiges Volksfest daraus, und es gab Süßigkeiten für die Kinder und Marionettentheater und viele andere wundersame Vorstellungen, damit die Menschen in die richtige Stimmung kamen, um die gerechte Bestrafung des Übeltäters anzuschauen.

Jooli klatschte entzückt in die Hände. »Wir werden ihm den Kopf abhauen!« krähte sie. »Das sagt er nämlich immer: Wegen meiner Streiche wisse er überhaupt nicht mehr, wo ihm der Kopf stünde.«

Sie runzelte die Stirn. »Aber einmal hat er auch ein schlimmeres Wort gesagt.«

Clayre lächelte, und Jooli entging das Glitzern in ihren Augen nicht. »Genau das werden wir tun, meine Süße. Ihm den Kopf abschlagen.«

Jooli zögerte plötzlich beunruhigt: »Wir tun ihm aber nicht zu sehr weh?« fragte sie. »Er ist schon ganz schön alt, und vielleicht ist er deshalb so griesgrämig. Kann doch sein, daß ihn die Knochen schmerzen oder so.«

»Keine Sorge, mein Liebe«, besänftigte Clayre sie. »Es tut nur ein bißchen weh. Und danach wird er niemals wieder leiden.« Sie kicherte. »Und nach unserem kleinen Streich wird er auch nicht mehr so griesgrämig sein.«

Erleichtert half Jooli ihrer Großmutter bei den Vorbereitungen des Zaubers. Sie folgte Clayres Anweisungen und stellte vier graue Kerzen um den Spielzeugrichtblock auf. Nachdem Jooli sie angezündet hatte, stieg ein violetter, süßlicher Rauch von ihnen auf.

Sie besprenkelte die kleinen Stufen, die zum Richtblock führten, mit Puder. Auch der Block selbst wurde bestreut, zudem die Axt, welche der winzige Scharfrichter hielt. Schließlich tauchte sie eine Feder in glänzende schwarze Tinte und zog einen Kreis um den Puppenhals des Großwesirs.

Ein bißchen Tinte bekam sie an die Finger, und Clayre verlangte, daß sie diese sorgfältig mit Essig abwusch, bevor sie fortfuhr.

»Sonst verbrennst du dir die Finger, wenn wir zaubern«, erklärte die Großmutter.

Jooli machte große Augen. »Wird sein Hals auch brennen?« wollte sie wissen. »Das möchte ich aber nicht. Ich will ihm doch nicht weh tun.«

»Nicht schlimmer als bei einem kleinen Sonnenbrand«, versicherte ihr Clayre. Allerdings sagte sie es sehr hastig, worüber Jooli jedoch erst später nachdenken sollte.

Nachdem alles vorbereitet war, reichte Clayre Jooli die Puppe. Sie sollte sich vorstellen, es sei der richtige Großwesir, und er müsse jetzt die Treppe hinaufsteigen und den Kopf auf den Richtblock legen. Mit vier winzigen Fesseln wurde er an Händen und Füßen fixiert.

Jooli machte alles so, wie es ihr aufgetragen wurde, aber nachdem sie die Puppe hingesetzt hatte, war Clayre nicht zufrieden damit. »Wir müssen den Hals ein wenig mehr strecken, Liebes.«

Während sie sprach, zerrte sie an dem getrockneten Apfel und zog den aus Stoff bestehenden Hals länger, bis der Strich, den Jooli gemalt hatte, gut zu sehen war. Jetzt schärfte sie dem Mädchen ein, es müsse sich sehr, sehr gut auf seine Aufgabe konzentrieren. Und sie müsse alles wiederholen, was Clayre sagte.

Und damit begann sie zu singen:

»Wir sind die Schwestern von Asper,
O süße Dame, gute Dame …«

Mit viel hellerer Stimme wiederholte Jooli:

»Wir sind die Schwestern von Asper,
O süße Dame, gute Dame …«

Nun fuhr Clayre fort:

»Wir bewachen sein Grab, wir bewachen sein Grab,
O Heilige …«

Und abermals Jooli:

»Wir bewachen sein Grab, wir bewachen sein Grab,
O Heilige …«

Jetzt wurde das Licht im Zimmer noch schwächer, bis es richtig dunkel wurde. Die goldenen Kacheln leuchteten auf und warfen einen geisterhaften Schein auf den Richtblock. Auf den Kacheln formte sich ein grauenhaftes Gesicht und schwebte dort, einem Spiegelbild auf einer Wasseroberfläche gleich.

»Willkommen, Schwester Charize«, grüßte Königin Clayre.

Jooli bekam große Angst und wollte zurückweichen. Clayre hielt sie fest.

»Sprich, Kind!« befahl sie. »Wiederhole alles, was ich sage!«

Und Clayre sagte erneut: »Willkommen, Schwester Charize.«

Jooli krächzte mit zitternder Stimme: »Willkommen, Schwester Charize.«

Obwohl sie es doch eigentlich gar nicht wollte! Dieses schreckliche Geschöpf mit diesen langen, funkelnden Eckzähnen und seinem schuppigen Gesicht war ihr bestimmt nicht willkommen!

»Wir möchten dich um eine Gunst bitten, teure Schwester.« Clayre zupfte Jooli am Arm, damit sie ihre Worte nachspräche.

Und gegen ihren Willen brachte sie die Bitte über ihre Lippen: »Wir möchten dich um eine Gunst bitten, teure Schwester.«

Das Ungeheuer öffnete den Mund, und seine Stimme knirschte wie Sand auf einem Waschbrett. »Ist sie das Mädchen, von dem wir gesprochen haben, Schwester Clayre?«

Joolis klopfendes Herz stockte für einen Schlag. Sprach dieses … dieses … Ding! … etwa von ihr?

Sofort erfuhr sie die Antwort, da ihre Großmutter erwiderte: »Und keine andere, Schwester. Sie heißt mit menschlichem Namen Jooli.«

Die roten Augen wandten sich der kleinen Jooli zu, die sich dabei fühlte, als bohre sich ihr etwas tief in die kleine Seele hinein. »Ist sie bereit, den Schwur abzulegen, Schwester?« fragte Charize mit ihrer widerwärtigen Stimme.

»Aber gewiß«, antwortete Clayre. »Und die Gunst, die ich erbitte, ist ihre Aufnahme in die Schwesternschaft.« Clayre zeigte auf den Spielzeugrichtblock und den Henker. »Alles ist vorbereitet. Wir brauchen nur noch deine Hilfe, um den Zauber zu vollenden.«

Schweigend betrachtete das Gesicht die aufgebaute Szenerie. Schließlich kicherte Charize. Das war ein abscheuliches Geräusch.

»Ja, ich sehe. Des Königs Großwesir. Welch häßlicher kleiner Mann. Mit großer Freude werde ich dir die Gunst erweisen und das Mädchen in der Schwesternschaft willkommen heißen. Fahre fort.«

»Danke, Schwester Charize.« Daraufhin befahl sie Jooli: »Konzentriere dich, meine Liebe. Dann wirken wir den Zauber alle gemeinsam.«

Und sie sang:

»Oh, vereine uns alle, die wir sind getrennt,
Zum Pfeil, der als Ziel nur sein Herze kennt.
Denn wir sind sein Schmerz, sein heißes Blut,
Am Boden vergossen in brodelnder Flut.

Charize fiel knirschend mit ein:

»Oh, vereine uns alle, die wir sind getrennt,
Zum Pfeil, der als Ziel nur sein Herze kennt …«

Zitternd flötete Jooli mit klarer Stimme:

»… Denn wir sind sein Schmerz, sein heißes Blut,
Am Boden vergossen in brodelnder Flut.«

Zu Joolis Entsetzen erwachten die Puppen plötzlich zum Leben. Der winzige Wesir schrie und wehrte sich gegen die Fesseln. Der Scharfrichter sprang vor und hob die Klinge zum Schlag. Und zack! Da war der Kopf ab! Und das weiße Pulver verwandelte sich in einen Blutstrom, der sich über den Richtblock und die Treppe ergoß.

Jooli kreischte vor Schreck. Sie riß sich von ihrer Großmutter los und rannte aus dem Zimmer. Clayre rief wütend hinter ihr her, sie solle zurückkommen.

Aber das Mädchen beachtete den Befehl der Großmutter nicht und lief in ihr Zimmer, wo sie sich den ganzen Tag und die ganze Nacht unter dem Bett versteckte.

Am nächsten Morgen schickte Clayre einen kräftigen Sklaven, der die Kleine holen sollte. Jooli protestierte, doch hatte das wenig Zweck. Der Sklave packte sie an den Füßen und zerrte sie unter dem Bett hervor. Auf dem Weg zu Clayres Gemächern kamen sie am Zimmer des Großwesirs vorbei. Zu Joolis Erleichterung hörte sie ihn vor Schmerz stöhnen. Zumindest lebte er noch! Sie spähte durch die Tür hinein und sah ihn auf dem Bett liegen. Um seinen Hals trug er einen blutigen Verband. Die Ärzte waren ratlos und wußten nicht, wie es zu dieser Wunde gekommen war.

Während sie die Treppe hinunter zum Allerheiligsten ihrer Großmutter gescheucht wurde, bekamen die gräßlichen Wandbilder neue Bedeutung für sie, und so war sie noch verängstigter, als sie Clayres Zimmer erreichte. Glücklicherweise war ihre Großmutter nicht da – sie hatte eine Besorgung zu erledigen.

Der Sklave ließ sie sich hinsetzen, und dort sollte sie auf Clayres Rückkehr warten. Er verschwand wieder und ließ sie allein zurück. Plötzlich griff sie sich an den Hals – ob ihre Großmutter wohl auch eine Jooli-Puppe machte? Würde ihr Kopf auch abgeschlagen werden?

In diesem Augenblick rief eine leise, süße Stimme nach ihr: »Joo-li! Joo-li!«

Erschrocken blickte sie sich um. Aber da war niemand.

Und von neuem: »Joo–li! Joo–li!«

Da! Es kam bestimmt von hinter ihr. Sie drehte sich um, doch dort sah sie nur das wunderschöne Wandbild mit dem König und seinen Töchtern, den Kriegerinnen. Dann leuchtete die Rüstung der einen Prinzessin glitzernd auf. Es war die dunkelhäutige Frau auf der schwarzen Stute!

Jooli beugte sich vor. Mit großen Augen beobachtete sie, wie die Frau die Hand bewegte. Die Prinzessin in dem Bild winkte ihr zu! Rief sie vielleicht nach ihr?

Und sie sah die Bewegung der Lippen und hörte: »Komm zu uns, Jooli!«

Das Kind streckte die Hand aus. Sie spürte ein sanftes Kribbeln, und plötzlich erhob sich ein Tosen in ihren Ohren. Obwohl der Grund unter ihr bebte, empfand sie keine Angst. Und sie flog durch die Luft, während sie die Arme um die schmale Taille der Geisterreiterin geschlungen hatte. Der Wind blies ihr ins Gesicht, während sie auf der schwarzen Stute durch den sternklaren Himmel galoppierten.

Sie spähte über die Schulter der Geisterreiterin. Weit in der Ferne entdeckte sie die prächtige goldene Stadt – die von dem Bild: das alte Königreich von Hanadu!

Dort lebte Jooli ein ganzes Jahr. Es war die glücklichste Zeit ihres Lebens.

An dieser Stelle unterbrach sie ihre Geschichte. Ein schelmisches Lachen stahl sich auf ihre Lippen.

»Während ich dort war«, fügte sie hinzu, »hat man mich ein Lied gelehrt. Sie nannten es ›Das Lied von Safar Timura‹. Möchtet ihr es hören?«

Das wollten alle. Und dies ist das Lied, das sie sang, mit hoher, klarer Stimme, die ihrem Publikum Lachen und Tränen und Seufzer abrang:

Bunt leuchten die Lichter, Nebel verwirbelt im Wind,
Zwei verschwommne Gestalten im Rampenlicht sind,
Atemlos harrt das Publikum des Schicksals Verkündung,
Ungeduldig, daß die Vorstellung beginnt.

Auf der Töpferscheibe im kyranischen Land
Formen Krüge sich unter des Künstlers Hand.
Des Meisters Sohn verzaubert den Ton, derweil geraten
Fern die Schwarzen Lande außer Rand und Band.

In der Höhle des Zaubrers haben sie es gesehen,
Wie aus Dämonenzähnen Wahrheiten hervorgehen.
Protarus, der Herrscher, Timura, der Magier,
Gemeinsam müssen sie Fährnis bestehen.

Ihr Weg, ob zum Ruhm? zum Verderben? sich teilt
Unter dem Himmel, an dem der Dämonenmond weilt.
Vom Karawanenmeister belohnt, dem großherzigen,
der eine von beiden nach Walaria eilt.

Protarus dagegen wählt den blutigen Pfad.
Errichtet sein Reich mit brutaler Tat,
Wird Sieger des Krieges, doch gleichfalls sein Opfer,
Denn die Ehre wird zur grausamen Saat.

Magie und Weisheit sind des Töpfers Streben,
Während Todestänzer sich drehen in brennendem Regen.
Flinke Diebin, junges Mädchen, findet den Talisman,
Eine Liebesgabe mit himmlischem Segen.

Auf der uralten Schildkröte aus Walaria
Die Karte der gefährlichen Reise gezeichnet ward.
Feuerspeiender Berg Hadins; Hölle des Weltenendes?
Kann Tapferkeit retten, was Asper nahen sah?

Im Inneren schlafen Gehilfen, erwachen,
Um sich ihrem Meister, Safar, zu vermachen.
Wegen Aspers Prophezeiung folgen sie Irajs Ruf,
Doch scheint die Vision sie nur zu verlachen.

Einer der zwei muß verhindern das Verderben,
Kind der Berge oder Kriegshäuptlings Erbe?
Beide schreiten mit Macht, doch mangelt's an Weisheit,
Die Götter schlafen, die Gyre liegt in Scherben.

Dort oben am Himmel! Seht Khysmets Spur:
Der Dämonenmond verheißt blut'gen Aufruhr,
Himmlischer Zirkus, der junge Zauberer leidet,
Weil Hadins Bauch spuckt Feuerasche nur.

Iraj, des Alisarrians Zeichen,
Soll wiedererstehen lassen Königreiche,
Verkauft seine Seele und klagt Safar an.
Kann jemand je Blutsbrüderschaft ausstreichen?

Mit Dämonen im Bunde, Iraj marschiert,
Im Pakt mit dem Teufel, das Ziel anvisiert.
Des Töpfers Traum liegt in Scherben da,
Zerbrochen von den Unheiligen Vier.

Durch die Wüste nach Caluz in großer Hast,
Auf zu Hantilias mystischem Palast.
In der großen Schildkröte dreht sich bedrohlich
Das Rad von Hadin unter bösart'ger Last.

Des Wolfes Schritte die Jagd schneller machen,
Böse Magie und Schwertes Klinge Haß entfachen.
Scharf wie der Pfeil in Nerisas Herz,
Wird das Verhängnis besiegelt, wenn die Götter erwachen.

Können zwei getrennte Wege sich verbinden?
Kann Alchimie das Schicksal wenden?
Das Rennen beginnt, um hinter den Geheimnissen
Von Syrapis Aspers Bleibe zu finden.

Drei streiten gegen Kyranias Feind,
Im Banner des Muts gegen Dämonen vereint.
Der Zaubrer, die Kriegerin, das magische Kind,
Werden am Ende sie stark genug sein?

Aber wartet! Nun sind' s vier! Eine Königin,
Einst Geisel, jetzt Freund, hat die Zukunft gesehn.
Vereint mit dem Einem und um Aspers Traum zu erfülln,
Ist sie bereit, mit nach Hadin zu ziehen.

Das Morgen ist nah, das Gestern gewesen.
Noch immer die Götter im Himmel dösen.
Die ehrbaren Recken stürmen gerüstet zur Schlacht,
Um mit Liebe und Mut die Welt zu erlösen.

Jetzt erhellt sich das Zelt, die Zauber fallen.
Des Zirkusdirektors Worte laut hallen.
Biner tritt vor, kündigt grinsend die nächste Nummer an:
»Es lebe der Zirkus, verflucht sonst sei alles.«

22
Trompete des Schicksals

Nach dem Lied schwieg Jooli erschöpft, da sie die Erinnerung an ihre Jugend noch einmal hatte durchleben müssen.

Safar und die beiden anderen applaudierten, was jedoch ihre Müdigkeit nicht minderte.

»Wenn Biner deine Stimme hört«, lobte Safar, woraufhin Jooli errötete, »wird er dich für den Zirkus haben wollen.«

Schließlich hatte sich die Aufregung gelegt, und Jooli sagte: »Wie ich schon erwähnt habe, das Jahr in dem magischen Königreich war das glücklichste meines Lebens.«

Sie trank einen tiefen Schluck Wein, um ihre Kräfte wiederherzustellen. »Eigentlich«, berichtigte sie sich, »hat es nach wirklicher Zeit nur ein paar Minuten gedauert. Falls irgend etwas in dieser Welt wirklich genannt werden kann. In der Geisterwelt des Bildes dauerte es jedenfalls ein Jahr. Und danach waren meine seelischen Wunden nicht nur verheilt, sondern ich war zudem auch gegen die Machenschaften meiner Großmutter gewappnet.«

Sie schüttelte den Kopf. »Hätte die Geisterreiterin mich nicht gerettet, so hätte ich wohl kaum überlebt.«

Safar starrte das Gemälde an, und tausend Gedanken, Ideen und Fragen schossen ihm durch den Kopf. Obwohl das Bild nur mit dünner Farbe auf Stein gemalt war, wirkten die Personen richtig lebendig. Vor allem die Geisterreiterin mit ihrer verzaubernden Schönheit und der lockenden Hand. Sie saß im Sattel ihrer schwarzen Stute, als würde sie im nächsten Moment davonfliegen.

Er zwang sich zur Ruhe und wandte sich an Jooli. Sie starrte ihn mit eigentümlicher Erwartung in den Augen an.

»Sag mir ihren Namen. Bitte.«

Jooli nickte, als hätte sie gewußt, daß er danach fragen würde. »Prinzessin Alsahna. Ihr Vater hieß König Zeman. Der letzte König, der über ganz Syrapis herrschte. Und der Enkel des großen Alisarrian.«

Safar war wie vor den Kopf gestoßen. »Bei den Göttern, ist das wahr?«

Jooli wollte protestieren, doch er gebot ihr mit erhobener Hand Einhalt. »Ich bezweifle deine Worte nicht, Jooli. Natürlich stimmt es. Nur, diese Enthüllung verdeutlicht mir so einiges ...«

Er beendete den Satz nicht. Seine Aufregung wuchs. »Alisarrian war Aspers Schüler, nicht wahr?«

»Richtig«, antwortete Jooli, die von Safars Auffassungsgabe überrascht war. »Aspers Lehren führten Alisarrian zur Größe. Nicht als General und Eroberer, sondern als Zauberer.

Später jedoch wandte sich Alisarrian von den Ideen seines Lehrmeisters ab. König Zeman sagte, dies sei der Grund dafür, weshalb sein Reich nach seinem Tode auseinanderbrach.«

Safar hielt es vor Spannung kaum mehr aus. In der Schule hatte er gelernt, nach Alisarrians Tod hätten die Kriege zwischen Menschen und Dämonen begonnen. Lord Asper, der alte Meisterzauberer der Dämonen, hätte zu dem Rat gehört, der diese Kriege beendete, indem man die Verbotene Wüste erschuf, welche die beiden Geschlechter jahrhundertelang voneinander trennte. Erst in Safars Zeit hatte ein Dämonenkönig, Manacia, den Zauber überwunden und war über das Land der Menschen hergefallen. Was wiederum zum Aufstieg und Fall von Iraj Protarus geführt hatte. Und der hatte Alisarrian nachgeeifert und ihn wie einen Gott verehrt.

Hier schloß sich der Kreis, und Safars Aufregung brach in einem großen Gefühlsaufruhr in sich zusammen, der ihn in Niedergeschlagenheit stürzte.

Was bedeutete das schon? Es bestätigte lediglich, worauf die Geschichte bereits hinwies. Für die Gelehrten war das sicherlich von größtem Interesse. Allerdings würde es in Kürze keine Gelehrten mehr geben, und schon gar keine Geschichte mehr, über die sie sich die Köpfe zerbrechen konnten.

»Während ich bei Prinzessin Alsahna lebte«, ergänzte Jooli, »habe ich von Hadin erfahren. Vom Ende der Welt. Und von dir, Safar Timura.«

»Ich habe bemerkt, daß sie meinen Namen und dazu viele andere in dem Lied verwendet hat«, sagte Safar.

Jooli nickte. »Aber sie hat überwiegend über dich gesprochen. Die Prinzessin glaubte, du seist der einzige, der den Lauf der Geschichte ändern könnte. Eines Tages würdest du nach Syrapis kommen, um Lord Aspers Geheimnis zu lösen. Ich soll dir dabei helfen.«

Palimak schnaubte: »*Welches* Geheimnis?« und fügte ironisch hinzu: »Vater ließ mich schon als Kleinkind Aspers Geheimnisse studieren. Die ersten Worte, die ich lernte, stammten aus dem Buch des alten Dämonenzauberers. Er ist sicherlich ein weiser Mann. Aber er schreibt immer so kompliziert. Eigentlich sind es Tausende von Geheimnissen. Und das Buch ist gar nicht einmal so dick!«

Safar lächelte und erinnerte sich daran, wie Palimak sich einst beschwert hatte, die Welt der Magie sei so unnötig vage und kompliziert.

»Falls ich jemals das Buch von Palimak schreiben sollte«, fügte der junge Mann hinzu und sprach damit Safars Gedanken aus, »wird jedes Wort so klar wie deine Augen sein. Und bestimmt werde ich es nicht in Versen verfassen, mein Wort darauf. Dieser Asper hat vermutlich mehr Zeit darauf verwendet, nach Reimen zu suchen, als seine Gedanken zu ordnen.«

»Damit könntest du durchaus recht haben, mein Sohn«, sagte Safar liebevoll. »Das gleiche habe ich auch oft gedacht, vor allem, wenn ich Asper gelesen habe. Dessen Worte unergründlich sind, um es vorsichtig auszudrücken. Jedoch reduziert die Poesie einen komplizierten Gedanken auf etwas, das besser zu fassen ist. Und was die Magie betrifft, so helfen Verse immerhin dabei, sich auf den Zauber zu konzentrieren.«

»Wenn ihr beide nicht sofort aufhört, fange ich an zu schreien«, unterbrach Leiria angewidert das Streitgespräch. »Über die Vorteile von Versen beim Abfassen von Zaubersprüchen zu debattieren, hilft uns auch nicht weiter. Es sei denn, der Tod durch Langeweile ist unser Ziel!«

Sie zeigte auf Jooli. »Diese Frau hat uns gerade etwas erzählt, was meinem armseligen Soldatenverstand verflucht wichtig erscheint. Also bitte, fragt sie! Bei der Aufdeckung welches Geheimnisses soll sie dich unterstützen?«

Jooli erhob sich. »Es ist leichter, es euch zu zeigen«, sagte sie.

Sie trat an den riesigen Sarkophag von Asper und winkte die anderen zu sich. Nachdem sie gekommen waren, stellte sie Safar an den Kopf, Palimak an den Fuß. Leiria und sie nahmen an den Seiten Aufstellung.

Jetzt grinste sie Palimak an. »Ich fürchte, du mußt nun noch etwas unergründliche Poesie über dich ergehen lassen«, stichelte sie.

Palimak nickte nur. Er spürte die Magie, die von dem Sarg ausstrahlte. Eine seltsame Magie. Schwer zu sagen, ob sie guten oder bösen Ursprungs war.

Safar reagierte ganz anders darauf. Ihm kam sie erstaunlich vertraut vor – als wäre er im Schnee auf seine eigenen Fußabdrücke gestoßen.

Er betrachtete die Totenmaske Aspers. Sie war so lebensecht – die langen Zähne, die spitzen Ohren und das schwere Horn über der faltigen Stirn. Die tiefliegenden Augen waren aus seltenen roten Edelsteinen nachgebildet und funkelten im Licht der Fackeln. Er erschien so unglaublich weise und traurig – nun, er blickte einer düsteren Zukunft entgegen.

Jooli hob die Hände und wirkte ihren Zauber. Safar beugte sich neugierig vor.

Sie sang:

»Die Götter träumen von mir und von dir:
Dämonen und Menschen im Haß entzweit.
Der Trompetenschall enthüllt es hier:
Herrscher des Schicksals, Licht und Dunkelheit.«

Safar hörte einen langen tiefen Seufzer, als wäre ein alter Geist von seinen Fesseln befreit worden. Das Fackellicht wurde schwächer und flackerte wieder auf – heller als zuvor. Aus Aspers Edelsteinaugen schossen zwei rubinfarbene Lichtspeere.

Jooli neigte sich vor, bewegte die Hand durch die Strahlen und sang:

»Ja, laßt die Trompete erschallen,
Bis zur Burg des Schicksal tretet vor.
Und dort wirst du Asper finden,
Dort, bei Hadins letztem Tor!«

Safar hörte ein Klicken, das ihn an das Geräusch erinnerte, das entstand, wenn ein Schlüssel in einem Schloß gedreht wurde. Dann klickte es erneut. Die roten Lichtstrahlen verschwanden, und der Mund des Dämonen öffnete sich. Einen kurzen Augenblick lang glaubte Safar, Asper sei zum Leben erwacht und wollte sprechen. Dann betrachtete er die Öffnung.

Er wollte hineinlangen, zögerte jedoch und blickte Jooli an.

Sie nickte und ermutigte ihn. »Mach nur. Greif hinein.«

Daraufhin schob er die Hand in das Loch, fühlte etwas und zog es heraus. Verwirrt hielt er den Gegenstand in die Höhe, damit ihn alle betrachten konnten.

Es handelte sich um eine Art Molluskenschale. Sie war ungefähr vierzig Zentimeter lang und wand sich in einer Spirale von der fingerdicken Mitte zu einem glockenförmigen Trichter. Die Schale leuchtete in verschiedenen Orange- und Weißtönen und glänzte, als habe man sie in einem Töpferofen glasiert. Safar tippte sie vorsichtig an; sie war hohl.

Dann fiel ihm die Ähnlichkeit mit den Meeresschneckengehäusen auf, welche die Musiker in Hadin wie Hörner spielten. Nur war dieses Gehäuse lang und schmal wie …

»Eine Art Trompete?« fragte er die Königin. »Die aus dem Zauberreim?«

»Genau diese«, antwortete Jooli.

Safar wollte sie schon an die Lippen setzen, unterließ es dann aber. »Soll ich sie ausprobieren?«

»Ich wüßte nicht, was dagegen spricht.« Jooli lachte. »Auf diesen Moment warte ich schon, seit ich als Kind auf Prinzessin Alsahnas Schoß saß.«

In seinem Versteck platzte Iraj fast vor Neugier. Unbedingt wollte er erfahren, was nun geschehen würde.

Palimak spürte etwas Fremdes. Mit seinen magischen Sinnen erforschte er die Luft, doch er fand die Quelle nicht. Das muß der Sarg sein, dachte er. Und richtete seine Aufmerksamkeit wieder auf seinen Vater, der jetzt die Trompete an die Lippen setzte.

Safar stieß hinein, und die wundervollste Musik ertönte. Ein ganzes Orchester mit Flöten und Hörnern und silberbesaiteten Leiern schien aufzuspielen. Eine einzige, wild klagende Trompete schwebte über und mitten zwischen und unter allen anderen Noten wie ein glücklicher Falke, der nach langer Gefangenschaft wieder auf den Winden segeln darf.

An der Wand begann das Gemälde zu flimmern. Und dann löste sich nicht nur das Bild, sondern die ganze Mauer auf. Nur fiel der Blick nicht in die Nacht von Syrapis, nein, sondern auf ein helles wogendes Meer.

Ein großes Schiff tanzte auf den Wellen, die grazilen Segel blähten sich in der milden Brise. Verspielte Dephine und fliegende Fische sprangen im Kielwasser und rundeten die frohe Szene ab. Das Schiff hatte das Banner von Asper geflaggt: eine zweiköpfige Schlange, die von ausgefransten Flügeln getragen wurde. Hoch über dem Schiff schwebte unverkennbar die Silhouette des Zirkusluftschiffs mit den zwei bemalten Ballons.

Safar setzte die Trompete ab, aber die Musik hörte nicht auf – sie wurde noch bezaubernder, noch eindringlicher. Jede Note war ein lockender Ruf.

Palimak sah bekannte Gestalten auf der Brücke.

»Schau nur, Vater!« sagte er ehrfürchtig.

»Das sind wir!« antwortete Safar.

Jooli zeigte auf eine schlanke Person in Rüstung. »Ich bin auch dabei.« Sie staunte und freute sich zur gleichen Zeit.

»Ich frage mich nur, wohin die Reise wohl gehen mag«, warf Leiria ein.

Safar zeigte auf den roten Mond, der nahe dem Horizont stand. »Es gibt nur einen Kurs, bei dem der Dämonenmond so tief hängt«, erklärte er. »Die Reise geht gen Hadin.«

Leiria erschreckte es, wie grimmig er klang. Sie blickte ihn an. Sein Gesicht war erbleicht, seine blauen Augen wirkten leer und farblos.

Im nächsten Moment war die Szene verschwunden und wurde von der kahlen Wand der Festung ersetzt. Auch das Wandgemälde der Geisterreiterin war verschwunden.

Safar drehte sich zu den anderen um und richtete sich langsam auf, als würde er sich für eine schwere Bürde wappnen. »Oh, gut«, sagte er und lächelte breit. »Natürlich wußte ich, daß ich zurückkehren müßte.«

Palimak entging die Sorge nicht, die sich hinter dieser vorgetäuschten Fröhlichkeit verbarg. »Diesmal wird es ganz anders, Vater«, versicherte er ihm. »Vorher warst du in einer Zauberwelt gefangen. Das war nicht das wirkliche Hadin.«

»Ich weiß«, gab Safar zurück. Aber das Unbehagen war ihm deutlich anzumerken.

»Vielleicht haben wir das falsch verstanden«, zweifelte Leiria.

Die Welt und alles darin konnte von ihr aus zum Teufel gehen, soweit es sie betraf. Sie würde alles tun, wenn sie nur Safar vor weiterem Leid bewahren könnte.

»Es ist womöglich eine falsche Vision. Unter Umständen haben Charize und ihre Ungeheuer das ausgeheckt.«

»Nein«, entgegnete Safar. »Zum einen hatte Charize nie Einfluß auf dieses Wandgemälde. Und es ist jetzt überdies verschwunden. Wohin es ist, werden wir wohl erst unterwegs erfahren.

Zum anderen, und dieser Punkt ist viel wichtiger, ergibt es keinen Sinn, unser Schicksal zu leugnen oder dagegen anzukämpfen.« Er holte tief Luft. »Wir müssen schnellstens nach Hadin fahren.«

Palimak bekam es mit der Angst zu tun, aber nicht um sich selbst, sondern um seinen Vater. Er sah ihn als gehetzten, tragischen Mann. Das Verhängnis stand ihm ins Gesicht geschrieben.

»Wir wollen es nicht überstürzen, Vater«, wandte er ein. »Ich denke, zuvor sollten wir weitere Nachforschungen betreiben. Zum Beispiel ... im Buch von Asper. Schließlich befindet sich Hadin auf der anderen Seite der Welt! Dreizehntausend Meilen entfernt! Wir müssen uns zunächst nach weiteren Antworten umschauen, bevor wir ein solches Wagnis auf uns nehmen.«

»Palimak hat recht«, stimmte Leiria zu. »Wir können nicht einfach auf Syrapis alles stehen- und liegenlassen. Denk nur an deine Familie, deine Freunde! Du hast sie so weit geführt. Und nun willst du sie abermals verlassen.«

In ihrer Verzweiflung wandte sie sich an Jooli. »Sag du es ihm«, verlangte sie. »Sag ihm, daß es noch einen anderen Weg gibt. Weitere Antworten!«

Jooli zuckte traurig mit den Schultern. Sie mochte Leiria und Palimak sehr gern, und es gefiel ihr nicht, die beiden zu enttäuschen. Aber was sollte sie tun?

»Prinzessin Alsahna hat sich sehr deutlich ausgedrückt«, erwiderte sie. »Der einzige, der die Entscheidung fällen kann, ist Safar Timura.«

In diesem Augenblick bebte der Grund unter ihren Füßen. Der Erdstoß war so heftig, daß sie flach auf den Boden geworfen wurden.

Es war, als ritten sie auf einem riesigen, bockenden wilden Hengst, und sie hielten sich an allem fest, was sie zu greifen bekamen.

Gegenstände fielen herab und zerschellten. Stein und Putz rieselten auf sie herunter.

Draußen gerieten Tiere und Menschen in Panik, schrien und blökten voller Furcht.

So unvermittelt es begonnen hatte, endete das Erdbeben.

Eine trügerische Stille herrschte, in der sich jeder auf den nächsten Stoß vorbereitete.

Doch es war vorbei.

Safar stand sofort wieder auf den Füßen. Er blickte sich um und begutachtete den Schaden. Die Möbel waren zertrümmert, die Steinwände wiesen Risse auf, der Boden hatte sich in der Mitte gespalten.

»Da habt ihr eure Antwort«, sagte er. »Wir brechen nach Hadin auf!«

In seinem Versteck verspürte Iraj große Angst. Diesem Ort war er doch vor kurzem erst entflohen. Er bemühte sich, ruhig zu bleiben.

Safar hatte recht. Eine andere Wahl blieb ihnen nicht: Sie mußten nach Hadin zurückkehren.

Dritter Teil

Gen Hadinland!

23

Der Schrei der Schildkröte

Safar stand auf der Brücke des großen Schiffes und betrachtete das wogende grüne Meer, durch das der Bug schnitt und Gischt aufschäumen ließ. Hungrige Vögel folgten dem Kielwasser und erfüllten die Luft mit ihren fröhlichen Schreien, während sie im Sturzflug Fische fingen.

Von oben drangen Biners Befehle an die Mannschaft des Luftschiffs zu ihm herab. Schwach hörte er das Tosen der magischen Brenner, die die Ballons prall hielten und so das Luftschiff im Fluge. Er lächelte, als er sich daran erinnerte, wie schön es gewesen war, Mitglied der Mannschaft zu sein. Jeder huschte hin und her, um die Aufgaben auszuführen, die Biner erteilte, und man lachte und scherzte miteinander, derweil man durch den azurblauen Himmel segelte.

Die Atmosphäre war vermutlich das genaue Gegenteil von dem, was sich bislang auf dem großen Schiff abgespielt hatte. Die *Nepenthe* – so hieß es – war das beste Schiff, das Coralean zu bieten hatte. Und obwohl Safar kein Seemann war, erschien sie ihm durchaus als gut genug.

Doch die Seeleute waren mürrisch, der Kapitän verdrießlich, und seine Befehle wurden mit größter Gemächlichkeit ausgeführt. Safar erschienen die Männer noch dazu ungeschickt – sie beschädigten Leinen, zerrissen Segel und richteten allgemein viel zu viel Unordnung an.

Früher oder später würde er dagegen einschreiten müssen. Im

Augenblick war er es zunächst einmal zufrieden, daß die Reise überhaupt losgegangen war. Er tröstete sich – während der folgenden dreizehntausend Meilen blieb ihm ausreichend Zeit, die Mannschaft – und den Kapitän – nach seinem Willen zu prägen.

Was für ein Trost! Bei den Göttern, hätte sich ihm eine andere Möglichkeit geboten, wie gern hätte er sie ergriffen. Zum einen allein das Ziel der Reise – von allen verfluchten Ländern in dieser verfluchten Welt war Hadin der letzte Ort, den er aufsuchen wollte. Zum zweiten war eine solche Fahrt, soweit er wußte, bisher nur einmal gelungen: Lord Asper hatte es vor etlichen Jahrhunderten geschafft, Hadin zu erreichen und wieder zurückzukehren.

Wen wunderte es, wenn die Seeleute und der Kapitän gleichermaßen unwillig und lustlos waren. Safar bezahlte sie stattlich, ein Vielfaches dessen, was sie bisher in ihrem Leben auf See verdient hatten. Er hatte ihnen zudem reiche Prämien versprochen, sollte die Reise erfolgreich beendet werden. Allerdings hatten diese Männer die Meere um Esmir niemals verlassen und sich höchstens bis zu einer Insel wie Syrapis vorgewagt. Sie besaßen keine große Bildung, waren größtenteils Piraten, die von der Welt keine Ahnung hatten. In ihrer Unwissenheit jedoch hatten sie auf ihren Fahrten das erlebt, worüber die Gelehrten in Esmir lediglich Vermutungen anstellten.

Safar beobachtete eine große Meeresschildkröte, die verzweifelt dem Schiff auszuweichen suchte. Das Tier war riesig, auf ihrem Panzer hätte leicht ein Mann sitzen können. Möglicherweise war sie schon hundert oder mehr Jahre alt.

Er lächelte reumütig und dachte daran, mit welchen Augen alle außer den weisesten Gelehrten und Priestern die Welt betrachteten, in der sie lebten. Den Mythen von Esmir zufolge wurde die Welt auf dem Rücken eines Meeresschildkrötengottes getragen. Die Kontinente, welche die Welt bildeten, wurden jeweils von niedrigeren Schildkrötengöttern geschleppt.

Vier solcher Kontinente gab es – das hatte Asper auf seinen Reisen festgestellt. Zuerst war da Esmir, was in der alten Sprache einfach nur das Land oder die Erde bedeutete. Dann Aroborus, der Ort der Wälder. Der dritte Kontinent hieß Raptor, Land der Vögel. Diesen Ort würden sie erst auf der Rückfahrt besuchen. Und zu guter Letzt war da noch Hadin, das Land der Feuer: ein Kontinent, der durch enorme Kräfte in eine riesige Inselkette zersplittert worden war und sich am Fuße der Welt befand.

Der Ort, so hatte Asper gesagt, wo er an »Hadins letztem Tor« warten würde.

Natürlich glaubte Safar nicht, daß er persönlich dort erscheinen würde. Der alte Dämon war schließlich seit tausend Jahren tot.

Und zudem war Safar auch nicht sicher, ob er in Hadin wirklich das entdecken würde, was das Verhängnis der Welt abwenden könne.

Trotzdem fühlte Safar den Drang zu handeln. Sein gesamtes Leben als Erwachsener hatte er dieser Aufgabe gewidmet. Viele hatten wegen seiner Besessenheit gelitten oder gar den Tod gefunden.

Und weitere würde das gleiche Schicksal ereilen, bevor er das Ziel erreicht hatte, daran zweifelte er nicht.

Er fragte sich, was sein Volk wohl inzwischen tat. Selbst wenn seine Anstrengungen von Erfolg gekrönt würden, war es unwahrscheinlich, daß er überleben und nach Syrapis zurückkehren würde, um es zu erfahren. Würden sie gedeihen? Würden sie wieder zu dem glücklichen Dasein zurückfinden, das sie verloren hatten, als sie ihre alte Heimat Kyrania, das Tal der Wolken, hatten verlassen müssen?

Während er über diese Fragen nachdachte, auf die es keine Antworten gab, floh seine Erinnerung zu der letzten Nacht zurück, die er mit Familie und Freunden verbracht hatte.

Safar lud alle Kyranier zu einem Abschiedsfest ein, obwohl nur seine engsten Vertrauten den eigentlichen Anlaß kannten.

Lange Tische wurden im Hof der Bergfestung aufgestellt. Bunte Lampions hingen überall und verbreiteten gute Laune. Auf den Tischen häuften sich Speisen und Delikatessen. Die feinsten Timurabecher wurden aufgedeckt und mit Wein und Bier gefüllt, oder mit honiggesüßter Ziegenmilch für die Kinder.

Nun folgte eine kleine Vorstellung, mit der er die Gäste unterhalten und erfreuen wollte. Mit Hilfe von Biner und den Zirkusleuten vollbrachte er erstaunliche Akrobatikkunststücke, die mit glitzernder Magie verschönert wurden.

Biner und Arlain hatten ihre Clownskostüme angelegt und ergötzten das Publikum mit ihren Scherzen. Safar führte eine Dressurnummer mit Khysmet auf und demonstrierte allen die verblüffenden Fähigkeiten des Hengstes.

Endlich hielt er den richtigen Moment für gekommen und bat die Anwesenden, sich um ihn zu versammeln, da er eine Ankündigung machen wolle. Es waren insgesamt über tausend Kyranier, daher mußte er sich auf einen Tisch stellen, damit ihn jeder sehen konnte. Er zerbrach eine magische Verstärkungspille, denn dadurch würden seine Wort überall gehört werden.

»Meine lieben Freunde«, begann er, »nun ist der Augenblick gekommen, da ich zu euch über eine höchst wichtige Angelegenheit sprechen möchte.«

Sofort fingen seine Mutter und seine Schwestern an zu weinen. Sein Vater erbleichte, richtete sich jedoch auf und gab sich Mühe, unbeeindruckt zu wirken. Doch war es vergeblich, denn die Tränen rannen ihm für alle sichtbar über die Wangen. Safars Familie kannte die Pläne bereits, und sie konnte ihre Gefühle nicht länger zurückhalten.

Ihr Anblick ließ es den anderen Gästen kalt über den Rücken laufen.

»Ich stehe hier traurigen Herzens vor euch. Mein ganzes Leben lang kenne ich euch schon. Wir haben gemeinsam so viel durchgemacht, gute Zeiten und schlechte. Daher erfüllt es mich mit großem Kummer, euch mitteilen zu müssen, daß ich euch abermals verlassen muß.

Und diesmal vielleicht für immer.«

Erschüttertes Schweigen breitete sich aus. Dann folgten Rufe: »Nein, Safar! Das kann nicht wahr sein! Bleibe bei uns! Wir lieben dich, Safar! Wir lieben dich!«

Safar neigte den Kopf und wartete ab, bis ein jeder seinen Gefühlen Luft gemacht hatte.

»Ich danke euch, meine Freunde«, fuhr er fort, und seine Augen glänzten, da er sich selbst kaum mehr beherrschen konnte. »Dennoch bitte ich euch um Verständnis: Das, was vor mir liegt, ist nichts, das ich gern tun möchte. Als ich noch ein Junge war, der die Ziegen des Dorfes durch die Pässe der Schwelle der Götter trieb, wurde mir eine heilige Aufgabe anvertraut. Und ich darf mich nicht dem verweigern, wozu ich bestimmt wurde.«

Foron sprang zu ihm auf den Tisch. »Bitte, Safar«, sagte er, »hör uns an. Du bist ein großer Mann. Und dennoch bist auch du lediglich ein Mensch. Du kannst das Begehren der Götter nicht verhindern. Vergiß die Welt draußen. Bleibe bei uns.«

Er umschloß die Festung und die Berge mit einer weiten Geste. »Dies ist ein Paradies, Safar. Genau das hast du uns damals in Kyrania versprochen. Gewißlich, wir mußten dafür kämpfen. Aber dieser Ort ist wunderbar.

Sieh dich nur um, mein Freund. Betrachte die Fruchtbarkeit. Im Meer schwimmen die Fische und warten nur darauf, gefangen zu werden. Die Wälder sind voller Wild, die Erde sehnt sich nach Saat, und die fetten Ziegen wollen gemolken oder geschlachtet werden. Die Bergluft ist so klar und rein und süß, daß man glaubt, man trinke Wein, wenn man atmet.«

»Ja, was du sagst, stimmt«, erwiderte Safar. »Dennoch sind Mächte am Werk, die diesem Paradies schon bald ein Ende bereiten werden. Ihm blüht die gleiche Zerstörung wie Kyrania.«

Foron schüttelte den Kopf. »Niemand bezweifelt deine Weisheit, Safar«, wandte er ein, »aber diesmal hast du nicht recht. Es kann doch nicht so dringend sein, uns zu verlassen, um das drohende Übel zu bekämpfen. Erneut bitte ich dich, bleibe bei uns.

Gestatte uns, an deiner Seite zu kämpfen. Wenn wir siegen, welche Freude! Wenn wir unterliegen, so sei es drum! Zumindest sterben wir dann gemeinsam.«

Die Gäste griffen das auf und riefen im Chor: »Kämpfen! Kämpfen! Kämpfen! Wir kämpfen gemeinsam!«

Safar ließ sie eine Weile lang gewähren, bis er schließlich die Hand hob und um Ruhe bat. »Ich wünschte mir nichts so sehnlich, als daß das, was ihr sagt, der Wahrheit entspräche. Leider verhält es sich anders. Ich werde es euch zeigen, damit ihr es mit eigenen Augen sehen könnt.«

Er bat Foron, vom Tisch zu steigen. Daraufhin sagte er: »Zuerst schickt bitte die Kinder fort. Was nun folgt, ist nichts für die Kleinen.«

Nachdem die Kinder gegangen waren – die Kleinsten wurden von ihren Großmüttern getragen – lenkte Safar die Aufmerksamkeit wieder auf sich. Nun holte er die wundersame Trompete aus seinem Mantel hervor. Die Menschen starrten sie erstaunt an. Sie konnten sich das Meerestier, welches einst in diesem Gehäuse gewohnt hatte, nicht vorstellen.

Safar holte tief Luft und setzte die Trompete an die Lippen. Dann stieß er lange und kräftig hinein.

Abermals erfüllte der Klang des magischen Orchesters die Luft. Die Kyranier bestaunten die Schönheit der Musik. Dann standen sie mit offenen Mündern da: Die Geisterreiterin tauchte plötzlich auf der Mauer der Festung auf und schimmerte wie eine Erscheinung. Erneut lösten sich Gemälde und Wand in nichts auf.

Während der massive Stein verschwand, wurden alarmierte Rufe laut, denn die Kyranier starrten plötzlich in eine klaffende Leere. Es war, als stünden sie alle auf einer steilen Klippe und würden im nächsten Moment in einen schrecklichen Abgrund fallen.

Die Gäste drängten sich aneinander und hielten sich an Bänken und Tischen fest, damit sie nicht in dieses Unbekannte stürzten.

Safar selbst wußte nicht, was nun passieren würde. Dann veränderten sich die Musik und das Bild, und er preßte die Fingernägel so tief in die Handflächen, daß das Blut hervortrat.

Zunächst hörte er den vertrauten Schlag der Erntetrommeln. Die Hörner aus Gehäusen von Meeresschnecken klagten. Rhythmisch stampften bloße Füße auf den Sand, Hände klatschten auf nackte Brüste. Nun sahen sie die wunderschönen Menschen Hadins, die vor dem rauchenden Vulkan tanzten. Ihre einsame Erntekönigin gab den Ton an zu ihrem Lied:

»Ihr Haar ist Nacht,
Die Lippen der Mond.
Beuge dich, oh, beuge dich.
Die Augen sind Sterne,
Das Herz ist die Sonne
Beuge dich, oh, beuge dich.
Die Brüste sind Honig;
Ihr Geschlecht eine Rose
Beuge dich, oh, beuge dich.
Nacht und Mond. Sterne und Sonne.
Honig und Rose
O gute Dame, beuge dich,
Beuge dich, beuge dich.«

Der Vulkan explodierte, und die Kyranier schrien und wandten den Blick ab, derweil die Bewohner der Insel einen fürchterlichen Tod starben.

Glücklicherweise löste sich die Szene in Myriaden bunter Lichtpunkte auf. Die Musik wurde verspielter, und nachdem sich das lebende Bild gefestigt hatte, sah man eine alte Meeresschildkröte, die durch smaragdgrüne Wogen schwamm.

Manche der Zuschauer kicherten erleichtert, weil das Tier so komisch anzuschauen war. Einige der jungen Männer und Frauen jubelten der Schildkröte zu.

Wieder veränderte sich die Musik, und die Schildkröte kam an Land und kroch mühsam eine schwarze Felsenküste empor. Überall waren Vögel verschiedenster Arten.

Ein lerneifriger junger Kyranier rief den Namen des Landes: »Das ist Raptor – das Land der Vögel.«

Mehrere gelehrte Männer und Frauen stimmten murmelnd zu.

Die Instrumente übernahmen nun die Stimmen der Vögel. Manche stießen schrille Schreie aus. Andere pfiffen harmonische Balzlieder. Manche brüteten in hohen Felsnestern. Überall hörte man das Piep–Piep–Piep des Nachwuchses. Vogeljunge riefen nach ihren Eltern: »Füttermichliebmich, füttermichliebmich, füttermichliebmich ...«

Die Gäste lächelten und freuten sich des gefiederten Lebens, aber da zog eine riesige, grüne, giftige Wolke über Raptor auf. Große Geisterfledermäuse lösten sich hungrig aus dieser Wolke. Ihnen folgten kreischende Reptilien mit ledernen Flügeln.

Erneut wandten sich die Kyranier von den Schrecken des Todes ab, der auch dieses Land heimsuchte.

Niemand lachte, als die Schildkröte eilig davonpaddelte.

Jetzt ertönte die Musik der Wälder und Flüsse. Unschuldige Lieder klarer Bäche, mooriger Teiche und blumenbewachsener Pfade, die sich durch einen exotischen Dschungel wanden. Süße Flöten trugen Brisen kühler Winde heran, die durch die Äste jeder nur vorstellbaren Baumart wehten. Weise Eichen, närrische Pinien, schwankende Weiden und Riesenbäume erhoben die alten Kronen bis hinein in die Wolken.

Die Kyranier sahen all das, wovon die Musik erzählte, und noch mehr. Der schlaue Junge erkannte Aroborus, den Ort der Wälder. Allerdings wußte das ohnehin ein jeder.

Die Aufmerksamkeit der Zuschauer galt der Schildkröte, die an einem Sandstrand an Land ging. Sie richtete den traurigen Blick gen Himmel. Die Gäste stöhnten auf, denn wieder zog die giftige Wolke heran mit all den Schrecken, deren sie zuvor schon Zeugen geworden waren.

Die Schildkröte paddelte davon. So schwach war sie, beinahe hätte sie die Brandung nicht überwunden.

Jetzt schlug die Musik einen harten, verzweifelt treibenden Ton an. Eine schimmernde Szene löste sich in der nächsten auf, und immer so fort. Dabei hatte jede das gleiche Thema: Die Schildkröte schwamm durch endlose Meere. An den tiefen Stellen war das Wasser dunkelgrün. An anderen leuchtete es fröhlich blau. Dann wieder verblaßte es zu unwirtlichem Grau, wo Eisberge in Regenbogenfarben glänzten – purpurn und rosa und grün und saphirblau.

Stets folgte ihr im Hintergrund die giftige Wolke über die endlosen Ozeane. Zog sie vorüber, drehten Fische im Tode die weißen Bäuche nach oben. Seehunde und Otter und selbst riesige Wale vergingen zu nackten Skeletten, nachdem sie ihren letzten Atemzug getan hatten.

Vögel fielen tot aus dem Himmel herab, in solchen Zahlen, daß es schien, als habe er sich in einen Friedhof der Lüfte verwandelt und öffne sich nun zu einem Sturzregen gefiederter Leichen.

Endlich erreichte die Schildkröte einen Kiesstrand. Sie hatte kaum mehr die Kraft, aus der schäumenden Brandung an Land zu kriechen. Niemand zeigte sich überrascht, als man die lange, gewundene Küste erkannte. Erst vor drei Jahren waren die Kyranier an diesem Ort gelandet.

Jemand – diesmal nicht der Schüler – sprach leise und langsam den Namen aus: Syrapis!

Die Schildkröte mühte sich ab und grub, am Ende ihrer Kräfte, mit den Flossen ein seichtes Nest. Dann hockte sie sich über das Loch und legte ihre Eier ab. Jedes war leuchtendweiß und verwandelte sich in Elfenbein, sobald es an die Luft kam und in das Loch fiel. Durch die dünne Schale zeigten sich die Embryonen.

Das Muttertier bedeckte die Eier, so gut es dies vermochte, und schaufelte Kies und Sand darüber. Dann hob es den Kopf und sah zu der tödlichen Wolke hinauf.

In seinen Augen bildete sich eine einzige Träne und rann über die Wangen.

Und die Schildkröte starb.

Die Musik verstummte, und die Mauer erschien wieder. Stille lag über den Zuschauern wie eine dicke, feuchte Decke, die nach einem nicht enden wollenden Alptraum verdreht und verklumpt ist. Wie schon beim ersten Mal, war auch das Wandgemälde nirgends mehr zu sehen.

Alle Blicke richteten sich auf Safar. So viel Angst, so viel Schrecken hatte er noch nie zu Gesicht bekommen. Solches Flehen und Betteln um Rettung, um Erlösung.

Obwohl niemand ein Wort sagte, gellte ihm das Schweigen wie ein Schrei entgegen.

»Habt ihr es verstanden?« fragte Safar. »Habt ihr es endlich verstanden?«

Ja, sie hatten verstanden.

Safar lehnte sich an die Reling, während die *Nepenthe* auf den Wellen tanzte und sich vom Wind in Richtung Hadin treiben ließ.

Er beobachtete die Schildkröte dabei, wie sie über eine drei Meter hohe Welle paddelte. Erst verschwand sie im Tal, dann erklomm sie den Berg.

Eine Hand legte sich sanft auf seine Schulter. Sie gehörte Leiria.

Eine Weile lang blickte die Kriegerin mit ihm der Schildkröte hinterher. Schließlich, als das Tier nur mehr ein Punkt am Horizont war, flüsterte Leiria: »Viel Glück, mein Freund. Viel Glück.«

24
Des Königs Spion

Die alte Ziege legte sich müde ins Geschirr und zog den kleinen Karren über das unebene Pflaster. Auf dem Wagen hockte ein beinloser Bettler in den Lumpen einer Soldatenuniform. »Almosen!« rief er. »Almosen! Und der Segen der Götter ist euch gewiß!«

Der Bettler fuhr durch das heruntergekommene Hafenviertel der Stadt Xiap in Syrapis, und weil es sich um eine so üble Gegend handelte, wurde sein Flehen von niemandem erhört. Ein betrunkener Seemann spuckte ihn an, als er ihm die Blechschüssel entgegenstreckte, in der eine einzige Münze klimperte. Eine syphilitische Hure spottete über seine Behinderung und fragte ihn laut, was er wohl außer den Beinen noch verloren hatte.

Aber der Bettler mit dem Narbengesicht ignorierte die Beleidigungen und gab der Ziege einen Schlag auf die Flanke, damit sie weiterliefe. Währenddessen rief er ständig: »Almosen! Almosen! Und der Segen der Götter ist euch gewiß!«

Er fuhr die Straße an den Anlegern entlang. Draußen in der Bucht von Xiap lagen zwölf der dreizehn Schiffe, aus denen die Flotte der Kyranier bestand, vor Anker. Mehrere Leichter, in denen Seeleute sich auf eine Nacht der Ausschweifung freuten, waren unterwegs zum Kai.

Ein mißtrauischer Mann, der dem Bettler gefolgt wäre, hätte – aber auch nur vielleicht – das Kopfzucken des versehrten Veteranen bemerkt, mit dem dieser auf das Fehlen des dreizehnten Schiffes reagierte.

Und dieser mißtrauische Beobachter wäre vermutlich auch dicht bei dem Karren geblieben, nachdem der Bettler die Ziege zu größerem Tempo angespornt hatte und auf eine schäbige Hafentaverne zuhielt, wobei er weiterhin die Münze klimpern und seinen schnorrenden Ruf ertönen ließ, allerdings nicht mehr so inbrünstig.

Der Karrenfahrer blieb vor der Taverne stehen, band die Ziege mit einer Leine an einem schweren Stein fest und wuchtete sich vom Wäglein hinunter auf seine ledergepolsterten Knie. Mit seinen kräftigen Armen und breiten Schultern hüpfte er leichthin die Treppe hinauf. Dabei trug er sein Körpergewicht auf Holzklötzen, von denen er in jeder Hand einen hielt.

Einen Augenblick später war er schon zur Tür hinein und schwang sich durch den engen Gang zwischen den großen, bierbefleckten Tischen.

Die Taverne war praktisch leer, und so konnte er sich auf seinen Lieblingsplatz setzen. Er packte die Kante des Tresens und zog sich mit akrobatischer Geschmeidigkeit auf einen Hocker hoch.

Lakonisch grinste ihn der Wirt an und entblößte die schwarzen Stümpfe im Mund, die von seinen Zähnen übriggeblieben waren. »Morgen, Tabusir. Bißchen früh für den Grog heute, was?«

»Meinste, der Durst weiß, was für eine Tageszeit ist, Hazan«, erwiderte Tabusir. »Außerdem geht's mir besser, als wenn mich eine Hure am Zahltag angelächelt hätte.«

Er warf eine Silbermünze auf den Tresen. »Habe gerade die hier gekriegt.« Daraufhin schüttelte er seinen Geldbeutel. Hazans Augen leuchteten beim Klang der klimpernden Geldstücke auf. »Und habe noch sechs, sieben andere rausgeholt.«

Hazan wurde noch freundlicher, füllte einen Krug bis zum Rand und setzte ihn vor Tabusir ab. »Bist wirklich der glücklichste Bettler, der mir je untergekommen ist«, sagte er voller Respekt. »Den meisten anderen im Viertel hängt vor Hunger der Magen zum Maul hinaus.«

»Liegt daran, weil ich freundlich bin«, lachte Tabusir. »Und ich kann auch ein prima Garn spinnen, wie ich meine Beine in den Diensten des guten alten König Rhodes verloren habe, als ich gegen Hanadus Feinde kämpfte und so.«

Er zuckte mit den Schultern. »Natürlich ist das meiste von dem Garn sogar wahr.«

Tabusir schob die Münze auf dem Tresen hin und her. »Siehst aber auch ganz schön durstig aus, Hazan. Komm, trink doch einen auf meine Kosten.«

Hazan schenkte sich nur zu gern einen ein. »Jau, du hast echt was mitgemacht, Tabusir«, stimmte er zu. »Das kann man dir nicht absprechen. Zumindest nicht, wenn ich dabei bin. Da gibt's gleich einen Satz heiße Ohren, wenn einer meinen guten Freund beleidigt.«

Der Bettler deutete mit dem Kopf auf die offene Tür – und den Hafen dahinter. »Wo wir vom Feind sprechen, du solltest dein Bier besser schon mal mit Wasser verdünnen. Habe einen ganzen Haufen von denen gesehen, wie sie auf Landgang gehen.«

Hazan grinste fröhlich. »Das ist Musik in den Ohren eines hart arbeitenden Wirts. Die Jungs müssen eine Prämie bekommen haben, oder so.«

Er rief etwas die Treppe hinauf, um die Huren und die Wirtsmädchen zu wecken. Daraufhin wandte er sich wieder an Tabusir: »Niemand anders würd ich das verraten, Tabusir«, flüsterte er, »aber du bist so ein guter Freund … Eigentlich bin ich gar nicht so traurig, daß die Kyranier den Hafen übernommen haben.

Wir waren doch arm wie Kanalratten, als Rhodes in Xiap noch das Sagen hatte. Aber seit die Blockade besteht, haben sich die Zeiten geändert, oder nicht? Alle Rechnungen werden bezahlt, sogar im voraus. Ich überlege schon, ob ich nicht die Wand dort hinten rausschlagen lasse und weitere Tische aufstelle.«

Er deutete mit dem Kopf auf die Treppe, wo die ersten Frauen herunterkamen, die der frühen Stunde wegen verschlafen waren. »Und auch ein paar mehr Betten. Viel mehr Betten.«

Tabusir klopfte auf den Tresen und lachte, als habe Hazan gerade einen fürchterlich komischen Scherz gemacht. »Ist es nicht wahr? Manchmal lohnt es sich glatt, den Krieg zu verlieren, was?«

Hazan fiel in sein Lachen mit ein. Dann hörten sie laute Stimmen, die sich rasch näherten, und einen Augenblick später betraten die ersten feindlichen Seeleute den Schankraum. Und ihr Strom ebbte nicht ab. Hazan und die Frauen mußten sich nun anstrengen, um die Wünsche und Begierden der nicht nur durstigen Männer zu erfüllen.

Tabusir zeigte sich von seiner geselligen Seite. Er gab Bier aus, erzählte Witze und nickte mitfühlend, wenn die Seeleute über die Offiziere schimpften, die sie viel zu hart schuften ließen. Die meisten sagten, ihnen wäre ihr früheres Leben als Piraten lieber gewesen. Obwohl sie dabei nicht so gut verdient hätten – und die Sache auch nicht ganz ungefährlich gewesen war.

»Wenigstens ist ein Pirat ein freier Mann«, merkte einer von ihnen an. »Und er hat ein Wörtchen mitzureden, wenn es um die Pläne für die Zukunft geht. Jetzt heißt es immer nur Drill und Ausbildung und Patrouille. Wie in der Kriegsmarine, was?«

Der Name, der am häufigsten fiel, war der von Lord Coralean – und der war Tabusir ebenfalls sehr gut bekannt. Je betrunkener die Männer wurden, desto derber verfluchten sie den Karawanenmeister. Soweit Tabusir erfuhr, war Coralean zwar mit Gold großzügig, aber er schrieb den Seeleuten einfach zu viel vor. Schließlich waren sie alle Verbrecher, die einst vor einem solchen Regiment wie dem von Coralean geflohen waren.

»Seitdem er die *Nepenthe* auf ihre gottverdammte Reise geschickt hat, ist es noch schlimmer geworden«, stöhnte einer, der offensichtlich ein wenig mehr Bildung besaß. Jedenfalls klang er so. »Jetzt müssen wir ihre Patrouillenfahrten zusätzlich übernehmen, und wir schuften wie Sklaven.«

Obwohl Tabusir es nicht zeigte, interessierte ihn gerade diese Geschichte. Sie beantwortete die Frage nach dem fehlenden Schiff. Er gab dem Kerl das nächste Bier aus, und als dieser schließlich die

Dienste einer Hure in Anspruch nehmen wollte und ihm das Geld ausging, glich der Bettler den fehlenden Betrag aus.

Im Austausch dafür erfuhr er etwas, das diese lumpigen Kupferstücke, die er investiert hatte, in einen dicken Beutel voller Gold verwandeln würden.

So geizig König Rhodes auch war, er bereute keine einzige Münze, die er dem stattlichen jungen Spion gezahlt hatte. Denn letztlich war dieser Bericht so viel wert wie seine halbe Schatzkammer.

Was er natürlich Tabusir nicht auf die Nase band, während der stramm vor ihm stand und erzählte:

»Ich habe die Sache in mehreren anderen Tavernen überprüft, Euer Hoheit«, versicherte Tabusir ihm. »Und dann bin ich die Küste hinaufgezogen und habe noch weitere Häfen besucht. Überall habe ich das gleiche gehört.«

Kalasariz rührte sich in seinem Nest im Inneren des Königs. *Setzt ihm noch ein bißchen zu,* riet er Rhodes. *Safar Timura steckt voller Hinterlist. Es könnte sich um einen Trick handeln.*

»Was mich stutzig macht«, sagte Rhodes zu Tabusir, »ist folgendes: Du bist sehr leicht an dieses Wissen gelangt. Offensichtlich bist du nicht nur auf ein Leck im Plan der Kyranier gestoßen, sondern du hast regelrecht ein Fluttor geöffnet.«

Tabusir nickte. »Euer Einwand ist nicht unberechtigt, Euer Hoheit. Ich habe mir das gleiche überlegt. Deswegen habe ich ja die anderen Tavernen und Orte aufgesucht und bin nicht sofort zu Euch gekommen. Die Sache ist doch die, Majestät, diese Seeleute kennen keine Treue. Sie heuern bei dem an, der am meisten zahlt. Und gleichgültig, was ihre Vorgesetzten sagen, sie fühlen sich trotzdem keinem Herrn verpflichtet.«

Kalasariz flüsterte: *Trotzdem ...*

Rhodes nahm das Stichwort auf. »... trotzdem, die Ereignisse, die du beschrieben hast, könnten vorgetäuscht sein. Vielleicht haben die Seeleute absichtlich geredet.«

Tabusir schüttelte den Kopf. »Vergebt mir, Majestät, aber das glaube ich nicht. Den Seeleuten wurde von Lord Coralean erzählt, die *Nepenthe* müsse eine andere Aufgabe übernehmen, aber dennoch weiter bei der Blockade helfen. Sie sollte überall dorthin segeln, wo der Kapitän ein Eingreifen für notwendig erachtete, um Vorrats- oder Waffenlieferungen an uns zu unterbinden.

Ein Mann der *Nepenthe* wurde nach ihrem Auslaufen krank. Der Kapitän glaubte, der Mann liege im Sterben und schickte ihn zurück.«

Damit war Kalasariz nicht zufrieden. *Das ist durchaus sehr menschlich von dem Kapitän, findet Ihr nicht, Majestät?*

Rhodes stimmte zu. »Warum hat der Kapitän ihn denn nicht einfach krepieren lassen?« fragte er Tabusir. »Dann hätten sie die Leiche über Bord werfen können. So halten wir es schließlich, denn Sicherheit geht vor.«

»Ich würde es genauso machen, Euer Hoheit«, meinte Tabusir. »Seeleute sind hingegen sehr abergläubisch. Und dieser Haufen erst recht. Ich glaubte, der Kapitän wollte den Rest der Mannschaft nicht beunruhigen. Oder vielleicht steckte auch Coralean dahinter. Jedenfalls hielten sie das Risiko wohl für gering. Dieser Verletzte wirkte halbtot. Wie hätten sie die wundersame und für sie recht unglückliche Gesundung des Mannes vorausahnen können?

Ja, Majestät, es handelte sich um einen Simulanten und Feigling. Der Kerl hörte also, die *Nepenthe* würde von Syrapis aus ins Unbekannte segeln. Dann stieß das Luftschiff zu ihnen. Wenn er auch ein Feigling ist, so doch kein Dummkopf. Da die kyranischen Landstreitkräfte das Luftschiff offensichtlich abgetreten haben, muß es sich bei der Fahrt, die vor der *Nepenthe* liegt, um eine gefährliche Unternehmung handeln.

Daher verletzt sich der Mann, natürlich nicht schwer, und nimmt einen Trunk, der Fieber verursacht. Anschließend sieht er aus, als würde er an der Schwelle des Todes stehen. Das ist ein alter Seemannstrick, den solche Galgenvögel genau kennen.

Nachdem er zu der Flotte zurückgekehrt ist, nimmt er ein Gegenmittel ein, erholt sich und zieht mit seinen Kumpanen zum Trinken und Feiern los, wie eben jeder betrunkene Seemann, Majestät.«

Kalasariz ließ sich vernehmen: *Bewundernswerte Logik!*

Rhodes nickte. »Gut gemacht!« lobte er Tabusir. Er zog einen schweren, juwelenbesetzten Ring vom Finger und gab ihn dem jungen Spion. »Bring den zum Schatzmeister«, sagte er mit breitem Lächeln. »Er wird dir in Münzen aushändigen, was er wert ist.«

Tabusir war höchst zufrieden. Er ließ sich auf den Boden fallen, drückte die Stirn auf die Fliesen und dankte Rhodes überschwenglich.

Bevor die Wachen ihn hinausgeleiteten, drehte er sich noch einmal um.

»Verzeiht, Majestät, da wäre noch etwas ...«

»Ja?« fragte Rhodes.

»Im Hafen gibt es eine Taverne, die von einem Mann namens Hazan geführt wird.«

»Was ist mit ihm?« wollte Rhodes wissen.

»Er ist ein Verräter, Majestät. Und kein Freund Hanadus.«

Rhodes zuckte mit den Schultern. »Was kümmert's mich, welche Gedanken ein dummer Wirt hegt?«

Tabusir nickte. »Ich verstehe, Majestät. Nur ... ich dachte eben ... wenn Ihr ihn im stillen beseitigen könntet ... und durch einen Eurer Spione ersetztet ... Also, die Taverne eignet sich wirklich hervorragend, um Seeleute auszuhorchen, Majestät, und ...«

Er beendete den Satz nicht. Was ihm auf der Seele brannte, war offensichtlich, und er hatte nicht die Absicht, den König zu langweilen.

»Ein guter Rat, junger Tabusir«, erwiderte Rhodes. »Ich werde darüber nachdenken.« Mit einer Handbewegung entließ er ihn.

Tabusir verbeugte sich tief und ging hinaus.

Kalasariz meldete sich: *Dieser Kerl gefällt mir. Erinnert mich an meine Jugend, als ich ein junger Spion war.*

»Soll ich ihn befördern?« fragte Rhodes.

Ja, ja, antwortete Kalasariz. *Eine hervorragende Idee. Aber wir sollten ihn stets in der Nähe behalten, nicht? Er könnte sehr nützlich für uns werden, um, sagen wir, persönliche Botengänge zu erledigen.*

Der König ließ sich diesen exzellenten Rat durch den Kopf gehen. Mit Tabusirs Erkenntnissen bewaffnet, machte er sich an den langen dunklen Abstieg zu den Gemächern seiner Mutter.

25

Die Kobolde der Vorahnung

Mehrere Wochen lang war es friedlich an Bord der *Nepenthe*. Das Meer war ruhig, der Wind der Traum jedes Seemanns. Brutar, der Kapitän des Schiffes – dessen Name recht gut zu ihm paßte, ließ die Zügel ein wenig schleifen, und so war die Mannschaft nicht mehr ganz so mürrisch und gewöhnte sich an die neuen Tagesabläufe.

Die See wimmelte nur so von Leben. Das Schiff segelte durch riesige Fischschwärme, die zum Teil so exotisch und bunt waren, daß man das Gefühl hatte, man fahre durch die magische Palette eines Künstlers. Rote und grüne und gelbe Fische schwammen in einem nicht enden wollenden Strom vorbei.

Einmal sahen sie ein großes Seekrokodil, das die Fische in alle Richtungen auseinandertrieb.

Die Vögel, die der *Nepenthe* folgten, wurden fast zahm. Sie setzten sich auf die Reling und die Spieren, und man konnte sie fast mit der Hand berühren. Die Seeleute hielten das für ein gutes Omen und fütterten sie.

Es war schon komisch, einem mit allen Wassern gewaschenen, narbengesichtigen Piraten dabei zuzuschauen, wie er eine Möwe mit Zwiebackkrümeln anlockte.

Leiria und Jooli drillten derweil die jungen kyranischen Soldaten, die mit ihnen unterwegs waren. Leiria und Palimak hatten die Jungs selbst ausgesucht und natürlich auch Renor und Sinch mitgenommen, die sich schon in vielen Schlachten bewährt hatten und mittlerweile den Rang von Korporalen bekleideten. Auch Sergeant Hamyr, ein grauhaariger alter Haudegen, war mit von der Partie, denn er verstand sich darauf, die Disziplin der jungen Soldaten aufrechtzuerhalten.

Viele, viele hatten sich freiwillig gemeldet, und so hatte Safar fast eine ganze Armee zurücklassen und vertrösten müssen. Er erinnerte sie daran, daß sie immerhin daheim für die Sicherheit ihrer Familien und Freunde verantwortlich waren.

Safar nahm auch an, daß auch der Anblick der zwanzig jungen Kerle, die von den beiden Kriegerinnen an Deck gedrillt wurden, Einfluß auf das freundliche Benehmen von Kapitän Brutar und seiner Mannschaft hatte.

Die Ausrüstung der Kyranier war nicht nur die beste, die sie je zu Gesicht bekommen hatten, sondern die Soldaten zeigten auch bei ihren Übungen kämpferische Fähigkeiten, die jede denkbare Meuterei im Keim erstickten.

Wobei gewißlich auch das allgegenwärtige Luftschiff über der *Nepenthe* das Seine beitrug. Einige der Seeleute hatten Biner und sein Zirkusvolk bereits in der Schlacht erlebt, und man fürchtete sie mehr als die Soldaten an Bord.

Regelmäßig holte Safar Khysmet aus dem geräumigen Stall, den er für den Hengst hatte bauen lassen. Auf Deck hatte er zudem eine kleine Arena errichten lassen, wo eine dicke Schicht Sand das Holz bedeckte. Immer wieder zeigte er mit Hilfe von Leiria und den jungen Kyraniern eine beeindruckende Vorführung dieser Ein-Mann-Kavallerie.

Leicht saß er im Sattel und ließ sein hölzernes Übungsschwert kreisen. Er duckte sich bis unter Khysmets Bauch und kam auf der anderen Seite wieder nach oben. So machten es auch die Krieger der Großen Ebene von Esmir. Dann ließ er den Hengst auf den Hinterbeinen rückwärts gehen oder mit den Vorderhufen in die Luft schlagen, als wehre er angreifende Fußsoldaten ab.

Diese Schau vertiefte noch den Respekt, den die Seeleute vor den Kyraniern hegten.

Nach einer Weile fühlte sich Safar sicher genug, die *Nepenthe* zu verlassen und für eine Weile nach oben auf das Luftschiff zu verschwinden. Gelegentlich begleitete Palimak ihn, manchmal auch Leiria oder Jooli. Zumindest zwei seiner Kommandeure mußten jedoch stets auf dem Schiff bleiben.

Auf dem Luftschiff dachte er häufig an die sorgenfreien Tage seiner Jugend zurück, auch an seine Rettung aus der Wüste durch Methydia. Ja, wieder einmal huschten sie wie eine Wolke durch den leeren Himmel, und er sah zu, wie die Welt unter ihm dahinflog. Er stand an der Reling und betrachtete die winzigen Gestalten an Bord der *Nepenthe*. Oder er setzte sich einfach auf Deck und sprach mit seinen Freunden über die alten Zeiten und die erlebten Abenteuer.

Die Zirkusleute vergaßen niemals ihren wahren Lebenszweck, der in der Unterhaltung bestand. Sie hielten ständig Proben ab und dachten sich neue Tricks aus. Manchmal gesellte sich Safar zu ihnen, und dann stellte er sich für eine Stunde vor, er gehöre wieder zu ihnen. Damals waren sie gemeinsam durch Esmir gezogen und hatten in kleinen Städten und auf Festen und Jahrmärkten ihre Vorstellungen gegeben … überall dort, wohin sie der Wind geweht hatte.

Während dieser seltenen Momente verscheuchte Safar sogar für eine Weile den Zweck ihrer Reise und die Verantwortung, die er seinen Helfern gegenüber trug, aus seinen Gedanken. Denn vor allem die Verantwortung machte ihn zu einem einsamen Mann.

Natürlich war dieser Zustand allein seine eigene Schuld. Seit seiner Flucht aus der Zauberwelt von Hadin hatte er sorgsam darauf geachtet, niemanden zu nahe an sich herankommen zu lassen. Insbesondere nicht Palimak und Leiria. Er richtete es so ein, daß er nie mit einem der beiden allein war. Weshalb er das für notwendig erachtete, war ihm selbst nicht ganz klar, doch wollte er sich nicht auf allzu tiefschürfende Gespräche einlassen.

Gewiß waren sie deswegen ein wenig beunruhigt, doch bis jetzt hatte er ihnen keine Gelegenheit gegeben, sich darüber zu beschweren.

Spät des Nachts dachte er oft über dieses Dilemma nach, zupfte und knibbelte in Gedanken daran herum wie ein Kind an einer kleinen Wunde.

Oh, er liebte beide von ganzem Herzen, daran bestand kein Zweifel. Und nichts wollte er mehr, als seinen Sohn in die Arme zu schließen und wieder wie ein Vater für ihn da zu sein. Oder Leiria fest zu umschließen und ihre Küsse und ihren Trost zu genießen, woran er sich aus früheren Zeiten sehr gut erinnern konnte.

Aus irgendeinem Grund jedoch fühlte er ihnen gegenüber Verlegenheit. Nein, keine Verlegenheit. Das war auf jeden Fall das falsche Wort. Was also dann?

Und eines Nachts fiel es ihm ein: Er hatte das Gefühl, sie beide betrogen zu haben.

Aber warum? Das ergab doch keinen Sinn. Er hatte nie etwas getan, was ihnen geschadet hätte. Auf diese Idee würde er nicht im Traum kommen.

Oder doch?

Während er darüber nachdachte, beschlich ihn eine eigentümliche Angst. Er war sich selbst entfremdet. Da schien es einen Teil von ihm zu geben, den er nie zuvor kennengelernt hatte und der im Schatten lauerte und abwartete, um ... ja, um was zu tun? Das vermochte er nicht zu sagen. Nur eines wußte er: Dieser Teil von ihm hegte keinerlei Liebe für Palimak und Leiria.

Danach wurde er plötzlich sehr ruhig. Das Fremdartige verschwand, und er trank seinen Wein aus und fühlte sich wieder normal.

Seltsam, welche Streiche einem der Verstand spielte, wenn man ein wenig zu tief ins Weinglas geschaut hatte und die Stunde spät war.

Andere bemerkten Safars Zurückgezogenheit ebenfalls. Zum Beispiel Jooli.

Dieser Mann mit den meerblauen Augen zog sie mächtig an. In

der kyranischen Festung hatte sie schon gesehen, wie sich ihm die jungen Frauen anboten, doch er hatte keine von ihnen erwählt.

Damals hatte es sie verwundert, daß er ihre Annäherungsversuche so leicht abwimmelte. Auf der anderen Seite wußte sie nicht, ob er womöglich Männer bevorzugte.

Das wäre ihr durchaus nicht ungewöhnlich erschienen. In Syrapis beriefen sich viele Männer auf das alte Sprichwort: »Frauen sind für die Kinder da, Jungen zum Vergnügen.«

Viele Frauen sangen auch das fröhliche Lied: »Das ist es, was wir müssen/ gebär'n ein mächt'ges Heer/ am liebsten jedoch küssen/ wir unsre hübschen Schwestern/ die erfreuen uns viel mehr!«

Seit sie sich kennengelernt hatten, war Jooli daher nicht einmal auf die Idee gekommen, Safar ihr Interesse an ihm auch nur anzudeuten. Schließlich war es für eine Person ihrer königlichen Herkunft unpassend, solche Gefühle kundzutun – solange nicht sicher war, ob sie erwidert wurden.

Während der wochenlangen Reise, auf der sie mehr Wein als sonst trank, lief Jooli jedoch häufig wie eine Tigerin in Hitze auf dem Deck vor ihrer Kabine hin und her und fand keine Ruhe.

Ständig dachte sie nur, wie gut Safar aussah. Die dunklen lockigen Haare. Das jungenhafte Grinsen. Die betörend blauen Augen unter der geheimnisumwitterten Stirn. Die vollen Lippen. Der kräftige Hals, der muskulöse Leib. Und diese verflucht schlanken Beine.

Noch stärker, einem Magneten gleich, zog sie die Aura seiner Zauberkünste an. Nie zuvor hatte sie jemanden mit solchen Fähigkeiten getroffen. Diesen Mann zu umarmen mußte sein, als lege man sich zu einem Sturm ins Bett. Die Hexe, Lende an Lende mit einem Zauberer. Solcherlei Bilder raubten ihr den Schlaf.

Eines Nachts begegnete sie Leiria auf Deck, die ebenfalls hin und her lief. Da Jooli so sehr mit ihren eigenen Gelüsten beschäftigt war, bemerkte sie zunächst nicht, daß die andere Frau unter ähnlichen Symptomen litt.

Ihr beiläufiges Gespräch wurde rasch persönlicher. »Ich bin nicht leicht zu beeindrucken«, sagte Jooli, »aber Safar bewundere ich schon sehr.«

»An ihm gibt es viel zu bewundern«, stimmte Leiria zu, »und ein guter Mensch wird niemals enttäuscht, wenn er ihn näher kennengelernt hat. Falls er dir seine Freundschaft schenkt, hast du etwas Großartiges gewonnen.«

Jooli nickte. »Das habe ich mir auch schon gedacht.« Sie zögerte. »Ich will offen sein, von Frau zu Frau. Keine teilt das Bett mit ihm, und das finde ich sehr merkwürdig. Ist er ein Priester, der sich dem Zölibat verschrieben hat?«

Leiria lächelte. »Gewiß nicht.«

Jooli runzelte die Stirn. »Hat er eine Frau?«

»Nein.«

»Ist er verlobt?«

»War er noch nie.«

Jooli zischte aufgeregt: »Aber was stimmt denn dann nicht mit ihm? Jeder Mann seines Ranges und seines Ansehens, den ich bisher kennengelernt habe, besaß einen Harem, der ihm zu Willen ist.«

Leirias Blick schweifte in die Ferne, während sie sich eine Antwort überlegte. Abwesend gab sie zurück: »Safar könnte das leicht haben.« Sie nickte, als wäre sie zu einem Schluß gekommen. »Doch er ist ein Mann, der nur eine Frau will.«

Jetzt bemerkte Jooli die Feuchtigkeit in den Augen ihrer Freundin, und Leiria fügte hinzu: »Vor langer, langer Zeit hatte er diese Frau gefunden. Sie starb.«

»Meinst du Methydia?« fragte Jooli. »Ich habe die Geschichte von den Zirkusleuten gehört. Und ich hatte den Eindruck, obwohl er sie liebte – und sie ihn –, konnte diese Sache nicht von Dauer sein. Eine ältere Frau ... seine Lehrerin der Magie ... das war wohl für beide eher nur ein Abenteuer.«

»Das stimmt«, räumte Leiria ein. Sie sprach sanft, und ihre Erinnerung kehrte in die Zeit zurück, in der sie Safar kennengelernt hatte. Dann flüsterte sie so leise, daß Jooli sie kaum verstehen konnte: »Allerdings habe ich das am Anfang nicht begriffen.«

Ihr Blick umnebelte sich, während sie an einen Morgen vor vielen Jahren zurückdachte …

Als Leiria am Morgen erwachte, hatte sie sich an Safar geschmiegt. Er wollte vorsichtig seinen Arm zurückziehen. Da er sich so warm anfühlte und sich so liebevoll benahm, lächelte sie ihn an. Sie drängte sich an ihn und wollte ihm noch mehr von dem schenken, was sie die ganze Nacht genossen hatten. Safar jedoch war angespannt. Sie spürte, daß er im Innersten glaubte, er habe eine andere betrogen.

Er befreite sich höflich, aber bestimmt von ihr. »Ich muß mich um meine Pflichten kümmern«, entschuldigte er sich.

Zunächst zog Leiria einen Schmollmund, dann kicherte sie und stand auf. »Ich darf nicht so selbstsüchtig sein und Euch all Eurer Kraft berauben, mein Lord.«

Safar brachte ein schwaches Lächeln zustande, das Leiria überwältigte. Die Stärke ihrer Gefühle überraschte sie. Noch vor kurzem war die Kriegerin die Konkubine von König Protarus gewesen. Wie konnte sie sich da so schnell in einen anderen verlieben? Verlegen und verwirrt begann sie, sich hastig anzuziehen.

Aber sie konnte sich eine Bemerkung nicht verkneifen. »Ihr habt heute nacht den Namen einer anderen Frau gerufen«, sagte sie.

Sie gab sich Mühe, ihre Stimme unbeteiligt klingen zu lassen, dennoch konnte sie den Schmerz nicht vollkommen verbergen. Das Zucken von Safars Augen entging ihr nicht. Er hatte mitbekommen, wie sehr sie verletzt war. Und dafür liebte sie ihn um so mehr.

»Ja«, antwortete Safar leise.

Leiria zuckte mit den Schultern. »Das macht mir nichts aus«, sagte sie. »Es ist gut, wenn Euer Herz treu ist.« Sie hielt den Kopf gesenkt und konzentrierte sich darauf, ihre Waffen umzuschnallen. »Der König hat mir befohlen, Euch ein wenig zu trösten und Euch mit meinem Leben zu beschützen.«

Sie hob den Kopf, und Safar entdeckte Tränen in ihren Augen. »Die Befehle des Königs«, sagte sie, »befolge ich mit Freuden.«

Nun richtete sie sich auf, von Kopf bis Fuß eine königliche Kriegerin. So überzeugend sie es nur zustande brachte, fügte sie hinzu: »Ich werde Euch beschützen, und ich werde auch diese andere Frau für Euch sein, solange es Euch gefällt.«

Nach diesen Worten hätte sie ihn am liebsten verlassen. Doch eins lag ihr noch auf dem Herzen, und deshalb sagte sie: »Und vielleicht werdet Ihr eines Tages dann meinen Namen aussprechen … statt des ihren.«

Mit diesen Worten floh sie.

Leiria kehrte in die Gegenwart zurück und spürte Joolis Blick auf sich ruhen. »Die Frau hieß Nerisa«, erklärte sie. »Safar hat sie geliebt, und sie starb eines tragischen Todes.«

Sie zuckte mit den Schultern. »Aber was viel tragischer ist: Er gibt sich selbst die Schuld daran. Und ebenso die an Methydias Tod.«

»Entspricht das denn der Wahrheit?« fragte Jooli.

»Nicht im mindesten«, sagte Leiria. »Doch so ist Safar eben. Er lädt alle Schuld auf sich.«

»Du bist auch in ihn verliebt, nicht wahr?« wollte Jooli wissen.

Leiria errötete. Leise antwortete sie: »Ja … Wir waren einst … Liebhaber.«

»Er hat dich fortgeschickt«, hakte Jooli nach, »wegen seiner Schuldgefühle?«

Leiria rieb sich das Auge. »Nein, ich habe ihn fortgeschickt. Oder besser, ich habe ihn verlassen. Allerdings wegen seiner Schuldgefühle, ja.«

»Und jetzt wünschst du, es nicht getan zu haben?« bohrte Jooli weiter.

Letria nickte nur.

»Was wirst du machen?«

Die Kriegerin schüttelte den Kopf. »Nichts. Was geschehen ist, ist geschehen.«

Jooli legte ihr die Hand auf die Schulter. »Schwester«, sagte sie, »danke. Du hast mich davon abgehalten, einen großen Fehler zu begehen.«

Sie blickte Leiria tief in die Augen. »Ich möchte dir diese Hilfe mit einem guten Rat vergelten. Du hast nicht recht, Schwester. Du hattest damals nicht recht, und so ist es noch immer. Wenn der richtige Zeitpunkt kommt, mußt du deinen Fehler wiedergutmachen. Dann werdet ihr beide glücklicher sein.«

Damit drehte sie sich um und betrat ihre Kabine. Leiria starrte hinter ihr her und wußte vor Überraschung nichts zu erwidern.

»Mit Vater stimmt etwas nicht«, stellte Palimak fest.

Er lag in seiner Koje und hatte die Hände hinter dem Kopf verschränkt, während die beiden Gehilfen auf seiner Brust hockten und Süßigkeiten und Käse knabberten.

Gundara rülpste. »Natürlich stimmt etwas nicht mit ihm. Er ist ein Meister, oder nicht? Meister haben immer Würmer im Gehirn.« Wieder ein Aufstoßen. »Anwesende ausgenommen.«

»Wo wir von Würmern sprechen«, fiel Gundaree ein. »Ich habe kürzlich einen richtig netten fetten in einem Zwieback gefunden. Kö–öst–lich! Besser als alter Käse.«

»Du bist einfach widerlich«, schnaubte Gundara. »Wie kannst du dich nur selbst ertragen?«

»Würmer, Würmer, Würmer«, sang Gundaree.

»Hör auf!« schrie Gundara. »Mir wird ganz übel!«

»Große, fette, saftige«, fuhr Gundaree fort. »Würmer in deinen Süßigkeiten. Würmer in deinen Korinthen. Würmer, Würmer, Würmer!«

»Halt den Mund, du!«

»Sag nicht: Halt den Mund! Halt du doch den Mund.«

»Halt den Mund, halt den Mund, halt den Mund – aua!«

Gundara rieb sich das Hinterteil. Palimak hatte mit dem Finger dagegen geschnippt. »Warum hast du das gemacht?« jammerte er. »Ich habe schließlich nicht über Würmer geredet.«

»Und ich habe nicht als erster ›halt den Mund!‹ gesagt – aua!«

Jetzt rieb sich Gundaree den Allerwertesten.

»Würdet ihr mir nun euer Ohr leihen, Jungs?« fragte Palimak.

Die Zwillinge murmelten: »Ja, Kleiner Meister«, während sie sich immer noch den Hintern rieben.

»Also, ich habe über Vater gesprochen«, nahm Palimak den Faden wieder auf. »Mit ihm stimmt etwas nicht, aber ich begreife einfach nicht, was. Seit seiner Rückkehr benimmt er sich … also … ich weiß nicht …« – er zuckte mit den Schultern – »seltsam, finde ich.«

»Kommt mir auch so vor«, stimmte Gundara zu.

»Und mir auch«, schloß sich Gundaree an.

»Nur, warum fragst du uns, Kleiner Meister?« wollte Gundara wissen. »Wir interessieren uns doch nicht dafür, wie sich Menschen benehmen. Menschen sind eben Menschen, also im allgemeinen ziemlich dumm.«

»Ja«, befand auch Gundaree. »Manchmal sind Menschen auf die eine Weise dumm. Und dann wieder auf die andere. Was uns allerdings gleichgültig ist. Dumm ist dumm. Was gibt es da sonst noch zu bereden?«

Palimak seufzte und riß sich zusammen, damit er nicht die Geduld verlor. Er fütterte sie mit noch mehr Korinthen und Käse, damit sie den Mund hielten.

»Ich habe die Magie gemeint«, sagte er. »Könnte ihm in dieser Zauberwelt, in der er war, irgend etwas zugestoßen sein?«

Gundara zuckte mit den Achseln. »Sicherlich wäre das möglich. Ist aber nicht passiert.«

»Woher weißt du das?« erkundigte sich Palimak.

Gundaree kicherte. »Jetzt ist er genauso wie ein Mensch: dumm.«

»Ich bin zum Teil auch Dämon«, erinnerte Palimak ihn.

Gundara rülpste laut. »Wo liegt da der Unterschied. Der eine ist dumm ohne Horn, der andere mit. Trotzdem: dumm!«

»Also gut«, gab Palimak zu. »Ich bin also dumm. Aber wenn ich so dumm bin, woher weiß ich das, solange es mir niemand sagt?«

Gundaree kicherte. »Das ist doch unsere Aufgabe. Bleib einfach bei uns, und wir sagen dir stets, daß du dumm bist.«

»Du hörst aber sowieso nicht auf uns«, mischte sich Gundara ein. »Wie oft haben wir dich gewarnt: ›Lauf weg, Palimak, lauf weg! Lauf um dein Leben!‹« Er warf seinem Meister einen tadelnden Blick zu. »Doch du läufst nicht weg. Und eines Tages wird es dich erwischen. Merk dir meine Worte!«

»Ich werde sie mir hinter die Ohren schreiben«, erwiderte Palimak. »Meine Frage habt ihr noch immer nicht beantwortet. Warum bin ich dumm, was meinen Vater betrifft?«

Gundaree seufzte tief und des Themas müde. »Weil, Kleiner Meister, wenn mit seiner Magie etwas nicht stimmte, würden wir das schließlich wissen, nicht? Und du auch. Du bist immerhin ebenfalls ein Zauberer!«

»Aber was die Zauberei betrifft, seid ihr beide besser als ich«, wandte Palimak ein. »Viel besser. Die Hexe, die euch erschaffen hat, verlieh euch große Kräfte, damit ihr euren Meister beschützen könnt.« Er zeigte auf die Tür. »Wenn sich draußen vor der Tür etwas befinden würde, das eine Gefahr für mich darstellt, würdet ihr das doch sofort bemerken. Und mich warnen. Oder nicht?«

Gundara schauderte: »Da kommt etwas, Kleiner Meister!« kreischte er plötzlich.

»Hör mit dem Unsinn auf«, befahl ihm Palimak gereizt. »Ich meine es ernst.«

»Und wir auch!« schrie Gundaree. »Paß auf, Kleiner Meister, da kommt es.«

In diesem Augenblick hörte Palimak, wie ein schwerer Körper gegen seine Kabinentür schlug.

26
Coralean

Coralean schlief unruhig in seiner Koje, da hörte er das Kratzen an seiner Kabinentür.

Der Tag war miserabel gewesen. Abwechselnd hatte er den Kapitänen seiner Flotte gut zugeredet und sie bedroht, denn alle waren mißgünstig wegen der stattlichen Summen, die der Mannschaft der *Nepenthe* gezahlt worden waren.

Dabei war es ganz gleich, daß keiner von ihnen Safar auf seiner geheimnisvollen Reise hatte begleiten wollen. Und auch, daß das Kamel nun aus dem Stall war und ein jeder wußte, wie gefährlich die Fahrt rund um die Welt werden würde. Zudem bot sie ja auch nur eine winzige Chance auf Erfolg.

Allein der Gedanke, andere Männer genössen einen fetteren Beutel als sie, war für diese Piraten bereits unerträglich. Sie wollten mehr Geld, und das sofort, oder sie würden die Blockade gegen König Rhodes aufheben.

Am Ende hatte Coralean sie doch dazu gebracht, eine niedrigere Summe zu akzeptieren. Immerhin versüßte er die Abmachung mit der Aussicht auf Prämien für jeden weiteren Monat, den sie die Küste von Syrapis bewachten.

Eigentlich war Coralean sehr unsicher, ob er erfolgreich gewesen war. Eine Blockade war unglaublich langweilig, man segelte vor dem zugewiesenen Stück Küste hin und her, tagein, tagaus, und nur gelegentlich fand man in den freien Häfen wie Xiap ein wenig ausschweifende Abwechslung.

Diese Männer waren an Kampf gewöhnt, und jetzt, da Syrapis mehr oder weniger befriedet war, sehnten sie sich zurück nach ihrem früheren Leben.

In gewisser Weise konnte er ihnen deswegen nicht einmal einen Vorwurf machen. Auch er war bitter enttäuscht, weil er nicht mit Safar hatte segeln können. Ohne Zweifel würde bei ihm etwas los sein. Vor allem besorgte ihn, daß Safars Erfolgschancen ohne Coraleans Verhandlungsgeschick, welches er über viele Jahre im wilden Esmir erworben hatte, arg gemindert würden.

Dennoch, dachte er, hatte sich seinem teuren Freund keine andere Möglichkeit geboten. Safar brauchte den weisen alten Coralean daheim in Syrapis, damit er die Flotte befehligte und die Kyranier vor den streitsüchtigen Königen und Königinnen von Hanadu beschützte. Insbesondere vor diesem Teufel Rhodes. Diesem schmutzigen Kameldungfresser. Diesem verräterischen Bandwurm.

Man wußte nie, wann und wo Rhodes als nächstes zuschlagen würde.

Der Karawanenmeister schnaubte. Mochte er es nur versuchen! Coralean, einst der Stier des Landes, war nun der Stier des Meeres. Wenn Rhodes sich zum Angriff entschloß, würde er es mit dem listigen alten Coralean zu tun bekommen.

Diese Gedanke allein hätte dem guten Mann schon einen ruhigen Schlaf bescheren sollen. Aber andere, vordringlichere Sorgen gesellten sich noch dazu. Er sehnte sich nach dem Trost einer seiner Gemahlinnen. Unglücklicherweise hatte er von seinen dreiundzwanzig Frauen, die ihren Gatten und Liebhaber ohne Unterlaß priesen, nur Eeda mit zur Flotte genommen.

Eeda war seine jüngste Braut. Sie war kaum achtzehn und damit jünger als manches von Coraleans fünfzig Kindern. Im Bett voller Lust und Kühnheit, war Eeda von so freundlicher Natur, daß nur ein oder zwei seiner anderen Frauen Eifersucht ihr gegenüber empfanden. Aber diese Eifersucht könnte er gewiß bei seiner

Rückkehr mit Juwelen, kostbaren Stoffen und seiner Leidenschaft besänftigen.

Im Augenblick wünschte sich Coralean allerdings, er hätte sich nicht vor seinen ehelichen Pflichten gedrückt. Seit er zu der Flotte gestoßen war, war der armen Eeda ständig übel geworden. Offensichtlich ging sie mit einem Kind schwanger und litt unter den üblichen Symptomen. Aus diesem Grund schlief sie in einem eigenen Bett und hatte Coralean allein in seinem zurückgelassen.

Natürlich mißgönnte er ihr die Ruhe nicht.

War nicht Coralean der verständnisvollste Gemahl, der seine Frauen abgöttisch liebte? Kümmerte er sich nicht um ein jedes ihrer Bedürfnisse und ließ sogar allen ein privates Zimmer, damit sie sich in Zeiten wie diesen zurückziehen konnten?

Coralean stöhnte und drehte sich unbehaglich in seiner Koje um. Manchmal, nur manchmal, wünschte er, nicht so ein Stier von einem Mann zu sein, dessen mächtige Saat so rasch und leicht Wurzeln schlug, wodurch ihm die wichtigste aller Freuden verwehrt wurde.

In diesem Augenblick hörte er das Kratzen an der Tür.

Aha! dachte er. Das muß Eeda sein. Ihre Übelkeit ist vorüber, und nun sehnt sie sich nach den starken Armen ihres Stiers, ihres Coraleans.

Eifrig erhob er sich und ging zur Tür. Das weiße Schlafhemd schlackerte um seinen fülligen Leib wie ein Zelt im Wüstenwind. Er erhob die Hand zum Riegel, doch kurz, bevor er ihn zurückzog, zögerte er.

Wenn es nun nicht Eeda war? Sondern jemand, der Coralean Böses antun wollte? Einer von Rhodes' Spionen vielleicht. Es war durchaus vorstellbar, daß ein Meuchelmörder die zwei Meilen von Xiap hierher schwamm und unter dem Mantel der tiefschwarzen Nacht an Bord schlüpfte.

Woher würde dieser Mörder wissen, in welcher Kabine sich Coralean aufhielt? Erneut keine unlösbare Aufgabe. Vermutlich hätte er einen Helfershelfer an Bord. Diese Männer waren schließlich Piraten. Coraleans Leben war ihnen nicht mehr wert als die Münze in ihrer Hand.

Einer von ihnen mochte nicht mit den Vereinbarungen einverstanden sein und hatte beschlossen, den Karawanenmeister an Rhodes' Schergen zu verkaufen.

Coraleans Lust verwandelte sich in Zorn. Da er ein Mann war, der viele Feinde hatte – wenngleich in seinen Augen gänzlich unverdient –, lebte er nur noch deshalb, weil er stets auf seine Instinkte gehört hatte.

Abermals kratzte es. Diesmal stellte er sich aber anstelle von Eeda einen Meuchler mit gezücktem Dolch auf der anderen Seite der Tür vor.

Coralean nahm sein Schwert zur Hand und riß mit der anderen die Tür weit auf. Davor stand eine geduckte Gestalt, und Coralean holte weit aus, damit er den Meuchelmörder in zwei Teile hacken konnte.

In diesem Augenblick vernahm er eine leise Stimme.

»Herr und Meister!«

Es war Eeda!

Coralean bremste gerade noch rechtzeitig seinen Hieb ab.

Sein Herz klopfte wild vor Aufregung darüber, welche Untat er beinahe begangen hätte. Er beugte sich vor und zog das arme Mädchen zu sich heran.

»Tut mir leid, Kleines«, sagte er und umarmte sie. »Ich wollte dich nicht verängstigen. Wirst du Coralean jemals vergeben können? Der sein liebstes Weib für einen Meuchelmörder hielt?«

Zu seiner Überraschung zischte Eeda: »Still!« und schob ihn in das Zimmer. Sie fuhr herum, schloß leise die Tür, verriegelte sie und wandte sich wieder ihm zu.

»Noch sind sie nicht hier, mein Herr Gemahl«, flüsterte sie, »aber das werden sie bald sein!«

Coralean runzelte die Stirn. So lieblich und jung Eeda sein

mochte, sie blieb dennoch die Tochter eines wilden Häuptlings von Syrapis. Dementsprechend kannte sie sich mit dem Dolch des Meuchelmörders gut aus. Er glaubte ihr daher und zog sich rasch an.

»Wer sind diese Männer, meine Teure?« grollte er. »Und woher kennst du ihren Plan?«

»Vorhin hat mich die Übelkeit übermannt, mein Herr Gemahl«, erklärte sie. »Deshalb hatte ich das kleine runde Fenster in meiner Kabine geschlossen. Später wurde mir fiebrig zumute, und ich sehnte mich nach frischer Luft. So öffnete ich das Fenster, damit die Brise hereinwehen konnte. Aber das Fenster ist zu klein, und die Luft wollte nicht frischer werden. Also steckte ich meinen Kopf nach draußen.«

Der Karawanenmeister schlüpfte gerade in seine Stiefel. »Fahr nur fort, meine Liebste. Sag Coralean, was als nächstes geschah.«

»Wie du weißt, mein Herr Gemahl, befindet sich meine Kabine unter der des Kapitäns. Und sein kleines rundes Fenster stand ebenfalls offen.«

»Man nennt es Bullauge, Teuerste«, berichtigte Coralean sie. Eeda war eine rechte Landratte und kannte sich mit der Seemannssprache nicht aus.

Sie zuckte mit den Schultern. »Danke, daß du mich darauf hingewiesen hast, mein Herr Gemahl.«

Ihr Ton klang hingegen eher scharf und weniger dankbar. Der Karawanenmeister fühlte sich noch mehr zu ihr hingezogen. Er mochte Frauen, die sich vor einem frechen Wort nicht scheuten!

»Bitte, erzähle nur weiter, meine Kleine«, drängte er sie.

Eeda nickte und nahm seine Worte als Entschuldigung an. Denn Coralean würde sowieso niemals seinen Gemahlinnen gegenüber einen Fehler eingestehen.

»Der Kapitän unterhielt sich mit einigen anderen Männern«, sagte sie. »Ich weiß nicht, mit wem, aber sie gehörten gewiß nicht zur Mannschaft. Ihrem barbarischen Akzent zufolge waren sie bestimmt aus Hanadu.«

»Rhodes' Männer?« knurrte Coralean und schnallte sich das Schwert um.

»Genau jene, mein Herr Gemahl«, bestätigte Eeda. »Mein lieber Herr Vater war ein Prinz, der eine unübertroffene Anzahl von Männern haßte. Aber von allen seinen Feinden verachtete er König Rhodes am meisten.«

»Auch aus diesem Grund bewundert Coralean deinen Vater«, sagte der Karawanenmeister. »Jetzt berichte mir, Teure, konntest du die Pläne dieser Männer belauschen?«

»Ja, mein Herr Gemahl. Sie beabsichtigen, deine Soldaten zu töten. Dich und mich wollen sie als Geiseln gefangennehmen.«

»Mögen sie es versuchen«, fauchte Coralean und legte die Hand auf das Heft seines Schwertes.

»Habe ich nicht gesagt, daß sie das beabsichtigen?« betonte Eada. Sie setzte Coraleans männlichem Stolz ein wenig zu sehr zu. Der Karawanenmeister runzelte die Stirn, entgegnete hingegen nichts. »Zudem solltest du wissen, daß dies nicht das einzige Schiff ist, welches sich in Gefahr befindet. Mehrere andere Kapitäne machen ebenfalls mit Rhodes gemeinsame Sache. Zumindest hat das einer der Männer behauptet.«

Ihre hübsche Stirn legte sich in Falten, während ihr etwas anderes einfiel. »Dieser Mann, mein Herr Gemahl. Der Kapitän hat seinen Namen gebraucht. Er hieß Tabusir. Lord Tabusir. Und ich hatte den Eindruck, daß die Idee zu dieser Verschwörung von ihm stammt. Und daß er König Rhodes für ihre Ausführung Rede und Antwort stehen muß.«

In diesem Augenblick hörte Coralean Stiefeltritte auf der Treppe über sich. Dann die entsetzten Schreie von Soldaten, die im Schlaf von Tabusirs Meuchelmördern übermannt wurden.

Er wollte seinen Harnisch anlegen, damit er sich hinauf in das Kampfgetümmel stürzen konnte. Im nächsten Moment kamen die Schritte jedoch bereits die Treppe herunter und den Gang entlang auf seine Tür zu.

Die Kampfgeräusche hatten geendet. Oben würde er keine Hilfe mehr leisten können.

»Verzeih, mein Herr Gemahl«, sagte Eeda.

Er blickte sie an. Sein Weib hatte seine Streitaxt gefunden und zeigte auf das Bullauge.

»Vielleicht könntest du das kleine runde Fenster ein bißchen vergrößern?« schlug sie vor.

»Bei den Göttern, Weib, du bist ein Wunder!« brüllte Coralean, der sich nicht darum scherte, ob der Feind seine Stimme vernahm.

Eeda errötete und nickte. »Ich danke dir, mein Herr Gemahl«, erwiderte sie artig.

Daraufhin zog sie einen Dolch aus ihrem Mieder und hielt an der Tür Wache, derweil Coralean auf das »kleine runde Fenster« einhackte, bis es groß genug war, daß er hindurchpaßte.

Gerade, als er Eeda an der Taille packte und sie durch das Loch schob, brachen die Männer die Tür auf.

Und während sie nach innen aufgestoßen wurde und die Verräter in seine Kabine stürmten, zwängte Coralean seinen Leib durch das Loch und fiel ins Wasser.

Hustend und nach Luft japsend tauchte er auf, doch zwei kräftige Hände packten ihn am Kragen und zogen ihn wieder unter die Oberfläche.

Er trat mit den Füßen und wollte atmen, doch abermals wurde er nach unten gezerrt.

Endlich hatte er seine Hände befreit, packte eine schlanke Gestalt an der Taille und schob den Kopf an die Luft, wo er tief, tief Atem holte.

»Vergib mir, mein Herr Gemahl!« schluchzte Eeda, »nur kann ich leider nicht schwimmen.«

Über sich hörte er die Rufe der Männer in der Kabine, welcher die beiden kurz zuvor entkommen waren. »Er ist geflohen! Ihm nach!«

Donnernde Stiefeltritte polterten über Deck.

»Hol tief Luft!« befahl Coralean seinem Weib.

Nachdem sie ihre Lungen gefüllt hatte, tauchte er erneut und zog die ängstliche Eeda mit sich.

Pfeile und Speere regneten auf sie herab.

Coralean hielt Eeda mit einem Arm fest und tauchte tiefer. Er folgte der Form des Bugs und schwamm unter dem Schiff hindurch.

»Klettere auf meinen Rücken«, flüsterte er Eeda zu, sobald sie die Wasseroberfläche erreicht hatten.

Rasch tat sie, wie er ihr gesagt hatte, und er schwamm mit starken Armen durch die Wellen von dem Schiff fort.

Hinter ihnen ertönten erneut Rufe, denn die Meuterer hatten ihn erneut entdeckt. Diesmal ignorierte er sie und schwamm weiter, auf das nächste Schiff in ungefähr einer Meile Entfernung zu.

Er betete nur, daß sie nicht auf die Idee kommen würden, ein Boot zu Wasser zu lassen und ihn zu verfolgen.

Sein Gebet wurde erhört, jedoch fielen neben ihm klatschend Pfeile ins Wasser. Die Männer an Bord wollten es sich so einfach wie möglich machen, doch es war Nacht, und das Licht des Dämonenmondes täuschte das Auge.

Wenn die Göttin des Schicksals ihm nur so lange zulächeln würde, bis er ausreichend Abstand gewonnen hätte!

In dieser Nacht mußte sie zwei Gesichter besitzen, von denen das eine lächelte, das andere jedoch die Stirn runzelte. Denn Eeda und er entkamen den Pfeilen, doch während sie sich dem anderen Schiff näherten, hörten sie Kampflärm übers Meer hallen. Offensichtlich würden sie dort keine Zuflucht finden.

Coralean hielt an, trat Wasser und überlegte, wie es denn jetzt weitergehen sollte. Auf dem nächsten Schiff brannte ein Feuer, und das verhieß nichts Gutes.

Verdammt, sie hatten also drei Schiffe an den Feind verloren!

Eeda zog ihn sanft am Kragen. »Sieh, mein Herr Gemahl!« flüsterte sie. »Dort, links!«

Coralean paddelte herum und sah ein leeres Boot, das ungefähr fünfzig Meter entfernt im Wasser schaukelte. Offensichtlich war es während des Überfalls irgendwie über Bord gegangen.

Er hielt darauf zu, und bald hievten er und Eeda sich über den Rand. Coralean verlor keine Zeit. Rasch fand er die Ruder und legte sich in die Riemen. Wie er so dasaß, klitschnaß und von Seetang bedeckt, und mit seinen muskelbepackten Armen ruderte, glich er einem dicken Gott aus den Tiefen des Ozeans.

Eine halbe Stunde später befanden sie sich unter dem Bug der *Tegula* und belauschten, was an Bord vor sich ging. Männer unterhielten sich, allerdings so leise, daß man nicht erkennen konnte, ob es sich um Freund oder Feind handelte. Wer immer sie waren, offensichtlich hatten sie die Vorgänge auf den anderen Schiffen bemerkt.

Eeda zupfte ihn am Ärmel und gab ihm ein Zeichen. Coralean drehte sich um. Die Flammen auf dem brennenden Schiff waren gelöscht. Jetzt hatte es die Segel gesetzt und fuhr hinaus aufs Meer. Die anderen beiden Schiffe waren ebenfalls bereits unterwegs und hatten beinahe schon das Ende der Bucht erreicht.

Voller Wut fluchte er, und plötzlich war es ihm gleichgültig, ob ihn oben an Bord Freund oder Feind erwartete. Daher wollte er sein Schwert ziehen, doch die Scheide war leer. Er hatte seine Waffe beim Schwimmen verloren.

In diesem Augenblick hörte Coralean das Klatschen eines anderen Bootes und griff sich ein Ruder als Waffe. Eeda zog ihren Dolch und bereitete sich darauf vor, an der Seite ihres Gemahls zu kämpfen.

Dann rief eine grimmige Stimme: »Eine Bewegung, du Schurke in Rhodes' Diensten, und du bekommst meinen Pfeil zum Abendbrot.«

Coraleans Herz vollführte vor Freude einen Sprung, denn vor ihm befand sich ein kyranischer Soldat.

»Wir sind in Sicherheit, mein Herr Gemahl!« rief Eeda.

Sie warf die Arme um ihn und hätte sie dabei beinahe beide ins Wasser geworfen.

Einige Stunden später hatte Rhodes mit seinen drei Schiffen die schmale Spitze von Syrapis erreicht. Ein Schwarm Boote hielt auf sie zu. Jedes hatte eine Öllampe am Mast angebracht, und so sah es aus, als würde eine seiner kostbarsten Perlenketten aus seiner Schatzkammer draußen auf dem Meer schaukeln …

Für Rhodes überstieg der Wert dieser Boote jedoch den einer ganzen Truhe voller Perlen. Denn jedes war mit Soldaten, Waffen und Vorräten für viele Monate beladen.

Der König schritt glücklich auf dem Deck seines Kommandoschiffes, der *Kray*, hin und her. Innerhalb weniger Stunden würde er fünfhundert Soldaten an Bord der drei Schiffe haben. Und dann würde die Reise losgehen, ehe die Kyranier den Braten gerochen hatten.

Enttäuscht war er einzig, weil es ihm nicht gelungen war, Coralean gefangenzunehmen. Doch das war jetzt gleichgültig.

Selbst der listige alte Teufel würde nicht auf das kommen, was Rhodes vorhatte, bevor es zu spät war.

Wenn sie von dem Überfall auf die Schiffe erführen, würden die Kyranier denken, Rhodes plane vom Meer aus einen Angriff auf ihr Land. Sie würden so rasch wie möglich ihre Festung zur Verteidigung bereitmachen. Und ihm dann ihre verbliebenen Schiffe entgegenschicken.

Nur würden sie ihn nicht mehr antreffen.

Kichernd stellte er sich ihre verstörten Gesichter vor, wenn sie endlich begriffen, was vor sich ging. Bei den Göttern, manchmal war es zu schön, König zu sein!

Kalasariz teilte seine Freude und genoß die heißen Säfte des Sieges. *Brillant, Majestät, brillant,* lobte er mit seiner leisen inneren Stimme, an die Rhodes sich inzwischen sehr gut gewöhnt hatte.

Und nicht mehr lange, Majestät, fügte Kalasariz hinzu, *dann werdet Ihr noch größeren Ruhm erleben, wenn Ihr Safar Timura eingeholt und vernichtet habt und dazu diesen Dämonen, den er seinen Sohn nennt.*

Rhodes nickte heftig und bemerkte Tabusir und seine anderen Offiziere nicht, die in der Nähe standen und sich über das Murmeln und Nicken ihres Königs wunderten. War ihr Herrscher plötzlich betrunken?

Dann drang Clayres Stimme zu Rhodes vor und verdarb seine gute Laune. »Sohn, mein Sohn! Komm sofort her. Ich brauche dich.«

»Diese alte Hure!« knurrte Rhodes leise.

Macht Euch keine Gedanken, Majestät, tröstete ihn Kalasariz. *Nachdem wir die Timuras erst einmal gefangen haben, werden wir sie nicht mehr brauchen.*

Clayre rief: »Hast du mich nicht gehört, mein Sohn? Ich habe nach dir gerufen!«

Rhodes kicherte nur, da Kalasariz ihn aufgeheitert hatte, und machte sich zur Kabine der Königinhexe auf.

Und er rief flötend: »Ich komme schon, Mutter!«

27
Trost des Geschöpfes

»Öffne nicht die Tür, Kleiner Meister!« flüsterte Gundara.

»Das wäre ganz gewiß keine gute Idee!« pflichtete Gundaree bei.

Abermals hörte Palimak das dumpfen Pochen an der Tür seiner Kabine.

»Was ist das?« fragte er.

»Etwas ganz, ganz Gemeines«, erklärte Gundara.

»Und Hungriges«, fügte Gundaree hinzu. »Das hast du vergessen.«

»Immer mußt du mich verbessern«, schnaubte Gundara. »Gemeine Dinger sind sowieso meistens hungrig. Deshalb sind sie so gemein.«

Palimak legte den Zeigefinger an die Lippen und bat um Stille. Auf einen Wink sprangen die beiden Gehilfen jeweils auf eine seiner Schultern.

Er legte das Ohr an die Tür und lauschte. Nichts.

Nein, Augenblick mal! Er konnte ein Knarren vernehmen. Es erinnerte ihn an dicke Äste eines Baumes. Sehr merkwürdig.

Nun öffnete Palimak die mentalen Tore zu seiner Dämonenseite, und seine Sinne wurden schärfer. Neben dem Geräusch von sich bewegenden Ästen hörte er ein leises Klicken. Wie das von Käfern? Nein, nein. Wieder das Klicken. Waren es mehrere?

Vorsichtig streckte er seine magischen Fühler aus. Er spürte die vibrierende Aura eines einzelnen Geschöpfes. Aber welcher Art es war, konnte er nicht erkennen.

Daher schob er sein Astraltentakel weiter vor und tastete aufmerksam herum.

Zuerst kam das warnende Summen von Magie. Dann versengte etwas seine Sinne, und er zog sich rasch zurück.

»Es weiß noch nicht, daß du wach bist, Kleiner Meister«, flüsterte Gundara.

»Das war nur seine Rüstung«, erklärte Gundaree.

Palimak tropfte der Schweiß vom Gesicht. Das lag allerdings nicht an der Anspannung. Nein, in der Kabine war es deutlich wärmer geworden.

Dann hörte er mit seinen Dämonenohren ein Rascheln, als würde der Wind durch eine alte Kiefer säuseln. Und abermals dieses Klicken. Sehr, sehr leise.

»Es will mit mir und Gundaree reden«, sagte Gundara.

»Aber wir sollen dich nicht aufwecken«, ergänzte Gundaree.

»Antwortet«, forderte Palimak sie auf.

Offenbar taten sie das, denn er spürte einen Schauer, der ihm den Rücken hinunterlief, und seine Nackenhaare stellten sich auf. Daraufhin pochte es wieder. Und abermals das Kiefernsäuseln und Käferklicken.

Lastende, lauernde Stille breitete sich aus. Es wurde noch wärmer, und der Schweiß rann in Strömen an Palimak herab. Endlich:

»Eigentlich ist er gar nicht so gemein, Kleiner Meister«, sagte Gundara.

»Überhaupt nicht gemein«, fügte Gundaree hinzu.

»Aber hungrig ist er immer noch«, teilte Gundara mit.

»Ja, und?« wollte Gundaree wissen. »Kann man jemandem Vorwürfe machen, weil er hungrig ist?«

»Das ist wahr«, gab Gundara zu und war einer Meinung mit seinem Bruder, was nicht besonders häufig vorkam. »Ich bin auch hungrig. Und irgendwie fühle ich mich dabei plötzlich richtig gemein.«

»Was will er denn?« fragte Palimak und überging die letzte Bemerkung.

»Ach, nicht viel, Kleiner Meister«, sagte Gundara. Und Palimak konnte ihm das Achselzucken förmlich anhören.

»Er will dich eigentlich nur töten«, fügte Gundaree hinzu.

Palimak zog die Augenbrauen hoch. Erwiderte aber nichts.

»Und er sagt, wir würden dann nicht mehr ständig so hart arbeiten müssen«, erklärte Gundara.

»Mir erscheint er wie ein ganz netter neuer Meister«, meinte Gundaree.

»Was habt ihr ihm geantwortet?« fragte Palimak.

»Oh, nur: Wir würden es uns durch den Kopf gehen lassen«, sagte Gundara.

»Gut«, erwiderte Palimak. »Wir müssen Zeit herausschinden.«

»Na ja, vielleicht lassen wir es uns ja wirklich durch den Kopf gehen«, drohte Gundaree.

»In letzter Zeit hat es überhaupt ein ziemlich schlechtes Essen gegeben«, fiel Gundara mit ein.

Palimak ignorierte ihr Gerede. Seit er sich erinnern konnte, waren die Gehilfen seine Begleiter. Und obwohl sie frech und streitsüchtig waren, stellte er in ihrem tausendjährigen Leben den einzigen Freund dar, den sie je gefunden hatten. Außerdem war ihre Treue an den Besitzer der kleinen Steinschildkröte gebunden, die ihr Zuhause war.

Er wischte sich den Schweiß von der Stirn und sah sich in der Kabine um. Was sollte er tun? Magie fiel aus. Die starke Hitze, erkannte er, war das Nebenprodukt eines Zaubers, der seine Fähigkeiten beschnitt.

Und der Zauber funktionierte sehr gut! Selbst beim Gedanken daran, Magie auszuüben, fühlte er sich schon erschöpft.

Ein offener Angriff war ebenfalls zum Scheitern verurteilt. Was immer dieses Ding war, es war riesig und vermutlich sehr wohl in der Lage, mit Palimak fertig zu werden.

»Warum tritt es nicht einfach die Tür ein und tötet mich?« fragte Palimak. »Warum braucht es euch?«

»Weil du mit unserer Hilfe noch immer Magie ausüben und gegen ihn kämpfen kannst«, erklärte Gundara.

Das überraschte Palimak. »Betrifft euch beide dieser Zauber nicht?«

»Der Kleine Meister ist mal wieder richtig dumm«, grunzte Gundaree.

»Ganz sicherlich!« Gundara schüttelte geringschätzig den Kopf.

»Ruhe!« zischte Palimak. Die Hitze und die Aufregung erfüllten ihn mit Ungeduld. »Ich will eine Antwort auf meine Frage.«

Gundara seufzte lange wie ein Kind, das ein Erwachsener dazu drängt, das Offensichtliche zu erläutern.

»Wir sind aus Magie erschaffen, Kleiner Meister«, sagte er. »Hast du das nicht gewußt?«

»Oh«, gab Palimak zurück und fühlte sich nun tatsächlich dumm.

Die Gehilfen waren im Grunde Geister, die sich komplett aus magischen Partikeln zusammensetzten. Safar hatte es ihm vor langer Zeit einmal erklärt. Er benutzte dazu den Vergleich mit einem Tongefäß voller Wasser. Ein Menschen- oder Dämonenzauberer war ein Gefäß, welches eine gewisse Menge dieser magischen »Flüssigkeit« enthielt. Dagegen waren Geister das Gefäß selbst und dazu der Inhalt.

»Wenn dieser Zauber uns unsere Magie nehmen könnte«, fuhr Gundaree anstelle seines Bruders fort, »wären wir nicht hier. Wir wären tot.«

»Tut mir leid«, sagte Palimak. »Ich wollte nicht so böse werden.«

»Schon in Ordnung, Kleiner Meister«, zeigte sich Gundara gegen seine sonstige Gewohnheit großzügig. »Du kannst ja schließlich nicht immer so perfekt sein wie wir.«

Erneutes Pochen an der Tür. Dann ein Knarren, als hätte sich etwas dagegengelehnt. Palimak sah unter dem Spalt, daß sich die Bodendielen dahinter durchbogen.

»Er wird jetzt langsam unangenehm, Kleiner Meister«, sagte Gundaree. »Wir sollen ihm antworten, oder er kommt trotzdem rein.«

»Haltet ihn noch ein bißchen hin«, gebot Palimak.

Die Zwillinge führten das eigentümliche Gespräch mit diesem Geschöpf fort, das aus Säuseln und Klicken bestand.

Welche Lügen sie ihm auch erzählten, sie schienen ihre Wirkung zu tun, denn das Gewicht zog sich zurück, und die Schiffsplanken sahen wieder normal aus.

Trotzdem wußte Palimak eines: Selbst mit Unterstützung der Gehilfen würde er eine Auseinandersetzung mit diesem Geschöpf nicht überleben. Daher bot sich ihm nur mehr ein Ausweg: Flucht.

Er blickte hinüber zum offenen Bullauge – dem einzigen Ausgang neben der Tür. Aus dem überhitzten Raum zog der Dampf Nebelschwaden gleich hinaus in die Nacht.

Einen Moment lang überlegte er, hinauszuklettern und sich ins Meer fallen zu lassen. Doch gab er diese Idee sofort auf. Das Schiff hatte alle Segel gesetzt, und er würde im Kielwasser zurückbleiben und ertrinken.

Also lief es darauf hinaus, entweder ein feuchtes Grab zu wählen, oder bei lebendigem Leibe gefressen zu werden.

Wie aufs Stichwort sagte Gundara: »Ich habe Hunger!«

»Ich auch«, meldete sich Gundaree.

Abwesend fischte Palimak einen Zwieback aus seiner Tasche und brach ihn in zwei Hälften. Ein kleiner Wurm fiel zu Boden. Palimak betrachtete ihn und daraufhin die beiden Zwiebackstücke. In seinem Kopf formte sich langsam eine neue Idee.

»Was für ein Geschöpf ist das eigentlich?« fragte er die Zwillinge.

»Nun, er ist so etwas wie ein Baum«, antwortete Gundara. »Nur hat er kein Laub.«

»Und gleichzeitig ist er ein Tier«, ergänzte Gundaree. »Nur hat er keine Knochen und keine Haut.«

»Aber viele, viele Zähne«, fügte Gundara hinzu.

»Die sitzen auf seinen Ästen«, erklärte Gundaree weiter. »Viele, viele Zähne und viele, viele kleine Mäuler mit langen, langen Zungen.«

»Leider können wir dir nicht besser helfen, Kleiner Meister«, sagte Gundaree. »Es ist schwierig, ein Ding zu beschreiben, das gleichzeitig ein Tier und ein Baum ist.«

»Aber wir helfen ihm bestimmt nicht, dich umzubringen«, versicherte Gundara.

»Niemals würden wir das tun«, pflichtete Gundaree bei.

Nach einer kurzen Pause meldete sich Gundara jammervoll: »Können wir jetzt essen?«

»Ich will den Wurm!« rief Gundaree und schmatzte laut.

»Diesmal bekommst du ihn nicht«, entgegnete Palimak. »Ich brauche ihn selbst.«

Er hockte sich hin, zog seinen Dolch und schnitt den Wurm in der Mitte durch.

»Das arme Ding«, bemerkte Gundara.

»Was hast du denn plötzlich?« fauchte Gundaree seinen Zwillingsbruder an. »Ist doch nur ein dummer Wurm.«

Gundara wischte sich eine Träne des Mitleids aus dem Auge. »Aber er war so glücklich in diesem Zwieback. Und nun schau ihn dir an. Ein Teil ist ein Kopf ohne Schwanz. Der andere ein Schwanz ohne Kopf.«

»Das bringe ich gleich wieder in Ordnung«, versprach Palimak und plazierte je eins der sich ringelnden Teile auf jeder Seite der Tür.

Dann kroch er leise zum Bett und holte den Krug mit Wasser. Wieder an der Tür, zerkrümelte er den Zwieback, vermischte ihn mit Wasser und bildete zwei Teigklumpen daraus. Diese formte er zu zwei Teigmännchen mit Armen, Beinen, Kopf und einfachen Gesichtern.

»Jetzt verstehe ich«, sagte Gundara. »Die sind so ähnlich wie die Käseungeheuer!«

Er bezog sich auf eines von Palimaks Experimenten als Kind, das ihnen allen eine Menge Ärger mit Safar eingebracht hatte.

»So in der Art«, bestätigte Palimak.

Dann zeigte er auf die beiden Hälften des Wurms, die sich noch immer bewegten. »Los, hinein«, befahl er den Zwillingen.

»Bäh«, machte Gundara.

»Hmm«, machte Gundaree.

Palimak schalt Gundara: »Tu, was ich dir gesagt habe.«

Schmollend stampfte Gundara zu seiner Wurmhälfte hinüber, hielt sich die Nase zu und verschwand darin.

»Jetzt du«, wandte sich Palimak an Gundaree. »Wage es bloß nicht, ihn auch nur anzuknabbern!«

Die Miene des Gehilfen wechselte von Freude zu Zorn. Er stampfte mit dem Fuß auf und grollte: »Nie darf man sich mal ein wenig vergnügen.«

Trotzdem tat er, was er sollte, und verschwand in dem Stück des Wurms, welches für ihn reserviert war. Palimak drückte jede Wurmhälfte in eins der Teigmännchen und stellte sie zu beiden Seiten der Tür auf.

Sehr, sehr langsam zog er den Riegel zurück.

Sein Herz klopfte so heftig, daß er fürchtete, das Geschöpf draußen müsse es hören. Er schlich zu seiner Koje, nahm die Decke und band ein Ende an einem Hocker fest.

Diesen stellte er unter das Bullauge und ergriff nun das lose Ende der Decke.

Daraufhin trug er den Zwillingen auf: »Also gut! Sagt ihm, er soll hereinkommen!«

28

Angriff auf die Nepenthe

Safar war von vier Wölfen mit glühenden Augen und geifernden Mäulern umringt. Sie standen auf den Hinterpfoten und überragten ihn um einen halben Meter. Ihre Vorderpfoten endeten in langen und scharfen Krallen, welche an die von Dämonen erinnerten.

Eine mächtige Magie hielt ihn im Bann, und er konnte sich nicht bewegen, während sie an ihre Beute heranschlichen. Er jammerte im stillen: Wie kann das sein? Ich habe sie doch verdammt noch mal vernichtet! Sie alle!

Ganz aus der Nähe hörte er, wie die Bestien Fleisch zerrissen und Knochen zermalmten. Er konnte den Geruch des Blutes ihrer Opfer riechen. Und dann rüttelte und schüttelte ihn ein entsetzlicher Schauer, der ihm durch Mark und Bein ging, denn eines der Opfer schrie:

»Hilf mir, Vater! Hilf mir!«

Das war Palimak. Er schrie und schlug um sich, während die Ungeheuer ihn bei lebendigem Leib fraßen.

Die Wölfe waren inzwischen ganz dicht bei Safar, und er konnte den Gestank von Aas in ihrem Atem riechen. Wenn er sich nur befreien könnte! Wenn er sich nur auf sie werfen könnte! Oder sie mit einem Zauber vernichten! Der Kampf würde kurz werden und mit seinem Tod enden. Aber das war besser, als zu leben und Palimaks gepeinigte Schreie anhören zu müssen.

Der Königswolf, der größte von ihnen, lachte über Safars Dilemma. Dann sprach er mit Irajs Stimme.

»Nun, da sind wir wieder vereint, alter Freund.«

Der Wolf – Iraj – vollführte eine Geste, und ein Kelch erschien in seinen Klauen. Das Gefäß war zerbrechlich und von feinster Machart, mit wunderschönen, eingravierten Mustern, und Safar erschauerte abermals, weil solcherlei Kunst geschändet wurde. Es war, als müsse man mit ansehen, wie ein verlotterter Unhold der eigenen Schwester Gewalt antut.

Der Königswolf hob den Kelch und sprach höhnisch seinen Trinkspruch: »Für meinen Blutsbruder Safar Timura. Möge er lange sterben!«

Dann trank er den Inhalt aus und zerschmetterte den Kelch auf dem Boden. Die anderen Wölfe knurrten hingerissen.

Und Palimak kreischte: »Hilf mir, Vater!«

Der Königswolf kicherte und ahmte den Schrei nach: »Hilf mir, Vater!«

Sein Kopf senkte sich schlangenartig, bis er Safar in die Augen sehen konnte. »Was ist denn, Safar?« fragte er. »Warum hilfst du ihm nicht?«

Er deutete in die Dunkelheit. »Noch ist etwas von ihm übrig. Wenn du dich beeilst, könntest du einen Arm oder ein Bein retten.«

Safar wollte ihm antworten, doch er brachte kein Wort heraus.

Der Königswolf legte den Kopf schief. »Wie bitte?« fragte er. »Ich kann dich nicht verstehen.«

Nun sammelte Safar seine gesamte Kraft und krächzte keuchend: »Halt!«

Der Königswolf tat überrascht. »Ist das alles, was du nach all den Jahren zu sagen hast? Halt? Warum sollte ich einhalten? Du hast angefangen. Warum hältst du nicht ein? Dann würden wir vielleicht wieder Freunde sein.«

Und Safar krächzte: »Bitte!«

Sofort begann der Wolf, seine Gestalt zu verändern. Gelenke krachten, Glieder schoben sich mit Gewalt auseinander. Die

Schnauze zog sich zurück, die Augen und die Ohren rückten an eine andere Stelle, und das graue Fell löste sich auf.

Und nun starrte Safar in das Menschengesicht von Iraj Protarus.

»Siehst du, Safar?« sagte er und umfaßte mit einer Geste seinen verwandelten Körper. »Das alles ertrage ich für dich. Und du hast es mit einem einfachen ›bitte‹ erreicht.«

Er wandte sich an die anderen Wölfe. »Bin ich nicht ein verständnisvoller König?« fragte er.

Die Wölfe knurrten zustimmend. Ja, Seine Majestät sei eine Seele von Mensch, sanft und freundlich.

Iraj grinste Safar an, und in seinen dunklen Augen funkelte Freude. Das goldene Haar und der gestutzte Bart leuchteten in einem Sonnenstrahl, der plötzlich irgendwo durch die Wolken brach.

»Willst du Palimak wirklich retten, Bruder?« fragte er. »Was würdest du für ihn geben?«

Ächzend antwortete Safar: »Alles!«

Iraj nickte knapp. »Gut«, sagte er. »Jetzt, da wir uns auf einen Preis geeinigt haben, sollen wir nicht von vorn anfangen?«

Er bewegte die Hand, und mit einem Mal stand Safar auf einem verschneiten Paß. Er war wieder in Esmir, hoch oben im Gebirge, welches die Schwelle der Götter hieß. Er konnte die Glocken der Karawanen klingeln hören, er sah den Wagenzug – Coraleans – der den Serpentinen zu den weißen Gipfel hinauf folgte, die man die Braut und die Sieben Jungfrauen nannte.

Iraj war bei Safar, und er war wieder jung, kaum siebzehn Jahre alt. Safar war ebenfalls jung, sein Körper geschmeidig, sein Herz voller Löwenmut. Iraj zeigte auf die beiden Schluchten, die zur Karawanenstraße führten.

»Die Dämonen«, sagte er.

Safar sah die beiden Trupps berittener Dämonen, die im Hinterhalt lagen.

»Was sollen wir tun?« fragte Safar.

Iraj lachte und zog das Schwert. »Die Karawane warnen.« Und damit rannte er den Berg hinunter.

Inmitten des Laufs drehte er den Kopf um und rief zurück: »Ach, das hätte ich fast vergessen. Palimak ist bei ihnen.«

Und während er weiterhastete und über eisbedeckte Felsen sprang, schrie er: »Folge mir, Bruder! Folge mir!«

Safar jagte hinter ihm. Er stürmte den steilen Hang hinab, das Herz wollte ihm zerspringen, den Mund hatte er voll Asche. Er mußte die Karawane erreichen. Er mußte Coralean warnen.

Aber vor allem wollte er Palimak rechtzeitig erreichen.

Nur je schneller er lief, desto weiter entfernte sich die Karawane. Seine Beine wurden müde, und die Puste ging ihm aus. Dennoch kämpfte er sich weiter voran, rutschte aus und stürzte in den Schnee. Er mühte sich verzweifelt wieder hoch. Dann fiel er, fiel ... hörte den Schlachtruf der Dämonenbanditen, die angriffen. Und nun war es zu spät, zu spät, und Palimak schrie:

»Hilf mir, Vater, bitte!«

Das letzte, was er hörte, was Irajs Lachen.

Safar fuhr ruckartig im Bett hoch und umklammerte die Decke. Irajs Lachen aus dem Traum hallte noch geisterhaft in seinen Ohren nach. Er war durchgeschwitzt und zitterte in der kalten Nachtluft.

Die magischen Öfen, die das Luftschiff antrieben, brummten leise vor sich hin. Aber Safar machte nicht den Fehler, sein Erlebnis für einen bloßen Traum zu halten und sich erleichtert zurückzulehnen.

Um genau zu sein: Bei einigen Elementen handelte es sich gewiß um einen Traum: bei den Wölfen, Iraj und dem Überfall auf die Karawane.

Dennoch bezweifelte er nicht, daß Palimak sich tatsächlich in Gefahr befand. In der Atmosphäre spürte er eine brütende, düstere Macht. Plötzlich fühlte er sich, als schaue er in ein dämonisches

Auge und sehe Palimak, der sich auf der Oberfläche der Iris spiegelte.

Er sprang aus seiner Koje und zog sich hastig an, dann lief er hinaus und schnallte unterwegs den Schwertgurt um. An Deck waren nur ein paar Leute der Mannschaft – der Rest schlief. Aber auf der Brücke entdeckte er Biner am Steuerrad. Safar stieg die Stufen zu ihm hinauf.

»Wo ist das Schiff?« rief er. »Wo ist die *Nepenthe*?«

Biner erkannte sofort, daß etwas nicht stimmte, und er verschwendete keine Zeit mit überflüssigen Kleinigkeiten.

»Eine Meile hinter uns«, antwortete er. »Auf der Leeseite.«

Safar schoß wie der Blitz zur Reling. Das Meer rollte dahin wie eine Flutwelle über eine Sandbank. Kurze, schäumende Wellen bewegten sich unter ihm; die Gischt wirkte im Licht des hellen Dämonenmondes rosafarben. Er sah die aufgeblähten Segel der *Nepenthe* unter sich, genau an der Stelle, die Biner genannt hatte.

»Zurück zur *Nepenthe*!« rief er Biner zu. »Und die Mannschaft soll aufstehen!«

Biner zögerte nicht und brüllte: »Alle Mann an Deck! Alle Mann an Deck!«

Weitere Befehle folgten, und die Nachtwache machte sich sofort daran, die Steuersegel auszurichten, während Biner sich mit aller Kraft ins Steuerrad legte und das Schiff in weitem Bogen wendete.

Die Soldaten und der Rest der Mannschaft strömten an Deck. Leiria lief, von Arlain gefolgt, zur Brücke. Sie hatte Stiefel, Rundschild und Schwertgürtel angelegt und war zum Kampf bereit. In der Hand hielt sie einen Bogen, und einen Köcher mit Pfeilen hatte sie über die Schulter gehängt.

Arlain, die außer bei sehr kaltem Wetter sowieso nicht viel Kleidung trug, hatte ein halb durchsichtiges Nachthemd über ihren wunderschönen Leib gestreift. Auch sie war schon richtig wach und für den Kampf bereit, hatte die Krallen ausgefahren, und Funken und Rauch stoben aus ihrer Drachenschnauze.

»Was ist los?« fragte Leiria Safar.

»Ich weiß es nicht genau«, antwortete der. »Aber Palimak steckt in Schwierigkeiten!«

Leiria stellte keine weiteren Fragen. Sie nickte nur und eilte hinüber zu den Soldaten, brüllte ihnen Befehle zu und brachte sie in Aufstellung. Die langen Tage des Drills zahlten sich nun aus, und alles lief wie ein gut geöltes Uhrwerk. Binnen weniger Minuten waren die Soldaten einsatzbereit.

Arlains Augen glühten vor Zorn. Sie liebte Palimak, als wäre er ihr kleiner Bruder. Da ihrer beider Eltern verschiedenen Arten angehört hatten, hatten sie sich auf Anhieb bestens verstanden.

»Follte ihm irgendwer etwaf antun«, sagte sie, »röft ich diefef Fwein bei lebendigem Leibe!«

Safar hoffte nur, daß es einen Leib zum Rösten gäbe. Denn da hier mächtige Zauberei im Spiel war, hatte er nicht die blasseste Ahnung, mit wem sie es eigentlich zu tun hatten.

Daher antwortete er nur: »Die Enterleinen sollten fertiggemacht werden.«

Arlain stieß Rauch in die Luft und rannte los, um seinen Befehl auszuführen.

Safar beugte sich ungeduldig über die Reling, während sich das Luftschiff langsam der *Nepenthe* näherte. Biner brüllte Befehle und kämpfte gegen den Wind an.

Endlich schwebten sie genau über dem großen Schiff.

»Bring das Luftschiff runter, Biner«, verlangte Safar. »Aber leise.«

Biner nickte. Beste Verteidigung und bester Angriff des Luftschiffs war Überraschung. Denn wer konnte sich schließlich einen Angriff aus der Luft vorstellen. Er gab im Flüsterton mehrere Befehle aus. Die magischen Brenner wurden so weit heruntergefahren, daß sie nur noch leise im Wind summten.

Langsam und vorsichtig ließ die Mannschaft Luft aus den Ballons, und das Luftschiff trieb auf die *Nepenthe* zu.

Safar suchte das dunkle Deck unter sich ab. Er konnte nur ein paar kleine Gestalten darauf erkennen. Da das Wetter ruhig war, hatte man die Nachtwache nur mit wenigen Leuten besetzt, damit alle anderen im Notfall frisch und ausgeschlafen waren.

Die Szene wirkte so friedlich. Die Männer rekelten sich faul. Nur einige Laternen brannten; auf diese Weise wollte man auf der langen Reise Öl sparen.

Plötzlich stand Leiria neben ihm. »Ich sehe nichts«, sagte Safar, »aber ich weiß, sie sind da.«

Leiria schwieg und ließ die erfahrenen Augen über das Schiff und das Meer schweifen.

Zuerst konnte er nur acht knorrige Schemen ausmachen, die am Schiff hingen. Sie wirkten unbeweglich, wie Baumstämme mit Ästen.

Dann entdeckte er dreißig – möglicherweise vierzig – ähnliche Schatten, die im Meer um die *Nepenthe* herum schwammen. Es war, als segele das Schiff durch den Abfall einer Sägemühle. Obwohl es meilenweit kein Land gab, konnte eine Strömung natürlich trotzdem Treibholz hierhergebracht haben.

Safar fragte sich nur, weshalb die Mannschaft das Krachen nicht hörte, wenn die *Nepenthe* gegen die Bäume stieß. Die Männer hätten das Treibholz eigentlich mit langen Stangen aus dem Weg räumen sollen.

»Hast du das bemerkt? Die Bäume dort unten bewegen sich in der gleichen Geschwindigkeit wie wir!«

Zuerst begriff er nicht, worauf sie hinauswollte. Während das Luftschiff sank, erkannte er, daß die Baumstämme regelrecht an den Wänden der *Nepenthe* klebten.

Dann bemerkte er eine Bewegung bei zwei der acht Schemen, die am Bug hingen. Und auf dem Schiff, das durch die Wogen schnitt, reagierte niemand darauf.

Safar zog seinen Dolch. Er flüsterte einen Zauber der Enthüllung und schnitt einen weiten Kreis in die Luft. Der Bereich, den er umzeichnet hatte, glitzerte im Licht des Dämonenmondes wie eine mit Öl eingestrichene Fensterscheibe.

Er sah hindurch. Der Kreis hatte die Wirkung der Linsen eines riesigen Schiffsteleskops.

»Was zum Teufel ist das?« platzte Leiria heraus.

Und Safar schoß exakt der gleiche Gedanke durch den Kopf. Denn das, was sie sahen, konnte nur eine Ausgeburt der Hölle sein. An den Seiten der *Nepenthe* klebten riesige, lebendige Wesen, deren Körper wie tote, knorrige Baumstämme erschienen.

Er erhöhte den Verstärkungsgrad und konnte nun die Dutzende von Armen und Beinen jedes Baumes erkennen. Diese waren wie von Blutegeln mit unzähligen kleinen Mäulern übersät. Aus jedem Maul schlängelte sich eine spitze Zunge zwischen scharfen Zähnen heraus.

Jetzt hörte Safar ein vielfaches Klicken, das ihn an eine Armee hungriger Krabben erinnerte, die über einen Strand marschieren. Offensichtlich handelte es sich dabei um eine Art Signal, denn die acht Kreaturen, die am Bug der *Nepenthe* hingen, kletterten nun an Deck. Und die Mehrzahl, die noch draußen im Meer schwamm, hielt auf die Seitenwände des Schiffes zu, um zu ihren Genossen zu stoßen.

Das Luftvergrößerungsglas löste sich auf, als Safar zu Biner rannte und ihm die Neuigkeiten zuflüsterte. Da sie sehr dicht an der *Nepenthe* waren, konnte das leiseste Geräusch sie verraten.

Biner gab seinen Leuten ein Zeichen, und sofort wurde weitergegeben: »Bereitmachen zum Entern!« Auf dem ganzen Deck warteten die Soldaten gespannt auf den nächsten Befehl.

Safar eilte zurück zu Leiria an der Reling. Sie hatte ihr Schwert gezogen und ein eigentümliches Grinsen aufgesetzt.

Doch keineswegs, weil sie vergnügt war. Es handelte sich schlicht um die Grimasse, mit der sie stets in den Kampf ging. Safar hatte dieses Grinsen schon oft in der blutigsten Schlacht gesehen, während sie gnadenlos ihre Gegner niedermachte.

Ehe er sein eigenes Schwert zog, nahm er noch eine Verstärkungspille aus der Tasche. Er mußte die *Nepenthe* warnen. Unglücklicherweise durfte er dies erst im allerletzten Moment tun. Sonst wäre der Überraschungsangriff keiner geworden.

Seine Nerven waren angespannt wie die Saiten einer Leier. Sein Herz pochte gegen die Rippen. Er beobachtete die erste Gruppe der Baumwesen, die sich den nichtsahnenden Seeleuten näherte. Die zweite, weitaus größere Gruppe kletterte gerade über die Reling an Deck.

Dann strichen die Enterleinen des Luftschiffs über das Deck der *Nepenthe*, und er zerbrach die Pille.

»Alle Mann an Deck!« rief er. »Wir werden angegriffen!«

Wegen der Verstärkungspille klang sein Ruf so laut wie der eines Riesen. Seine Worte donnerten durch die Nacht und wiederholten sich mehrmals:

»ALLE MANN AN DECK! ALLE MANN AN DECK! WIR WERDEN ANGEGRIFFEN!«

Safar wartete nicht ab, welche Wirkung diese Warnung zeitigte, sondern schnappte sich sofort eine Enterleine. Daran ließ er sich hinab, wobei er sich die Haut der Handinnenflächen verbrannte. Doch spürte er den Schmerz nicht. Irgendwann ließ er los, fiel auf das Schiff, landete in der Hocke und erhob sich geschmeidig wie eine Katze.

Mit ausgestrecktem Schwert griff er die Baumwesen an, von denen sich etliche überrascht umdrehten.

Leiria war bei ihm und stieß ihren wilden Schlachtruf aus.

Hinter sich hörte er die Rufe seiner Soldaten, die sich ins Gefecht stürzten. Biner brüllte vor Wut und übertönte alle anderen, nur das Drachenkreischen von Arlain nicht, bei dem einem das Blut in den Adern stockte.

Safar fühlte sich unglaublich mächtig und schnell, als besäße er plötzlich die Kraft zweier Männer. Er machte einen Satz auf das erste Baumwesen zu, und sein Sprung trug ihn sieben Meter weit.

Das Wesen überragte ihn um mindestens anderthalb Meter. Die Münder an den langen, knorrigen Zweigen hatten spitze Zähne und bissen nach ihm, aber er schlug sie mit dem Schwert ab.

Eine grünlichweiße Flüssigkeit spritzte schäumend und zischend auf das Deck. Einige Tropfen trafen seine Schwerthand. Er spürte, daß sein Fleisch versengt wurde, doch in seiner Blutgier achtete er nicht darauf.

Er schlug auf den Stamm ein, und seine Klinge schnitt tief hinein. Das Wesen brach auf Deck zusammen, schlug wild mit Ästen und Zweigen um sich, und die Zähne klapperten laut.

Verflucht, es starb nicht! Das Baumwesen kämpfte weiter und schlug mit seinen tödlichen Zweigen zu!

Hinter ihm ragte plötzlich ein Schatten auf. Er drehte sich um und wußte, daß es zu spät war, dennoch hieb er verzweifelt auf den Angreifer ein.

Äste packten ihn und drückten ihn auf das Deck. Dort hielten sie ihn fest, und scharfe Zähne schnappten nach seinem Rücken.

Dann ließ das Baumwesen unvermittelt los und kippte um.

Safar wälzte sich herum. Leiria hackte mit dem Schwert auf den Baum ein. Ihr Lederharnisch zischte, während sich die Säure hineinbrannte.

Aus großer Ferne hörte er Khysmets schrilles Wiehern, den Schlachtruf des Hengstes. Krachend zertrümmerte das Pferd seinen hölzernen Stall und zog in den Kampf.

Dann schrie Jooli, und endlich kam auch die Mannschaft der *Nepenthe* an Deck gestürmt.

Leiria riß Safar auf die Beine, und Seite an Seite griffen sie ein riesiges Baumwesen an, das auf sie zukrabbelte, wobei es die großen Wurzeln wie Füße benutzte.

Durch den wütenden Angriff wurden sie zurückgetrieben, und ihnen blieb nur eins: Sie mußten diesen fleischfressenden Mäulern ausweichen.

Im nächsten Moment tauchte Khysmet hinter dem Baumungeheuer auf, stellte sich auf die Hinterbeine und trat es mit den scharfen Hufen nieder.

Mit lautem Knacken brach die Bestie in zwei Teile.

Safar schwang sich auf Khysmets Rücken und streckte Leiria die Hand entgegen. Sie sprang hinter ihm auf, und die beiden stürzten sich ins Gefecht und teilten nach allen Seiten fürchterliche Hiebe aus.

Die *Nepenthe* hatte noch immer alle Segel gesetzt, und so war das Deck ein schwankendes, schlüpfriges Schlachtfeld. Khysmet machte das nichts aus, er sprang umher wie ein Löwe und biß und trat nach den Baumwesen.

Obwohl mittlerweile die ganze Mannschaft und alle Soldaten beider Schiffe kämpften, sah die Sache für die Kyranier nicht gut aus. Die Baumwesen wollten einfach nicht sterben, sondern fochten mit ungehemmter Wildheit, ganz gleich, welche Wunden sie dabei erlitten.

Selbst die abgehackten Zweige blieben gefährlich, da sie sich den Männern um die Beine wanden und mit den Zähnen zubissen.

Die einzigen Schmerzensschreie, die Safar vernahm, stammten von Menschen.

Und die einzigen Toten, die er sah, waren seine eigenen Leute.

29
Hexenwelt

König Rhodes und seine Mutter genossen die Schlacht um die *Nepenthe*.

Über dem Tisch mit den goldenen Kacheln schwebte ein exaktes Abbild der Ereignisse, die sich Hunderte von Meilen von ihrem eigenen Schiff entfernt zutrugen. Dort glänzte das nächtliche Meer, und die Gischt schimmerte rosafarben im Licht des Dämonenmondes.

Eine Miniatur der *Nepenthe* schoß unter vollen Segeln durch die Wellen. Über ihr flog das Luftschiff, von dem die Enterleinen herabhingen. Überall an Deck kämpften die winzigen Figuren der Kyranier tapfer, doch ohne Hoffnung, gegen die Baumwesen.

Sie konnten sogar Safar und Leiria sehen, die auf dem Rücken von Khysmet durch das Gefecht wüteten und mit den Schwertern in alle Richtungen schlugen.

»Oh, was für eine Vorstellung! Was für eine Vorstellung!« rief Rhodes, während eines der Ungeheuer Leiria vom Hengst zerrte.

Kalasariz, der die Szene durch die Augen des Königs beobachtete, freute sich ebensosehr. Von allen Menschen und Dämonen, die er haßte, stand Leiria ziemlich weit oben auf seiner Liste.

Er hatte nicht recht an das Gelingen des Plans geglaubt, als Clayre ihn vor einigen Tagen vorgeschlagen hatte. Jetzt war er fast verwirklicht – denn der Tod von Safar und Palimak stand jeden Augenblick bevor –, was ihm so sehr gefiel, daß er fast ein wenig eifersüchtig wurde, weil er nicht selbst auf die Idee gekommen war.

Während die Schlacht auf der *Nepenthe* tobte, dachte Kalasariz an den Tag zurück, an dem Clayre ihre Eingebung gehabt hatte.

Die Schiffe zu stehlen war natürlich ihm eingefallen. Das war jene Art hinterhältiger Überfall, in der er es zur Meisterschaft gebracht hatte, als er vor langer Zeit noch einer der drei Herrscher von Walaria gewesen war.

Auch auf die Idee, Safar zu verfolgen, war er gekommen, und er hatte sich große Mühe geben müssen, Rhodes und Clayre von dieser Maßnahme zu überzeugen.

Der König und seine Mutter wären schon zufrieden gewesen, mit den Schiffen einfach nur die kyranische Festung anzugreifen. Denn als Inselbewohner hörten ihre Träume von Macht exakt an den Küsten von Syrapis auf.

Kalasariz legte ihnen die ganze Welt zu Füßen, und zuerst mußten sie ihre Phantasie ziemlich anstrengen, um über diesen syrapischen Sand- und Felshügel hinauszudenken.

Schließlich hatten seine geschmeidigen Worte der Verführung ihre Wirkung gezeigt. Sie mußten schließlich nur Safar und Palimak in die Finger bekommen – ob tot oder lebendig war dabei nicht wichtig – und ihnen würde unermeßliche Macht gehören. Eine Macht, um die sie gar die Götter beneiden würden.

Der Wurm im Apfel – und das hatte Kalasariz ihnen lieber verschwiegen – bestand darin, daß er außerdem Iraj Protarus brauchte. Kalasariz vermutete nur, ihn in der Nähe von Safar zu finden.

Nur einer Sache war er sich sicher: Sobald er Safars Leiche in die Hände bekam, würde ihm irgendein Zauber den Aufenthaltsort seines früheren Königs enthüllen.

Hatte er erst einmal Iraj in der Gewalt, würde er auch diese beiden barbarischen Verbündeten loswerden. Dann könnte er als Alleinherrscher regieren.

Früher einmal war er damit zufrieden gewesen, Macht zu teilen oder sogar nur aus dem Schatten eines Throns heraus zu wirken.

Seit er in Syrapis eingetroffen war und sich im Körper von Rhodes eingenistet hatte, war in ihm eine geistige Wandlung vorgegangen, die ihn mehr und mehr begeisterte.

Jetzt verstand er endlich, warum man Königen und Verbündeten nicht vertrauen durfte, solange man ihnen nicht mit dem Stiefel die Kehle zudrückte. Und diesen glücklichen Zustand erreichte man nur, wenn man sich den königlichen Mantel selbst umhängte.

Anfangs war die Schwierigkeit, Safar zu erwischen, das einzige Ärgernis an seinem Plan gewesen. Die *Nepenthe* hatte einen Vorsprung von vielen Tagen, und um die Kyranier einzuholen, brauchte man mehr Glück als Verstand. Hätte man das jedoch erst einmal geschafft, wären die Timuras leicht zu überwältigen. Sie würden schließlich mit drei Schiffen kommen, die bis an den Rand mit Soldaten vollgestopft waren, während die *Nepenthe* nur eine kleine Streitmacht hatte.

Auch das Luftschiff wäre Safar dann nicht mehr von großem Vorteil, denn Kalasariz wollte mit voller Wucht zuschlagen, wenn die Kyranier an Land waren und Vorräte und Wasser holten.

Um Safar zu überraschen, mußten sie ihn jedoch zunächst einholen. Kalasariz wußte nicht, wie ihm das gelingen sollte, und er hoffte auf Stürme oder einen Unfall, der die *Nepenthe* aufhalten würde.

Seiner Erfahrung nach neigte sich das Glück für gewöhnlich eher dem Jäger und weniger dem Gejagten zu.

Clayre dagegen trug sich mit anderen Absichten. Sie wollte das Schiff durch Zauberei aufhalten und sich nicht auf bloßes Glück verlassen. Selbst mit den neuen magischen Kräften, die Kalasariz inzwischen besaß – dank des Mahls, welches ihm Fari und Luka bereitet hatten –, war ihm nicht recht klar, auf welche Weise das bewerkstelligt werden sollte.

Die Entfernung war einfach zu groß. Außerdem kannten sie die genaue Position der *Nepenthe* nicht.

Die Königinhexe hatte dieses Problem recht bald gelöst. Zuerst kramte sie eine alte Schriftrolle hervor. Es handelte sich um eine Kopie der Weltkarte, die Asper einst persönlich während seiner Reisen angefertigt hatte. Sie hatte das kostbare Stück von Charize, der verräterischen Wächterin der Gruft Aspers, geschenkt bekommen.

»Daß ich das Ding jemals gebrauchen könnte«, sagte sie, »habe ich mir nie vorzustellen vermocht. Jedenfalls befinden sich noch einige schwache Spuren von Aspers Magie darauf. Genug, um eine Warze zu kurieren, mehr aber bestimmt nicht. Allerdings habe ich diese Angewohnheit, niemals etwas fortzuwerfen, und aus diesem Grund habe ich sie aufbewahrt. Man kann ja nie wissen.«

Sie hatte auch noch eine weitere Überraschung parat. »Bring mir das Gold, das du von Palimak Timura hast«, befahl sie ihrem Sohn.

Damit berührte sie Rhodes' empfindlichste Stelle – sein gieriges Herz.

»Das Gold gehört mir«, entgegnete er. »Wenn du dir etwas kaufen möchtest, nimm dein eigenes Geld. Ich habe dir schließlich genug gegeben, das wissen die Götter und mein Kämmerer. Außerdem habe ich mir dieses Gold schwer erarbeitet.«

Bei der Erinnerung daran, wie Palimak und Leiria ihn vor seinem versammelten Hof erniedrigt hatten, verfinsterte sich seine Miene.

»Das war die schlimmste Demütigung, die ich je erlebt habe«, fügte er hinzu. »Und alles Gold der Welt genügt nicht, damit ich sie vergesse.«

Natürlich war das eine maßlose Übertreibung. Für Geld und Macht würde Rhodes alles tun.

Zum Beispiel seine leibliche Tochter Jooli opfern.

Kalasariz konnte ihn durchaus verstehen. Obwohl Gold für ihn nie von besonderer Wichtigkeit gewesen war, abgesehen von der Macht, die es besaß, war er in anderer Hinsicht ebenso gierig.

Und er wußte auch, wie es war, von einem Timura herabgewürdigt zu werden. Er hatte, was das betraf, noch einige Hühnchen mit Safar zu rupfen.

Trotzdem vermutete Kalasariz hinter Clayres Forderung mehr als die Notwendigkeit, Ausrüstung für ihre Zauberei zu kaufen. Sie hatte es zwar nicht konkret gesagt, aber sie wollte eben unbedingt Palimaks Gold. Und nicht irgendwelche Münzen aus der königlichen Schatzkammer.

Er rührte sich und gab Rhodes zu verstehen, daß er etwas zu sagen habe. Nachdem der König ihm seine Aufmerksamkeit zugewandt hatte, erklärte er: *Gewiß, Majestät, sie ist eine gierige Hure, doch vielleicht steckt hinter ihrer Bitte etwas anderes.*

Rhodes' Stirn legte sich in tiefe Falten, dennoch spürte Kalasariz, wie sich seine Nerven entspannten. Zuerst wollte der König seine Mutter allerdings aushorchen.

»Warum mußt du dich ständig mit mir über jede Kleinigkeit streiten, mein Sohn?« fragte sie. »Dein Vater war genauso, und sieh dir nur an, was aus ihm geworden ist.«

»Er ist tot«, antwortete Rhodes frech.

»Eben. Tot«, stimmte Clayre zu.

Sie seufzte und dachte an ihren Gemahl zurück. »Ich schwöre dir, ganz egal, was ich auch sagte, dein Vater hatte einen Einwand dagegen. Wenn wir uns bei Tisch über eine Hirschkeule unterhielten und ich der Meinung war, sie sei pikant, sagte er, sie sei süß. Und nie hörte er mir zu. Niemals! Anscheinend verstopfte er jedesmal die Ohren mit Wachs, wenn ich in seine Nähe kam.«

Clayre lächelte. »Am Ende habe ich ihm das Wachs aus den Ohren genommen. Leider kann eine Leiche nicht hören. Wenigstens seinem Geist habe ich meinen Standpunkt klargemacht.«

Rhodes konnte einen Schauder kaum unterdrücken. Neugierig schaute sich Kalasariz in seinem Gedächtnis um. Er sah ein Bild, auf dem Clayre ihrem schlafenden Gemahl heißes, giftiges Öl in die Ohren träufelte. Augenblicklich stieg die Königinhexe in seiner Achtung.

Vielleicht war sie eine schwierige Frau, einen Sinn für Humor konnte man ihr hingegen nicht absprechen.

Clayre starrte ihren sturen Sohn an. »Ich bitte dich also nochmals, mein Sohn, mir freundlichst Palimak Timuras Gold zu bringen. Hmm?«

Rhodes zuckte angesichts der unausgesprochenen Drohung zusammen. »Oder was?« fragte er.

»Oder ich kann dir nicht helfen, das Schiff zu finden. Das ist alles. Was hast du denn gedacht?«

»Nicht so wichtig«, gab sich Rhodes geschlagen. »Ich hole das Gold.«

Nachdem er mit dem Geldbeutel zurückgekehrt war, ließ Clayre das Gold auf den magischen Tisch fallen. Mit zusammengekniffenen Augen sortierte sie die Münzen. Schließlich hob sie eine in die Luft.

»Diese ist die richtige«, sagte sie. Die anderen tat sie mit einer Handbewegung ab. »Jene dort kannst du zurückhaben.«

Verwirrt, aber immens erleichtert, raffte Rhodes das Gold rasch zusammen und verstaute es wieder in dem Beutel. Eine Münze fiel zu Boden, und deshalb mußte er sich auf Händc und Knie hinunterlassen, um sie zu suchen.

Kalasariz wäre beinahe der Kragen geplatzt. So benahm sich ein König nicht. Dennoch schwieg er. Er wollte Rhodes denken lassen, er sei sein bester Freund, und daher sollte er sich besser nicht allzu kritisch zeigen. Ach, gut, dachte er. Das Leben in einem anderen Menschen hatte so seine Bürden, selbst wenn der Gastgeber die ganze körperliche Arbeit übernahm.

»Warum hast du ausgerechnet diese Münze ausgewählt, Mutter?« fragte sich Rhodes, nachdem er den Beutel verstaut hatte.

»Weil ihr die stärkste Witterung anhaftet«, erklärte sie. »Offensichtlich hat der junge Palimak sie am längsten in der Hand gehalten. Vielleicht hat er auch hineingebissen, als er den Beutel bekommen hat, um zu prüfen, ob es sich tatsächlich um reines Gold handelt. Darauf befinden sich immerhin die deutlichsten Spuren seiner Aura, und die müssen wir jetzt ausnützen.«

Ohne weitere Erklärung rollte sie die Karte aus und legte sie auf die goldenen Kacheln. Mit vier schwarzen Kerzenstümpfen beschwerte sie die Ecken. Die Goldmünze plazierte sie in der Mitte.

»Und jetzt hilf mir bitte«, sagte sie.

Gehorsam trat Rhodes an den Tisch. Während sich Clayre konzentrierte, fachte auch Kalasariz sein magisches Feuer an und schlug mit roten, heißen Peitschen auf die Kobolde – Fari und Luka – ein, bis deren magische Energien überkochten und mit seiner eigenen verschmolzen.

Das gefiel Kalasariz an seinen jüngst erworbenen Fähigkeiten am besten. Die beiden Dämonen waren haßerfüllte Kreaturen, die seit langem nach einer Möglichkeit gesucht hatten, ihn aus dem Weg zu räumen. Ihre Qualen schenkten ihm nun ein Vergnügen, das fast an sexuelle Lust grenzte. In seiner gegenwärtigen Gestalt konnte er den Paarungsakt jedoch nur über Rhodes genießen.

Und der König war ein Rammler, der keinerlei Stil zeigte und durch sein Gebaren Kalasariz' Appetit lediglich anheizte.

Während er seine Kräfte ausrichtete und sie zu Clayres beachtenswerter Macht hinzufügte, sah er, daß die Münze sich plötzlich bewegte. Zunächst zitterte sie kaum wahrnehmbar, nur zögerlich. Schließlich schob sie sich ein paar Zoll nach links, dann nach rechts, und wieder zurück zur Mitte.

Dort verharrte sie zitternd, schoß daraufhin ein Stück unterhalb des Mittelpunktes und kam zur Ruhe.

Clayre fuchtelte mit der Hand über der Münze herum, und allmählich veränderte sie Form, Größe und Farbe, bis sie eine exakte Kopie der *Nepenthe* darstellte, deren Segel sich in einem Wind aus der Geisterwelt blähten.

Nun unterbrach sie die magische Verbindung, und Kalasariz sank erschöpft zurück.

Rhodes beugte sich neugierig über den Tisch, und durch die Augen des Königs sah Kalasariz das Schiff, welches ein wenig südlich einer großen Landmasse durch den Ozean kreuzte.

»Sie sind gerade an Aroborus vorbei«, stellte Clayre fest. »Das Land der Wälder.«

»Jetzt wissen wir zwar, wo sie stecken«, bemerkte Rhodes, »nur, wie können wir sie aufhalten?«

»Keine Sorge, mein Sohn«, erwiderte Clayre mit überlegenem Selbstvertrauen, »da wird mir schon etwas einfallen.«

Zärtlich betrachtete Kalasariz die winzigen Baumwesen, die der kyranischen Streitmacht zusetzten und die Verteidiger über das Deck der *Nepenthe* trieben.

Clayre hatte sich selbst übertroffen. Inspiriert vom Land der Wälder, hatte sie einen einzigartigen und hinterhältigen Gegner erschaffen, der Safar Timura aufhalten und ihn möglicherweise mitsamt seinen Vertrauten vernichten würde.

Kalasariz sah, daß Leiria noch immer am Boden lag und sich kaum gegen einen der Bäume wehren konnte, während Safar auf dem großen weißen Hengst verzweifelt und vergeblich darum kämpfte, sie zu erreichen.

Plötzlich kam Jooli dazu, und sie war mit einem Speer bewaffnet. Sie setzte das Ende des Schaftes auf das Deck und schwang sich über mehrere der Baumbestien hinweg zu Leiria.

Dann stach sie auf den Angreifer ein, der sich auf die kyranische Kriegerin stürzen wollte, und hielt diesen lange genug zurück, bis Leiria stand und sich wieder selbst verteidigen konnte.

»Du mußt doch zugeben«, knurrte Rhodes voller Stolz, »daß meine Tochter ein tapferer Soldat ist. Leider hat sich diese kleine Hexe als Verräterin herausgestellt und die Seiten gewechselt.«

Clayre teilte seinen Stolz nicht. Der Anblick ihrer Enkelin versetzte sie lediglich in schäumende Wut.

»Um die werde ich mich jetzt kümmern«, fauchte sie.

Sie zog eine lange, spitze Nadel aus ihrem Haar und rieb sie heftig am Ärmel ihres seidenen Gewandes. Kalasariz spürte die wachsende Energie, und schließlich sprühten magische Funken.

Dann wollte Clayre die winzige Figur von Jooli stechen.

Während die Nadel sich senkte, beobachtete Kalasariz seinen alten Feind Safar, der plötzlich das Schwert in die Scheide steckte. Statt dessen zog er einen seltsamen Gegenstand aus dem Umhang, den der Oberspion nicht richtig erkennen konnte.

Als er ihn an die Lippen setzte, sah Kalasariz, daß es sich wohl um eine Art Horn handeln mußte.

Und in dem Augenblick, in dem Clayre nach Jooli pikte, stieß Safar hinein. Der Ton donnerte durch Clayres Kabine wie der einer riesenhaften Trompete.

Die Königinhexe verfolgte schockiert zwei neue Erscheinungen auf den goldenen Kacheln. Die Gestalten waren ihr vage vertraut, aber ihr blieb keine Zeit, lange nachzudenken, woher sie sie kannte.

Etwas flog zu ihr hoch.

Instinktiv duckte sie sich.

Ein helles weißes Licht flammte auf und blendete einen jeden im Raum.

Kurz darauf war die lebende Szene auf dem Meer verschwunden.

Nur ein dunkler Fleck auf den goldenen Kacheln blieb zurück und wies auf die Stelle hin, wo die Schlacht um die *Nepenthe* gewütet hatte.

Rhodes fuhr zu der Hexe herum. Auf seiner puterroten Miene spiegelte sich Zorn. Er hatte die beiden magischen Kreaturen erkannt.

»Verdammt, Mutter«, brüllte er, »habe ich es dir nicht gesagt! Vielleicht solltest du mir allmählich auch mal ein wenig zuhören!«

Clayre war verblüfft. »Was denn, wovon spricht du, mein Sohn?«

»Das Wandgemälde, Mutter!« fauchte er. »Du hast gesagt, ich solle mir darüber keine Gedanken machen. Aber bei den Göttern, die uns so übel mitspielen, es verfolgt uns immer noch mit seinem Spuk!«

30
Im dunklen Meer

Safar bemerkte, daß Leiria verschwunden war, und diese Wahrnehmung traf ihn, als habe ein Pfeil sein Herz durchbohrt. Eines der riesigen Geschöpfe ragte über ihm auf und schlug mit den tödlichen Ästen nach ihm. Doch darauf gab er kaum acht. In diesem schrecklichen Augenblick zählte nur die Angst um Leiria.

Khysmet rettete ihn, indem er herumfuhr und nach den klappernden Zähnen und dornigen Zungen trat und das Baumwesen fortschleuderte.

Langsam erholte sich Safar von dem Schock. Leiria lag auf dem Deck und schlug wild und voller Verzweiflung auf das große Baumwesen vor ihr ein. Eines ihrer blutverschmierten Beine hatte sich in einem schlangenartigen Zweig verfangen, und sie wurde unaufhaltsam auf den knorrigen Stamm zu gezogen.

Safar gab Khysmet die Sporen, und sie stürmten vor, wurden jedoch von drei anderen Bäumen zurückgeworfen, die sich ihnen in den Weg stellten.

Hart kämpften sie, er und Khysmet, aber gegen diese lebendige Mauer der Pein verloren sie zunehmend an Boden.

Dann eilte Jooli zu Leirias Rettung herbei. Während sie mit dem Speer zustach, schlug Leiria den Zweig durch, der sie am Bein festhielt, und dann trieben die beiden Kriegerinnen das Baumwesen zurück.

In diesem Augenblick überkam ihn ein eigentümliches Gefühl. Es schien, als sei er in zwei Teile gespalten, und einer der zwei – ein

Geist-Selbst – stehe in großer Entfernung und beobachte den Fortgang der Schlacht. Er konnte sogar sich selbst sehen, wie er auf Khysmet Seite an Seite mit den anderen focht.

Obwohl es eine göttliche Sicht war, empfand er ganz und gar menschliche Gefühle – er fürchtete, seine Freunde müßten bald eines grausamen Todes sterben.

Nun hörte sein Geist-Selbst ein Flüstern: *Safar, Safar.*

Es kam aus seiner Nähe, genau bei seinem Ohr. Er stellte sich sogar den warmen Atem vor, der ihm durchs Haar strich.

Sieh zum Himmel, Bruder! fuhr die wispernde Stimme fort.

Er blickte auf und entdeckte nichts außer dem Nachthimmel. Ein Wolkenband verschleierte den Dämonenmond und trübte sein rotes Licht. Die Sterne funkelten so kalt und mitleidlos wie eh und je.

Nun bemerkte er jenseits der Nacht einen schwachen goldenen Schimmer. Als wäre die Dunkelheit nur ein dünner Schleier vor einer glänzenden ätherischen Oberfläche.

Darin sah er die Umrisse zweier riesiger Gesichter. Wem sie gehörten, konnte er nicht ausmachen, aber sie beobachteten das Schauspiel.

Dann bewegte sich etwas. Die Luft verwirbelte. Zunächst wurde die goldene Oberfläche durchstochen. Daraufhin der schwarze Schleier, die Nacht.

Eine lange, schlanke Flammennadel senkte sich auf die *Nepenthe* herab. Seine Augen folgten der Stoßrichtung, während die Nadel dünner, spitzer, heißer wurde.

Er zuckte zusammen: Sie zielte geradewegs auf Jooli!

Plötzlich verschwand sein Geist-Selbst, und er befand sie wieder mitten in der Schlacht. Er schlug verzweifelt auf die drei Baumwesen ein, die auf ihn und Khysmet zu drängten.

Jetzt wußte er, aus welchem Grund sie die Schlacht verloren.

Gegen alle natürlichen Instinkte ignorierte er die langen Äste und Zweige des Todes, die nach ihm langten, und schob das Schwert in die Scheide.

Er zwang sich zur Ruhe und zog Aspers Trompete hervor, setzte sie an die Lippen und blies hinein.

Der Ton erschütterte die Welt. Es war, als würden tausend Kriegshörner zur gleichen Zeit erschallen. Jeder auf dem Schiff, auch die Bäume, erstarrte wie in Stein verwandelt.

Hoch über der *Nepenthe* sah Safar das Wandbild der Geisterreiterin. Es war dunstig, geisterhaft und von riesiger Größe. Die wunderschöne Geisterreiterin und ihre Stute erwachten zum Leben.

Sie rief: »Für Safar!«, und Pferd und Reiterin galoppierten aus dem Bild heraus in den Nachthimmel hinein. Sie preschten vor, und unterdessen zog die wundersame Kriegerin den Speer aus einer Schlaufe an ihrem Sattel.

Dann, kurz bevor sie den goldenen Schimmer erreichte, schleuderte sie ihn auf die Beobachter von außen.

Ein weißes Licht flammte grell auf und erlosch. Und mit ihm verschwanden die Gesichter der Beobachter, das goldene Schimmern und das geisterhafte Wandgemälde.

Jetzt prangten nur mehr die kalten Sterne am dunklen Himmel, und der Dämonenmond grinste hämisch auf die *Nepenthe* herab.

Sofort fiel Safar die schwache Veränderung in der Atmosphäre auf. Dann bewegte sich etwas, als würden sich die Partikel, aus denen die Luft bestand, wieder in ihre gewohnte Form begeben.

Doch noch immer hörte er den Lärm der Schlacht und die Schmerzensschreie der Menschen um ihn herum.

Ein langer dicker Ast mit klappernden Zähnen langte nach ihm. Safar brüllte vor Wut und schlug ihn zur Seite. Daraufhin trieb er Khysmet voran und schnitt dem Baumwesen mit dem Schwert den Stamm durch.

Und diesmal schrie das Ungeheuer auf und starb!

Auf dem ganzen Schiff machten die bedrängten Menschen die gleiche Erfahrung.

Biner, der von Dutzenden Wunden übersät war, schwang seine

riesige Keule und schlug ein Baumwesen in zwei Stücke. Er brüllte vor Freude, da es sich im Todeskampf wälzte und starb.

Arlain spuckte einem der Wesen eine lange Feuerzunge entgegen. Zu ihrem Entzücken ging der Baum in Flammen auf und kippte über die Reling ins Meer.

Kairo, der Akrobat, hängte sich an eine der Enterleinen, schwang sich über dem Deck hin und her und zerschlitzte aus der Luft den Feind mit dem Schwert.

Renor und Sinch fingen die Angreifer mit Netzen ein und stießen sie über Bord.

Leiria und Jooli hatten Seile entdeckt. Zusammen legten sie den Baumwesen Schlaufen um die Stämme und warfen sie um. Mit Schwert und Speer metzelten sie diese anschließend nieder.

Auch ohne die magische Unterstützung durch Clayre und Kalasariz waren die Baumwesen nicht leicht zu besiegen. Eine Stunde lang tobte der wütende Kampf noch, und viele Tricks waren notwendig, bevor die Menschen sie alle getötet und ins Wasser geworfen hatten.

Nachdem Leiria und Jooli den letzten erledigt hatten, ritt Safar zu ihnen.

»Habt ihr Palimak gesehen?« fragte er.

Bei dieser Frage schlug Leiria das Herz bis zum Hals. Erschüttert schüttelte sie den Kopf.

Safar sprang aus dem Sattel und rannte zu der Treppe, die zu Palimaks Kabine führte. Leiria und Jooli folgten ihm auf den Fersen.

Er kümmerte sich nicht um die einzelnen Stufen, sondern nahm die Stiege mit einem Satz. Sofort entdeckte er das riesige Loch an der Stelle, wo sich Palimaks Tür befunden hatte. Und er hörte ein trockenes Kratzen. Dort mußte ein weiteres Baumwesen lauern.

Leiria und Jooli hatte ihn inzwischen eingeholt, und er gab ihnen mit einem Zeichen zu verstehen, sie sollten schweigen. Zu dritt und mit gezogenen Waffen liefen sie den Gang entlang.

An der verschwundenen Tür angekommen, spähte Safar hinein. In den Trümmern der Kabine lag eines der Ungeheuer. Viele seiner Äste waren abgerissen, und der Stamm wies enorme Kerben auf. Das Wesen lag offensichtlich im Sterben.

Klopfenden Herzens sah sich Safar in der Kabine um, doch von Palimak fand er keine Spur. Er sank an den zerbrochenen Türpfosten und verspürte tiefe Trauer.

Jooli tötete das Baumwesen, indem sie es mit ihrem Speer durchbohrte. Leiria rief Hilfe herbei, und einige Seeleute kamen herunter und zerrten das Ding nach draußen.

Nachdem die Männer es beseitigt hatten, erholte sich Safar langsam wieder. Und damit schöpfte er neue Hoffnung.

»Palimak läßt sich nicht so leicht unterkriegen«, sagte er.

»Natürlich nicht«, stimmte Leiria zu und tröstete sich mit ihren Worten genauso wie Safar. »Vielleicht konnte er die Kabine rechtzeitig verlassen.«

Safar zuckte zusammen und schüttelte den Kopf. »Ich habe einen der Seeleute sagen hören, niemand habe ihn gesehen, seit er ins Bett gegangen ist.«

Er durchsuchte den Raum nach einen Anzeichen von seinem Sohn. Zuerst fand er nur Schutt – zerschmetterte Möbel, die zerbrochene Koje, Kerben an Wänden und Boden. Dann entdeckte er unter einer kaputten Planke einen Gegenstand, der seine Aufmerksamkeit erregte.

Unter dem Brett kam ein seltsames kleines Ding in Form eines Mannes zu Vorschein. Safar hockte sich hin und betrachtete es genauer.

»Der ist aus Teig geknetet«, sagte er zu Leiria, die ihm über die Schulter sah. Er berührte das Ding. »Ist immer noch feucht.«

Im Bauch des Teigmännchens, dort, wo der Nabel bei einem Menschen gesessen hätte, sah er eine Vertiefung, in der sich etwas bewegte. Safar pulte vorsichtig den Teig zur Seite. Zu seiner Überraschung fand er darunter einen Teil eines noch immer lebenden

Wurmes. Zur gleichen Zeit erspürten seine magischen Sinne Überreste von Zauberei.

Safar grinste. Das war Palimaks Arbeit.

»Das ist ein Käseungeheuer.«

»Was?« fragte Leiria. »Du hast doch gesagt, es sei aus Teig.«

»Egal«, erwiderte Safar.

Er hob einige andere Bretter hoch, bis er ein zweites Teigmännchen entdeckte, dem allerdings ein Bein fehlte.

Immerhin steckte die andere Hälfte des Wurms darin. Langsam beschlich ihn eine Ahnung, was Palimak beabsichtigt hatte.

»Hier drüben«, rief Jooli.

Safar drehte sich um. Jooli zog gerade eine Decke durch das Bullauge herein. Sie hielt diese in die Höhe, und nun sah Safar, daß das eine Ende an einen zerborstenen Hocker gebunden war. Jooli hob ihn vor das Bullauge und nahm Maß. Der Hocker war um einiges größer als die Öffnung.

»Er hat die Decke benutzt, um sich außen vor die Kabine zu hängen«, erklärte sie, »damit ihn das Baumwesen nicht in die Finger bekam.«

Safar stand auf. »Sag dem Kapitän, er soll das Schiff wenden«, bat er Jooli.

Und zu Leiria sagte er: »Bitte Biner, so schnell wie möglich mit dem Luftschiff aufzusteigen. Palimak ist irgendwo dort draußen, und ich beabsichtige, ihn zu finden, und wenn ich jeden Quadratmeter von hier bis nach Aroborus absuchen muß!«

Palimak packte die Decke fester. Die Zwillinge forderte er auf: »Also gut. Sagt ihm, er soll reinkommen!« Und damit kletterte er Kopf voran durch das Bullauge hinaus.

Obwohl er sehr schlank war, blieb er mit den Hüften in der Öffnung hängen, und so befand er sich in einer lächerlichen Lage – halb innerhalb, halb außerhalb der Kabine, wobei er den Allerwertesten dem Ungeheuer zugewendet hatte, wenn es in die Kabine stürmte.

Er begann zu lachen, als er sich bildlich vorstellte, wie erstaunt dieses Wesen angesichts eines solchen Empfangs dreinschauen würde.

Aber das Klappern vieler Zähne trieb ihn weiter voran, und er drängte sich ganz durch das Fenster.

Dann fiel er in die Nacht und kam mit einem Ruck zum Stillstand, da der Hocker, an dem er die Decke befestigt hatte, wie ein Anker vor das Bullauge schlug und sich verhakte.

Einen Moment lang hing er da und schwang mit der Bewegung des Schiffes hin und her. Daraufhin drehte er sich um, stemmte die Füße gegen den Rumpf und zog sich Hand um Hand nach oben, bis er durch die Luke in die Kabine schauen konnte.

Beim Anblick des Ungeheuers stockte ihm der Atem. Es hatte einen knorrigen schwarzen Stamm. Dutzende von Ästen und kleinen Gliedern fuchtelten in der Luft herum. Und auf allen befanden sich Hunderte und Aberhunderte winziger Mäuler mit scharfen, klappernden Zähnen. Das Ungeheuer war wirklich riesig. Es konnte gerade eben in der Kabine aufrecht stehen – neben der zertrümmerten Tür – und seine zerklüftete Spitze drückte sich unter die Zimmerdecke.

Außerdem suchte es nach ihm und drehte sich langsam erst in die eine, dann in die andere Richtung. Lange Zungen mit Widerhaken schossen aus den Mündern wie ein Schlangennest auf der Suche nach Beute. Jeden Augenblick würde er den Zusammenhang zwischen dem Hocker am Bullauge und dem Aufenthaltsort seines Opfers begreifen.

Palimak konzentrierte sich und sammelte seine gesamten Kräfte. Er durchstieß die Mauer zu seiner Dämonenseite und spürte ihre Stärke. Seine Fingernägel wurden zu Krallen und bohrten sich in die Decke. Dadurch hing er fester daran.

Er fühlte, wie sich seine Eckzähne verlängerten, bis ihre scharfen Spitzen über die Unterlippe ragten. Und seine Augen brannten in ihren Höhlen und wurden gelb.

Nun zischelte er die Zauberworte, die er sich als Kind ausgedacht hatte. Dumme Worte, aber damals war er ja noch klein gewesen. Doch in dem Moment, in dem er sie aussprach, brodelte magische Energie in ihm auf. Er rief die Zwillinge, wobei er seine innere »Stimme« benutzte, und befahl ihnen, ihm bei diesem Zauber zu helfen.

Sie antworteten unisono mit ihren Geisterstimmen, die wie kleine Glocken klangen: Hier sind wir, Kleiner Meister! Hier!

Und: Krach! Er beendete den Zauber. In seinen Geist-Ohren grollte es wie Donner, während er seine Magie auf die Kabine zielte. Und: Krach! Krach! Die kleinen Teigmännchen, die Gundara und Gundaree enthielten, sprangen auf die Füße, fuhren herum und stellten sich dem Baumungeheuer. Sie standen jeweils auf einer Seite ihres Gegners, und sie waren so klein und doch nur aus Teig gemacht, daß es sich lächerlich anhörte, davon zu sprechen, sie hätten den Angreifer »umzingelt«.

Aber dann wuchsen sie und wuchsen, bis sie die gleiche Größe wie das Baumwesen erreicht hatten. Jetzt waren sie stark, oh, so stark – der Teig wurde hart wie Stahl – und sie waren ganz und gar nicht mehr lächerlich.

Und lustig ebenfalls nicht mehr. Das Wesen begriff, daß es in die Falle gelockt worden war. Sämtliche todbringenden Zweige peitschten vor und wollten die Gehilfen packen, wollten sie töten.

Die drei merkwürdigen Wesen begannen ihren Kampf. Sie wüteten in der Kabine und zertrümmerten das gesamte Mobiliar. Es krachte und schepperte unentwegt. Doch weder die Gehilfen noch das Baumwesen brüllten oder schrien vor Wut.

Palimak betrachtete sie als drei stumme Riesen, die in einer viel zu kleinen Arena miteinander rangen, der sie nicht entkommen konnten.

Während sich dieser Kampf abspielte, versuchte Palimak, die Wachen auf Deck zu warnen. Aber der Wind und die Wellen verschluckten seine Rufe.

Nun ja, das machte nichts. Denn mittlerweile wendete sich das Blatt zugunsten der Zwillinge. Ihr hartes Teigfleisch widersetzte sich den Zähnen, und sie rissen Glieder und Äste von dem dicken Stamm der Bestie ab. Grünlich graue Säure spritzte nach allen Seiten und versengte zischend Holz und Stoff.

Endlich hatten sie das Wesen vor der Tür in die Enge getrieben und rissen an der zerklüfteten Spitze, die Palimak für den Kopf hielt. Er glaubte schon, die Sache sei vorüber. Das Ungeheuer bewegte sich nur noch schwach, als sei es halbtot.

Plötzlich jedoch richtete es sich auf. War wieder so stark und frisch wie zu Beginn des Kampfes. Und das wütende Gefecht ging von neuem los.

Und abermals.

Und abermals.

Jedesmal, wenn die Zwillinge das Baumwesen fast niedergestreckt hatten, fand es irgendwo neue Kräfte und wehrte sich weiter. Die Minuten zogen sich wie Jahre dahin. Und langsam wurden Palimak und die Zwillinge schwächer.

Er sammelte seine letzte Kraft und versuchte ein letztes Mal, um Hilfe zu rufen. Aber diesmal auf magische Weise, und er wendete sich direkt an Safar:

»Hilf mir, Vater! Hilf mir!«

Einen Augenblick lang dachte Palimak, es sei eine ätherische Verbindung entstanden. In die magische Atmosphäre schien Bewegung zu kommen. Daher klammerte er sich verbissen an die Decke, an der er hing, und befahl den Zwillingen, den Kampf so lange sie konnten durchzuhalten.

Nach einer unendlich langen Zeit hörte er die Stimme seines Vaters:

»ALLE MANN AN DECK! WIR WERDEN ANGEGRIFFEN!« donnerte er.

Und Palimak lachte. Hilfe war unterwegs. Dann hörte er vom Deck oben Schmerzensschreie und Kampflärm. Khysmet wieherte laut und zertrampelte seinen Stall mit den mächtigen Hufen. Leiria und Jooli und Biner und Arlain schrien wild durcheinander.

Alle fochten so verzweifelt wie er selbst.

Die Zwillinge riefen: »Hilf uns, Kleiner Meister! Hilf uns, bitte!«

Und das war das Ende.

Palimak hielt sich mit einer Hand fest, fischte mit der anderen die Steinschildkröte aus der Tasche und hob sie in die Höhe. Er rief die Zwillinge, und die Schildkröte leuchtete auf, als die beiden hineinflohen.

Mit trüben Augen sah er, wie die Teigmänner in sich zusammenbrachen und zu ihrer ursprünglichen Größe schrumpften. Das Ungeheuer drehte sich um und suchte mit zuckenden Schlangenzungen nach ihm.

Er steckte die Schildkröte in die Tasche. Und ließ sich fallen.

Kaltes Salzwasser hüllte ihn ein. Er schwamm an die Oberfläche, und als er den Kopf an der Luft hatte, sah er die *Nepenthe*, die vor ihm davonsegelte.

Ein Seil baumelte an der Seite herunter. Er schwamm darauf zu. Bald brannten seine Arme und Beine fürchterlich. Beinahe hätte er das Seil erwischt. Aber dann blieb er erschöpft, von dem Kampf so schrecklich erschöpft, zurück.

Er konnte nicht mehr schwimmen.

Nun drehte er sich auf den Rücken und ließ sich treiben. Der Kampflärm von der *Nepenthe* wurde leiser und leiser.

Schließlich herrschte Stille um ihn herum. Er war ganz allein.

Dann vernahm er ein Geräusch, und Gundara und Gundaree hüpften auf seine Brust.

»Bitte, Kleiner Meister, gib nicht auf!« bat Gundara.

»Das wäre fürchterlich, wenn du ertrinkst, Kleiner Meister«, fügte Gundaree hinzu.

Palimak konnte nicht anders, er mußte lächeln. »Nett, daß ihr euch zur Abwechslung doch einmal Sorgen um mich macht«, sagte er.

»Natürlich machen wir uns Sorgen, Kleiner Meister«, erwiderte Gundara.

»Aber nicht um dich«, ergänzte Gundaree. »Wenn du hier ertrinkst, werden wir mit dir versinken.«

»Und dann müssen wir bis in alle Ewigkeit auf dem Boden des Meeres leben«, sagte Gundara.

»Etwas Langweiligeres vermag ich mir kaum vorzustellen«, warf Gundaree ein. »Obwohl es vielleicht ganz nett wird, wenn wir nette fette Seewürmer finden.«

»Das ist ja abscheulich«, beschwerte sich Gundara. »Du dummer Wurmfresser.«

»Halt den Mund, Gundara!«

»Nein, halt du den Mund!«

Palimak war zu müde, um sich einzumischen. So trieb er unter dem Dämonenmond dahin und fragte sich, wie lange es wohl dauern würde, bis er ertränke.

Das Geschnatter der Zwillinge hallte über das leere, weite Meer wie die Schreie von ausgesprochen seltsamen Möwen: »Halt den Mund, halt den Mund, halt den Muuuuunnnnd!«

31
Blut und Magie

Wenn der König unglücklich ist, so sagen die Weisen, muß das Volk leiden. Und Rhodes war kein glücklicher König. Er stand an Bord der *Kray*, die von Wind und Regen gepeitscht wurde, und beobachtete grimmig den Scharfrichter, der mit der Axt auf den entblößten Hals eines ebenfalls recht unglücklichen Seemanns zielte.

Die Anklage lautete: Lachen über ein Ungeschick des Königs. Oh ja, der Kerl hatte protestiert. Er habe gar nicht bemerkt, wie Rhodes auf dem glitschigen Deck ausgerutscht und gefallen sei, und er habe nur gelacht, weil ihm sein Kamerad gerade einen Witz erzählt hatte. Gewißlich, dieser Kamerad hatte die Unschuld seines Freundes beteuert und geschworen, keiner der beiden sei Zeuge des königlichen Mißgeschicks gewesen; und der Witz und das Lachen darüber zum gleichen Zeitpunkt sei reiner Zufall gewesen.

Falls die Laune des Königs nur ein bißchen besser gewesen wäre, hätte er vielleicht Gnade gezeigt und dem Freund das Leben geschenkt. Schließlich schätzte Rhodes Treue zu einem Kameraden so hoch wie jeder andere Mann auch. Es hätte genügt, dem Lügner mit glühenden Zangen die Zunge aus dem Mund zu reißen.

An einem Feiertag oder seinem Geburtstag hätte er das Urteil möglicherweise auf hundert Peitschenhiebe und ein anschließendes Bad in Salz und Essig abgemildert.

Allerdings kam Rhodes gerade von einem Streit mit seiner Mutter, und so stand es außer Zweifel, daß beide Männer sterben mußten.

Für gewöhnlich hätte er ein solches Ereignis in aller Ruhe genossen: mit verschiedenen Foltern hätte der Scharfrichter die Männer an den Rand des Todes gebracht. Mit einem besonderen Elixier, dessen Rezept seit Generationen ein Geheimnis der Familie der Henkers war, hätte man die beiden wiederbelebt.

Und am Ende hätte es zwei befriedigende Axthiebe gegeben, und im Anschluß daran hätte man die Köpfe auf Pfähle gesteckt, um alle weiteren Beleidigungen der Würde des Königs ein für allemal zu unterbinden.

Leider trug Rhodes viel Kummer im Herzen, und so konnten ihn nicht einmal diese Freuden aufmuntern.

Alle Mann mußten an Deck antreten, um der Hinrichtung beizuwohnen. Soldaten und Seeleute, Schiffsoffiziere und königliche Berater standen schweigend und unbehaglich im Regen, während zunächst der eine und daraufhin der andere Kopf abgeschlagen wurde.

Nachdem der zweite Kopf gefallen und über das Deck gerollt war, bemerkte Rhodes, wie einer seiner Männer sich abwandte und übergab.

»Der Soldat dort!« brüllte Rhodes Tabusir zu, der stets in seiner Nähe war. »Seinen Kopf will ich auch!«

»Wessen, Majestät?« fragte Tabusir milde.

Der König zeigte mit dem juwelenberingten Finger auf einen Trommler in Uniform. Er war noch jung und zeigte nicht einmal Bartwuchs, geschweige denn, daß er Zeit gehabt hätte, sein Herz gegen solche Härten des Lebens zu stählen.

»Ich will keinen Mann in meiner Armee«, fuhr der König fort, »der den Anblick von ein bißchen Blut nicht ertragen kann.«

Tabusir wies keinesfalls darauf hin, daß der Soldat vermutlich erst dreizehn Jahre alt war. Und nach zwei Enthauptungen war das Hauptdeck über und über mit Blut besudelt, das sich mit dem Regen zu einer roten, schlüpfrigen Masse vermischte. Die Stiefel der Männer sahen bereits aus, als kämen sie aus einem Schlachthaus.

Vielleicht hatte der Spion ein wenig Mitleid mit dem Knaben. Oder möglicherweise zweifelte er ein wenig am Urteil des Königs. Denn den finsteren Blicken nach war keiner der Anwesenden glücklich über die Hinrichtungen. Und vielleicht war es auch ein Hauch von Magenverstimmung. Schließlich hatte er kurz vor der Hinrichtung noch gut und vor allem scharf gegessen.

Jedenfalls stieg Tabusir die Galle in die Kehle. Aber er schluckte sie eilig herunter und salutierte, wobei er selbst in seiner durchnäßten Uniform noch zackig und diensteifrig wirkte.

»Sofort, Majestät!« erwiderte er.

Dann schritt er von dannen und holte zwei Wachen. Wenige Augenblicke später wurde der überraschte Trommler aus dem Glied gezerrt und dem Henker überantwortet.

Widerspenstiges Gemurmel erhob sich auf dem Schiff, aber die Sergeanten und Bootsmänner stellten die Ruhe sofort wieder her. Diese wurde jedoch durch die Schreie des Jungen erneut gestört, der nun dazu gezwungen wurde, auf dem blutverschmierten Deck niederzuknien.

»Bitte! Bitte!« rief er. »Ich habe doch nichts getan! Nichts!«

Sowohl die flehenden Schreie als auch das verärgerte Murren hörten abrupt auf, nachdem sich die Axt gesenkt hatte und der Kopf des Jungen auf den Boden gefallen war.

Jetzt endlich fühlte sich Rhodes besser. »Drei ist ein Bann gegen jeden Mann«, murmelte er vor sich hin und zitierte einen alten Kinderreim. Er lächelte und versuchte, sich an den Rest zu erinnern.

Aus seinem Inneren meldete sich Kalasariz und beendete den Knittelvers: ... *Vier ist nur Pflicht, da ist keiner drauf erpicht. Fünf, der Stall ist leer, keine Schweine leben mehr. Aber sechs ist famos, da ist wirklich was los!*

Rhodes kicherte zur allgemeinen Erleichterung seiner Offiziere, die ihn umschwärmten. Selbst diese schlachterprobten Männer hielten die Hinrichtungen für ein schlechtes Omen und insbesondere nicht gut für die Moral ihrer Untergebenen.

»Das ist gut«, sagte der König laut. »Das ist sehr, sehr gut!«

Da die Berater glaubten, er spreche mit ihnen, antworteten sie: »Jawohl, Majestät, tatsächlich, Majestät, die Hinrichtungen waren eine hervorragende Vorstellung.«

Im König sagte Kalasariz: *Danke, Majestät. Aber Ihr verdient ehrlichen Dank für diese Hinrichtungen. Ich habe schon immer geglaubt, Enthauptungen, noch dazu mehrere, seien ein gelungener Anfang für ein neues Unternehmen. Das gefällt erstens den Göttern, und zweitens wissen die Männer, wo der Hase langläuft.*

Rhodes nickte zustimmend, aber diesmal benutzte er seine innere Stimme, um zu antworten: *Erstaunlich, wieviel Weisheit in einem Kinderreim stecken kann.*

In diesem Augenblick trat Tabusir zu ihm. »Alles wurde ausgeführt, wie Ihr befohlen habt, Majestät«, meldete er und salutierte abermals zackig.

»Exzellente Arbeit«, sagte Rhodes.

Er zog den kleinsten Ring der Sammlung an seinen Fingern ab und warf ihn dem Spion zu. Tabusir fing ihn auf, verneigte sich tief und murmelte kunstvolle Worte des Dankes.

»Jetzt hol noch drei weitere«, fügte der König hinzu. »Und bring sie mit meinen besten Grüßen dem Henker.«

Obwohl Tabusir darin geübt war, seine Gefühle zu verbergen, zuckte er diesmal zusammen. »Pardon, Majestät. Aber welche drei?«

Rhodes zog die Achseln hoch. »Ganz gleichgültig. Such dir jemanden aus. Hauptsache, an Deck stehen sechs Pfähle mit sechs Köpfen.«

Damit drehte sich der König um und verließ die Brücke. »Wunderbare Zahl, die Sechs.« Und er fügte in lustigem Singsang hinzu: »Sechs ist famos, da ist wirklich was los!«

Und brüllend vor Lachen stieg er hinunter zu der Kabine seiner Mutter. Wie auf ein Stichwort endete sein Heiterkeitsausbruch, sobald er außer Sicht war.

Das Benehmen des Königs hatte überall Bestürzung hervorgerufen, und jeder Mann setzte seine leerste Miene auf und mied die Blicke der anderen. Einer der Offiziere, ein rotgesichtiger Oberst, der Olaf hieß, versuchte im Namen aller so zu tun, als sei nichts geschehen.

»Ist es nicht schön, wenn der König so gute Laune hat«, sagte er zu Tabusir. »Man kann dir nur gratulieren, da du ihm so wunderbar zu Diensten bist.«

Er lächelte freundlich, doch in seinen Augen funkelte Eifersucht. Das entging Tabusir nicht, und er neigte zum Dank nur leicht den Kopf.

Olaf hatte den Fehler, daß er den Mund nicht halten konnte. »Wenngleich ich dich um deine nächste Aufgabe gewiß nicht beneide.« Er lächelte höhnisch. »Das wird dich bei den Männern nicht gerade beliebt machen.«

Er wandte sich an die anderen. »Nicht wahr, meine Herren?«

Der eine oder andere gab murmelnd seine Zustimmung kund, manch einer lauter als andere.

Der Oberst wandte sich wieder an Tabusir und lachte. »Sag mir, junger Mann, auf welche Weise willst du drei weitere Opfer bestimmen? Durch Los? Oder sollen sie Strohhalme ziehen?«

Tabusir gab vor, durch diese Frage ernsthaft verwirrt zu sein. »Ich bin mir nicht sicher«, antwortete er mit besorgtem Gesicht. »Ohne Zweifel wird mir etwas einfallen.«

»Damit solltest du dich beeilen«, mahnte Olaf, den Tabusirs Zwangslage erheiterte. »Wenn der König Köpfe rollen lassen will, ist er meist sehr ungeduldig.«

»Tatsächlich?« hakte Tabusir nach. Dann runzelte er die Stirn und gab vor, angestrengt nachzudenken. »Ich überlege schon die ganze Zeit, woher ich Euer Gesicht kenne, Oberst. Wart Ihr es nicht, der meine Aufnahme in die Armee vor ein paar Jahren verhindert hat?«

Plötzlich riß Olaf vor Angst die Augen auf. Sein Doppelkinn zitterte. »Oh, nein, das war ganz gewißlich nicht ich!«

»Seid Ihr Euch dessen so sicher?« fragte Tabusir. »Ich möchte schwören, Ihr wart es. Ich vergesse selten ein Gesicht.«

»Nein! Bestimmt nicht!« quiekte Olaf.

Tabusir zuckte beiläufig mit den Schultern. »Nun, dann. Habe ich mich wohl doch nur vertan.« Daraufhin verneigte er sich. »Entschuldigt bitte, Oberst, wenn ich dieses erbauliche Gespräch jetzt beenden muß. Aber leider muß ich für den König Köpfe suchen.«

Er verneigte sich erneut. »Mit Eurer Erlaubnis!«

Olaf fuchtelte nur schwach mit der Hand und stammelte: »Ja, ja. Du darfst nicht säumen. Schließlich mußt du den Auftrag des Königs ausführen.«

Tabusir ging davon und ließ eine Gruppe erschütterter Offiziere zurück.

Er blickte hinauf zum Himmel, der sich langsam klärte, und dachte: Was für ein wundervoller Tag es doch noch geworden ist.

In der Kabine seiner Mutter dachte Rhodes das gleiche, während Clayre sich entschuldigte, was so selten vorkam, daß er sich beim besten Willen nicht mehr an das letzte Mal erinnern konnte.

»Ich erbitte demütigst deine Vergebung, mein Sohn«, sagte sie, »weil ich Schuld an unserem Streit hatte. Natürlich hast du dir zu Recht Sorgen wegen des Wandgemäldes gemacht, und ich hätte dir besser zuhören sollen.«

Rhodes wollte sofort einen Vorteil aus dieser Situation ziehen und sie vor sich auf den Knien rutschen lassen, ehe er ihr verzieh, aber Kalasariz zischte ihm eine Warnung zu, und so überlegte er es sich anders.

»Das habe ich doch längst vergessen, Mutter«, gab er sich großmütig. »Sprechen wir nicht mehr davon.«

Er zögerte und ließ Kalasariz so Gelegenheit, ihm mitzuteilen, wie er weiter vorgehen sollte. Schließlich sagte er: »Hast du schon herausgefunden, wie das Bild aus deinen Gemächern verschwunden ist, Mutter?«

Clayre seufzte. »Ich fürchte nein, mein Sohn. Und leider habe ich auch keine Vorstellung, auf welche Weise es in den Besitz von Safar Timura gelangt ist oder wie er es gegen uns einsetzen konnte.«

Sie hob einen goldenen Weinbecher an die vollen Lippen und nippte. »Das Gemälde befand sich schon so lange dort, und ich hatte es schlicht vergessen. Natürlich habe ich gewisse Geschichten darüber gehört. Die habe ich jedoch für Legenden gehalten. Angeblich stellt es den ersten großen König von Syrapis und seine Töchter dar. Einer der Geschichtenerzähler behauptete sogar, dieser König sei der Großvater von Alisarrian gewesen.«

Sie nippte erneut an ihrem Wein. Nachdem sie einen Moment überlegt hatte, fuhr sie fort: »Nun, ich hielt diese Geschichten zwar für Legenden, dennoch habe ich wohl einen Hauch Wahrheit darin vermutet. Denn es war das einzige alte Bild in meinen Gemächern, das ich nicht verändert oder in irgendeiner Weise für meine Magie benutzt habe. Zwar entschuldigte dies meine Vergeßlichkeit nicht, aber es erklärt immerhin, weshalb ich nicht mehr daran gedacht habe.«

Die Königinhexe stellte den Kelch ab, und ihre Augen leuchteten auf. »Eines kann ich dir versprechen, mein Sohn: Bevor diese Reise zu Ende ist, werde ich eine Möglichkeit gefunden haben, die Macht des Gemälde entweder zu vernichten oder zu unseren Gunsten einzusetzen.«

Diese Nachricht erleichterte sowohl Kalasariz als auch Rhodes. »Glaubst du, wir haben Aussicht darauf, unsere Unternehmung erfolgreich zu beschließen?« fragte der König

»Ohne Zweifel«, versicherte ihm Clayre.

Daraufhin deutete sie auf ihren güldenen Tisch, auf dem noch immer die Karte lag, die von vier schwarzen Kerzen beschwert wurde. Die Miniatur der *Nepenthe* befand sich nun ein kurzes Stück von Aroborus entfernt.

»Unsere Anstrengungen war außerdem nicht vergeblich«, verkündete sie.

Rhodes betrachtete die Szene aufmerksam und sah die winzigen Bewegungen des Schiffes. Das leichte Flattern der Segel. Ein fast unmerkliches Rollen und Stampfen des Rumpfes. Dann fiel ihm auf, daß das Schiff das Pergament der Karte überhaupt nicht berührte. Eigentlich schwamm es auf einem blassen Meer, das man jedoch nur erkennen konnte, wenn man die Augen leicht zusammenkniff.

»Beim letzten Mal habe ich den Fehler gemacht«, gestand Clayre ein, »daß ich eingreifen wollte. Strenggenommen war es Joolis Schuld. Ehrlich, bei dem Mädchen kann einem hübsch der Geduldsfaden reißen. Trotzdem hätte ich nicht den Versuch unternehmen sollen, sie zu töten. Das hat Safar Timura auf uns aufmerksam gemacht.«

Wieder hob sie den Kelch und nippte am Wein. »Diesen Fehler werde ich kein zweites Mal begehen. Wie du siehst, lasse ich inzwischen einen sehr schwachen Zauber für uns arbeiten. Einer, den unsere Feinde sicherlich nicht entdecken werden, und trotzdem können wir sie weiterhin verfolgen.«

»Das sind wunderbare Neuigkeiten, Mutter«, lobte Rhodes. »Dennoch müssen wir sie zunächst einholen, nicht wahr? Ich meine, wir haben sie eigentlich nicht aufgehalten, oder?«

Clayre lächelte. Ihr ebenmäßiges Gesicht leuchtete vor Freude. »Doch, doch, wir haben sie tatsächlich aufgehalten«, sagte sie. »Natürlich hätten wir das Wettrennen lieber beendet, indem wir sie töteten. Auf der anderen Seite haben wir immerhin die zweitbeste Lösung erreicht.«

»Die da wäre?« fragte Rhodes.

Das liebliche Lächeln der Königinhexe verzerrte sich zu einem häßlichen, hämischen Grinsen.

»Sie haben ihren kleinen Bastard verloren, diesen Palimak«, erklärte sie. »Er ist vom Schiff gefallen, und da sie solche Narren sind, haben sie gewendet und suchen nun nach ihm.«

Sie zeigte auf die Miniatur der *Nepenthe*, die sich inzwischen einen halben Zoll an der Küste von Aroborus entlangbewegt hatte.

»Wenn der Wind so bleibt, sollten wir sie innerhalb der nächsten Woche eingeholt haben!« fügte sie hinzu.

Bei der Aussicht auf den Sieg ergriff Rhodes eine kribbelnde Aufregung. Aber die Hoffnung, Palimak könnte bereits tot sein, brachte ihn fast dazu, vor Freude überzuschäumen.

Doch Kalasariz spülte diesen Schaum mit einem großen Eimer kalten Wassers weg. *Denk dran, wir brauchen die Leiche des Jungen. Und die von Safar Timura ebenfalls.*

Der Mund des Königs wurde trocken. Er grabschte nach der Weinflasche und trank sie halb leer. Seine Mutter beobachtete ihn mit schlecht verhohlenem Abscheu.

»Wenn er nun ertrunken ist, Mutter?« fragte er. Seine Stimme klang vor Anspannung dünn. »Wenn er ins Meer gefallen ist und zum Grund gesunken ist? Das würde uns nicht im mindestens helfen!«

»Leichen sinken nicht, sie treiben an der Oberfläche!« erwiderte sie. »Und somit dürfte ich ihn auch finden. Nur keine Angst. Sollte er nicht ertrunken sein ...«

Sie zögerte und richtete einen Blick auf die *Nepenthe*, der einem Dämonen alle Ehre gemacht hätte.

»Sollte er nicht ertrunken sein«, nahm sie ihren Satz wieder auf, »wird er, wenn ich mit ihm fertig bin, seine heiligsten Götter verfluchen, weil sie ihn um den friedlichen Tod in den Fluten des Meers gebracht haben!«

32

Eedas Geheimnis

In seinem ganzen Leben hatte sich Coralean noch nicht so krank gefühlt. Von seinem Unterstand auf der Brücke der *Tegula* sah er die Wellen, die hoch, hoch, hoch anwuchsen und dann so tief stürzten, daß sein Magen glaubte, er habe in der Kehle eine neue Heimat gefunden.

Der strömende Regen peitschte über das Schiff hinweg und ließ seit Stunden nicht nach. Wogen klatschten über die Seiten und überspülten das Deck bis in Hüfthöhe, und die Männer, die oben Dienst taten, waren mit Leinen um den Bauch gesichert.

Kapitän Drakis musterte die Segel mit fachmännischem Blick und vergewisserte sich, ob genug, aber nicht zuviel Tuch gesetzt war. Daraufhin betrachtete er den Kompaß und nickte zufrieden.

»Das Schiff ist auf dem richtigen Kurs, mein Lord«, sagte er. »Glücklicherweise sind wir in diesen Sturm geraten. Wenn er anhält, verringern wir den Abstand zu diesem niederträchtigen Hund Rhodes um die Hälfte oder mehr.«

Coralean schluckte Galle und zwang sich zu einem Lächeln. »Bestimmt lieben die Götter Drakis«, erwiderte er mit aufgesetzter Fröhlichkeit. »Offensichtlich gönnen sie Euch die Prämie, die ich Euch versprochen habe, wenn Ihr den König einholt.«

»Aye, das ist wohl wahr, mein Lord«, antwortete Drakis. »Das Glück hat es mit der Familie Drakis schon immer gutgemeint. Selbst als wir noch Landratten waren, mußte niemand von uns länger als ein oder zwei Tage Hunger leiden.

Immer, wenn wir gerade daran dachten, ein alter Stiefel wäre doch eine wunderbare Mahlzeit, schickten uns die Götter einen Trunkenbold mit einer fetten Geldbörse vorbei, wenn Ihr wißt, was ich meine.«

Coraleans Magen hob sich, und zwar nur teilweise wegen des auf und ab schwankenden Decks. Mochte er noch so seekrank sein, so stellte er sich dennoch vor, wie ein armer Besoffener aus einer Taverne wankte, um sich zu übergeben, und ihm dabei die Kehle von Drakis' Verwandten durchgeschnitten wurde.

Langsam werde ich wohl alt, dachte er, wenn ich mich schon von einem solchen Gurgelschneider verrückt machen lasse. Coraleans Vermögen war schließlich auch nicht von einem Mann zusammengetragen worden, der vor Blutvergießen zurückschreckte. Wie vielen Banditen hast du den Kopf abgeschlagen und auf Pfähle an der Karawanenstraße gespießt, zur Warnung für andere? Und wie viele mörderische Konkurrenten hast du begraben, weil sie dir in den Rücken gefallen sind?

Wenn er ehrlich mit sich war, bestand zwischen einem Tod, für den ein ehrlicher Händler verantwortlich war, und einem Toten, den ein ausgemachter Räuber auf dem Gewissen hatte, kaum ein Unterschied. Seine Gedanken wollten ihn weiter auf diesen beunruhigenden Pfad ziehen, und er riß sich zusammen, denn dabei konnte es sich nur um eine Nebenwirkung der Seekrankheit handeln. Außerdem sah ihn Drakis bereits seltsam von der Seite her an, da er nicht antwortete.

»Coralean kennt aus persönlicher Erfahrung, worauf Ihr hinauswollt, Kapitän«, erwiderte der Karawanenmeister. »Ich habe nur gerade über meine eigene Jugend nachgedacht, in der auch ich ein Bandit war. Besonders an einen Tag erinnere ich mich sehr gut. Damals habe ich meinen ersten großen Erfolg im Karawanengeschäft gefeiert. Nun, an jenem Tag haben wir so viele Kehlen durchgeschnitten …«

Und so erzählte er in allen Einzelheiten eine wunderbare Lügengeschichte. Obwohl es ihm so übel erging, spann er sich ein kunstvolles Märchen von einem Mord und einem gemeinen Hinterhalt zusammen, bei dem die Augen des Piratenkapitäns zu leuchten begannen. Am Ende wähnte sich Drakis glücklich, daß ihn ein dermaßen ehrfurchteinflößender und kaltherziger Dieb wie der großer Coralean in seiner Nähe duldete.

Sämtliche Kapitäne und Seeleute der Flotte glaubten, Coralean sei nicht nur ein ebensolcher Gauner wie sie, sondern ein wesentlich gerissenerer Halunke.

Auf diese Weise behielt er die Männer im Griff. Und jetzt mußte er fester zupacken als je zuvor, wenn er Safar davor retten wollte, von Rhodes und den drei gestohlenen Schiffen eingeholt und überfallen zu werden.

Coralean hatte sich nicht durch die List des Königs von Hanadu täuschen lassen. Er war ein Mann, der sein riesiges Vermögen verdient hatte, indem er seine Feinde niemals unterschätzte, und daher hatte er keine Minute mit der Idee verschwendet, Rhodes wolle mit den Schiffen einen Angriff auf die kyranische Festung unterstützen.

Was allerdings der Rat der Ältesten glaubte, als er die Nachricht vom Verrat im Hafen von Xiap überbracht hatte. Alle stimmten dafür, die Armee ohne Aufschub an dem Strand zu stationieren, wo Rhodes am wahrscheinlichsten landen würde.

Aber Safars Vater Khadji begriff Coraleans Logik. Insbesondere, nachdem der Karawanenmeister berichtete, ihr alter Feind Kalasariz – der Kyrania einst mit einer Horde Dämonen besetzt hatte – sei in Syrapis aufgetaucht und habe sich mit Rhodes zusammengeschlossen.

Während Coralean sich weiter mit dem Rat der Ältesten stritt, hatte Khadji einen Blitzangriff auf Hanadu angeführt und mehrere Offiziere gefangengenommen. Rhodes' Männer waren so gierig wie ihr Herrscher, und so brauchte es nur ein beträchtliches Bestechungsgeld, um ihnen die Einzelheiten des Plans zu entlocken.

Im Anschluß daran hatte sich niemand mehr gegen Coraleans Vorschlag gestellt, den König zu verfolgen und auf diese Weise Safar und Palimak zu retten.

Jetzt waren sie noch drei oder vier Tage hinter Rhodes. Coralean hatte alle neun verbliebenen Schiffe mitgenommen, dazu eine große Truppe kyranischer Soldaten, die über die ganze Flotte verteilt waren. Man hatte sie davor gewarnt, daß sie mit einer weiteren Meuterei zu rechnen hatten.

Sobald sich nur ein einziger Seemann rebellisch zeigen würde, sollte er niedergemacht und über die Reling zu den Haien geworfen werden.

Die Vorstellung scharfer Zähne, die Menschenfleisch zerrissen, dazu das Bild von blutig schäumendem Wasser löste in Coraleans Magen einen weiteren Aufruhr aus.

»Stimmt etwas nicht, mein Lord?« fragte Drakis, wobei seine Stimme besorgt klang, während in seinen Augen etwas ganz anderes funkelte. »Leidet Ihr unter dem Wetter?« Er deutete auf die Segel, die an ihren Leinen rissen. »Ist doch nur ein laues Lüftchen. Nichts, was einem richtigen Seemann zusetzen könnte.«

Auf keinen Fall wollte Coralean sich vor Drakis eine Blöße geben, denn dieser war der respektierteste unter den Piratenkapitänen. Und ganz gewiß keine Schwäche, die auf Seekrankheit hindeutete.

»Es sind nicht meine Innereien, die mir zu schaffen machen, Kapitän«, log der Karawanenmeister. »Wie ein jeder weiß, hat Coralean einen Magen wie aus Eisen. Ja, einmal hat man sogar versucht, mich mit Lauge zu vergiften, doch ich habe alles ausgetrunken und sogar noch mehr bestellt.«

Er massierte die Stirn mit den dicken Fingern. »Nein, es ist mein armer Kopf. Das muß ich wohl dem Fäßchen Brandy zuschreiben, das mir mein Weib gestern abend gebracht hat. Ich glaube, ich habe kaum einen Liter als Nachttrunk genossen. Trotzdem habe ich heute fürchterliche Kopfschmerzen.«

Er seufzte. »Das bringt das Alter mit sich, fürchte ich«, sagte er.

»Früher habe ich ein ganzes Fäßchen geleert und schlief danach wie ein Säugling in den Armen seiner Mutter.«

Augenblicklich empfand Drakis ehrliches Mitleid. Im männlichen Verhaltenskodex der Piraten konnte man mit übermäßig genossenem Schnaps eine Menge Dinge entschuldigen, selbst wenn man im Rausch eine Axt nahm und die eigene Familie hinmetzelte.

»Vielleicht war der Brandy auch nicht gut, mein Lord«, sagte der Kapitän. »Oder das Fäßchen hatte einen Riß, durch den Seewasser dazugekommen ist. Zum Teufel, davon bin ich auch schon mehr als einmal krank geworden!«

»Es hat schon ein wenig salzig geschmeckt«, erwiderte Coralean und runzelte die Stirn.

Drakis nickte heftig. »Na, was habe ich Euch gesagt? Der Kopfschmerz kommt nur vom Salzwasser!«

Er legte Coralean die Hand auf die breite Schulter. »Warum geht Ihr nicht nach unten und ruht Euch ein wenig aus, mein Lord?« schlug er vor. »Ich schicke Euch ein Fäßchen von meinem eigenen Vorrat, davon werdet Ihr selig schlafen. Ein paar Viertel davon, mit ein bißchen Zucker gemischt, und Ihr schlaft wie ein Murmeltier, und wenn Ihr aufwacht, ist Euer Kopf so klar wie die Seeluft. Das ist mein persönliches Rezept.«

Coralean grinste. »Vielen Dank, Doktor Drakis«, scherzte er. »Ich werde Euren Rat beherzigen und mich in meine Kabine zurückziehen.«

Daraufhin nahm er seine letzten Reste an Willenskraft zusammen, würgte eine aufsteigende Welle von Seekrankheit hinunter und verabschiedete sich mit makellosem Ruf.

Eeda wartete bereits in der geräumigen Kabine auf ihn.

»Oh, mein lieber, armer Herr Gemahl«, empfing sie ihn, als sie sein bleiches Gesicht erblickte, »du bist nicht für das Leben auf See geboren, nicht?«

Der Karawanenmeister stöhnte und legte alle Beherrschung ab.

Aus Gründen, die ihm nicht recht einleuchteten, fühlte er sich in Eedas Gegenwart behaglicher als bei seinen anderen Frauen.

»Ich fürchte, das bin ich tatsächlich nicht, meine Hübsche«, gestand er ein. »In diesem Moment ist dein geliebter Stier Coralean eher ein verwaistes Kalb, das ganz krank ist, weil es so verzweifelt seine Mutter sucht.«

»Hier, mein Herr Gemahl«, sagte sie und reichte ihm einen dampfenden Kelch. »Trinke dies, und du wirst dich sofort besser fühlen.«

Coralean schnüffelte daran. Es handelte sich um Brandy, der mit angenehm duftenden Gewürzen versetzt war. »Ich weiß nicht, ob ich das hinunterbringe, Kleine«, zögerte er. »In meinem verräterischen Bauch wird sich womöglich auch Brandy nicht lange aufhalten wollen.«

Eeda zog einen Schmollmund. »Oh, bitte, vertrau mir nur, mein Herr Gemahl. Ich habe diesen Trunk stets für meinen Vater bereitet, wenn er so krank war. Und immer hat er Wunder bewirkt. Er hat es immer den Trank der Götter genannt.«

»Ich fürchte, mir kann selbst ein Wunder nicht helfen, meine Süße«, jammerte Coralean. Dennoch ließ er sich von ihrer bittenden Miene erweichen. »Aber ich werde dir nichts ausschlagen, meine Schönste. Obwohl vielleicht der Gott des Todes persönlich Coralean daraufhin einen Besuch abstatten und ihn entführen wird.«

Er trank den Kelch in einem Zug leer, schauderte und stieß mehrmals auf. Schließlich lächelte er, denn Wärme und gute Laune durchfluteten seinen Körper und vertrieben die Übelkeit.

»Nein, ich fühle mich tatsächlich schon wesentlich besser.« Er strahlte überrascht und betrachtete die Überreste im Kelch. »Was war in diesem wahrhaft göttlichen Elixier, meine Werteste?«

Eeda grinste. »Oh, ein wenig von diesem, ein wenig von jenem. Und eine große Portion Magie.«

Darauf hin schob sie ihn sanft zu seiner Koje und öffnete seinen

Gürtel. Einen Augenblick später saß er, und sie zog ihm die Stiefel, die Hose und das Hend aus. Wie ein hilfloses Kind überließ er sich ihr, während sie ein Nachthemd über seinen großen Körper streifte.

Er seufzte glückselig. Sie hatte das Nachthemd sogar mit einem Bügeleisen vorgewärmt.

»Du bereust es doch nicht, daß du mich mitgenommen hast, mein Herr Gemahl?« fragte sie, drückte ihn in die Koje und deckte ihn zu.

»Obwohl es aus Eifersucht beinahe eine Revolte in meinem Harem gegeben hätte, nein, bestimmt nicht.«

»Das war eine weise Entscheidung, mein Herr Gemahl«, erwiderte sie. »Wenngleich deine anderen Gemahlinnen ein Muster an Charakter und Stärke sind – und gewiß auch an Schönheit. Sie spiegeln deinen guten Geschmack wider, was Frauen angeht. Aber wie es sich herausgestellt hat, bin nur ich mit jenen Gaben gesegnet, die du auf dieser Reise brauchst.«

Coralean kicherte. »Das war eine rechte Überraschung. Ich habe bei unserer Heirat kaum damit gerechnet, daß du eine Hexe bist. Warum hast du es mir nicht früher erzählt?«

Eeda errötete. Da sie auf dem Rand der Koje saß, befand sich ihr Kopf über seinem, und trotzdem gelang es ihr, ihn unter den gesenkten Wimpern hindurch anzuschauen. Er erschauerte wohlig.

»Oh, ich bin nur eine unbedeutende Hexe, mein Herr Gemahl«, sagte sie. »Nichts, dessen man sich rühmen dürfte. Ich kann leichte Erkrankungen heilen, zum Beispiel deine Seekrankheit. Und dazu beherrsche ich ein oder zwei Zauber, die nicht zu anspruchsvoll sind, dir jedoch bei dieser Unternehmung hilfreich sein könnten.«

»Verzeih mir, Süßeste«, sagte Coralean, »aber du hast meine Frage nicht beantwortet. Ich wollte wissen, warum du es mir nicht früher erzählt hast – gleichgültig, wie hoch du deine Fähigkeiten einschätzt.«

Eeda ließ den Kopf hängen. »Versprichst du mir, nicht böse auf mich zu sein, mein Herr Gemahl? Ich könnte es nicht ertragen, der Grund einer Verärgerung zu sein.«

»Wie könnte ich auf ein solch hübsches Wesen wütend werden?« gab Coralean zurück. »Komm nur, erzähl es mir. Und ich, Coralean, schwöre bei der Seele meines jüngsten Kindes, daß ich nicht einmal ein bißchen verärgert sein werde.«

Eeda zögerte noch einen Moment, bevor sie mit der Sprache herausrückte. »Also, mein Herr Gemahl, ich fürchtete, du würdest mich nicht heiraten, wenn ich dir mein Geheimnis anvertraute. Die meisten Männer – darf ich das so sagen – würden sich unter Druck gesetzt fühlen, falls ihre Gemahlin Kräfte besitzt, an denen es ihnen mangelt.«

»Pah!« rief der Karawanenmeister. »Andere Männer sind eben nicht wie Coralean.« Er deutete mit dem Daumen auf seine mächtige Brust. »Ein jeder weiß, daß ich große Stärke und Weisheit besitze. Warum sollte ich meine Männlichkeit in Gefahr sehen, weil eine meiner Gemahlinnen sich auf die Kunst der Magie versteht? Und das, wie du selbst gesagt hast, nicht einmal besonders gut.«

»Ich muß gestehen, inzwischen habe ich mehr magische Kräfte als früher«, wandte Eeda ein. Sie tätschelte ihren Bauch, der noch flach war. »Das hängt, glaube ich, mit dem Kind zusammen. Manche behaupten, eine schwangere Hexe könne ihre Fähigkeiten weit über das normale Maß hinaus steigern.«

Coralean runzelte die Stirn. »Daß du dich in anderen Umständen befindest, war ein Grund, weshalb ich dich beinahe daheim gelassen hätte. Diese Reise birgt große Gefahren, die man nicht leugnen kann. Aber Coralean hat sich solchen Fährnissen schon oft gestellt – zu oft, um sie alle einzeln aufzuzählen. Dennoch habe ich niemals eine meiner Gemahlinnen in eine bedrohliche Situation gebracht. Denn dazu sind sie mir alle miteinander zu lieb. Coralean betrachtet seine Frauen und Kinder schließlich als seinen wertvollsten Besitz!«

Vielleicht hatte Coralean das gereizte Zucken in Eedas Augen mitbekommen, während er Frauen und Kinder als Besitz bezeichnete. Oder aber er spürte auch etwas ganz anderes. Auf jeden Fall berichtigte er sich instinktiv.

»Wobei natürlich kein menschliches Wesen – zumindest keines, das in Freiheit geboren wurde – wirklich ein Besitz sein kann«, fügte er großmütig hinzu. »Ein Schatz, sicher. Doch kein Besitz.«

Er lächelte breit und fühlte sich großartig. Immerhin hatte er gerade einen Fehler zugegeben, und das kam ausgesprochen selten vor. Eeda erwiderte das Lächeln, aber, das fiel ihm auf, es verschwand einen Moment zu früh. Sie zupfte einen losen Faden aus der Decke, und er hatte den Eindruck, sie habe sein Eingeständnis nicht allzu gnädig aufgenommen.

Endlich murmelte sie: »Du bist zu großzügig, mein Herr Gemahl.«

Doch sagte sie es ohne Gefühl, schien sogar Worte zu sprechen, die sie nicht wirklich meinte. Zum ersten Mal in seinem langen Leben als Gemahl und Liebhaber war Coralean verunsichert. Womit, bitte, hatte er sie beleidigt?

Sie wechselte das Thema. »Ich habe meine Vorbereitungen beinahe schon beendet, mein Herr Gemahl. Bist du noch zu krank oder zu müde, um es dir anzuschauen?«

»Nein, Süßeste. Ich fühle mich dank deiner zärtlichen Fürsorge bereits viel besser – und dank deines Wundertranks. Es grenzt ebenfalls an ein Wunder, daß dein Vater einer so wertvollen und nützlichen Tochter wie dir gestattet hat, sein Haus zu verlassen.«

Erneut lächelte Eeda kurz und kalt, erhob sich, ging zum Schreibtisch und kehrte mit einem Stück Pergament zurück. Coralean betrachtete es mit übertriebenem Interesse und fragte sich, auf welche Weise er die Karre nun aus dem Dreck ziehen und sie nicht immer weiter hineinfahren könne.

Auf dem Pergament hatte Safar einst knapp und sehr ungenau skizziert, welche Reiseroute er einzuschlagen gedachte. Er hatte die Zeichnung beiläufig, kurz vor seinem Aufbruch angefertigt, während er Khadji und Coralean seine Pläne erläuterte. Am Rande standen Entfernungsangaben in Meilen, allerdings nur Schätzungen, die ihm helfen sollten, die Menge an Vorräten zu berechnen, die sie mitnehmen mußten.

Er hatte das Stück Pergament nach der Besprechung fortgeworfen, doch Myrna, Safars Mutter, hatte es als Andenken aufgehoben – schließlich hob sie jede noch so kleine Kritzelei ihres gelehrten Sohnes auf.

Daran erinnerte sie sich, als Eeda sie um einen persönlichen Gegenstand von Safar bat. Mit dessen Hilfe wollte die junge Hexe einen Zauber wirken, der ihr seine Position offenbarte. Mit der Skizze bewaffnet, hatte Eeda an den folgenden Tagen hart gearbeitet. Mehrere Versuche waren fehlgeschlagen, dabei kam sie der geeigneten magischen Methode jedoch immer näher.

Zuerst konnte Coralean kaum Unterschiede zu dem ursprünglichen Zustand des Pergaments erkennen, während er es jetzt begutachtete. Dann bemerkte er schwache Linien – sie sahen aus wie Striche, die ein Künstler nur mit Wasser gezogen hat, das inzwischen getrocknet war.

Trotzdem war er verwundert und wußte nicht, welche Absichten Eeda nun hegte. »Das mußt du mir genauer erklären, meine Süße«, bat er und schüttelte den großen Kopf. »Manchmal, so muß ich gestehen, ist dein geliebter Gemahl nicht so weise, wie er sich wünschen würde.«

Der Karawanenmeister war sofort alarmiert, nachdem er abermals eine Schwäche eingestanden hatte. »Allerdings nur sehr selten«, fügte er eilig hinzu. »Wenn ich müde bin oder mich noch nicht von der Seekrankheit erholt habe. Denn selbst Coraleans Feinde werden zugeben, obwohl sie allesamt lügnerische Schakale sind, daß er, was Weisheit angeht –«

Eeda legte ihm den schlanken Zeigefinger an die Lippen und brachte ihn so zum Verstummen. Die Kälte war aus ihrem Blick verschwunden, und die alte Zärtlichkeit und Liebe waren zurückgekehrt.

»Sag nichts mehr, mein Lord Gemahl«, bat sie leise. »Sonst verdirbst du das Geschenk, welches du mir gerade gemacht hast.«

Coralean hatte nicht die blasseste Ahnung, wovon sie sprach, dennoch beherzigte er ihren Rat und schwieg. Vielleicht war er nicht immer weise, ein Narr hingegen war er nie, und so ließ er die Sache auf sich beruhen, denn gewiß würde er sie zu einem späteren Zeitpunkt begreifen.

Sie nahm ihm das Pergament aus der Hand. »Hier, ich werde dir zeigen, mein Herr Gemahl, was ich vorbereitet habe.«

Nun kramte sie einen kleinen Beutel aus der Innentasche ihres Gewandes. Sie steckte zwei Finger hinein und holte eine Prise glitzernden grünen Staubes hervor. Diesen sprenkelte sie vorsichtig auf das Pergament.

»Wie du weißt, mein Herr Gemahl«, erklärte sie, »habe ich die verschiedensten Zauber ausprobiert, die jedoch alle fehlschlugen. Zum Teil, weil ich befürchtete, ich könnte das Pergament verderben und es für immer unbrauchbar machen. Heute morgen habe ich einen neuen Versuch gestartet. Ich habe einen eigenen Zauber erfunden. Ich wollte nur auf deine Rückkehr warten, um ihn zu testen.«

Neugierig setzte sich Coralean in seiner Koje auf und schob Kissen hinter seinen Rücken. »Bitte fahre fort, o weiseste aller Frauen«, forderte er sie auf. »Coralean ist dein junger, wißbegieriger Schüler, der demütig zu deinen hübschen Füßen sitzt.«

Eeda blickte ihn scharf an, bis sie bemerkte, daß er einen lahmen Scherz auf ihre Kosten machen wollte. So redete er eben, und dahinter steckten weder verborgene Bedeutungen noch Beleidigungen. Wieder wurde ihre Miene mild und ihr Lächeln zärtlich.

Sie hob das Pergament vor die Lippen und blies darauf. Coralean hörte einen Klang, der ihn an Tempelglocken im Wind erinnerte. Der grüne Staub stob auf und funkelte im Dämmerlicht der Kabine, dann sammelte er sich zu einer Wolke.

Schwach, ach, wie schwach erkannte Coralean Safars Gesicht, welches in dieser Wolke Gestalt annahm. Er wirkte traurig und überaus besorgt. Seine Lippen bewegten sich und formten ein Wort, doch kein Laut drang bis zu Coralean.

Allerdings war der alte Karawanenmeister, der zu seinem Erfolg oft die Kunst des Lauschens eingesetzt hatte, auch des Lippenlesens mächtig.

»Safar sagte: ›Palimak‹«, flüsterte Coralean. »Palimak«.

Danach lösten sich Safars Gesichtszüge – und die grüne Wolke – auf.

Eeda hielt das Pergament hoch, damit Coralean es betrachten konnte. Eine grüne Linie zog sich nun darüber. Sie verlief in weitem Bogen, der den Passatwinden folgte, von Syrapis nach Aroborus, wo sie aufhörte.

»Dort befindet er sich nun, mein Herr Gemahl«, sagte Eeda und tippte mit dem Finger auf das Ende.

Sie warf einen Blick auf die Entfernungsangaben, die Safar auf den Rand gekritzelt hatte. »Sollte er nicht längst viel weiter gekommen sein?« fragte sie.

Coralean nickte und runzelte bekümmert die Stirn. »Ja«, antwortete er. »Eigentlich wollte er an Aroborus vorbei und hier an diesen Inseln anlanden, um Wasser und Vorräte an Bord zu nehmen. Da man nur wenig über Aroborus weiß, hielt er es für klug und für sicherer, dort nicht lange zu verweilen.«

»Ich frage mich, warum er dort angehalten hat«, meinte Eeda.

Coralean schüttelte den großen Kopf. »Da stimmt etwas nicht. Und was immer das sein mag, es hat etwas mit Palimak zu tun!«

33
Irajs Lied

Die Suche nach Palimak wurde die halbe Nacht lang durch einen heftigen Regensturm unterbrochen, der die Sicht auf wenige Meter beschränkte. Daher war es notwendig, vor Anker zu gehen.

Brutar, der Kapitän der *Nepenthe*, erklärte es Safar: »Wenn wir uns von diesem Wind fortwehen lassen, finden wir die Stelle, wo der Junge über Bord gegangen nicht, niemals wieder.«

Biner ließ das Luftschiff über dem Sturm aufsteigen und kreiste in der kalten, dünnen Luft bis kurz vor der Dämmerung.

Dann endlich war der Sturm weitergezogen.

Endlich konnten sie die Suche fortsetzen, und sie fuhren zu der Stelle zurück, wo sie sich zu Beginn der Schlacht mit den Baumwesen befunden hatten. Safar ließ zwei Boote aussetzen, die, eins von Leiria, eins von Jooli befehligt, das Suchgebiet ausdehnen sollten.

Obwohl Safar wenig Erfahrung mit dem Meer hatte, war er ein begabter Jäger wie alle Kyranier, und er benutzte einen alten Trick der Bergbewohner, der stets zum Einsatz kam, sobald Eile von größter Bedeutung war – wenn zum Beispiel ein Kind nach einem Schneesturm verschwunden war, der alle Spuren ausgetilgt hatte.

Doch statt menschlicher Spurenleser benutzte er die *Nepenthe* und das Luftschiff. Das große Schiff begann in der Mitte und bewegte sich in einer Spirale nach außen, derweil Biner am entferntesten Punkt des Suchgebietes begann und in einer Spirale nach innen fuhr. Auf diese Weise wurde die gesamte Gegend in verhältnismäßig kurzer Zeit zweimal durchkämmt, und es war nicht sehr wahrscheinlich, daß man Palimak übersah, falls er sich noch an der Oberfläche befand

Obwohl Kapitän Brutar nichts sagte, sah Safar seinem finsteren Gesicht an, was der Mann über die Sinnlosigkeit dieses Unterfangens dachte, nachdem doch bereits so viele Stunden vergangen waren. Wie die meisten Seeleute konnten Brutar und seine Mannschaft nicht schwimmen, und er glaubte vermutlich, Palimak sei kurz nach seinem Sprung vom Schiff ertrunken.

Die Miene des Kapitäns wurde noch finsterer, als er sah, wie viele Haie und Seekrokodile es in diesen Gewässern gab. Ständig kreuzten Flossen über das ruhige Meer, und hungrige Reptilienaugen lauerten an der Oberfläche auf eine günstige Gelegenheit.

Einmal beobachteten sie ein riesiges Krokodil, das mit zwei gleichgroßen Haien um die blutigen Überreste eines Lebewesens stritt.

Leiria und Jooli steuerten mit den Beibooten auf die drei Tiere zu und erledigten sie mit Pfeilen.

Zu Safars Erleichterung handelte es sich bei den Überresten nicht um menschliche, sondern um den Kadaver einer Seeschlange, deren Umfang doppelt so groß war wie der eines Mannes.

Schließlich trat Kapitän Brutar mutig auf Safar zu. Verlegen zog er Schleim hoch und spuckte über die Reling aus.

»Bitte um Verzeihung, mein Lord, und es schmerzt mich, einem Vater, der seinen Sohn vermißt, dies mitteilen zu müssen. Aber wenn Ihr einem alten Seebären Glauben schenken möchtet: Der Junge ist verschwunden und wird's auch bleiben. Wir können ihn bis in die Hölle suchen, aber wir werden kaum etwas anderes finden als bisher – nämlich nichts!«

Safar schüttelte den Kopf. »Er lebt noch«, entgegnete er. »Und wenn es sein muß, stelle ich das ganze Meer auf den Kopf und schüttele den Jungen heraus!«

Brutar seufzte. »Verdammt, Mann. Ihr redet daher, als würden wir nach einem Wurm in einem Zwieback suchen. Mit dem kann man einfach auf den Tisch klopfen, dann fällt der Wurm raus. Ganz leicht.«

Er umfaßte den weiten, leeren Horizont mit einer Geste. »Die See ist kein Zwieback. Und der Junge kein Wurm. Das ist das Meer, mein Lord. Und das verschlingt, wen immer es will!«

Der Kapitän wappnete sich für einen handfesten Streit, denn er war nicht bereit, von seinem Standpunkt abzurücken. Persönlich bedeutete ihm Palimak kaum so viel wie eine abgenagte Gräte, und Safars väterliche Gefühle genauso wenig. Er wollte die Reise hinter sich bringen und die versprochene Prämie einstreichen – oder Safar und die Kyranier schlicht über Bord werfen, falls aus der Prämie nichts würde.

Eigentlich hegte er sogar den Wunsch, beides zu tun – erst das Geld zu nehmen und dann diesen verdammten Haufen ein für allemal loszuwerden. Er wollte wieder ein ehrliches Piratenleben führen, anstatt als Söldner gegen die Feinde anderer zu kämpfen.

Jedenfalls brach Safar keinen Streit vom Zaun, sondern im Gegenteil, seine Miene hellte sich auf. Er schlug dem Kapitän auf die Schulter. »Danke, Kapitän! Vielleicht habt Ihr gerade mein Problem gelöst!«

Mit diesen Worten eilte er davon und ließ einen recht verblüfften Piraten zurück, der hinter ihm herstarrte. Was zum Teufel hatte er gesagt, wofür man ihm danken mußte?

Safar lief zu Palimaks verwüsteter Kabine und fand die beiden Teigmänner und auch die beiden Wurmhälften, die noch immer lebten. Daraufhin rannte er in seine eigene Kabine, wo er eine Weinkaraffe suchte, diese in ein Becken leerte und den schmalen Hals mit dem silbernen Hexendolch abschlug.

Nun fuchtelte er hastig mit dem Dolch über den Wurmhälften herum und sprach einen Zauber der Wiederherstellung. Funken lösten sich von der Spitze der Klinge, und an den Würmern wuchsen die fehlenden Teile nach. Einen Augenblick später ringelten sich zwei Tiere über den Tisch. Safar sperrte sie unter einem umgedrehten Becher ein und fuhr mit den übrigen Vorbereitungen fort.

Nachdem er die Teigmännchen mit Wein angefeuchtet hatte, formte er sie zu einer Kugel. Mit den geschickten Händen des Töpfers formte er einen einzigen Teigmann daraus. Nur sah dieser nicht, wie Palimaks Figuren, unbeholfen aus, sondern er ähnelte einem großen, schlanken, breitschultrigen Jüngling.

Mit der Spitze des Dolches zeichnete er ihm ein Gesicht, das wie durch Zauberei Palimak ähnelte, bloß handelte es sich nicht um Magie, sondern schlicht um handwerkliche Kunst.

Er schlitzte den Bauch auf, drückte beide Würmer hinein und schloß die Wunde wieder. Der kleine Palimak aus Teig kam in die Weinkaraffe, deren Öffnung Safar mit Wachs versiegelte. Nun zögerte er und holte tief Luft, damit sein Kopf klar wurde. Er war bereit für den Zauberspruch.

Dann ging er zum Hauptdeck hinauf, wobei er das Gefäß im Arm hielt. Dort erwartete ihn Leiria, deren Gesicht leichenblaß war, weil sie glaubte, die Suche sei abgebrochen worden. Jooli kletterte gerade von ihrem Beiboot an Bord. Safar winkte zum Luftschiff hoch, damit Biner und Arlain herunterkamen. Nachdem sich alle am Bug versammelt hatten, bat er sie um ihre Hilfe bei dem Suchzauber, mit dem er den kleinen Kerl finden wollte, den sie alle so gern hatten.

Schließlich hatten sich alle genügend auf ihr Anliegen konzentriert, und Safar steckte Weihrauch an, der die Luft mit seinem kräftigen Duft erfüllte. Von hinten hörte er das Gemurmel Brutars und der Mannschaft, welche die Vorgänge ängstlich beobachteten, da sie sich vor der Zauberei fürchteten.

Dann ließ er sich von Asper inspirieren und flüsterte:

Als noch in deiner Mutter Leib
Ein Hort dir war gegeben,

Zwischen der warmen Liebe des Weibs
Und den Schrecken des Lebens,
Hast du dich je gefragt, ob der furchtsame Pfad
Auf den du dich gemacht,
Dem Zorn des Schicksals fern ist oder sich ihm naht?
Oder wurdest du in diese Welt gebracht,
Ohne zu verstehen,
Woher du kamst,
Wohin du gehst,
Im Nichts auf den Winden des Grams?

Daraufhin warf er das Gefäß in die Wellen. Es schaukelte einen Augenblick lang und blieb hinter dem davonsegelnden Schiff zurück. Eine große Haiflosse tauchte davor auf. Alle hielten den Atem an, wobei Safar nicht einschätzen konnte, ob nun wegen des Raubfisches oder vor gespannter Erwartung.

Plötzlich änderte die Karaffe den Kurs. Als wäre sie von einem riesigen Segel angetrieben, trieb sie gegen die Wellen, schob sich am Bug des Schiffes vorbei und schwamm zielstrebig auf den dünnen grünen Strich am Horizont zu.

»Dort ist er«, sagte Safar und zeigte darauf. »In Aroborus.«

Jetzt gab er Befehl, dem magischen Gegenstand zu folgen, wo auch immer er sie hinführen würde.

Die Küste von Aroborus funkelte leuchtendgrün, als habe ein verschwenderischer Gott Smaragde aus der himmlischen Schatzkammer ins Meer gestreut. Ein milder Wind wehte den berauschenden Duft von Kräutern und Früchten heran. Vogelschwärme kreisten in der Luft und stießen im Chor ihre klagenden Schreie aus.

Die versiegelte Weinkaraffe landete auf einem weißen Sandstrand, der mit zerbrochenen Muschelschalen in vielen Farben übersät war; diese waren durch die scharfen Korallenriffe hereingespült worden, welche den schmalen Eingang der Bucht umringten. Irgendwie war die Karaffe dabei nicht beschädigt worden. Aber an keiner Stelle konnte sich ein Beiboot hindurchzwängen, geschweige denn ein Schiff von der Größe der *Nepenthe*.

Safar sah die Karaffe, die auf einem Gezeitentümpel tänzelte, und er konnte sich beim besten Willen nicht vorstellen, auf welche Weise Palimak diesen Strand erreicht haben mochte.

Brutar erzählte ihm das gleiche und meinte, selbst wenn der Junge bis hierher überlebt hätte, könnte er diese Riffe niemals überwunden haben, ohne dabei an den rasiermesserscharfen Kanten in Stücke zerfetzt worden zu sein. Jedenfalls, solange man die Sache mit gesundem Menschenverstand betrachtete.

»Der Gedanke allein läßt mich schaudern, mein Lord«, sagte er düster. »Da kommt der arme Junge dem sicheren Land so nahe. Schöpft wieder Hoffnung. Und dann erwischen ihn die Riffe, und das ist auch nicht besser als ein Schwarm Haie.«

Er seufzte. »Ist das nicht eine verkehrte Welt, in die wir geboren werden. Nein, daß ein unschuldiger Junge, den alle gern mögen, ein so entsetzliches Ende findet! Da stellt doch ein einfacher Mann wie ich sein Schicksal in Frage, nicht?

Die verfluchten Priester sagen immer, die Götter würden den guten Menschen zulächeln, die ihre Gebote befolgen. Aber in Wahrheit sieht es ganz anders aus: Es sind stets die Bösen, die sich durchschlagen, stimmt's nicht?«

Safar war durchaus besorgt, aber angesichts dieser Rede konnte er ein Lächeln kaum unterdrücken, stammten diese nachdenklichen Worte doch von einem Piraten übelster Sorte. Gewiß, er stimmte Brutars Philosophie zum Teil sogar zu. Denn nach den unausgesprochenen Gesetzen des Himmels waren es tatsächlich die Verderbten und nicht die Sanftmütigen, denen es wohl erging. Während Priester sich selbst bereicherten und die Macht ihrer Könige vermehrten, predigten sie dem einfachen Volk das genaue Gegenteil.

Das erinnerte ihn an ein gotteslästerliches Trinklied aus seinen rebellischen Studententagen in Walaria. Er hatte es Iraj beigebracht, nachdem sie sich wiedergefunden hatten, und sofort war es zu dessen Lieblingsweise geworden.

Er sang es jedesmal, wenn sich die Freunde zu einem Gläschen trafen, junge Brüder im Bluteid, die geschworen hatten, die Welt zum Besten aller zu verändern.

Vor seinem inneren Auge sah er ein so reales Bild dieser schönen Zeiten, daß es die scheußliche Gegenwart verdrängte.

Iraj saß vor ihm auf dicken Kissen. Mit der einen Hand umfaßte er die schlanke Taille eines hübschen Mädchens, mit der anderen hob er einen Kelch der Freude.

Und er sang. Fast schwangen Safars Stimmbänder mit, so lebhaft war die Erinnerung. Er hatte das eigentümliche Gefühl, daß, wenn er nur den Mund öffnete, Irajs Stimme anstelle seiner eigenen ertönen würde.

Plötzlich verlor er jedes Gefühl für Raum und Zeit, als eine Woge des Friedens und der halbtrunkenen Glückseligkeit über ihm zusammenschlug, denn der Mann, der einst sein Freund gewesen war, trällerte:

»Reicher Mann, armer Mann,
Heil'ger Mann, Dieb.
Der Reiche kommt im Himmel an,
Den Armen keiner liebt.
Almosen kriegt der heil'ge Mann.
Dem Dieb man Bakschisch gibt!«

Und dann fiel der andere Safar, der Safar aus der Vision, mit ein, klatschte rhythmisch auf die Knie und sang:

»Für den Kühnen, der nicht wankt,
Der nicht zaudert, der nicht schwankt,

Gibt es Reichtum, gibt es Gold!
Nur der Brave nichts erlangt ...«

In diesem Augenblick drang eine andere, nämlich Leirias Stimme zu ihm vor und ließ die Vision wie einen zu prall gefüllten Schlauch Wein platzen. Das Bild verblaßte, und plötzlich fühlte er sich schwach.

»Ist alles in Ordnung mit dir, Safar?« fragte sie.

Er schnappte nach Luft und saugte sie förmlich in sich hinein, wie ein Mann, der, aus den Tiefen des Meeres kommend, in der schmerzlichen Gegenwart auftaucht. Die Weinkaraffe tanzte noch immer auf dem Gezeitentümpel, aber Brutar war verschwunden. Statt seiner stand Leiria nun vor ihm und sah ihn besorgt an.

Safar keuchte und brachte ein unbeholfenes, ruckartiges Nicken zustande. »Ja«, krächzte er, »mir geht's gut.«

Er blickte sich um und entdeckte Brutar ein paar Meter entfernt bei seinen Offizieren. Safar konnte sich nicht erinnern, wann er gegangen war.

»Bist du dir da sicher?« hakte Leiria nach. Und zum erstenmal fiel ihm auf, daß sie flüsterte, damit die anderen ihre Worte nicht mithören konnten.

»Vor ein paar Augenblicken hast du dich noch mit dem Kapitän unterhalten«, fuhr sie fort, »und mit einem Mal drehst du dich um und stapfst davon, als hätte er dich irgendwie verärgert.«

»Ich bin nicht verärgert«, erwiderte Safar verwirrt. »Warum sollte ich?«

Leiria legte ihm sanft die Hand auf den Arm. Die liebevolle, warme Geste wirkte wie ein Katalysator auf ihn und befreite seine Gedanken von den letzten Resten der Vision.

»Eigentlich hast du gelächelt, als ich zu dir kam, um nachzuschauen, was denn nicht stimme«, sagte sie. »Du hast so friedlich ausgesehen, und am liebsten hätte ich dich gar nicht gestört.«

Sie deutete mit dem Kopf auf Brutar. »Aber er sollte nicht den

Eindruck gewinnen, unser Anführer wäre plötzlich verrückt geworden.«

»Ich habe nur nachgedacht«, erklärte Safar, »über ... nun, das spielt jetzt keine Rolle.«

Er wußte, das war eine unzureichende Erklärung, aber er fühlte sich unbehaglich bei dem Gedanken, ihr mehr zu verraten. Vor allem, da es mit Iraj zu tun hatte, den Leiria aus tiefstem Herzen haßte.

»Worüber du auch nachgedacht hast«, gab sie zurück, »ich habe mich gefreut, weil es dir ein Lächeln aufs Gesicht gezaubert hat. Seit langem hast du nicht mehr so glücklich ausgesehen.«

Sie kam näher, und ihr weicher Busen berührte ihn. Das vertraute Parfüm und ihr zarter Atem stiegen in ihm auf wie Wein.

Da waren sie nur mehr ein Mann und eine Frau – Liebende aus einer anderen Zeit, von einem anderen Ort.

Safar hatte den überwältigenden Drang, sie zu umarmen und zu küssen. Sie in das Sommerhaus der Liebe zurückzubringen, in welchem sie einst geweilt hatten.

Allein die Anwesenheit von Brutar und der Mannschaft hielt ihn davon ab.

Leiria erbebte, denn auch sie sehnte sich nach dieser Umarmung. »Komm zu mir, wann immer du möchtest«, hauchte sie. »Ich werde dich nicht fortschicken.«

»Ich weiß«, antwortete Safar, und seine Stimme klang rauh vor Anstrengung.

In ihren Augen zeigte sich Schmerz. »Aber du wirst nicht kommen«, fügte sie hinzu, den Tränen nahe.

»Ich möchte gern«, sagte Safar, »doch ich kann nicht.«

Das linderte die Pein. Die Kriegerin riß sich zusammen und lächelte traurig. »Immer noch aus dem alten Grund?« fragte sie.

Safar nickte. »Und aus einem anderen. Da ist ... etwas ... etwas, das ...« Er gab den Kampf auf und beendete den Satz nicht. »Ich kann es dir nicht erklären.«

»Wirst du es mir jemals erklären können?« flüsterte sie.

»Ja.« Die Erwiderung begann als Lüge, und dennoch, so kurz sie war, wurde das eine Wort zu einem Versprechen, nachdem er es ausgesprochen hatte.

Leiria lächelte und formte die Lippen zum Kuß.

Daraufhin kehrte sie ihm den Rücken zu und lachte laut, als habe er ihr gerade einen Scherz erzählt. Bei Brutar und den anderen Zuschauern hatte diese Täuschung offenbar die erwünschte Wirkung, denn sie schienen sichtlich erleichtert.

Der Piratenkapitän wandte sich seinen Offizieren zu und kicherte, daß man glauben mochte, er habe den Witz selbst gehört. »Seht ihr. Lord Timura war nur ein wenig müde, weil er so viele Sorgen hat und die ganze Nacht nach seinem Sohn gesucht hat.«

Safar richtete sich auf, um erneut die Last auf seine Schultern zu nehmen, der er gerade für einen kurzen Moment entronnen war.

»Wir sollten besser aufbrechen«, sagte er zu Leiria.

»Ja, das sollten wir besser.« In ihrer Stimme schwang Bedauern mit.

Safar schob seine Gefühle beiseite und machte sich an die Arbeit. Er hatte bereits entschieden, auf welche Weise es weitergehen sollte, und daher winkte er Biner zu, er solle ihn aufs Luftschiff holen. Ein großer Korb wurde von oben herabgelassen.

Ehe er sich mit Leiria und Jooli zum Luftschiff hochziehen ließ, rief er Renor zu sich. Der junge Soldat trat zu ihm, und sein steter Gefährte Sinch folgte ihm auf den Fersen.

»Biner wird uns mit dem Luftschiff auf dem Strand absetzen«, erklärte er. »Wie lange es dauert, Palimak zu finden, weiß ich nicht, auch nicht, welche Gefahren uns bevorstehen. Ihr werdet auf mein Zeichen achten, ja?«

»Keine Sorge, Lord Timura«, versprach Renor. »Sobald Ihr uns Bescheid gebt, kommen wir.«

Safar klopfte ihm auf die Schulter. Er war sehr angetan von dem jungen Kyranier, der seit dem Aufbruch aus dem Tal der Wolken viel Ungemach hatte erdulden müssen. Sein kleiner Bruder war das erste Opfer von Irajs Unwesen gewesen. In Gestalt eines Wolfes hatte Protarus den kleinen Jungen auf einer Bergwiese nahe der Schwelle der Götter ermordet.

»Wegen dir mache ich mir keine Sorgen, Renor«, sagte Safar. Er grinste Sinch an. »Und wegen dir auch nicht, Sinch. Außer vielleicht wegen deiner geschmacklosen Scherze.«

Sinch errötete stolz, da sich der große Lord Timura noch an eine solch unbedeutende Episode erinnerte.

»Ich habe noch ein Dutzend weitere auf Lager, mein Lord«, sagte er. »Die hebe ich mir auf, bis Ihr zurück seid. Ich weiß doch, Ihr hört gern mal einen guten Witz.«

Safar lächelte freundlich. »Eigentlich bereitet mir nur eins Sorge: dieser Kapitän Brutar und seine Piraten. Seid auf der Hut, falls sie ihre Prämie in den Wind schlagen und meutern wollen.«

Renor nickte. »Ich versammle die Jungs«, antwortete er. »Und ich drille sie in voller Rüstung. Das sollte diesen Piraten das Herz in die Hose rutschen lassen. Die sind doch nur Pöbel, und sie wissen, gegen richtige Soldaten kommen sie nicht an. Und sollte das nicht genügen, haben wir die Schwerter locker in der Scheide sitzen, wenn wir ihnen eine Lektion über Loyalität erteilen müssen.«

Safar stimmte diesem Plan zu und erteilte einige weitere Befehle, die sich auf Einzelheiten bezogen, die man zuvor nicht besprochen hatte. Dann verabschiedete er sich.

Eine halbe Stunde später zog Safar die Weinkaraffe aus dem Gezeitentümpel. Eine Gruppe kyranischer Soldaten stand bei ihm und erwartete seine Befehle, derweil Leiria und Jooli den Strand nach Spuren von Palimak absuchten.

Von oben wehte ein Luftstoß herab, und die magischen Brenner des Luftschiffes rauschten laut, als Biner es wieder in die Höhe brachte. Sie hatten sich lange über ihr Vorgehen unterhalten und eine Reihe von Signalen zur Verständigung ausgemacht. Jetzt mußten sie nur Palimak finden.

»Hier drüben, Safar«, rief Jooli.

Er eilte zu ihr hinüber, und auch Leiria lief herbei.

Jooli zeigte auf mehrere Abdrücke im Sand. »Fußspuren«, erklärte sie. »Allerdings zu schwach, um genau festzustellen, wem sie gehören.«

Safar kniete sich hin und holte seinen Silberdolch hervor. Er bewegte ihn über den Spuren und murmelte einen Zauberspruch. Der Sand verformte sich, immer nur wenige Körner auf einmal, und langsam wurden die Abdrücke wieder klarer und deutlicher.

Sie stammten von einem Menschen und waren lang und schmal. Das einzig Ungewöhnliche daran waren winzige Häkchen, die aus den Zehen ragten. Keine Haken, sondern vielmehr Krallen, dachte Safar. Und das konnte nur eins heißen.

Erleichterung überkam ihn.

»Das sind Palimaks Spuren«, stellte er fest.

Er blickte auf und schaute hinüber zu dem Wald, der an den Strand grenzte. Die Bäume standen so dicht wie die Mauern einer Burg. An einer Stelle bemerkte er eine kleine Bresche. Dort führte ein schmaler Pfad in das Grün.

»Dort entlang ist er gegangen«, verkündete er und erhob sich.

Sie folgten den Fußspuren ein Stück über den Strand, wobei Safar immer wieder stehenblieb und sie mit Magie überprüfte.

Plötzlich waren die einzelnen Abdrücke weiter voneinander entfernt und wesentlich tiefer.

»Er ist gelaufen!« rief Leiria.

»Ja, aber warum?« wollte Safar wissen.

Mit klopfendem Herzen guckte er sich auf dem Strand um, doch andere Spuren konnte er nirgends entdecken.

»Ich weiß nicht, was vorgefallen ist«, sagte er, »aber wir müssen uns beeilen.«

Nun winkte er die Soldaten zu sich, und gemeinsam betraten sie den düsteren alten Wald von Aroborus.

34
Das räuberische Meer

»Der Kleine Meister wird müde«, bemerkte Gundara, der auf Palimaks Schulter hockte.

»Zu schade«, gab Gundaree zurück. »Wir haben noch einen weiten Weg vor uns.«

»Mir geht's gut«, keuchte Palimak, »ich bin nur durstig, das ist alles.«

Eigentlich log er lediglich, um sich selbst und weniger den Gehilfen etwas vorzumachen. Es war nicht leicht, sich in diesem kabbeligen Wasser oben zu halten. Palimak ließ sich von seinem Gewand, das sich wie Flügel ausgebreitet hatte, unterstüzen. Er hatte die Hosen anbehalten, obwohl ihn das Gewicht zusätzliche Kraft kostete. Erst wenn er gar nicht mehr konnte, wollte er sie ausziehen, was er bereits vor einiger Zeit mit seinen Stiefeln gemacht hatte.

Mit Scham hatte das wenig zu tun. Nackt und lebendig war besser als tot und angezogen. In den Taschen trug er einige Gegenstände mit sich, die seine Überlebenschancen erhöhen würden, sobald er wieder an Land war, unter anderem ein Messer und seinen wasserdichten Zaubererbeutel, der etliche nützliche Sachen enthielt.

Am wichtigsten war jedoch die Steinschildkröte, denn ohne sie würde er die Gehilfen verlieren. Auch wenn er sehr gut ohne die beiden zurechtkam, die manchmal doch sehr anstrengend und kaltherzig waren, würde Palimak seine Freunde niemals dem ewigen Gefängnis des Meeresbodens überlassen.

»Hättest du uns nur gesagt, daß du durstig bist, Kleiner Meister«, meinte Gundara.

»Dagegen können wir etwas unternehmen!« fügte Gundaree hinzu.

»Dann bitte, worauf wartet ihr?« krächzte Palimak, dessen Kehle von all dem Salzwasser, das er geschluckt hatte, brannte.

Die Gehilfen forderten ihn auf, den Kopf so weit wie möglich in den Nacken zu legen. Daraufhin hüpften sie auf seine Stirn, bückten sich und schlürften Salzwasser. Zu seiner Überraschung saugten sie riesige Mengen in sich hinein und blähten sich auf wie kleine Kröten.

Gundara gab ihm mit einem Zeichen zu verstehen, er möge den Mund öffnen, und dann sprudelte das Wasser so rasch aus ihnen hervor, daß er hastig schlucken mußte, um nicht zu würgen. In ihren Körpern hatte sich das Meerwasser in ein klares süßes Naß verwandelt, als stamme es aus einer kühlen Quelle und sei mit Honig versetzt worden.

»Genug!« Palimak rann das Wasser bereits das Kinn hinunter. Die beiden hielten inne und hockten sich wieder auf seine Schultern.

Er holte einige Male tief Luft, und plötzlich spürte er frische Kräfte, höchstwahrscheinlich von dem Nektar, den die Gehilfen mit dem Wasser ausgeschieden hatten. Er überlegte, ob seine beiden kleinen Geister vielleicht so ähnlich waren wie Bienen, die ja auch alles, was sie aßen, in Honig verwandelten.

»Danke schön«, sagte er. »Ich wußte gar nicht, daß ihr das könnt.«

»Du hast uns ja auch nie gefragt«, erwiderte Gundara.

»Wir können eine ganze Menge«, ergänzte Gundaree, »nach dem du uns noch nie gefragt hast.«

»Falls es irgend etwas damit zu tun hat, wie wir aus diesem Schlamassel herauskommen«, meinte Palimak, »wäre jetzt der richtige Zeitpunkt gekommen, es mir zu verraten.«

Die Gehilfen dachten einen Augenblick lang nach.

Schließlich schlug Gundara vor: »Wenn wir dich klein genug machen könnten, würdest du womöglich mit in die Schildkröte passen.«

»Aber zuerst müßten wir die Schildkröte zum Schwimmen bringen«, gab Gundaree zu bedenken.

»Daran habe ich auch schon gedacht!« schnaubte Gundara. »Ich bin ja nicht dumm.«

»Da hat Mutter aber was ganz anderes gesagt«, entgegnete Gundaree.

»Hat sie nicht!« protestierte Gundara.

»Hat sie bestimmt«, beharrte Gundaree. »Das letzte Mal, als wir sie gesehen haben, sagte sie, Gundara sei der dümmste –«

»Bitte, bitte, bitte!« unterbrach Palimak sie. »Ich sterbe gleich, falls ihr das versehentlich vergessen habt. Und wenn ich untergehe, müßt ihr beiden mit!«

»Da hat der Kleine Meister gar nicht so unrecht«, meinte Gundara.

»Ich höre auf, wenn du aufhörst«, schlug Gundaree vor.

»Frieden?«

»Frieden!«

Nachdem sie still waren, erinnerte Palimak sie: »Wir haben gerade darüber gesprochen, ob ihr mich in die Schildkröte schaffen könnt und ob sie vielleicht schwimmen kann.«

»Zwei sehr gute Ideen, das muß ich zugeben«, sagte Gundara.

»Die Flut kommt«, bemerkte Gundaree, »und sie schwemmt uns in Richtung trockenes Land.«

Voller Hoffnung fragte Palimak: »Warum fangen wir dann nicht an? Was soll ich tun?«

Die Antwort darauf war Totenstille. Niedergeschlagen drängte Palimak sie: »Kommt schon, wir verlieren kostbare Zeit.«

»Es gibt nichts, womit wir anfangen könnten, Kleiner Meister«, erwiderte Gundara.

»Aber ihr habt beide gesagt, es sei eine gute Idee«, wehrte sich Palimak.

»Ist es ja auch«, meinte Gundara, »aber nur theoretisch.«

»Unglücklicherweise können wir dich weder in die Schildkröte verfrachten noch sie schwimmen lassen«, gestand Gundaree.

Palimak stöhnte. Eines Tages wären die beiden sein Tod – buchstäblich.

»Am besten schwimmst du einfach weiter, Kleiner Meister«, riet Gundaree.

»Und besser ein wenig schneller, bevor der Hai uns erwischt«, fügte Gundara hinzu.

»Hai?« schrie Palimak.

Er hörte auf, Wasser zu treten, paddelte herum und blickte sich um. Außer dem leeren, vom Dämonenmond beleuchteten Meer sah er nichts.

»Eigentlich sind es zwei«, verbesserte Gundaree.

»Und ein Krokodil«, vervollständigte Gundara. »Vergiß das Krokodil nicht.«

»Ich wollte den Kleinen Meister nicht erschrecken«, wandte Gundaree ein. »Zwei Haie sind schon schlimm genug.«

»Was soll ich jetzt machen?« keuchte Palimak und wehrte sich gegen die aufsteigende Panik. »Wegschwimmen kann ich ihnen nicht.«

»Damit hast du gewiß recht«, stimmte Gundaree zu.

»Wir haben einen so klugen Kleinen Meister«, freute sich Gundara. »Leider kann er nicht besonders schnell schwimmen.«

»Na, selbst wenn er es könnte«, merkte Gundaree an, »der Seeschlange würde er trotzdem nicht entwischen.«

»Seeschlange?« kreischte Palimak. »Wo?«

»Na, etwa zehn Meter unter uns«, sagte Gundara.

»Bis jetzt ist sie nicht sicher, ob man dich essen kann«, erklärte Gundaree. »Aber sie scheint langsam zu der Überzeugung zu gelangen.«

In diesem Augenblick entdeckte Palimak in der Ferne die riesige Rückenflosse eines Hais. Langsam, fast träge, umkreiste sie ihn. Einen Moment später tauchte eine zweite auf und schwamm in die entgegengesetzte Richtung.

Das Krokodil konnte er nicht sehen, aber er wußte, es würde sich so lange unter der Oberfläche halten, daß ihm sein erster Blick auf das Tier die weit aufgerissenen Kiefer zeigen würde.

Und die Seeschlange würde er überhaupt nicht zu Gesicht bekommen. Sie würde sich vermutlich um seine Beine winden und ihn in die Tiefe ziehen.

Oft genug hatte sich Palimak bereits in schwierigen Situationen befunden, so hoffnungslos umzingelt war er allerdings nie zuvor gewesen. Von Panik getrieben suchte er nach einem rettenden Einfall, doch ständig stellte er sich nur vor, wie er von einem oder von allen dieser Fleischfresser des Meeres verschlungen wurde.

Inzwischen unterhielten sich die Gehilfen miteinander. Palimak hatte zuviel Angst, sich ihr Gespräch anzuhören, da er annahm, sie tauschten sich über das Für und Wider aus, auf dem Meeresboden in der Falle zu sitzen, wo während der nächsten tausend Jahre kein neuer Meister vorbeischauen würde – falls überhaupt je.

Endlich sagte Gundara: »Wir haben eine Idee.«

»Hoffentlich nicht noch eine eurer verdammten Theorien!« stöhnte Palimak und stellte sich die Seeschlange vor, die seine herabhängenden Beine vermutlich mit hungrigem Interesse betrachtete.

»Oh, nein«, widersprach Gundaree. »Gewiß keine Theorie. Diese Idee können wir in die Wirklichkeit umsetzen.«

»Vielleicht«, mahnte Gundara zur Vorsicht.

»Also gut … vielleicht«, gestand Gundaree zerknirscht ein.

»Aber sie ist einen Versuch wert«, ermutigte ihn Gundara.

»Davon würde ich auch ausgehen«, stimmte Gundaree zu. »Und wenn es nicht klappt, können wir auch noch die anderen Ideen ausprobieren.«

»Welche anderen Ideen?« fragte Palimak.

Er fühlte sich, als sei er in eine fremde, eine surreale Welt geworfen worden. Eine Welt, in der sein drohender Tod ganz beiläufig besprochen wurde. Während die Haie, die ihn in kaum zwanzig Metern Abstand umkreisten, sich ihm immer weiter näherten.

Obwohl es vermutlich reine Einbildung war, glaubte Palimak, er könne die knopfförmigen Augen des Seekrokodils innerhalb der Bahnen der Raubfische sehen.

Und die Schlange – ach, verflucht, die Schlange! Sollte sie sich doch mit den Überresten zufriedengeben! Palimak unterdrückte ein hysterisches Kichern.

»Die anderen Ideen sollten wir zunächst außen vor lassen«, befand Gundara.

»Ja, wirklich«, pflichtete Gundaree bei. »Sie würden dich nur um den Verstand bringen.«

»Schön, schön!« seufzte Palimak. »Vergessen wir sie also. Jetzt tut bitte etwas! Ich wurde nicht geboren, um für irgendwen zum Abendessen zu werden.«

»So ganz ist das nicht richtig, Kleiner Meister«, entgegnete Gundara.

»Ja«, bestätigte Gundaree. »Weißt du nicht: Jeder ist irgendwessen Nahrung?«

»Nicht unbedingt immer direkt, verstehst du«, erklärte Gundara. »Letztendlich schon. Das ist die wichtigste Lektion, die das Leben dir erteilen kann.«

»Unsere Mutter hat uns stets ein wundervolles Schlaflied vorgesungen, in dem alles zusammengefaßt wird«, sagte Gundaree. Und er sang:

»Jeder ist für jemand andren ein gefundnes Fressen.
Jeder ist für jemand andren eine hübsche Mahlzeit.
Und wenn's auch scheußlich ist, wird man gegessen,
Jeder ist für jemand andren ein gefundnes Fressen.«

Gundara wischte sich eine Träne der Melancholie aus dem Augenwinkel. »Mutter war eine so hervorragende Lehrerin.«

»O Götter«, stöhnte Palimak und betrachtete einen der Haie, der jetzt geradewegs seine Richtung einschlug. »Bitte, beeilt euch endlich und tut etwas.«

Womöglich sahen die beiden Gehilfen den Angriff des Hais ebenfalls, oder ihnen ging lediglich der Gesprächsstoff aus. Wie auch immer, zu Palimaks größter Erleichterung spürte er das tröstliche Sirren eines starken Zaubers, der heraufbeschworen wurde.

Er mußte noch einen Augenblick lang leiden, denn unter seinen Füßen fühlte er plötzlich einen starken Sog, der ihn zum Schaukeln brachte. Palimaks Körper verkrampfte sich, und die Krallen schossen aus Fingern und Zehen hervor. Er war bereit, sich verzweifelt zu wehren, wenn auch vermutlich vollkommen vergeblich.

Dann gab es einen zweiten Sog, und ein riesiger schleimbedeckter Körper streifte den seinen und stieß ihn zur Seite.

Das Wasser brodelte, während er wild paddelte, um nicht unterzugehen. Ein unglaublich großer Leib erhob sich aus dem Wasser. Er kam näher und näher.

Palimak hörte ein wildes, furchtsames Heulen und erhaschte einen Blick auf den Kopf der Seeschlange, die über ihm aufragte und das Maul mit den scharfen Zähnen so weit aufgerissen hatte, daß es ein Boot mit Mann und Maus hätte verschlingen können.

Im nächsten Moment stießen mehrere andere Körper mit seinem zusammen, und er ging unter und strampelte heftig, um wieder nach oben zu gelangen. Die Flügel seines Gewandes wurden fortgerissen. Er schlug mit den Krallen in alle Richtungen und verteidigte sich verzweifelt und instinktiv.

Die Krallen blieben an etwas hängen – er wußte nicht, an was – und schnitten durch festes Fleisch, derweil das Tier ohne zu zögern an ihm vorbeihuschte.

Schon war er wieder oben und spuckte Salzwasser. Er war zu erschöpft, um darauf zu achten, was um ihn herum vor sich ging.

»Wir haben es geschafft, Kleiner Meister!« jubelte Gundara. »Wir haben es geschafft.«

Palimak schaute sich um. Die Seeschlange suchte eilig das Weite. Eine Welle spülte über ihn hinweg, und er ging abermals unter. Wieder oben, sah er die Haie, die hoch in die Luft sprangen und der Schlange nachjagten.

Nun erfaßte ihn ein starker Strudel, da das Krokodil an ihm vorbeischwamm, wobei sein kräftiger Schwanz durchs Wasser schlug und ihn beinahe getroffen hätte.

Er war verblüfft, weil er nicht angegriffen wurde, und dabei vergaß er das Wassertreten und ging erneut unter. Als er diesmal auftauchte, hatte er seine Panik überwunden.

Er hielt sich wassertretend an der Oberfläche und rieb sich die Augen. Zu seinem Erstaunen und höchsten Entzücken sah er, wie die Haie und das Krokodil der Schlange hinterherjagten. Alle sprangen weit aus dem Wasser, um so schnell wie möglich voranzukommen.

»Was habt ihr gemacht?« wollte Palimak wissen.

»Das war ganz leicht, Kleiner Meister«, sagte Gundara.

»Wir haben der Seeschlange eingeredet, sie wäre die Beute«, erklärte Gundaree.

»Und den Haien und dem Krokodil haben wir vorgeheuchelt, sie würde besser schmecken als du«, ergänzte Gundara.

»Du weißt doch, das Lied«, sagte Gundaree. »Jeder ist für jemand anderen ein gefundnes Fressen …«

»Wenn du nur einmal den Mund halten würdest«, schimpfte Gundara. »Von dem Lied bekomme ich Hunger, und alles, was der Kleine Meister in den Taschen hat, ist vom Meerwasser verdorben.«

»Diesmal werde ich nicht sagen: ›Halt den Mund‹«, gab Gundaree überraschend verständig zurück. »Wir haben doch Frieden geschlossen, oder nicht?«

»Tut mir leid«, sagte Gundara zu seinem Zwillingsbruder. »Das habe ich vergessen. Dabei können wir Frieden jetzt sehr gut gebrauchen.«

»Richtig«, erwiderte Gundaree. »Ich weiß, du hast es bestimmt nicht so gemeint. Du warst nur durch den Sturm und das alles abgelenkt.«

Palimak sank das Herz in die Hose.

»Welcher Sturm?« fragte er.

Und zur Antwort begann es in Strömen zu regnen. Ein heftiger Wind kam auf und trieb Wellenberge von entsetzlicher Höhe vor sich her.

»Dieser Sturm, Kleiner Meister«, antwortete Gundara.

»Da die Sache mit den Haien und dem Krokodil und der Seeschlange vorbei ist«, meinte Gundaree, »hielten wir es an der Zeit, es dir mitzuteilen.«

»Trotzdem gibt es auch eine gute Nachricht, Kleiner Meister«, sagte Gundara. »Wir befinden uns ganz, ganz in der Nähe von Land.«

Aus der Ferne hörte Palimak das Tosen von Wellen, die gegen ein Hindernis schlugen.

»Ist das vielleicht ein Riff?« fragte er.

»Du bist so klug, Kleiner Meister!« lobte Gundaree. »Tatsächlich handelt es sich um ein Riff. Ein großes, scharfes Korallenriff.«

»Wahrscheinlich wird es dich in Fetzen reißen«, fügte Gundara hinzu. »Aber wenigstens brauchst du dir um uns keine Sorgen mehr zu machen.«

»Das ist wahr«, pflichtete Gundaree bei. »Diesmal werden wir nicht auf dem tiefen Grunde des Meeres landen, wenn du getötet wirst.«

»Wir werden nämlich auf das Riff gespült«, setzte Gundara die Erklärung fort. »Möglicherweise brauchen wir nur hundert Jahre zu warten, bis uns ein neuer Meister findet.«

»Freust du dich nicht darüber, Kleiner Meister?« fragte Gundara. »Wir werden uns nicht so schrecklich langweilen.«

Palimaks Herz begann heftig zu klopfen, als ihm die Erkenntnis dämmerte.

»Wollt ihr damit sagen, ihr habt keine Ahnung, wie ihr mich über dieses Riff bringen werdet?«

»Also«, sagte Gundara, »wir hätten da schon so unsere Theorien …«

35
Dschungelmagie

In dem Augenblick, in dem sie in den Dschungel eindrangen, wurde Safar das Ausmaß des Fehlers klar, den sie vermutlich gerade begingen.

Stechende Insekten umschwärmten sie in Wolken. Über ihnen hörte man lautes Flattern und schrilles, warnendes Kreischen, als die Vögel die Flucht ergriffen.

Überall huschten Tiere durch die Bäume, wie Wechselwinde, die in alle und jede Richtung bliesen, und er sah Affen, die sich von Ast zu Ast schwangen und das Weite suchten, während sie wütend schimpften.

Eine riesige Schlange fiel ihm vor die Füße, richtete sich auf und spuckte Gift nach seinen Augen.

Seine Alarmglocken hatten bereits geläutet, und er riß gerade noch rechtzeitig seinen Schild hoch.

Jooli rief etwas, das er nicht richtig verstand, doch instinktiv sprang er zur Seite, und ein Pfeil von ihr nagelte die Schlange auf den Boden.

Leiria rannte vor und schlug dem Reptil mit dem Schwert den Kopf ab. Der fiel auf den laubbedeckten Grund, wo er noch einmal zischte und Gift versprühte.

Safar hörte die Rufe der Soldaten, in denen ihr Unbehagen deutlich zu spüren war, und indem er herumfuhr, sah er die dornigen Ranken und Äste, die vorschossen und den Eingang zum Dschungel verbarrikadierten.

Irgendwo in der Nähe johlte triumphierend ein Affe.

Der Zauberer rannte zu der sich schließenden Lücke im Dickicht und hackte mit dem Schwert auf die Ranken ein. Leiria und Jooli eilten ihm zu Hilfe. So schnell sie auch auf die Pflanzen einschlugen, sie schienen mit doppelter Geschwindigkeit nachzuwachsen.

Dann vernahm er einen Knall, und direkt vor seiner Nase tauchten aus dem Nichts zwei riesige Insektenaugen auf.

Er rief den anderen eine Warnung zu, taumelte zurück und stellte fest, daß er in den klebrigen Fäden eines erschreckend festen Netzes gefangen war.

Nachdem er sich herausgewunden hatte, durchtrennte er die dicken Stränge, die Leiria und Jooli erwischt hatten.

Jetzt waren sie wieder frei und rannten vom Eingang fort, der in solcher Schnelligkeit zuwuchs, daß man bald keine Spur mehr von der Stelle sah, an der sie den Dschungel betreten hatten.

Statt dessen stand Safar plötzlich einer riesigen schwarzen Spinne gegenüber, die mindestens so groß war wie ein Fleischteller bei einem königlichen Bankett. Gift troff von ihren großen Zähnen, und mit ihrem Maul hätte sie leicht den Kopf eines Kindes packen können.

Mehrere Spinnwebfäden schossen aus den Drüsen auf ihrem aufgeblähten Körper hervor. Sie blieben im Buschwerk zu beiden Seiten von Safar hängen, und die Spinne krabbelte auf ihnen entlang und griff an.

Joolis Pfeil zischte an seinem Ohr entlang, schleuderte die Spinne zu Boden und tötete sie. Aber aus dem Nichts tauchten unvermittelt weitere dieser häßlichen Kreaturen auf und huschten auf sie zu.

Safar befahl den anderen, sich rasch, doch geordnet zurückzuziehen. Die Soldaten liefen voran und hielten nach neuen Gefahren Ausschau. Jooli übernahm die Nachhut und schoß einen Pfeil nach dem anderen auf die Spinnen ab, derweil Safar und Leiria mit den Schwertern jene erledigten, denen der Durchbruch gelang.

Langsam ließ der Ansturm der Spinnen nach, und dann waren sie alle miteinander verschwunden. Safar gab den Befehl zum Anhalten. Außer diesem einen Pfad, auf dem sie sich befanden, hatte keiner einen anderen Weg im Dickicht bemerkt.

Die Bäumen waren hoch und dicht, und unter ihnen herrschte selbst zur Mittagszeit nur Dämmerlicht. Eine eigentümliche Stille hatte sich ausgebreitet. Kein Vogel, kein Insekt gab einen Laut von sich. Sogar die Affen waren verstummt. Die Luft war heiß und feucht und stank nach Fäulnis.

Die Kyranier zogen weiter und unterhielten sich nur im Flüsterton.

Schließlich entdeckte Sergeant Hamyr, der älteste der Soldaten und ein erfahrener Fährtenleser, Palimaks Fußabdrücke im dichten Teppich des vermodernden Laubes.

»Zumindest sind wir auf dem richtigen Weg«, bemerkte Leiria.

»Stellt sich allein die Frage«, warf Jooli an, »wie wir am Ende hier wieder hinauskommen. Nachdem wir Palimak gefunden haben.«

Safar zuckte mit den Schultern. »Falls es auf dem Weg nicht geht, auf dem wir den Wald betreten haben, müssen wir lediglich ein wenig klettern.« Er deutete auf die hoch aufragenden Bäume. »Biner hält sich jederzeit bereit, uns mit dem Luftschiff aufzunehmen.«

Diese Worte lösten bei Sergeant Hamyr und den anderen Soldaten große Erleichterung aus. Angesichts der Ereignisse der vergangenen Stunden hatte keiner mehr über einen Rückzugsplan nachgedacht.

»Biner wird uns auch gewiß Verstärkung schicken, sollten wir diese brauchen«, fügte Safar hinzu und spendete seinen Männern damit weiteren Trost.

Er klopfte auf den schweren Beutel an seinem Gürtel. »Und genug Signalpulver habe ich auch. Daher brauche ich nur eine Lichtung zu finden oder hoch genug zu klettern, um Biner über die Vorgänge hier unten ins Bild zu setzen.«

Nun fühlten sich alle gleich viel besser; man sprach wieder in normaler Lautstärke und stärkte sich mit getrocknetem Ziegenfleisch, zu dem man guten, mit Honig und Wasser versetzten kyranischen Wein trank.

Erfrischt und mit neuem Mut zog die Expedition weiter und folgte dem schmalen Pfad, der sich einer Schlange gleich durch das Zwielicht wand.

In Wahrheit betrachtete Safar ihre Situation nicht so unbekümmert, wie er vorgegeben hatte. Tote Magie durchdrang den Wald. Und sie kam dabei nicht aus einer einzigen Quelle, sondern schien von allen Seiten auf sie abzustrahlen, als wären die Bäume von unfreundlichen Geistern bewohnt.

Im stillen setzte er einige Schutzzauber ein und hoffte das Beste. Kurz nachdem er damit fertig war, trat Jooli zu ihm.

»Du spürst es ebenfalls?« flüsterte sie, damit die anderen sie nicht hören konnten.

Safar nickte. »Aber ich habe einige Vorkehrungen getroffen.«

»Ich auch«, sagte Jooli. »Ich fürchte bloß, keiner unserer Zauber ist stark genug.«

»Ja, weil wir nicht wissen, mit wem oder was wir es zu tun haben«, erklärte Safar. »Wir tappen im dunkeln herum.«

Er deutete mit dem Kopf nach vorn, wo der Pfad hinter einem riesigen, von Ranken erstickten Baum eine scharfe Biegung vollzog. »Wenn ich mich nicht irre, werden wir es jedoch bald erfahren. Hinter der Stelle dort lauert etwas auf uns.«

Jooli kniff die Augen vor Konzentration zusammen. Schließlich nickte sie. »Du hast recht«, stimmte sie ihm zu. »Bloß kann ich nicht erkennen, worum es sich handelt. Alles wirkt so ... ich weiß nicht, so verstreut.«

Mit ebendiesen Worten hätte Safar die seltsamen Magiewellen beschrieben, die er wahrnahm. Das Ganze machte den Eindruck, es bestehe aus vielen kleinen magischen Partikeln, die keinen bestimmten Mittelpunkt oder Zweck hatten und offenbar nur zufällig zusammengefunden hatten.

»Wir sollten das besser auskundschaften, bevor wir blindlings in eine Falle laufen«, schlug Safar vor.

»Laß mich doch vorausgehen«, bot sich Jooli an, »und du deckst mir den Rücken.«

Damit war Safar einverstanden und ließ erneut anhalten. Er sagte der Gruppe, sie hätten eine unerklärliche magische Verwirbelung entdeckt, die Jooli und er untersuchen müßten. Dabei spielte er die Gefahr herunter und sprach von einer gewöhnlichen Vorsichtsmaßnahme.

Leiria wußte sofort Bescheid. Die beiden hatten so oft zusammen gekämpft, und nach all den Jahren spürte sie, was vor sich ging, bevor er ihr dies noch über ihre geheime Zeichensprache mitteilen konnte, die sie für sich entwickelt hatten und bei der man sich am Ohrläppchen zupfte oder den Schwertgürtel zurechtschob.

Augenblicklich reagierte sie darauf. »Wenn Jooli, die ja eine Hexe ist, vorneweg zieht, braucht sie einige Schwerter hinter sich, die sie unterstützen, und nicht noch mehr Magie.«

Sie verteilte die Männer auf dem Pfad, und ein jeder hielt sein Schwert oder seinen Speer bereit. Jooli gab das Startsignal, und die Gruppe ging weiter. Nun übernahm Safar die Nachhut, um jeden magischen Angriff von hinten oder den Seiten abzuwehren.

Nachdem Jooli den Baum erreicht hatte, an welchem der Weg abknickte, zögerte sie, beugte sich dann vor und konzentrierte sich. Safar hatte inzwischen ihre magische Ausstrahlung sehr gut kennengelernt und spürte deren Kribbeln, während sie den Bereich vor sich auskundschaftete.

Er unterstützte sie mit seiner Kraft, und sie fanden nichts, was Grund zur Beunruhigung gegeben hätte.

Sie zuckte mit den Schultern und ging weiter.

In diesem Augenblick begann die Luft um sie herum zu schimmern. Obwohl er keine Magie wahrnahm – weder bedrohliche noch sonstige – öffnete er den Mund und wollte ihr eine Warnung zurufen.

Das Schimmern löste sich in einer Wolke bunter Schmetterlinge auf, die sie kurz umschwärmten und anschließend den Pfad entlang über die Köpfe der Soldaten davonflogen. Niemand beachtete die wunderschönen, regenbogenfarbigen Insekten weiter.

Denn Leiria und die Männer waren wegen anderer, möglicherweise drohender Gefahren zu angespannt, um die Schönheit der Schmetterlinge zu genießen.

Jooli wandte sich um und rief: »Alles in Ordnung. Ich gehe weiter.« Damit verschwand sie hinter der Biegung.

Leiria war die nächste, und erneut stieg ein Schwarm Schmetterlinge auf, umkreiste sie kurz und flog daraufhin den Weg entlang. Auch sie machte ein Zeichen, demzufolge nichts Beunruhigendes zu sehen sei, und setzte ihren Weg fort.

Nun war Sergeant Hamyr an der Reihe, und er führte die Soldaten um die Ecke, wobei er abwesend den dritten Schwarm mit der Hand verscheuchte.

Safar blieb bei dem Baum stehen. Er betrachtete den Boden und richtete daraufhin den Blick auf die massiven Wurzeln, die sich fünf Meter in die Höhe erhoben, bevor sie sich zum Stamm vereinten.

Er sah eine große Schlange, die so dick war wie ein Mann und langsam an einer der Wurzeln nach oben kroch. Doch ihre Aufmerksamkeit galt einem Affen, der still und friedlich auf einem Ast saß und sich lauste.

Außer der Schlange bemerkte er nichts, das eine Gefahr darstellte. Auch die Quelle der Schmetterlinge blieb ihm verborgen.

Leiria rief in aller Gelassenheit nach ihm. Also trat er vor und achtete auf die geringste Veränderung.

Nichts geschah. Kein seltsames Schimmern der Luft. Kein einziger Schmetterling stieg auf, geschweige denn ein ganzer Schwarm.

Er ging um die Biegung und sah in einiger Entfernung Leiria und die anderen, die sich zur Rast auf dem Weg niedergelassen hatten und aßen und tranken.

Leiria winkte ihm zu. »Alles in Ordnung, Safar«, rief sie. »Komm und stärke dich.«

Daraufhin meldete sich Jooli. »Wir haben weitere Spuren von Palimak entdeckt.«

Rasch eilte Safar voran, denn die wollte er sich unbedingt ansehen.

Ohne Vorankündigung bewegte sich der Boden unter seinen Füßen. Er fiel tief und streckte haltsuchend die Hände weit aus.

Als er landete, stand er nicht mehr auf dem laubbedeckten Dschungelpfad, sondern auf einem kahlen, heißen Boden.

Um ihn herum schrie es aus Hunderten von Kehlen: »Töte, töte, töte! Töte Safar Timura!«

Bestürzt erhob sich Safar und griff automatisch nach seinem Schwert. Er stand in einer riesigen Arena, deren rote Erde zu festem Boden gestampft worden war.

Und statt des Dschungels und seiner Freunde umgaben ihn Hunderte und Aberhunderte schreiender, bemalter Wilder, die mit den Speerschäften auf die Erde stießen. Hörner erschollen, Trommeln donnerten, und irgendwo brüllte wütend eine große Katze.

Hinter sich hörte er die klatschenden Schritte nackter Füße, die auf ihn zurannten, und mit erhobenem Schwert fuhr er herum. Dann erstarrte er mit offenem Mund.

Denn der halbnackte junge Mann, der ihn angriff und mit dem langen Speer auf sein Herz zielte, …

… war Palimak!

Und die Menge brüllte: »Töte, töte, töte! Töte Safar Timura!«

36

Der Wald des Vergessens

Sogar im Rauschen des Windes und des Regens konnte Palimak die Wellen hören, die gegen das Riff tosten. Im schwachen Licht des grinsenden Dämonenmondes konnte er die Brandung als rosafarbene Linie vor sich ausmachen.

Er versuchte, aufs offene Meer hinauszuschwimmen, doch die Flutströmung war zu stark und trieb ihn unaufhaltsam auf das Riff zu.

»Rechts, Kleiner Meister!« rief Gundara.

Palimak drehte sich sofort um und sah einen dicken, dunklen Gegenstand, der auf einer Welle tanzte.

»Dorthin!« rief Gundaree.

Palimak schwamm los. Ein Zug. Zwei. Drei. Dann war er schon näher an dem Ding und erkannte, daß es sich um einen knorrigen Baumstamm handelte, hinter dem ein Dutzend oder mehr Äste trieben.

Er streckte schon die Hand aus, da erhaschte er einen Blick auf ein schreckliches, nur zu bekanntes Mundwerk mit bösartigen Zähnen, das ihn von dem Baumstamm angrinste.

Furcht erschütterte ihn bis zum Grund seines Herzen, er riß die Hand zurück und wäre fast untergegangen, als er hastig versuchte, sich von dem Baumwesen abzustoßen.

Wieder an der Oberfläche, keuchte und spuckte er und trat Wasser, damit er oben blieb.

»Keine Sorge, Kleiner Meister«, rief Gundara. »Es ist tot.«

»Nun, ja, jedenfalls fast tot«, fügte Gundaree hinzu.

»Das ist doch egal!« widersprach Gundara. »Klettere schnell hinauf, bevor du ertrinkst, Kleiner Meister.«

Es bedurfte seines ganzen Vertrauens in die Gehilfen, um diesem Ratschlag zu folgen. Vorsichtig langte er nach dem Baumwesen. Er spürte ein leichtes Zittern und hörte ein leises Klicken.

Trotzdem riß er sich zusammen und schwang sich auf den Stamm. Er bekam eine Gänsehaut, als er die rauhe Rinde der Kreatur berührte.

»Setz dich aufrecht hin«, befahl Gundara.

Schaudernd tat Palimak, wozu man ihn aufgefordert hatte, bis er im Reitersitz auf dem sterbenden Wesen saß. Dann sah er, wie sich ein Maul in der Nähe seines Schritts öffnete, und beinahe hätte er sich wieder ins Meer gestürzt.

Doch Gundara hüpfte von seiner Schulter und zog ein Taschentuch hervor, welches er in den Mund stopfte.

»Friß das, du dummes Ding«, schimpfte er und wandte sich erneut an Palimak. »Siehst du, haben wir dir nicht gesagt, alles würde gut werden?«

»Na, fast gut«, mahnte Gundaree.

»Ja, immerhin müssen wir noch über dieses Riff«, gestand Gundara ein.

Palimak zitterte. »Ihr meint, wir haben das Schlimmste noch immer nicht hinter uns?«

»Oh, nein«, antwortete Gundara. »Dies war nur der erste Teil der Idee.«

»Außerdem der leichteste«, ergänzte Gundara.

Wenn es in den Augen der beiden Zwillinge leicht war, auf ein solches Ungeheuer zu klettern, dann wollte Palimak gar nicht daran denken, was ihn als nächstes erwartete.

Er zuckte zusammen, da einer der Äste des Baumwesens zu neuem Leben erwachte. Der Ast reckte sich aus dem Wasser, hing einen Moment in der Luft, wollte sich auf Palimak werfen und riß mehrere kleine Mäuler auf, in denen klappernde, spitze Zähne funkelten.

»Oh, puh!« machte Gundaree. »Ehrlich gesagt, manche Dinger wissen einfach nicht, wann sie tot sind.«

»Schneid den Ast mit dem Messer ab, Kleiner Meister«, riet Gundara. »Bei diesem Schmatzen kann man sich gar nicht konzentrieren.«

»Und ich bekomme schon wieder Hunger«, beschwerte sich Gundaree.

Benommen zog Palimak sein Messer hervor und hackte den Ast ab. Er fiel ins Wasser und versank.

»Können wir jetzt fortfahren, bitte?« fragte Palimak und schob das Messer zurück in die Scheide. Er machte eine Kopfbewegung in Richtung Riff. »Wir sind bereits fürchterlich nah dran.«

»Ich weiß nicht«, antwortete Gundara. »Bist du sicher, ob du lange genug stehen kannst?«

»Vielleicht sollten wir besser bis zum letzten Moment warten«, schlug Gundaree vor.

»Stehen?« krächzte Palimak. »Was meint ihr mit ›stehen‹?«

»Nun, auf welche Weise willst du sonst über das Riff springen?« fragte Gundara zurück.

»Vielleicht kann er im Sitzen springen«, warf Gundaree ein.

»Vielleicht«, grübelte Gundara und strich sich das Kinn. »Obgleich ich das bei ihm nie erlebt habe, auch nicht im Zirkus.«

Palimak war erschüttert. »Habt ihr beide die letzten Fünkchen eures winzigen Verstandes verloren?« wollte er wissen. »Ich dachte, ihr würdet Magie benutzen. Und nicht von mir verlangen, daß ich etwas tue, was nicht nur unmöglich ist, sondern bei dem es schon lächerlich ist, es auch nur in Erwägung zu ziehen.«

»Natürlich werden wir Magie einsetzen«, sagte Gundaree.

»Ganz bestimmt, das ist doch unser Sinn und Zweck«, meinte Gundara.

»Du mußt uns nur ein bißchen unterstützen«, sagte Gundaree.

»Indem du dich auf das Baumwesen stellst ...« begann Gundara.

»... und springst, wenn wir es sagen«, beendete Gundaree den Satz.

»Vertrau uns«, bat Gundara, »es wird schon klappen.«

»Und falls nicht, was verlierst du schon: Du würdest doch sowieso sterben. Warum willst du es also nicht wenigstens versuchen?«

»Für uns macht es keinen Unterschied«, warf Gundara ein. »Da wir so dicht am Strand sind, werden wir auf jeden Fall nicht am Boden des Meeres festsitzen.«

»Bei dem Gedanken fühle ich mich gleich viel besser«, erwiderte Palimak sarkastisch.

»Du bist so ein netter Kleiner Meister«, antwortete Gundaree. »Stets hast du unser Wohl im Auge.«

Palimak stand kurz davor, die Gehilfen zum Teufel zu wünschen und sich zu weigern. Aber dann dachte er: Was kann ich denn sonst tun? Ich muß ihnen wohl vertrauen. Nun fiel ihm auch der Trick mit den Haien, dem Krokodil und der Seeschlange wieder ein. Falls sie das zustande brachten, warum sollten sie nicht auch das Riff überwinden?

»Also gut«, stimmte er mürrisch zu. »Ich tu's«.

»Ist er nicht mutig?« sagte Gundaree zu seinem Zwillingsbruder.

»Ganz bestimmt«, antwortete Gundara. »Der tapferste Meister, den wir je hatten.«

»Außer Sakyah, dem Dämonen«, widersprach Gundaree. »Der war *fürchterlich* tapfer.«

»Das ist allerdings wahr«, räumte Gundara ein. »Er konnte bloß nicht so gut springen.«

Alarmiert fragte Palimak: »Habt ihr diesen Trick womöglich schon einmal ausprobiert?«

»Sicherlich«, sagte Gundaree, »und fast wäre er sogar gelungen.«

»Der arme Sakyah«, trauerte Gundara. »Er war so ein böser Meister.«

»Besser als die Hexe, die die nächste war«, seufzte Gundara. »Wenn Sakyah bloß ein bißchen besser hätte springen können. Das hätte uns eine Menge Ärger erspart!«

»Na, jetzt vergeßt mal Sakyah«, schnauzte Palimak. »Falls ihr es noch nicht bemerkt habt, solltet ihr euch im Augenblick lieber Sorgen um meine zarte Haut machen.«

Beide Gehilfen betrachteten das Riff, das nun nur mehr zwanzig Meter entfernt war. Riesige Wellen klatschen darüber hinweg, und wenn sie sich zurückzogen, enthüllten sie die scharfen Korallenbänke.

»Vielleicht kannst du schon mal versuchen, dich hinzustellen, Kleiner Meister«, schlug Gundara vor.

»Dann hast du ein paar Sekunden, um das Balancieren zu üben«, fügte Gundaree sehr hilfreich hinzu.

Vorsichtig und mit klopfendem Herzen erhob sich Palimak. Das Baumwesen schwankte im Wasser, aber er hielt es in stabiler Lage und dankte den Göttern für Arlains Lektionen in Akrobatik.

»Das ist sehr, sehr gut, Kleiner Meister«, lobte Gundara.

»Und jetzt nimm die Schildkröte aus deiner Tasche«, verlangte Gundaree.

»Warum dies?« fragte Palimak, den diese neue Anweisung verwunderte.

»Also, während du springst«, antwortete Gundara, »mußt du sie werfen.«

»Wir werden drin sein, daher brauchst du dich nicht darum zu sorgen, ob du uns verlierst«, fügte Gundaree hinzu.

Palimak verscheuchte den Verdacht, der angesichts dieser letzten Forderung in ihm keimte, und holte artig die Schildkröte aus der Tasche. Sofort waren die beiden Gehilfen in dem Talisman verschwunden.

Schon ragte das Riff vor ihm auf, und die sturmgepeitschte See donnerte dagegen. Während sich das Wasser zurückzog, zischte es wie ein Nest voller Schlangen und enthüllte eine riesige Klippe, aus der Speere von Korallen ragten.

Er rang um sein Gleichgewicht, während er höher und höher und höher getragen wurde. Dann schob ihn die riesige Welle vorwärts.

Palimak schoß auf der anderen Seite der Welle abwärts und bewegte sich genau auf das Riff zu! Seine Füße rutschten auf der schlüpfrigen Oberfläche des Stammes, er fuchtelte mit den Armen und hielt die Steinschildkröte in der rechten Hand.

Nun ging es wieder nach oben, und die Brandung brodelte bis zu seiner Hüfte auf, das Riff sank bis auf Augenhöhe und blieb noch tiefer unter ihm zurück, bis er die kleine Bucht jenseits davon und den regennassen Strand sehen konnte.

Einen kurzen Augenblick lang glaubte er, es zu schaffen. Das tote Baumwesen mit ihm darauf würde ihn in Sicherheit bringen.

Dann waren die zerklüfteten Korallen wieder da und kamen auf ihn zu – oder besser: er auf sie – und an ihnen würde er zerschmettert werden.

»Wirf jetzt die Schildkröte, Kleiner Meister!« schrie Gundara.

»Und spring!« rief Gundaree.

Palimak schleuderte die Schildkröte, so weit er konnte, schloß die Augen und sprang.

Was danach geschah, sollte er niemals wirklich verstehen. In dem Moment, in dem er sprang, prallte der Stamm gegen das Riff. Palimak hatte das Gefühl, er fliege durch die Luft. Dann purzelte er auf den sicheren Tod zu.

Kurz bevor er auf dem Riff landete, zog ihn etwas wie ein elastisches Band, und er schoß vorwärts. Er hörte, daß Gundara und Gundaree ihm etwas zuriefen, doch konnte er sie nicht verstehen.

Nun fiel er auf der anderen Seite des Riffs ins Wasser und tauchte verzweifelt, um nach den Gehilfen zu suchen, deren Stimmen er noch immer hörte. Er klammerte sich an dem magischen Band fest.

Plötzlich hielt er die Steinschildkröte in der Hand und tauchte auf. Er konnte schnell nach Luft schnappen, ehe die nächste Welle über ihm brach und ihn auf den Strand zu trieb.

Dann stieß er mit dem Kopf gegen etwas Hartes, und schwarze Nacht umhüllte ihn. Er sah nur noch Sterne.

Als er wieder zu sich kam, wußte er nicht, wie lange er bewußtlos gewesen war. Er lag mit dem Gesicht nach unten auf dem nassen Strand, den Mund voller Sand, und die heiße Sonne brannte auf seinen Rücken herab. Die Steinschildkröte hatte er in der Hand.

Und die Gehilfen sprangen auf seinen Schultern herum und riefen aufgeregt: »Steh auf, Kleiner Meister! Steh auf! Steh auf! Steh auf!«

Palimak spuckte Sand und stöhnte: »Ich kann nicht. Mir tut alles weh!«

»Du mußt aber aufstehen, Kleiner Meister!« flehte Gundara.

»Er kommt, er kommt!« schrie Gundaree.

Palimak seufzte, drückte sich auf die Knie hoch und wischte sich den Sand aus dem Gesicht. Nun vernahm er ein fürchterliches Brüllen, und plötzlich verscheuchte entsetzliche Angst allen Schmerz und alle Erschöpfung.

Über den Strand schwebte ein riesiger Löwenkopf auf ihn zu. Offenbar wurde er von einem unsichtbaren Körper getragen, der im Sand keine Spuren hinterließ. Der Kopf und seine Mähne befanden sich gute anderthalb Meter über dem Boden.

Der Löwe hielt den Blick starr auf Palimak gerichtet und brüllte zornig, wobei er die Zähne entblößte, die von der Größe her durchaus an eine Speerspitze heranreichten.

Die Gehilfen brauchten nun nicht länger auf ihn einzureden. Er sprang auf die Füße und rannte auf den Dschungel zu.

Eine schmale Öffnung in der dichten Baumwand versprach Rettung, und er lief darauf zu und stürzte sich durch das Laubportal.

Er stolperte, hörte ein weiteres Brüllen – direkt hinter ihm –

stand wieder auf und raste den dämmerigen Pfad entlang, so schnell ihn seine Dämonenfüße tragen konnten.

Der Löwe war so dicht hinter ihm, daß er keine Zeit hatte, stehenzubleiben und auf einen Baum zu klettern, und so rannte er weiter und hoffte nur, die Puste oder die Kräfte würden ihm nicht ausgehen.

Dann erreichte er eine scharfe Biegung des Pfades um einen großen Baum herum, der viele, viele Meter über ihm aufragte.

»Halt, Kleiner Meister, halt!« schrien die Zwillinge wie aus einem Mund. »Da ist eine Falle!«

Aber der Löwe brüllte zur gleichen Zeit, und sein stinkender Atem strich Palimak über die Schultern.

Die nackte Angst drängte ihn zu einem panischen Sprung, und schon eilte er auf die Biegung des Pfades zu.

Bunte Lichter flammten um ihn herum auf, dann fühlte er ein Kribbeln auf der Haut, das ihn von den Füßen bis zum Kopf überzog. Er fiel und landete auf hartgestampfter Erde. Hier blieb er liegen, und die heiße Sonne versengte seinen nackten Oberkörper. Er fragte sich, warum sein Herz so heftig klopfte und warum er so außer Atem war – als wäre er gerade eine weite Strecke gerannt.

Aber er konnte sich nicht erinnern.

Weitere Fragen drängten sich ihm auf. Er hörte den Jubel von Hunderten, möglicherweise Tausenden von Menschen um ihn herum.

Wer waren die, und warum jubelten sie?

Außerdem war da noch dieses schrille, schnatternde Geräusch. Was hatte es damit auf sich?

Er fühlte einen harten Gegenstand in seiner Hosentasche. Aus irgendeinem Grund war dieses Ding wichtig, obgleich er nicht mehr wußte, weshalb. Dennoch war er erleichtert, weil es da war.

Palimak dachte: Wo bin ich eigentlich?

Und ein zweiter Gedanke beunruhigte ihn viel mehr: Wer bin ich eigentlich?

Verwirrung vermischte sich mit dem Gefühl von Gefahr. Sein Name wollte ihm partout nicht mehr einfallen. Und all diese Menschen, die herumschrien, und diese beiden hysterischen Stimmen, die ihm fremde Worte ins Ort schnatterten, wollten nicht aufhören. Er wünschte nur, alle würden einfach den Mund halten, damit er sich endlich erinnern konnte.

Haltet den Mund, haltet den Mund, haltet den Mund, dachte er. Seltsam, die Worte erschienen ihm so vertraut. Gleich fühlte er sich besser. Er bewegte die Lippen: Haltet den Mund, haltet den Mund, haltet den Mund! Wie ein Tonikum stärkte es seine Nerven.

Dann packte eine kräftige Hand die seine. Und eine tiefe Stimme verlangte: »Erhebe dich, Geehrter!«

Palimak ließ sich auf die Beine ziehen. Nun blickte er auf eine breite, von der Sonne schwarz gebrannte Brust. Er sah nach oben und weiter nach oben und mußte den Kopf in den Nacken legen, bis er einen riesigen Löwenkopf auf den kräftigen Schultern des Mannes sitzen sah.

»Guten Tag, verehrter Herr«, grüßte Palimak und spürte keinen Hauch von Angst mehr. »Wer mögt Ihr nur sein?«

»Ich bin König Felino«, antwortete der Löwenmann.

»Höchst erfreut, Eure Bekanntschaft zu machen«, erwiderte Palimak. Er runzelte die Stirn und fragte: »Verzeiht, Majestät, aber sollte ich Euch kennen? Hoffentlich seid Ihr mir wegen dieser unhöflichen Frage nicht böse, aber ich habe offensichtlich mein Gedächtnis verloren.«

Statt einer Antwort reichte der Löwenmann Palimak einen Speer. Der Griff war mit roten Bändern verziert, die wie Blutströme aussahen.

»Der ist für dich, Geehrter«, sagte König Felino.

Palimak nickte. »Wenn das mein Name ist, so soll er mir recht sein: Geehrter. Viel schöner als der einzige andere, an den ich mich erinnern kann: Kleiner Meister.«

Er verzog das Gesicht. »Den höre ich die ganze Zeit im Kopf. Kleiner Meister, Kleiner Meister, sagen diese Stimmen. Ach, würden sie doch nur schweigen!«

Palimak blickte sich um und stellte fest, daß er sich in einer großen Arena mit gestampftem rotem Erdboden befand. Um die Arena herum standen Hunderte halbnackter Menschen. Sie hatten die Gesichter mit lustigen Farben bemalt und die Zähne spitz gefeilt.

Und sie alle schrien: »Töte, töte, töte, töte!«, während sie mit den Speerschäften auf den Boden stießen.

Er betrachtete seinen eigenen Speer und dann den Löwenmann. »Soll ich hiermit jemanden töten?«

»Das ist deine Pflicht, Geehrter«, antwortete König Felino. »Du mußt dein Volk retten.«

Palimak nickte. »Das ist ein hervorragender Grund«, erwiderte er. »Der beste, den ich heute bisher gehört habe.«

Er legte die Stirn in Falten. »Vor einiger Zeit hat mir jemand geraten, aufzuspringen, obwohl das in dem Augenblick eine schlechte Idee war. Und ich habe es trotzdem getan. Jetzt habe ich es begriffen. Weil ich hier bin, um meine Pflicht zu erfüllen und so.«

In diesem Moment wurden die Stimmen in seinem Ohr lauter, und nun verstand er auch die Wörter: »Das ist eine Falle, Kleiner Meister! Eine Falle!«

Nachdenklich sah sich Palimak um. »Ich erkenne keine Falle«, antwortete er den Stimmen. Er wandte sich an den Löwenmann. »Seht Ihr eine?«

»Es ist an der Zeit, Geehrter«, erwiderte König Felino.

»Das ist gut«, sagte Palimak. »Mir wurde schon ein wenig langweilig, während ich nur herumstand und auf diese Stimmen lauschte.«

Abermals schweifte sein Blick durch die Arena. »Wenn Ihr mir die Frage verzeiht, Majestät, wo befindet sich diese Person, die ich töten soll?«

Der Löwenmann streckte den muskulösen Arm aus. »Dort!«

Gehorsam blickte Palimak in die angegebene Richtung. Zuerst sah er überhaupt nichts in der leeren Arena.

Dann explodierte in deren Mitte ein helles Licht, dem wie aus dem Nichts ein Schwarm Schmetterlinge folgte.

Verwirrt dachte er: Das sind doch nur Schmetterlinge, die soll ich bestimmt nicht töten.

Die Stimmen in seinen Ohren brabbelten: »Das ist eine Falle, Kleiner Meister. Eine Falle!«

»Ach, haltet den Mund, ihr mit eurer Falle«, sagte Palimak und wurde langsam böse. »Merkt ihr es denn nicht? Ich suche nach demjenigen, den ich töten muß!«

Gerade in diesem Augenblick erschien ein Mann in der Luft und fiel zu Boden. Dort blieb er kurz liegen, als würde er sich von einem Schock erholen.

Die Rufe der Menge schwollen an: »Töte, töte, töte!«

»Dort ist der Schurke, Geehrter!« donnerte König Felino. »Er hat ein finsteres Herz, und er ist der Feind unseres Volkes – Safar Timura!«

Dann brüllte er wie ein Löwe und ließ den Haß in Palimaks Herz auflodern.

Während der Feind aufstand, hob Palimak den Speer und griff an.

Und er dachte: Stirb, verdammt. Stirb, Safar Timura!

37

Hexenkunst

Leiria forderte Jooli und die Soldaten auf, an Ort und Stelle zu bleiben, und lief den Pfad zurück bis dorthin, wo Safar verschwunden war.

Sie schimpfte sich selbst eine Närrin, weil sie nicht bei ihm geblieben war, gleichgültig, was die Lage auch verlangen mochte. Leiria hatte beobachtet, wie er um die Ecke bog, und zögerte, da ihn offensichtlich etwas beunruhigte. Sie hatte ihm sogar zugerufen, er brauche sich keine Sorgen zu machen.

Im nächsten Moment war er vor ihren Augen auf geheimnisvolle Weise verschwunden. Nichts deutete darauf hin, daß es passieren würde. Er hatte sich schlicht in Luft aufgelöst.

Jetzt hatte Leiria das Schwert gezogen und war bereit, sich einer ganzen Armee zu stellen, wenn sie ihn nur vor der Gefahr beschützen könnte, die ihm drohte.

Aber an dem Platz, wo sie ihn zuletzt gesehen hatte, ließ sich keine Spur dessen finden, was ihm zugestoßen sein mochte.

Vorsichtig ging sie entlang seiner Fußabdrücke zurück – die sich zwischen ihren und denen der anderen befanden –, bis ungefähr dreißig Meter hinter der Biegung. Immer noch nichts.

Sie kehrte zu der Stelle zurück, von der er verschwunden war, und untersuchte sie genauer.

Dort fand sie lediglich jede Menge toter Schmetterlinge.

Das war äußerst verwirrend. Soweit Leiria sich erinnern konnte, war ihr im ganzen Dschungel kein einziger Schmetterling aufgefallen. Entschlossener als zuvor ging sie den Weg wieder zurück. Sie überprüfte jedes Stück Boden nach Spuren von Safar.

Inzwischen war Sergeant Hamyr über ein zweites Geheimnis gestolpert.

»Seht nur, Euer Hoheit«, rief er Jooli zu. »Die Fußabdrücke des jungen Lord Palimak sind ebenfalls verschwunden.«

Er hatte sich hingehockt und betrachtete die Erde, und als Jooli zu ihm trat, blickte er verwundert zu ihr auf.

»Vor ein paar Minuten waren sie noch da, und zwar ganz deutlich«, erklärte er und zog einen Strich um die leere Stelle auf dem Pfad.

Er zeigte in die Mitte der Stelle. »Genau dort habe ich sie gesehen, verdammt. Und auch andere.« Nun zeigte er den Weg hinunter. »Aber diese Bastarde sind einfach weg! Ihr habt sie auch gesehen, nicht wahr? Oder hat mir irgendein Sohn einer flohgeplagten Ziege die Reste meines Verstandes gestohlen?«

Mit grimmiger Miene nahm Jooli die Neuigkeit auf. »Ja, ich habe sie gesehen«, bestätigte sie. »Wenn dieser Jemand mir nicht ebenfalls den Verstand gestohlen hat.«

»Aber wohin zum Teufel sind sie, Euer Hoheit?« wollte der Sergeant wissen. »Nur verfluchter modriger Dschungelboden, so weit das Auge reicht!«

»Laßt mich mal einen Blick drauf werfen, Sergeant«, bat Jooli und scheuchte Hamyr mit der Hand zur Seite. »Dann kann ich die Frage vielleicht beantworten.«

Sergeant Hamyr machte ihr Platz, und Jooli hockte sich vor den Kreis, den er ins Laub gekratzt hatte. Sie kramte in ihrem Hexenbeutel herum, der an ihrem Gürtel hing, und holte ein in Wachstuch gewickeltes Päckchen mit magischen Symbolen hervor.

Nachdem sie es geöffnet hatte, streute sie eine Prise purpurfarbenen Staubs in eine Handfläche. Den pustete sie vorsichtig von der Hand, so daß er sich über dem Kreis verbreitete.

»Dort ist die Spur! Genau an der gleichen Stelle wie vorher!«

rief Sergeant Hamyr, da Palimaks Fußabdrücke plötzlich wieder klar zu sehen waren, wenngleich mit einer dünnen purpurfarbenen Schicht überzogen.

Einen Augenblick lang blieb es so, dann bewegte sich der Staub, als erwache der Fußabdruck zum Leben. Kurz darauf war beides verschwunden, Staub und Spur.

»Wieder weg, verdammt!« fluchte Sergeant Hamyr. Er blickte Jooli an und kratzte sich am Hinterkopf. »Wißt Ihr womöglich, was zum Teufel hier vor sich geht, Euer Hoheit?« fragte er.

Jooli nickte mit ernstem Gesicht. »Es ist eine falsche Fährte, Sergeant«, erwiderte sie, »die durch Hexenkünste gelegt wurde.«

Sergeant Hamyr war erschüttert. »Meint Ihr, irgendeine Hexe mit verkümmerten Zitzen würde ihre Späße mit uns treiben?«

Um anschließend fürchterlich zu erröten, da ihm einfiel, daß Jooli ja auch eine Hexe war. Hastig stammelte er eine Entschuldigung. »Verzeiht, Hoheit. Ich sollte mir wohl besser den Stiefel ins Maul stopfen, am besten bis zum Absatz!«

»Ich brauchte Euch nicht zu entschuldigen, Sergeant«, sagte Jooli. Trotz der ernsten Umstände mußte sie grinsen. »Obwohl ich natürlich nicht im Namen der Hexe sprechen kann, die vielleicht einen verkümmerten Busen hatte, vielleicht aber auch nicht. Tatsächlich könnte es sich auch um einen Er mit verkümmerten Zitzen handeln.«

Der Sergeant glotzte sie an. »Ich dachte, eine Hexe wäre immer ein Weibsbild?«

Die anderen Männer hatten sich um sie versammelt und hörten aufmerksam zu. Zwar war es eigentlich nicht der rechte Zeitpunkt, um das Thema Zauberei und Geschlecht zu diskutieren, aber wenigstens lenkte dieses Gespräch ihre Gedanken ein wenig von ihren Sorgen ab, dachte sich Jooli.

Daher antwortete sie: »Der Unterschied liegt in den Kräften begründet, und der Quelle der Magie. Hexen ziehen ihre Kräfte für gewöhnlich ausschließlich aus der Natur und benutzen daher häufiger Pflanzen, Tiere und Talismane als Hilfsmittel. Zauberer stützen sich ebenfalls auf die Natur, doch vermögen sie ebenfalls Energie aus der Geisterwelt zu schöpfen.«

Sie zuckte mit den Schultern. »Allgemein gesprochen sind Zauberer wie Safar und Palimak deshalb mächtiger als Hexen. Jedoch nicht immer. Und nicht in jedem Fall.«

Indem sie den Dschungel mit einer Geste umfaßte, fügte sie hinzu: »An einem solchen Ort kann auch eine Hexe sehr stark sein.«

Sie wollte schon zu der Erklärung ansetzen, daß der Dschungel voll Tiergeistern und magischen Pflanzenleben steckte, unterließ es allerdings zum Wohl ihrer Zuhörer.

Es ergab keinen Sinn, ihnen einen Unterhosenwechsel zuzumuten, wenn das nächste Mal ein Affe kreischte.

»So lautet es jedenfalls in der Theorie«, endete sie deshalb.

In diesem Augenblick trat Leiria hinzu und unterbrach das Gespräch. Jooli war erleichtert, denn nun konnte sie sich unbehaglichen Nachfragen entziehen. Doch Leirias finstere Miene gab ebenfalls Anlaß zur Sorge.

»Keine Spur von Safar?« erkundigte sie sich und betete, sie möge mit ihrer Frage danebenliegen.

Leiria schüttelte den Kopf. Soviel zur Kraft von Gebeten.

»Keine einzige winzige Fährte«, sagte sie. »Ich konnte keinen Hinweis auf das entdecken, was vorgefallen ist.«

Sie zögerte und runzelte die Stirn. »Außer einer Sache. Und vielleicht greife ich nur wie eine Ertrinkende nach einem Strohhalm. Aber ich habe tote Schmetterlinge gefunden. Hunderte. An der Stelle, wo er verschwunden ist.«

»Das ist ja höchst seltsam«, meinte Sergeant Hamyr. »Seit wir in diesen gottverdammten Wald gekommen sind, habe ich keinen einzigen gesehen. Und ich habe verflucht scharfe Augen.«

Er wandte sich an die anderen Soldaten. »Wie steht's mit euch, Männer? Ist irgendwem in letzter Zeit ein Schmetterling aufgefallen?« Nein, nicht einem einzigen.

Joolis Augen leuchteten vor Aufregung, als sie Leirias Neuigkeit hörte. »Zeig sie mir«, bat sie ihre Freundin.

Die Kriegerin führte sie alle zu der Stelle, an der Safar zuletzt gesehen worden war. Zur Vorsicht postierte sie an beiden Rändern des gewundenen Pfades Männer, damit sie nicht überrascht werden konnten.

Jooli untersuchte inzwischen die Berge toter Schmetterlinge. Nachdem sie die Überraschung über die große Anzahl verwunden hatte, fiel ihr zunächst die riesige Vielfalt an Farben auf.

Ihrer Erfahrung zufolge setzten sich Schmetterlingsschwärme immer aus Tieren der gleichen Farbe zusammen. Und wenn es Unterschiede gab, so waren die nicht der Rede wert.

Also begann sie, die toten Insekten der Farbe nach zu sortieren – rote, blaue, grüne und so weiter. Wodurch sie zu ihrer zweiten Entdeckung gelangte. Kaum zwei hatten dasselbe Muster! Schmetterlinge, die überwiegend blau waren, hatten orangefarbene, purpurne oder rote Flecken. Derweil wiesen rote grüne, braune oder gelbe Flecken auf.

Und je länger sie die Schmetterlinge betrachtete, desto deutlicher wurde ihr, daß sich jeder einzelne auf bestürzende Weise von allen anderen unterschied.

»Wenn ich das nicht mit eigenen Augen sähe, würde ich es nicht für möglich halten«, sagte Leiria, nachdem Jooli ihr von dieser Entdeckung berichtet hatte.

»Ist es auch nicht«, erwiderte Jooli. »Außer durch Magie.«

»Du oder Safar, ihr hättet es doch sicherlich bemerkt, wenn jemand hier gezaubert hat«, wandte Leiria ein. »Safar hat mir immer gesagt, er würde es, na ja, fühlen. Ungefähr so, wie sich bei normalen Menschen die Nackenhaare aufstellen.«

Jooli nickte. »Nachdem Safar und ich den Dschungel betreten hatten, setzten wir beide Magie ein, die uns vor Gefahren durch Zauberei warnen sollte.«

Sie seufzte. »Nur stimmten wir darin überein, daß wir nicht

wüßten, womit wir es zu tun haben, und unsere Magie aus diesem Grunde nicht viel helfen könnte.«

Jooli verzog das Gesicht. »Aber es hat sogar überhaupt nichts genützt!« fuhr sie fort. »Das habe ich nie zuvor erlebt.«

»Safar offenbar auch nicht«, sagte Leiria. »Und trotzdem ist es geschehen.«

In dieser hoffnungslosen Lage überkamen Leiria Zorn und Niedergeschlagenheit. »Bei allem, was heilig ist«, fluchte sie, »wenn ich den Verantwortlichen auftreibe, werde ich ihm die Eingeweide herausschneiden und auf einem Tablett servieren.«

»Vielleicht«, sagte Jooli, »kann ich dir deinen Wunsch erfüllen.«

»Wie?« wollte Leiria wissen.

»Indem ich den Zauber nachvollziehe«, erklärte Jooli.

In Leirias Augen funkelte Wut. »Dann mach es doch!« verlangte sie. »Zeig mir das Gesicht dieses Schurken!«

»Genau das beabsichtige ich«, erwiderte Jooli.

Sofort begann sie mit den notwendigen Vorbereitungen.

Zuerst schob sie alle Schmetterlinge zu einem großen Haufen zusammen. Daraufhin breitete sie ihren Umhang auf dem Boden aus, leerte den Inhalt ihres Hexenbeutels aus und ging ihn durch. Während sie arbeitete, schritt Leiria wutschnaubend neben ihr auf und ab.

Um ihre Freundin zu beruhigen und sich selbst ebenfalls zu entspannen, sprach Jooli, während sie arbeitete.

»Als ich ein Mädchen war und gerade die Grundlagen der Magie von meiner Großmutter lernte«, erzählte sie, »erschien mir das Ganze wie ein großes Geheimnis. Ich habe lange gebraucht, bevor ich zu meinem ersten einfachen Zauber in der Lage war.«

Sie lächelte bei der Erinnerung. »Aber meine Großmutter war eine geduldige Frau. Und eine hervorragende Lehrerin. Seltsam, nicht war? Daß ein so böser Mensch trotzdem gute Seiten haben kann.«

Leiria schnaubte. »Das erinnert mich an einen gewissen König, den ich einmal kannte. Iraj Protarus! König aller Könige. Brutaler Herrscher jener, die ihm untertan waren. Und dennoch war er einst ein Träumer. Ein Mann, der die besten Absichten hatte, glaube ich. Und manchmal konnte er sanft und großmütig sein.«

Sie seufzte. »Die Gier hat ihn verändert. Er war nicht auf Geld aus, sondern auf Macht. Und ein Mann, der so denkt, versteht nicht, daß andere vielleicht gar nicht das gleiche Ziel anstreben. Deshalb hat er Safar am Ende so sehr gehaßt. Er glaubte seinem Freund – der einst in vielerlei Hinsicht seine Vision geteilt hatte – nicht, daß dieser eben nicht aufgehört hatte, ein Träumer zu sein.«

Jooli lachte. »Ähnlich wie meine Großmutter. Allerdings auch anders. Ich glaube, sie hat die Krankheit der Gier schon von ihrer Mutter mitbekommen.«

Leiria erschauerte. »Sie kann einem fast leid tun.«

Jooli blickte zu ihr hoch. »Auf gar keinen Fall. Darauf versteht sie sich nämlich auch hervorragend: Menschen dazu zu bringen, Mitleid mit ihr zu empfinden. Auf diese Weise gewinnt sie immer leicht die Oberhand.«

Damit kehrte sie zu ihrer Arbeit zurück, wählte einige kleine Päckchen und Phiolen aus und legte sie zur Seite.

»Jedenfalls wollte ich dir etwas über die Komplexität der Magie erzählen«, fuhr sie fort. »Großmutter brachte mir bei, die Hexenkunst sei in Wirklichkeit recht einfach und logisch. Tatsächlich hilft es manchmal, wenn man wie ein Kind denkt und sich nicht durch die Engstirnigkeit eines Erwachsenen ablenken läßt.«

Sie holte einen kleinen Becher hervor und maß verschiedene Pulver und Flüssigkeiten ab. »Zuerst lernte ich folgendes: Man muß sich sein Ziel intensiv vorstellen. Was für ein junges Mädchen nicht schwierig ist. Ich konnte mir leicht meine Lieblingspuppe vorstellen. Oder eine Süßigkeit, die ich besonders gerne aß.

Es war auch leicht, mir die Dinge vorzustellen, von denen ich träumte. Zum Beispiel, die Zuneigung eines hübschen Jungen zu gewinnen. Oder einen Rivalen in einem Ringkampf zu besiegen.«

Leiria lachte. »Ich hätte auch zur Hexe geboren werden sollen«, sagte sie. »Rivalen sind einfach. Ich habe etliche aufs Kreuz gelegt. Allerdings muß ich das Geheimnis der Männer noch lösen!«

»Das hätte dir auch nicht weitergeholfen«, meinte Jooli und stimmte in ihr Lachen ein. »Was Männer betrifft, sind Hexen gewöhnlichen Frauen nicht überlegen.«

Die Kriegerin hatte ihre Sorgen vergessen und fragte: »Was hast du als nächstes gelernt?«

»Das Gesetz von Ursache und Wirkung«, erklärte Jooli, während sie die Zutaten in dem Becher zu einer übelriechenden Mixtur vermischte. »Was im wesentlichen bedeutet: Jede Wirkung hat eine Ursache, und jede Ursache eine Wirkung. Feuer erzeugt Hitze. Wenn man also als Wirkung Feuer möchte, muß man nur durch Magie Hitze verursachen.«

Sie deutete auf den Becher. »Ich habe ein oder zwei Tropfen von einem bestimmten Elixier hinzugegeben, mit dem wir ein wahres Freudenfeuer erleben werden.« Sie wischte sich den Schweiß von der Stirn. »Obwohl ich nicht weiß, ob wir das bei dieser schwülen Luft unbedingt wollen.«

Behutsam füllte Jooli die Mixtur in eine kleine Tonphiole um, die sie mit einem Korken verschloß.

»Das Elixier, das ich erwähnt habe«, erzählte sie weiter, »führt zum nächsten Gesetz der Magie, das da lautet: Gleiches erzeugt Gleiches. Das Elixier wird aus einer Wurzel hergestellt, deren Blüten feuerrot sind und wie Flammen aussehen. Die Wurzel selbst hinterläßt ein heißes Brennen auf der Zunge, wenn man sie ißt.

Vor langer Zeit hat eine kluge Hexe herausgefunden, daß etwas, wenn es aussieht wie Feuer und sich auch so verhält, vielleicht perfekt dazu geeignet ist, die Wirkung von Feuer zu verursachen.«

»Das klingt einfach«, meinte Leiria. »Bestimmt steckt noch mehr dahinter. Sonst könnte jeder eine Hexe sein.«

»Die Theorie ist leicht«, stimmte Jooli zu, »die Praxis hingegen erfordert eine bestimmte Gabe, die einem entweder angeboren ist oder nicht. Zudem haben nur wenige Hexen eine gute Vorstellungskraft. Und darin besteht das wichtigste Geheimnis der Magie.

Du mußt in der Lage sein, dir einen Gegenstand in allen Einzelheiten vorzustellen, mußt ihn im Geiste in seine Bestandteile zerlegen und wieder zusammenbauen können, bevor du dein Ziel erreichst.«

»Was ist denn mit Gebeten?« fragte Leiria. »Die meisten Menschen glauben, Wunder würden geschehen, wenn du zu den Göttern betest und sie dich erhören.«

»Die meisten Menschen sind zudem auch ausgesprochene Dummköpfe, meine liebe Freundin«, antwortete Jooli, »denn sie verlassen sich auf Gebete, wenn sie in Not sind. Genausogut könntest du auch den Hunden befehlen, ins Feuer zu pinkeln. Das hätte die gleiche Wirkung.«

Leiria nickte. »Safar ist der gleichen Meinung. Nur denkt er, die Götter würden schlafen und den Menschen deshalb keine Aufmerksamkeit schenken. Und selbst wenn sie wach wären, bezweifelt er, ob sie sich überhaupt für uns interessieren würden.«

Indem sie Safars Namen aussprach, kehrten ihre Sorgen zurück. »Was ist jetzt mit dieser Hexe?« fragte sie und zeigte auf die toten Schmetterlinge. »Für wie gut hältst du sie?«

»Eigentlich glaube ich eher, daß wir es mit einer männlichen Hexe zu tun haben«, antwortete Jooli. »Natürlich vermute ich das nur. Aber für gewöhnlich liege ich mit meinen Vermutungen nicht weit von der Wahrheit entfernt.

Was seine Fähigkeiten betrifft, kann ich das kaum einschätzen. Sein Zauber war recht klug. Er hat Safar und wahrscheinlich auch Palimak damit in die Falle gelockt. Allerdings ist dieser Dschungel sein Zuhause. Und selbst eine sehr schwache Hexe – oder ein Zauberer – ist im eigenen Heim schwer zu schlagen.«

Leiria klopfte auf die Scheide ihres Schwertes. »So ist es mein größter Wunsch, daß es Klingen und nicht Magie sein werden, mit denen wir uns messen, wenn wir diesen Kerl irgendwann entdeckt haben. Denn dann werden wir den Sieg erlangen. Ohne zu prahlen: Ich habe erst einen einzigen Fechter getroffen, der besser war als ich.

Und das war vor langer Zeit, und seitdem habe ich viel Übung gehabt. Daher glaube ich, der Kampf würde heute anders ausgehen.«

Jooli runzelte die Stirn. »Wieder dieser Iraj Protarus?«

Leiria nickte heftig. »Genau der.«

»Ich würde mir den Kampf gern ansehen«, sagte Jooli.

Leiria lächelte, aber wenig vergnügt. »Du bist hiermit herzlich eingeladen.«

Jooli erhob sich. »Genug des Mädchengeredes. Finden wir lieber heraus, aus welchem Holz dieser Hexer geschnitzt ist.«

Sie trat zu den Schmetterlingen und stellte die Tonphiole mitten unter sie. Nun bat sie Leiria, ihr dabei zu helfen, die bunte Masse auf dem Boden zu einem Pentagramm zu formen.

Danach klopfte sie sich den Staub ab. »Falls das klappt, haben wir nur wenige Sekunden zum Handeln.«

»Ich hole die Männer her«, sagte Leiria.

Jooli schüttelte den Kopf. »Der ursprüngliche Zauber hat zwei Menschen in die Falle gelockt. Wir müssen das Gleichgewicht bewahren. Daher können nur wir beide gegen das antreten, was immer uns erwartet.«

»Demnach stehen die Chancen doch nicht so schlecht für uns, oder?« scherzte Leiria.

Sie rief die Soldaten herbei und erklärte ihnen den Plan. Sie waren enttäuscht, da sie dem Kampf untätig zuschauen sollten. Leiria schmeichelte ihnen und tröstete sie damit, daß es wichtig sei, daß sie hierblieben und Wache hielten.

»Also gibt es für uns auch etwas zu kämpfen, was?« erwiderte Sergeant Hamyr erfreut.

Leiria klopfte ihm auf die Schulter. »Darauf könnt ihr euch verlassen.«

Schließlich ging sie zu Jooli, die beim Pentagramm wartete.

»Fertig?« fragte die Hexe und zog ihr Schwert.

Leiria nickte und holte das ihre heraus. »Fertig«, antwortete sie.

Und Jooli beschwor den Zauber.

Eine Flammenwand baute sich auf und blendete die beiden kurz. Daraufhin zerstob das Feuer in einer lautlosen Explosion und löste sich in Tausende und Abertausende lodernder, verschiedenfarbiger Fetzen auf. Es war, als hätten sich alle Regenbögen der Welt versammelt und wären vom Hammer eines Riesen zertrümmert worden.

Langsam formte sich ein riesiges Gesicht aus dem heißen Farbenschauer.

Das Gesicht eines Löwen. Die großen Katzenaugen starrten sie finster an. Und dann brüllte der Löwe.

Leiria und Jooli stießen ihre Schlachtrufe aus und griffen an!

38
Schlachtfeld

Safar stand erstarrt in der Mitte der Arena. Sein eigener Sohn stürmte auf ihn zu und zielte mit einem Speer genau auf sein Herz.

Der Boden bebte unter den donnernden Rufen der rasenden Zuschauer, die Palimak anfeuerten: »Töte, töte, töte! Töte Safar Timura!« Diesen blutgierigen Chor unterstützte zudem das mächtige Brüllen eines riesigen Löwen.

In einem alptraumhaften Dilemma gefangen, war Safar zu keiner Reaktion fähig.

Der kalte, wütende Zauberer in ihm befahl ihm, sich selbst um jeden Preis zu schützen. Automatisch suchte er nach dem tödlichen Zauberspruch, der Palimak sofort umbringen würde.

Aber ein anderer Safar, derjenige, welcher all seine Liebe verkörperte, verlangte das größte Opfer, zu dem ein Vater fähig ist: zu sterben, damit der Sohn überleben kann.

Und dann meldete sich von dem schmalen Grat zwischen Tod und Leben eine dritte, höchst verzweifelte Stimme: *Töte ihn, Bruder!* schrie sie. *Töte ihn, oder alles, wofür wir gekämpft haben, ist verloren!*

Plötzlich überfiel Safar die Vision einer Welt, die an ihren eigenen Giften zugrunde geht. Von Leichen, die sich bis in den Himmel stapelten. Von Meeren, die sich in öde Wüsteneien verwandelt hatten, auf denen überall ausgebleichte Gebeine verstreut waren. Von heulenden Teufeln, die sich darum stritten, dem Leben selbst das letzte bißchen Mark aus den Knochen zu saugen.

Und mit dieser Vision überkam ihn der fast überwältigende Drang, seinen Sohn niederzumetzeln. Geisterhafte Befehle schossen durch seinen Körper und ließen Muskeln und Sehnen zucken.

Der Todeszauber drang ungebeten in seinen Kopf ein und zermalmte jeden Widerstand.

Palimak hatte ihn fast erreicht. Safar konnte Gundara hören, der schrie: »Halt, Kleiner Meister, halt!«

Doch der Junge rannte weiter, und in seinen Augen funkelte mörderischer Haß.

Die schwere Speerspitze war nur mehr Zentimeter von Safars Herz entfernt. Zur gleichen Zeit wand sich sein Todeszauber wie eine zischende Kobra, die bereit ist zuzustoßen.

Er hatte keinerlei Zweifel, wer zuerst zuschlagen würde. Es würde keinen Herzschlag mehr dauern, dann läge Palimak tot zu seinen Füßen. Und Safar würde als Sieger über ihm stehen. Ein verbitterter Sieger.

Er würde ein Mann sein, dessen Seele bis zum Ende von der Sünde des Vaters, der seinen Sohn getötet hatte, gezeichnet sein würde.

Hatte nicht Asper einst geschrieben: Zwischen Gedanke und Tat liegt nur ein Schatten? Und in diesem Schatten wohnt die wahre Macht der Wahl. Des freien Willens. Der einzige Segen, welchen die Götter der Schöpfung allen Wesen gegönnt hatten. Eine Gabe, die den Fluch des kurzen Lebens vollends zur Reife brachte.

Im letztmöglichen Augenblick sammelte Safar also seine Kräfte und prügelte auf die Kobra ein, bevor sie seinen Sohn töten konnte.

Während er sich auf den Stoß des Speers einstellte, flüsterte er: »Ich liebe dich, Palimak.«

Und dann schoß ein brennender Schmerz durch seinen Körper.

Tausend schmerzhafte Farben explodierten in seinem Kopf.

Kurz hatte er das Gefühl zu fallen, und dann prallte er auf den Boden.

Weichen, mit Laub bedeckten Boden.

Der feuchte Geruch von Humus und Verwesung stieg ihm in die Nase.

Bekannte Stimmen drangen in sein Ohr.

Safar hob den Kopf und wunderte sich, denn er lebte. Er war wieder auf dem Pfad im Dschungel. Sergeant Hamyr und die anderen kyranischen Soldaten standen um ihn herum.

Ein paar Meter entfernt lag Palimak bewußtlos da und hielt den Speer noch in der Hand.

Leiria sah, wie die rote Erde auf sie zukam. Sie drehte sich mitten in der Luft, damit sie auf den Füßen landete, und schlug mit dem Schwert nach der verschwommenen Kralle, die auf ihre Kehle zielte.

Das Schwert prallte auf hartes Metall, glitt weiter und schnitt in weiches Fleisch. Sie hörte das befriedigende Schmerzgebrüll des Löwen und tänzelte zur Seite, da bereits die nächste Eisenkralle nach ihr langte.

Mit der Hacke blieb sie an einer Bodenunebenheit hängen, kippte nach hinten, verdrehte das Schwert, damit sie den Arm frei hatte, und landete hart auf der Seite.

Die eiserne Kralle schepperte, als Leiria den nächsten Hieb parierte. Dennoch hatte ihr Sturz sie in eine schlechte Position gebracht. Sie erhaschte einen Blick auf den Gegner, der vor Freude über den gewonnenen Vorteil laut brüllte.

Von den Schultern abwärts war er menschlich – ein Riese, der lediglich einen Lendenschurz trug, der sich wölbte, als sei der Kerl wie ein Zuchtbulle ausgestattet. Auf seinem nackten Oberkörper wölbten sich Muskeln. Arme und Beine besaßen den Umfang von Bäumen. In den großen Fäusten hielt er diese schweren Eisenkrallen. Eine seiner Hände blutete heftig von Leirias erstem Treffer.

Vom Hals an aufwärts war es ein Löwe. Die riesigen Katzenaugen glühten vor Wut. Die kraftvollen Kiefer, die leicht ein Genick zu brechen vermochten, waren mit Barthaaren wie Drahtseilen geschmückt. Das alles wurde von einer gelben Mähne eingerahmt, die sich wie riesige Flügel ausbreitete.

Während die Kralle sich senkte, rollte sich Leiria zur Seite, und der Haken grub sich in die Erde und nicht in ihr Fleisch. Aber nun war ihr Rücken ungedeckt, und daher wälzte sie sich weiter und versuchte verzweifelt, außer Reichweite des Löwenmannes zu gelangen.

Im nächsten Moment ertönte schrill Joolis Schlachtruf, der Löwenmann heulte überrascht auf, und Leiria sprang auf die Beine – wobei ihr Rücken noch immer entblößt war, doch augenblicklich fuhr sie herum und nahm das Schwert in die Linke, damit sie mit der Rechten ihr langes Messer ziehen konnte.

Nachdem sie nun wieder ihre Kampfposition eingenommen hatte, sah sie Jooli, die sich zur Seite warf, um einem Angriff des Löwenmannes auszuweichen. Blut rann über seinen nackten Rücken, rotes Zeugnis von Joolis Versuch, Leiria zu retten.

Jetzt stieß Leiria ihren Schlachtruf aus und rannte los, um ihre Freundin zu unterstützen. Bald hatten sie den Löwenmann in die Zange genommen. Er mochte noch so groß, noch so stark sein, gegen die beiden Kriegerinnen konnte er nichts ausrichten. Nur die Reichweite seiner langen Arme hielt die beiden Frauen davon ab, sich auf ihn zu stürzen und zu töten.

Nach und nach setzten sie ihm immer mehr zu. Zuerst griff Leiria an, so daß der Löwe sich ihr zuwenden mußte. Aber sobald er zum Hieb ausholte, wich sie zurück.

Im selben Moment sprang Jooli vor und griff den ungedeckten Rücken an. So vertauschten sie die Positionen, denn nun wich Jooli wieder zurück, und Leiria stürmte vor.

Der Kampf erstreckte sich über eine Stunde, beobachtet von der eigentümlich stillen Zuschauermenge der Wilden. Sie gafften nur, derweil ihr König aus einem Dutzend Wunden blutete und sein Brüllen bei jeder Attacke schwächer wurde.

Schließlich taumelte der Löwenmann und ging in die Knie. Leiria glaubte schon, sie hätten ihn. Sie sprang vor und zielte mit der Klinge wie mit einem Speer auf das entblößte Genick.

Aber es handelte sich nur um eine Finte, und plötzlich schoß er hoch. Sie hätte ihn trotzdem erwischt, nicht im Genick, sondern in der Brust, doch der riesige Löwenmann hatte nicht die Absicht, den Kampf fortzusetzen – ihm stand der Sinn nach Flucht.

Er duckte sich, sprang zur Seite und rannte auf das große Doppeltor am anderen Ende der Arena zu.

Leiria und Jooli setzten ihm nach. Obwohl er für seine Größe überraschend flink war, liefen sie schneller und hatten ihn bald erreicht.

Ihr Gegner näherte sich nun dem Tor und brüllte einen Befehl. Leiria sah, wie die beiden Flügel aufschwangen, und dachte, er wollte in diese Richtung entfliehen.

Statt dessen hörte sie einen wütenden Schrei und grub die Hacken in die Erde, um zum Stehen zu kommen. Gleichzeitig rief sie Jooli eine Warnung zu.

Beiden Frauen hielten an und drängten sich aneinander, damit sie sich gegenseitig schützen konnten. »Was zum Teufel?!« rief Jooli. Im nächsten Augenblick stoben sechs fremdartige Gestalten durch das Tor, um ihrem König zu Hilfe zu eilen.

Sie waren beinahe von gleicher Größe, hatten jedoch breitere Schultern. Vom Hals abwärts besaßen sie Menschengestalt. Doch die mit Hörnern versehenen enormen Köpfe gehörten eher Kampfstieren. Diese Wesen waren mit riesigen Keulen bewaffnet, die so stark waren wie der Hauptmast eines Schiffes.

Die Stiermänner stellten sich um ihren König auf. Mit ihm in der Mitte schritten sie voran. Ihr Gebrüll hallte durch die gesamte Arena.

Nun erwachte auch die Zuschauermenge zu neuem Leben. Wilder Jubel wurde laut, der in dem Gesang endete:

»Tötet sie! Tötet, tötet, tötet sie!«

»Sieht aus, als könnte der Kampf eine Weile dauern, Schwester«, scherzte Jooli.

Leiria lächelte. »Auf mein Zeichen hin greifen wir den König an, einverstanden?«

»Einverstanden!«

Die kyranische Kriegerin gab das Zeichen, und sie stürmten vor.

Safar flößte Palimak einen mit Branntwein versetzten Trunk ein, und der Junge kam zu Bewußtsein, spuckte und hustete.

Nachdem sein Sohn einmal kräftig durchgeatmet hatte, reichte Safar ihm die Flasche, und Palimak nahm einen tiefen Zug.

Er schloß die Augen und schüttelte sich, während der belebende Trunk seine Wirkung tat. Als er sie erneut aufschlug, stellte Safar mit allergrößter Erleichterung fest, daß Palimak auch wieder bei Sinnen war.

Der junge Mann war bleich, die erlebte Pein hatte ihn erschüttert. Mit einem Ruck war er in der Wirklichkeit.

Er umarmte seinen Vater. »Den Göttern sei Dank. Du hast mich gefunden!«

Der Anblick von Vater und Sohn, die sich wiedergefunden hatten, rührte die Soldaten, und verlegen scharrten sie mit den Füßen über den Boden. Sergeant Hamyr wischte sich mit der von vielen Kämpfen schwieligen Hand eine Träne aus den Augen.

Plötzlich fuhr Palimak zurück. »Ich hatte einen fürchterlichen Traum. Ich war in einer Arena. Ein Mann mit einem Löwenkopf gab mir einen Speer. Du warst auf der anderen Seite der Arena, und der Löwenmann –«

»Das war kein Traum, mein Sohn«, unterbrach ihn Safar. »Allerdings spielt das jetzt keine Rolle. Wir haben viel zu tun. Und zwar schnell.«

Palimak war entsetzt. »Willst du sagen, das ist *wirklich* passiert?« fragte er mit bebender Stimme. »Habe ich wirklich versucht –«

Wiederum schnitt ihm Safar das Wort ab. »Bitte, mein Sohn«, sagte er. »Es war nicht deine Schuld. Später können wir uns darüber unterhalten, und ich werde es dir beweisen. Jetzt schenke mir bitte einfach Glauben. Ja?«

Palimak nickte schwach. »Ja.«

»Wir müssen sofort zurück in die Arena«, erklärte Safar. »Leiria und Jooli befinden sich in Todesgefahr. Begreifst du, was ich dir sage?«

Erneut nickte Palimak. »Ich verstehe.«

Safar half ihm auf die Beine. Er winkte Hamyr herbei, der herbeitrat und Palimak einen Schwertgurt um die Hüfte band. Anschließend gab er ihm ein Hemd und ein überzähliges Paar Stiefel, welche der junge Mann hastig anzog.

»Hast du Hunger?« erkundigte sich Safar, nachdem Palimak sich angekleidet hatte.

Der schüttelte den Kopf. »Ich könnte jetzt bestimmt nichts essen. Mein Magen würde es nicht vertragen.« Er deutete auf die Flasche und grinste schwach. »Vielleicht aber noch etwas davon?«

Safar reichte ihm den Branntweintrunk, und Palimak leerte die Flasche. Danach holte er tief Luft und reckte sich.

»Nun fühle ich mich gut«, sagte er.

Safar wandte sich an die Soldaten. »Laßt eure Rucksäcke hier«, befahl er, »nehmt lediglich eure Waffen mit. Sobald wir angekommen sind, laßt euch von nichts ablenken. Seht euch nicht um, oder wundert euch nicht darüber, wo ihr wohl gelandet sein mögt. Ihr müßt einfach nur kämpfen, verstanden?«

Die Männer hatten verstanden.

Trotzdem war Sergeant Hamyr so kühn und fragte: »Verzeiht, Lord Timura, aber könntet Ihr uns sagen, gegen wen wir kämpfen?«

Safar kicherte. »Gegen den Feind.«

Hamyr nickte und grinste. »Ach, gegen den Feind. Gut zu wissen. Danke, mein Lord.«

»Gern geschehen, Sergeant«, antwortete Safar.

Damit führte er sie zu dem großen verbrannten Fleck, den Joolis Zauber auf dem Weg hinterlassen hatte.

Es hatte ihn nur wenig Zeit gekostet, ihre Magie zu begreifen, und das, was sie zustande gebracht hatte, beeindruckte ihn. Dadurch hatte sie nicht nur Palimak und ihn gerettet, sondern Safar zudem gezeigt, auf welche Weise er den Zauber wiederholen konnte.

Zudem war die Magie des Hexenportals geschwächt worden, weshalb er nun mit Palimak sowie der gesamten Truppe in die Arena zurückkehren konnte. Da Leiria und Jooli ebenfalls noch an diesem anderen Ort waren, hatten sie dann noch zwei weitere Fechter zur Verstärkung.

Insbesondere Leiria, dachte er liebevoll. Sie ist eine halbe Armee wert.

Inzwischen studierte Palimak die magische Spur, die Jooli gelegt hatte. Gundara und Gundaree flüsterten ihm interessante Hinweise ins Ohr.

Kurz darauf wandte er sich Safar zu. »Ich verstehe, wie der Zauber funktioniert, Vater. Darf ich dir helfen?«

Safar klopfte ihm auf die Schulter. »Natürlich, mein Sohn. Je mehr Kraft dahintersteht, desto besser.«

Palimak hob die Hand. »Einen Augenblick. Gundara und Gundaree haben einen Vorschlag«.

Er beugte den Kopf vor und lauschte. Dann grinste er. »Ein sehr guter Trick«, sagte er zu Safar. »Da wird sich die Mähne von diesem König Felino ziemlich kräuseln.«

Safar kicherte und erinnerte sich daran, wie gehässig die beiden Gehilfen sein konnten. »Wunderbar«, stimmte er zu. »Ich möchte nur, daß wir ihn lebendig fangen, falls es möglich ist. Schließlich wollen wir doch erfahren, was es mit dieser ganzen Sache eigentlich auf sich hat.«

Palimak nickte, und Safar begann mit dem Zauber. Mit dem Silberdolch kratzte er ein Pentagramm in die Asche. Mitten hinein zeichnete er das Gesicht eines Löwen.

Er trat zurück, hob die Arme und breitete sie aus. Nun konzentrierte er sich auf sein Ziel. Währenddessen spürte er Palimaks Energie in sich strömen, die wiederum von Gundara und Gundaree unterstützt wurde.

Und er sang:

»Um zu fliegen und fliegen und den Himmel zu ehren,
In Mengen, die Götter nicht vermögen zu zählen,
Um den Narren in den Wahnsinn zu treiben, beschwören
Wir dies, und auch, um einen König zu quälen.

Er klatschte in die Hände, und Tausende von Schmetterlingen stiegen aus dem Pentagramm auf und flogen hoch hinauf in die turmhohen Bäume.

»Zieht die Waffen«, rief Safar und riß das Schwert aus der Scheide.

Weitere Klingen befreiten sich sirrend aus ihren Scheiden, und plötzlich verschwand der Dschungel.

Sie standen in der Mitte einer riesigen Arena, in der, nicht weit von ihnen entfernt, ein erbittertes Gefecht stattfand.

Um sie herum brüllte eine grölende Menge ihre blutige Hymne:

»Tötet, tötet, tötet!«

39

Der Schmetterling sticht

Leiria und Jooli griffen an und hätten König Felino beinahe erreicht.

Der Löwenmann und seine brüllenden Kohorten hatten geglaubt, die beiden Frauen würden, sobald sie plötzlich einer Überzahl gegenüberstünden, so entsetzt sein, daß sie wie hysterische Weiber kreischend den Rückzug antreten würden.

Doch Leiria und Jooli stürmten zur Überraschung ihrer Gegner rasch und entschlossen vor. Damit verblüfften sie den Löwenmann und seine Truppe.

Wäre der König nur etwas geistesgegenwärtiger gewesen, wäre er zurückgewichen, damit seine Stiermänner die beiden Frauen seitlich hätten einkreisen und in die Zange nehmen können.

Statt dessen verschwendeten sie wertvolle Zeit und gafften die beiden Kriegerinnen nur an, wodurch Leiria und Jooli beinahe an ihr Ziel – den König – herankamen.

Leiria überlegte sogar, ob sie nicht auch die letzte Vorsicht über Bord werfen und sich schlicht auf den Mann mit dem Löwenkopf stürzen sollte.

Verspätet begriff der König, was das vor sich ging. Er wich zurück und brüllte Befehle.

Die beiden Stiermänner, die gleich neben ihm standen, traten unbeholfen vor, um die Lücke zu schließen, und schwangen die mächtigen Keulen.

Leirias scharfe Klinge traf ihren Gegner und schlug ihm die

Waffenhand am Gelenk ab. Der Stiermann brüllte vor Schmerz, riß den Stumpf in die Höhe, starrte die Wunde an, aus der rot sein Leben spritzte, brach zusammen und starb.

Jooli machte mit dem gehörnten Krieger auf ihrer Seite gleichermaßen kurzen Prozeß und durchbohrte ihn mit dem Schwert, zog die Klinge noch halb im Vorwärtsschritt zurück und setzte den Angriff fort.

Leitia schlug auf den nun ungedeckten Felino ein, der mit der Eisenkralle kaum ihren Hieb parieren konnte und wütend aufschrie, da ihre rasche Riposte in seine Seite schnitt.

Jooli, nur einen Schritt hinter ihr, sah ihre Chance. Über Leirias Schulter hinweg warf sie ihr Messer.

Im Flug drehte es sich und schoß auf die Brust des Löwenmannes zu.

Im letzten Augenblick warf sich eine der Wachen des Königs dazwischen, fing die Waffe auf und rettete Felino das Leben.

Dann griffen die verbliebenen drei Stiermänner an, und nun waren Leiria und Jooli zum Rückzug gezwungen, um nicht überwältigt zu werden.

Aber währenddessen ließen sie zwei von ihnen bitter bluten.

Obwohl sie sich nach hinten bewegten, waren Leiria und Jooli in einer hervorragenden Position für einen Gegenangriff. Drei der sechs Stiermänner waren tot, zwei weitere verwundet, und der einzige Unverletzte widersetzte sich Felinos Befehl, weiter vorzudrängen. Sie brauchten sie nur erneut anzugreifen.

Felino blutete aus Wunden an Rücken und Seite und hetzte seine drei Krieger mit Beleidigungen und Drohungen auf die Frauen.

Abermals war die Zuschauermenge auf seltsame Weise verstummt – der Anblick der Demütigung ihres Herrschers hatte sie offenbar der Stimmen beraubt.

Gemeinsam blieben Leiria und Jooli stehen. Sie stießen ihre Schlachtrufe aus, täuschten einen Angriff an, woraufhin ihre Gegner hastig zurückwichen und Felino beinahe umgeworfen hätten.

Die beiden Kriegerinnen nutzten die Zeit, um tief durchzuatmen und ihre Waffen zu überprüfen. Leiria reichte Jooli ihr Reservemesser.

Sie grinste Jooli an, und in ihren Augen funkelte der Blutrausch. »Mit dir zu kämpfen ist eine Wonne, Schwester«, sagte sie, was man sicherlich als das größte Kompliment ansehen durfte, das Leiria je aussprechen würde.

»Ist mir ein Vergnügen«, erwiderte Jooli, der dieses Duell genausoviel Spaß bereitete.

»Eine Frage hätte ich da trotzdem«, fuhr Leiria fort und zeigte auf die Stiermänner, die eine Haßtirade von Felino über sich ergehen lassen mußten. »Wenn wir die getötet haben, wie kommen wir dann hier wieder hinaus?«

»Darüber habe ich auch schon nachgedacht«, antwortete Jooli. Sie kicherte. »Vielleicht können wir die Ohren des Löwenmanns für einen Zauber benutzen.«

Leiria lachte. »Einverstanden«, sagte sie und wischte ihr Schwert an ihrem Harnisch ab.

Dann gab sie das Zeichen, und die beiden warfen sich erneut in den Kampf.

König Felino drehte sich um und suchte das Weite. Er überließ es seinen Stiermännern, sich ohne seine Hilfe mit den beiden Kriegerinnen auseinanderzusetzen.

Leiria und Jooli wollten ihn verfolgen, doch die drei anderen Gegner stellten sich ihnen in den Weg.

»Feigling!« rief die Hexe dem König hinterher und versuchte, ihn durch die Beleidigung seines Stolzes zur Rückkehr zu bewegen.

Leiria rief: »Was beult denn deinen Lendenschurz so aus, Hoheit? Ein Kissen?«

Aber er zollte ihnen keine Beachtung, sondern rannte nur noch schneller auf die Sicherheit hinter dem großen Tor zu.

Den beiden Frauen blieb keine andere Wahl, sie mußten die drei verbliebenen Stiermänner erledigen, bevor sie deren Herrn verfolgen konnten.

Es wurde ein kurzes, häßliches Gemetzel. Gefangen zwischen der Furcht vor ihrem König und den beiden Frauen, hatten sich die drei innerlich bereits geschlagen gegeben. Es schien, als könnten sie bereits ihre Geister in der Pein des Lebens nach dem Tode jammern und klagen sehen.

Sie weinten, während sie fochten. Roter Schleim floß ihnen aus den Nüstern, weißer Schaum bildete sich vor ihren Mäulern. Und sie riefen alle Götter, die sie kannten, um Erbarmen an.

Leiria und Jooli töteten sie ohne Gnade und verteilten ihre Eingeweide auf dem Boden der Arena. Sie verfluchten ihre Seelen und wünschten sie zur Hölle, während sie über die noch zuckenden Leichen hinweg dem König nachsetzten.

Felino war verschwunden, aber sie wußten, weit konnte er nicht gekommen sein, und so machten sie sich an dem Tor zu schaffen.

Leiria hackte mit dem Schwert auf das grobe Holz ein und brach riesige Splitter heraus.

Jooli hämmerte mit der Keule eines der gefallenen Stiermänner auf den entstandenen Spalt ein.

Sie waren bereits fast durch, da hörten sie ein Grollen. Die Flügel des Tores öffneten sich in ihre Richtung, und die beiden Frauen sprangen zurück und bereiteten sich auf das vor, was immer Felino ihnen jetzt entgegenwerfen würde.

Der Gestank von Tieren wallte heraus. Sie vernahmen seltsame Laute, als sei eine wütende Herde von Fleischfressern befreit worden: Schakallachen, welches einem das Blut in den Adern gefrieren ließ, vermischte sich mit Zischen und Heulen und Johlen.

»Schwerter und Messer«, rief Leiria und wich zurück.

Jooli ließ die Keule fallen und zog die anderen Waffen.

»Dann also Schwerter und Messer, Schwester«, stimmte sie zu. »Übrigens mag ich das Bries am liebsten mit würziger Soße. Und du?«

Leiria lachte. »Ich nehme nur ein bißchen Salz dazu. Wir können uns weiter über das Rezept unterhalten, wenn wir ihnen die Eier abgeschnitten haben.«

»Einverstanden«, meinte Jooli.

Nach diesem kurzen Gespräch hatten sie ihren Blutdurst wieder unter Kontrolle, wenn auch nur mit Mühe. Sie zogen sich noch weiter zurück, traten zueinander und bildeten eine Festung aus scharfem Stahl, harten Muskeln und festem Willen.

Dann hörten sie König Felinos Löwengebrüll, und sechs bellende Kreaturen marschierten zum Tor heraus, formierten sich und stellten sich links vom Zugang auf.

Vom Hals abwärts waren es Männer mit schwarzgestreiftem gelben Fell, die eine geduckte Haltung eingenommen hatten. Schakalköpfe saßen auf den Schultern, und aus ihren krummen Schnauzen drang entsetzliches Lachen. Jede Zehe und jeder Finger war mit einem Eisenring besetzt, an dem eiserne Haken prangten. Und bei ihrem Gelächter fletschten sie die langen gelben Zähne.

Daraufhin folgten sechs menschenähnliche Teufel. Bei diesen handelte es sich um Männer mit Köpfen von großen Affen. Während sie nach rechts ausschwärmten, zeterten sie und riefen den Frauen obszöne Drohungen zu. Sie trugen kurze Speere und Lederwesten, die mit Eisenmaschen verstärkt waren.

Und schließlich liefen die letzten sechs in einer Reihe heraus. Sie waren riesige Männer, größer sogar als Felino, mit langen Gliedmaßen. Bewaffnet waren sie mit Schwertern und runden Schilden aus eisenverstärktem Holz, welches mit Leder überzogen war. Ihre Köpfe erinnerten an Eidechsen mit breiten Mäulern, deren Zungen ständig hervorschossen und Witterung aufnahmen.

»Schon wieder Sechsen«, murmelte Jooli abwesend.

Leiria, welche die beträchtliche Streitmacht mit wachsendem Unbehagen betrachtete, erschrak über diese Bemerkung.

»Wovon, zum Teufel, redest du?« fragte sie fast schnippisch.

»Offensichtlich hat an diesem Ort die Zahl Sechs eine große Bedeutung«, erklärte Jooli. »Die erste Gruppe bestand aus sechs Kriegern. Und dieser Haufen besteht aus drei Gruppen zu sechs. Das ist sicherlich kein Zufall.«

»Militärische Gruppen bestehen traditionell häufig aus sechs Mann«, erwiderte Leiria. »Aber ich will nicht mit dir streiten. Falls du recht hast, wie könnte uns das weiterhelfen?«

Ehe Jooli noch zu einer Antwort ansetzen konnte, ertönte ein ohrenbetäubendes Gebrüll, und Felino stürmte heraus, sprang über die eidechsenköpfige Gruppe hinweg und übernahm die Führung. Er schien neue Kräfte gesammelt zu haben. Seine Wunden waren frisch verbunden.

»Tötet!« brüllte er. »Tötet, tötet, tötet!«

Augenblicklich fiel das wilde Publikum, das die Arena umringte, in seinen Ruf mit ein. »Tötet, tötet, tötet.«

»War nett, dich kennengelernt zu haben, Schwester«, sagte Leiria und wappnete sich für den bevorstehenden Angriff.

Daraufhin gab König Felino das Zeichen, rannte vorwärts und führte seine Tierschau durch die Arena auf die Frauen zu.

Safar brauchte nur einen kurzen Moment, um die Lage zu erfassen. Ungefähr fünfzig Meter entfernt hatten heulende Ungeheuer Leiria und Jooli umzingelt. Die beiden Frauen kämpften tapfer, wurden jedoch allmählich zurückgedrängt. Der Löwenmann, König Felino, rannte um den Kreis herum und feuerte seine Soldaten an. »Tötet, tötet, tötet!«

Sterbende und gefallene Soldaten lagen abseits des Kampfgetümmels und boten ein blutiges Zeugnis von Leirias und Joolis erbittertem Widerstand.

Safar warf eine Verstärkungspille auf den harten roten Boden. Dann stieß er den Schlachtruf seines Volkes aus, der durch die Arena donnerte und das Geschrei der Menge übertönte.

»FÜR KYRANIA!« rief er, während er vorwärtsstürmte.

»FÜR KYRANIA!« antworteten Palimak und die anderen Soldaten, die hinter ihm herrannten.

Angesichts der magisch verstärkten Rufe fuhr König Felino herum und starrte die neue Bedrohung an.

Seine Löwenkinnlade fiel ihm auf die Brust, als er seine verschwundenen Feinde Safar und Palimak wiedersah, die noch zudem auf ihn zustürzten und eine kleine, aber bis an die Zähne bewaffnete Kohorte kyranischer Krieger hinter sich hatten.

Einige seiner Tierkrieger drehten sich ebenfalls um und wurden für ihre mangelnde Wachsamkeit bestraft, denn Leiria und Jooli setzten ihnen nach und schlitzten sie auf.

Felino erholte sich von dem Schock und brüllte Befehle. Die Hälfte seiner Truppe wandte sich gegen den neuen Feind, derweil die andere verbissen weiter gegen die beiden Kriegerinnen vordrang.

Safar führte die Kyranier in den Kampf, nur Palimak blieb ein wenig zurück und wartete auf seine Chance, damit Gundara und Gundaree ihren Zauber beschwören konnten. Er parierte Hiebe, wurde er angegriffen, aber er warf sich nicht mitten ins Getümmel, sondern umkreiste das Gedränge langsam, damit er näher an König Felino herangelangte.

Ein eigentümliches Gefühl der Unwirklichkeit überfiel ihn. Während ein jeder um sein Leben kämpfte, überall Flüche, Schlachtrufe und Schmerzensschreie gellten, war er sehr ruhig und sein Verstand ausgesprochen scharf; er prägte sich jede Einzelheit des Gefechts genauestens ein.

So hielt er es für interessant, daß Sergeant Hamyr beständig grinste, gleichgültig, wie die Lage stand. Ob er sich vor einem tödlichen Hieb duckte oder selbst einen austeilte, er grinste immerfort.

Auch Leiria und Jooli waren höchst interessant. Die beiden Frauen hatten sich erst vor kurzer Zeit kennengelernt, und doch kämpften sie wie eine Frau Seite an Seite, als hätten sie dies schon ihr ganzes Leben getan.

Am interessantesten allerdings war sein Vater. Safar hatte sich stets aufs Fechten verstanden. Da er größer und kräftiger gebaut war als die meisten Kyranier, besaß er enorme Kraft und war sehr flink. Heute erschien ihm sein Vater noch geschickter.

Sein Umgang mit dem Schwert war wunderbar anzuschauen. Damit reichte er sogar fast an Leiria heran, und Palimak kannte niemanden, der sich im Kampf mit ihr messen konnte. Wenngleich Leiria stets behauptete, es gebe einen solchen Gegner – Iraj Protarus –, der es nicht bloß mit ihr aufzunehmen, sondern sie sogar zu schlagen vermochte. Allgemein nahm man an, sie sage dies aus reiner Bescheidenheit.

Jetzt schien es so, als ob sie ihre unangefochtene Stellung teilen müßte. Und war es nicht unglaublich: ausgerechnet mit Palimaks Vater.

Er fragte sich, wieso Safar auf einmal soviel besser kämpfte. War dabei Magie im Spiel? Oder etwas anderes? Palimak fand dieses Phänomen sehr seltsam, und er brachte es mit anderen ungewöhnlichen Dingen in Zusammenhang, die ihm seit der Rückkehr seines Vaters aufgefallen waren.

Jetzt flüsterte Gundara: »Dort steht dieser dumme alte König.«

Palimak blickte auf und sah Felino, der in Richtung Tor zurückwich und von zwei riesigen Eidechsenmännern gedeckt wurde.

Dann hörte er einen nur zu vertrauen Ruf, und Leiria brach durch, Jooli hinter ihr her, und gemeinsam griffen sie den König an.

»Leiria wird ihn umbringen, Kleiner Meister!« warnte Gundaree.

Zielstrebig und ohne auch nur einen Schritt langsamer zu werden, schlug Leiria den einen Eidechsenmann nieder und überließ Jooli den zweiten, während sie auf den König zustürmte.

Felino riß eine Eisenklaue in die Höhe und wollte sich verteidigen, aber das genügte nicht und kam vor allem zu spät, erkannte Palimak.

Das Schicksal des Löwenmannes war besiegelt.

»Halt sie auf, Kleiner Meister!« rief Gundara und erinnerte ihn daran, daß Safar den König lebendig gefangennehmen wollte.

»Leiria, nein!« schrie Palimak.

Sie hörte ihn, zögerte, blieb stehen und brach den Hieb mitten im Schwung ab.

Zu Palimaks Entsetzen erhielt Felino dadurch genau die Zeit, die er brauchte.

Er fegte ihre Klinge zur Seite, sprang auf sie zu und holte mit den großen Eisenklauen zum tödlichen Schlag aus.

Palimak wirkte seinen Zauber, obwohl die Entfernung groß war und er befürchtete, im schlimmsten Fall für den Tod jenes Menschen verantwortlich zu sein, den er von allen am liebsten hatte – außer seinem Vater, versteht sich. Leiria war ihm praktisch eine Mutter gewesen, sie hatte sich schon um ihn gekümmert, als er noch ein Säugling gewesen war. Sie hatte ihn, damals auf der Flucht vor Iraj Protarus, in einem Tuch auf dem Rücken getragen, derweil sie gleichzeitig gegen die Soldaten des Königs focht.

Vielleicht war es diese Liebe, die sich mit der Furcht vor dem Verlust verband, welche dem Zauber genug Kraft gab, um die Distanz zu überwinden. Vielleicht hing es auch mit der magischen Arena selbst zusammen, die seine Zauberei verstärkte. Und möglicherweise war es einfach nur reines Glück.

Aus welchem Grund also auch immer, in dem Augenblick, in dem Palimak den Zauberspruch beendete, wußte er, daß seine Kraft ausreichen würde. Ähnlich wie fast jede Magie, welche die Gehilfen ausübten, war der Zauber schlicht und einfach. Auf ihre Anweisung hin hatte er eine Handvoll Asche zusammengeklaubt, die von Joolis Hexerei zurückgeblieben war. Die Gehilfen hatten hineingespuckt und ihm gesagt, er müsse die Asche zu einer kleinen Kugel formen.

Dieses unscheinbare Stück Dreck warf er nun auf den fauchenden Löwenmann.

Und dazu sang er gemeinsam mit den Gehilfen:

»Schmetterlinge, oh, rächt!
Wo seid ihr geblieben?
Schmetterlinge, oh, rächt!
Wer hat euch vertrieben?
Versprach man euch Honig?
Ist das nicht komisch?
Stecht, stecht, stecht,
Schmetterlinge, oh, rächt!
Stecht
Und stecht
Und stecht!«

Palimak traf sein Ziel besser, als er es sich erhofft hatte. Die Aschekugel traf Felino mitten ins Auge, und statt Leiria niederzuschlagen, brüllte er vor Schmerz auf. Er warf die Eisenkrallen zur Seite und rieb sich das Auge.

Im selben Moment gab es eine Explosion bunten Lichts, und aus dem Nichts erschienen plötzlich Tausende von Schmetterlingen in der Arena.

Sie umschwärmten den verwundeten Löwenmann und summten wie verärgerte Bienen. Palimak sah die Stacheln mit Widerhaken, die sich aus ihren Leibern reckten, denn durch den Zauber der Gehilfen waren sie mit Waffen versehen worden.

Und sie attackierten Felino, fielen über ihn her und stachen ihn zu Hunderten.

Der Löwenmann rannte wild umher und schlug voller Panik mit den Armen in die Luft. Er flehte das erneut verstummte Publikum an, ihm doch zu helfen.

Schließlich ging er in die Knie, fiel nach vorn und hielt sich den

Kopf in dem vergeblichen Versuch, den schmerzvollen Stichen zu entgehen.

Palimak schlenderte zu ihm hinüber, und Leiria, vollständig verblüfft, folgte ihm. Er stellte sich vor den Löwenmann und wiederholte den Zauberspruch:

»Schmetterlinge, oh, rächt!
Wo seid ihr geblieben?
Schmetterlinge, oh, rächt!
Wer hat euch vertrieben?
Versprach man euch Honig?
Ist das nicht komisch?
Stecht, stecht, stecht,
Schmetterlinge, oh, rächt!
Stecht
Und stecht
Und stecht!«

Jetzt war Felino über und über mit den wunderschönen und gleichermaßen tödlichen Schmetterlingen bedeckt. Sie stießen ihre Stacheln in seine Haut, um ihr Gift in ihn zu spritzen. Dann flatterten sie davon und überließen ihren Platz anderen.

Felino brach zusammen, stöhnte und konnte sich kaum mehr rühren.

Nachdem Palimak sich vergewissert hatte, daß der Löwenmann auch wirklich keine Gefahr mehr darstellte, winkte er mit der Hand, und die Schmetterlinge verschwanden.

»Ich weiß überhaupt nicht, was gerade passiert ist«, wunderte sich Leiria, »aber eins ist gewiß: Du hast mir das Leben gerettet.«

Beschämt errötete Palimak: »Tut mir leid, Tante Leiria«, sagte er, »eigentlich hätte ich dich beinahe umgebracht. Ich hätte dich nicht mitten im Kampf stören sollen.«

Leiria klopfte ihm auf die Schulter und meinte, er solle sich nichts daraus machen. Daraufhin wandten sich beide dem Kampfgetümmel zu. Safar schlug gerade mit einem letzten Hieb dem letzten Gegner, einem Schakalmann, den Kopf vom Hals.

Die übrigen Tiermenschen waren entweder tot oder lagen im Sterben.

»Ich habe Safar noch nie so kämpfen gesehen wie heute«, stellte Leiria mit berufsmäßiger Miene fest. »Wenn er noch ein wenig übt, könnte er bald sogar mich in Schwierigkeiten bringen.«

»Das gleiche habe ich gerade auch gedacht«, stimmte Palimak zu. »Vielleicht hat er eine neue Magie erfunden.«

Leiria runzelte die Stirn. »Ich weiß nicht«, antwortete sie und wollte noch etwas hinzufügen, aber in diesem Augenblick unterbrach sie Safar, der zu ihnen trat, sich das Blut von der Klinge wischte und das Schwert in die Scheide schob.

Er betrachtete König Felino, der am Boden lag, mit funkelnden Augen, die so blau waren wie jüngst geschmiedeter Stahl.

»Nun laßt uns mal sehen, was dieser Kerl zu seiner Verteidigung vorzubringen hat«, sagte er.

Safar zog den Silberdolch und vollzog damit eine magische Geste. Um sie herum loderten Flammen auf. Die blutbefleckte Arena und das Publikum lösten sich in Luft auf.

Und plötzlich befanden sie sich wieder auf dem Dschungelpfad. Der Löwenmann lag zitternd und leise stöhnend auf dem Weg vor ihnen.

Es erfolgte eine Reihe leiser Plopplaute, als würde ein Kind in seinem Becher mit Ziegenmilch Blasen platzen lassen, und Hamyr erschien mit den anderen Kyraniern.

Alle seufzten erleichtert auf und brachen auf dem Boden zusammen. Doch sie konnten sich nur kurz ausruhen. Nachdem sie wieder zu Atem gekommen waren, durchwühlten sie ihre Rucksäcke nach Essen und Wein, weil sie ihre Kräfte wiederherstellen wollten. Jederzeit konnte ja schließlich die nächste Gefahr auf sie lauern.

Palimak bemerkte nicht, woher Jooli auftauchte. Sie war einfach mit einem Mal da und ging auf den benommenen Löwenmann zu.

»Falls es dir behilflich ist«, wandte sie sich an Safar, »er hat eine Vorliebe für die Zahl Sechs. Vielleicht hat das mit seiner Magie zu tun. Oder es ist reiner Zufall. Jedenfalls wollte ich es dir nur gesagt haben.«

Safar nickte und rieb sich das Kinn. Überrascht betrachtete Palimak die goldenen Stoppeln, die dort sprossen. Ihr Abenteuer hatte so lange gedauert, daß sein Vater jetzt eigentlich eine Rasur gebrauchen konnte.

Abermals wunderte sich Palimak über die veränderte Haarfarbe seines Vaters. Zunächst hatte er geglaubt, es sei einfach nur von der Sonne ausgebleicht. Jetzt fragte er sich, weshalb ein dunkelhaariger Mann einen so hellen Bartwuchs hatte. Das ergab keinen Sinn. Er sah Safars Kopf an. Der einst mit goldenen Strähnen durchsetzte Schopf war mittlerweile vollständig erblondet.

Wie bei der wundersamen Verbesserung von Safars Fechtkünsten schien hier etwas nicht zu stimmen. Allerdings konnte es sich genausogut um reine Einbildung handeln.

Jetzt sprach sein Vater, und die Zweifel waren vergessen. »Bringen wir unsere Hoheit an Bord des Luftschiffes. Dort verhören wir ihn dann in aller Ruhe.«

Mit diesem Vorschlag war ein jeder einverstanden, und Safar schickte ein grünes Flammensignal zu Biner in den Himmel.

Eine halbe Stunde verstrich, aber von dem Luftschiff war noch immer nichts zu sehen.

Safar runzelte die Stirn und schoß eine zweite magische Flammenkugel ab. Erneut warteten sie lange und vergeblich.

Schließlich meinte Leiria: »Am besten gehen wir zu Fuß zurück. Entweder schläft Biner, oder er hat große Schwierigkeiten am Hals.«

»Biner schläft nie, wenn er Wache hat«, erwiderte Safar. »Und Arlain ebenfalls nicht.«

»Ich weiß«, gab Leiria grimmig zurück.

Ein paar Minuten später hatten sie König Felino, der kaum bei Bewußtsein war, an einer Trage festgebunden und schleppten ihn den schmalen Pfad entlang in Richtung Strand.

40

Die Herrscherin der Hölle

Königin Clayre schritt in ihrer Kabine auf und ab und wartete auf Neuigkeiten aus der Hölle, ob ihr geheimes Vorgehen gegen Safar und Palimak Timura von Erfolg gekrönt worden sei.

Aus der Nachbarkabine hörte sie das gedämpfte Stöhnen eines Mannes, der fürchterliche Qualen litt. Sie lächelte vor Freude und dachte bei sich, die Nachricht bräuchte wenigstens nicht weit gebracht zu werden. Denn nur die Tür zum angrenzenden Raum trennte sie von einer besonders garstigen Ecke der Unterwelt.

Von oben hörte sie gebrüllte Befehle und das Klatschen nackter Füße auf den Planken, wo die Seeleute eilig den Wünschen ihrer Offiziere nachkamen.

Safars Schiff war gesichtet worden, und jetzt segelten sie gegen den Wind, damit sie sich den Timuras nicht vorzeitig verrieten.

Clayre schnaubte verächtlich. In die Fähigkeiten ihres Sohnes, die Timuras zur Strecke zu bringen, setzte sie wenig Vertrauen. Wenn auch die Schiffe, die Rhodes gestohlen hatte, mit Soldaten vollbesetzt waren, so hatte er bereits bessere Gelegenheiten, die Kyranier zu überwältigen, schlicht vermasselt.

Und da hatte er es nur mit dem jungen Zauberer Palimak zu tun gehabt, und nicht mit einem Mann von Safar Timuras Format, der eine enorme Macht und Weisheit besaß.

Sie hörte weitere Schmerzenslaute und trat an die Kabinentür. Diese stand einen Spalt offen, und so konnte sie hineinspähen. Auf ihrem Tisch lag ausgestreckt ein halbnackter Seemann, dessen

Lenden nur von einem Stück Segeltuch bedeckt wurden. Er war gefesselt und geknebelt, und die blutigen Striemen, die sich über seinen entblößten Oberkörper und die Beine erstreckten, sahen aus, als habe man ihn ausgepeitscht.

Eine unsichtbare Kraft folterte den Mann anscheinend weiter, da er heftig an seinen Fesseln zerrte und dadurch den Tisch um einige Zentimeter verrückte. Dann stieß er einen erstickten Schrei aus und verlor das Bewußtsein.

Hervorragend, dachte Clayre. Der Zauber wirkt. Sie trat von der Tür zurück, schritt wieder hin und her und ging ihren Plan abermals in allen Einzelheiten durch.

Nachdem ihr erster Versuch mit den Baumwesen mißlungen war, hatte sie sich mit der Bitte um Hilfe an höhere Mächte gewandt.

Damit meinte sie nicht die Götter im Himmel. Ihrer keineswegs sehr hohen Meinung nach waren die Götter äußerst unnütze Dinger, die sich besonders dadurch hervortaten, daß sie sich nicht an Abmachungen hielten, gleichgültig, wie die Opfer waren, die man ihnen darbrachte. Die Wesen, welche die Hölle beherrschten, waren dagegen viel vertrauenswürdiger.

Charize, ihre Mentorin in Sachen Magie, hatte Vermutungen geäußert, denen zufolge die Götter schliefen und den weltlichen Angelegenheiten ohnehin keine Aufmerksamkeit zollten. Daher war das gegenwärtige Zeitalter eine besonders gute Periode für Ungeheuer und Teufel wie sie.

Darüber hinaus, so sagte sie, bestehe nun die exzellente Chance, die Götter in den Köpfen der Weltbewohner durch realistischere Objekte der Verehrung zu ersetzen.

»Ist nicht die Welt, in der wir weilen, höchst grausam?« hatte Charize sich gefragt. »Pein ist das Schicksal allen Lebens. Und diese Pein wird nicht einmal durch den Tod beendet. Schau dir nur die elenden Geister an, die überall herumspuken und ihr Verhängnis beklagen.

Als hätte das Schicksal je etwas Besseres anzubieten gehabt. Es wäre gnädiger – und wesentlich angenehmer für uns –, wenn die sterblichen Kreaturen begriffen, daß Schmerz und Enttäuschung für sie die Ewigkeit darstellen.

Wie ich allen meinen Schwestern erzähle, ist deine ergebene Unterwerfung eine wunderbare Soße zu diesen wunderbaren, leidenden Markknochen.«

Im Laufe ihrer Zeit mit der Königin der Ungeheuer hatte Clayre erfahren – und dies genossen –, daß während dieser Periode, in der die Götter unachtsam waren, Gehilfen ihrer Art nicht nur das schicksalhafte Leid erspart blieb, sondern daß diese sogar an der Tafel der Hoffnungslosigkeit ihren eigenen Platz erhielten.

»Und auch, falls Asper recht hat und die Verhältnisse sich irgendwann ändern«, hatte Charize ihr gesagt, »ja, falls die Götter eines Tages erwachen, werden sie keine Treue zu den Sterblichen kennen. Schließlich sind körperliche Wesen nur Spielzeuge, die man zur persönlichen Bereicherung und Freude der Götter quälen darf.

Daher wird auch dann noch viel für uns abfallen. Aber ich meine, wir sollten uns bedienen, solange der Tisch gedeckt ist, und verflucht seien Asper und die Götter. Je länger wir ihre Rückkehr verzögern können, desto besser. Und vielleicht können wir es sogar gemeinsam verhindern.«

In der Zwischenzeit hatte Charize ihr regelmäßige Opfer an die Halbgöttin der Hölle, Lottyr, empfohlen, eine Göttin, welche für die Sterblichen keinerlei Liebe empfand und zur Umsetzung ihrer Pläne gern Wesen erschuf, bei denen es sich um eine Mischung aus höheren Lebensformen und Tieren handelte. Als falsche Prophetinnen von Asper hatten Charize und ihre Schwestern Lottyr zu Ehren ihr Lied gesungen:

»Wir nehmen die Sünde, wir nehmen die Sünde,
O süße Dame, gute Dame.
Auf unsere Seelen, auf unsere Seelen,
O Heilige.«

Lottyr war die höllische Schattengöttin ihrer himmlischen Zwillingsschwester Felakia, welche die Menschen und Dämonen mit allem Guten in Verbindung brachten.

Charize hatte für Felakias Güte nur Spott übrig gehabt. Sie glaubte fest, das Gute, wie es von Felakia verkörpert wurde, sei nur die schwächliche Schwester des Bösen, das mit Lottyr den Sieg davontragen würde.

»Lord Asper lag leider vollkommen daneben«, erklärte sie Clayre so manches Mal. »Denn wenn die Götter den Tod dieser Welt zulassen, dann doch nur, weil sie den herzhaften Geschmack des Bösen dem faden Aroma des Guten vorziehen.

Letztlich kann allein Lottyr mit solch wunderbar gequälten Seelen aufwarten. Die durch das Elend noch köstlicher werden. Und so können ihre ätherischen Körper reifen, während sie an den Fleischhaken in der Hölle hängen.«

Obwohl Charize so oft ihre Freundschaft beschworen hatte – und ihr gleichzeitig viele Geheimnisse der Magie enthüllte –, trotzdem hatte Clayre der Königin aus Aspers Gruft niemals wirklich vertraut.

Und daher hatte sie es nicht so hart getroffen, als Palimak die Königin der Ungeheuer und Verehrerin der Lottyr getötet hatte. Einerseits war sie dadurch von Charizes Einfluß befreit worden. Andererseits wurde allerdings auch ihre persönliche Magie stark geschwächt.

Kalasariz' Erscheinen beantwortete nicht nur viele ihrer Fragen. Er hatte seine Feinde nicht nur besiegt, sondern sogar verschlungen. Riesige Kräfte boten sich an. Kräfte, die Clayre gern beherrschen wollte.

Der Meisterspion hatte ihr zunächst vorgeschlagen, er könne auch in ihren Körper eindringen. Diesem Angebot hatte Clayre mißtraut und dankend abgelehnt.

Mochte Kalasariz doch ihren Sohn besitzen. Mit Rhodes würde sie immer fertig werden, gleichgültig, welchen Einfluß sein Gast auf ihn ausübte. Ohne Zweifel planten Rhodes und Kalasariz, sie zu versklaven, indem sie ihre Seele verschlangen – auf die gleiche Weise, auf die Kalasariz sich die Dämonen Luka und Fari einverleibt hatte.

Clayre schnaubte. Mochten sie ihre armseligen Komplotte gegen sie nur schmieden!

Der größte Denkfehler bei ihrem Vorhaben bestand darin, daß sie zunächst ihre Feinde besiegen mußten. Falls sie sich danach gegen sie wendeten, wäre sie vorbereitet.

In der Tat arbeitete sie schon an einem Zauber, der den Spieß umdrehen und außerdem ihre Verbindungen zur Geisterwelt festigen würde. In der Hölle jedoch hatte Clayre die größte »Quelle der Kraft« gefunden.

Die Königinhexe warf einen Blick auf die Tür, die einen Spalt offenstand, und mußte lächeln.

Lottyr hatte sich ihrer Verschwörung nur allzu willig angeschlossen. Teure Opfer waren nicht notwendig gewesen. Nur ihre unsterbliche Seele mußte sie ihr versprechen. Da Clayre diese nicht besonders hochschätzte, tauschte sie ihre Seele bei diesem höllischen Handel gerne ein.

Und jetzt, während sich die drei Schiffe ihres Sohnes an das eine der Kyranier anschlichen, hatte Clayre Safar eigentlich schon bezwungen.

Irgendwo im Dschungel von Aroborus empfing gerade eine der Schranzen von Lottyr die beiden Timuras in einer eigens für diesen Zweck erschaffenen Arena.

Natürlich hatte die Göttin der Hölle Clayre davor gewarnt, daß dieser erste Versuch fehlschlagen könne.

»Da Safar Timura ein Zauberer ist«, hatte sie erläutert, »bedeutet er für uns ein tiefes Geheimnis. Wenn er auch nur ein Mensch ist, besitzt er dennoch die stärksten magischen Kräfte, denen ich je begegnet bin. Selbst dieser alte Meisterzauberer, dieser Dämon Asper, würde neben Lord Timura verblassen.

Unsere Hauptwaffe besteht deshalb in der Tatsache, daß Safar das wahre Ausmaß seiner Macht noch gar nicht begriffen hat. Seine eigene Vorstellungskraft schränkt ihn ein. Aber jedesmal, wenn er seine Grenzen wieder einmal überschreitet, gewinnt er mehr Zuversicht.

Seine Flucht aus der Welt der Zukunft Hadins habe ich nie und nimmer für möglich gehalten. Trotzdem ist es ihm auf irgendeine Weise gelungen. Nun ist er wieder zurück und stellt eine große Plage für uns dar, und dazu sind seine Fähigkeiten enorm angewachsen.«

Seit ihrem letzten – und gleichzeitig ersten – Treffen mit Lottyr, das sie beschworen hatte, waren Clayre eine Menge Fragen durch den Kopf gegangen.

Zum Beispiel hatte ihr Kalasariz einiges über die eigentümliche Haßliebe zwischen Safar und Iraj Protarus erzählt. Obgleich der Oberspion nicht vollständig mit der Sprache herausrücken wollte, vermutete Clayre, das ungewisse Verbleiben von Protarus bereite ihm große Sorgen. Seine Hoffnungen beruhten allein darauf, den früheren König der Könige zu überwinden, indem er Safar Timura gefangennahm und tötete.

Er hatte ihr sogar den magischen Begriff für das Phänomen verraten, durch das er mit Protarus verbunden war – der Spruch der Vier. Clayre hatte zu diesem Zauber Nachforschungen angestellt. Allerdings gab es an einem so provinziellen Ort wie Syrapis nur wenige magische Quellentexte.

Dennoch hatte sie herausgefunden, daß bei diesem Zauber Gestaltwandeln eine Rolle spielte. Vier Verschworene brauchte es, um den Spruch zu wirken. Offensichtlich war Kalasariz einer dieser Vier gewesen. Aber er hatte sich aus diesem Bann befreit und zwei seiner Brüder versklavt. Der vierte, eben jener, den er so verzweifelt suchte, konnte nur König Protarus sein.

Während sie so in ihrer Kabine auf und ab schritt, fragte sie sich, wo dieser letzte Bruder des Zaubers wohl stecken mochte. Zu dem

Zeitpunkt, wo sie das alles erfahren hatte, war sie eigentlich lediglich neugierig gewesen. Nachdem ihr Mordanschlag auf Safar und Palimak fehlgeschlagen war, drängte sich die Frage in den Vordergrund, und die Antwort darauf war nun viel wichtiger.

Wer war Iraj Protarus? Welche Ziele verfolgte er? Und schließlich, wo war er?

Falls sie ihn fand, konnte Clayre dann vielleicht ein Bündnis mit ihm eingehen, aus dem sie beide Vorteile ziehen konnten? Ihre Gedanken wurden durch das neuerliche Stöhnen aus der Nachbarkabine unterbrochen. Voller Vorfreude schlug ihr Herz schneller. Endlich! Sie eilte zur Tür und schlüpfte hindurch.

Der Seemann war eine Masse von Farben, die sich bewegten. Er war mit Hunderten von Schmetterlingen bedeckt, die an ihm klebten wie Blutegel, und er zuckte wild hin und her, während sie mit ihren winzigen Mündern sein Fleisch verzehrten.

Neben dem Tisch befand sich ein Netz aus goldenen Seidenfäden. Clayre ergriff es, um es rasch über den Körper des Mannes zu werfen.

Ein erstickter Schrei wurde laut, ein grelles Licht blitzte auf, und dann zog Clayre das Netz hastig zurück.

Hunderte Schmetterlinge fielen zu Boden und bildeten einen regenbogenfarbigen toten Teppich. Der Seemann war verschwunden.

An seiner Stelle hockte eine riesige spinnenähnliche Kreatur, die fast einen Meter groß war. Eine sagenhafte Gestalt formte sich aus dem bauchigen Körper. Sie besaß den Torso einer wunderschönen Frau, der jedoch sechs Arme aufwies. Auf sechs langen, anmutigen Hälsen saßen sechs Köpfe.

Jeder zeigte das gleiche schöne Gesicht mit alabasterfarbener Haut, hohen Wangenknochen und dunklen, funkelnden Augen. Die Lippen waren voll und rot. Als sie sich teilten, entblößten sie scharfe weiße Fangzähne, an denen smaragdgrüne Gifttropfen hingen.

Clayre verneigte sich tief. »Seid gegrüßt, Lottyr, Göttin der Feuer«, sagte sie. »Und nehmt meinen Dank dafür entgegen, daß Ihr Eure Verehrerin mit Eurer gnädigen Anwesenheit segnet. Darf ich so kühn sein und Euch nach den Neuigkeiten fragen?«

Die Köpfe sprachen alle zur selben Zeit und bildeten einen seltsamen Chor aus gleichen Stimmen, sehr melodisch, wie die von königlichen Kurtisanen, die in den Künsten des Theaters und des Gesangs ausgebildet waren.

»Die Neuigkeiten bergen weder Gutes noch Schlechtes, Schwester«, berichteten die sechs Stimmen von Lottyr. »Unserem ersten Anschlag auf den Zauberer Safar und den Dämonenjungen Palimak war nur teilweise Erfolg beschieden. Wir haben sie gefangengenommen. Und sie in eine Schlacht der Zauberei verwickelt.«

Clayre war verwirrt. »Welch freudige Nachrichten, o Göttin«, sagte sie. »Wenn wir sie gefangen haben, gehört der Sieg uns. Unsere Bemühungen wurden belohnt.«

Die sechs langen, anmutigen Arme gestikulierten in einheitlicher Bewegung, die schlanken Hände schlugen Kreise wie Tänzer. »Unglücklicherweise ist den Timuras die Flucht gelungen, Schwester«, erzählte Lottyr weiter. »Zudem haben sie meinen Sklaven König Felino in ihre Gewalt gebracht. Gewiß werden sie ihn der Folter unterziehen, um unsere Pläne zu erfahren.«

»Vergebt mir, falls ich so klingen mag, als würde ich Zweifel an Euren Worten äußern, meine Dame« – Clayre mußte zunächst einmal die bittere Enttäuschung herunterschlucken –, »aber Ihr sagtet, die Nachrichten seien weder gut noch schlecht. Die Ereignisse, die Ihr schildert, scheinen jedoch wenig Gutes für uns mit sich zu bringen. Habe ich in meiner Unwissenheit etwas übersehen?«

Melodisches Lachen schallte aus den sechs Mündern der Göttin. »Ich habe dich bereits einmal darauf hingewiesen, Schwester, daß unser erster Versuch nicht zum vollständigen Erfolg führen könnte.«

Clayre mußte sich arg zusammenreißen, damit sie sich nicht im Ton vergriff. Sie atmete tief durch. »Die Timuras sind entkommen. Vergebt mir, aber daraus kann ich nur einen einzigen Schluß ziehen, nämlich den, daß wir überhaupt keinen Erfolg errungen haben.«

»Oh, doch, Schwester«, entgegnete Lottyr, »und für ihre Flucht mußt du einen Teil der Schuld auf dich laden. Es war schließlich deine Enkelin Jooli, die ihnen beistand.«

Clayre knirschte mit den Zähnen. Verflucht sollte dieses Mädchen sein! »Das tut mir leid, Göttin. Wenn Ihr mir wegen Jooli Vorwürfe macht, dann sicherlich zu Recht. Ich hätte das Kind schon vor langer Zeit töten sollen.«

Erneut lachte die Göttin melodisch im Chor. »Verzweifle nicht, Schwester. Schon bald wird sich dir die Gelegenheit bieten, dieses nachzuholen.«

Sie zögerte, gestikulierte mit den zarten Armen und fügte hinzu: »Außerdem war unser Opfer, dieser Seemann, nicht zufriedenstellend. Er hat den Schmerz nicht lange genug ertragen.«

Erneut fühlte sich Clayre schuldig, woran sie nicht gewöhnt war. Der Seemann war krank gewesen, und sie hatte ihn unter dem Vorwand, ihn behandeln zu wollen, zu sich geholt, damit niemand Verdacht schöpfte.

»Beim nächsten Mal werde ich uns ein gesundes Opfer verschaffen«, schwor Clayre.

»Ausgezeichnet«, lobte die Göttin. »Und es sollte jünger sein. Männlichkeit ist das Gewürz des Lebens. Und des Todes.«

»Ich werde mein Bestes geben, meine Dame«, versprach Clayre lächelnd. »Eigentlich hatte ich bereits auf einen der jüngeren Männer aus der Mannschaft ein Auge geworfen.«

»Wie romantisch«, kicherte die Göttin. »Ihn könnten wir miteinander teilen.«

»Verzeiht, meine Dame«, sagte Clayre, nachdem das Lachen verklungen war, »Ihr habt von einem teilweisen Erfolg gesprochen. Worin mag der bestehen?«

»Das wichtigste ist«, erwiderte die Göttin, »daß ich die Antwort auf mehrere Fragen gefunden habe, die du mir, glaube ich, stellen wolltest.«

Clayre zog die Augenbrauen hoch. »Und?«

»Erstens habe ich den Aufenthaltsort eines gewissen Königs erfahren. Sein Name lautet Iraj Protarus.«

Die Königinhexe klatschte vor Freude in die Hände. »Das ist eine wunderbare Neuigkeit, meine Göttin. Wirklich eine wunderbare Neuigkeit.«

Eine Stunde später ließ Clayre, mit neuem Wissen gewappnet, ihren Sohn zu sich kommen.

König Rhodes stapfte widerwillig und protestierend in ihre Kabine. »Bei den Göttern, Mutter«, donnerte er, »hast du denn ganz den Verstand verloren? Ich bereite mich gerade auf die Schlacht vor, und das weißt du sehr genau! Trotzdem mußt du mich unbedingt unterbrechen.«

»Ach ja, die Schlacht«, gab sie zurück und unterdrückte ein Gähnen. »Die habe ich vollkommen vergessen.«

»Wie konntest du?« Rhodes kochte vor Zorn. »Auf diese Gelegenheit warten wir, seit wir von zu Hause aufgebrochen sind.«

Clayre überging seine Wut und tat sie leichthin mit einer Handbewegung ab. »Habt ihr das Schiff von Timura inzwischen eingeholt?«

Rhodes zeigte auf ihr Backbordfenster. »Es liegt geradewegs hinter dem Horizont. Wir werden uns im Schutz der Dunkelheit anschleichen und in der Morgendämmerung angreifen.«

»Sehr klug, mein Sohn«, sagte Clayre. »Oder sollte ich besser sagen: sehr klug von Kalasariz. Die Götter wissen, auf eine solche Idee wärst du von allein niemals gekommen.«

Rhodes fuhr nicht aus der Haut, was allein Kalasariz zu verdanken war, der beruhigend auf ihn einredete. Der König seufzte tief.

»Was möchtest du, Mutter?« fragte er.

»Nicht sehr viel«, antwortete Clayre. »Leih mir nur einen deiner jüngeren Seeleute, damit er mir hier bei einer kleinen Arbeit helfen kann. Ein hübscher Junge wäre mir am liebsten. Ein richtig männlicher.«

Der König starrte seine Mutter finster an. »Seit wann hältst du mich für den Hurenmeister?« wollte er wissen. »Hol dir deine Bettgenossen selbst, verdammt!«

Clayre lächelte, unberührt von seinen Worten. »Wenn du mich weiterhin nur beleidigst, mein Sohn, werde ich während der Schlacht nicht einen Finger rühren. Ohne meine Magie wird die Sache vielleicht nicht so glatt vonstatten gehen.«

Erneut mußte Kalasariz eingreifen, damit Rhodes nicht die Beherrschung verlor.

Schließlich, nach heftiger innerer Auseinandersetzung mit dem Meisterspion, hatte der König ein Einsehen. »Also gut, Mutter. Ich werde dir einen Jungen schicken. Innerhalb der nächsten Stunde wird er da sein.«

Er wandte sich zum Gehen, und Clayre rief ihm hinterher:

»Ach, übrigens, habe ich zufällig gesagt, du solltest mir den Jungen leihen?«

»Ja, und?«

»Ich habe mich versprochen«, erwiderte Clayre und zuckte mit den Achseln. »Ich fürchte, wenn ich mit ihm fertig bin, wird nicht mehr viel übrig sein, das ich zurückgeben könnte.«

»Das geht schon in Ordnung, Mutter«, knurrte Rhodes.

Beim Hinausgehen knallte er die Kabinentür laut zu.

»Was für ein Temperament«, sagte Clayre zu sich selbst, »er kommt ganz auf seinen Vater heraus.«

41
Schlacht um die Nepenthe

Königin Clayre hätte ein wenig mehr Vertrauen in ihren Sohn setzen sollen. Obwohl er gewiß kein mächtiger Zauberer wie Safar war, durfte man ihn durchaus einen fähigen General und gewieften Kontrahenten nennen.

In den vielen Wochen auf See während der Verfolgungsjagd hatte er seine Zeit nicht verschwendet. Die Männer wurden gedrillt, bis sie für den Kampf hervorragend vorbereitet waren. Zudem hatte er sich mit Kalasariz über die Waffen und Strategien von Esmir beraten und dabei etliche sehr nützliche Tricks kennengelernt.

Jetzt kroch allmählich die Dämmerung über den Horizont, und er ging seine Aufgabe eifrig und mit größter Zuversicht an. Zunächst mußte die *Nepenthe* gegen die Korallenriffe vor Arotorus' Küste gedrängt werden.

Mit seinem Schiff, der *Kray*, in der Mitte, würde seine kleine Flotte den Kyraniern jeden Fluchtweg abschneiden. Schließlich würde er im Zwielicht mit allen verfügbaren Soldaten angreifen.

Sie würden umwickelte Ruder einsetzen und versuchen, das Schiff zu erreichen und zu entern, bevor sie entdeckt wurden.

Allerdings machte sich Rhodes nur wenig Sorgen über ein vorzeitiges Auffliegen des Plans. Auf Kalasariz' Drängen hin hatte er Clayre gebeten, einen Zauber einzusetzen, der den Kyraniern die Sinne umnebelte, bis es zu spät war. Allem Anschein nach zeigte dieser Wirkung, denn während sich die Beiboote der *Nepenthe* näherten, war an Bord kein Lebenszeichen zu bemerken.

Zur größten Freude des Königs war außerdem das Luftschiff nirgendwo zu sehen. Clayre hatte ihn davor gewarnt, daß der Zauber nur über das Wasser kriechen und die *Nepenthe* einhüllen würde, auf die Krieger im Himmel jedoch keinerlei Auswirkungen hätte.

Sicherlich würde das Luftschiff auftauchen, sobald die Schlacht erst einmal begonnen hatte, doch hoffte er, seine wichtigste Aufgabe wäre bis dahin erledigt. Und selbst, wenn dies nicht der Fall war, hatten sie gut für die Ankunft des Luftschiffes vorgesorgt.

Im König suhlte sich Kalasariz in den Säften, die durch Rhodes' Hochstimmung freigesetzt wurden. Vor seinem inneren Auge sah er Safar Timura, der ihm in Ketten vorgeführt wurde. Er stellte sich die ausgiebigsten Foltern für Leib und Seele vor, denen er den Zauberer aussetzen würde. Peitschen für das Fleisch, die Streckbank für die Knochen. Die Menschen, die Safar am meisten liebte, würde er auf grausamste Weise peinigen und demütigen und schließlich vor Timuras Augen ermorden – Leiria, diese Hure, Palimak, den Dämonenjungen, seinen Vater, seine Mutter, seine Schwestern.

Kalasariz' Gefühle brodelten auf und überfluteten Rhodes' Adern. Dieser lachte laut, da seine eigenen Empfindungen durch diesen angenehmen Aufruhr noch verstärkt wurden. Glücklicherweise hielten sich Tabusir und die anderen Offiziere nicht in der Nähe auf und konnten ihn nicht hören, sondern nur sein breites Lächeln sehen. Er ist bester Laune, dachten sie alle, und mit der guten Stimmung ihres Königs stieg auch die ihre.

Der König flüsterte: »Denkst du auch, was ich denke, mein Freund?«

Kalasariz log: *Schon bald werden wir uns deiner Mutter entledigt haben, und dann wird uns nichts mehr im Weg stehen.*

»Genau«, antwortete der König, »aber ich habe mir auch gerade im einzelnen die Foltern vorgestellt, denen wir sie unterziehen werden. Sie ist eine so abscheuliche Frau. Du hast ja keine Ahnung, was es bedeutet, so lange Jahre unter ihrer Fuchtel gestanden zu haben. Dadurch konnte ich niemals der König werden, der zu sein ich eigentlich verdient habe.«

Kalasariz erwiderte: *Ich kenne praktisch alle Arten, wie man mißliebige Menschen zu Tode foltern kann, Majestät. Wenn es soweit ist, werdet Ihr Euch vielleicht für meine Ansichten über dieses unerschöpfliche Thema interessieren.*

»Oh, gewiß, gewiß«, stimmte Rhodes zu, und seine Phantasie war nicht mehr im Zaum zu halten, da es darum ging, sich auszumalen, auf welche Weise er seiner Mutter ihre miese Behandlung zurückzahlen würde.

Nun sah er, daß die ersten Beiboote Stellung vor dem kyranischen Schiff bezogen hatten, und er riß sich von seinen Freuden los. Wollte er seine Träume erfüllen, war zunächst Disziplin oberstes Gebot.

»O mein Freund«, sagte er, »es ist Zeit, unsere Kraft auf unser Vorhaben zu konzentrieren. Ich glaube, ich höre bereits das süße Lied des Sieges.«

Ihr seid der König, und ich bin Euer treuer Diener. Gebt mir das Zeichen, mein Lord, und dann greifen wir den Feind gemeinsam an!

Somit winkte Rhodes zu seinen Offizieren hinüber. Diese gaben die Nachricht weiter. Ein Signalgeber hißte gelbe Flaggen, und die schweren Waffen auf den drei Schiffen wurden für den Einsatz vorbereitet.

Unter lautem Krachen und Rumpeln wurden die großen Katapulte auf ihren Holzrädern nach vorn gerollt. Auf jedem Schiff gab es zehn dieser Geschütze, dreißig insgesamt, und die Mannschaften waren bis zum letzten Mann hervorragend gedrillt. Nachdem die Katapulte an ihrem Standort verankert worden waren, ächzten die geflochtenen Seile aus Sehnen, die nun an den Gegengewichten befestigt wurden. Darauf folgte der dumpfe Schlag der Katapultarme, die auf die Lederpolster sanken.

Die Katapulte zu laden war ein wenig verzwickter. Ein höchst brennbares Material, welches nach Kalasariz' Angaben hergestellt worden war und das Rhodes als esmirisches Feuer bezeichnete, wurde in Öfen neben jeder Waffe erhitzt.

Nachdem das Katapult damit geladen worden war, mußte man es so rasch wie möglich abschießen, da sonst das Geschütz selbst Feuer fangen konnte.

Obwohl Rhodes die Mannschaften persönlich ausgebildet hatte, war es mehrmals zu Unfällen gekommen – und in der jetzt beginnenden Schlacht wollte er ein solches Mißgeschick auf jeden Fall vermeiden. Daher hatte er ein einfaches System von Zeichen ausgearbeitet, mit dessen Hilfe alle Katapulte auf sein Kommando hin zugleich geladen und abgeschossen werden konnten.

Schließlich zeigten alle Mannschaften an, daß ihre Waffe bereit war und nur mehr bestückt werden mußte, doch Rhodes ließ sich Zeit, bevor er den Befehl erteilte. Erneut betrachtete er die Szene vor seinen Augen. Die Beiboote waren in Position, vielleicht hundert Meter von der *Nepenthe* entfernt, die sich der Gefahr, in der sie schwebte, noch immer nicht bewußt war. Dort würden sie warten, bis der Beschuß vorüber war, und im Anschluß rasch hinüberrudern und das Schiff entern.

Der König blickte nach links und nach rechts. Auch die anderen Schiffe standen an der richtigen Position.

»Sehr gut«, sagte er.

Und erteilte den Befehl zum Laden und Schießen.

Unmittelbar danach hörte er das laute Bullern der Öfen, in denen das esmirische Feuer brodelte, denn deren Türen wurden aufgerissen, und das heiße Material darin saugte hungrig die salzige Luft ein. Die Männer stachen mit breiten Schaufeln in die grünlichglühende Masse.

Sie häuften die züngelnden smaragdgrünen Flammen auf die nasse Lederbespannung, die daraufhin laut zischte.

In dem Augenblick, in dem die feurige Masse geladen war, löste der Hauptmann der Mannschaft die Waffen aus, und der Katapultarm schoß vorwärts.

Dreißig feurige, grüne Kugeln flogen in hohem Bogen auf die schlafende *Nepenthe* zu.

An Bord des kyranischen Schiffes war Renor in den Qualen eines Alptraums gefangen. Ein Zauber hatte ihn in den Schlaf versetzt, und er träumte, durch einen Sumpf zu waten. Gleichgültig, wie heftig er dagegen ankämpfte, er wurde tiefer und tiefer in den Morast gezogen.

Schlimmer noch als der Alptraum war das Gefühl, aus der Welt draußen würde eine Gefahr auf ihn zukriechen. Doch wie in dem geträumten Sumpf hielt ihn der Zauber um so mehr gefangen, je stärker er sich bemühte, aufzuwachen.

Ganz in der Nähe erging es Sinch und den anderen jungen Kyraniern ganz ähnlich. Manche von ihnen hatten Wache gehabt, als Clayre ihren Zauber gewirkt hatte, und sie waren bewußtlos an Deck zusammengebrochen, wo sie nun zuckend und stöhnend vor Furcht kauerten. Ihre Kameraden, die bereits in ihren Kojen geschlafen hatten, wurden hingegen noch tiefer in ihre Alpträume gezerrt.

Überall auf dem Schiff wehrten sich also Offiziere und Mannschaft gegen Clayres Magie. Kapitän Brutar hatte es zuletzt erwischt, nachdem er sturzbetrunken ins Bett gefallen war, und offenbar milderte der Alkohol die Wirkung des Zaubers.

Dementsprechend suchte den Piratenkapitän kein Alptraum heim. Im Schlaf erlebte er vielmehr, wie er Safar und die anderen Kyranier überwältigte und ihrer Reichtümer beraubte. Jetzt warf er sie gerade ins Meer. Jeden ließ er einzeln in das von Haien verseuchte Wasser fallen und beobachtete mit Belustigung den verzweifelten Todeskampf seiner Opfer.

Er phantasierte, daß er Leiria und Jooli für weitere Vergnügungen zurückbehielt. In diesem Augenblick traf der erste Feuerball das Schiff und explodierte.

Die Wucht des Aufpralls warf ihn aus der Koje, und er landete auf Händen und Knien. Kurz hockte er benommen da und kämpfte gegen den Alkoholdunst an. Die nächste Feuerkugel ging nieder, und allmählich hatte er seine fünf Sinne wieder beieinander.

Fluchend rappelte er sich auf. In diesem Moment roch er das, was jeder Seemann auf der Welt am meisten fürchtet: Rauch!

Er rannte zu seiner Kabinentür und öffnete sie so hastig, daß er sie dabei fast aus den Angeln gerissen hätte. »Feuer!« brüllte er. »Feuer! Feuer!«

Als er auf die Brücke taumelte, brauchte er einige Zeit, bis er verschwommen begriff, daß niemand auf seinen Ruf reagiert hatte. Zu seinem Erstaunen hing ein Seemann zusammengekauert über dem Steuerrad und schlief selig. Nicht weit davon lag der wachhabende Offizier, und auch er schnarchte sanft vor sich hin.

Brutar fuhr schwerfällig herum und bemerkte weitere seiner Männer, die sich überall auf Deck niedergelassen hatten und schlummerten. Nahe des Hauptmastes entdeckte er Rauch und Feuer, grüne Flammen, die bereits an den Spieren leckten.

Dieser Anblick verblüffte ihn viel zu sehr, als daß er wütend geworden wäre. In seiner ganzen Laufbahn hatte er so etwas noch nicht gesehen. Mochten seine Männer schludrige Piraten sein, keiner war je auf seiner Wache eingeschlafen und hatte das überlebt. Zusätzlich verwirrten ihn die kyranischen Soldaten, die es seinen Seeleuten eifrig nachtaten und bewußtlos herumlagen.

Was zum Teufel ging hier vor?

Dann hörte Brutar ein lautes Wusch! aus der Luft, blickte nach oben und starrte einen großen grünen Feuerball an, der über seinen Kopf hinwegflog und zischend und dampfend im Meer versank.

In diesem Moment fielen ihm auch zum erstenmal die Beiboote auf, die in ordentlichen Reihen auf die *Nepenthe* zuruderten und mit schwerbewaffneten Soldaten besetzt waren. In der Ferne machte er drei ihm wohlbekannte Schiffe aus, die mit großen Katapulten auf die *Nepenthe* schossen.

Die Schiffe, so hatte er gleich erkannt, gehörten zu der Flotte, die sie vor vielen Wochen in Syrapis zurückgelassen hatten, als sie zu dieser verhängnisvollen Reise aufgebrochen waren.

Brutar tat, was jeder aufrecht denkende Piratenkapitän unter diesen Umständen getan hätte.

Er riß sich das weiße Hemd vom Leib, rannte zur Reling und winkte den herannahenden Soldaten mit dem weißen Stoffetzen zu.

»Ahoy, Boote!« rief er. »Wir ergeben uns, bei den verfluchten Göttern! Wir ergeben uns!«

Ungefähr zum zwanzigsten Mal innerhalb einer halben Stunde legte Biner die Hand an die Stirn, um die Augen zu beschatten, und ließ den Blick über das wogende grüne Meer von Baumwipfeln schweifen, welches der Dschungel von Aroborus unter ihm bildete.

Und genauso oft waren ihm die drei Fragen bereits durch den Kopf gegangen, die ihn nicht mehr losließen wie Flöhe einen Hund. Wo zum Teufel war Safar? Hatte er Palimak gefunden? Und schließlich: Wann geben sie mir endlich das Signal?

Immer wieder redete er sich ein, die ständige Sorge lasse die Zeit doch nur langsamer verstreichen.

So lange war Safar noch gar nicht unterwegs. Er hatte lediglich den gestrigen Nachmittag und die Nacht im Dschungel verbracht. In der Dunkelheit hatten sie wahrscheinlich nicht nach Palimak gesucht, sondern bis zum Morgen gelagert. Jetzt brach gerade die Dämmerung an, und Safar, Leiria und die anderen würden vermutlich schnell etwas essen, bevor sie die Suche fortsetzten.

Mochten diese Überlegungen auch der Logik nicht entbehren, verscheuchten sie dennoch nicht das mulmige Gefühl, welches Biner die ganze Nacht im Bauch gehabt hatte. Es war eines dieser Gefühle, auf die er sich schon seit langer Zeit verließ. Als Zirkusdirektor oblag ihm die Aufgabe, sich so gut wie möglich um die Sicherheit der Ausrüstung zu kümmern. Und um die Gesundheit seiner Leute und deren gute Kondition vor dem Auftritt.

Ein loser Draht konnte für einen Akrobaten wie Arlain den Tod bedeuten. Ein kleiner Zahnschmerz konnte die Konzentration stören, was während einem besonders gefährlichen Kunststück katastrophale Auswirkungen nach sich ziehen mochte.

Solch erstklassige Künstler wie Kairo neigten dazu, ihre kleinen Wehwehchen zu verheimlichen – die Schau muß schließlich weitergehen –, und Biner mußte ihre Schwächen erkennen und sie dazu überreden, die gefährlichsten Akte auszulassen.

Dann war da noch das Publikum – Biners wichtigste und verantwortungsvollste Aufgabe. Ein unbeaufsichtigtes Feuer konnte das gesamte Zelt abfackeln. Schlecht konstruierte Tribünen brachen vielleicht zusammen. Kleine Kinder verschwanden oft im Gewühl und tauchten plötzlich in den heikelsten Situationen wieder auf.

Wie Methydia stets gesagt hatte: Wenn ein Gewicht an einem angerissenen Seil hängt, wird sich bestimmt ein Kind finden, das in die Gefahrenzone krabbelt.

Dazu kamen die Raufbolde, die Taschendiebe und manchmal sogar Räuber, die unter Biners Gästen nach Opfern Ausschau hielten. Als Gäste betrachtete er die Zuschauer nämlich: Er hieß sie in seinem Haus, Methydias Fliegendem Zirkus, willkommen und war für ihre Sicherheit zuständig.

Aus diesen Gründen hatte Biner eine unruhige Nacht voller Sorgen verbracht, da ihn dieses mulmige Gefühl beschlichen hatte, über das er sich in der Vergangenheit nie hinweggesetzt hatte. Die anderen hatte er fast in den Wahnsinn getrieben, da er überall auf dem Luftschiff herumschnüffelte und nach eventuell vorhandenen Defekten suchte. Mehrmals hatte er Mannschaftsmitglieder geweckt, damit sie ein Teil reparierten, das auch bis zum Morgen hätte warten können.

Meistens war er jedoch auf Deck hin und her geschritten und

hatte wieder und wieder in die Nacht gespäht, wo er ein Zeichen von Safar zu entdecken hoffte. Weil ihn das mulmige Gefühl noch nie getäuscht hatte, war ihm ständig ein Schauer über den Rücken gelaufen. Beunruhigt fragte er sich, was wohl schieflaufen werde.

Wie stets, hatte er die Antwort, als er sie schließlich erhielt, in dieser Form nicht erwartet.

Arlains Stimme hallte klar durch den frühen Morgen. »Biner! Fau nur, hier!«

Er drehte sich um. Sie stand am Heck und winkte ihm zu, wobei Rauch zwischen ihren Zähnen hervorstob – ein sicheres Zeichen dafür, daß sie fürchterlich aufgeregt war.

Rasch band Biner das Steuerrad fest und rannte zu Arlain.

»Was gibt's denn?« fragte er.

Sie zeigte mit der langen Kralle auf das schimmernde Grau des fernen Meeres. »If habe etwaf gefehen, Biner!« lispelte sie. Die Augen hatte sie vor Sorge weit aufgerissen. »Etwaf fehr, fehr Feltfamef und Fürchterlichef!«

Genau zu diesem Zeitpunkt erhob sich ein grüner Feuerball hoch in den Himmel – ja, bis auf Höhe der Luftschiffes – und stürzte dann wie ein Meteor nach unten.

»Haft du daf gefehen?« rief Arlain. »Da, fon wieder!«

Biner starrte in die Richtung und fragte sich einen Augenblick lang, ob er und Arlain vor Sorge um Safar bereits unter Wahnvorstellungen litten.

Dann flog der nächste grüne Feuerball durch die Luft. Und noch einer. Und noch einer.

Langsam begriff er. »Das ist die *Nepenthe*!« brüllte Biner. »Jemand greift die *Nepenthe* an!«

Er hastete zurück zur Brücke und schrie der Mannschaft seine Befehle zu.

Kurz darauf dampften und brodelten die magischen Brenner mit voller Kraft, und Biner wendete das Luftschiff und flog auf die *Nepenthe* zu.

Jooli hackte mit aller Macht auf die dornige Barriere ein. Doch genauso wie zuvor wurde jede Ranke, die sie abschlug, sofort von mehreren anderen ersetzt, die aus dem Hauptstamm schossen.

Jenseits dieser grünen Wand befand sich der Strand und damit die Freiheit.

Zumindest waren die Spinnen nicht wieder aufgetaucht, dachte sie, während sie erneut auf die stacheligen Ranken einhackte.

Plötzlich rief Safar: »Zurück!«

Sie sprang aus dem Weg und hielt instinktiv mit den Händen ihr Haar fest, da sie glaubte, die riesigen Biester seien jetzt doch wieder erschienen.

Allerdings warf Safar nur ein kleines Tongefäß in die Luft. Es fiel in der Nähe des Gestrüpps zu Boden und zerbrach. Flammen loderten auf und versengten das Unterholz. Von der Außenwelt drang Licht herein. Aber dann sah sie zu ihrem Unbehagen erneut Zweige vorankriechen, die den Ausgang zum Strand versperrten.

Ruhig sagte Palimak: »Es wird gelingen, Vater. Noch ein – oder zweimal, und dann klappt es.«

Nun erst fiel ihr auf, daß der Wuchs dünner und schwächer geworden war. Palimak hockte sich hin und mischte eine weitere Portion dieses bahnbrechenden Elixiers, derweil Safar ein neues Tongefäß aus seinem Rucksack fischte.

Ihre Flucht durch den Urwald war fürchterlich langsam vonstatten gegangen. Unzählige Zauber waren gegen sie gewirkt worden. Jedesmal hatten Safar, Palimak oder Jooli die richtige Abwehr gefunden und die Magie abgewehrt.

Einmal hatte sie eine Herde riesiger Affen bedroht, aber Sergeant Hamyr und die kyranischen Soldaten hatten die Tiere rasch mit Pfeilen und heftigen Flüchen vertrieben.

Schließlich war die Dunkelheit hereingebrochen. Gerade in dem Augenblick, in dem Biner vermutet hatte, sie würden ein Nachtlager aufschlagen. Leiria hatte die Idee, sie sollten Biner signalisieren, er möge sie abholen, doch Safar hatte das abgelehnt.

Er hatte nur auf ihren gefesselten Gefangenen, König Felino gezeigt. »Jemand sehr Mächtiges unterstützt unseren Freund hier. Nennen wir sie mal Königin X. Obwohl ich den Titel der magischen Fährte zufolge eher für nicht angemessen halte. Es könnte sich um eine niedrige Göttin handeln. Muß aber nicht. Das werden wir schon herausfinden. Wenn wir das Luftschiff aus dem Dschungel zu uns rufen, geben wir Königin X die Gelegenheit, noch größere Magie einzusetzen, so nehme ich jedenfalls an.«

Er grinste Felino an, der sicher auf der großen Trage festgebunden war. Vorsichtshalber hatten sie ihn auch mit einem Streifen Stoff von Sergeant Hamyrs Hose geknebelt. Auf dieser Demütigung hatte der gute Sergeant bestanden. Mit dem Knebel wollten sie außerdem verhindern, daß der König seinen Untertanen, die ihnen möglicherweise folgten, Befehle zurufen konnte.

»Ist das nicht so, Felino?« sprach Safar den Löwenmann an. »Lauert sie nicht geradezu darauf, daß wir uns aus der Deckung begeben? Und würde sie nicht auch das Luftschiff zu gern in ihr Netzwerk von Zaubern einschließen?«

Felino grunzte nur durch den Knebel. So undeutlich seine Entgegnung auch war, so brauchte Jooli doch nicht viel Phantasie, um einige äußerst derbe Flüche darin zu erkennen.

»Nein, nein«, sagte sie, »was dieser König für Wörter in den Mund nimmt.«

Leiria lachte brüllend. »Ich habe schon Könige kennengelernt, da möchte ich gar nicht mehr dran denken, was die in den Mund nahmen. Was königliche Flüche betrifft, ist dieser Kerl ein Waisenknabe.«

Aufgrund ihrer Stichelei verstummte König Felino für den Rest der Nacht. Dieses Schweigen behielt er auch noch bei, als die ersten silbrigen Sonnenstrahlen durch das Blätterdach fielen.

Der Rückweg zu der dornigen Barriere verlief dann verhältnismäßig schnell. Das liegt in der Natur von Reisen, dachte Jooli. Der Hinweg dauert lange, zurück geht es immer ziemlich rasch.

Schließlich hatten sie und Leiria und die Soldaten sich bei dem Bemühen abgewechselt, eine Lücke in das schnell nachwachsende Grün zu hauen. Derweil beschäftigten sich Safar und Palimak mit einer magischen Lösung.

Jooli fühlte sich von ihnen ausgeschlossen. War sie nicht auch eine Hexe? Eine verdammt gute Hexe sogar, und das brauchte man gar nicht für übertriebenes Eigenlob zu halten. Warum bat man sie nicht um ihren Rat?

Dann begriff sie, daß damit keinerlei Beleidigung beabsichtigt war. Hier versuchten nur ein Vater und ein Sohn wieder zueinanderzufinden, nachdem sie eine lange Zeit um die Sicherheit des anderen hatten bangen müssen.

Des weiteren bemerkte sie die winzige Gestalt, die immer wieder einmal auf Palimaks Schulter erschien. Offenbar konnten die anderen sie nicht sehen. Und selbst durch ihre magische Linse war das Wesen nur verschwommen zu erkennen. Ganz bestimmt war das ein Zauberwesen.

Was immer dort auch vor sich gehen mochte, eines war klar: Da wurde mächtige Magie besprochen und gewirkt. Obwohl sie Verständnis für Vater und Sohn hatte, wurmte sie das noch mehr.

Bei den Göttern, sie wollte dabei sein!

Und dann, als sie nach ihrem letzten Angriff auf die Dornenbarriere zurücktrat, nach Luft schnappte und sich den Schweiß von der Stirn wischte, stand Palimak auf und trat zu ihr.

Ohne die geringste Herablassung fragte er: »Verzeihung, Tante Jooli, aber könntest du uns vielleicht ein wenig helfen?«

Jooli war verblüfft. Und in gewisser Weise fühlte sie sich geehrt, weil Palimak sie mit dem Titel »Tante« angesprochen hatte, anstelle all dieser langweiligen königlichen Anreden wie »Euer Hoheit« oder »Ihre Majestät« und so fort.

Leiria lächelte, als wisse sie nur zu gut, was in Jooli vorging.

Zum Teufel, dachte Jooli, jetzt bin ich die Tante dieses bemerkenswerten jungen Mannes! Was könnte mir besseres passieren?

Nun mischte sich Safar ein: »Tut mir leid, daß wir dich ein wenig außen vor gelassen haben, Jooli. Die Sache ist die, ich habe die Handschrift deiner Großmutter entdeckt. Ihre Fährte überschneidet sich mit der dieser Göttin, die ich Königin X genannt habe. Und ich wollte dich nicht in die Verlegenheit bringen, gegen deine eigene Familie feindselig handeln zu müssen.«

Er grinste, und seine blauen Augen leuchteten warm und freundlich. »Verzeihst du mir?« fragte er. »Das war nicht Palimaks Schuld. Er hat darauf bestanden, doch ich wollte nicht. Wahrscheinlich liegt das daran, daß ich als Kyranier ein solcher Familienmensch bin, verstehst du, und ich dich nicht in Verlegenheit bringen wollte.«

»Da gibt es nichts zu verzeihen«, antwortete Jooli barsch und war selbst überrascht, wie rauh ihre Stimme in dem plötzlichen Gefühlsaufruhr klang.

»Falls ihr wirklich Hilfe braucht, stehe ich euch nur allzu gern zur Verfügung. Besonders, wenn es um meine Großmutter geht. Glaubt mir, wir beide sind uns nicht sehr grün.«

Sie gesellte sich also zu ihnen, und während sie arbeiteten, erfaßte sie rasch, worauf der Zauber aufbaute. Außerdem konnte sie auch, nachdem sie sich konzentriert hatte, die Witterung von Königin Clayres Magie aufnehmen, ein viel zu süßes Parfüm, das von einem säuerlichen Gestank nach Feuer überlagert wurde.

Jooli kniete sich hin, fegte das Laub auf dem Boden zur Seite und schuf dadurch eine kahle Stelle auf dem Waldboden. Während sie sprach, fertigte sie mit einem Zweig eine Skizze an.

»Meine Großmutter benutzt für ihre Magie gern einen speziellen Tisch«, erklärte sie und zeichnete das Möbelstück. »Er sieht so aus ... und die Mitte der Fläche ist mit goldenen Kacheln in Form eines Pentagramms ausgelegt.«

Sie malte die Kacheln und vertiefte die Linien, um einen dreidimensionalen Effekt zu erzielen. »Gleichgültig, welche Abmachung sie mit dieser Göttin getroffen hat, höchstwahrscheinlich wurde ihre Verbündete durch diese Kacheln angerufen.«

Sie blickte Safar an. »Wenn wir die Verbindung zwischen ihnen unterbrechen können – einige wenige Sekunden würden schon genügen – müßten wir eigentlich durch die Barriere kommen.«

»Und wie stellen wir das an, Tante Jooli?« fragte Palimak.

»Großmutter ist eine Frau mit sehr starkem Willen«, erzählte die Hexe. »Selbst wenn sie einmal krank wird, setzt sie sich darüber hinweg. Eine Sache gibt es allerdings, die sie schier in den Wahnsinn treibt.«

»Und die wäre?« erkundigte sich Safar.

»Capsicum«, antwortete Jooli.

Safar zog die Augenbrauen hoch. »Meinst du etwa Pfeffer?«

»Genau«, sagte Jooli. »Pfeffer. Je schärfer, desto besser. Sie braucht ihn nicht einmal zu essen. Die bloße Nähe von Capsicumstaub genügt schon. Sie schwillt an wie ein Ballon, ihre Nebenhöhlen verstopfen, und sie bekommt am ganzen Körper einen entsetzlichen Hautausschlag. Eins müßt ihr wissen: Sie ist eine fürchterlich eitle Frau. Demnach wird sie der Hautausschlag am ärgsten treffen.«

»Ich habe nichts mit Pfeffer bei mir«, stellte Safar fest. Er blickte sich im Dschungel um. »Vielleicht finden wir hier irgendwo welchen …«

»Nicht notwendig«, unterbrach ihn Jooli. Sie grinste. »Als ich meinen ersten Hexenbeutel zusammengestellt habe – ich war noch ein kleines Mädchen –, da habe ich gemahlenen Betelpfeffer mit hineingetan. Und seitdem trage ich stets welchen bei mir.« Sie grinste. »Auf die Weise kann ich Großmutter immer in Schach halten.«

Palimak lachte. »Das ist ein großartiger Trick«, rief er. »Wenn du sie schon nicht besiegen kannst, soll sie sich wenigstens zu Tode schneuzen.«

Jooli holte aus ihrem Beutel ein Päckchen mit gemahlenem Betelpfeffer – das Pulver war orange mit ein bißchen Gelb darin. Sie reichte es Palimak.

»Am besten fügst du das deinem Elixier hinzu. Schauen wir mal, was passiert«, sagte sie.

Lachend befolgte Palimak ihren Ratschlag und mischte das Betelpulver unter die stinkende Mixtur in seiner Reisezauberschüssel. Daraufhin goß er das fertige Gebräu in ein kleines Tongefäß, das Safar ihm reichte, drückte einen Korken hinein und hielt es Jooli hin.

Sie zögerte. »Das ist dein Trick, Tante Jooli«, bestärkte er sie. »Dir gebührt die Ehre.«

Jooli fiel in sein Lachen mit ein und nahm das Gefäß entgegen. Sie scheuchte die anderen vom Pfad und hob die Hand mit dem Elixier in die Höhe.

»Für dich, Großmutter!« rief sie.

Und warf das Gefäß auf den Dornenvorhang. Diesmal war die Explosion heißer als zuvor. Ein atemberaubendes Gefühl überkam Jooli. Plötzlich sah sie vor ihrem inneren Auge ihre Großmutter, die nieste. Sie konnte sich das Kichern nicht verkneifen.

Dann rief sie: »Auf geht's!«

Damit rannte sie durch die breite Öffnung, welche die Explosion hinterlassen hatte. Die anderen folgten ihr und schleppten Felinos Trage hinter sich her. Auch ihre Gefährten mußten fürchterlich lachen. Wobei allerdings nur Palimak und Safar wußten, was eigentlich so komisch war, aber die Erleichterung, endlich die Dschungelbarriere überwinden zu können, war so groß, daß sie einfach aus reiner Freude lachten. Schnaufend und keuchend rannten sie auf den Strand.

Doch als sie den Donner der Schlacht hörten, erstarben jegliche Freudenlaute.

Sie sahen hinaus aufs Meer, und vor Schreck stockte ihnen der Atem.

Die *Nepenthe* brannte. Auf Deck versuchten Soldaten in der Uniform des Feindes, die Brände zu löschen.

Das Schiff war von drei weiteren umzingelt, die es in eine heftige Schlacht verwickelt hatten. Doch kämpften sie keineswegs gegen die *Nepenthe*. Was immer dort geschehen war, es war lange vorüber. Man brauchte sich lediglich die Gefangenen in kyranischen Uniformen anzuschauen, die am Bug zusammengetrieben und von den feindlichen Soldaten bewacht wurden.

Das eigentliche Gefecht fand woanders statt. Riesige grüne brennende Pfeile, jeder gut zweimal so groß wie ein Mann, wurden Salve auf Salve in den Himmel abgeschossen.

Ihr Ziel war das Luftschiff, das über der *Nepenthe* schwebte und einen Kampf focht, den es längst verloren hatte. Einer der Pfeile hatte den Bug getroffen, und vom Boden aus konnten sie beobachten, wie Biners Mannschaft das Feuer zu löschen versuchte.

König Felino hatte sich von seinem Knebel befreit. Jetzt war es an ihm, in schallendes Gelächter auszubrechen.

»Du hast verloren, Safar Timura«, ergötzte er sich. »Ergib dich, solange du noch die Möglichkeit hast!«

42
Dunkler Sieg

Biner gab sein verdammt Bestes, um das Luftschiff von der feindlichen Flotte fort zu manövrieren und gleichzeitig das Feuer am Bug zu löschen. Wenn es sich bis zu den Brennern ausbreiten würde, ginge alles in die Luft.

Der Zirkusdirektor ermahnte eindringlich zur Ruhe. Mochte die Vorstellung auch eine Katastrophe sein, er und seine Leute würden durchhalten, bis der letzte dicke Clown das Publikum endlich zum Lachen brachte und sich der Vorhang senkte.

Seine Befehle gab er in seinem tiefen Zirkusdirektorenton aus. Darin schwang all das mit, was die Zuschauer in der Schau zu erwarten hatten, und dazu jede Menge unterschwelliger Botschaften an die Akrobaten.

»Nach links«, rief er dem Steuermann zu. Ohne Eile, aber voller Autorität.

»An Backbord Ballast abwerfen«, brüllte er der Mannschaft zu, ganz gelassen, damit sie rasch, aber nicht überhastet zur Tat schritt und das Luftschiff der nächsten Salve Pfeile ausweichen konnte.

»Und jetzt gebt etwas Seife ins Wasser, Sir!« befahl er dem Hauptmann der Feuerwehr.

Und der Feuerwehrhauptmann tat schnell und ohne Panik Seife in die Wasserfässer, aus denen die Schläuche gespeist wurden. Seine Männer spritzten das Wasser in die lodernden grünen Flammen. Es schien ewig zu dauern, doch schließlich erstickte die Seifenlauge das Feuer.

Biner hörte Khysmet am Heck des Schiffes wiehern. Der große Hengst war vorübergehend in einem kleinen Stall untergebracht worden und wartete auf die Rückkehr seines Herrn. Durch die Aufregung der Schlacht und die Sorge über die Abwesenheit Safars wurde das Pferd langsam wütend und trat mit den schweren Hufen gegen die Holzwände, die es einsperrten.

Zu Biners Erleichterung lief Arlain hinüber zum Stall und beruhigte das Tier. Khysmet war regelrecht in die Drachenfrau verliebt und würde sicherlich auf ihre freundlichen Worte hören.

Er wandte sich der nächsten Aufgabe zu: »Artilleristen! Seid ihr bereit?« rief er zum Angriffstrupp hinüber.

Sie gaben Signal, daß die Säcke mit magischem Pulver bereit waren. Die Formel für dieses explosive Pulver hatte Safar während der Flucht von Esmir entdeckt. Palimak hatte die Wirkung später mit dem einen oder anderen Trick verstärkt, und jetzt würde diese entsetzliche Waffe selbst den hartgesottensten Gegner das Fürchten lehren.

Ja, dieses Pulver hatte die Eroberung von Neukyrania erst möglich gemacht. In der Zeit von Safars langem Exil in der anderen Welt von Hadinland war es Palimaks Aufgabe gewesen, die Führung gegen die feindlichen Truppen zu übernehmen.

Biner war schockiert gewesen, als er bemerkte, daß der Haß in Syrapis die normalste Sache der Welt zu sein schien. Eine solche emotionale Umgebung konnte er nicht verstehen. In seiner Vorstellung und seiner Erfahrung nach waren die Menschen – und selbst die Dämonen – doch alle gleich. Ein Publikum war ein Publikum. Die meisten Zuschauer waren süß, einige sauer. Und seine Arbeit bestand darin, die Sauren in Süße zu verwandeln.

Er war ein sanftmütiger Riese im Körper eines Zwergs. Von Gestalt klein, doch mit großem Umfang und vor allem großem Herzen gesegnet, glaubte er tief und fest daran, daß es kein Publikum gäbe, welches man nicht – und wenn auch nur für zwei Stunden – in gute, freundliche Menschen verwandeln könnte.

Die feindselige, haßerfüllte Haltung der Bewohner von Syrapis war ihm stets ein Rätsel geblieben. Obwohl er vor Tausenden, ach, was, Zehntausenden von Menschen Vorstellungen gegeben hatte, waren sie doch ganz anders.

Arlain und die anderen Akrobaten hatten das gleiche gefühlt, und obwohl sie in Syrapis um ihr Überleben – und das ihrer kyranischen Freunde – kämpfen mußten, lehnten sie die kriegerische Rolle, die zu spielen sie gezwungen waren, doch im Innersten ab.

Jetzt mußten sie jedoch abermals hineinschlüpfen. Die *Nepenthe* war von einer feindlichen Streitmacht in die Enge getrieben worden. Biner hatte die Uniformen gleich erkannt – es waren Soldaten aus Hanadu, dem Königreich vom Rhodes.

Er konnte nur erahnen, aus welchem Grund Rhodes den Timuras so weit gefolgt war. Er nahm an, daß der König Safars Reise nach Hadinland verhindern wollte. Weshalb es sich so verhielt, war ihm allerdings unverständlich.

Nur eins war Biner ganz klar: Er mußte Rhodes aufhalten. Und er sah nur eine einzige Möglichkeit, dies zu bewerkstelligen. Er mußte die Boote bombardieren, die feindliche Soldaten zur *Nepenthe* brachten. Die *Nepenthe* selbst zu beschießen war sinnlos, und zudem würden dadurch die Kyranier an Bord gefährdet.

Jedenfalls waren die großen Feuerpfeile, die von den drei Schiffen abgeschossen wurden, durchaus geeignet, ihnen bei dieser Aufgabe einen Strich durch die Rechnung zu machen.

Seine Manöver sollten sie außer Reichweite der Geschütze bringen, trotzdem mußte er weit genug unten bleiben, wenn ihr eigenes Bombardement Erfolg haben sollte. Um die Ruhe zu bewahren, stellte er sich vor, wie er die größtmögliche Höhe einer Plattform auslotete, von der aus ein Akrobat in ein Wasserbecken springen sollte.

Er betrachtete eine Gruppe von Booten, die sich in der Nähe der *Nepenthe* befanden, und hielt sie für ein gutes Ziel, als Khysmet schrill wieherte. Einen Augenblick später rannte Arlain zu ihm.

»Dort drüben, Biner!« schrie sie und zeigte wild auf die Küste. »Ef ift ein Fignal von Fafar!«

Biner richtete sein Fernglas auf die Stelle. Und ja, dort erhob sich vom Strand eine grüne leuchtende Kugel. Er fürchtete, dies sei nur ein Trick, um seine Aufmerksamkeit von der Schlacht abzulenken, daher verfolgte er den Weg zurück, bis er zu einer kleinen Gruppe kam, die nah am Wasser stand.

Einer von ihnen war Safar.

»Hart wenden!« rief er der Mannschaft zu. »Setzt Kurs auf den Strand!«

Safar verließ seine Freunde kurz und eilte zu Khysmet, um das Tier wissen zu lassen, daß sein Herr wieder heil und gesund zurückgekehrt war.

Daraufhin lief er in Methydias alte Kabine, wo Jooli den gefesselten Gefangenen König Felino bewachte. Während sie gewartet hatten, bis das Luftschiff sie an Bord nahm, hatte sie Safar kurz von ihren magischen Beobachtungen in der Arena berichtet.

»Ständig kam irgendwo die Sechs vor«, erklärte sie ihm.

Das genügte Safar bereits, um zu einem Schluß zu gelangen. Plötzlich war er sich der Identität von Königin X ziemlich sicher.

In der Kabine reichte er Jooli einen magischen Kohlestift und bat sie, einen sechszackigen Stern auf den Boden zu malen und Felino in die Mitte zu setzen. An jeder Spitze, so fuhr er fort, solle sie eines der Tiere zeichnen, gegen die sie hatten kämpfen müssen. Zum Beispiel einen Löwen, einen Schakal, einen Affen und so fort.

Jooli verstand sofort, was er beabsichtigte, und machte sich an die Arbeit.

Inzwischen blätterte er das Buch von Asper durch und suchte nach Hinweisen für den geeigneten Zauberspruch.

Er begann bei Felakia, der Schutzgöttin seines Volkes. In den ältesten Mythen von Kyrania hieß es, die wunderschöne Göttin der

Reinheit und der Gesundheit sei einst von Rybian, dem Schöpfer der Menschen und der Dämonen, umworben worden.

Den Legenden zufolge hatte Felakia Rybians Zuwendung zurückgewiesen, und während der langen Zeit, in welcher der Gott seine Geliebte belagerte, hatte er die Menschen und die Dämonen aus dem reinen Ton von Kyrania geformt. Dieser Ton hatte später auch der Töpferfamilie der Timuras zu großer Berühmtheit verholfen.

Für Safar war dies jedoch der Schlüssel zu Aspers Behauptung, Dämonen und Menschen entstammten dem »gleichen Mutterleib«. Mit anderen Worten: Man sollte den Mythos über Rybians Schöpfung besser beiseite lassen und seine Aufmerksamkeit auf die Mutter richten.

Der Dämonenzauber hatte über dieses Thema eine eigene Theorie entwickelt. Sie wurde in einem Gedicht skizziert, das mit den folgenden Worten begann:

»In den Tagen der großen himmlischen Liebe
Trachtete die Schwester von verdorbenem Triebe
Das Herz unseres Schöpfers zu gewinnen …«

Laut Aspers Darstellung war die Göttin Lottyr – die höllische Schattenschwester der Felakia – eines Nachts in Rybians Bett gekrochen und hatte ihn dazu verführt, sie mit seinem himmlischen Samen zu schwängern. Am Morgen, nachdem er begriffen hatte, was er angerichtet hatte, riß der Gott Lottyr die Frucht aus dem Bauch. Daraufhin flehte er Felakia an, sie in ihrem Bauch aufzunehmen. Denn sonst, so sagte er, müßten die Geschöpfe, die daraus hervorgingen, bis in alle Ewigkeit Qualen in der Hölle leiden.

In einer Nacht der göttlichen Leidenschaft, so Asper, umwarb Rybian Felakia, und schließlich gab sie nach und empfing ihn und seinen Samen. Aus diesen beiden Vereinigungen seien danach alle Lebewesen der Welt entstanden, auch Menschen und Dämonen.

Safar hatte diesem Teil von Aspers Buch bislang wenig Aufmerksamkeit geschenkt. Sowohl die poetische Ausgestaltung und der mythische Inhalt paßten so gar nicht zu dem zynischen alten Dämonen, der fortwährend davor warnte, daß die Götter schliefen und ihnen das Schicksal der Geschöpfe dieser Welt wenig bedeutete.

Als Jooli ihm jedoch ihre Theorie mit den Zahlen schilderte, erinnerte er sich an seine Studententage in Walaria. In der verbotenen Bibliothek des Obersten Priesters Umurhan hatte er das Buch von Asper entdeckt. Dort hatten auch viele andere Bücher seine Neugier auf sich gezogen. Eines davon handelte von der Magie der Hölle, und auf dem Einband war die fremdartige, sechsköpfige und sechsarmige Göttin der Unterwelt dargestellt. Später hatte er erfahren, daß es sich um ein Porträt der bösen Göttin Lottyr handelte, der Schattenschwester von Felakia.

Obwohl Safar ein ausgesprochener Gegner Schwarzer Magie war, hatte er sich als Student dennoch damit beschäftigt. Zwar beherrschte er die Zauber nicht, aus denen diese fürchterliche Kunst bestand, doch wußte er sehr wohl, wie man sich dagegen schützen konnte.

Auf diese Weise hatte er auch gegen Iraj Protarus und seine Lakaien gewonnen, die ihn und sein Volk mit dem Gestaltwandlerzauber der Vier hatten vernichten wollen. Safar bezweifelte zwar, ob seine Macht ausreichte, um Lottyr zu besiegen, aber vielleicht, nur vielleicht, konnte er ihr ja den einen oder anderen Stein in den Weg werfen.

Endlich hatte er Aspers Gedicht zu diesem Thema gefunden.

Dieser Vers war einer der eigentümlichsten, die er von dem alten Dämonen kannte. Er war geschrieben worden, als Asper der gefürchteten Göttin der Hölle persönlich begegnet war.

Er rief Jooli und zeigte ihr das Gedicht. Sie lächelte darüber. Und mit gefühlvollem Ausdruck in der Stimme las sie Aspers Worte laut:

»Tief in den Höllenfeuern hab ich erschaut
Rybians falsche verderbte Braut.
Sechs Köpfe, sechs Arme zu ihr gehören,
Und unglaubliche Schönheit, mich zu betören.
Durchs sechste Tor mußte ich hetzen,
Meine arme Seele kreischte vor Furcht und Entsetzen.
Durch der Welten Kern, immerzu hoch und nur hoch,
Die Höllische Hure im Rücken, ich kroch.
Zum stummen, zum tauben Himmel schrie ich:
›Wo ist die Lampe? Und wer führet mich?‹
Von allen als einz'ge sprach Felakia zu mir,
Und hier stehen die heiligen Worte von ihr:
›Ist's meine Schwester, Lottyr, auf deren Tod du erpicht,
So suche im Auge des Löwen das Licht.‹«

Nachdem sie geendet hatte, schüttelte Safar den Kopf. »Ich habe vorher nie begriffen, was Asper damit sagen wollte.« Er grinste und zeigte auf Felino. »Aber da haben wir unseren Löwen. Und was wir tun müssen, könnte man nicht deutlicher ausdrücken.«

Der Löwenmann brüllte vor Wut und zerrte heftig an seinen Fesseln. »Ihr Narren!« rief er. »Ihr armen, schwachen Narren! Ihr werdet die Göttin niemals besiegen!«

Jooli lachte nur. »Ich hole eine Fackel«, sagte sie. »Das sollte an Licht genügen.«

Doch während sie sich noch umdrehte, heulte Felino plötzlich in Todesfurcht auf.

»Was zur Hölle …?« rief Safar.

Jooli fuhr herum und sah, wie die Adern des Löwenmanns anschwollen, als wollten sie platzen, und seine Augen traten aus ihren Höhlen hervor.

Dann öffnete er das Maul, und die fremdartige, melodische Stimme einer Frau ertönte. Obwohl sie fest klang, schien sie doch aus weiter Ferne zu kommen, und sie hallte eigentümlich wider, als entstehe sie am Grunde einer weiten, tiefen Höhle. Safar und Jooli wußten sofort, wer da sprach.

»Wie kannst du es wagen, dich mir in den Weg zu stellen, Safar Timura?« sagte die Stimme von Lottyr. »Du peinigst mich schon, seit dein winziges, sterbliches Leben in diese Welt geworfen wurde. Auch Asper stellte sich mir in den Weg, und am Ende habe ich ihn dafür bitter leiden lassen. Und jetzt erkühnst du dich, in seine unseligen Fußstapfen zu treten? Hüte dich vor dem, was du dir wünschst, Safar Timura. Denn eines Tages könnte ich dir deine Wünsche gewähren, so wie ich es einst bei Asper getan habe.«

Die Stimme verstummte, und Felino sank tot in sich zusammen.

Safar fühlte sich plötzlich erschöpft – so leblos wie die Augen des Löwen, die ins Leere starrten.

Er hörte Jooli klagen: »Was sollen wir nun machen, Safar?«

Aber er schüttelte nur den Kopf. Ihm fiel keine Antwort mehr ein.

In diesem Augenblick platzte Palimak in die Kabine. »Vater!« rief er. »Komm und sieh dir das an! Es ist Coralean! Mit der ganzen verfluchten Flotte!«

Neue Hoffnung keimte in Safars Brust. Gemeinsam mit Jooli lief er aus der Kabine, um nachzuschauen, wovon Palimak gesprochen hatte.

Von der Reling aus betrachteten sie die Schlacht, eine himmlische Vision, welche die Götter gewährten.

Neun Schiffe hielten auf Rhodes' kleinere Flotte zu. Safar erkannte sofort das mittlere Schiff, die *Tegula*, an deren Mast Coraleans Banner flatterte.

Er wußte nicht, woher sein alter Freund gekommen war und wie er hatte ahnen können, daß Safar in Schwierigkeiten steckte. Ihn interessierte nur mehr eins: Das Blatt hatte sich gewendet. Rhodes' Boote mit Soldaten ruderten so schnell sie konnten zu ihren Schiffen zurück.

Und sie würden weit rudern müssen, denn die feindlichen Mutterschiffe kniffen den Schwanz ein und flohen. Vier von Coraleans Seglern setzten ihnen nach.

Direkt unter ihnen sank die *Nepenthe*. Aber eines von Coraleans Schiffen nahte heran, um die Überlebenden aufzunehmen. Viele von ihnen trugen kyranische Uniformen.

Biner gab bereits Befehle, tiefer zu gehen und sich an der Rettung der Schiffbrüchigen zu beteiligen.

Leiria fiel Safar in die Arme und lachte vor Freude. Überall jauchzten die Mitglieder der Mannschaft, umarmten sich und klopften sich auf die Schultern.

In diesem Moment überkam Safar ein eigentümliches Gefühl. Ihm war zumute, als sei er plötzlich eine andere Person – die ein Stück neben ihm stand und das Schauspiel von außen beobachtete. Die glücklichen Menschen, und er, sein Safar-Selbst, in ihrer Mitte. Leiria, die sich an ihn schmiegte.

Und er dachte in einer inneren Stimme, die nicht ihm gehörte: *Gut gemacht, Bruder. Wirklich gut gemacht.*

Dann war er wieder in seinem Körper und zitterte beunruhigt. Bestürzt schob er Leiria von sich und rannte zu der Stelle, an der sein anderes Ich gestanden haben mußte.

Aber da war niemand, bloß ein Stapel leerer Ballastsäcke. Er blickte sich um, doch es war keiner da, der nicht hierhergehörte.

Leiria trat zu ihm, und man konnte ihr die Sorgen von den Augen ablesen. »Was stimmt denn nicht, Safar?« fragte sie.

Noch immer benommen, wäre ihm beinahe etwas über Iraj herausgerutscht. Doch er hielt sich gerade noch rechtzeitig zurück.

»Nichts«, erwiderte er. »Ich bin von der Aufregung ein bißchen müde, nehme ich an.«

Sie wollte ihn abermals umarmen, doch er entzog sich ihr, so sanft es ihm möglich war. Aus irgendeinem Grund beschlich ihn das Gefühl, er würde sie beschmutzen, wenn er sie berührte. Denn wüßte sie, was und wer er in Wirklichkeit war, würde sie seine Gegenwart als Besudelung empfinden. Gleichzeitig erschien ihm dieser Gedanke und auch die Antwort, die er sich verkniffen hatte, verrückt.

Er stand einen Moment lang still da, und die Welt drehte sich um ihn herum. Endlich hörte der schreckliche Wirbel auf, und er war wieder eins.

Was nun? fragte er sich. Was nun?

Und die Geisterstimme enthüllte sich erneut und antwortete: *Wir ziehen nach Hadin, Bruder. Das haben wir schließlich so geplant.*

In diesem Augenblick erhielt Safar die Antwort auf eine ganz andere Frage. Jetzt wußte er, wohin Iraj Protarus verschwunden war.

Das Deck des Luftschiffs sauste auf ihn zu. Dann war es plötzlich dunkel um ihn herum.

43
Die zwei Könige

Safar war im Vorspiel zum Ende der Welt gefangen.

Und ach, wie er tanzte.

Und tanzte, tanzte, tanzte.

Zum Takt der Erntetrommeln tanzte.

Um ihn herum sangen tausend andere in fröhlicher Unbekümmertheit. Es waren schöne Menschen, prächtige Menschen; angeführt wurden sie von ihrer wunderschönen jungen Königin, die in Ekstase aufschrie.

Jenseits des Wäldchens, vor dessen Hintergrund die hübsche Königin stand, ragte die große kegelförmige Spitze eines Vulkans in die Höhe. Safar wußte, daß der Berg jeden Moment explodieren und er selbst zusammen mit den fröhlichen Tänzern sterben würde.

War dies die Wirklichkeit? Befand er sich tatsächlich an der Küste von Hadinland und war dazu verdammt, von einem Strom geschmolzenen Steins verschlungen zu werden? Oder war es nur ein nächtlicher Alp, der endete, sobald er nur die Augen aufschlug?

Ja, öffne die Augen, dachte er. Verdammt, Mann! Öffne die Augen!

Und wie ein Blitz durchfuhr es ihn: Iraj! Wo ist Iraj? Er wollte sich umschauen und nach ihm suchen, doch dann drang Palimaks Stimme zu ihm vor:

»Vater! So öffne doch die Augen, Vater!«

Und er dachte: Oh, ja. Ich weiß, wo Iraj ist.

Also schlug er die Augen auf. Oder war es Iraj, der das für ihn tat? Gleichgültig. Diese Angelegenheit konnten sie später zwischen sich ausmachen.

Hauptsache, die Augen waren erst einmal offen.

Aber er konnte nichts sehen. Nur Dunkelheit. Er blinzelte, doch die Finsternis blieb.

Angst packte ihn, aber er schob sie beiseite. Dafür gab es gewiß eine vernünftige Erklärung. Vermutlich war es Nacht, und Palimak hatte kein Licht angezündet, um ihn nicht zu stören. Er konnte spüren, wie sich sein Sohn über ihn beugte.

»Wo sind wir?« fragte er.

»Wir sind in Hadin, Vater«, antwortete Palimak.

»So bald?« wollte Safar wissen, obwohl er gar nicht so sehr überrascht war.

»Du warst sehr lange bewußtlos, Vater«, erklärte Palimak. »Wir haben uns sehr um dich gesorgt, wegen des Fiebers vor allem. Aber glücklicherweise ist es jetzt gesunken, den Göttern sei Dank. Jooli und ich haben uns bei deiner Pflege abgewechselt.«

Safar nickte. »Ich habe geträumt, ich wäre wieder in dieser anderen Welt gefangen gewesen«, erzählte er. »Im Sand von Hadinland habe ich getanzt. Vermutlich hat das Fieber den Traum ausgelöst.«

»Fühlst du dich stark genug, um aufzustehen, Vater?« fragte Palimak. »Bei Coralean warten einige Leute, die dich gern sehen möchten. Sehr gern.«

Der junge Mann zögerte und fügte dann mit Verwunderung in der Stimme hinzu: »Eine Abordnung aus Hadin. Sie behaupten, du seist der König, den sie vor langer, langer Zeit verloren haben.«

Safar war verblüfft. »König?« fragte er. »Wie kann ich denn ihr König sein?«

In seinem Inneren rührte sich Iraj. *Habe ich dir nicht immer gesagt, wir beide seien für große Dinge bestimmt? Und hier hast du den letzten Beweis. Wir sind sogar Könige eines Volkes, das wir überhaupt nicht kennen!*

Am liebsten hätte er Iraj gesagt, er möge den Mund halten. Allein, daß er in Safar weilte, war verstörend genug, aber dazu noch sein Geschwätz in seinem Ohr! Er fühlte sich benommen, verwirrt, als sei er eigentlich noch immer in diesem fürchterlichen Traum verhaftet.

So wischte er sich über das Gesicht und hoffte, auf diese Weise die Verwirrung vertreiben zu können. Palimak versuchte, ihm etwas über diese Leute zu berichten, die ihn für ihren König hielten. Er nickte und tat so, als würde er zuhören.

»Ich werde jetzt aufstehen, mein Sohn«, sagte er. »Wenn du mir nur ein Tuch und Wasser zum Waschen bringst?«

Daraufhin kicherte er. »Und bitte, bring mir eine Lampe. Ich bin keine Katze, ja? Im Dunkeln kann ich nichts sehen.«

Auf seine Bitte hin trat langes, beängstigendes Schweigen ein. »Hast du mich nicht verstanden, mein Sohn?« hakte Safar nach.

Palimaks Stimme zitterte. »Ich habe dich sehr wohl verstanden, Vater.« Erneutes Schweigen. »Aber draußen ist heller Tag, Vater. Wozu brauchst du eine Lampe?«

In Safar zuckte Iraj schockiert zusammen. *Was soll das?* wollte er wissen. *Sind wir blind? Oder treibt dieser Bengel nur seinen grausamen Scherz mit uns? Bei den Göttern, ich werde ihn …*

Safar schlug sich vor die Brust und unterbrach Iraj harsch. Er mußte nachdenken, verdammt! Was war mit ihm passiert?

Wurde er verrückt?

»Ich habe aber wohl dich falsch verstanden«, sagte er schließlich. »Es ist doch nicht wirklich heller Tag, ja?«

Er tastete verzweifelt nach Palimak, und der Junge ergriff seine Hände und hielt sie fest. »Sag mir, ist es Nacht? Bitte!« drängte Safar seinen Sohn.

Salzige Tropfen fielen auf seine Wange. Weinte Palimak?

»Kannst du mich denn nicht sehen, Vater?« flehte Palimak. »Ich bin hier, genau vor dir. Und es ist bestimmt hell. Draußen scheint die Sonne. Ehrlich, bei den Göttern!«

Palimaks Panik erzeugte bei Safar die umgekehrte Wirkung. Er wurde ganz ruhig. Wenn er blind war, nun gut! Vielleicht würde er seine Sehfähigkeit später zurückerlangen. Oder auch nicht. Es gab weitaus wichtigere Angelegenheiten, mit denen er sich beschäftigen mußte.

Er tätschelte die Hand des jungen Mannes. »Das ist nicht so schlimm, mein Sohn«, tröstete er ihn. »Ich leide vermutlich nur unter einer Art Schock, der ohne Zweifel von der Krankheit ausgelöst wurde. Bald werde ich wieder sehen können. Das geht gewiß vorüber.«

Palimak antwortete, und seine Stimme klang nun wieder fester. »Tante Jooli hat mir von dieser Lottyr erzählt«, sagte er. »Vielleicht hat sie diese Krankheit hervorgerufen.«

»Das ist die Antwort«, erwiderte Safar mit wachsender Hoffnung. »Lottyr ist schuld. Na, also. Jetzt kennen wir die Ursache, und wir brauchen nur noch einen Gegenzauber zu finden. Einfacher geht es ja nicht.«

Mühselig richtete er sich auf, und Palimak legte ihm den Arm um die Schulter und stützte ihn. Nach einem kurzen Augenblick der Benommenheit fühlte sich Safar erstaunlich kräftig und voller Tatendrang. Er war erleichtert, hatte er schon befürchtet, neben Blindheit auch mit körperlicher Schwäche geschlagen zu sein.

»Wenn du mir beim Waschen und Anziehen helfen könntest«, bat er Palimak. »Dann kann ich anschließend die Abordnung begrüßen.«

Er grinste. »Kannst du dir das vorstellen?« fragte er. »Ich – ein König! Ist das nicht zum Lachen?«

Palimak ließ ihn im Bett warten, während er alles holte, was sie brauchten. Safar lauschte den Schritten, die sich entfernten, und dem Öffnen und Schließen der Tür.

Nachdem er sich vergewissert hatte, daß sie allein waren, sagte er: »Wir müssen uns einen Weg überlegen, auf dem wir uns besser verständigen können, Iraj. Du kannst nicht ständig meine Gedankengänge unterbrechen und mich durcheinanderbringen. Sonst werden noch alle denken, ich sei verrückt geworden.«

Tief in ihm lachte Iraj nur. *Du warst schon immer ein wenig verrückt, Safar. Und ich auch. Trotzdem hast du recht. Wir müssen uns etwas überlegen. Jedenfalls werde ich dich gleich warnen: Falls du beabsichtigst, dieser Abordnung aus Hadin zu sagen, du seist nicht ihr König, werde ich unsere Zusammenarbeit aufkündigen. Vergiß nicht, hier steht nicht nur eine Krone auf dem Spiel, sondern zwei. Hadin wird zwei Könige haben, nicht einen, falls ich etwas dazu zu sagen habe.*

Bei Irajs letzten Worten traf es Safar wie ein Schlag. *Zwei* Könige von Hadin! Das erinnerte ihn sofort an das Rätsel aus Aspers Buch. Er hatte stets gewußt, wie wichtig dessen Lösung sein würde, nur nicht, auf welche Weise er darin verwickelt sein würde.

Iraj spürte Safars plötzliche Aufregung. *Was ist los?* wollte er wissen. *Deine Gedanken sind so verwirrend!*

Safar antwortete, indem er Aspers Rätsel laut rezitierte.

»Zwei Könige herrschen im Lande Hadin,
der eine verdammt, der andere verflucht.
Der eine sieht, was Augen erblicken,
der andre im Traume das Mögliche sucht.
Der eine ist blind. Der andere unwissend.
Wer schon kann sagen, welcher zum Sehenden ward.
Denn wisse, daß Asper am Burgfried klopfte,
doch das Tor war verrammelt, die Götter im Schlaf.«

Iraj dachte kurz nach. *Dann wären also wir zwei Könige?*

»So würde ich das auch betrachten«, erwiderte Safar.

Kluges Kerlchen, dieser alte Dämon, bemerkte Iraj. *Du hast dich ständig mit ihm beschäftigt, ich dagegen habe ihm kaum Aufmerksamkeit geschenkt. Jetzt sieht es so aus, als hätte der alte Junge die ganze Sache von vorn bis hinten schon beschrieben.*

Safar sagte darauf nichts, und Iraj erkannte, daß er sich offensichtlich auf etwas anderes konzentrierte.

Was machst du? Hektisch suchte er in seinem magischen Hort in Safars Innerem nach irgendeiner Schutzmöglichkeit. *Wenn du versuchst, mich zu töten, dann wirst du es bereuen, das schwöre ich dir.*

Die Antwort kam aus seiner Nähe. Aus viel zu großer Nähe. Und Safar sprach nicht laut, sondern benutzte seine »innere« Stimme, die er gerade entdeckt hatte.

Mach dir keine Sorgen, sprach er beruhigend. *Keinesfalls will ich dich töten. Ich bin lediglich zu dir hinuntergestiegen, damit ich nicht »laut« sprechen muß. Seltsam, jetzt, da ich blind bin, ist es einfach. Ich habe meine Augen einfach nach innen gewandt und dich gefunden.*

Iraj traute ihm nicht. *Lüg mich nicht an. Ich weiß sehr gut, dir würde nichts besser gefallen, als mich tot zu sehen. Und schließlich würde ich das gleiche tun, wenn ich in deiner Situation wäre.*

Das dürfte der größte Unterschied zwischen uns beiden sein, entgegnete Safar. *Du hast schon immer geglaubt, ich würde nach dem gleichen streben wie du. Aber das war niemals der Fall. Du wolltest König der Könige werden. Ein solches Verlangen hatte ich nie.*

Mach dich nicht selbst zum Narren, gab Iraj zurück. *Du wolltest stets nur die Welt retten. Erzähl mir nicht, dieser Wunsch wäre nicht genauso krankhaft egoistisch wie meiner. Safar – der Retter! Leider hat dich kein Gott für diese welterschütternde Rolle ausgewählt, nicht? Da hast du dich einfach selbst ernannt! Ich war ja dabei, schon vergessen? Und zur selben Zeit habe ich mich zum zukünftigen König aller Könige gekrönt.*

Ich will mich nicht mit dir darüber streiten, sagte Safar. *Wenn wir uns in diese Einzelheiten verzetteln, hilft uns das auch nicht weiter.*

Iraj schnaubte. *Du hast nur Angst, mir recht zu geben, das ist alles.*

Safar seufzte. *Könnten wir uns bitte später darüber unterhalten? In einer Sache gebe ich dir jedenfalls recht. Als ich dich zum erstenmal in mir bemerkte, habe ich nach einer Möglichkeit gesucht, wie ich dich töten könnte, ohne mich dabei mit umzubringen. Aber leider sind wir dazu verdammt, diese Geschichte gemeinsam zu Ende zu bringen. Und wenn überhaupt einer von uns überleben soll oder wir sogar unsere Ziele erreichen wollen, müssen wir zusammenwirken.*

Einverstanden, sagte Iraj.

Frieden? fragte Safar.

Du hast mein Wort darauf, antwortete Iraj.

Safar hätte beinahe eine sarkastische Bemerkung über den Wert von Irajs Wort gemacht, verkniff sie sich jedoch.

Statt dessen schlug er vor: *Dann sollten wir unsere neuen Untertanen begrüßen, mein Bruder. Und herausfinden, was hier eigentlich vor sich geht.*

Abgemacht! stimmte Iraj zu. *Ich leihe dir meine Kraft, und du leihst mir deine Magie, und dann kann uns nichts aufhalten!*

Safar seufzte. *Immer noch der alte Eroberer.*

Das will ich nicht bestreiten, Bruder, sagte Iraj. *Erobern ist mein Schicksal.*

Vierter Teil

Göttin der Hölle

44
Die Inselkönigin

Als Palimak die Kabine verließ, war er wegen des Zustandes seines Vaters so beunruhigt und besorgt, daß er zunächst in sein eigenes Quartier flüchtete, bevor ihm jemand die unangenehme Frage stellen konnte, wann Safar erscheinen würde.

Er mußte nachdenken. Vor allem mußte er sich zusammenreißen, ehe er seinen Gefährten von der Blindheit seines Vaters erzählte. Diese Situation verlangte nach Umsicht, denn sonst würden alle in Panik verfallen.

Obwohl er kürzlich erst vierzehn Jahre alt geworden war, hielten ihn die meisten für wesentlich älter. Sicherlich reiften Dämonen schneller heran, und zwar körperlich und emotional, doch im Augenblick hatte seine menschliche Seite das Sagen, und er fühlte sich wie ein Kind, das eine solche Bürde nicht tragen konnte.

Er mischte sich einen Trank aus Wasser und Wein, mit dem er seine Nerven beruhigen wollte. Leider zeigte dies die gegenteilige Wirkung, und er rannte zu einem Becken und übergab sich. Dann wischte er sich das Gesicht ab, spülte den Mund mit Minzwasser, und setzte sich zum Nachdenken auf seine Koje …

… Die Reise von Aroborus nach Hadin dauerte viele Wochen. Und obwohl sie ein fremdes Meer voll lauernder Gefahren durchkreuzten, verlief sie ohne Zwischenfälle.

Trotzdem warfen alle ständig Blicke über die Schulter, ob Rhodes mit seiner Flotte abermals auftauchen würde. Zwar hatten sie in der Schlacht mit dem König nur zwei Mann verloren, doch betrauerten alle Kyranier diesen Verlust.

Safars Zusammenbruch erhöhte die angespannte Stimmung noch.

Coralean sprach sich dafür aus, nach Syrapis zurückzukehren, da es jetzt, wo Safar im Koma lag, keinen Sinn habe, die Unternehmung fortzusetzen.

Viele der anderen Kyranier waren ebenfalls dafür, doch Palimak bestand mit Unterstützung von Leiria und Jooli auf der Weiterreise. Safar hatte schon wesentlich größere Herausforderungen gemeistert, betonte Palimak, und wenn man ihm nur Zeit ließ und ihn anständig pflegte, würde er sich bestimmt erholen.

Am Ende war es Eeda, welche die Stimmung zum Umschwenken brachte. Natürlich, sie war noch jung, dennoch sprach sie weise Worte. Zudem konnte man ihr die anderen Umstände inzwischen ansehen, was ihrer Meinung größeres Gewicht verlieh.

»Als wir noch in Syrapis waren«, erklärte sie, »haben wir alle erfahren, was mit dieser Welt geschehen wird, sollte Lord Timura Hadin nicht rechtzeitig erreichen. Ich möchte nicht, daß mein Kind in dem verfluchten Land aus Lord Timuras Vision geboren wird. Und ich glaube, auch ihr wollt eure Familien nicht zu einem solch schrecklichen Schicksal verdammen.«

Coralean sprach für die andere Fraktion und hielt dagegen: »Das ist gut und schön, mein liebes Weib. Aber Coralean muß es doch offen kundtun, wenn er die Erfolgschancen eines Unterfangens für zu gering erachtet. Falls sich Safar nicht erholt, oder schlimmer, falls er stirbt, wo werden wir dann enden?

Hadin ist ein unbekanntes Land, und wir stoßen vielleicht auf viele Feinde. Da unser Schicksal so verhängnisvoll erscheint, wäre es da nicht besser, wir würden es daheim bei unseren Lieben erwarten und nicht unter Fremden?«

»Vergib mir, mein Herr Gemahl, sollte ich widerspenstig wirken«, erwiderte Eeda. »Ich für meinen Teil würde lieber tapfer dem Unbekannten entgegentreten. Mit der kleinen Hoffnung, daß wir diese Welt von ihren Bedrängnissen erlösen können.

Denn die andere Möglichkeit wäre, sich irgendwo wie ein niederes Insekt hinzukauern, während unbekannte Mächte mir und meinem Kind – und natürlich auch meinem teuren Gemahl – den Tod schicken. In der Vision, die Lord Timura uns enthüllte, blieb nicht einmal jemand übrig, der unsere Leichen begraben und unsere Seelen mit Liedern zum Himmel begleiten könnte.«

Langes Schweigen folgte diesem Argument. Aber Coralean, ein Mann, der die Dinge stets von allen Seiten betrachtete, fühlte sich verpflichtet, die Gefahren der Reise aufzuzeigen.

»Und dieser Teufel Rhodes?« fragte er. »Auf irgendeine Weise ist er uns entkommen. Er hat drei Schiffe voller Soldaten. Wenn er nun gerade nach Syrapis zurückkehrt und unsere Heimat überfällt, um sich für seine Niederlage hier zu rächen?«

Palimak mischte sich ein: »Ich denke, mein Großvater Khadji ist durchaus in der Lage, unser Volk gegen Rhodes zu verteidigen. Als ihr Syrapis mit den Schiffen verlassen habt, hattet ihr das doch so mit allen besprochen, oder nicht? Und nachdem ihr uns gefunden hättet, wolltet ihr dann nicht mit uns nach Hadin weiterziehen und die Sicherheit unseres Volkes weiter in den Händen meines Großvaters belassen?«

Erneut stellte sich Schweigen ein. Niemand – und schon gar nicht Coralean – konnte darauf etwas entgegnen.

Es war Biner, der der Debatte und der trübseligen Stimmung ein Ende bereitete. Er stand auf und rief:

»Verdammt sei alles außer dem Zirkus!«

Arlain und die anderen Künstler sprangen auf, und gemeinsam gaben sie aus dem Stegreif eine Vorstellung.

Palimak gesellte sich zu ihnen. Zwar gab es kein Zelt und keine Hochseile, keine Kostüme und keine Schminke, aber dennoch brachte die Truppe Zirkusatmosphäre auf das kahle Deck.

Unglaubliche Akrobatikakte bezauberten die Zuschauer. Die

anrührende Musik von Elgy und Rabix hob die Laune. Darauf folgte die wilde Clownnummer, an der sich alle Zirkusleute beteiligten, und bald lachte das Publikum aus vollem Halse. Und das Lachen hallte über das endlose weite Meer und schien es mit in die Vorstellung einzubeziehen.

Fliegende Fische sprangen in die Höhe, als wollten sie mit den Menschen lachen. Grinsende Delphine hüpften im Kielwasser und spielten wie fröhliche Kinder.

Es waren also die Zirkusleute, die den Abbruch der Reise verhinderten. Und dauerte der Jubel auch vielleicht nicht lange, da Safar Timura weiterhin bewußtlos blieb, so stieg doch die Entschlossenheit, die begonnene Aufgabe zu Ende zu führen, je näher das Schiff Hadin kam.

Außer der Sorge über Safars Zustand gab es die zweite große im Hinblick auf Rhodes. War er nach Syrapis zurückgekehrt? Oder lag er sogar vor ihnen im Hinterhalt?

Biner ging mit dem Luftschiff auf Kundschaft, weil er hoffte, Rhodes und seine Flotte zu entdecken. Aber der König und seine Günstlinge wurden nie gesichtet. Nach einer Weile nahm man an, sie seien nach Syrapis zurückgesegelt, und ihre Freunde und Familien müßten sich nun mit ihm herumschlagen. Das bereitete gewiß allen große Sorgen, aber immerhin mußten sie sich wenigstens nicht mehr mit ihm beschäftigen.

Denn eines Tages sahen sie die ersten Vorboten von Hadin.

Für gewöhnlich werden Seefahrer durch leichte Schwankungen in den Meeresströmungen auf das nahende Land aufmerksam. Die Wasserfarbe verändert sich, da der Meeresgrund langsam ansteigt, oder ein Fluß kündigt sich durch den Schlick an, den die Gezeiten ins Meer spülen.

Diese Dinge zeigen sich oft Tage, bevor das Land selbst in Sicht kommt. Es gibt noch weitere Anzeichen, zum Beispiel Vögel, die an der Küste leben und in den tiefen Gewässern weit draußen jagen. Zudem verändert sich auch der Fischbestand. Noch offensichtlicher ist die Fülle von Pflanzenresten – Baumstämme, an denen noch grüne Äste sitzen, oder Sträucher, die ein Sturm mitsamt der Staude entwurzelt und aufs Meer hinausgetrieben hat.

Hadin jedoch kündigte sich auf krassere und ein wenig beängstigende Weise an.

Während sie dahinsegelten, sank der Dämonenmond am Himmel tiefer, bis er knapp über dem Horizont stand. Und dort blieb er für den Rest der Reise. Nur schien er mit jeder Meile größer zu werden. Und bald hatten sie den Eindruck, sie führen geradewegs in seinen grinsenden Mund hinein.

Seine Farbe wechselte von blutrot zu einem geisterhaften Orange, welches dem Himmel einen unheimlichen und unheilverkündenden Schimmer verlieh.

Daraufhin erfolgte die Veränderung in der Farbe des Meeres. Nur fand diese ohne jede Vorwarnung statt. Eines Morgens traten sie an Deck, und die See war mit einem gräßlichen Grauweiß überzogen. Ein starker Gestank nach verrottender Meeresfauna hing in der Luft – Hunderte toter Fische trieben an der Oberfläche.

Einer der Seeleute holte einen Eimer Wasser herauf und untersuchte, woher die grauweiße Färbung stammte. Der alte Seebär behauptete, es handele sich um Bimsstein – ohne Zweifel hatte den ein explodierender Vulkan in den Himmel gespuckt.

Falls jemand seine Worte bezweifelte, wurde er bald eines Besseren belehrt. Schon kurze Zeit später schwammen große Brocken der kalkartigen Substanz im Meer, von denen manche die Größe von Eisbergen erreichten. Die meisten wiesen allerdings nur die Größe von kleinen Felsen auf, und sie bumsten gegen den Schiffsrumpf und erzeugten dabei ein Knirschen, als führe man über Kies.

Zur Linken erhob sich eine riesige Rauchsäule über den Horizont, und gewiß stand dort der aktive Vulkan, der all den Bimsstein in die Luft geschleudert hatte.

Die Kapitäne der Flotte befürchteten, die größeren Stücke

könnten die Schiffe beschädigen, sogar Lecks verursachen, die zum Sinken der Schiffe führen würden, und daher drängten sie die Kyranier zur Umkehr.

Aber Coralean ließ sie allesamt unter Bewachung stellen und zwang sie dazu, die Fahrt fortzusetzen.

Am folgenden Morgen hatte sich die Lage dramatisch verbessert. Sie segelten aus dem grauen Wasser hinaus in ein funkelnd blaues Meer, in dem es von Fischen nur so wimmelte. Die normalen Anzeichen des nahen Landes zeigten sich – Überreste von Pflanzen, jagende Vögel und mehrere große Seeidechsen, die zu ihren Nistgründen unterwegs waren.

Zwei Tage später erreichten sie unter einer lachenden Sonne eine wunderschöne Bucht mit breiten Sandstränden und großen Palmenhainen, die sich in der sanften Brise wiegten.

Diese idyllische Szene wurde von einem Vulkan überragt. Er erschien friedlich, denn nur ein paar Schäfchenwolken zogen um seine kegelförmige Spitze herum. Bis zur halben Höhe erstreckten sich an seinen Hängen terrassenartige Felder, darüber waren sie von dichtem Wald bewachsen, der sich nach oben hin lichtete, bis nur mehr vereinzelte Bäume zu sehen waren. Eine Straße wand sich durch die Terrassenfelder und verschwand zwischen zwei der niedrigeren Bergspitzen.

Palimak hielt sich an Bord des Luftschiffes auf, als sie Hadin erreichten. Die Strände, die Palmen und der Vulkan erinnerten ihn an Safars Beschreibungen der Geisterwelt von Hadin, der sein Vater entflohen war.

Die Unterschiede waren jedoch bemerkenswert. Hier tanzten keine nackten Menschen. Keine Muschelhörner und Erntetrommeln erschollen. Und der Vulkan wirkte nicht im mindesten bedrohlich. Eigentlich machte das Land den Eindruck, daß seine Bewohner seit Generationen seinen Reichtum und seine Fruchtbarkeit genossen.

Endlich entdeckte er eine Gruppe von ungefähr zwanzig Einwohnern, die in der Nähe des größten Palmenwäldchens standen. Er ließ sich Biners Perspektiv geben und betrachtete sie.

Zunächst staunte er über die Schönheit dieser hellbraunen Menschen. Dabei waren sie ganz gewiß nicht nackt und keineswegs bemalt, allerdings trugen sie Kleidung, die man durchaus als spärlich bezeichnen konnte.

Die Männer hatten außer den Blumengirlanden, die ihre nackte Brust zierten, lediglich kurze Hosen an. Die Frauen hatten zudem breite Stoffbänder um die Brüste geschlungen, und darüber hingen ebenfalls Blumengirlanden.

Wenngleich sie nicht viel Stoff am Leibe hatten, so war dieser doch sehr bunt und mit wunderschönen Mustern bemalt. Und man brauchte nicht viel nachzudenken, bis einem klar wurde, daß die spärliche Kleidung nichts mit mangelnder Zivilisiertheit zu tun hatte, sondern eher mit dem heißen Klima.

Vor der Gruppe stand eine große Frau in königlicher Haltung. Ihre Schönheit schlug Palimak sofort in ihren Bann. Ihre Kleidung war sichtlich kostbarer als die der anderen – bunter und, so schien es aus der Entfernung, mit Gold und Juwelen bestickt. Eine Krone aus wunderschönen Blüten saß auf ihrem Kopf.

Aus diesem Grund und auch wegen ihres stolzen Gebarens und der Unterwürfigkeit, welche die anderen ihr gegenüber an den Tag legten, hielt Palimak sie für die Anführerin.

Während er sie beobachtete, winkte die junge Königin den Männern hinter ihr mit einer knappen Geste zu, und diese setzten lange Muschelhörner an die Lippen und bliesen hinein. Ein lauter, harmonischer Ton hallte zum Luftschiff herauf. Die Form der Hörner und der Klang erinnerten Palimak an Aspers magische Trompete, die Jooli seinem Vater übergeben hatte. Nur erzeugten diese Instrumente keine Magie. Sie stimmten dafür jedoch ein freundliches Lied des Willkommens an.

Sofort lief er in die große Kabine, in der sein Vater, bleich wie der Tod, im Bett lag. Mochte er auch bewußtlos sein, so strahlte er dennoch eine mächtige Präsenz aus. Magische Funken sprangen durch die Atmosphäre des Raums, wenn er zusammenzuckte und im Schlaf stöhnte. Offensichtlich war er in einem äußerst lebendigen Alptraum gefangen, den Palimak sich nur vage vorzustellen vermochte.

Er fand die wundersame Trompete und eilte mit großen Schritten zurück auf Deck. Dort stellte er sich breitbeinig an die Reling und blies zur Antwort.

Weder erzeugte seine Musik Magie, noch erschien gar die Geisterreiterin auf ihrer bezaubernden Stute, auf der sie so oft schon in den ätherischen Dunst gegen den Feind geritten war. Aber das war auch gar nicht seine Absicht gewesen. Er besaß Safars Fähigkeiten nicht, dieses Instrument zu meistern, geschweige denn die Gegenwart der Geisterreiterin zu beschwören. Trotzdem wußte er vom Gefühl her, daß er auf diese Weise den Ruf der Inselkönigin erwidern sollte.

Die harmonischen Klänge, die dem Horn entströmten, überraschten ihn. Er hatte befürchtet, ungeübt, wie er war, lediglich ein Quäken und Quieken hervorzubringen. Statt dessen ertönten klare Harmonien, und nachdem er die Trompete abgesetzt hatte, sah er die Reaktion der Königin und ihres Hofes: Sie zeigten voller Erstaunen zum Luftschiff herauf.

»Geh runter, Biner«, rief er.

Sofort gab der Zwerg die entsprechenden Befehle aus. Ballast wurde abgeworfen, die Brenner verstummten, und zur gleichen Zeit wurde das Zischen laut, mit welchem die Luft aus den beiden Ballons wich.

Sie sanken. Langsam schwebten sie auf den blendendweißen Sand des Strandes zu.

Palimak riß sich aus dem Tagtraum. Wichtige Leute erwarteten das Erscheinen seines Vaters. Aber zuerst mußte er Leiria und den anderen Safars Blindheit erklären. Sicherlich würde diese Nachricht sie schockieren, aber diesen Schreck mußten sie so rasch wie möglich überwinden.

Königin Yorlain wartete, und das Schicksal der ganzen Welt stand auf dem Spiel.

45

Hadinland

Mochte Safar auch blind sein, so wurde sein Auftritt vor Königin Yorlain doch zu einem erhabenen Schauspiel.

Er trug seine feierlichste Robe und ritt auf Khysmet über den Sandstrand zu der Stelle, an der die Inselkönigin ihn auf einem tragbaren, mit exotischen Blüten geschmückten Thron aus duftendem Holz erwartete.

Leiria und Jooli schritten links und rechts von Khysmet, und ihre Kettenhemden glänzten in der Sonne. Palimak hatte sein Prinzengewand angelegt und ging dem schneeweißen Hengst einige Meter voraus.

Hinter ihnen marschierte die gesamte kyranische Truppe. Über hundert Soldaten traten an, Coralean an ihrer Spitze. Der Karawanenmeister saß auf einem großen Pferd und hatte sich in eine wallende Robe gehüllt. Neben ihm ritt auf einem schlanken Braunen Eeda. Trotz der fortgeschrittenen Schwangerschaft bot sie in ihrem juwelenbesetzten Gewand einen wunderschönen Anblick, und ihr Gesicht leuchtete vor Aufregung.

Über ihnen kreiste das Luftschiff, und Elgy und Rabix spielten eine Musik, die einen jeden in ihren Bann schlug.

Safar hielt Khysmets Zügel locker und überließ dem Pferd das Sehen. Abermals wunderte er sich über die geheimnisvolle Verbindung, die zwischen Mensch und Tier bestand. Er brauchte nur eine Richtung zu denken, und Khysmet schien es zu wissen, als ahnte er voraus, wohin sein Herr wollte.

Obwohl Safar nicht sehen konnte, hatte Irajs ätherische Gegenwart in seinem Körper die Schärfe seiner Sinne verdoppelt. Jedes Geräusch wirkte lauter. Jeder Geruch war um so eindrücklicher. Die leiseste Brise, die sein Gesicht streifte, wies ihn auf die Vorgänge in seiner Umgebung hin. Er fühlte sich zudem stärker und geschmeidiger, da Iraj auch seine Muskelkraft erhöht hatte.

Während sie sich der Königin näherten, hörte Safar erstauntes Gemurmel von den Höflingen. Tief in seinem Inneren kicherte Iraj entzückt. *Sie erkennen ihren König, wenn sie ihn sehen, Bruder. Aber sie wissen noch nicht, daß wir zu zweit kommen.*

Safar brauchte kein Zeichen von seinen Freunden, wann er anhalten mußte. Er wußte es einfach, und Khysmet blieb stehen und schlug mit dem Schweif. Die Flanken des Hengstes zitterten vor Anstrengung.

Der Zauberer legte eine Kunstpause ein, um die Spannung noch zu erhöhen, bevor er sprach. Er bewegte den Kopf von rechts nach links, als würde er die Szene betrachten, die er vor Augen hatte. Derweil sog er jegliche Empfindung seiner anderen Sinne in sich hinein und schuf sich so im Geiste ein Bild.

Es war ihm so vertraut. Das Rauschen der Palmen, die sich im Wind wiegten, das Brausen des Meeres. Die warme Sonne, die ihm auf die Haut schien. Der Geruch der reifen Früchte, der Palmen und der ferne, scharfe des Vulkans. Der Duft des exotischen Parfüms der Königin.

In Safars Innerem schauderte Iraj, da er nun die Umgebung und auch die Identität der Frau vor ihnen erkannte. Er spürte Safars Herzklopfen und flüsterte ihm eine Warnung zu: *Ruhig, Bruder!* Diese Mahnung war allerdings nicht nur an den Mann gerichtet, dessen Körper er innewohnte, sondern auch an sich selbst.

Safar nickte und hob den Kopf zum Sprechen, wobei er die Augen auf jene Stelle richtete, an welcher der Duft, den die Königin verbreitete, am stärksten war.

»Seid gegrüßt, Majestät«, sagte er. »Mein Volk und ich werden Euch für dieses großzügige Willkommen an Euren Gestaden für immer zu Dank verpflichtet sein.«

Er hörte ein überraschtes Luftschnappen, und die anmutige Königin erhob sich von ihrem Thron.

»Aber aus welchem Grund sollten wir Euch nicht willkommen heißen, König Safar?« fragte sie verwirrt. »Kennt Ihr mich den nicht? Bin ich nicht Eure Schwester im Unglück? Haben wir nicht in der Vision vom Ende der Welt unzählige Male miteinander getanzt?«

Safar stieß einen langen Seufzer auf. Da waren die Antworten auf Fragen, von deren Existenz er nicht einmal etwas geahnt hatte.

»Ja, ich kenne Euch, Königin Yorlain«, sagte er. »Aber ich wußte nicht, daß Ihr die Vision, die mich seit meiner Kindheit quält, mit mir geteilt habt.«

Es entstand eine kleine Pause, während der die Königin sich diese Erwiderung durch den Kopf gehen ließ. Schließlich fragte sie: »Wollt Ihr damit sagen, Ihr seid von der anderen Seite der Welt bis hierher gesegelt, obwohl Ihr die Ereignisse nicht wahrhaft verstanden habt und nicht ahnt, wie Ihr dagegen einschreiten müßt?«

»Mein gesamtes Wissen«, erwiderte Safar, »stammt aus Visionen und Orakeln sowie dem Buch von Asper.« Er lächelte reumütig. »Von wundersamen Ereignissen und aus gelehrten Texten also. Dennoch müßt Ihr zugeben, daß keines davon sich mir in allzu großer Klarheit enthüllt hat.«

»Und trotzdem seid Ihr gekommen«, sagte Yorlain, und in ihrer Stimme schwang großer Respekt mit. »Obwohl Ihr blind wart, was die wahren Bedürfnisse der Welt angeht.«

Im ersten Moment dachte Safar, sie habe ihn durchschaut, wisse, daß er blind war. Instinktiv bereitete ihm dies große Sorge. Zwar wußte er nicht, aus welchem Grund, doch spürte er die Notwendigkeit, seine Behinderung vor ihr zu verbergen. Allerdings, so enthüllten ihm ihre nächsten Worte, war ihre Bemerkung über die Blindheit nur bildlich gemeint, und sein Geheimnis war nicht aufgeflogen.

»Bitte vergebt mir meine Zerstreutheit, Majestät«, fuhr sie fort. »Immerhin seid Ihr hier, und darüber bin ich überaus glücklich. Jetzt können wir uns als gewöhnliche Sterbliche in die Augen schauen, und nicht mehr als Sklaven einer schrecklichen Vision.«

Zur Antwort lächelte Safar nur und verneigte sich leicht. Die nächste Frage ließ ihn jedoch zusammenzucken.

»Wo ist Euer Bruderkönig?« erkundigte sie sich. »Die Heilige Felakia hat sich recht deutlich geäußert. Zwei Könige würden nach Hadin kommen, um die Götter zu wecken. Zwei königliche Brüder und ein Kind, das von einem Menschen und einem Dämonen abstammt.«

Er überlegte rasch. »Das Kind, von dem Ihr sprecht, ist inzwischen zum Mann herangereift. Hier steht es vor Euch.« Er deutete auf die Stelle, wo sich Palimak – hoffentlich – befand. »Sein Name lautet Palimak, und er ist mein Adoptivsohn.«

»Und der andere?« hakte Königin Yorlain nach.

Safar tippte sich an die Brust. »Mein Bruder ist im Geiste bei uns, Majestät. Und wenn der rechte Augenblick da ist, wird er sich auch körperlich zeigen.«

In ihm murmelte Iraj: *Exzellente Antwort, Safar. Du warst schon immer gut darin, eine Lüge zur Wahrheit zu verdrehen.*

Aber Safar ignorierte ihn. Offensichtlich erstreckte sich der Frieden, den die beiden geschlossen hatten, nicht auf Beleidigungen. Er hatte noch immer keine Ahnung, wie er mit seinem alten Feind verfahren sollte, und es war ihm schleierhaft, wie er ihn Yorlain vorstellen sollte, wenn es soweit war.

Größere Sorgen bereitete ihm ein anderer Gedanke, ein persönlicherer: Wie würden Palimak und vor allem Leiria reagieren? Schlimmer, er hatte sich selbst noch nicht an dieses lebende Grausen in seinem Inneren gewöhnt. Im Augenblick blieb ihm nur das eine – er mußte die Sache so lange wie möglich aufschieben.

Königin Yorlain erwiderte: »Ich bete dafür, daß Euer Bruder uns nicht allzu lange warten läßt, Majestät. Die Zeit zum Handeln ist nicht mehr fern.«

»Ich verspreche Euch, Hoheit«, sagte Safar, »wir beide werden bereit sein. Soweit es meinen Bruder betrifft, braucht Ihr Euch über ihn keine Gedanken zu machen.«

»Sehr gut, König Safar«, antwortete Yorlain. »Führt uns also zu Eurer Burg. Alles ist vorbereitet.«

Safar war verwirrt. »Welcher Burg?«

»Nun, der Burg der Zwei Könige«, erklärte sie mit milder Überraschung. »Hat Lord Asper das Euch gegenüber nicht erwähnt?«

Safar erinnerte sich an die Zeile: *»Denn wisse, daß Asper am Burgfried klopfte, doch das Tor war verrammelt, die Götter im Schlaf.«*

Er lächelte. »Asper hat sich nur indirekt darauf bezogen«, sagte er. »Jetzt verstehe ich, worauf er hinauswollte. Zumindest teilweise.«

»Werdet Ihr uns dann begleiten, Majestät?« fragte Yorlain.

Safar zögerte. »Was wird mit meinen Freunden und den Soldaten?«

»In der Burg gibt es ausreichend Platz«, verkündete Yorlain. »Eigentlich wohnt dort niemand. Eine Geisterburg sozusagen. Seit Aspers Tagen hat keiner mehr darin gelebt, dennoch wurde sie immer in gutem Zustand gehalten.«

Erneut verneigte sich Safar tief. »Führt mich, o großzügige Königin.«

Diener lenkten einen leichten Wagen auf zwei Rädern durch den Sand. Davor eingespannt waren zwei prächtige Strauße, die über zwei Meter groß waren. Safar hörte Leirias und Joolis erstaunte Bemerkungen und fragte sich, was sie wohl so verwundert hatte.

Die Königin nahm in dem Wagen Platz. Sie gab das Zeichen,

und zum Klang der Muschelhörner und Trommelwirbel liefen die Strauße los und zogen den Wagen.

»Hier entlang, Vater«, rief Palimak.

Khysmet hatte sich jedoch bereits in Bewegung gesetzt und folgte der eigentümlichen Prozession. Coralean brüllte Befehle, und die kyranischen Soldaten marschierten in Reih und Glied los.

»Siehst du die Burg?« erkundigte sich Safar bei Leiria. Er konnte sich aus seiner Vision an keine erinnern.

»Ich sehe nur diesen verdammten Vulkan«, antwortete sie. »Und genau in dessen Richtung ziehen wir.«

In nicht allzu großer Ferne war König Rhodes mit seinen drei Schiffen vor einer kleinen unbewohnten Insel vor Anker gegangen, in einer Bucht, die an drei Seiten von hohen Klippen geschützt wurde.

Die Schiffe hatten sich stark verändert. Die Rümpfe waren mit gräulichblauem Anstrich versehen worden, der sich kaum vom Meer abhob, die Segel hatte man im gleichen Ton gefärbt. Die Galionsfiguren waren abgebaut worden, und alle blanken Metallgegenstände hatte man mit Teer eingestrichen.

Kurz gesagt, Rhodes' Piraten hatten sämtliche Tricks hervorgekramt, mit denen sie ihre Schiffe tarnen konnten.

Am wirksamsten war jedoch wahrscheinlich der Zauber von Königin Clayre, bei dem Lottyr sie unterstützt hatte. Dadurch wurden sie für jedes Ausschau haltende Auge völlig unsichtbar. Zum Beispiel also auch für die Mannschaft des Luftschiffes, welche während der langen Reise von Aroborus hierher ständig nach ihnen gesucht hatte.

Die Göttin der Hölle hatte ihnen auch auf andere Weise geholfen, indem sie die geplante Reiseroute der Kyranier ausgekundschaftet hatte. Daher lagen, während die Flotte der Timuras einige Seemeilen entfernt an der Hauptinsel anlandete, König Rhodes' Schiffe bereits verborgen in der kleinen Bucht.

Zur Zeit lagerten die Soldaten des Königs an der Küste und bereiteten sich auf den Überraschungsangriff vor. Ergraute Sergeanten schritten zwischen den Männern umher, derweil diese Rüstung und Waffen reparierten und pflegten. Wenngleich sie kein warmes Essen bekamen, da wegen der Entdeckungsgefahr jegliches Feuer verboten war, waren die Rationen reichlich bemessen, und die Männer langten auf Anraten des Königs ordentlich zu, damit sie bei Kräften blieben.

Rhodes hatte zudem ein Fischerboot aufgebracht und dessen Mannschaft so lange gefoltert, bis er ihr gesamtes Wissen über Hadin aus ihnen herausgequetscht hatte. Schließlich hatte er die vier Männer dann Clayre überlassen, die Lottyr mit ihnen bei guter Laune hielt.

In diesem Augenblick, während die Kyranier ihre Prozession zu der geheimnisvollen Burg der Zwei Könige begannen, war es Rhodes, der das Bauwerk als erster bemerkte.

Der König beugte sich in Clayres Kabine gerade über das lebende Diorama der Hauptinsel, das auf dem Zaubertisch seiner Mutter schimmerte. Er sah die kleine Gestalt von Königin Yorlain in ihrem Wagen, die Safar und seine Leute vom Strand hinauf zum Vulkan führte.

Hinter dem Palmenwald begann eine Straße. Sie führte genau auf den Vulkan zu und wand sich durch die Terrassen an seinen Hängen, wo winzige Menschlein mit der Feldarbeit beschäftigt waren. Anschließend zog sie sich durch eine Reihe kleinerer Berge, hinter denen sich ein weites grünes Tal im Schoße des Vulkangipfels ausbreitete. Die eine Seite wurde von einem seichten blauen See eingenommen, dessen sanfte Wogen gegen felsige Ufer brandeten.

In der Mitte des Tals stand auf einer Halbinsel im See eine mächtige goldene Burg mit hohen Mauern. Mehrere große Paläste mit Kuppeldächern standen um einen riesigen Festungsturm, der alle anderen Gebäude überragte.

Eine zweite, niedrigere Mauer umfaßte die äußere Burg, und

Rhodes entdeckte die sechs Tore, durch die man sie betreten konnte. Eine breite Straße führte zwischen den Palästen zu dem Hauptturm, in dem Safar sich einquartieren würde, da es die am besten befestigte Stelle der Burg war.

Kalasariz blickte durch die Augen des Königs und betrachtete das Diorama mit ähnlich großem Interesse. Wenn man die Burg außer acht ließ, erinnerte ihn das Tal ein wenig an Kyrania, wo es ja ebenfalls einen See gab. Aber die Flora unterschied sich deutlich, allerdings lag Kyrania hoch in den schneebedeckten Bergen und nicht am Hang eines Vulkans. Trotzdem war die Übereinstimmung verblüffend.

Clayre runzelte angesichts der Szene die Stirn. »Diese Burg wird uns einige Schwierigkeiten bereiten«, sagte sie. »Vielleicht wird es sogar unmöglich sein, unsere Aufgabe zu erfüllen.«

»Warum denn, Mutter?« fragte Rhodes, den Clayres Vorstoß in seine Welt – die Welt der Strategien und Taktiken und Festungen – milde belustigte.

Sie schnaubte verächtlich über die offensichtliche Dummheit ihres Sohnes. »Siehst du das denn nicht?« fragte sie. »Sobald die Kyranier sich einmal innerhalb dieser Mauern befinden, wird man sie nicht mehr herausbekommen!«

Rhodes kicherte. »Auf diese Weise kann man die Sache auch betrachten, Mutter«, entgegnete er.

»Und auf welche andere noch?« wollte sie wissen.

Erneut kicherte Rhodes. »Sobald die Kyranier sich einmal innerhalb dieser Mauern befinden«, erklärte er, »werden sie Schwierigkeiten haben, wieder hinauszugelangen.«

Er zeigte auf verschiedene Punkte in der Umgebung der Festung. »Wir brauchen nur hier und hier Soldaten … und hier vielleicht ein paar Belagerungsmaschinen zu postieren, und sie sitzen in der Falle.«

Rhodes ballte die Faust. »Dann brauchen wir sie nur noch zuschnappen zu lassen.«

Clayre nickte und lächelte sogar, weil er ihr das so hübsch erklärt hatte. »Und die Königin und ihr Volk?« hakte sie nach. »Bestimmt hat sie mehr Soldaten unter ihrem Befehl als wir.«

Jetzt war es an Rhodes zu schnauben. »Die werden gegen meine Jungs nichts ausrichten können«, behauptete er. »Wir werden sie mit Haut und Haaren verschlingen und die Knochen wieder ausspucken.«

Dann fiel ihm das winzige Luftschiff auf, das über dem Tal schwebte. Er zeigte darauf.

»Dem Ding gilt meine Hauptsorge. Schon wieder dieses verfluchte Luftschiff! Es kann uns während der Belagerung aus der Luft attackieren, und wir können uns nicht dagegen wehren.«

Clayre wandte sich ihrem Sohn zu und grinste breit. »Darüber habe ich mir bereits meine Gedanken gemacht. Und auch mit unserer Patronin Lottyr darüber gesprochen.«

»Mit welchem Ergebnis, Mutter?« fragte Rhodes, der aufgrund ihrer Worte Hoffnung schöpfte.

»Wegen des Luftschiffs laß dir mal keine grauen Haare wachsen«, antwortete Clayre.

»Das ist endlich eine gute Nachricht«, sagte Rhodes.

»Ich brauche allerdings einige Tage, bis ich alles vorbereitet habe«, warnte Clayre. »Also sei vorsichtig und verrate dich nicht, bevor es soweit ist.«

Rhodes zuckte mit den Schultern. »Das ist kein Problem, Mutter. Ich brauche selbst noch ein paar Tage, bis ich soweit bin.«

Clayre nickte. Sie hatte verstanden. »Wartest du auf Tabusir?« fragte sie.

»Genau auf den«, bestätigte Rhodes.

46

Die Höllenmaschine

Oberflächlich betrachtet war es eine prachtvolle Prozession. Die schöne Königin saß edel in ihrem Straußenwagen und fuhr dem Troß über die lange, gewundene Straße zum Vulkan voraus. Blüten bedeckten den Weg und erfüllten die Luft mit ihrem wunderbaren Duft, wenn sie unter den Füßen der Marschierenden zerdrückt wurden.

Doch je höher es hinaufging, desto bekümmerter wurde Palimak. Einige seiner Sorgen verstanden sich von selbst – da sein Vater blind war, lag abermals eine große Last der Verantwortung auf seinen jungen Schultern.

Die Vernunft widersprach und redete ihm ein, das sei überhaupt nicht der Fall – Safars Blindheit schränke seine Macht als Zauberer nicht ein. Und zudem war sein Vater auch körperlich nicht behindert. Eigentlich wirkte er sogar kräftiger als je zuvor.

Trotzdem wurde er dieses Gefühl nicht los, daß etwas nicht stimmte, und zwar ganz und gar nicht – mit seinem Vater und dieser Reise überhaupt. Allerdings bekam er das, was ihn beunruhigte, einfach nicht richtig zu packen.

In Hadins Atmosphäre schwirrten so viele wilde magische Fünkchen und Blitzchen umher, daß es ihm unmöglich war, die richtige Fährte zu seinen Sorgen zu verfolgen. Einiges von dieser Magie stammte von Safar, manches von der Königin und ihren Höflingen, doch das meiste kam offensichtlich von einer Stelle weiter oben auf der Straße und vom Vulkan.

Anrührende Musik schallte vom Luftschiff herunter, das Biner weit oben hinter der Prozession hersteuerte. Seine Wahl der Musik hatte nicht nur etwas mit Pomp und Zeremonie zu tun. Sie war außerdem ein abgesprochenes Zeichen, daß der Ausguck an Bord weit und breit keine Gefahren sah. Falls eine Bedrohung entdeckt würde, begännen Elgy und Rabix mit einem dramatischeren Stück voller Trompeten und Kriegstrommeln.

Während sie weiter die Straße hinaufzogen, hielten die Bauern auf den Terrassen bei der Arbeit inne und schauten sich nach der Quelle der Musik um. Sie trugen Lendenschurze und große Strohhüte, die Schutz vor der Sonne boten, und sie strahlten jenen inneren Frieden aus, den man erlangt, wenn der Lebensinhalt darin besteht, das Land zu bestellen.

Die Königin führte den Zug nun um eine scharfe Biegung. Auf der einen Seite des Weges hatten sich Hunderte fast nackter Bettler versammelt, die um Almosen baten und ihre Gebrechen beklagten.

Palimak begab sich an die Seite seines Vaters und erzählte ihm von den Bettlern, obwohl er wegen ihres lauten Geschreis vermutlich schon Bescheid wußte. Safar nickte und rief nach Renor und Sinch, deren große lederne Satteltaschen mit Silbermünzen vollgestopft waren. Auf Safars Zeichen hin warfen sie diese unter die Bedürftigen.

Denn Safar hatte sich gut auf alle Eventualitäten vorbereitet. Zwar hatte er diesen Ausflug nicht voraussehen können, doch hatte er vermutet, daß eine Begegnung mit den Armen des Königreiches nicht ausbleiben würde.

»Bettler gibt es überall«, hatte er gesagt, »und sobald ein König oder eine Königin begrüßt werden, wollen die Armen herausfinden, wie großzügig die erlauchten Herrschaften sind. Wenn wir bei dieser Königin also einen guten Eindruck hinterlassen wollen, sollten wir besser ein paar Münzen einstecken.«

Und es waren nicht ein paar, es waren Hunderte von Silbermünzen, die Renor und Sinch nun aus vollen Händen unter dem Bettelvolk verteilten. Die beiden jungen Soldaten gaben sich dieser Aufgabe mit einer Inbrunst hin, als wären sie selbst die Reichen und verschenkten ihr eigenes Geld, und nicht Safars.

Sie scherzten mit den Bettlern, die sich um sie drängten und die Straße versperrten.

»Hier eine für dich, hübsche Dame«, rief Sinch einer alten Frau zu und schob sich in die Menge, damit sie die Münze auch gewiß erhielte.

Die zahnlose alte Großmutter lachte entzückt, zum einen, weil sie die Münze in der Hand hatte, zum anderen, weil ihr diese ein so stattlicher junger Mann zugesteckt hatte.

»Bist mir selber auch ein Hübscher«, antwortete sie. »Ich würde dich auch gern mit nach Haus nehmen, damit du mir das Bett wärmst!«

Sinch lachte fröhlich und drückte der Alten einen Kuß auf die schmutzige Wange.

Ein Beinloser rollte sich auf seinem Karren vor und kam Khysmet ein wenig zu nahe. Renor trat ihm freundlich, aber bestimmt in den Weg und warf drei Silbermünzen in den Karren.

Der Mann öffnete den Mund, wobei er verfaulte Zahnstümpfe und den Stummel einer Zunge entblößte, und wollte Renor danken. Unerfahren, wie der Soldat war, erschauerte er angesichts des verstümmelten Schmatzens. Wie alle Kyranier war er hoch oben in den Bergen wohlbehütet aufgewachsen und hatte solcherlei schreckliche Versehrtheiten niemals kennengelernt.

Er unterdrückte das Schaudern, denn der Beinlose schob sich näher heran. Ein zweiter Bettler stolperte über ihn, wobei der erste das Gleichgewicht verlor, heftig mit den Armen ruderte und nach Khysmets Schweif griff.

Der Hengst schnaubte widerwillig über die grobe Behandlung und machte einen Satz vorwärts. Dabei verlor er einige seiner langen schneeweißen Haare, die der Beinlose nun in der Hand hielt.

Er winkte mit dem Haarbüschel, als sei es ein überaus wertvolles Geschenk. Dazu gab er wieder sein Schmatzen von sich.

Zu seiner Überraschung hörte Renor, wie Palimak ihm zurief: »Halte den Mann!«

Das wollte Renor nun nicht in den Kopf, denn um alles in der Welt begriff er nicht, was Palimak da verlangte. Er schaute sich um und verlor den Amputierten aus den Augen, während er nach einem Unversehrten und vermutlich Schuldigen suchte.

Palimak rannte herbei. »Der Bettler!« schrie er. »Der in dem Karren. Wo ist er hin?«

Warum nur war Palimak wegen eines so unglücklichen Mannes, der die Beine verloren hatte, so aufgeregt? Trotzdem hielt er, wie befohlen, nach dem Kerl Ausschau und stellte mit Verwunderung fest, daß er wie vom Erdboden verschwunden war.

An seiner Statt schoben sich andere vor und kreischten: »Almosen! Almosen für die Armen!«

Daraufhin vernahm Sinch Safars Ruf: »Palimak! Komm bitte sofort her!«

Und die ganze Kolonne löste sich in Verwirrung auf, da sich Bettler und Soldaten zu einem Pulk vermischten.

Tabusir war ein geduldiger Spion. Ihm machte es nichts aus, so lange zu warten, bis sein Opfer zu ihm kam. Tatsächlich genoß er das Warten sogar, weil er derweil seine Pläne in Ruhe schmieden und sich auf den entscheidenden Moment freuen konnte, wenn er dem Feind das gewünschte Geheimnis regelrecht unter der Nase wegschnappte.

Auch seine Flucht malte er sich in allen Einzelheiten aus. Am besten gefiel es ihm, wenn er sich verabschieden konnte, ohne überhaupt aufzufallen und so der einzige zu sein, der von der verhängnisvollen Begegnung etwas wußte. Weniger aufregend fand er es, wenn er entlarvt wurde. Dann mußte er sich eiligst dem Zorn des Entdeckers entziehen.

Oh, gewiß war auch eine Verfolgung aufregend. Aber eigentlich war Tabusir der Meinung, eine Verfolgung gebe es nur, wenn er bei der Aufgabe versagt hatte, unbemerkt zu bleiben.

Wie alle Spione wissen, vermindert sich der Wert eines Geheimnisses mit der Anzahl der Menschen, die es kennen. Und dieser Wert wird für den Spion abermals erheblich herabgesetzt, sobald der Feind erfährt, daß sein Geheimnis verraten wurde.

Daher fühlte sich Tabusir herabgewürdigt, als Palimak rief: »Halte den Mann!« Er hatte drei Tage und zwei Nächte ausgeharrt, um die Geheimnisse der Timuras zu stehlen.

Weil er über die hiesigen Sitten wenig wußte und den Dialekt kaum zu sprechen vermochte, war diese Aufgabe noch spannender geworden. Seine gesamten Kenntnisse hatte er von den Fischern, die Rhodes gefangengenommen und gefoltert hatte. Obwohl Tabusir sich für einen Meister hielt, was Sprachen und ihre regionalen Ausprägungen anging, war es schwierig für ihn, diese von den schreienden und stöhnenden Fischern zu lernen.

Statt dessen hatte er sein Augenmerk auf ihr Äußeres gerichtet. Er ignorierte die schmerzverzerrten Mienen und nahm nur das dichte schwarze Haar und die sonnengebräunten Körper wahr. Einer der Männer hatte keine Zähne mehr, und sein gepeinigtes Gebrabbel war kaum zu verstehen. Das brachte Tabusir auf die entscheidende Idee für seine Tarnung.

Wenn er vorgab, er könne nicht sprechen, würde er sich auch nicht durch einen falschen Akzent verraten. Damit die Leute von seiner Stummheit überzeugt wurden, steckte er sich etwas in den Mund, das seine Zunge aussehen ließ wie einen Stummel. Um darüber hinaus zu verhindern, daß ein Blick länger als unbedingt nötig auf ihm ruhte, schwärzte er die Zähne mit Holzkohle, so daß sie verfault wirkten.

Nun brauchte er nur noch sein Haar zu färben und den Körper mit Walnußöl einzureiben, und schon war er von einem Eingeborenen nicht mehr zu unterscheiden und konnte sich unter die anderen Bettler von Hadin mischen. Der Karren, den er aus Syrapis mitgebracht hatte, besaß einen doppelten Boden, unter dem er seine Beine verbergen konnte.

Er ruderte nachts zu der Insel und verbarg sein kleines Boot zwischen Felsen. Dann wartete er auf Safars Ankunft. Sie war das Hauptgesprächsthema unter den Bettlern. Aufgeregt besprach man, wie großzügig sich der große König Timura zeigen würde. Die Königin würde Safar zur Burg der Zwei Könige begleiten, und man debattierte heftig darüber, an welchem Ort man am besten auf ihn warten sollte.

Am fraglichen Tag folgte Tabusir ihnen die lange Straße hinauf und mischte sich unter das arme Volk. Nachdem sie einmal seine verstümmelte Zunge gesehen hatten, stritt ihm niemand mehr das Recht ab, sich zu ihnen zu gesellen.

So zog die große Prozession an den Bettlern vorbei, und der aufmerksame Spion brauchte nur wenige Minuten, um eine wichtige Feststellung zu machen: Safar war blind. Die Art und Weise seiner Haltung verriet Timura. Er bewegte den Kopf kaum, und die Augen waren stets nach vorne gerichtet, gleichgültig, was passierte.

Zum Beispiel rief er seine beiden Männer mit den Silbermünzen herbei, sah sie dabei aber nicht an und schaute ihnen auch nicht zu, wie sie das Geld unter das drängelnde Bettelvolk verteilten.

In dem Moment, in dem er diese Beobachtung machte, wußte Tabusir, daß Rhodes äußerst zufrieden mit ihm sein würde, selbst wenn er weiter nichts herausfände. Der Spion freute sich schon auf den prallen Beutel Gold, der ihm als Belohnung sicher war.

Auf Anweisung von Rhodes sollte Tabusir zudem etwas Persönliches von Safar oder seinem großen Pferd mitbringen. Die Münzen, die die Soldaten verteilten, wären dazu vermutlich nicht geeignet, da Safar sie möglicherweise niemals in den eigenen Händen gehalten hatte.

Daher hatte er es bei dem Hengst versucht, Tolpatschigkeit vorgetäuscht und dem Pferd ein paar lange Schweifhaare ausgerissen.

Dann hatte Palimak gerufen: »Halte den Mann!«, und seine ach so vollkommene Tarnung war aufgeflogen.

Jetzt, während er die Straße hinunter zum Versteck seines Bootes rannte, dachte er verzweifelt: Was hat mich denn verraten? Wie hatte seine überaus kluge Verkleidung auffliegen können? Und schon wußte er die Antwort. Palimak war für seine mächtige Magie bekannt, und die hatte er gewiß eingesetzt, um Tabusir zu entlarven. Ja, anders konnte es nicht gewesen sein. Zauberei.

Dennoch fühlte er sich bei dieser Erkenntnis nicht besser. Perfektion war sein stetes Ziel, und Palimak hatte es ihm ordentlich verdorben, dieses zu erreichen. Während er sein Boot zwischen den Felsen hervorzog, fragte er sich, warum ihn wohl niemand verfolgt hatte. Irgendwie hatte Palimak Tabusir entdeckt, und trotzdem hatte er dem Spion niemanden hinterhergeschickt.

Auf dem ganzen Weg zu Rhodes' Versteck grübelte er über diesen Gedanken nach. Auf diese Frage gab es nur eine Antwort, nämlich, daß etwas Wichtigeres Palimak abgelenkt hatte.

Der Spion verfluchte sich, weil er so übereilt davongerannt war. Er hätte sich lieber in der Nähe ein Versteck suchen sollen, damit er erfuhr, was so wichtig für den jungen Prinzen war. Während er sich dies durch den Kopf gehen ließ, erinnerte er sich daran, daß Safar nach Palimak gerufen hatte. Aber da war Tabusir bereits mit seiner Flucht beschäftigt gewesen.

Er hörte zu rudern auf. Eine Weile lang überlegte er sich, ob er zurückkehren sollte. Leicht konnte er sich eine andere Verkleidung besorgen und aufs neue versuchen, an die Timuras heranzukommen. Bei dem Gedanken an Palimaks Magie ließ er diesen Plan jedoch fallen. Von nun an würde der junge Prinz aufmerksam sein, denn einmal hatte sich der Feind schon so weit genähert, daß sogar ein Mordanschlag möglich gewesen wäre.

Er legte sich wieder in die Riemen. Rhodes würde er nichts von seiner Entdeckung erzählen. Schließlich brauchte er den Respekt des Königs vor seinen Fähigkeiten nicht zu erschüttern.

Es genügte, Rhodes von Safars Blindheit zu berichten. Dann könnte er ihm die Haare des Hengstes reichen.

Tabusirs Fehler würde sein Geheimnis bleiben. Nach dieser Entscheidung fühlte er sich wesentlich besser.

Allerdings nur solange, bis er sich erneut die Frage stellte, weshalb Palimak ihn nicht hatte verfolgen lassen.

So ruderte er weiter, während es ihm kalt den Rücken hinunterlief.

Palimak schob die Bettler auseinander und rannte zu Safar, der nach ihm gerufen hatte. Renor und Sinch begleiteten ihn und riefen weitere Soldaten herbei, die das Gedränge auflösen sollten.

»Gundara und Gundaree haben gerade einen Spion entdeckt, Vater«, sagte Palimak. »Es war unter den Bettlern. Ein Mann ohne Beine. Zumindest tut er so, als habe er keine Beine. Aber er ist geflohen, und wir müssen uns beeilen, wenn wir ihn erwischen wollen.«

»Vergiß den Spion, mein Sohn«, erwiderte Safar. Zwar sprach er mit ruhiger Stimme, dennoch entging Palimak seine Anspannung nicht. »Wir werden uns später um ihn kümmern«, fügte Safar hinzu. »Im Augenblick passiert etwas viel Wichtigeres.«

Palimak runzelte die Stirn. »Was denn, Vater? Was stimmt denn nicht?«

Sobald er die Frage ausgesprochen hatte, spürte er ein gewaltiges, pulsierendes Beben in der magischen Atmosphäre. Die vielen wilden Fünkchen verbanden sich plötzlich zu einer einzigen tödlichen Entität. Einer Entität, die weder belebt noch unbelebt war. Sie existierte einfach. Ein seelenloses Ding, das aber einen Sinn und Zweck hatte.

»Spürst du es, Sohn?« wollte Safar wissen. »Eine Maschine. Genau wie die in Caluz!«

Ja, jetzt fiel Palimak diese fürchterliche Höllenmaschine wieder ein. »Ja, ich spüre es.«

Er blickte zu Safar hoch. Sein Mund war trocken. »Was nun, Vater?«
Und Safar erwiderte: »Uns bleibt wohl nichts anderes übrig, als weiterzumachen!«

47

Wo Lothyr wartet

In dem Augenblick, in dem die Prozession die letzte Erhebung überwunden hatte und nun ins Tal der Zwei Könige hinabstieg, traf die Magie der Maschine Safar mit voller Wucht. Er hielt die Hand vors Gesicht, als wolle er sich vor der grellen Sonne schützen.

In seinem Hort innerhalb Safars wurde Iraj bis auf den Grund seiner Seele von der magischen Druckwelle und ihren Auswirkungen auf seinen Gastgeber erschüttert. *Willst du denn nichts dagegen unternehmen? Du könntest doch einen Schild errichten, so wie den in Caluz.*

Zur gleichen Zeit rief Palimak: »Wir brauchen einen Schild, Vater! Aber ich weiß nicht, wie ich einen aufbauen kann.«

Jooli litt ebenso unter dem magischen Orkan. »Ist das ein Trick, Safar?« fragte sie. »Hat uns die Königin in eine Falle gelockt?«

Inzwischen hatte Eeda ihr Pferd nach vorn getrieben, und Coralean folgte ihr.

»Bitte, Lord Timura«, flehte sie, »wir müssen etwas tun. Ich fürchte um das Leben meines ungeborenen Kindes.«

Selten hatte sich Safar so niedergeschlagen gefühlt. Er wußte, wo die Maschine stand. Wenn er den Kopf von einer Seite zur anderen drehte, spürte er die Stelle, von der die stärkste Magie ausging. Aber ohne zu sehen, konnte er keinen Schild errichten.

»Geduld, meine Freunde«, tröstete er sie. »Ich muß nachdenken.«

Jooli ahnte, was vor sich ging. Sie hatte auf die Mitteilung, Safar sei blind, so schockiert reagiert wie die anderen. Palimak hatte ihnen jedoch versichert, Magie sei nur selten auf das Augenlicht angewiesen. Safars Fähigkeiten als Zauberer würden durch seine Behinderung kaum eingeschränkt.

Aber Jooli hatte sich intensiv mit Magie beschäftigt, und so sagte ihr der Instinkt nun, daß durch diese Situation ein einzigartiges Dilemma entstanden war. Um einen Schild aufzubauen, mußte man den Ort der Gefahr kennen, aber auch den Punkt, an dem sich diejenigen befanden, die geschützt werden sollten. Und dazu mußte ein Zauberer eben sehen können.

»Sag uns, auf welche Weise wir dir helfen können, Safar«, sagte sie.

Palimak und Eeda waren inzwischen zu dem gleichen Schluß gelangt und drängten Safar ebenfalls, ihnen Anweisungen zu geben. Allmählich entzog ihnen das Wirken der Maschine die Kraft.

Es blieb nicht mehr viel Zeit, erkannte Safar. Wenn er nur sehen könnte, wäre die Gefahr binnen Sekunden gebannt.

Iraj rührte sich. *Gib mir deine Augen, Bruder. Ich kann für uns beide sehen!*

Safar zögerte, denn er fürchtete sich davor, Iraj auch nur den geringsten Einfluß auf seinen Körper zuzugestehen.

Ein magischer Blitz traf Eeda, und die junge Frau stöhnte vor Schmerz und hielt sich den Bauch. »Bitte, Lord Timura«, rief sie. »Bitte.«

Endlich ließ sich Safar erweichen und öffnete ein Tor für Iraj, damit dieser aus seinem Hort hervorkriechen konnte. Im selben Moment fühlte er im ganzen Körper ein Kribbeln, als würden sich kleine Würmer aus pulsierender Energie brennend durch alle Adern, alle Nerven ringeln.

Dann ging die Welt in einer Explosion von Farben auf. Vor Schreck und vor Schmerz schrie er auf und schlug die Hände vors Gesicht. Doch der Schmerz ließ nach, und Safar öffnete die Augen. Zum erstenmal erblickte er das Tal der Zwei Könige.

Zunächst vermischten sich kühle Grüntöne mit heißem Orange, an das sich Graublau und verschiedene Purpur- und Rosatöne anschlossen. Langsam verfestigte sich das Bild, und er erkannte die goldene Burg mit ihrem hohen Burgfried und endlich auch das Tal, welches ihn so sehr an Kyrania erinnerte.

Um die Burg herum herrschten harte Orangetöne vor, wo der Boden von Hunderten von Wagen und unzähligen Menschen festgestampft worden war. Daran schloß sich das grüne Ackerland an, dazu die ranken Pinien, deren scharfer, frischer Duft mit dem Wind heranwehte.

Und ein See, ein so wunderschöner See wie der heilige See der Felakia im fernen Kyrania. Blau und kühl und verlockend. Die Purpurtöne rührten von dem diffusen Sonnenlicht her, welches eine Reihe kegelförmiger Berge beschien, die den großen Vulkan von Hadin umringten. Und sie wurden auch vom Himmel und den Wolken reflektiert, welche der Landschaft einen Rahmen gaben.

Safar wollte den Blick auf den Burgfried richten, denn dort, so wußte er, war die magische Maschine untergebracht. Gegen seinen Willen jedoch blickte er wieder zu den Hängen des Vulkans, wo sich kleine dunkle Rauchschwaden mit den weißen Wolken vermischten.

Voller Panik wollte er den Kopf nach vorn drehen. Zu seinem Entsetzen wurde ihm klar, daß Iraj nicht nur die Kontrolle über seine Augen, sondern über seinen ganzen Körper übernommen hatte. Nun betrachtete er das Luftschiff über ihnen, auf dem weiterhin die fröhliche Musik gespielt wurde, als sei nichts geschehen.

Er wollte den Mund öffnen und Palimak eine Warnung zurufen, aber Iraj schluckte nur einmal und verschlang damit Safars Worte.

Und Iraj sprach mit Safars Stimme: »Offenbar ist meine Blindheit besiegt. Ich kann wieder sehen.«

Die Hoffnung wirkte wie Balsam und linderte sofort die Pein von Safars Gefährten. Leiria lachte laut, umklammerte Safars/Irajs Hand und murmelte: »Ich bin so glücklich, mein Lieber.«

Aber Safar, Gefangener in seinem eigenen Körper, spürte ihre warme, liebevolle Berührung nur wie einen fernen Hauch. Und ihre Stimme ertönte aus noch größerer Distanz.

Iraj, der nun in Safars Körper den Befehl hatte, drückte Leirias Hand. Und mit Safars Stimme flüsterte er: »Dann laß uns dies heute nacht gebührend feiern, Leiria.«

Sie schaute Safar/Iraj erschüttert an. Doch zu Safars größtem Unbehagen funkelten ihre Augen plötzlich voller Glück, und sie lächelte. »Bist du dir da sicher, Safar?«

Und Iraj erwiderte: »Ja, gewiß.«

Dann schickte er Safar einen Befehl: *Nun wirke deinen Zauber, Bruder, bevor diese verfluchte Maschine uns alle vernichtet!*

Trotz der wachsenden Gefahr zögerte Safar. Er mußte die Herrschaft über seinen Körper zurückgewinnen.

Iraj spürte den Konflikt. *Willst du mit mir um das Leben deiner Freunde feilschen, Bruder? Und selbst wenn ich dir nachgeben würde, denk an unsere gemeinsame Vergangenheit! Würdest du meinen Worten wirklich trauen?*

Eeda schnappte nach Luft und schwankte im Sattel. Coralean konnte sie gerade noch rechtzeitig festhalten. Seine dröhnende Stimme beendete Safars Unentschlossenheit. »Du mußt etwas tun, Safar! Bevor es zu spät ist.«

Jetzt weißt du, wie das ist, Bruder! frohlockte Iraj. *Und jetzt sag mir, was ich zu machen habe.*

Und so erklärte Safar ihm, er solle den kleinen Hexendolch hervorholen, der im rechten Ärmel seiner Robe steckte. Damit müsse er einen großen Kreis in die Luft schneiden. Iraj folgte den Anweisungen – ein wenig ungeschickt allerdings, da er in solcherlei Dingen ungeübt war. Daraufhin teilte ihm Safar die Worte mit, die den Schild errichten würden. Jene Worte, die er in den Schwarzen Landen beim Marsch nach Caluz bereits einmal erfolgreich gebraucht hatte.

Mit Safars Stimme sprach Iraj:

»Zerstückle den Tag
Zerschmettre die Nacht
Halte in Schach
Die magische Macht.
Plage die Teufel,
Die in Flammen fluchen,
Und tanze und juble:
Der Göttin Namen mußt suchen!«

Äußerlich verriet nichts, ob der Zauber wirkte. Nur das erleichterte Seufzen von Palimak und den anderen deutete darauf hin, daß der Schild tatsächlich funktionierte und alle Kyranier beschützte.

Königin Yorlain hatte ihren kleinen Straußenwagen gewendet und fuhr zurück, weil sie wissen wollte, aus welchem Grunde Safars Kolonne angehalten hatte. Iraj beugte sich leicht im Sattel vor, und Khysmet trottete gehorsam los und schnaubte die eigentümlichen, gefiederten Zugtiere an.

Iraj genoß die kraftvollen, leichtfüßigen Bewegungen des Hengstes. Er war in der Großen Ebene von Esmir geboren und aufgewachsen, und nichts liebte er mehr als ein gutes Pferd. Aber Khysmet war nicht nur ein gutes Pferd – er war magischer Natur. Mit seiner inneren Stimme sagte Iraj zu Safar: *Einmal habe ich geträumt, ich würde Khysmet reiten. Und jetzt hat es sich erfüllt.*

Safar erinnerte sich an diesen Traum, den er durch die geheimnisvolle geistige Verbindung, die zwischen ihnen bestand, miterlebt hatte. *Vergiß diesen Traum,* sagte er. *Gib mir lieber meinen Körper zurück. Oder ich lasse dich dafür Höllenqualen leiden, daß du ihn mir gestohlen hast, das schwöre ich dir!*

Iraj lachte nur spöttisch und zügelte Khysmet, da er die Königin erreicht hatte.

»Was ist denn los, Majestät?« fragte Yorlain.

Iraj blickte sie ein wenig von oben herab an. »Ihr habt den Zauber nicht erwähnt.« In seiner Stimme schwang ein leichter Vorwurf mit.

Yorlain riß überrascht die wunderschönen Augen auf. »Aber ich dachte, Ihr wüßtet darüber Bescheid. Hat der große Lord Asper Euch nicht vor diesem tödlichen Zauber gewarnt? Und Euch mitgeteilt, wie Ihr den Schutzschild errichten könnt?«

Safar flüsterte Iraj zu: *Asper hat nur die Schwarzen Lande und Caluz erwähnt. Über Hadin hat er nichts geschrieben. Sag ihr, du hättest nichts von dem Zauber gewußt, doch hättest du trotzdem einen Schild aufbauen können.*

Obwohl Safar zu gern den Spieß umgedreht und seinen Körper von Iraj zurückerobert hätte, mußte er unter diesen Umständen mit seinem Erzfeind zusammenarbeiten. Solange Iraj seinen Körper beherrschte, würde Safar ihn führen müssen, damit er dieses gefährliche Rätsel, welches Hadinland darstellte, lösen konnte.

Iraj schenkte Yorlain sein bezauberndstes Grinsen. War es auch Safars Mund, den er verzog, waren es auch Safars Zähne, die er zeigte, so schimmerte seine eigene, starke Persönlichkeit dennoch durch.

»Ich muß das übersehen haben«, antwortete er der Königin. »Zu jener Zeit waren mir einige üble Burschen auf den Fersen. Daher habe ich das mit dem Schild gelesen und mir dann wie der Teufel ein Versteck gesucht.«

Er beugte sich näher vor und murmelte: »Mag der arme Asper noch so viele Visionen gehabt haben, er muß doch schon ein sehr, sehr alter Dämon gewesen sein. Denn Euch, meine Königin, hat er nicht erwähnt. Die Vision aller Visionen.«

Verlegen errötete Yorlain und kicherte melodisch. »Seid vorsichtig, Majestät«, warnte sie, »oder am Ende werde ich falsche Vorstellungen über Eure Absichten hegen.«

Iraj beugte sich weiter zu ihr hinunter. »Wie könnten diese falsch sein, angesichts solch wahrhaft wundersamer Schönheit?«

Inzwischen war Palimak mit den anderen dazugekommen. Leiria hatte die Komplimente gehört und war zutiefst verletzt. Jooli legte ihr mitfühlend die Hand auf die Schultern.

»Nimm es nicht so ernst«, flüsterte sie, »er macht ihr nur schöne Augen, weil wir sie brauchen.«

Leiria schob die Hand von ihrer Schulter und richtete sich auf – schließlich war sie eine stolze Kriegerin. »Safar sagt nichts, was er nicht meint«, zischte sie verbittert zurück.

Jooli erwiderte darauf nichts, sondern beobachtete nur mit wachsender Enttäuschung und voller Mitleid für die Freundin, wie ein Safar, den sie bisher nicht kennengelernt hatte, sich vor Yorlain aufplusterte, als sei er unvermittelt brünstig geworden.

Palimak starrte seinen Vater an und fragte sich, was er bloß vorhatte. Das muß zu seinem Plan gehören, dachte er.

Doch Gundara und Gundaree schnatterten ihm ins Ohr: »Paß auf, Kleiner Meister, paß auf!« Allerdings war Palimak noch immer von den Auswirkungen des Todeszaubers benommen, und daher widmete er ihrer Warnung keine große Aufmerksamkeit.

Er blickte sich nur beiläufig um und tastete die Umgebung kurz mit seinen magischen Sinnen ab, entdeckte jedoch nichts. Nun nahm er an, die Gehilfen würden sich weiterhin wegen des Spions sorgen, daher murmelte er, sie sollten still sein, bis sie sich allein unterhalten könnten.

Unterdessen verneigte sich Iraj abermals im Sattel und bat Königin Yorlain, vorauszufahren. Dann, während die Königin ihre Strauße mit der kleinen Peitsche antrieb, warf er Leiria einen Blick zu und sah ihr in die Augen.

Er grinste breit und schien sagen zu wollen: Das Leben beschreitet die seltsamsten Wege, nicht wahr, meine Liebe?

Durch Irajs Augen sah Safar, wie verletzt Leiria war, und erneut kämpfte er darum, die Kontrolle über seinen Körper zurückzuerlangen. Aber Iraj begriff langsam, auf welche Weise er sich in seiner neuen Position dagegen wehren konnte, und bedachte seinen Gefangenen mit einem nach innen gerichteten magischen Stoß.

Wie vom Blitz getroffen zuckte Safar zusammen. Nachdem er sich erholt hatte, versuchte er ein zweites Mal, sich zu befreien. Mit dem gleichen Resultat.

Er zog sich also an den Hort zurück, an dem Iraj sich zuvor eingenistet hatte, leckte seine Wunden und sann voller Haß über Möglichkeiten nach, sich zu rächen.

Eine Stunde später öffneten sich die Tore der Burg vor ihnen, und Yorlain eskortierte die Kyranier über die Brücke und durch die jubelnde Menge ihrer Untertanen.

»Der König ist da!« riefen sie. »Mögen die Götter uns und den König schützen!«

Sie führte ihre Gäste zu dem Burgfried, und Safar hatte sich inzwischen ausreichend erholt, um das große, eisenverstärkte Portal zu bewundern, welches für sie offenstand. Es war jenes Tor, dachte er, an dem Asper einst vergeblich geklopft hatte.

Die Worte des alten Dämonenzauberers hallten durch seinen Kopf: *»… Denn wisse, daß Asper am Burgfried klopfte, doch das Tor war verrammelt, die Götter im Schlaf.«*

Das erste, was er erblickte, als die beiden Flügel aufschwangen, war ein großer Hof. Und darin stand eine riesige Steinschildkröte. Aus ihrem schuppigen Mund schossen Flammen.

An ihrem Bauch befand sich ein großer offener Rost, und muskelbepackte Sklaven schaufelten ganze Wagenladungen Heizmaterial hinein, um den Brenner im Inneren in Gang zu halten.

Bei diesem Material, so fiel Safar auf, handelte es sich um fast das gleiche, mit dem auch das Luftschiff angetrieben wurde. Plötzlich brach die wilde Magie der Maschine durch den Schild, und er mußte diesen rasch verstärken.

Irgendwo im Hinterkopf fiel ihm auf, daß er anscheinend trotz allem noch immer ohne Irajs Mithilfe handeln konnte, vielleicht sogar ohne dessen Wissen. Der Großteil seiner Aufmerksamkeit galt im Augenblick allerdings der höllischen Ausstrahlung, die von dem Burgfried ausging.

Yorlain flüsterte ihren Beratern Befehle zu, und diese liefen sofort los und öffneten die letzte Barriere – ein großes Falltor, das aus beinstarken, mit Spitzen bewehrten Eisenstangen zusammengesetzt war.

Und während sie das Fallgatter hochkurbelten und eine schwere Kette über verborgene Zahnräder rasselte, sah Safar einen langen, dunklen Tunnel. Das Licht an dessen anderem Ende erschien von hier aus kaum größer als eine Hand, so weit erstreckte sich der Gang.

Yorlain stieg aus ihrem Wagen, winkte sie weiter und schritt neben Khysmet einher.

Während sie in die Dunkelheit eindrangen, hörten Iraj und Safar Yorlain erzählen: »Manche behaupten, diese Festung sei einst die mächtigste der ganzen Welt gewesen. Vor tausend Jahren, zur Zeit der letzten Könige, überstand sie eine Belagerung, die zwanzig Jahre oder länger gedauert hat.

Zehntausend Dämonen pochten gegen dieses Tor, doch vergeblich. Wenn ich mich recht entsinne, führte Lord Asper den letzten Angriff, mußte aber fürchterliche Verluste hinnehmen.«

»Welcher Krieg war das?« fragte Iraj. Und Safar lauschte genau auf Yorlains Antwort.

»Meine Gelehrten haben mir erklärt, es sei ein Krieg zwischen den verschiedenen Völkerschaften gewesen. Damals wurde Hadin von vielen Arten und Stämmen bewohnt. Jahrhundertelang wohnte auch eine Kolonie von Dämonen hier. Manche sagen gar, weil es so viele Dämonen gewesen seien, habe einer von ihnen stets mit auf dem Thron der zwei Könige gesessen.

Ob das stimmt, weiß ich nicht, denn aus jener Zeit haben nur die Legenden überlebt. Chroniken gibt es keine. Trotzdem, während des Gemetzels wurde jeder, der nicht genau ...« Sie zögerte und versuchte, den Völkermord mit neutralen Worten zu beschreiben. »Also, jeder, der keine schwarzen Haare und Augen hatte, wurde zum Staatsfeind erklärt und hingerichtet. Natürlich hatte man den Dämonenkönig längst ermordet, und deshalb hielt niemand diese Barbaren auf.

Schließlich begann die Epoche, in der die Dämonenausrottung ihren Anfang nahm. Ungefähr zu diesem Zeitpunkt landete Asper an dieser Küste und warnte vor einer Ausrottung, die auf der ganzen Welt stattfinden würde und nicht nur die Dämonen beträfe ... oder die Menschen ... sondern alle Lebewesen.

Natürlich schenkte ihm niemand Gehör. Wir glaubten alle, die Götter stünden auf unserer Seite, und das gleiche behaupteten die Dämonen von sich. Asper dagegen warnte, die Götter würden schlafen, und wir alle wären vom Schicksal verflucht.

Die Worte eines alten Zauberers richten nicht viel aus, wenn die Leute nach Blut gieren, und daher stellten sich alle gegen ihn – die Menschen und die Dämonen gleichermaßen. Sie vertrieben ihn im Laufe der langen Belagerung der Burg.

Am Ende konnten die Verteidiger die Burg nicht nur halten, durch ihre Ausfälle bezwangen sie die Dämonen in einigen entscheidenden Schlachten.«

Yorlain seufzte und schüttelte den Kopf. »Wenn Ihr Hadinland bereist hättet, wüßtet Ihr bereits, wie das Ergebnis dieser Schlachten aussieht. Denn auf dem ganzen Kontinent findet Ihr keinen einzigen Dämonen mehr. Wir haben sie alle getötet und uns dafür auch noch heiliggesprochen.«

Während Yorlains Geschichtsstunde hatte der Soldat in Iraj die Verteidigungsanlagen des Tunnels studiert. Hier und dort drang schwaches Licht von oben durch Röhren ein. Sie waren mit starken Gittern verschlossen, über denen große Eisenkessel an Drehgelenken hingen.

Safar brauchte keine Erklärung für diese Gerätschaften. In Kriegszeiten wurden sie mit siedendem Öl oder geschmolzenem Blei gefüllt und über jedem ausgegossen, der sich in diesen Gang vorwagte.

Gemeinsam mit Iraj fielen ihm auch die weiteren Fallgitter auf, die über den Tunnel verteilt waren. Sie waren kleiner als jenes am Eingang, wenn auch nicht viel, und sie wurden bei ihrem Nahen stets hochgezogen. Hinter jedem Tor befanden sich erneut Öffnungen mit Gittern und Kesseln in der Decke.

Man brauchte keine besondere Phantasie, um den Zweck zu erkennen. Belagerer würden dazu verleitet, Soldaten in den Tunnel zu schicken. Daraufhin wurden die Tore auf beiden Seiten herabgelassen, und der Feind saß in der Falle und war wehrlos siedendem Öl oder geschmolzenem Blei ausgeliefert.

Schließlich traten sie aus dem Gang in das reine, helle Licht, wie man es im Hochgebirge findet. Yorlain führte sie um eine tiefe Grube herum, die sich nur wenige Meter hinter dem Eingang zur Burg befand.

Iraj blickte hinein, und nun erkannten beide den Sinn. Auf dem Boden waren eiserne Stacheln in den Stein eingelassen. Graue, verweste Skelette von Dämonen waren auf vielen dieser langen Dorne aufgespießt. Safar brauchte nicht erst Yorlains Erklärung zu hören, der zufolge diese Skelette noch aus der Zeit der großen Belagerung stammten.

Endlich erreichten sie den eigentlichen Burgfried. Iraj stieg ab und führte Khysmet hinein, dessen Hufschlag in dem riesigen Raum im Inneren widerhallte.

Hier spürte Safar die größte Macht der magischen Maschine. Ein heftiges Grollen und Sausen bedrängte ihn und warf ihn aus dem Gleichgewicht.

Yorlain sagte etwas, aber er konnte nicht einmal ihre Worte verstehen. Der magische Sturm war so heftig, daß er selbst Iraj erschütterte. Wenigstens richtete er die Augen auf dessen Quelle, und so konnte Safar sie nun ebenfalls betrachten. Dann blieb Irajs Blick auf einem riesigen Pentagramm aus goldenen Kacheln hängen.

Wie Clayres Tisch, dachte Safar. Im nächsten Moment wurde ihm der Gedanke förmlich aus dem Kopf gerissen.

Die Magie, die dem Pentagramm entströmte, betäubte alle seine Sinne. Es war, als hätte sich dichter Nebel herabgesenkt. Ein peinigender Nebel voller Widerhaken, voller giftiger Stachel wie dem des Teufelsrochens.

Abermals mußte er die Wirkung des Schildzaubers erhöhen. Er verwendete seine gesamte Energie darauf. Wären nur Palimak oder Jooli oder Eeda dabei gewesen, doch tief in Iraj begraben, konnte er keine Verbindung zu ihnen herstellen.

Schließlich hatte er den Schild ausreichend verstärkt. Iraj, so war ihm aufgefallen, hatte unter dem magischen Tumult erheblich gelitten. Jetzt richtete er den Blick auf die farbige Malerei innerhalb des Pentagramms.

Es handelte sich um eine Windrose mit acht Zacken. Jede der Spitzen war mit dem Bildnis eines der großen Götter versehen. Safar forderte Iraj auf, sich das genauer anzusehen.

Zu seiner Überraschung begriff Iraj, wie dringend Safars Ansinnen war, und ließ den Blick über die vertrauten Figuren schweifen, wobei er mit der Göttin Felakia anfing, um sich nach und nach auch die anderen anzusehen. Dann erregte ein breiter roter Zacken, der nach innen, zur Mitte gerichtet war, seine Aufmerksamkeit. Auf diese Spitze war die exotische sechsköpfige Göttin der Hölle gemalt.

Lottyr.

Ein Gesicht war schöner und zugleich bösartiger als das andere. Der Künstler hatte aus den Mündern Flammen schießen lassen.

Während Safar das Bild durch Irajs Augen betrachtete, bemerkte er plötzlich, daß die Flammen flackerten.

Ein fürchterlicher, sengender magischer Stoß durchfuhr Iraj. Er stöhnte und sank zusammen. Safar spürte den Angriff ebenfalls, doch reflektierte er ihn rasch mit einem Schild gegen den Urheber.

Irgendwo in der Dunkelheit des Burgfrieds hörte er ein geisterhaftes Kreischen.

Damit war die Attacke abgewehrt. Aber nicht für lange.

Er flüsterte Iraj zu: *Hier liegt das Zentrum. Der Weg zur Hölle. Und von hier aus müssen wir angreifen.*

Wieviel Zeit bleibt uns noch? fragte Iraj.

Fast gar keine mehr, antwortete Safar.

48

Der Sturm

In dieser Nacht brauten sich dicke schwarze Sturmwolken über Hadin zusammen. Erst zogen nur einige wenige heran, dann immer mehr, und am Ende verhüllten sie das Antlitz des Dämonenmondes.

König Rhodes setzte mit seiner Streitmacht in Booten von seinem Inselversteck aus nach Hadin über und landete in der Dunkelheit. Er ließ Safars neun Schiffe, die in der kleinen Bucht ankerten, links liegen. Tabusir hatte ihm versichert, außer einigen wenigen kyranischen Soldaten befinde sich niemand mehr an Bord.

Während Rhodes also zu seinem geplanten Angriff auf die Burg losmarschierte, wußte er, daß er von den Piratenkapitänen nichts zu fürchten hatte. Sobald sie erst sähen, woher der Wind wehte, würden sie sich darum reißen, sich ihm für ein paar Beutel Gold anzuschließen.

Er schickte die Vorhut los, damit sie die Straße sicherte und alle zufällig herumstreifenden Soldaten oder Bauern zum Schweigen brachte.

Inzwischen kehrten seine Boote zu der Insel zurück und begannen mit der schwierigen Aufgabe, die Belagerungsmaschinen an Land zu bringen.

Seine Mutter traf mit der letzten Gruppe ein und verfluchte zischend ihre Sklaven, die umständlich ihren magischen Tisch auf ihre Sänfte verluden. Die goldenen Kacheln und die Sänfte waren mit Pech bestrichen worden, damit sie im Dunkeln nicht glänzten.

»Das ist meine Lieblingssänfte«, beschwerte sie sich bei Rhodes. »Und jetzt hast du sie mit deinem dummen Soldatenspielchen ruiniert. Ich verlange eine neue, wenn wir wieder zu Hause sind.«

»Du bist die einzige, die nicht zu Fuß gehen will, Mutter«, entgegnete Rhodes. Er hatte die Pferde zurückgelassen und wollte sie erst holen, wenn die Belagerung begonnen hätte. »Und du hast auch darauf bestanden, diese Sänfte mitzunehmen. Und dazu sechs nutzlose Sklaven, die sie tragen müssen.«

Clayre schnaubte. »Man könnte erwarten, daß du mir mehr Dankbarkeit entgegenbringst. Schließlich wird es meine Magie sein, die Safar Timura besiegt, und nicht deine ach so hochgeschätzte Armee.«

Damit sagte sie die Wahrheit, und das wußte Kalasariz nur zu gut. Clayre hatte Stunde um Stunde gemeinsam mit der Göttin Lottyr ihre Magie beschworen, um den Weg für die Schlacht zu ebnen.

Er wisperte Rhodes zu: *Bitte, Majestät. Versprecht Ihr alles, damit sie nur den Mund hält! Ihr werdet es ja nicht einlösen müssen, schon vergessen?*

Rhodes nahm sich den Rat zu Herzen und seufzte. »Also gut, Mutter. Du bekommst deine neue Sänfte, sobald wir wieder zu Hause sind.«

»Aber eine anständige«, warnte Clayre. »Manchmal bist du so fürchterlich geizig.«

»Du darfst sie dir selbst aussuchen«, gestand er ihr zu. »Mein Kämmerer wird bezahlen, was immer sie kostet.«

Clayre kniff mißtrauisch die Augen zusammen, und Rhodes begriff im Nu, daß er zu weit gegangen war. »Die Hälfte der Kosten werde ich dir jedoch von deinem Unterhalt abziehen«, fügte er eilig hinzu. »Also übertreibe es nicht.«

Ihr Verdacht löste sich auf. Diese Mahnung sah ganz nach ihrem Sohn aus. Einen kurzen Augenblick lang hatte sie sich die Frage gestellt, ob der Junge vielleicht einen Muttermord im Sinn hatte. Wenn sie ernsthaft darüber nachdachte, lautete die Antwort nein. Zwar empfand Rhodes gewiß keine Liebe für sie, und umgekehrt verhielt es sich ja genauso. Trotzdem brauchten sie einander. Er besaß die ererbte Krone und sie die Magie, um sie zu sichern.

»Wenn du mir schon ein Geschenk machst«, gab sie zurück, »dann verdirb mir die Freude daran nicht, indem du zu feilschen anfängst. Zehn Prozent, mehr nicht.«

»Zwanzig«, erwiderte Rhodes.

Clayre schüttelte traurig den Kopf. »Du hast einen solch miesen Charakter, genau wie dein Vater. Aber um des lieben Familienfriedens willen – einverstanden.«

Die Königinhexe hatte bereits ihre eigenen mörderischen Ränke geschmiedet. Sie hatte mit Lottyr über ihren verhaßten Sohn gesprochen, und die Göttin hatte ihr versprochen, ihr in dieser Angelegenheit nach dem Sieg über Safar Timura beizustehen. Darüber hinaus minderte Mißtrauen ihre gute Laune. Sie hatten so viele magische Tricks geplant, um den großen Safar Timura zu besiegen.

Diesen barbarischen Rüpel, der sich ihr Sohn nannte, brauchte sie nur noch höchstens einen Tag zu ertragen, danach würde ein für allemal reiner Tisch gemacht werden.

Durch die Augen den Königs beobachtete Kalasariz den Stimmungswechsel von Clayre. Er wußte, was sie dachte. Er hatte sich ebenfalls mit Lottyr unterhalten und war über die Absichten der Königinhexe und ihre Vereinbarung mit der Göttin genau im Bilde.

Bloß hatten weder sie noch Rhodes begriffen, daß die Göttin ebenfalls gewisse Ziele verfolgte. Ziele, bei deren Verwirklichung ihr in diesem historischen Moment allein Kalasariz helfen konnte.

Er lachte in sich hinein und stellte sich die Überraschung von Rhodes und Clayre vor, wenn sie sich plötzlich bei Fari und Luka in seinem Bauch wiederfinden würden.

Dann brauchte er sich nur noch Iraj zu schnappen und wäre nicht mehr die Macht hinter dem Thron, sondern die Krone selbst.

König aller Könige. Herr und Meister von Lottyrs weltlichem Reich. Ihm lief eine Gänsehaut über den Rücken, als er sich an ein altes Sprichwort aus Esmir erinnerte, das er früher gern zum Besten gegeben hatte: »Das tödlichste Gift stammt vom Lorbeerkranz eines Königs.«

Inzwischen hielt er diesen Ausspruch für blanken Unsinn. Damals hatte er damit doch nur seinen verletzten Stolz gepflegt, denn Esmir wurde von Narren wie Iraj Protarus beherrscht.

Rhodes versammelte seine Truppen und ordnete die Belagerungsmannschaften, und derweil träumte der Meisterspion von einer Macht, wie er sie nie zuvor in Händen gehalten hatte.

Darüber vergaß er ein anderes Sprichwort, welches durchaus zutreffender gewesen wäre: »Wenn der Spion des Königs seine eigene Krönung plant, muß er sich zuerst gegen sich selbst verschwören.«

In der Burg der Zwei Könige erschütterte Safars Warnung vor dem lauernden Unheil Iraj in seiner königlichen Pose. Er war ein Mann, der viele Schwächen hatte, und einer davon war er gerade erlegen.

Lange Zeit war ihm ein menschlicher Körper versagt gewesen, und deshalb hatte es ihn nach einer Frau gelüstet. Auch wenn Leiria glaubte, er sei Safar – und sie liebte Safar ja schließlich –, war er davor zurückgeschreckt, sie mit seinem Verlangen zu überwältigen.

Mochte Königin Yorlain ihn für ihren stattlichen Retter halten, er war von der Idee besessen, das Bett mit königlichem Blute zu teilen.

Einst war er ein Mann gewesen – ein Prinz und Krieger der Großen Ebene –, dessen Lächeln und brennende Blicke eine Frau in sein Schlafgemach locken konnten wie das wilde Wiehern eines Hengstes, dem die Stuten in Hitze über die Hügel hinweg folgen.

Dann war er zum Gestaltwandler geworden, zu einer Kreatur, welche an einen bösen Zauber gekettet war und ihre Lust allein durch Mord und Blut befriedigen konnte. Als großer Wolf hatte er sich daran ergötzt, die Harems seiner Opfer niederzumetzeln. In den wenigen Augenblicken, in denen seine menschliche Seite die Oberhand gewann, war er angesichts des Elends, welches er verbreitete, schier verzweifelt.

Und ja, gelegentlich hatte er sich gar verflucht, weil er Safar verraten hatte, seinen Blutsbruder, seinen Freund. Aber diese Momente waren so rar, so flüchtig, und rasch traten an ihre Stelle die Ausflüchte, daß es Safar gewesen war, der ihm gegenüber die Treue gebrochen hatte.

Der heilige Safar, der stets behauptete, doch allein die Welt retten zu wollen. Der glückliche Safar, der bei den Frauen Freundschaft und Liebe fand, was Iraj stets verwehrt geblieben war.

Nerisa, die kleine Diebin, hatte für Safar einen großen Schatz gestohlen, gestorben hingegen war sie auf Irajs Befehl. Methydia, die wunderschöne Hexe, die Safar verfallen war, fand durch das Schwert der Soldaten von Iraj den Tod. Und Leiria, die phantastische, liebliche Leiria, die im buchstäblichen Sinne des Wortes einst Iraj gehört hatte. Doch er hatte sie aus einer Laune heraus an Safar verschenkt, und jetzt verabscheute sie ihren früheren Herrn und hatte nur noch Augen für den Zauberer.

Rachegedanken kamen ihm in den Sinn. Er konnte Safar nicht töten, ohne sich selbst das Leben zu nehmen. Aber er konnte ihn für seine vergangenen Verfehlungen leiden lassen. Fürs erste könnte er Leiria damit quälen, die Königin zu verführen und ihr vorzuspiegeln, ihr Liebster habe sie mit einer anderen betrogen. Danach würde er Leiria die Ehre gönnen, sie anschließend jedoch wie Brotkrümel vom Tisch fegen.

Tief in seinem Hort brütete auch Safar wütend über vergangenen Missetaten. Auch er sann über Wege nach, wie er gegen Iraj zurückschlagen konnte. In seinem Zorn hatte er sogar Schwarze Magie in Betracht gezogen, die Iraj verbrennen würde. Darunter würde er jedoch selbst zu leiden haben, und dieser Gedanke hatte ihn zurückgehalten.

Dann bemerkte er, daß Irajs Wahnsinn einen giftigen Schaum von Körpersäften aufbrodeln ließ, der ihm gefährlich zusetzte und ihn um den Verstand zu bringen drohte.

Er mußte sich beruhigen. Wichtige Aufgaben lagen vor ihm – sogar die Befreiung aus Irajs Kerker war im Vergleich dazu nebensächlich.

Das hatte Zeit, bis er der Hölle entgegengetreten war, die ihn in Gestalt von Lottyrs Maschine erwartete.

Gundara sagte: »Das ist nicht Lord Timura, Kleiner Meister!«

Und Gundaree fügte hinzu: »Nun ja, es ist schon Lord Timura, aber nicht genau er.«

Palimak runzelte die Stirn. »Worüber, zum Teufel, redet ihr beiden?«

Gundara fuhr fort: »Die Sache ist ein wenig schwierig zu erklären, Kleiner Meister. Also irgendwie ist Iraj Protarus in den Körper deines Vaters gelangt. Wir glauben, er hat sich dort versteckt, und Lord Timura hat es gar nicht gewußt. Eine Weile lang jedenfalls.«

»Aber dann wurde dein Vater blind«, übernahm Gundaree die weiteren Ausführungen, »und er brauchte König Protarus, um wieder sehen zu können, und daher hat er ihn herausgelassen. Jetzt ist dein Vater in seinem eigenen Körper gefangen, und Iraj Protarus hat die Kontrolle!«

»Das mit der Blindheit vermuten wir allerdings nur«, ergänzte Gundara.

»Immerhin ist es eine ziemlich gute Vermutung«, wandte Gundaree ein.

Palimak dachte nach. Obwohl ihm das, was die beiden Gehilfen erzählten, überaus eigenartig erschien, ergaben, wenn ihre Vermutungen stimmten, einige Dinge plötzlich einen Sinn.

Er selbst hatte gespürt, daß etwas mit seinem Vater nicht in Ordnung war. Da war zum Beispiel der seltsame Wechsel der Haarfarbe von dunkel zu gold. Falls Iraj, der blond war, sich als magischer Parasit in Safar eingenistet hatte, könnte dann nicht seine Gegenwart dafür verantwortlich sein?

Es erklärte auch Safars bestürzendes und unhöfliches Benehmen gegenüber Königin Yorlain. Wodurch er gleichzeitig Tante Leiria verletzt hatte. Zu beidem wäre sein Vater niemals fähig gewesen.

So nickte er und akzeptierte die Theorie der Zwillinge.

»Was können wir denn jetzt machen?« fragte er. »Gibt es einen Zauber, um Iraj aus dem Körper meines Vaters auszutreiben?«

»Das ist ziemlich schwierig!« antwortete Gundara.

»Sehr, sehr, sehr schwierig!« ergänzte Gundaree.

»Und selbst, wenn es klappen würde, würden wir dabei womöglich beide umbringen«, warnte Gundara.

Palimak hatte das Gefühl, die Welt würde über ihm einstürzen. Alles Gute verwandelte sich in Böses. Sein eigener Vater war im Körper des Mörders Iraj Protarus gefangen!

»Wir könnten natürlich viel besser über eine Lösung nachdenken«, unterbrach Gundara sein Grübeln, »wenn wir nicht solchen Hunger hätten.«

»Da hat Gundara recht, Kleiner Meister«, unterstützte Gundaree seinen Zwillingsbruder. »Denken macht sehr hungrig.«

Abwesend fischte Palimak Süßigkeiten aus der Tasche und reichte sie den Gehilfen. Gemeinsam mit seinem Vater erlebte Momente kamen nun ins Gedächtnis zurück.

Eine seiner ersten Erinnerungen war so vage und vielleicht gar nicht einmal seine eigene, sondern eine Geschichte, wie sie Eltern ihren Kindern erzählen.

Über die Schulter seiner Tante betrachtete er dabei seinen Vater. Leiria saß auf einem schnaubenden, scharrenden Kriegsroß und hatte sich Palimak auf dem Rücken festgebunden. Mit dem Daumen deutete sie auf ihre Brust. Und da war sein Vater, den er nun zum erstenmal erblickte: groß und dunkel, leuchtende blaue Augen, die zärtlich strahlten, wenn sie den Sohn anblickten.

Dann folgte eine ganze Armada anderer Erinnerungen: die Käseungeheuer; die Kämpfe gegen den Großen Wolf, Iraj Protarus; die Flucht durch die Schwarzen Lande; der Ritt durch die Maschine von Caluz; und vor allem die langen Gespräche des Abends, in denen Safar seinen Sohn geduldig und liebevoll in Theorie und Ausübung der Magie unterwies.

Plötzlich fiel ihm ein Rätsel aus dem Buch von Asper ein, welches sein Vater ihm einmal gestellt hatte. Er hatte dazu gesagt, falls einer der beiden je die Antwort darauf fände, würden sich viele Dinge klären.

Es handelte sich um das Rätsel von den Zwei Königen:

»Zwei Könige herrschen im Lande Hadin,
Der eine verdammt, der andere verflucht.
Der eine sieht, was Augen erblicken,
Der andre im Traume das Mögliche sucht.
Der eine ist blind. Der andere unwissend.
Wer schon kann sagen, welcher zum Sehenden ward …

»Ich hab's«, rief Palimak laut. »Ich habe die Antwort!«

Gundara bedeckte die spitzen Zähne mit der Klaue und rülpste höflich. »Die Antwort worauf, Kleiner Meister?«

»Auf das Rätsel von den Zwei Königen!« sagte Palimak. »Mein Vater und Iraj Protarus sind die zwei Könige!«

»Natürlich sind sie das«, erwiderte Gundara und wischte sich die Krümel vom Gewand.

»Hast du das noch nicht gewußt, Kleiner Meister?«

»Aber versteht ihr denn nicht?« fragte Palimak. »Das bedeutet, wir dürfen nicht eingreifen. Das schlimmste, was passieren könnte, ist, daß wir uns einmischen.«

Gundara gähnte. »Das paßt mir recht gut, Kleiner Meister. Es hörte sich schon nach einer Menge Arbeit an.«

Gundaree rollte sich zu einer kleinen Kugel zusammen. »Weck mich, wenn es Zeit zum Abendbrot ist«, trug er zu seinem Zwillingsbruder auf. »Von diesem ganzen Nichtstun bin ich richtig müde.«

»Diefe Wolken fehen aber fiemlich flimm auf, Biner«, sagte Arlain.

Biner nickte und runzelte besorgt die Stirn. »Das ist wahr, Mädchen. Scheint sich was Übles zusammenzubrauen, da geb ich dir mein Wort drauf.«

Sie schwebten hoch über der Burg der Zwei Könige, und nachdem die Wolken den Dämonenmond verschleiert hatten, war der Vulkan kaum noch zu sehen.

»Wir find fu nah dran«, meinte Arlain und deutete auf den Vulkan. »Fallf ef Fturm gibt, könnten wir dagegen krachen.«

»Vielleicht sollten wir besser landen«, schlug Biner vor.

Er wollte der Mannschaft schon Befehle zurufen, da bemerkte er – oder glaubte es wenigstens – eine Bewegung am Rand des Tals.

»Schau doch mal da rüber«, forderte er Arlain auf und zeigte in die tiefen Schatten an der Stelle, wo die Straße ins Tal führte. »Kannst du dort was entdecken?«

Arlains Drachenaugen waren schärfer als die sprichwörtlichen des Adlers. Das war einer der Hauptgründe, weshalb sie zu diesen unglaublichen Akrobatikkunststücken fähig war. Im düsteren Zelt sah sie noch den dünnsten Draht wie im hellsten Tageslicht. Und weil sie selbst feuerspucken konnte, wurde ihre Sicht auch nicht durch die plötzlichen Lichtblitze der Feuerwerker geblendet, mit denen diese die Zuschauer zum Staunen brachten.

Sie richtete also den Blick auf die Stelle, auf die Biner zeigte, und ihre Drachenzunge leckte über die perlweißen Zähne, während sie sich konzentrierte.

Viele Meilen entfernt wurde Königin Clayres Sänfte gerade von ihren Sklaven über die Erhebung getragen. Obwohl man die goldenen Verzierungen sorgfältig mit Pech eingestrichen hatte, war dieses an einer Stelle versehentlich von einem Sklaven abgewischt worden.

In diesem Augenblick zuckte ein Blitz aus dem Wolkengebräu über ihnen und spiegelte sich auf dem Metall. Zwar war es nur ein winziger Lichtpunkt, für Arlain genügte er jedoch.

Sie sah nicht nur die Reflexion, sondern im Licht des Blitzes entdeckte sie die ganze schemenhafte Kolonne.

»Foldaten!« zischte sie. »Und fwar viele!«

Sofort brüllte Biner der Mannschaft Befehle zu und ließ das Luftschiff auf die anmarschierenden Feinde zufliegen. Während sie wendeten, gab er Anweisung, die Bombardierung vorzubereiten.

Inzwischen schoß Arlain eine der roten Leuchtkugeln in den Himmel, um Safar zu warnen. Doch eine starke Böe packte das Licht und trug es weit davon.

Biner packte das Steuerrad und brachte das schwankende Luftschiff wieder auf Kurs. Doch kaum war ihm das gelungen, da schob die nächste Sturmbö die Nase wieder in eine andere Richtung.

Er verfluchte die Unwägbarkeiten der Natur, aber zur Antwort ging nur ein Sturzregen nieder und durchnäßte ihn bis auf die Haut, als hätte man ein Faß Wasser über ihm ausgeschüttet.

Das Steuerrad glitt ihm aus den starken Händen, drehte sich wild, und das Luftschiff wurde breitseits zum Wind getrieben.

Ping! Ping! rissen die Drähte und schnellten mit tödlicher Kraft nach allen Seiten.

Niemand wurde verletzt, aber zwei der Drähte rollten sich auf, durchstachen einen Ballon, und laut zischend fuhr die Luft heraus.

»Bringt das Schiff runter!« brüllte Biner der Mannschaft zu. »Bevor wir abstürzen!«

49
Enthüllte Geheimnisse

Beim ersten Blitz bemerkte Tabusir die Spiegelung auf Clayres Sänfte und rannte sofort los.

Die Königin starrte ihn vernichtend an, daher tat er überrascht und verneigte sich hastig, als sei er nur zufällig in ihre Nähe geraten. Mit dem Ärmel verschmierte er rasch Pech über der blanken Stelle.

Glücklicherweise beschäftigte sich die Königin gerade mit etwas anderem. Er erhaschte nur einen kurzen Blick darauf, wie sie sich tiefer über einen goldenen Tisch beugte, dann war die Sänfte auch schon an ihm vorbei.

Nachdem sie vorüber war, sah er in den düsteren Himmel. Das Luftschiff wendete. Die Ursache dafür hätte selbst dem dümmsten Spionlehrling eingeleuchtet: Man hatte sie entdeckt, und dem Angriff des Königs würde es deshalb möglicherweise an dem Überraschungsmoment mangeln.

Rhodes befand sich etwa hundert Meter vor ihm, und Tabusir eilte zu ihm, um ihn zu warnen. Doch da hörte er schon einen Ruf von Clayre in einer geheimnisvollen Sprache.

Daraufhin erhob sich plötzlich aus dem Nichts ein Sturmwind. Die Orkanbö traf Tabusir mit solcher Wucht, daß er auf die Knie geworfen wurde.

Voller Freude blickte er erneut nach oben. Das Luftschiff wirbelte herum und war außer Kontrolle geraten. Dann lag es wieder stabiler und begann zu sinken.

Die Luft beruhigte sich, und die Stille lag so dicht wie die Wolken über der Kolonne. Im nächsten Moment zuckte ein ganzes Drachennest von Blitzen herunter, und es krachte, krachte, krachte. Daran schloß sich ein Donnergrollen an, das ihn, einem richtigen Faustschlag gleich, erschütterte.

Abermals kehrte Ruhe ein, die nur durch Rhodes' gebrüllte Befehle unterbrochen wurde, der seine Männer vorwärtsdrängte. Das nahm den König sehr in Anspruch, und daher mußte Tabusir eine ganze Stunde warten, bis er an ihn herantreten konnte, um ihm die Nachricht zu überbringen.

Zu diesem Zeitpunkt waren bereits alle Männer an ihren Positionen, und die Belagerungsmaschinen hatte man ebenfalls schon aufgestellt. Aus diesem Grund zuckte Rhodes nur mit den Achseln, nachdem er Tabusir angehört hatte.

»Jetzt spielt das keine Rolle mehr«, sagte er. »Wir müssen nur den Sturm meiner Mutter abwarten und dann angreifen.«

Während er sprach, begann es heftig zu regnen. Ein steter, starker Wind peitschte durch das Tal, und Rhodes und seine Männer kauerten sich auf den Boden und zogen sich das Ölzeug über die Köpfe.

Tabusir hockte sich neben den König, und der Regen prasselte auf seine wasserdichte Kapuze.

Angesichts des Schlamms und des Sturms hätte er sich miserabel fühlen sollen. Statt dessen wuchs seine Aufregung von Stunde zu Stunde, während er gespannt erwartete, was es mit Clayres Versprechen einer friedvollen Dämmerung auf sich hatte.

Safar und Iraj waren ebenfalls nicht besonders überrascht, als Biner mitten aus dem Sturm hereinplatzte und die Neuigkeit überbrachte.

»Arlain hat eine Kolonne Soldaten gesehen, die ins Tal marschieren«, berichtete der stämmige Zwerg. »Sie glaubt, daß sie zu diesem Teufel König Rhodes gehören. Aber genau wissen wir es nicht, Junge. Mir erscheint es ziemlich unwahrscheinlich, denn schließlich haben wir seit Wochen keinen Mucks mehr von ihm gehört.«

Daraufhin schüttelte er sich wie ein großer zotteliger Hund und verspritzte überall im Königssaal der Burg Wasser. Iraj empfand dieses Benehmen als Beleidigung, doch Safar zischte ihm eine Warnung zu. Biner sei sein Freund. Sofort wurde das herrische Stirnrunzeln zu einem warmen Lächeln.

Safar sagte ihm vor, was er zu erwidern habe: »Arlains Augen haben uns noch nie im Stich gelassen, Biner. Wir wären Narren, ihre Beobachtung nicht ernst zu nehmen.«

Er schüttete dem Zirkusdirektor einen Kelch Branntwein ein. »Dieser Sturm ist kein natürlicher, mein Freund. Nein, der Gestank von Magie in der Luft würde sogar den eines Abwassergrabens in Walaria überdecken. Sicherlich ist Königin Clayre für diesen Sturm verantwortlich. Und morgen früh werden wir vermutlich von Rhodes' gesamter Armee umzingelt sein.«

Biner schnaubte wütend. »Was will denn dieser Bauer überhaupt?« knurrte er. »Der hat ja verrücktere Ideen als unsereins vom Zirkusvolk! Warum bleibt er denn nicht zu Hause und gibt sich mit seinem Königreich zufrieden? Er könnte uns langsam mal in Ruhe lassen. Warum rennt er uns denn bis ans Ende dieser verfluchten Welt hinterher?«

Safar flüsterte Iraj die Antwort vor, der sie wiederholte: »Vielleicht sollten wir die anderen zusammenrufen, damit ich es allen zur gleichen Zeit erklären kann.«

Biner grunzte zustimmend und ging zur Tür, wo Renor Wache stand. Er trug dem jungen Mann auf, er möge die anderen zu einer Versammlung bei Safar zusammentrommeln.

Bald waren alle da. Draußen pfiff der Wind um den Burgfried, und der Regen prasselte gegen die dicken Mauern. Die Fensterläden waren wegen des Sturms geschlossen, und aus diesem Grund war es unangenehm warm im Raum.

Iraj/Safar begrüßte sie freundlich. Königin Yorlain saß auf einem kleinen, reich verzierten Thron, den ihre Sklaven hereingeschleppt hatten. Coralean saß neben Eeda, die an seiner Seite winzig wirkte. Jooli hatte neben Leiria Platz genommen. Sie machte sich große Sorgen um ihre Freundin und warf abwechselnd Blicke auf Safar und sie.

Sergeant Hamyr sowie Renor und Sinch vertraten die kyranischen Soldaten. Dazu gesellten sich Biner und Arlain für das Zirkusvolk.

Und schließlich kam noch Palimak, der vor Kummer ganz blaß aussah. In dem stickigen Raum fühlte er sich irgendwie unwirklich, so als wurde sich im nächsten Moment ein Traum über das wahre Leben ergießen. Während er seinen Vater beobachtete, der jeden einzeln begrüßte, hätte er am liebten geschrien:

Dieser Mann ist ein Betrüger! Er ist eigentlich Iraj Protarus in Safars Körper, und er hat euren Respekt und eure Aufmerksamkeit nicht verdient. Aber das stimmte so recht nun auch wieder nicht, und außerdem hatte sich Palimak geschworen, er würde sich nicht einmischen, bis es unumgänglich sei.

Und so schluckte er die Worte, die aus ihm herausdrängten, mit Widerwillen hinunter.

Safar, der durch Iraj sprach, faßte die Beobachtungen von Biner und Arlain knapp zusammen. Schließlich sagte er: »Meiner Vermutung nach wird der Sturm bei Anbruch der Dämmerung enden. Und sofort im Anschluß daran wird Rhodes uns mit allen verfügbaren Kräften angreifen.«

Königin Yorlain fuhr auf ihrem Thron hoch. »Welch ein Narr! Weiß er nicht, daß die Burg der Zwei Könige uneinnehmbar ist? Wir können einer Belagerung Monate, nein, selbst Jahre standhalten!«

»Ganz so einfach liegt die Sache nicht, Euer Hoheit«, erwiderte Iraj/Safar. »Denn ich fürchte, Ihr werdet die Burg wohl kaum mit den Waffen und Vorräten versorgt haben, die notwendig wären, um selbst eine kurze Belagerung zu überdauern.«

Yorlain wollte protestierten, zögerte jedoch. »Unglücklicherweise treffen Eure Worte genau ins Schwarze. Uns blieb kaum Zeit, Eure Ankunft angemessen vorzubereiten, geschweige denn uns für einen Krieg zu rüsten.«

Biner schlug mit der mächtigen Faust auf die Lehne seines Stuhls. »Keine Angst, mein Junge«, sagte er. »In der Dämmerung werden wir mit dem Luftschiff aufsteigen und Rhodes bombardieren, bis sein räudiges Fell so verbrannt ist, als käme er geradewegs aus der Hölle!«

»Wie stets zielst du immer auf die richtige Sache ab, mein teurer und treuer Freund«, erwiderte Iraj/Safar. »Dennoch glaube ich, Rhodes hat gewisse Pläne geschmiedet, was das Luftschiff angeht. Wahrscheinlich ist das auch der Grund für diesen Sturm. Clayre hat ihn sicherlich zu dem Zweck erzeugt, euch zur Landung zu zwingen. Und es wäre nicht weise, unseren Feind zu unterschätzen und ihm nicht weitere Schurkereien zuzutrauen, nachdem der Sturm abgeklungen ist.«

»Ich verstehe, worauf du hinauswillst, Junge«, meinte Biner. »Trotzdem denke ich, wir sollten so schnell wie möglich in den Himmel zurück.«

»Daf ift der Platf, wo daf Luftfiff am ficherften ift, Fafar«, warf Arlain ein. »Auf dem Boden find wir hilflof.«

»Dann sollten wir das in unsere Pläne mit einbeziehen«, schlug Iraj/Safar vor.

Nun meldete sich Leiria zu Wort. »Sobald der Sturm aufhört – ob nun in der Dämmerung oder nicht – sollten wir Rhodes angreifen, und zwar mit aller Wucht. Nichts Großartiges. Wir sollten ihm lediglich mit einem hübschen Überraschungsangriff wissen lassen, daß auch wir Zähne haben, mit denen wir zubeißen können.«

»Wunderbar«, rief Jooli. »Mein Vater ist ein guter Soldat, ein exzellenter General und Stratege. Er verläßt sich auch gern auf das Überraschungsmoment. Ansonsten kann er allerdings nicht sehr gut die Reaktion des Feindes vorausberechnen. Das ist seine größte Schwäche. Falls sein Feind eine rasche Erwiderung parat hat, jagt ihm das eine Höllenangst ein.«

Coralean legte sich die Hand aufs Herz. »Wie ihr alle wißt, verfechte ich mit Inbrunst die Meinung, daß die Kunst der Verhandlung den Beteiligten stets zum Vorteil gereicht«, sagte der Karawanenmeister mit seiner dröhnenden Stimme. »Die Waffen des Krieges sind in dieser traurigen Welt, in die uns die Götter geworfen haben, leider allzuoft notwendig. Trotzdem haben Worte schon öfter zum Sieg geführt als Schwerter. Und zumindest erlauben es Verhandlungen, die Verteidigung zu verstärken, während der Gegner noch denkt, er könne vielleicht leichte Beute machen.«

»Anders ausgedrückt: Wir schlagen zuerst zu, wie Leiria es vorgeschlagen hat«, faßte Iraj/Safar zusammen, »und hissen dann die weiße Fahne und führen lange Verhandlungen, während wir uns zur Verteidigung einrichten. Habe ich dich recht verstanden?«

Coralean wollte antworten, doch Eeda zupfte ihn am Ärmel, und er schwieg. Während sie sprach, lächelte er sie liebevoll an.

»Wenn mein Herr Gemahl einverstanden ist«, sagte sie, »kann ich ihn begleiten und einen kleinen Zauber wirken – sehr unauffällig –, der den Feind verwirrt und uns dabei hilft, die Verhandlungen in die Länge zu ziehen.« Sie tätschelte ihren runden Bauch. »Selbst diese Hure Clayre wird keinen Verdacht gegen mich hegen, da ich so offensichtlich eine schwache Frau bin.«

Eeda bemerkte plötzlich die Beleidigung, errötete heftig und wandte sich Jooli zu. »Verzeih. So etwas hätte ich über deine Großmutter nicht sagen dürfen.«

Jooli lachte und tat die Entschuldigung mit einer Handbewegung ab. »Ich habe sie schon mit schlimmeren Namen bedacht«, meinte sie. »Außerdem hast du damit recht. Sie ist eine Hure, und zwar der schlimmsten Sorte. Und mögen mir die anständigen Mädchen der käuflichen Liebe diese Herabsetzung nachsehen.«

Inzwischen hatte Sergeant Hamyr leise mit Renor und Sinch ein paar Worte gewechselt. Da das Gespräch zum Erliegen kam, sagte er: »Ich und meine Jungs erbitten uns die Ehre, beim ersten Angriff dabei zu sein.«

Er wandte sich an Leiria und salutierte zackig. »Also, wir meinen, wir würden liebend gern bei Eurer Truppe sein, Hauptmann, wenn die Tore am Morgen aufgehen.«

Leiria lachte laut, und beim Ausblick auf ein ordentliches Gefecht schwand ihre schlechte Laune. »Mit dem größten Vergnügen, Sergeant. Wir gehen alle zusammen raus und werden König Rhodes ordentlich in die Eier treten.«

Daraufhin stimmten alle in ihr Lachen ein, sogar Königin Yorlain, die im ersten Moment versucht hatte, ihre Würde zu wahren. Dann kicherte sie, kicherte lauter und brach schließlich in schallendes Gelächter aus.

Nun wurden die Becher vollgeschenkt und Trinksprüche ausgebracht. Iraj/Safar trank mit den anderen, doch während der ganzen Zeit war er tief in seine Gedanken versunken.

Sowohl Iraj als auch Safar fanden die Idee der Doppelstrategie sehr interessant. Allerdings hing ihr Interesse weniger mit den Weisheiten zusammen, die die einzelnen Mitglieder der Gruppe beigesteuert hatten, angefangen von Leirias Überraschungsangriff bis hin zu Coraleans vorgetäuschten Verhandlungen.

In beiden keimte vielmehr langsam das Verständnis ihrer gemeinsamen Situation.

Iraj erkannte, daß er Safar in allen Angelegenheiten freie Hand lassen mußte, welche seine Freunde und die Magie betrafen. Derweil vertraute Safar Iraj in Fragen der militärischen Taktik und Strategie.

Während die Besprechung ihren Fortgang nahm und sich die falsche Ausgelassenheit breitmachte, die man so oft vor einem Gefecht findet, beeindruckte plötzlich jeden der beiden Männer die Vorstellung, was sie zusammen erreichen könnten, wenn sie nur an einem Strick zogen – ohne Zögern, ohne doppelten Boden.

Zwar bat keiner darum, den einmal geschlossenen Frieden zu erneuern, doch stellten sie ihre inneren Kampfhandlungen gegeneinander ein. Iraj hob einen Kelch mit Branntwein und stürzte ihn in einem Zug hinunter. Safar genoß den Trunk und auch die Fröhlichkeit, die dieser bewirkte.

Dann wurde Irajs Aufmerksamkeit von Leiria angezogen. Sie war vor Aufregung errötet, ihre Augen funkelten. Und nun spürte Safar zu seinem Entsetzen die Erregung, die den Körper erfaßte, welchen Iraj kontrollierte. Die Beine gehörten zwar ihm, doch sie gehorchten nicht mehr seinem Willen, und sie bewegten sich mit großen Schritten auf Leiria zu.

Sie blickte Iraj/Safar an, während er näher kam, und durch Irajs Augen konnte Safar die Hoffnung und die Liebe und den Schmerz und die Angst erkennen.

Zögerlich schenkte sie ihm zum Gruße ein zitterndes Lächeln, und Safar spürte die Worte bereits, die nicht die seinen waren, sondern von Iraj ausgesprochen würden. Sanfte Worte würden es sein, süße Worte, und alle miteinander falsch.

Sicherlich war Safar ein Gefangener, und dennoch hatte er einen gewissen Einfluß auf den Körper, der bis vor kurzem ihm gehört hatte. Er schäumte ein bitteres Gebräu in seinem Magen auf, und als Iraj den Mund öffnete, stieg ihm die Galle in der Kehle hoch.

Iraj spürte die Säure, und er mußte sich arg zusammenreißen, damit er sich nicht vor allen übergab. Er schluckte und schluckte, wollte abermals sprechen, doch erneut stieg die Galle in seiner Kehle hoch.

Und Safar sagte: *Laß sie in Ruhe, Bruder! Laß sie!*

So blieb Iraj keine andere Wahl. Er mußte sich abwenden. Aber durch die Augen seines Feindes sah Safar, wie Leirias Gesicht in sich zusammenfiel, wie der Schmerz sie durchfuhr, weil sie glaubte, er habe sie zurückgewiesen.

Obwohl er sie danach nicht mehr sehen konnte, denn Iraj wandte seine Aufmerksamkeit nun der lieblichen Königin Yorlain zu, so wußte er doch, daß dieser Schmerz bald noch schlimmer werden würde.

Erneut spürte er die Erregung in seinem Körper, diesmal sogar noch stärker. Yorlain lächelte ihn von ihrem Thron aus an, und in ihren Augen las er das Versprechen von heißen Küssen und verschlungenen Leibern.

Glatte, verführerische Worte schossen durch Irajs Gedanken – so voller Lust, daß Safar sie schon hören konnte, bevor sie überhaupt ausgesprochen wurden.

Gleichzeitig verstärkte Iraj die Kontrolle über den Körper, damit Safar ihm nicht abermals den Spaß verderben konnte.

Aber als Iraj sich vorbeugte, um ihr diese Worte zuzuflüstern, wurde Yorlains Blick plötzlich hart.

Und sie sagte, so laut, daß es alle hören konnten: »Ihr und Euer Volk seid sehr klug, Hoheit. Aber in dieser Schlacht müssen wir uns auf weit mehr gefaßt machen als diesen Barbarenkönig Rhodes. Im Vergleich zu dem, was uns bevorsteht, ist er ein Nichts.«

Während sie sprach, erhob sich ein Grollen unter ihnen, bei dem die Burg zu wanken begann. Und aus der Ferne ließ sich ein weiteres, stärkeres Grollen vernehmen, auf das der Knall einer Explosion folgte.

Dann Stille. Eine Stille, in die der Gestank von Gasen drang. Der Vulkan erwachte zum Leben.

»Habt Ihr den Tanz vergessen, Lord Timura?« fragte Yorlain. »Habt Ihr den grausamen Tod vergessen, der uns bevorsteht?«

Und Iraj/Safar antwortete: »*Wir* haben ihn nicht vergessen!«

Kurz verunzierte ein Stirnrunzeln ihr erhabenes Gesicht. Doch rasch wurde ihre Miene leer.

»Zwei Könige braucht es«, sagte sie, »um das Verhängnis abzuwenden, welches Lord Asper vorhergesagt hat. Ich sehe Euch – König Safar Timura. Aber wo ist der andere König, dessen Ankunft Ihr uns versprochen habt. Habt Ihr mich vielleicht angelogen? Und wenn, aus welchem Grund? Denn Ihr werdet genauso sterben wie ich, Eure Freunde und ja, die ganze Welt.

Was vermögt Ihr mir darauf zu erwidern, Safar Timura?«

Auf Safars Drängen verbiß sich Iraj eine höhnische Antwort.

»Ich habe es Euch doch schon mitgeteilt«, sagte er. »Der andere König wird in Kürze bei uns sein.«

Yorlain lachte. »Ich bitte Euch, Majestät. Ihr macht Euch über mich lustig. Warum gesteht Ihr es nicht ein? Warum sprecht Ihr nicht offen aus, daß *er* längst unter uns weilt?«

Dann begann sie zu glühen, und im selben Moment verdunkelte sich der Raum. Nur ein Licht aus ihren Augen leuchtete noch und erfaßte Iraj/Safar wie das Rampenlicht im Theater.

Draußen grollte wieder eine Explosion, und der Gestank der Vulkangase nahm zu.

Safar und Iraj waren von ihrem Blick gebannt. Von einem Ort ganz in der Nähe hörten sie Trommeln und Hörner und das rhythmische Stampfen nackter Füße, die im Sand tanzten.

Sie spürten, wie ihnen der Willen entzogen wurde, während geisterhafte Stimmen das Lied anstimmten:

»Ihr Haar ist Nacht,
die Lippen der Mond.
Beuge dich, oh, beuge dich.
Die Augen sind Sterne,
Das Herz ist die Sonne
Beuge dich, oh, beuge dich.
Die Brüste sind Honig;
Ihr Geschlecht eine Rose
Beuge dich, oh, beuge dich.
Nacht und Mond. Sterne und Sonne.
Honig und Rose
O gute Dame, beuge dich,
Beuge dich, beuge dich.«

Die anderen hörten nur das Rumpeln des Berges. Aber der seltsame Anblick von Safar, der erstarrt in einem Licht stand, welches aus den Augen der Königin erstrahlte, hielt auch sie wie in einem Bann gefangen.

Dann begann der Bereich um seinen Körper herum zu schimmern, und seine Gestalt wurden dunstig, weniger fest.

Plötzlich begriff Palimak, was da vor sich ging. Er sprang auf und zog sein Messer.

Zur gleichen Zeit witterten die Gehilfen den tödlichen magischen Geruch und riefen ihm eine Warnung zu.

Aber Palimak war bereits unterwegs und rannte an seinen entsetzten Freunden vorbei.

Er packte Yorlain im Haar und schlitzte ihr die Kehle auf!

Sie fiel zu Boden und zuckte fürchterlich im Tode.

Doch in der klaffenden Wunde zeigte sich nicht ein einziger Tropfen Blut.

»Was hast du getan, Palimak?« schrie Leiria.

Er brauchte nicht zu antworten, denn im nächsten Augenblick erschütterte ein lauter Donner die Mauern, und die geisterhafte Gestalt der Göttin Lottyr erhob sich aus Yorlains Leiche.

Ihre vielen Mäuler heulten vor Wut, Gift troff von ihren scharfen Fängen. Sie fuchtelte wild mit den sechs Armen, als wollte sie den Jungen angreifen.

Eeda und Jooli hatten sich schnell genug gefaßt, um Palimak bei seinem Schutzzauber beizustehen.

Mit einem grellen Blitz war die Göttin verschwunden.

Iraj/Safar zuckte und erwachte aus der Trance.

Palimak trat über Yorlains Leiche und baute sich vor diesem seltsamen Ding auf, in das sich sein Vater verwandelt hatte.

»Sagt es ihnen!« verlangte er. »Sagt ihnen, wer ihr seid!«

Das Ding, das sich im Körper seinen Vaters befand, seufzte.

Und es antwortete mit der Stimme von Iraj Protarus: »Safar hat schon immer damit geprahlt, was für ein kluger Junge du bist.«

Leiria begriff als erste, was da geschehen war. Diese Stimme hätte sie auch in einer Höhle erkannt, in der mitternächtliche Finsternis herrschte.

Sie hielt vor Schreck die Luft an. »Das ist Iraj!« rief sie.

Und daraufhin zog sie ihr Schwert und griff ihn an.

50
Vorspiel zum Krieg

Kalasariz schlief nie. Diese Fähigkeit hatte er vor vielen Jahren verloren, als er sich dem Bund der Vier angeschlossen hatte und mit Iraj, Fari und Luka zum Gestaltwandler geworden war.

Der Zauberbann war zwar gebrochen, dennoch war er in seinem neuen Dasein als Parasit der Geisterwelt, der in König Rhodes' Körper residierte, immer wach.

Im Gegensatz zu seinen früheren Brüdern hielt der Meisterspion dies für einen Segen. Schon in seiner ursprünglichen Existenz hatte er den Augenblick stets gehaßt, in dem die Götter des Schlummers seinen Gehorsam verlangten. Sein Vater war in der siebten Generation Priester gewesen. Um es genauer zu sagen: Sein Name, Kalasariz, bedeutet in der Sprache von Walaria Priester.

Seine Mutter war eine Tempelmetze gewesen, die von den Priestern versklavt worden war, und er wurde während einer Tempelorgie gezeugt, deren Sinn darin bestand, sich durch das Sündigen von der Sünde zu reinigen. Und für Söhne zu sorgen, welche die Priester adoptieren und ihren heiligen Zwecken entsprechend aufziehen konnten.

Kalasariz hatte bald gelernt, daß er besser dazu geeignet war, die Geheimnisse anderer auszuspionieren, als sich religiöse Gelehrsamkeit anzueignen. Am besten gefiel es ihm, wenn er solches Wissen in Lügen verwandeln konnte, die ihm gediegenes Gold einbrachten. So hatte Kalasariz sogar mit falschen Vorwürfen seinen Vater verraten, indem er behauptete, der Mann sei ein Gotteslästerer, was ihm selbst immerhin den Posten des Oberspions von Walaria eingebracht hatte.

Tief im Inneren war er jedoch der Sohn eines Priesters geblieben. Wenn er schlief, suchten all die vielen Lügen und Morde seine arme Seele heim. Aus diesem Grund hatte er sich stets vor der Nacht gefürchtet, denn mit ihr stellten sich die schrecklichen Träume seiner Verfehlungen ein, auf die die nächtlichen Bestrafungen für seine Sünden folgten.

Schlimmer noch, im Laufe der Jahre waren diese Alpträume zunehmend komplizierter und beängstigender geworden, weil er sich inzwischen so viele Feinde gemacht hatte.

Derweil nun der Schlaf König Rhodes übermannte und dieser sich im Sturm der Nacht unruhig hin und her wälzte und die gleichen blutigen Träume erlebte wie Kalasariz früher, blieb der Meisterspion glücklich wach und frei von Schuld. Er schmiedete seine Komplotte und erdachte neue Verschwörungen.

An diesem schlaflosen Zustand war noch etwas wundervoll. Er konnte Fari und Luka, die Sklaven, die er in seinem ätherischen Bauch gefangenhielt, ständig beaufsichtigen. So setzte er ihnen ununterbrochen zu und fachte ihre Todesängste an, damit sie keine Zeit und keine Kraft fanden, sich gegen ihn zu erheben.

Als nun die Göttin Lottyr zu ihm kam und unglaubliche Flüche gegen Safar Timura und Iraj Protarus ausstieß, war er daher bei klarem Verstand und aufmerksam und wußte sofort, daß die Göttin eine fürchterliche Niederlage erlitten hatte.

Sie nannte die Ereignisse in der Burg lediglich einen »leichten« Rückschlag, aber er ahnte, daß sie nur ihren gedemütigten Stolz ein wenig aufrichten wollte. Aus jedem Wort, das sie sprach, klangen Versagen und Niederlage heraus.

»Dieses Dämonenbalg Palimak hat mich erwischt«, berichtete sie. »Ansonsten hätte ich diese Narren zermalmt, die sich für die beiden von Asper angekündigten Könige halten.«

Ihre sechs Gesichter waren in ihrer mörderischen Schönheit schauderhaft anzusehen. Obwohl sie Kalasariz diesen Besuch eigentlich in aller Heimlichkeit hatte abstatten wollen, war sie so aufgeregt, daß Rhodes, wäre er wach gewesen, ihre Anwesenheit sicherlich bemerkt hätte.

Gewiß hätte er das Brodeln gespürt, welches Lottyrs Niedergeschlagenheit verursachte, während sie sich mit Kalasariz unterhielt. Dies hätte möglicherweise die Pläne des Oberspions gefährden können.

In seinem ganzen Leben hatte Kalasariz nämlich bisher keine andere Person kennengelernt – sich selbst einmal ausgenommen –, die so mißtrauisch war wie Rhodes.

Nun, nicht ganz. Das war auch noch Königin Clayre, und verglichen mit ihr wirkte ihr Sohn eher wie ein naiver Bauer. Aber Lottyr hatte Clayre mit falschen Versprechungen eingelullt.

Nun schilderte ihm die Göttin die Pläne der Kyranier, die sie belauschen konnte, während sie sich in Königin Yorlains Körper versetzt hatte.

»Sie werden angreifen, sobald der Sturm zu Ende ist«, sagte sie, »und hoffen, euch schwer zuzusetzen. Dann ziehen sie sich zurück. Daraufhin bieten sie Verhandlungen an, durch die sie Zeit gewinnen wollen, um sich zur Verteidigung einzurichten.«

»Habt Ihr Clayre bereits über ihre Pläne in Kenntnis gesetzt?« fragte Kalasariz.

»Nein«, antwortete Lottyr, »das werde ich tun, nachdem ich dich verlassen habe. Sobald Rhodes aufwacht, wirst du ihm ebenfalls Bericht erstatten.«

Kalasariz war ein Meister der Lügen und Halbwahrheiten, und so war ihm nicht entgangen, daß Lottyr sich auf eine weitere Abmachung mit Clayre eingelassen hatte. Die Göttin gab das sogar zu, behauptete jedoch, ihr Gelöbnis Clayre gegenüber bedeute ihr überhaupt nichts, auf die Versprechungen ihm gegenüber könne er sich hingegen verlassen.

Doch an welche Vereinbarung mit wem würde sich die Göttin am Ende wirklich halten? Nun, das würde Kalasariz gewiß nicht dem Zufall überlassen.

Daher erwiderte er: »Ich besitze den Vorteil, Safar Timura gut zu kennen. Und Iraj Protarus ebenfalls. Sie wurden noch niemals besiegt – vor allem nicht, wenn die beiden etwas gemeinsam in Angriff nehmen.«

Plötzlich war Lottyr verärgert. »Ja und?« fragte sie scharf. »Im Vergleich mit mir sind sie nichts – ich bin die größte Göttin der Hölle!«

»Vergebt mir, Heilige«, sagte Kalasariz, »aber ich wollte nur auf eines hinweisen: Aus jedem weltlichen Kampf werden Safar Timura und Iraj Protarus wahrscheinlich als Sieger hervorgehen. Keiner von beiden hat jemals eine Niederlage erlitten – selbst nicht gegeneinander. Timura hat Protarus zwar in Caluz besiegt, jedoch besitzt Protarus, nach allem, was Ihr mir erzählt habt, inzwischen Timuras Körper. Wenn auch vielleicht nur zeitweise.

Aus dem, was Ihr mir bisher mitgeteilt habt, schließe ich, daß sie sich gegen Euch verbündet haben. Ist dem so, Heilige?«

»Warum gießt du all diesen Unflat über mir aus?« wollte Lottyr wissen, und in ihren zwölf Augen flammte Mißtrauen auf. »Stehst du etwa auf ihrer Seite?«

»Ganz gewiß nicht, und vergebt mir, falls ich diesen Eindruck erweckt haben sollte«, beeilte sich Kalasariz zu sagen. »Jedoch habt Ihr mich um meinen Rat gebeten. Und somit fühle ich mich verpflichtet, Euch auf folgendes hinzuweisen: Stellt Euch darauf ein, daß weder Rhodes noch Clayre mit ihren Bemühungen Erfolg haben werden.«

Lottyrs sechsstimmiger Chor lachte schallend, wodurch sogar Rhodes' ganzer Körper zu beben begann. Der König wälzte sich herum und fluchte im Schlaf.

Sie wartete ab, bis er wieder still lag.

»Höre dies, Kalasariz: Wenn die Dämmerung sich über das Land legt, wird es nicht nur eine Schlacht geben, sondern es werden zwei sein, denen Safar Timura und Iraj Protarus sich stellen müssen.«

Damit war sie verschwunden. Zwischen ihre An- und ihre Abwesenheit hätte nicht einmal ein Blinzeln gepaßt. Im einen Moment war sie noch da, im nächsten fort.

In der Ferne grollte der Vulkan. Es gab einen heftigen Erdstoß, und ein grelles Leuchten erhellte das Zelt des Königs.

Rhodes fuhr plötzlich hoch und rieb sich die Augen. Verschlafen fragte er: »Was ist los? Werden wir angegriffen?«

»Schlaft weiter, Majestät«, antwortete Kalasariz. »Es gibt keinen Grund zur Beunruhigung.«

Und so ließ sich Rhodes auf seine Liege zurücksinken und schlummerte süß.

Trotz des Sturms ruhte Clayre selig, als Lottyr ihr erschien.

Sobald die Königinhexe die Göttin spürte, fuhr sie senkrecht aus dem Schlaf hoch.

»Ist alles in Ordnung?« fragte sie.

Und Lottyr antwortete: »Alles ist bereit, meine Teuerste. Ich bin nur gekommen, um dir dies zu versichern.«

»Und was ist mit meinem Sohn?« wollte Clayre wissen. »Sind die notwendigen Vorkehrungen getroffen?«

»So, wie wir es geplant haben, Clayre«, erwiderte Lottyr. »In der Dämmerung, wenn der Feind seinen ersten Pfeil abschießt, wird dein Sohn sterben.«

»Endlich werde ich ihn los sein«, sagte Clayre zufrieden. »Er war genau wie sein Vater.«

Trotz seiner Dämonenkraft und seiner Schnelligkeit konnte Palimak es nicht mit der zornigen Leiria aufnehmen.

Er sprang ihr in den Weg, um ihren Angriff auf Iraj/Safar zu verhindern, doch sie schob ihn nur zur Seite und trat ihm die Beine unter dem Körper weg.

Schlimmer noch, Jooli war Leiria auf den Fersen und hatte das Schwert gezogen, um die Freundin zu bremsen. Aber Palimak suchte mit der Hand nach Halt, seine Dämonenklauen schossen hervor, er erwischte Jooli am Knöchel und riß sie mit sich zu Boden.

Aber das war nicht im mindesten wichtig. Leiria holte mit dem Schwert aus und legte allen Haß, den sie für Iraj empfand, in den Hieb.

Aber plötzlich hielt sie inne und sah, daß sie beinahe Safar getötet hätte. Eine Stimme in ihr verlangte, das Schwert fallen zu lassen. Eine andere bestand darauf, Iraj die Klinge in den Leib zu rammen.

Während Palimak vergeblich einzuschreiten suchte und Leiria eine Sekunde lang zögerte, traf Iraj eine Entscheidung und ergriff das Kommando über Safars Körper.

Safar hätte fast seine ihm verbliebenen Kräfte eingesetzt, um Iraj daran zu hindern, aber dieser, so fiel ihm plötzlich auf, war lediglich mit einem halbleeren Branntweinkelch bewaffnet, und aus diesem Grund gab er seine ganze Körperkraft für ihn frei.

In diesem Augenblick stellten sich ihm drei Fragen, auf die er überraschend schnell Antworten erhalten sollte.

Die erste Frage betraf sein eigenes Überleben. Falls Leiria Iraj tötete, würde Safar ebenfalls sterben. Aber das war ihm nicht sonderlich wichtig. Nach all dem, was er erlebt hatte, nach all dem, was er glaubte, Menschen angetan zu haben, war ihm der Tod willkommen. Er sehnte sich nach Leirias Klinge, denn sie würde ihn von seiner Schuld erlösen.

In der zweiten Frage ging es darum, ob die ganze Welt verdammt sein würde, falls Leiria Erfolg hatte. Doch Safar stand plötzlich zwischen allen Welten und hatte das Schicksal all ihrer Geschöpfe hinter sich gelassen. Soll es geschehen, dachte er. Wir bekommen nur, was wir verdient haben.

Die dritte Frage lautete, ob Leiria sich jemals würde vergeben können, wenn sie ihn tötete. Sie liebt mich! dachte Safar. Und dann: Bei allem, was heilig ist, ich liebe sie auch!

Und daher ließ er Iraj seinen Willen.

Die tödliche Klinge senkte sich, und Iraj drehte sich schnell wie der Blitz zur Seite und ließ den Kelch gegen das Schwert krachen.

Das Trinkgefäß zerbarst, die Klinge wurde abgelenkt, doch das machte Leiria nichts aus. Sie packte das Heft einfach nur fester. Dann holte sie abermals aus und schlug mit voller Wucht zu.

Iraj setzte seine Vorwärtsdrehung fort, trat vor die Klinge und faßte Leiria mit seiner kräftigen rechten Hand an der Kehle.

Er drückte zu, und sie ging röchelnd in die Knie.

»Ich bin der einzige Sterbliche – Mann, Frau oder Dämon – der dich im Kampf besiegen kann«, sagte Iraj mit seiner eigenen Stimme. »Und jetzt beruhige dich bitte, damit ich dir meine Absichten darlegen kann.«

Leiria ließ das Schwert fallen, zog ihr Messer und stach nach Irajs ungeschütztem Bauch.

Mit der freien Linken ergriff er ihr Handgelenk und verdrehte es, bis sie die Waffen fallen ließ. Er verminderte den Druck nicht und hätte ihr jederzeit das Handgelenk brechen können.

Und Iraj fuhr fort: »Leiria, ich liebe dich mehr, als ich je einen anderen Menschen geliebt habe.« Er lachte bitter. »Das hat nicht viel zu bedeuten, ich weiß. Aber ich bitte dich, nicht meiner Liebe wegen, sondern um Safars willen, hör uns beide an.«

Ihr Gesicht war inzwischen purpurfarben angelaufen, und sie nickte. Safar und Iraj sahen es als Geste der Zustimmung.

Iraj ließ sie los, und sie fiel nach hinten. So laut, daß alle hören konnten, sagte er: »Sprich zu ihnen, Safar. Erkläre ihnen, was wir geplant haben.«

Damit übergab er die Kontrolle an seinen Bruder/Feind, und plötzlich befand sich Safar wieder in seinem eigenen Körper, während Iraj es sich in dem Geisterhort bequem machte, den er verlassen hatte.

Wie zuvor war er blind. Er kniete sich neben Leiria, ließ sich von ihrem Parfüm führen. Sanft streckte er die Hand nach ihrem Gesicht aus. Sie zuckte zusammen, wollte ihm ausweichen, dann bemerkte sie seine Blindheit.

»Bist du es wirklich, Safar?« fragte sie mit bebender Stimme.

»Ich schwöre es dir, Leiria«, antwortete er. »Falls du mir nicht vertraust, erinnere dich an den Moment in Esmir, als wir uns verabschiedet haben. Weißt du noch?«

Sie nickte, dann fiel ihr ein, daß er sie nicht sehen konnte. Leise sagte sie: »Ja.«

»Ich habe dir erklärt, ich wollte Iraj um Hilfe bitten, damit wir die Maschine in Caluz stoppen können, nicht?« fragte er.

»Ich glaubte, du würdest scherzen«, erwiderte sie, während sie an diesen traurigen Tag zurückdachte. »Ich war der Meinung, du wolltest dich nur für uns opfern.«

»Wie du jetzt weißt«, entgegnete Safar, »habe ich Iraj davon überzeugt, mir zu helfen. Wenn auch gegen seinen Willen, teilweise jedenfalls. Er wollte unbedingt dem Gestaltwandlerbund mit Kalasariz, Fari und Luka entkommen. Und ich konnte ihm die notwendigen Mittel dafür bieten.«

»Ist er dadurch in deinem Körper gelandet?« erkundigte sie sich.

»So einfach war es nicht«, sagte Safar, »aber es stimmt ungefähr. Das wesentliche ist: Ich habe nicht begriffen, daß ich wahrhaft Irajs Hilfe brauche. Nicht nur, um die Maschine in Caluz stillzulegen, sondern auch, um die Vorgänge hier zu beenden.«

»Doch wie konnte er dich beherrschen?« fragte Leiria.

»Ich habe ihn gelassen«, sagte Safar. »Wir brauchten Augen, um unser Werk zu tun. Und durch ihn kann ich sehen.«

Er lächelte. »Natürlich ging es, da es sich um Iraj handelt, nicht ohne Lügen und Verrat vonstatten.«

»Wirst du ihm erneut die Kontrolle über deinen Körper anvertrauen?« wollte sie wissen.

»Ja«, gab Safar zurück. »Mir bleibt keine andere Wahl.«

Dann umarmte er sie, küßte sie, flüsterte ihr Worte der Liebe ins Ohr. Sie war nicht sicher, ob er das ernst meinte oder ob er sie nur trösten wollte.

Schließlich erhob er sich. Palimak trat zu ihm und umarmte ihn innig.

»Kann ich dir irgendwie behilflich sein, Vater?« fragte er mit Tränen in den Augen.

»Wenn du damit Iraj meinst, nein«, antwortete Safar. »Da kannst du nichts machen. Für den Tag, der uns bevorsteht, brauchen wir allerdings jede Hand, die zupacken kann.«

Er schob Palimak sachte von sich. Blind winkte er Coralean, Biner, Arlain und den anderen zu und lächelte schief.

»Ich werde mich nicht von euch verabschieden, werte Freunde«, sagte er, »denn bis zum Ende werde ich immer in eurer Nähe sein. Ich bitte euch nur um eins: Vertraut mir. Und Iraj ebenso.«

Ein jeder weinte, doch versprachen sie alle, seine Bitte zu erfüllen.

Safar öffnete das Tor für Iraj, der nun erneut den geteilten Körper beherrschte. Iraj/Safar blinzelte einmal und konnte wieder sehen.

»Jetzt möchte ich mich kurz an euch wenden«, sagte Iraj mit seiner eigenen Stimme, einer Stimme, bei der jedem ein Schauer über den Rücken lief. »Und das erste, was ich euch sagen möchte, ist:

Der Morgen wird uns nicht mit einer, sondern mit zwei Schlachten empfangen!«

Fünfter Teil

In die Hölle

51

Die Schlacht beginnt

Clayre und Lottyr machten dem Sturm kurz vor der Dämmerung ein Ende. Rhodes schickte sofort seine Männer aus, damit sie nach Bauern suchten, die das Unwetter überlebt hatten, um ihnen mit dem Schwert den Garaus zu machen.

Beim ersten Licht wurde ersichtlich, daß das ganze Tal von dem Orkan verwüstet worden war: Bäume hatte er entwurzelt, Bauernhäuser abgedeckt oder ganz zerstört, und von den Feldern war nur noch schlammiger Boden geblieben.

Im See schwammen lauter Trümmer und Tausende toter Fische, die die weißen Bäuche nach oben gedreht hatten und den roten Dämonenmond begrüßten, welcher grinsend über dem Vulkan aufstieg.

Was den Vulkan selbst betraf, so war während seiner Aktivitäten in der vergangenen Nacht ein großes Stück aus seinem Kegel herausgebrochen. Kleine schwarze Wolken pufften in die Höhe, und von seinem Kommandoposten auf der Anhöhe aus konnte Rhodes den sauren Gestank im Wind riechen.

Der Vulkan machte seine Männer nervös, daher ließ er Priester kommen und aus den Knochen lesen. Sie sagten, alles sei gut. Das erleichterte Rhodes so sehr wie seine Soldaten. Denn obwohl Lottyr versichert hatte, der Vulkan stelle keine Bedrohung dar, schwankte er im stillen noch immer, ob ihre Pläne nicht möglicherweise sein Überleben nicht mit einschlossen.

Etwas anderes stärkte seine Zuversicht hingegen sehr viel mehr:

Wie die Göttin angekündigt hatte, öffneten die Kyranier, kurz nachdem sich die ersten Sonnenstrahlen zeigten, das Tor der Burg.

Mit lautem Gebrüll stürmten sie seinem Heer entgegen, und Rhodes kicherte fröhlich.

Er hatte nämlich eine wunderbare Überraschung für sie parat!

Nun gab er den Befehl, sich zum Gegenangriff bereitzuhalten, und gleichzeitig ließ er die Mannschaften an den Katapulten benachrichtigen. Während er also die Falle für die Kyranier aufstellte, begann zum selben Zeitpunkt der Beschuß der Burg.

Jooli stürmte durch das Tor hinaus, Sergeant Hamyr und eine Gruppe von zwanzig Mann folgten ihr, und alle stießen ihre schrillen Schlachtrufe aus.

Nicht weit vor der Brücke sah sie einen Trupp Pikeniere, die auf sie zumarschierten. Dahinter hatten sich Bogenschützen aufgestellt, und sie hörte das Schnarren der Sehnen, bevor ein Pfeilhagel auf sie zu flog.

Aber sie und ihre Männer waren zu schnell, erreichten rasch die Pikeniere und trieben sie auseinander.

Wie erwartet, leisteten die Soldaten ihres Vaters kaum Widerstand. Doch ihr Rückzug war ein wenig zu geordnet. Den Pikenieren war keinerlei Panik anzumerken, und die Bogenschützen ließen einfach die Bogen fallen und zogen die Schwerter.

Denn eigentlich waren sie gar keine richtigen Bogenschützen. Keines ihrer Geschosse hatte sein Ziel gefunden. Dafür waren sie hervorragende Fechter, und sie boten Jooli und ihren Männern einen anständigen Kampf, während sie die Straße entlang zurückwichen.

In der Ferne wehte das Banner ihres Vaters im Morgenwind auf seinem Kommandozelt. Dorthin wollte sie, und deshalb spornte sie Hamyr und die anderen dazu an, das letzte aus sich herauszuholen. Sie überrannten die Fliehenden und hielten nur inne, um den Gestürzten die Kehle durchzuschneiden. Iraj Protarus hatte sie davor gewarnt, daß die meisten lediglich Verwundungen vortäuschen, abwarten und Jooli später in den Rücken fallen würden.

Trotz dieser Vorsicht spürte sie, wie sich die Falle ihres Vater bei jedem Schritt, den sie tat, ein wenig mehr schloß, derweil der Weg zu der wehenden Kommandoflagge immer noch frei zu sein schien.

Irgendwann, so wußte sie, würden die Soldaten, die entlang der Straße lauerten, aus ihren Verstecken springen, um sie zu überwältigen. Indes sie einen Mann vor sich niederschlug, beschwor sie gleichzeitig einen Zauber der Verwirrung, um ihre verborgenen Feinde durcheinanderzubringen.

Aber wie sehr sie sich auch anstrengen würde, ihre Bemühungen würden vermutlich zu schwach und zu spät erfolgen.

Und sie dachte: Wo ist Leiria? Wo ist Leiria?

Im Hof der Burg beeilten sich die Zirkusleute, das Luftschiff in den Himmel zu bringen. Riesige Pfeile von Katapulten landeten um sie herum, überall loderten grüne Flammen auf, während sie hastig die beiden Ballons mit heißer Luft füllten.

Ballonfahrer glauben, daß ein Mißgeschick niemals allein eintritt, sondern daß es stets drei zur gleichen Zeit sind, die einem das Leben schwermachen. Und Biners Schwierigkeiten waren der beste Beweis für diesen Leitsatz.

Zum ersten hatten sie im »Sturm« der vergangenen Nacht die Brenner nicht versorgen können, und deshalb waren die magischen Feuer erloschen. Um die Ballons zu füllen, brauchte Biner jetzt viel zu viel Zeit.

Zum zweiten zerrten die Ballons, die sich langsam aufblähten, an den Drahtseilen, von denen mehrere rissen. Im Orkan waren sie höchsten Belastungen ausgesetzt gewesen, und die Mannschaft war nach der Landung zu erschöpft, um sie alle zu überprüfen.

Und drittens war das Ruder von einem Blitz getroffen worden, was ebenfalls niemand bemerkt hatte.

Biner und Arlain schrieben sich selbst und nicht der Mannschaft die Schuld an diesen Versäumnissen zu.

»Ich hätte beffer aufpaffen müffen«, warf Arlain sich vor. »Flieflich bin iff dein Ftellvertreter, Biner, und daf ift allef meine Fuld.«

Aber Biner, bis ins Mark ein Perfektionist, verfluchte nur sich selbst. Nein, auch mit den erschütternden Enthüllungen von Safar konnte er sein Versagen nicht entschuldigen. Und auch, daß er zwei Tage nicht gegessen und geschlafen hatte, zählte nicht. Ihm allein gebührten die Vorwürfe.

Ein Zirkusdirektor mußte sich darum kümmern, daß alles in Schuß war, und er mußte gleichfalls mögliche Probleme vorausahnen, und bei den Göttern, diese Aufgabe hatte er jämmerlich vernachlässigt.

Aus diesem Grund übernahm Biner nun die gefährlichsten Arbeiten persönlich, während rings umher explodierende Pfeile einschlugen. Er füllte den Treibstoff in die Brenner, derweil andere seiner Männer gegen das Feuer kämpften.

Er wich den scharfen Kanten der zerrissenen Drahtseile aus und brachte neue an. Einmal fing sein Hemd Feuer, als er gerade Ballastsäcke an Bord hievte.

Arlain hielt die Brände in Schach und unterstützte ihn auf diese Weise.

Trotz Biners und Arlains und all der anderen Leute Einsatz schienen ihre Mühen vergeblich zu sein. Die Geschosse gingen immer näher und näher herunter, denn Rhodes' Ingenieure korrigierten die Ausrichtung der Maschinen nach jedem Schuß.

Ein Pfeil, dick wie ein Mann, schlug mitten auf Deck ein und setzte die Planken in Brand.

Arlain führte ihre Feuerwehr sofort dorthin, doch die Hitze wurde schnell unerträglich, und so mußten sich alle außer der Drachenfrau zurückziehen. Heiße Flammen leckten an ihrem schuppenbesetzten Körper, während sie Schaum auf das Feuer spritzte.

Hätte es sich um eine Zirkusnummer und nicht um eine wirkliche Gefahr gehandelt, so hätte ihr erotischer Anblick das Publikum verzaubert. Sie hatte einen solch phantastischen weiblichen Körper, der nur von einem kleinen Höschen und zwei winzigen Fetzen auf den Brüsten verhüllt wurde, und sie saugte die Flammen in ihren flachen Drachenbauch und hielt den Schlauch in den Drachenklauen und sprühte Schaum in den Brandherd.

Doch war es kein Zirkuskunststück, und das Feuer trieb sie zurück und leckte an ihrem wunderschönen Leib. Dennoch gab sie nicht auf.

Dann tauchte Eeda plötzlich in der Tür des Burgfrieds auf, rannte herbei, vollführte wilde Gesten mit den Händen und beschwor einen feuererstickenden Zauber. Unter ihrem Gewand war der Bauch bis zum Platzen angeschwollen. Sie sah aus, als würde sie ihr Kind jeden Moment zur Welt bringen.

Ein kalter Wind blies in den Hof, löschte die Flammen und war wieder vergangen.

»Steigt hoch, so schnell ihr könnt!« rief Eeda Biner und Arlain zu. »Ich glaube, für einen zweiten Zauber dieser Art fehlt mir die Kraft!«

Biner und Arlain brauchten nicht noch besonders zur Eile angetrieben zu werden, sie gaben ohnehin alles. Und Minuten später hob das Luftschiff ab und stieg schnell zum Himmel auf, während die nächste Salve brennender Pfeile heransirrte.

Und Eeda lief rasch in den Burgfried zurück, in dem es wenigstens einigermaßen sicher war.

Coralean beschlich eine böse Vorahnung, während er am Rand des Pentagramms mit den goldenen Kacheln wartete. Die Ereignisse überstürzten sich, und er hatte das Gefühl, sie entzögen sich vollkommen seiner Kontrolle. Die Gestalten der Götter und Göttinnen auf der wundersamen Windrose anzustarren half auch niemandem weiter.

Besonders galt dies für das Bildnis der Göttin Lottyr, deren Zacke als einzige in die andere Richtung, in die gemalten Flammen der Hölle zeigte.

Hinter ihm führten sechs kyranische Soldaten Yorlains Berater durch den Raum und trieben sie zu der Treppe, über die man die Kerker unten erreichte.

Inzwischen stand Khysmet mit wedelndem Schweif in der Mitte der Windrose. Aufgeregt bebten seine Muskeln.

Iraj, der Safars Körper benutzte und mit Safars Stimme sprach, sagte zu dem Tier: »Ruhig, mein Freund.«

Dann schwang er sich in den Sattel des großen Hengstes. Er beugte sich herab und streckte Palimak die Hand entgegen, doch der junge Mann schüttelte nur den Kopf und sprang ohne Hilfe hinter Iraj auf den Rücken des Pferdes.

Khysmet wieherte tatendurstig und stampfte mit den Hufen auf die Windrose.

Iraj kicherte ihn sich hinein, als er Coraleans bekümmertes Gesicht bemerkte. Mit seiner eigenen Stimme sagte er: »Du brauchst dir keine Sorgen zu machen, alter Freund. Für diesen Augenblick wurden Safar und ich geboren, und jetzt werden wir siegen oder untergehen. Du hältst uns nur Rhodes vom Hals, und wir übernehmen den Ritt in die Hölle.«

Der Karawanenmeister seufzte tief. »Falls Coralean jedesmal, wenn man ihm sagte, er möge sich nicht sorgen, eine Kupfermünze bekommen hätte, wäre er jetzt reicher, als er sowieso schon ist.«

Iraj lachte. »Warum sprichst du immer soviel von Gewinn?« fragte er halb im Scherz. »Diese Welt besteht schließlich nicht nur aus Geld, nicht wahr?«

Nun war es an Coralean zu lachen. »Das war stets dein Problem, Majestät«, erwiderte er. »Du glaubst, Gewinn sei etwas Schlechtes, etwas Schmutziges. Ich, Coralean, hingegen weiß, daß er etwas von erhabener Schönheit ist. Er ist das Herz aller sterblichen Bemühungen.

Ein weiser Kaufmann drückte es einst so aus: ›Der Gewinn treibt die ganze Zivilisation voran.‹ Wie wahr, wie wahr. Denn ist es nicht der Gewinn, der Könige macht; und der Mangel daran, der sie stürzt? Und erlaubt es nicht der Gewinn dem Künstler, seine Kunst auszuüben, dem Musiker zu musizieren?

Oder, anders gesagt – wenn du und mein alter Freund Safar Timura heute siegt, wird nicht die ganze Welt dadurch gewinnen? So spottet also nicht. Sondern preist den Himmel für den Gewinn!«

Palimak war noch immer verwirrt und vor allem wütend angesichts des zwiefältigen Wesens, mit dem er es zu tun hatte. Er unterbrach den Karawanenmeister barsch: »Nichts für ungut, aber könnten wir jetzt den Zauber beschwören und fortfahren?«

In diesem Moment eilte Eeda bleich und offensichtlich unter großen Schmerzen leidend herein. »Vergebt mir, mein Herr Gemahl« rief sie, »doch unser Kind drängt auf die Welt!«

Diese Nachricht erschütterte Coralean, und er hob Eeda sofort vom Boden und nahm sie in seine Arme. »Wir müssen eine Hebamme finden!«

»Nein, nein, mein Herr Gemahl«, erwiderte Eeda. »Das kann ich auch allein – wenn du mir nur beistehst.«

»Natürlich werde ich dir nicht von der Seite weichen«, gab Coralean schwach zurück. »Was soll ich tun?«

»Die Geburt des Kindes kann den Zauber unterstützen«, meinte Eeda. »Darum setz mich bitte auf dem Boden ab. Und laß mich – und unseren Sohn – unsere Magie wirken.«

Im Inneren von Iraj begriff Safar, welche Absicht Eeda hegte. Er rührte sich in seinem Hort und drängte Protarus, den richtigen Moment abzuwarten. Eedas Tapferkeit rührte auch Palimak an, und er flüsterte Iraj ebenfalls zu, er möge noch verharren.

Coralean legte Eeda sanft auf den Boden, lief los und holte Decken und Kissen, um es ihr bequemer zu machen. Während er die Polster unter sie schob, stöhnte sie und packte seine Hand.

Dann schrie sie: »Er kommt, mein Herr Gemahl! Er kommt!«

Derweil sie in den Wehen lag, gab Safar das Zeichen, mit dem Zauberspruch zu beginnen.

Er zog Palimaks Kraft hinzu, die der Gehilfen, bediente sich außerdem Eedas Magie und schmiedete die Worte des Zaubers:

»Acht Winde stürmen, acht Winde wehen,
Ist's Leben oder Tod, für das sie stehen?
Wo ist's, daß die Viper der Rose sich verbirgt?
Welcher Schrecken wird dort gegen uns gewirkt?
In die Hölle eilen unsre Seelen hinfort:
Nach Osten und Westen, nach Süden und Nord.
Nach Norden und Süden, nach Osten und Westen.
Die Götter erwachen, geben wir unser Bestes!«

Durch Irajs Augen sah Safar, daß Eeda wie vom Blitzschlag getroffen zusammenzuckte. Dann hielt Coralean etwas Kleines, Schreiendes, Blutiges in der Hand.

Im nächsten Moment gab der Boden unter Khysmets Hufen nach, und sie fielen durch Finsternis auf ein großes, feuriges Licht zu.

52

Spione und andere Lügen

Weil Rhodes nur Augen für den Angriff seiner Tochter hatte, entging ihm der Start des Luftschiffes, welches sich plötzlich über dem Burghof erhob. Jooli rannte auf sein Kommandozelt zu, durchbrach alle Linien und metzelte jeden nieder, der sich ihr in den Weg stellte.

Ihre schrillen Schreie hallten den Hügel herauf und ließen sein Blut erstarren. Obwohl sie noch weit entfernt war, glaubte er, die Wut und den Haß in ihren Augen funkeln zu sehen. Und beides richtete sich allein gegen ihren Vater.

Begleitet wurde sie von einem Trupp kyranischer Soldaten, die einen fürchterlichen Blutzoll unter seinen Männern einforderten. Und obwohl er wußte, daß Jooli doch nur das Unausweichliche aufschob, denn schließlich würde seine Falle jeden Moment zuschnappen, erzeugte die Wildheit ihres Angriffs Furcht in seinem Herzen.

Sicherlich war Rhodes ein tapferer Mann, aber jetzt erfüllte ihn plötzlich ein heftiges Schuldgefühl, weil er sein eigen Fleisch und Blut so grausam behandelte, und er stellte sich vor, wie ihre heiße, rachedurstige Klinge sich in seiner Brust vergrub.

»Packt sie! Packt sie! Packt sie!« schrie er seinen Offizieren zu.

Die Hysterie des Königs versetzte sie in Angst und Schrecken, und sie liefen verwirrt umher und brüllten ihren Untergebenen Befehle zu.

Nur Tabusir behielt einen klaren Kopf. Rasch und zielstrebig schritt er zu Clayres Sänfte. Der Spion hatte eine Pflicht zu erledigen, auf die er sich von ganzem Herzen freute.

Clayre sah ihn kommen und lächelte ihm schmallippig entgegen. Sie mißtraute Tabusir und mochte ihn nicht im mindesten, aber vor allem beschlich sie seit einiger Zeit der Verdacht, ihr Sohn würde ein falsches Spiel mit ihr treiben und dazu den Spion benutzen.

Im Geiste ging sie alle möglichen Verschwörungen durch, die gegen sie ausgeheckt worden sein mochten. Vielleicht würde sich Rhodes im letzten Moment mit seiner Tochter verbünden und sich gegen Clayre wenden.

Vielleicht war diese Idee nur die Ausgeburt ihrer fieberhaften Phantasie. Falls es sich nun aber tatsächlich so verhielte? Gleichgültig, wie erbittert sie sich stets gegenübergestanden hatten, immerhin waren sie Vater und Tochter.

Für den Fall, daß Jooli den Hinterhalt ihres Vaters überlebte und diesem einen Handel vorschlug, machte sich Clayre keine Hoffnungen hinsichtlich des Schicksals, das ihr blühen würde. Jooli war eine mächtige Hexe und eine hervorragende Kriegerin, und sie würde dafür sorgen, daß das Ende des Tages ihre Großmutter als Leiche sehen würde.

Und plötzlich packten Clayre die gleichen Schuldgefühle wie ihren Sohn, und sie konnte nur noch an die Absichten ihrer Enkelin denken.

Sie mußte ganz sichergehen, gleichgültig, wie hoch der Preis war.

Daher hatte sie während des Sturms nach Tabusir geschickt, dem korruptesten aller bestechlichen Männer, und sie hatte ihm mit Gold und zweideutigen Versprechungen den Verstand umnebelt.

Clayre war eine wunderschöne Frau, eine reiche Frau dazu, und sie kannte sich in der Kunst der Verführung bestens aus. Sie brauchte nur ein wenig Gold und ein paar heißblütige Andeutungen fallenzulassen, um den Spion auf ihre Seite zu ziehen.

Und der enttäuschte sie nicht, denn jetzt, da sich Joolis Tod näherte, stellte er sich wie geplant bei der Königinhexe ein.

Als sie ihn bemerkte, verwandelte sich die Zufriedenheit in ihrem Lächeln in erotische Wärme. Sie betörte ihn mit ihrer Schönheit, während er vor ihr auf die Knie ging und ihr mit angemessener Geste seine Treue und seinen Gehorsam verkündete.

»Du bist so ein hübscher Kerl«, murmelte sie in den verlockendsten Tönen. »Da kniest du so stattlich vor mir, daß mein Herz zu klopfen beginnt.«

Tabusir drückte die Stirn auf den Boden. »Ich bin doch auch nur ein Mann, Majestät. Ein Mann, der Euch verehrt, der vor Liebe zu Euch brennt. Wenn ich es nur wagte, Euch in die Arme zu schließen und zu küssen!«

»Bald, mein Prächtiger, bald«, hielt Clayre ihn hin und log dabei nur halb. »Geduld. Denn auch ich sehne mich nach dir.«

Sie zog den Spion auf die Beine und blickte ihm tief in die Augen. Sein verlangendes Beben und Zittern als Reaktion auf ihre Person erfreute sie.

Aus ihrem Mieder zog sie ein langes Röhrchen hervor und reichte es ihm. »Dies habe ich für meinen Sohn gefertigt.«

Er nahm die beiden Hälften der Röhre auseinander und hielt einen Wurfpfeil in der Hand. Tabusir wollte die Spitze mit dem Finger prüfen, doch sie bremste ihn: »Nein, nicht! Sie ist vergiftet.«

Tabusir holte scharf Luft und zog den Finger gerade noch rechtzeitig zurück. Die Spitze war mit einer gelblichen Paste bestrichen.

»Ein Pikser wird genügen«, erklärte sie ihm. Sie zeigte den Hügel hinunter, wo Jooli und die Kyranier sich durch die Reihen ihres Sohnes schlugen.

»Sollte meine Enkelin am Ende doch siegen«, sagte sie, »könnte sie meinen Sohn gegen mich aufbringen. Falls dies geschieht, brauchst du nur so nahe an den König heranzukommen, daß du den Pfeil werfen kannst.

Ich werde ihn nicht töten, nein, das habe ich dir schon gestern nacht gesagt. Aber ich muß ihn lähmen, seinen Körper und seinen Willen, bis wir entschieden haben, was wir mit ihm tun.«

Tabusir betrachtete den Pfeil genau. Er bewunderte die Handwerkskunst. Das Gesicht der Göttin Lottyr war auf der einen Seite eingraviert. Und der Schaft war hingebungsvoll geschärft worden, bevor man ihn mit Gift bestrichen hatte.

»Und Königin Jooli?« fragte Tabusir. »Auch nachdem wir Euren Sohn beseitigt haben, stellt sie noch immer eine Bedrohung dar.«

»Um Jooli brauchst du dir keine Gedanken zu machen. Mein Sohn bereitet mir die größten Sorgen.«

Eigentlich erschreckte sie vor allem Kalasariz, der in ihrem Sohn wohnte. Der Spion und Rhodes bildeten ein hübsches Pärchen. Natürlich verriet sie ihrem neuen Verbündeten darüber kein Wort.

Lächelnd beugte sich Tabusir zu Clayre vor und hauchte: »Ich stehe Euch zu Diensten, meine Königin. Aber dürfte ich mir zuvor einen Kuß erbitten, um meine Nerven zu stählen, ehe Ihr mich auf den Weg schickt?«

Warum nicht? dachte Clayre. Tabusir sah tatsächlich recht passabel aus, und dazu war er noch klug. Gewiß würde sie ihn zum Tode verurteilen für seine Tat, die er an einem Mitglied der königlichen Familie begangen hatte. Trotzdem konnte ein kleiner Kuß nicht schaden.

Daher küßte sie ihn also, tief und innig. Mit Wollust fühlte sie Tabusirs Schaudern.

Aber während er sich ihr sanft entzog, flüsterte er: »Hier habt Ihr ein Geschenk von Eurem Euch liebenden Sohn, Majestät!«

Und er rammte ihr den vergifteten Pfeil in die zarte, sich hebende Brust.

Augenblicklich war Clayre gelähmt – erstarrt zur lebenden Statue. Auf ihrem Gesicht zeichnete sich große Überraschung ab.

»Versteht Ihr, Majestät«, sagte Tabusir, »nachdem ich gestern nacht mit Euch gesprochen hatte, erstattete ich Eurem Sohn Bericht. Und er hat mir einen wesentlich besseren Vorschlag unterbreitet.«

Er küßte ihr unbewegliches Gesicht und rieb seine Lippen grob an den ihren.

Daraufhin wandte er sich ab, ging davon und beobachtete, wie sich der König mit seiner Tochter schlug.

Leiria knirschte ungeduldig mit den Zähnen, während sie darauf wartete, daß Rhodes seine Falle zuschnappen ließ. Aus ihrem Versteck in den Ruinen eines Bauernhauses heraus beobachtete sie ihre Freundin bei ihrem Sturmangriff.

In ihrer Umgebung hielten sich weitere fünfzig Kyranier versteckt, die alle darauf brannten, endlich in den Kampf einzugreifen.

Ihr gegenüber verbargen sich Renor und Sinch, und sie hörte, wie die beiden nach Luft schnappten, da sich jetzt mehrere feindliche Soldaten Jooli in den Weg stellten. Sie seufzten erleichtert, als die Kriegerin sie ohne Mühe niedermachte.

»Still da drüben!« zischte Leiria. »Oder wollt ihr uns verraten?«

Keineswegs nahm sie ihnen die jugendliche Anspannung übel. Sie selbst war genauso aufgeregt. Die Burg hatten sie bereits vor mehreren Stunden verlassen, während der Sturm noch tobte.

Naß bis auf die Haut und vom Wind durchgeschüttelt, hatten sie bereits eine Schlacht gegen die Elemente hinter sich, lange bevor sie das erste Mal die Klinge mit Rhodes' Männern kreuzen würden. Am Ende fanden sie auf beiden Seiten des Weges gute Verstecke, und so würden sie Rhodes' Hinterhalt mit einem eigenen Hinterhalt beantworten.

Sie hockten ein gutes Stück hinter der Stellung, in der sich Soldaten des Königs verbargen, die sich gerade auf Joolis Eintreffen vorbereiteten.

Nur ungern gab sie es zu, aber die ganze Sache war Irajs Idee gewesen. Der meisterliche Taktiker in ihm hatte sofort vermutet, daß Lottyr Rhodes über den geplanten Überraschungsangriff der Kyranier Bericht erstatten würde.

Da die Göttin in Königin Yorlains Körper gefahren war, hatte sie alle Einzelheiten des Plans belauschen können.

»Er wird also selbst einen Überraschungsangriff in die Wege leiten«, hatte Iraj mit seiner eigenen Stimme gesagt. »Doch dafür werden wir gewappnet sein.«

»Und ich spiele den Köder?« wollte Jooli wissen. Ihre Augen leuchteten bei dieser Aussicht.

»Genau«, antwortete Iraj.

Leiria schauderte bei der Erinnerung an diese seltsame Szene. Irajs Stimme aus dem Mund ihres geliebten Safars. Sie hatte sich fürchterlich dreckig gefühlt.

Diesen Gedanken schob sie beiseite. Jetzt war weder der richtige Ort noch die richtige Zeit für solche Schwächen. Trotzdem fragte sie sich, ob sie und Safar jemals ein gemeinsames Leben führen würden.

Sie biß sich auf die Unterlippe und vertrieb die Frage mit Hilfe des Schmerzes.

Zur Hölle, am Ende dieses Tages würden sie alle vermutlich tot sein!

Sie konzentrierte sich auf Jooli und ihre Männer. Beobachtete ihren Kampf, ihren Vormarsch die Straße hinauf, die Leichen, die sie hinter sich zurückließen. Sie sah die schemenhaften Gestalten von Rhodes' Männern, die sich von allen Seiten anschlichen. Bemerkte die Flagge, die über Rhodes' Kommandoposten trotzig im Wind flatterte.

Dann erreichten Jooli und ihre Leute die Biegung in der Straße, und die feindlichen Truppen sprangen aus ihren Verstecken hervor. Sie hörte laute Schlachtrufe, und der König hatte seine Überraschung aus dem Sack gelassen.

»Los!« schrie Leiria.

Sie zog das Schwert, erhob sich und gab das Signal, welches Irajs Doppelfalle zuschnappen ließ.

Rhodes stand der Mund wie einem Dorftrottel offen, als er Leiria und ihre Soldaten aus ihrem Versteck stürmen und seine Männer angreifen sah.

»Wo zum Teufel kommen die her?« brüllte er.

Aber niemand antwortete, denn seine Offiziere waren genauso mit Verblüffung geschlagen wie ihr König. Ihr wunderbarer Plan war vereitelt.

Das Ganze dauerte nur ein paar Augenblicke. Seine Männer schrien überrascht auf, man hörte das Klirren von Stahl, und die Kyranier hatten ihre Arbeit erledigt.

Von seinem Hinterhalt war nur ein blutiger Haufen übriggeblieben, der gerade sein Leben aushauchte, derweil die Kyranier herumstanden, sich auf die Schwerter stützten, lachten und sich gegenseitig auf die Schultern klopften.

Er sah Jooli und Leiria, die sich, Schwestern gleich, in die Arme fielen. Dann drehten sie sich um und blickten den Hügel herauf zu ihm. Jooli zeigte auf ihn, und er konnte sich sehr gut vorstellen, was sie zu Leiria sagte.

Er wandte sich um und entdeckte Tabusir, der genauso betäubt dastand.

»Hol meine Mutter her!« schrie Rhodes seinen Spion an. Die Wogen der Angst und der Sorge spülten über die Klippen des Verstandes hinweg.

Tabusir gaffte ihn an. »Aber, Majestät«, entgegnete er, »Eure Mutter kann nicht kommen. Habt Ihr bereits vergessen?«

»Was hast du getan? Was hast du angerichtet?« plapperte Rhodes und zog das Schwert.

»Nur das, was Ihr von mir verlangt habt, Majestät« erwiderte Tabusir und wich zurück, um aus der Reichweite des Königs zu gelangen. Aber zwei Offiziere traten an seine Seite und packten ihn an den Armen.

»Bitte, Majestät!« flehte Tabusir und fühlte, wie der Grund, den er sich so sorgsam bereitet hatte, unter ihm wegglitt. »Ich habe Eurer Mutter nur das angetan, was sie Euch antun wollte. Ich habe nur Euren Befehl ausgeführt!«

»Verflucht seist du!« dröhnte Rhodes. »Wie kannst du es wagen, solche Anschuldigungen gegen mich zu richten? Ich bin der König!«

Und mit einem einzigen Hieb trennte er Tabusir den Kopf vom Rumpf.

Daraufhin rannte er zu seiner Mutter, und seine Männer wichen eilig auseinander, als sie die Todesfurcht in den Augen des Königs und das blutige Schwert in seiner Hand erblickten.

Clayre saß allein in ihrer Sänfte. Ihre Sklaven hatten bereits das Weite gesucht und sämtliche Gegenstände von Wert, die sie in ihrer Hast fanden, mitgenommen. Um alles in der Welt wollten sie dem Zorn des Königs entkommen, wenn er erfuhr, daß seine Mutter ermordet worden war.

Ihre Seidenroben hatte man ihr vom Leib gerissen, und so war sie halb nackt. Ihr Geldbeutel und ihr Edelsteinschmuck fehlten. Ihr magischer Tisch war zerbrochen, das Pentagramm aus Goldkacheln hatte man geraubt.

Selbst die Sänfte war nicht unbehelligt geblieben – die goldenen Verzierungen und Juwelen waren aus ihren Halterungen gebrochen worden.

Rhodes warf sich auf sie und heulte: »Es tut mir so leid, Mutter! So leid! Ich habe den Schurken getötet, der dir dies angetan hat!«

Dann spürte er ihr steinhartes Fleisch und fuhr zurück, als habe sie Lepra.

Und er schrie: »Ich brauche dich, Mutter, mehr denn je! Bitte, hilf mir!«

Aber zur Antwort erhielt er nur den überraschten Ausdruck, in dem ihr Gesicht erstarrt war. Der vergiftete Pfeil ragte noch aus ihrer Brust.

Der König fiel auf die Knie und jammerte.

In seinem Inneren witterte Kalasariz das Blut des Verlierers und erhob sich aus seinem Nest wie ein großer weißer Hai, der aus den kalten, dunklen Tiefen des Meeres auftaucht und blutgierig ein Opfer sucht.

Er hatte zwar die Dämonen Luka und Fari in seinem Bauch, aber er war so hungrig, oh, so hungrig.

Und aus dem Nichts flüsterte Lottyr ihm zu: *Du hattest recht, Kalasariz. Der König hat versagt.*

Der Meisterspion erwiderte darauf nichts, sondern jagte weiter auf die Seelen zu, die sie ihm anbot wie Perlen in einer süßen Auster.

Zuerst verschlang er Clayre, und ach, war das gut, und ach, schmeckte sie köstlich. Er spürte, wie das Feuer in seinem Magen mit erneuerter Kraft und Energie aufloderte. Dann entdeckte er die Seele von Rhodes, der noch immer um seine Mutter weinte. Und diese Seele war noch delikater und labender als die von Clayres.

Er führte sich stark, so stark. Und sein Verstand, den er stets so hoch geschätzt hatte, konnte nun alles klar erkennen.

Kalasariz/Rhodes wirbelte herum, brüllte seine Männer an, und diese fielen vor ihrem furchterregenden Herrn auf die Knie.

Kalasariz dachte: Das ist gut. Das ist sehr, sehr gut.

Er bemerkte Coralean, der auf einem großen Pferd den Berg heraufritt. Der Karawanenmeister war so groß, daß seine Füße über den Boden schleiften. Er hielt eine kleine Frau in den Armen. Und diese wiederum trug ein Bündel, welches Kalasariz nicht richtig ausmachen konnte.

Auf der anderen Seite von Coralean marschierten Leiria und Jooli. Ihre Rüstungen glänzten rötlich im Licht des Dämonenmondes. Ihnen folgten Soldaten – kyranische. Sie hatten sich für den letzten Schlag gerüstet.

Und jenseits von ihnen, hoch über dem Kegel des Vulkans, entdeckte Kalasariz das fabelhafte Luftschiff, das wieder frei in den Lüften segelte. Und es war bereit, jederzeit König Rhodes' Stellungen zu bombardieren.

Kalasariz fühlte sich enttäuscht. So weit war er gekommen. Hatte so viel gewagt. Und jetzt, kurz vor dem großen Sieg, war er schon geschlagen?

Und Lottyr flüsterte ihm zu: *Ich habe dir zwei Schlachten versprochen, Kalasariz. Und nur die zweite zählt wirklich.*

Erneut keimte Hoffnung in ihm auf. Und obwohl er die Antwort sehr wohl kannte, fragte er: Gegen wen kämpfen wir?

Lottyr antwortete: *Gegen Safar Timura und Iraj Protarus. Sie erwarten uns am Tor zur Hölle!*

Die Gier des Meisterspions loderte bei dieser Aussicht von neuem auf. *Dann wollen wir gegen sie kämpfen!*

In diesem Augenblick vernahm er ein Schreien, das aus großer Ferne zu ihm vordrang. Es klang wie ein Neugeborenes, das nach dem Leben verlangt.

Was ist das? fragte er.

Nur ein Kind, Kalasariz, antwortete sie. *Nichts, worüber du dich sorgen mußt.*

Aber er machte sich Sorgen. Und während die ganze Welt um ihn herum zu schimmern begann und sich auflöste, hörte er wieder das Schreien des Kindes.

Dann plötzlich schritt er über einen breiten Strand und hielt ein Schwert in der Hand. Trommeln wurden geschlagen, Hörner geblasen, und Menschen sangen ein Lied.

Kalasariz beobachtete sie, wie sie nackt unter hohen Palmen tanzten und die wunderschöne Königin priesen, die ihren Reigen anführte. Im Hintergrund sah er den Vulkan.

Schwarzer Rauch und wütende Funken stoben in den Himmel.

Er wußte, noch immer war er in Hadin, aber einem anderen Hadin. Die Armeen und die Schiffe existierten nicht mehr. Nur diese tanzenden Menschen und der Vulkan, der den Eindruck erweckte, er würde im nächsten Moment ausbrechen.

Lottyr flüsterte ihm zu: *Warte hier!*

Und so wartete er, stützte sich auf sein Schwert und fühlte sich im Körper von König Rhodes wohl. Mächtige Magie strahlte von seinem Bauch ab, wo seine Feinde einen ganz anderen Reigen tanzten, an dem sie gewißlich nicht soviel Freude hatten wie die Bewohner der Insel an ihrem.

Kalasariz brauchte die Göttin nicht zu fragen, auf wen er warten sollte.

Er kannte auch diese Antwort: Safar Timura und Iraj Protarus. Voller Vorfreude lachte er.

Als Jooli die Spitze des Hügels erreichte, überraschte es sie kaum, daß ihr die Soldaten ihres Vaters aus dem Weg gingen und sich respektvoll vor ihr verbeugten.

Diese Männer kannten sie – früher einmal war sie ihre Königin gewesen. Und nachdem sie ihren Vater endgültig besiegt hätte, würde sie den Thron endlich besteigen.

Dann stieg ihr der Gestank von Magie in die Nase, und sie beschleunigte ihre Schritte, eilte Coralean voraus und auf eine Gruppe von Offizieren zu, die um die Sänfte ihrer Großmutter standen.

Sie waren erbleicht und zitterten, aber keineswegs aus Furcht vor Jooli. Sie wichen auseinander, während sie heranstürmte. Leiria war ihr dicht auf den Fersen und hatte das Schwert gezogen, um ihrer Freundin den Rücken zu decken.

Jetzt erkannte Jooli, was geschehen war, und erstarrte. Sowohl ihr Vater als auch ihre Großmutter waren tot. Clayre lag in ihrer Sänfte, und König Rhodes war davor zusammengesunken.

Einer der Offiziere jammerte mit ängstlicher Stimme: »Wir waren es nicht, Majestät! Von unserer Hand sind sie nicht gestorben!«

Jooli erwiderte nichts, sondern schüttelte nur den Kopf. Sie wußte recht gut, daß diese beiden ihr Ende nicht durch Sterbliche gefunden hatten.

Während sie noch nach einer Antwort suchte, begannen die Leichen in einem seltsamen Licht zu schimmern.

»Zurück!« rief sie den Männern zu.

Die brauchten keine Warnung, da sie bereits die Flucht ergriffen hatten.

Das Licht wurde heller und heller, die Leichen verblichen weiter.

Ein zweifaches Krachen ertönte, als magische Mächte die Luft spalteten, und die beiden Toten waren verschwunden!

Jooli drehte sich zu Leiria um. »Das war Lottyr!« erklärte sie fast im Flüsterton.

Sie riß sich zusammen. Dies war nicht der richtige Zeitpunkt, über ihre Gefühle für ihren Vater und ihre Großmutter nachzudenken.

Und sie fügte hinzu: »Aber sie sind nicht wirklich tot. Nun, nicht so, wie du und ich ›tot‹ kennen.«

»Wo sind sie denn hin?« fragte Leiria.

Der Boden unter ihren Füßen rumorte, und mehrere Soldaten riefen: »Der Vulkan! Der Vulkan!«

Jooli drehte sich langsam um und zeigte auf den kegelförmigen Berg. Dicker Rauch wallte auf, und Lava ergoß sich über die Hänge.

»Dort«, sagte sie.

Leiria war verwirrt. Und ihre Konfusion wuchs noch, als Coralean sie mit seiner kräftigen Stimme anrief.

»Eeda möchte mit euch sprechen!«

Sie gingen zu der jungen Mutter, die noch immer in den starken Armen ihres Mannes lag und ihrem Kind die Brust gab.

»Safar braucht uns«, verkündete Eeda mit schwacher, doch eindringlicher Stimme.

»Was sollen wir machen?« fragte Leiria. Die Furcht um ihren Liebsten umklammerte ihr Herz wie eine kalte Faust.

Eeda deutete auf den Vulkan. »Das Luftschiff«, erklärte sie. »Wir müssen alle an Bord des Luftschiffes gehen. Nur von dort aus können wir ihn retten.«

Sofort gab Leiria Biner das Zeichen zu landen. Inzwischen befahl Jooli den Soldaten ihres Vaters, sie sollten so schnell wie möglich fliehen.

»Kehrt zu den Schiffen zurück«, wies sie die Männer an, »und segelt wie der Teufel nach Syrapis. Dort werde ich euch treffen, und nach und nach werden wir die Ordnung im Königreich wiederherstellen.«

Das brauchte man ihnen nicht zweimal zu sagen. Sie ließen Rüstung und Waffen fallen und rannten los und drehten sich nicht noch einmal um, als der Vulkan die Erde unter einem weiteren Stoß erbeben ließ.

Leiria erteilte den Kyraniern ähnliche Befehle. Sie würde nur Renor, Sinch und Sergeant Hamyr bei sich behalten. Der Rest sollte zu den Schiffen eilen, die Piratenkapitäne dazu bringen auszulaufen, und weit vor der Insel zu warten.

»Falls wir es nicht schaffen«, fügte sie hinzu, »kehrt ihr nach Syrapis zurück und berichtet unseren Freunden, was hier geschehen ist.«

Das Luftschiff war gelandet, und die anderen gingen bereits an Bord.

Leiria folgte ihnen, und sie hoffte, daß sie diesmal nicht zu spät kommen würde.

53
In die Hölle

Sie fielen durch heiße Finsternis, und um sie herum hörten sie überall etwas, das wie Peitschenknallen klang. Weit unter ihnen dröhnte der stumme Schlag großer Eisentrommeln, und das ferne Klagen Hunderter Gefolterter drang zu ihnen vor.

Rote Flammenzungen leckten nach ihnen, und Khysmet schwenkte im Flug herum und wich den meisten heißen Speeren aus. Der große Hengst wieherte wütend, als ihn eine Flamme traf, dann schlug er wieder den richtigen Kurs ein und setzte die Jagd mit noch größerer Geschwindigkeit fort.

Palimak spürte einen sengenden Schmerz in seinem Oberschenkel, doch er ignorierte ihn und konzentrierte sich auf den Transportzauber, den er mit seinem Vater und Eeda gewirkt hatte.

Sie stürzten tiefer und tiefer ins Innere dieser riesigen Zaubermaschine, und allein der Transportzauber leitete sie.

Riesige Zahnräder knirschten irgendwo in der Dunkelheit.

Sie wurden von gewaltigen klirrenden Ketten angetrieben, welche die höllische Maschine in Gang hielten, damit sie ihren geheimnisvollen, wenngleich eindeutig bösen Zweck erfüllte.

Gundara und Gundaree schnatterten ihm ängstlich ins Ohr und riefen die ganze Zeit in endlosem Chor: »Paß auf, Kleiner Meister! Hüte dich! Hüte dich!«

Er konnte keine Gefahren sehen, die ihm drohten – er spürte nur eine fürchterliche Präsenz, die mit den Zähnen knirschte, mit den Klauen klapperte und nach verfaultem Fleisch stank.

Khysmet hielt keinen Augenblick lang an, nur manchmal segelte er von einer Seite zu anderen, um die größten Bedrohungen zu vermeiden.

Palimaks Instinkte schrien danach, daß er das Schwert ziehen und sich verteidigen müsse, doch außer einer gelegentlichen Wolke greller Funken, die zu ihnen emporstob, konnte er nichts sehen.

Ein Gedicht von Asper kam ihm in den Sinn – es drängte sich einfach in seine Gedanken und verscheuchte die Angst.

Palimak sprach es laut und fügte die Magie des alten Dämonen dem Transportzauber hinzu:

»In die Hölle hinab flog meine Seele,
Und wußte nicht, ob wir sterben oder leben.
Sie sagte: Nur Lügen, Lügen, Lügen!
Wahrheit wird's im Himmel nicht geben.«

Palimak spürte, wie seine Kräfte zurückkehrten und seine Ängste sich auflösten. Seine kalte Dämonenseite öffnete sich wie ein gähnendes Tor.

Die Krallen schoben sich aus seinen Fingern, und nun fühlte er sich stark und bereit für jedes Ungeheuer, das ihm begegnen mochte.

Dann blickte er über die Schulter der Kreatur, die den Körper seines Vaters beherrschte, und entdeckte eine große rote Lichtkugel. Es schien, als näherten sie sich dem Ende eines unglaublich langen Tunnels.

Er hatte auch vom Anfang des Tunnels aus ein helles Licht gesehen, welches jedoch bald von der Finsternis verschlungen worden war.

Nun schaute er genauer hin und packte Safars Gewand fester. In der Lichtkugel zeichnete sich ein Gesicht ab. Ein Gesicht, das er nur zu gut kannte.

Es war der Dämonenmond.

Iraj genoß Khysmets wilden Galopp durch den Schlund der Hölle. Sein Blut siedete, die Vorfreude auf den Kampf ließ seinen Körper brennen, und er fühlte sich, als könnte er es mit den Göttern persönlich aufnehmen.

Wenn die Ungeheuer aus der Dunkelheit krochen und ihre Anwesenheit nur durch den Schlag ihrer ledernen Flügel kundtaten, so lachte er laut, weil Khysmet rasch auswich und so ihre Angriffe abwehrte.

Die schrecklichen Geräusche der großen Maschine und das ferne Todesklagen ließen seine Blutgier nur noch lauter singen.

Er wußte nicht, was sie am Ende des magischen Rittes durch die Geisterwelt erwartete, aber das interessierte ihn auch gar nicht.

Dort war sein Feind, und das genügte.

Welcher Feind?

War das wichtig?

Nein!

Enthülle mir nur dein Gesicht, dachte er. Und du wirst den Tag verfluchen, an dem du dir Iraj Protarus als Gegner ausgesucht hast!

Dann entdeckte er, weit unter sich, den Dämonenmond. Khysmet flog geradewegs auf ihn zu.

Wartet der Feind dort? fragte er sich. Und dann dachte er: Vielleicht ist ja der Mond selbst unser Gegner?

Er lachte. Wie schön könnte man damit prahlen: Ich war derjenige, der den Dämonenmond getötet hat!

Obwohl Safar von Irajs Gefühlen hin und her geworfen wurde, hielt er seine eigenen fest im Zaum. Er kümmerte sich nicht um die Gefahren, die in der Finsternis lauerten, und er erlaubte es sich auch nicht, Khysmets Flugkünste zu bewundern.

Sein ganzes Denken war auf den Transportzauber gerichtet. Er hoffte nur, das gleiche träfe auch auf Palimak zu.

Mehrmals hatte er bemerkt, wie die Aufmerksamkeit seines Sohnes nachließ und der Zauber schwächer wurde.

Wenn er nur mit Palimak sprechen könnte! Er konnte sich recht gut vorstellen, was sein Sohn durchmachte: Das Wissen darum, daß der Körper seines Vaters von einem anderen, gehaßten Wesen erobert worden war. Das Gefühl, betrogen worden zu sein. Sich den Händen eines Fremden anzuvertrauen – eines Fremden, der noch vor kurzem alles daran gesetzt hatte, ihn zu töten.

Einmal hätte Safar Iraj fast gebeten, ob er nicht Palimak ein wenig Trost zusprechen dürfe. Aber dadurch hätte er vermutlich alles nur verschlimmert.

Denn woran würde Palimak erkennen, daß sein Vater sprach und nicht Iraj Protarus?

Dann wirkte der junge Mann plötzlich viel stärker, und Safar roch Dämonenmagie. Demnach hatte Palimak sich seiner Dämonenseite überlassen.

Und Safar fragte sich: Zu welchem Preis, mein Sohn? Zu welchem Preis?

Iraj sagte: *Bereite dich auf den Kampf vor, Bruder! Wir sind am letzten Tor!*

Safar sah das blutrote Gesicht des Dämonenmondes, die grinsende Totenmaske.

Khysmet wieherte herausfordernd, und Iraj griff nach seinem Schwert.

Warte, Bruder! sagte Safar. *Noch ist die Zeit für den Stahl nicht gekommen!*

In diesem Augenblick verwandelte sich das Gesicht des Dämonenmondes in eine Flammenwand. Der heiße Luftstoß warf Khysmet zurück, und sie wirbelten und wirbelten umher, während der Hengst sich verzweifelt aufzurichten suchte. Iraj und Palimak krallten sich fest.

Schließlich hatte sich Khysmet gefangen.

»Lauf!« rief Iraj und trat ihm die Hacken in die Flanken. »Lauf!«

Und der Hengst preschte auf die heißen Flammen zu.

Safar zischte: *Die Trompete! Wir brauchen die Trompete!*

Iraj holte das Muschelhorn aus seinem Gewand, setzte es an die Lippen und stieß hinein.

Jetzt legte Safar all seine magischen Kräfte in Irajs Atem. Und tausend Trompeten schien zugleich zu erschallen.

Ein bleiches Licht leuchtete auf, wuchs an und wuchs an. Dann sprang die wunderschöne Geisterreiterin auf ihrer prächtigen Stute aus dem Licht.

Sie drehte sich im Sattel um und schwenkte das Schwert. »Hier entlang, Safar!« rief sie.

Und sie trieb die Stute geradewegs auf die Flammen zu.

Khysmet wieherte lüstern beim Anblick der Stute und setzte ihr nach.

Plötzlich waren sie von einem Flammenmeer umringt. Große Feuerwogen bewegten sich von allen Seiten her auf sie zu. Aus diesen Wellen schossen sengende Zungen hervor.

Die Hitze und der Schmerz war so intensiv, daß Safar sich arg zusammenreißen mußte, damit er nicht schrie: Ich ergebe mich! Ich ergebe mich!

Iraj schauderte vor Schmerz und rief: *Bruder, was ist das?*

Safar fühlte, wie Palimak fester zugriff, wie sich seine Krallen durch den Stoff in sein Fleisch drückten. Er glaubte zu hören, wie sein Sohn schrie: »Vater! Vater!«

Aber dann erkannte er, daß Palimak eigentlich rief:

»Weiter! Weiter!« Und in all der Pein quoll Safars Herz vor Stolz auf seinen tapferen Sohn über.

Nun kam die Geisterreiterin wieder auf sie zu. Die schwarze Stute bäumte sich auf und schlug mit den Hufen in die Luft.

Blaue Lichtspeere lösten sich von den Hufen und vertrieben die leckenden Flammen. So öffnete sich ein Gang durch die siedende rote See.

Die Geisterreiterin riß das Pferd herum, rief ihnen abermals zu, sie sollten ihr folgen, und galoppierte davon, bis sie verschwunden war.

Khysmet jagte voran, und dann gab es ein Krach! Krach! Krach! Die lauten Explosionen trafen Safar mit solcher Wucht, daß er glaubte, alle Knochen in seinem Körper, den er mit Iraj teilte, würden zerschmettert.

Über alles legte sich ein Dunst. Tiefe Stille kehrte ein.

Jetzt hörten sie nur noch das Rauschen einer sanften Brandung, den rhythmischen Schlag der Erntetrommeln, und tausend frohe Stimmen, die sangen:

»O gute Dame, beuge dich.
Beuge dich, oh, beuge dich.«

54
Die Vampire von Hadin

Der Dunst lichtete sich, und Safar schritt durch warmen Sand. Khysmet war nicht mehr bei ihm, und auch die Geisterreiterin hatte ihn verlassen.

In der Ferne sah er die schönen tanzenden Menschen von Hadinland. Und da, da war ihre Königin, deren bronzefarbene Hüften und Brüste sich im Erntetanz wiegten.

Die ganze Szene wurde vom Vulkan überragt. Der Berg lockte und drohte zu gleicher Zeit.

In Safar stieg neue Hoffnung und Kraft auf. Er konnte wieder sehen, und er hatte die Kontrolle über seinen Körper zurückerlangt.

Er fühlte sich so stark, daß er die schwere Rüstung, die er trug, kaum spürte. Wenn das Schicksal seinen Tod wollte, wünschte er sich nur, ihm auf diese Weise entgegenzutreten.

»Willkommen, Bruder!« sagte eine vertraute Stimme.

Safar blickte nach links. Iraj ging neben ihm. In seinem polierten, königlichen Harnisch bot Protarus den gleichen jungen und stattlichen Anblick wie zu der Zeit, da er mit seinen Eroberungen begonnen hatte. Sein goldenes Haar und der goldene Bart leuchteten in der hellen tropischen Sonne. Er lächelte glücklich und unschuldig, als seien alle Sünden von ihm abgefallen.

»Die Frage ist doch«, sagte Iraj, »ob wir nach alldem, was geschehen ist, immer noch wahre Brüder sind?«

Safar wußte nicht recht, welche Antwort er darauf geben sollte.

Er war sich seiner Gefühle nicht sicher. Und selbst wenn er diese Klarheit in diesem schicksalhaften Moment besessen hätte, hätte er nicht gewußt, ob er überhaupt antworten sollte.

Und dann:

»Ich bin hier, Vater«, sagte eine andere Stimme.

Safar schaute nach rechts zu Palimak, der groß und schlank und mit breiten Schultern wie eine Eiche neben ihm stand. In seinen Augen glühte Dämonenfeuer, und die Krallen an seinen Fingern glänzten wie zehn scharfe Dolche.

Palimak lächelte und entblößte die langen Doppelreihen von Zähnen. Das Gesicht verwandelte sich noch weiter, die Stirn wölbte sich vor, das Dämonenhorn wuchs. Die Haut wurde rauher und nahm eine smaragdgrüne Farbe an.

Der Junge ließ traurig die lange Dämonenzunge vorschnellen und fragte: »Liebst du mich noch, Vater?«

Abermals war Safar verwirrt. Diesmal aus einem gänzlich anderen Grund. Wieso zweifelte Palimak an seiner Liebe? War er ein so gefühlloser Vater, daß sein eigener Sohn – wenn er auch nur adoptiert war – an seiner Liebe zweifelte? Unter welchen Umständen auch immer? Dämon oder Mensch, oder die Hälfte von beiden, was machte das für einen Unterschied?

Palimak war eben Palimak.

Dann dämmerte ihm: Dasselbe galt für Iraj!

Und Leiria, oh, ja, Leiria; sie liebte er ebenfalls.

Safar sagte: »Was können meine armseligen Worte schon ausdrücken? Du hast gefragt, mein Sohn, ob ich dich liebe. Natürlich liebe ich dich. Jetzt und für immer. Und du, Iraj. Du fragst mich, ob ich dein Freund bin. Und meine Antwort lautet genauso. Selbst in meinem Haß habe ich dich geliebt.«

Dann zeigte er auf den finsteren, feuerspeienden Vulkan.

»Das ist der Zauber, der uns all die Jahre getrieben hat. Wenn wir diesen Bann brechen, werden die Götter erwachen. Aber ich warne euch. Wahrscheinlich werden uns die Götter dafür nicht dankbar sein. Eher werden sie uns verfluchen und uns für unsere Tat leiden lassen.«

»Ach, verdammt, Bruder«, erwiderte Iraj. »Was sollen sie mir antun, was ich mir nicht bereits selbst angetan habe?«

Palimak schnaubte zustimmend. »Mir ist es gleich, was die Götter denken. Sie haben diese Welt vielleicht erschaffen, doch wir sind diejenigen, die darin ihr Leben meistern müssen!«

Safar lachte. »Also gut, fangen wir an.«

Iraj klopfte ihm auf die Schulter. »Gut, abgemacht. Jetzt laß deinen Plan hören, Bruder.«

Er deutete auf die tanzenden Menschen. Hinter ihnen und der Königin Yorlain stand der großgewachsene König Rhodes und stützte sich auf sein Schwert.

»Wie können wir diese Narren am besten dazu bringen, daß sie um Gnade winseln?« fragte Iraj.

Safar grinste. »Eigentlich habe ich gar keinen Plan. Und auch keine magischen Tricks, die ich aus dem Ärmel schütteln könnte. Ich kann nur mein Schwert zu deinem gesellen.«

»Und ich meines auch«, flüsterte Palimak und zog klirrend die Waffe.

Iraj lachte schallend. »Verflucht!« brüllte er.

Und damit stürmte er auf die tanzenden Menschen zu, rannte über die gewellten Sanddünen und stellte sich dem, was auch immer das Schicksal für ihn bereithielt.

Und Safar fühlte sich genauso dumm und verängstigt wie viele Jahre zuvor, als er Iraj durch den Schnee an der Schwelle der Götter hinterhergelaufen war. Und auch diesmal folgte er ihm schließlich.

Er hörte Palimak, der etwas rief, aber er konnte es nicht verstehen. Einen Augenblick später jagte sein Sohn an ihm vorbei und holte Iraj ein.

Safar beschleunigte seine Schritte, sprang über Dünen, und Sand spritzte hinter ihm auf.

Dann stieg ihm der kräftige, rostige Geruch von Blut in die Nase. Ja, er wußte, wessen Blut es war. Das Blut von Iraj und das Blut von Palimak.

Es roch so köstlich. Und nun fiel ihm auf, daß er ihr Blut durch die hungrigen Sinne anderer wahrnahm.

Die Tänzer drehten sich um und stellten sich den drei angreifenden Kriegern entgegen.

Sie lächelten und entblößten ihre langen Eckzähne. Sie schrien vor Freude, da ihnen die Beute geradewegs in die Arme lief.

Da wußte Safar plötzlich, was diese Tänzer in Wirklichkeit waren: Vampire, die ihren Opfern mit dem Blut zugleich die Seele aussaugten.

Sie sangen:

»Beuge dich … Beuge dich …«

Sein Wille verließ ihn. Wurde von einer betäubenden Freude ersetzt. Er wollte wieder zu ihnen gehören. Er wollte wieder beherrscht werden.

Oh, wie er sich nach dem Tanz sehnte.

Tanzen, tanzen, tanzen.

Tanzen zum Schlag der hungrigen Herzen …

Und mehr noch drängte es ihn, ihren Zähnen seinen Hals zu entblößen, seine Handgelenke, ja, jede seiner pulsierenden Adern und Venen.

Hinter ihnen tanzte Königin Yorlain und wiegte die Hüften wilder und wilder. Und ließ die Lust, sich zu beugen, sich zu ergeben, noch drängender werden.

Dann sah er Rhodes, der auf seinem Schwert lehnte und laut lachte.

Verdammt seist du! dachte Safar. Verdammt seist du!

Damit hatte er den Bann des Todeszaubers, in dem er gefangen war, gebrochen, und nun teilte er selbst den Tod aus.

Wunderschöne Menschen, grauenerregende Menschen: Sie starben alle unter seinem Schwert.

Böse waren sie – ihre langen Zähne schnappten, sie wollten ihm das Leben aussaugen. Safar schrie bei jedem todbringenden Hieb vor Schmerz laut auf. Als würde er sich selbst treffen und nicht seine Feinde.

Zu seiner Überraschung starben dennoch seine Feinde und nicht er.

Und sie starben so leicht. Ihr Fleisch war weich, ihre Abwehr schwach.

Sie fielen und fielen mit jedem Schwung seines Schwertes.

Und Blut – so viel Blut – wurde von seiner Klinge freigesetzt.

Die Tänzer schrien nicht, sondern sprachen nur seinen Namen, wenn er sie tötete.

»Safar, Safar, Safar, Safar, Safar ...«

Und so ging es fort: Sie starben und sprachen seinen Namen, während sich ihr Blut in den Sand ergoß.

Er stolperte über die Leichen, die Iraj und Palimak hinterlassen hatten. Tödlich verwundete Männer und Frauen – solch wunderschöne Menschen, daß ihre Schönheit ihre Wunden noch abscheulicher erscheinen ließ.

Sie stöhnten: »Safar, Safar, Safar, bitte, Safar!« Es trieb ihn in den Wahnsinn.

Was wollten sie denn von ihm? Sie waren seine Feinde. Sie waren Ungeheuer und Vampire, die bösesten Wesen, die sich ein Sterblicher vorstellen konnte.

Und während er sie niedermetzelte, flehten sie ihn an und wimmerten: »Safar, Safar, Safar, bitte, Safar!«

»Genug!« schrie er. »Genug!«

Aber es war zu spät, denn er und Iraj und Palimak hatten sie schon alle getötet.

Er schauderte und dachte, eine Krankheit würde sich seiner bemächtigen – eine geistige, denn körperliche Beschwerden hatte er keine. Und mit seinem magischen Auge sah er tausend Seelen auf den Vulkan zufliegen.

Die schwarzen Wolken schwollen an und schienen sich zu Lippen zu verformen. Diese Lippen atmeten ein, und er wurde von dem daraus entstehenden Tornado zu Boden geworfen.

Der Wirbelsturm wütete über die Insel und saugte die Seelen der Toten in sich auf.

Safar lag auf den Knien und sah Hunderte und aber Hunderte heller Seelen, die in den gähnenden Schlund des Vulkans geführt wurden.

Und alle schrien: »Safar, Safar, Safar! Bitte, bitte, bitte, Safar!«

Endlich waren alle tot – der Strand war mit Leichen übersät. Und Safar sah, wie Iraj und Palimak auf König Rhodes zugingen.

Die Königin Yorlain stand vor ihm, und ihre Miene hellte sich auf, als würde himmlische Größe sie erwarten und nicht der Tod.

»Safar!« rief sie.

Und Rhodes fügte hinzu: »Dies ist das Ende von allem!«

Damit fuhr sein Hieb mitten durch sie hindurch, und sie stürzte zu Boden und weinte und greinte: »Safar, Safar, Safar!«

Ihre Seele wurde mit den anderen davongeweht.

Der Sohn eines Töpfers fühlte sich so klein und unbedeutend, und doch war er der Grund für den Tod all dieser Menschen. Seine eigene Seele verdorrte, als sei eine eisige Welle aus dem kalten Meer des fernen, fernen Nordens darüber hinweggespült.

Dann brüllte Rhodes voller Trotz auf.

Er richtete sich auf und stand groß und hoch und bärtig und barbarisch und stark vor ihm. Er schwenkte das Schwert. »Kommt zu mir, ihr Kleinen! Kommt zu mir!«

Safar rannte los, Palimak ebenso, aber Iraj war ihnen schon weit voraus.

Kurz bevor Protarus den Feind erreichte, ging ein Blitz aus dem Himmel nieder, und die Erde bebte unter ihren Füßen und grollte.

Rhodes begann zu wachsen und zu wachsen, bis er die Größe eines Riesen erreicht hatte – dreimal so groß wie ein Mensch.

Safar starrte ihn offenen Mundes an, aber nicht, weil er so groß wurde. Nein, weil sein Gesicht sich in eine stürmische Landschaft wechselnder Bilder verwandelte.

Zuerst nahm es die Gestalt des wunderschönen, bösen Antlitzes von Rhodes' Mutter, der Königin Clayre, an.

Dann zersprang es in ein blutiges Chaos, aus dem sich das Grinsen des Dämonen Fari formte.

Nun verzerrte auch dieses sich und brach und blutete und veränderte sich zu dem königlichen Gesicht von Luka, dem Dämonenprinzen.

Ein Lichtblitz verhüllte die riesige Gestalt für einen Augenblick.

Und schließlich stand Kalasariz vor ihnen und fuchtelte mit dem gewaltigen Schwert!

Plötzlich begriff Safar, was hier eigentlich passierte, und er rief Iraj, der den Riesen fast schon erreicht hatte, eine Warnung zu.

Aber es war zu spät.

55

Die Göttin Lottyr

Als Iraj die riesige Gestalt von Kalasariz vor sich aufragen sah, wußte er, daß er in die Falle gegangen war.

Er schlug vergeblich mit seiner Klinge zu, denn Kalasariz' gigantische Hand packte ihn einfach.

Der Meisterspion hob ihn auf Augenhöhe hoch und verzog die dünnen Lippen zu einem fürchterlichen, kalten Grinsen.

»Willkommen daheim, Majestät«, spottete er. »Eure Brüder haben Euch schon vermißt.«

In den Augen des Oberspions konnte Iraj die Spiegelung der Gesichter von Luka und Fari erkennen. Um sie herum loderten Flammen, während sich die Dämonen in Todesqualen wanden.

»Wir hatten doch einen Pakt, Majestät«, fuhr Kalasariz fort. »Habt Ihr das vielleicht vergessen?«

Iraj erinnerte sich sehr gut – das war der Spruch der Vier, der ihn an diese Kreaturen gefesselt hatte. Für eine Weile war er diesem Zauber entkommen, doch jetzt hatte ihn dieser schwere Fehler der Vergangenheit eingeholt.

Er wollte nach Safar rufen, damit der ihn rettete, aber er wußte, daß sein Freund ihm dabei nicht helfen konnte.

»Ich fühle mich verpflichtet, Euch mitzuteilen, Majestät«, höhnte Kalasariz, »daß sich die Dinge seit unserem letzten Treffen ein wenig verändert haben. Früher wart Ihr der König und wir Eure Sklaven. Aber nun bin ich, Kalasariz, der Herrscher!«

Iraj lachte gezwungen. »Seid kein Narr, Kalasariz«, erwiderte er. »Ihr seid nicht Manns genug, den Thron eines Königs zu besteigen. Euch fehlt der Mumm und vor allem der Wille.«

Die Lippen des Meisterspions zogen sich noch breiter auseinander. »Das werden wir ja sehen, Majestät«, sagte er, »das werden wir ja sehen. Mit der Unterstützung der Göttin Lottyr wird es mir, glaube ich, nicht so schwerfallen, meine neue Rolle auszufüllen.«

Und damit hob er Iraj zu seinem Mund und wollte ihn in zwei Stücke zerbeißen. Im gleichen Moment glühten seine Augen voll magischer Kraft auf, denn er mußte seine gesamte Energie aufbringen, um Iraj erneut im Bann der Vier zu fesseln.

Iraj wehrte sich und wollte sich losreißen, doch allmählich breitete sich der Zauber in seinem Körper aus und entzog ihm den Willen zum Widerstand.

Dann hörte er Safar flüstern. Nicht von außen, sondern aus seinem Inneren. Als hätte sich sein Freund erneut in seiner Brust eingenistet.

Safar sagte: *Ich bin hier, mein Freund! Zusammen können wir ihn besiegen!*

Eine flammende Energiewelle brandete durch Irajs Adern, und jetzt, da Kalasariz den Mund weit aufsperrte, um ihn zu verschlingen, stieß Protarus mit dem Schwert und mit aller Kraft zu.

Die Klinge durchbohrte den Gaumen des Meisterspions und drang in sein Hirn vor.

Kalasariz schrie gequält auf und schleuderte Iraj mit seiner Riesenhand auf den Boden.

Ein roter Vorhang des Schmerzes schloß sich über Iraj. Solche Pein hatte er noch nie in seinem Leben kennengelernt.

Doch der Schmerz verschwand, und plötzlich saß Iraj in der Höhle von Alisarrian dem Eroberer. Safar war bei ihm, und sie waren wieder Jungen, die ihre ewige Freundschaft mit einem Bluteid besiegelten.

»Eines Tages werde ich der König aller Könige sei«, erklärte er

Safar, »und du der größte Zauberer der Geschichte. Dann werden wir eine bessere Welt erschaffen, als es sie je gegeben hat, Safar. Eine bessere Welt für alle.«

Safar lächelte zustimmend und wollte antworten. Aber mit einem Mal wirkte sein Freund sehr fern und verblaßte. Er sprach, nur konnte Iraj nicht hören, was er sagte, und das beängstigte ihn.

»Sprich lauter, Bruder!« rief Iraj. »Ich kann dich nicht verstehen!«

Abermals vernahm er Safar aus seinem Inneren. *Lebewohl, mein Bruder. Ein großer Traum erwartet uns. Je eher wir beginnen, desto eher wird der Traum anfangen.*

Bei diesen Worten erfüllte Iraj großer Frieden.

»Lebewohl, Bruder«, erwiderte er, »Lebewohl, mein Freund. Bis auf ein Wiedersehen.«

Die Höhle verschwand, und Iraj träumte von Pferden – eine große wilde Herde galoppierte über die Ebene.

Er flog mit ihnen in atemberaubender Geschwindigkeit. Die frischen Frühjahrswinde wehten, und am Horizont vereinigten sich freudig der blaue Himmel und die üppig grüne Erde.

Und er flog weiter und weiter und streifte mit der Herde über das Land.

Auf Horizonte zu, die niemals enden würden.

»Es ist immer noch nicht vorüber, nicht wahr?« fragte Palimak.

Safar blickte von der zerschmetterten Leiche seines Freundes auf und sah seinem Sohn in die Augen.

Palimaks Dämonengesicht wirkte überhaupt nicht fremdartig auf Safar. Es war, als wäre dieses Antlitz schon immer vorhanden gewesen und habe nur auf den rechten Moment gewartet, um hervorzubrechen. Jetzt, da Palimak zu seinem wahren Ich gefunden hatte, liebte ihn Safar um so mehr.

»Du hast recht, mein Sohn«, antwortete er, »es ist noch nicht vorbei.«

Aus der Ferne hörten sie das Wiehern zweier Pferde. Sie schauten auf. Khysmet stand auf einem Berg, neben ihm die schwarze Stute. Ihr Sattel war leer, von der Geisterreiterin war keine Spur zu sehen.

»Gehen wir, mein Sohn«, sagte Safar, denn nun wußte er, was sie zu tun hatten.

Er pfiff, und die beiden prächtigen Pferde galoppierten den Hügel herunter. Einen Moment später saßen er und sein Sohn im Sattel, Safar auf Khysmet, Palimak auf der Stute, und ritten den Hang des Vulkans hinauf.

Bald erreichten sie die Erhebung, von der aus man das Tal der Zwei Könige überblicken konnte. Aber das Tal, das vor ihnen lag, war ein alter Ort und nicht jener, den sie vor ein paar Stunden verlassen hatten. Auch war es nicht von einem Sturm verwüstet worden, sondern von einer großen Armee.

Die Bauernhäuser schwelten noch vor sich hin. Im See schwammen verkohlte Leichen von Mensch und Tier.

In der Mitte stand die sagenhafte goldene Burg der Zwei Könige, und Flammen hüllten die Kuppeldächer der Paläste ein.

Nur der große Burgfried war unversehrt und wehrte sich standhaft gegen die Belagerung, die schon sehr, sehr lange andauern mußte.

Eine seltsame Armee aus Tausenden von Soldaten hatte die Burg umzingelt. Die Hälfte bestand aus Menschen, die andere aus Dämonen. Manche waren beritten – Pferde für die Menschen, katzenähnliche Kreaturen für die Dämonen –, andere waren zu Fuß oder bemannten die riesigen Belagerungsmaschinen.

Am Burgfried ließ eine Gruppe Soldaten eine große Ramme gegen das Tor donnern. Sie führten das Banner von Asper, die geflügelte Schlange mit den zwei Köpfen.

Palimak betrachtete die Szene mit offenem Mund. »Vater!« sagte er. »Nichts bewegt sich.«

Safar nickte. Das war ihm bereits aufgefallen. Keiner der Soldaten, keines der Tiere rührte sich. Sogar die Flammen, die an den Gebäuden leckten, waren erstarrt. So erweckte das Ganze den Eindruck, als würde es sich um ein riesiges Schlachtengemälde handeln.

Nur ein einziges Geräusch war zu hören: das Rumpeln und Knirschen der Höllenmaschine. Die große Rauchwolke, die aus dem Vulkan aufstieg, war das einzige, was sich bewegte.

»Komm, mein Sohn«, forderte Safar Palimak auf.

Die beiden ritten die breite Straße entlang, die zur Burg führte.

Von beiden Seiten starrten die lebensechten Statuen der Soldaten sie leer an, während sie vorbeizogen.

Fast eine Ewigkeit ging es durch diese geisterhafte, unbewegliche Armee.

Jeden Moment, so fürchtete Safar, könnte einer der Dämonen- oder Menschensoldaten zum Leben erwachen und sie angreifen. Aber nichts und niemand bewegte sich, während sie zum Tor unterwegs waren.

Nur der Lärm der Maschine wurde lauter und lauter.

Endlich hatten sie die Brücke überquert und näherten sich dem Haupttor, wo die Krieger mit der Ramme mitten im Stoß erstarrt waren. Auf der einen Seite der Gruppe ragte das Banner von Asper in die Höhe. Auf der andern saß ein großer Dämon auf seinem Reittier.

Safar betrachtete den Befehlshaber. Daß es sich um Asper handelte, der den Angriff selbst führte, überraschte ihn nur milde.

Langsam begriff auch Palimak. »Das ist nur eine Illusion, nicht wahr, Vater? Genau wie in Caluz?«

»So ungefähr«, antwortete Safar und fügte hinzu: »Bist du bereit, mein Sohn?«

Palimak richtete sich zu seiner vollen Größe auf und grinste wie ein tapferer Dämon. »Bereit, Vater!«

Daraufhin holte Safar seinen Hexendolch hervor und sprach den Zauber:

»Wenn auf Erlaß des Himmels die Welt
Für dich und mich nur mehr die Hölle enthält,
Wo die Teufel die Gewänder der Götter tragen
Und niemand wagt zu erwidern unser Klagen.
An Aspers Tor in dem wunderschönen Tal
Klopfe an, und stelle dich deinem Schicksal.«

Er schob den Dolch in die Scheide zurück und zog das Schwert. Palimak folgte seinem Beispiel.

Safar rief: »Öffnet!«

Das Wort donnerte durch das Tal und übertönte sogar den Lärm der Höllenmaschine.

»ÖFFNET!«

Einen Augenblick lang herrschte Stille, dann ertönte ein Knarren und Ächzen. Angeln protestierten quietschend, und schließlich schwang das Tor nach innen auf. Heiße, stinkende Luft wehte heraus.

Safar spürte, was ihnen bevorstand, und er rief Palimak zu: »Ruhig!«

Ein Horde höllischer Kreaturen hetzte auf sie zu, eine schrecklicher als die andere. Manche ähnelten den Ungeheuern, welche die Königin Charize regiert hatte – bleich wie der Tod waren sie, hatten riesige Fledermausflügel und lange Fänge. Andere erinnerten an die Baumwesen, welche auf See über sie hergefallen waren; sie wiesen Dutzende Glieder auf, an denen schnappende Münder saßen.

Die Warnung für Palimak war überflüssig, denn Gundara und Gundaree hatten ihn schon auf die Gefahr aufmerksam gemacht.

»Geister!« riefen sie. »Sind doch nur Geister. Du hast sie schon einmal getötet, Kleiner Meister!«

Und deshalb stand Palimak wie sein Vater ganz still, ließ die Kreaturen um sich herum toben und ihn mit ihren Fängen und Zähnen bedrohen, bis sie sich in nichts auflösten.

Weder Khysmet noch die schwarze Stute schienen den Angriff aus der Geisterwelt zu bemerken, sie schlugen nur mit dem Schweif, als wollten sie Fliegen vertreiben.

Safar gab das Zeichen, und nun betraten sie den Burgfried.

Aber der große königliche Eingang war verschwunden. Und auch die magische Windrose im Inneren war nicht mehr da. Statt dessen fanden sie sich in den dunklen Ecken und Winkeln der Höllenmaschine wieder. Riesige Zahnräder, doppelt so groß wie der Mahlstein eines Müllers, drehten sich ohne erkennbaren Sinn in die eine oder die andere Richtung. Breite Kettenriemen, an denen dick alte Schmiere klebte, krachten über ihnen.

Flammen und Dampf schossen durch Roste, während die beiden tiefer und tiefer in das Innere eindrangen und einem schmalen Weg auf ein schwaches Licht zu folgten.

Palimak fühlte sich schmutzig – öliger Schweiß sammelte sich unter seinen Armen und strömte an seinen Seiten hinab. Gundara rief: »Sie wartet, Kleiner Meister!«

Und Gundaree fügte hinzu: »Genau auf das Licht zu! Sei bereit!«

Palimak fragte nicht, wen sie meinten. Er wußte es!

Safar führte sie auf das Licht zu, welches mit jedem Schritt der Pferde heller wurde. Khysmet schnaubte, der Dampf störte ihn, und er schüttelte den Kopf. Schweißtropfen spritzten von seiner Mähne.

Er tätschelte den Hengst, eine Geste, mit der er gleichermaßen sich und das Pferd tröstete.

Dann folgte noch ein langer Dampfstoß, und sie hatten es hinter sich.

Rotes Licht durchflutete die riesige Kammer vor ihnen und leuchtete alle Schatten aus.

Auf der anderen Seite der Kammer saß Lottyr. Sie winkte anmutig mit den sechs Händen und versprühte lange magische Funken. Mit deren unglaublicher Kraft trieb sie die Maschine an.

Ihr üppiger Körper bewegte sich im Takt zu einer Musik, die offenbar nur sie selbst hören konnte. Die Bewegungen erinnerten Safar an den Erntetanz, in dessen Zauber er gefangen gewesen war.

Und ihre sechs Köpfe schoben sich auf den langen, schlanken Hälsen harmonisch hin und her.

Sie war durchaus eine große Frau, und die Miniatur des Dämonenmondes rahmte sie ein. Kleine schwarze Wolken trieben vor dem Mond her und erweckten den Anschein, die Göttin schwebte mit ihnen davon, obwohl sie stets in der Mitte des Trabanten blieb, der doppelt so hoch war wie sie.

Ein rotes hauchdünnes Gewand, zart wie die Seidenfäden einer Spinne, umhüllte ihren Körper und offenbarte gleichzeitig ihre verführerischen Reize.

Ungewollt spürte Safar die Hitze in seinen Lenden. Er hörte, wie Palimak scharf Luft holte, und wußte, daß es seinem Sohn nicht anders erging.

Khysmet schnaubte und näherte sich der Stute an, die wieherte und verspielt zur Seite tänzelte. Aber nicht sehr weit, bemerkte Safar. Überhaupt nicht weit.

Die ganze Atmosphäre war von Verführung erfüllt.

Aus der Ferne hörte Safar kristallklare Stimmen singen:

»Beuge dich, oh, beuge dich.«

Die Göttin lachte seidig, ein Laut, der unmögliche Dinge versprach.

»Das ist alles, worum ich dich bitte, Safar«, sagte sie, »beuge dich mir, und alles, was ich besitze, soll dir gehören.«

Sie wandte sich an Palimak: »Du sollst mich ebenfalls besitzen. Ich weiß, im tiefsten Innern sehnst du dich danach, nicht wahr?«

Palimak war gleichermaßen über die ungewohnte Reaktion seines Körpers auf die Göttin und über ihr Angebot schockiert. Er wußte nicht, was er erwidern sollte.

Safar fühlte sich in die Nacht in Coraleans Harem zurückversetzt, wo sich ihm eine Schönheit nach der anderen enthüllt hatte.

Besonders die liebliche Kurtisane Astarias hatte es ihm in seiner Jugend angetan.

Noch immer hörte er das Zauberlied:

»Ihr Haar ist Nacht,
Die Lippen der Mond.
Beuge dich, oh, beuge dich.
Die Augen sind Sterne,
Das Herz ist die Sonne
Beuge dich, oh, beuge dich.
Die Brüste sind Honig;
Ihr Geschlecht eine Rose
Beuge dich, oh, beuge dich.
Nacht und Mond. Sterne und Sonne.
Honig und Rose
O gute Dame, beuge dich,
Beuge dich, beuge dich.«

Ihre Erscheinung war so mächtig, daß er ihr beinahe nachgegeben hätte. Fast hätte er sich ihr zu Füßen geworfen und um ihre Gunst gefleht.

Er kämpfte diesen Drang zurück, dachte an Nerisa, die kleine Diebin aus Walaria. An Methydia, eine Frau, die über alle Frauen erhaben war und ihm alles beigebracht hatte, was er über die Liebe, das Leben und die Magie wußte.

Ach, ja, und Leiria, die liebe, liebliche Leiria. Die sich für ihn einer Phalanx von Streitwagen in den Weg stellen würde.

Wer brauchte diese Frau da vor ihm?

Diese Göttin aus der Hölle?

All diese Gedanken – von der beinahe gelungenen Verführung über das Zögern bis zur Zurückweisung – huschten im Bruchteil einer Sekunde durch seinen Kopf. Obwohl ihm dieser Augenblick wie eine quälende – und versuchende – Ewigkeit erschien.

Safar begann den Zauber aller Zauber, um sich ihrer zu entziehen. Und dies waren die Worte, die er der unsichtbaren, fernen Leiria zuflüsterte. Es war ein Lied, welches sie ihm einst beigebracht hatte, als sie noch Liebende gewesen waren:

»Liebende, die man trennt,
Von dem, was sie lieben,
Kennen keine Verlockung mehr.
Kennen keine Sorgen mehr.
Mag es außen noch Verlockung sein,
Innen gibt es nur Liebe
Nach dem, was nicht vorhanden ist,
Kann man sich nicht sehnen.«

Plötzlich verlor die Atmosphäre alles Verführerische, und Lottyrs Bann war gebrochen.

Die Niederlage traf die Göttin wie ein Blitz. Der Dämonenmond ging in Flammen auf, und sie erhob sich von ihrem Thron und streckte die sechs Hände aus, um Safar Timura vom Antlitz dieser Welt zu fegen.

»Wie kannst du es wagen?« schrie sie. »Wie kannst du mich verspotten ...«

Aber Safar wartete nicht länger ab. Er warf sich von Khysmet geradewegs in ihre Arme.

Den Hexendolch hatte er bereits gezogen, und während sie ihn noch verfluchte und die todbringenden Arme um ihn schlang, stieß er ihr die Klinge ins Herz. Stach wieder und wieder zu.

Wie ein heiliger Attentäter aus dem Tempel von Walaria, der das tötet, was seine wahnsinnige Seele und sein eingebildeter Gott des Mordes ihm zu töten befiehlt.

Zustechen.

Herausziehen.

Stechen und schlitzen.

Obwohl er die Göttin überraschte, zog sie ihn, statt ihn von sich zu stoßen, fester mit ihren sechs Armen an sich heran und preßte ihn an ihren Busen.

Safar fühlte seine Rippen brechen, spürte, wie ihm das Leben aus dem Leib gequetscht wurde.

Aber ohne Unterlaß trieb er die Klinge wieder und wieder in sie hinein. Wieder und wieder. Und hoffte und betete.

Erstarrt beobachtete Palimak den Mord seines Vaters und rührte sich einen Moment lang nicht. Dann schwang er sich von der Stute und stürmte vor.

Er wollte mit dem Schwert auf die Göttin einschlagen, denn irgendwie mußte er seinen Vater befreien. Aber im Hinterkopf wußte er, welch sinnlose Anstrengung das war.

Vielleicht würde Lottyr sterben. Wahrscheinlich war das nicht. Eher würde sein Vater den Tod finden, und die Göttin, wenngleich schwer verwundet, würde auch Palimak das Leben nehmen.

Dann entdeckte er Aspers Trompete auf dem Boden, wo sein Vater sie während seines wahnsinnigen Angriffs fallengelassen hatte.

Er hob sie auf, wollte hineinstoßen und jeden Geist beschwören, der ihnen vielleicht zu helfen vermochte.

Doch die Gehilfen schrien: »Zertrümmere sie, Kleiner Meister! Zertrümmere sie! Eine andere Chance haben wir nicht!«

Da schleuderte er die Trompete zu Boden, wo sie in hundert Stücke zerbarst.

Das letzte, was Palimak sah, war, wie sein Vater abermals mit dem Dolch in die Brust der Göttin Lottyr stach.

Vielleicht hatte es danach eine Explosion gegeben, aber selbst Jahre später, wenn er die Geschichte Freunden erzählte, konnte er eigentlich nicht beschwören, was sich daraufhin zugetragen hatte.

In Wahrheit war es nur ein Blitz von goldenem Licht.

Und verärgerte Stimmen.

Was für Stimmen?

Palimak wußte es nicht.

Er konnte nur eines sagen: Lange, lange Zeit schien er in einer anderen Welt zu existieren.

Er sah Bauern, die reiche Ernten einfuhren.

Er sah Wälder, die ungehindert in den Himmel wuchsen.

Er sah Pferde, sagenhafte Pferde, die in wilden Herden über exotische Ebenen galoppierten.

Er sah Meere, tosende Meere, voller fliegender Fische und verspielter Delphine und singender Wale.

Alle sehnten sich nach den Versprechen des Morgen.

Aber das, was ihn am meisten begeisterte, war der Anblick Tausender kleiner Schildkröten, die sich aus ihren sandigen Nestern befreiten und hinaus ins Meer schwammen.

Wo sie nicht ein einziges Ungeheuer – gleich, ob Dämon, ob Mensch – erwartete und fressen wollte.

56
Der Zirkusdirektor

Leiria hatte Dienst am Steuerrad.

Friedlich segelte das Luftschiff auf den Sommerwinden gen Syrapis – heimwärts.

Unten fuhren die Schiffe der kyranischen Flotte, und jeder Mann an Bord freute sie darüber, daß er das Abenteuer lebend überstanden hatte.

In der Ferne sah sie die Zerstörung von Hadin. Der Ausbruch des Vulkans dauerte noch an, und er richtete seinen Zorn gegen alle, die sich ihm entgegengestellt hatten.

Hadin war nicht mehr, hatte sich in brodelnde Erde und siedende See verwandelt, so wie Safar es als Junge in seinem Traum gesehen hatte.

Aber es gab einen Unterschied, hatte Safar ihnen erklärt, nachdem ihn das Luftschiff an Bord genommen hatte. Der Vulkan hatte die Erde tief aufgerissen, das war gewiß. Nur hatte dies lediglich lokale Wirkung. Gute und schlechte Menschen waren bei der Explosion ums Leben gekommen. Dennoch würde keine Giftwolke die ganze Welt einhüllen.

Unschuldig oder nicht, allein das Volk von Hadin war vernichtet worden. Nachdem Safar in der Hölle gegen die Göttin Lottyr gekämpft hatte, waren die Auswirkungen der Katastrophe beschränkt geblieben.

Der Rest der Welt befand sich in Sicherheit. Und vielleicht würden alle verödeten Länder irgendwann wieder so blühen wie einst.

Leiria schaute über das Steuerrad zu Safar, der Khysmet mit süßem Mais fütterte. Palimak stand neben seinem Vater und bot der schwarzen Stute das gleiche an.

Palimak war vollständig zum Dämonen geworden, von den mit krummen Krallen bewehrten Füßen bis hin zum grünen Horn auf der Stirn. Und Leiria liebte ihn noch immer genauso wie das Kind, das sie einst gerettet hatte.

Sie wußte nicht genau, wie all die Menschen, die sie am meisten liebte, wieder zu ihr zurückgekommen waren. Eeda hatte das Luftschiff über den Vulkan gesteuert, dann hatte sie mit Jooli viele mächtige Zauber gewirkt.

Plötzlich waren Safar und Palimak, dazu Khysmet und die Stute, wieder bei ihnen gewesen. Die beiden Männer waren erschöpft und halbtot, aber in einer gemeinsamen Anstrengung hatten Jooli und Eeda sie wiederbelebt.

Jetzt fütterten Safar und Palimak – noch etwas wackelig auf den Beinen – ihre Lieblingstiere und flüsterten ihnen tröstende Worte zu.

Leiria hätte eigentlich vor Glück platzen sollen. Statt dessen betrachtete sie das Schauspiel mit finsteren Blicken. Seit seiner Rückkehr hatte sich Safar von ihr ferngehalten, jedenfalls, was die Gefühle betraf. Gewiß war er freundlich zu ihr, doch sobald sie allein waren, wurde ihm unbehaglich zumute, und er flüchtete aus ihrer Gesellschaft.

Und nun fütterte er dieses verfluchte Pferd schon wieder! Es war zum Verrücktwerden, wie zärtlich er mit Khysmet sprach! Unvermittelt begriff sie: Eifersucht. Nein, lächerlich. Wie konnte sie eifersüchtig auf ein Pferd sein?

Sie biß die Zähne zusammen und fragte sich, auf wen sie eigentlich wütender war, auf Safar oder auf sich selbst?

Von hinten dröhnte eine Stimme: »Stop, Mädchen! Du steuerst ja den falschen Kurs!«

Verwirrt drehte sie sich um und entdeckte Biner. Er grinste sie an.

»Ich verstehe nicht«, entgegnete sie und zeigte auf den Kompaß. »Schließlich steuere ich genau den Kurs, den du mir gesagt hast.«

Biner schob sie mit seiner mächtigen Hand zur Seite und übernahm das Steuerrad. »Vielleicht, vielleicht auch nicht. Aber Tatsache ist: Für dich selbst ist er nicht der richtige Kurs!«

Er deutete auf Safar. »Dort sollte es für dich hingehen, Mädchen! Siehst du nicht, daß er auf dich wartet und es nur noch nicht weiß? Weil er doch nicht sicher ist, ob du ihn nach allem, was passiert ist, noch haben willst.«

Leiria brauchte keinen weiteren Anstoß. Sofort lief sie übers Deck zu ihrem Geliebten.

Sie packte ihn an der Schulter und drehte ihn herum.

»Komm her, du!« sagte sie.

Dann küßte sie den verblüfft offenstehenden Mund.

Lange, lange Zeit hielten sie sich im Arm.

Biner sah ihnen lächelnd zu. Arlain gesellte sich zu ihm.

Sie betrachtete die beiden und sagte: »Glücklifferweife weif Fafar jetft endlich, daf ihn jemand liebt!«

Sie seufzte und stieß eine kleine Feuer- und Rauchwolke in die Luft. Ein wenig traurig fügte sie hinzu: »Ich wünfte nur, iff wäre an ihrer Ftelle.«

Biner klopfte ihr auf die Schultern und wendete das Luftschiff. »Mach dir nichts draus, Mädchen«, sagte er. »Ich habe Kurs auf das nächste Stück Land gesetzt. Und nach der ersten Vorstellung vor Kindern und Bauern wirst du deinen Kummer vergessen haben.«

Arlains Miene hellte sich kurz auf, doch sofort war das Stirnrunzeln wieder da.

Sie schlug die Drachenaugen nieder. »Aber Fafar fagte, die Götter wären vielleifft nifft glückliff. Waf ift, wenn fie unfere Vorftellung verfluchen und allef verderben?«

Erneut klopfte Biner Arlain auf die hübsche Schulter und dröhnte: »Ach, verflucht mit den Göttern, Arlain. Verflucht seien sie alle miteinander!

Und verdammt sei alles außer dem Zirkus!«

Arlain brach in schallendes Gelächter aus. Sie lachte so lange und so heftig, daß sie das Luftschiff in Brand setzte.

Anmerkung des Autors

Die Figur Safar Timuras beruht entfernt auf der historischen Gestalt Omar Chajjams, des alten persischen Dichters und Astronomen. Als Sohn eines Zeltmachers geboren, stieg Chajjam zum obersten Astrologen des Sultans, seines Jugendfreundes auf, ebenso wie Safar, der Sohn eines Töpfers, zum Großwesir von König Iraj Protarus.

Chajjam (1048–1123) ist heute vor allem wegen seiner Dichtungen bekannt, die in den »Rubaiyat von Omar Chajjam« gesammelt sind. Von den vielen Übersetzungen ins Englische halte ich die von Edward Fitzgerald (1809–1883) für die schönste.[1]

Studenten der Mathematikgeschichte kennen ihn gewiß auch als Pionier der Algebra und Geometrie. Experten zufolge blieben seine mathematischen Entdeckungen über Jahrhunderte hinweg unerreicht – bis hinein in die Zeit von Descartes (1596–1650).

1 Auch ins Deutsche wurden die Rubaiyat mehrmals übertragen. Diese Übersetzungen weichen zum Teil erheblich voneinander ab – und das nicht nur im Titel oder in der Transkription des Namens Chajjam. Während es für gewöhnlich üblich ist, bei Zitaten insbesondere klassischer Texte kanonisierte Übersetzungen zu verwenden, erschien es im vorliegenden Fall erforderlich, von diesem Prinzip abzuweichen. Da Allan Cole die den jeweiligen Bänden vorgestellten Rubaiyat eng mit seinem Text verknüpft, habe ich mich dazu entschieden, die bereits aus dem Persischen übersetzte Fassung von Fitzgerald weiter ins Deutsche zu übertragen. Für den Leser, so der Gedankengang, sollte es möglich sein, die Fitzgerald'schen Worte nachzuvollziehen, die ja den Autor inspiriert haben, wenn dabei auch die Distanz zum eigentlichen Original von Omar Chajjam größer wird. Der Übersetzer

Zum ersten Mal stieß ich als Junge während meiner Zeit auf Zypern auf die Rubaiyat. Beim Stöbern auf einem Basar fiel mir eine zerknickte und zerfledderte Ausgabe in die Hände, für die ich nur ein paar Pfennige zahlte. Aber nach den ersten Worten, die ich las, war mir klar, daß ich einen wahren Goldschatz gefunden hatte.

Erwacht! Denn der Morgen am Ende der Nacht
Hat den Sternen den Garaus gemacht.
Und siehe! Der Jäger des Ostens hat des Sultans Türmchen
In einer Schlinge aus Licht zur Strecke gebracht.

Die »Timura-Saga« wurde von dieser höchst glücklichen Entdeckung inspiriert.

Des weiteren haben die Hunderte von E-mails, die ich von Lesern aus aller Welt erhalten habe, einen großen Einfluß auf diese Bücher gehabt – und auf jene, die vielleicht folgen werden.

Besonders gilt mein Dank Julie Mitchell, die mir freundlicherweise ihr Gedicht »Die Götter erwachen« widmete, welches mit ihrer Zustimmung in diesem Band abgedruckt wurde. Es findet sich in dem Kapitel mit dem Titel »Joolis Lied«.

Ms. Mitchell, eine Wissenschaftlerin aus Texas, gewann den Wettbewerb »Sei ein Held!«, an dem sich Tausende meiner Fans beteiligten. Die Figur der Hexe und Kriegerin Jooli wurde nach ihr benannt.

Einer der übelsten Schurken des Buches – König Rhodes – trägt den Namen des Gewinners eines zweiten Wettbewerbs: Bob Rhodes, ein Ingenieur aus Kalifornien. Bob ist ein netter Kerl und hat nicht die geringste Ähnlichkeit mit dem barbarischen König des Romans. Ein weiterer Bösewicht, die Königinhexe Clayre, trägt den Namen meiner lieben und netten Leserin Clayre Kitchen, die in Großbritannien lebt.